American psycho

Du même auteur

Moins que zéro
Christian Bourgois éditeur, 1986

Les Lois de l'attraction
Christian Bourgois éditeur, 1988

Bret Easton Ellis

American psycho

roman

TRADUIT DE L'AMÉRICAIN
PAR ALAIN DEFOSSÉ

Salvy Éditeur

NOTE DE L'AUTEUR

Ceci est une œuvre de fiction. Tous les personnages, situations et dialogues – en dehors de références occasionnelles à des personnes, produits ou lieux publics – sont imaginaires et ne mettent en cause aucune personne vivante, aucune société ni établissement.

TEXTE INTÉGRAL

EN COUVERTURE : illustration Laurent Theureau
extraite de *L'Ange de miséricorde*
© Casterman

Titre original : *American psycho*
Éditeur original : Vintage, New York
© Bret Easton Ellis, 1991

ISBN 2-02-019098-2
(ISBN 2-905899-31-x, 1ʳᵉ publication)

© Salvy Éditeur, 1992,
pour la traduction française

Présentation
par Michel Braudeau

Patrick Bateman est, hélas, un des personnages de roman les plus intéressants qu'on ait créés au cours des dix dernières années. Il a vingt-six ans, il est beau, riche, intelligent, c'est un des brillants *golden boys* de l'Amérique reaganienne. Il vit à Wall Street, Manhattan, dans les années 80, avant le krach. Il doit sans doute travailler dur, mais on ne le voit pas. Il dépense beaucoup d'argent, avec une science de l'élégance un peu primaire. Au contraire d'un vrai dandy, il ne vit, ne pense, ne juge qu'en fonction des marques de ses vêtements, de ses gadgets électroniques. Brummell n'est pas américain. Lui et ses amis n'ont qu'un nombre limité d'obsessions, apparemment, dont la mode masculine. On échange dans des bars très chics des conversations sur les avantages du col rond et les contraintes du gilet en tricot, qui ne supporte pas la ceinture et suppose donc des bretelles, etc. Il n'est pas de pire injure que de se traiter de vieux Benetton. Quant aux élans de l'amour ils n'échappent pas à ce détachement clinique où l'auteur excelle : « Tandis que j'embrasse et lèche son cou, elle fixe un regard passionné sur le récepteur grand écran Panasonic à télécommande et baisse le son. Je relève ma chemise Armani et pose sa main sur mon torse », etc.

Depuis le lever de Bateman, où nous avons droit à des pages incroyablement documentées sur la meilleure façon de préparer la peau du visage au feu du rasoir, de s'appliquer un masque désincrustant etc., jusqu'à la séance de gym au club Xclusive où, en short et débardeur en Lycra, un walkman sur les oreilles, il écoute Christopher Cross en suant sur le Stairmaster, tout en évitant les avances du *gay* moustachu d'à côté, nous suivons le parcours du combattant du *yuppie,* qui se poursuit au Harry's, puis dans un restaurant ruineux, chez Pastels ou au Dorsia, où il est impossible d'avoir une place si l'on n'est pas quelqu'un, et enfin dans une boîte à la mode, le Tunnel par exemple. Après, il dort, suppose-t-on.

Et pourtant, dès le lendemain, Bateman est bien nerveux. Les cheveux plaqués, les mâchoires crispées, sûrement bourré d'amphétamines ou de coco de chez Noriega, il se rue au minable pressing chinois qui lui a rendu ses splendides draps achetés à Santa Fe et les déploie en hurlant. Ils sont dégoulinants de sang. C'est du jus d'airelle, sans doute, est-ce que je sais, moi, dit-il à la vieille qui panique. Nous aussi. On l'a déjà vu peu sympathique, dans la rue, en train d'appâter les clochards en leur tendant un billet de dix dollars qu'il leur retire aussitôt d'un air réprobateur : est-ce que tu sais que tu pues, ne pourrais-tu pas te raser au moins ? Sa haine des pauvres, des homosexuels et surtout des femmes est en fait illimitée. Il faut quand même attendre quelque deux cents pages pour qu'il massacre au couteau un clochard et son chien dans la rue. Puis son collègue Owen, d'un superbe coup de hache entre les deux yeux. Puis un gosse au zoo. Quant aux femmes, c'est fou ce qu'on peut faire avec une perceuse, un pistolet à clous, du gaz asphyxiant et de l'acide, un rat et du fromage.

Fou, le terme est un peu doux. Bateman est un psychopathe, un de ces *serial killers,* dont la presse et l'opinion se régalent aux États-Unis, tout en criant d'horreur, et que le cinéma a popularisés avec *Le Silence des agneaux* (là encore grande horreur, grosse recette), détraqués au sadisme sans bornes que l'on enferme ou que l'on gaze, ou que l'on électrocute, mais dont on fait aussi, avec des centaines d'heures de télévision, des centaines de journaux vendus, ses choux gras. Criminels dont la gloire engendre d'autres vocations, par imitation, phénomène sobrement désigné par le terme de *copy-killer*. Après tout, pendant les arrestations, le spectacle doit continuer. Plus encore que le ton neutre qu'utilise Bateman pour raconter ses crimes, ce qui a choqué les Américains est qu'il soit un symbole de réussite, un de ses enfants dorés. Qu'à la fin du roman, il reste impuni. Que l'auteur lui donne, entre autres armes, un humour froid comme un bistouri.

Bret Easton Ellis, né en 1964 à Los Angeles, a connu la gloire à vingt ans avec *Moins que zéro,* puis une petite baisse avec *Les Lois de l'attraction.* On l'a classé avec David Leavitt, Jay McInerney, parmi les nouveaux minimalistes. Son agent littéraire lui a obtenu une avance de 300 000 dollars pour qu'il écrive un roman sur un *serial killer* new-yorkais. A la remise du manuscrit, l'éditeur Simon & Schuster a abandonné les dollars et refusé le manuscrit. Épouvanté. La maison Vintage, elle, n'a pas hésité. En dépit (ou en raison) du scandale provoqué par la simple mise en circulation de quelques extraits en épreuves, elle a bravé l'opinion publique et les ligues féministes qui ont appelé au boycott des libraires distributeurs d'Ellis. Celui-ci a dû prendre un garde du corps, il a reçu des tombereaux d'injures et de menaces de mort. Et vendu des milliers d'exemplaires d'*American psycho* aux États-Unis. Il est traduit dans vingt-quatre pays où, semble-t-il, l'indignation est beaucoup plus molle. En France, Sade se vend dans la Pléiade sous le label « la volupté de lire ». Et Sade, c'est nettement plus *hard.*

Norman Mailer et Umberto Eco ont pris la défense d'Ellis. Par principe. Parce qu'il ne faut pas confondre l'auteur et ses personnages, la fiction et l'intention, parce qu'on ne peut pas vouloir protéger Salman Rushdie et interdire Ellis. C'est un roman, ce n'est pas *Mein Kampf.*

De plus, c'est un roman qui a été commandé pour de l'argent, et qui se vend bien. Personne n'oblige les lecteurs, que l'on sache. S'il y a violence, c'est une violence de tout le monde, connue, commercialisée. Et s'il y a hypocrisie, elle est générale.

Au demeurant, la défense de Mailer est embarrassée, il trouve les scènes de cruauté mal écrites. Il est peut-être jaloux. Ellis lève les yeux au ciel, l'air d'un énorme bébé innocent, rétorque doucement qu'il s'agit du journal d'un psychopathe et que dans le feu de l'action on ne fait pas d'effet de style. Il a raison, mais c'est faux. Bateman et son auteur Ellis ont du style à revendre. Le portrait de ces années dominées par l'argent est répugnant comme l'époque. La superficialité d'un monde entièrement télévisé est traduite à la perfection par l'écriture glacée, monotone, souple d'Ellis (on est tenté d'oublier cette fois son étiquette de « minimaliste »...), et s'il n'avait pas de talent dans les scènes de torture, on ne voit pas comment elles seraient aussi insoutenables à lire.

Il suffit de comparer avec les journaux d'autres *serial killers* publiés ces temps-ci. Vrais ou réinventés, leurs Mémoires sont sans doute horribles et cinglés, mais ils sont faibles, parce que tout le monde n'est pas écrivain, et que beaucoup n'ont pas le moindre soupir du talent terrible d'Ellis. C'est bien toute la morale de l'affaire.

© *Le Monde*

Bret Easton Ellis est né à Los Angeles en 1964. Après des études littéraires à Bennington College, il s'installe à New York. Ses deux premiers romans Moins que zéro *et* Les Lois de l'attraction *ont connu un succès immédiat. Son troisième roman,* American psycho, *traduit dans vingt-quatre pays, l'a fait connaître dans le monde entier.*

L'AUTEUR de ce journal et le journal lui-même appartiennent évidemment au domaine de la fiction. Et pourtant, si l'on considère les circonstances sous l'action desquelles s'est formée notre société, il apparaît qu'il peut, qu'il doit exister parmi nous des êtres semblables à l'auteur de ce journal. J'ai voulu montrer au public, en en soulignant quelque peu les traits, un des personnages de l'époque qui vient de s'écouler, un des représentants de la génération qui s'éteint actuellement. Dans ce premier fragment, intitulé *Le Sous-Sol*, le personnage se présente au lecteur, il expose ses idées et semble vouloir expliquer les causes qui l'ont fait naître dans notre société. Dans le second fragment, il relate certains événements de son existence.

FEDOR DOSTOÏEVSKI,
Le Sous-Sol.
(Traduction de Boris de Schlœzer)

UNE des grandes erreurs que l'on peut commettre est de croire que les bonne manières ne sont que l'expression d'une pensée heureuse. Les bonnes manières peuvent être l'expression d'un large éventail d'attitudes. Voici le but essentiel de la civilisation: exprimer les choses de façon élégante et non pas agressive. Une de ces errances est le mouvent naturiste, rousseauiste des années soixante où l'on disait: « Pourquoi ne pas dire tout simplement ce que l'on pense ? » La civilisation ne peut exister sans quelques contraintes. Si nous suivions toutes nos impulsions, nous nous entretuerions.

MISS MANNERS (JUDITH MARTIN)

And a thing fell apart
Nobody paid much attention
TALKING HEADS

LES FOUS D'AVRIL

ABANDONNE TOUT ESPOIR, TOI QUI PÉNÈTRES ICI peut-on lire, barbouillé en lettres de sang au flanc de la Chemical Bank, presque au coin de la Onzième Rue et de la Première Avenue, en caractères assez grands pour être lisibles du fond du taxi qui se faufile dans la circulation au sortir de Wall Street, et à l'instant où Timothy Price remarque l'inscription un bus s'arrête et l'affiche des *Misérables* collée à son flanc lui bouche la vue mais cela ne semble pas contrarier Price, qui a vingt-six ans et travaille chez Pierce & Pierce, car il promet cinq dollars au chauffeur s'il monte le son de la radio, qui passe *Be My Baby* sur WYNN, et le chauffeur, un noir, un étranger, obtempère.

– Je suis inventif, dit Price. Je suis créatif, je suis jeune, sans scrupules, extrêmement motivé et extrêmement performant. Autrement dit, je suis foncièrement *indispensable* à la société. Je suis ce qu'on appelle *un atout*. » Price se calme, il continue de regarder fixement par la vitre sale du taxi, probablement le mot PEUR bombé en rouge sur la façade d'un McDonald's, au coin de la Quatrième et de la Septième. « En fait, il n'en reste pas moins que personne n'en a rien à foutre de son travail, *moi,* je déteste mon travail, et *toi,* tu m'as dit que tu détestais le tien. Et qu'est-ce que je suis censé faire ? Retourner à Los Angeles ? Il n'y a aucune alternative. Je ne suis pas passé de l'UCLA à

Stanford pour supporter cela. Je veux dire, est-ce que je suis le *seul* à penser qu'on ne gagne pas assez ? » Comme dans un film, un autre bus entre dans le champ, et une autre affiche des *Misérables* occulte l'inscription – ce n'est pas le même bus, car quelqu'un a écrit le mot GOUINE sur le visage d'Éponine.

– J'habite un clapier, ici. Et j'ai une maison dans les Hamptons. C'est invraisemblable.

– Les parents, mon vieux, les parents.

– Mais je leur *achète* l'appartement. Tu montes le son, oui ou merde ? Il claque vaguement des doigts en direction du chauffeur, tandis que les Crystals continuent de brailler dans le poste.

– Je suis à fond, répond sans doute le chauffeur.

Timothy ne l'écoute pas, il continue d'une voix irritée:

– Si seulement ils installaient des Blaupunkt dans les taxis, je pourrais vivre dans cette ville. Le ODM III dynamic tuning system, ou peut-être le ORC II (et sa voix se fait soudain plus douce). L'un ou l'autre. La classe, mon ami, la grande classe.

Il ôte le walkman haut de gamme qu'il porte accroché autour du cou, et continue de se plaindre.

– J'ai horreur, vraiment horreur, de me plaindre de cette ville, de cette ordure, de cette poubelle, des maladies, de toute cette saleté, et tu sais aussi bien que moi que c'est un sty...   Tout en parlant, il ouvre son nouvel attaché-case Tumi en box-calf de chez D.F. Sanders. Il range le walkman à côté de son Easa-phone de poche pliant Panasonic (auparavant, il possédait le compact NEC 9000 Porta) et sort un journal.

– Prenons une édition, une seule. Voyons... Des mannequins étranglés, des bébés jetés du toit d'une HLM, des gosses tués dans le métro, un rassemblement communiste, un gros mafieux liquidé, des Nazis... Il feuillette avidement le journal. « Des joueurs de base-ball atteints du SIDA, encore des conneries sur la Mafia, les encombrements, les

SDF, des maniaques divers, les pédés qui tombent comme des mouches dans la rue, les mères porteuses, la suppression d'un feuilleton télé, des mômes qui ont forcé les grilles d'un zoo pour aller torturer divers animaux et les brûler vifs, encore du Nazi... et le plus drôle, le plus tordant, c'est que tout ça, ça se passe ici, dans cette ville, pas ailleurs, ici, chez nous, quel pied... attends, tiens, écoute, encore des Nazis, des encombrements, des embouteillages, un trafic de nouveau-nés, des bébés au marché noir, des bébés sidaïques, des bébés camés, un immeuble s'effondre sur un bébé, un bébé maniaque, des bouchons, effondrement d'un pont... Il s'interrompt, reprend son souffle et déclare, le regard fixé sur un clochard, au coin de la Deuxième et de la Cinquième: C'est le vingt-quatrième que je vois aujourd'hui. Je les ai comptés. Puis, sans détourner le regard: Pourquoi portes-tu ton blazer en laine bleu marine avec un pantalon gris ? Price, lui, porte un costume laine et soie Ermenegildo Zegna à six boutons, une chemise de coton Ike Behar à poignets mousquetaire, une cravate de soie Ralph Lauren, et des chaussures en cuir bicolore Fratelli Rossi. Il parcourt le *Post*. Il y a un article moyennement intéressant à propos d'une double disparition à bord du yacht d'une personnalité new-yorkaise moyennement en vue, tandis que le bateau faisait le tour de l'île de Manhattan. Les indices se résument à quelques éclaboussures de sang et trois coupes de champagne fracassées. La thèse du crime est avancée, et la police pense que l'assassin a pu se servir d'une machette, à cause de certaines éraflures et entailles découvertes sur le pont du bateau. On n'a pas retrouvé les corps. Il n'y a pas de suspect. Price, aujourd'hui, a commencé à jacter au déjeuner, il a remis ça durant sa séance de squash, puis au Harry's, où il a continué de délirer devant ses trois J&B à l'eau, quoique de manière plus intéressante, à propos du portefeuille Fischer, dont s'occupe Paul Owen. Price ne sait pas se taire.

– La maladie ! s'exclame-t-il, et la souffrance se lit sur

son visage. La dernière théorie en date, c'est que, si tu peux attraper le SIDA en faisant l'amour avec un partenaire contaminé, alors, tu peux attraper n'importe quoi de la même manière, virus ou non – la maladie d'Alzheimer, la myopathie, l'hémophilie, la leucémie, l'anorexie, le diabète, le cancer, la sclérose en plaques, la tumeur de la vessie, la paralysie cérébrale, la dyslexie, non mais tu imagines : la chatte qui rend dyslexique...

– Je n'en suis pas sûr, mon vieux, mais je ne crois pas que la dyslexie soit un virus.

– Qui sait ? Ils n'en savent même rien. Va le prouver...

Au dehors, sur le trottoir, des pigeons noirs et boursouflés se disputent des miettes de hot-dog devant un Gray's Papaya sous le regard indolent des travestis, une voiture de police remonte silencieusement la rue à contresens sous un ciel bas et gris et, dans un autre taxi bloqué par la circulation, juste en face, un type qui ressemble fort à Luis Carruthers adresse un signe de la main à Timothy, un signe que Thimoty ne lui rend pas, et le type – cheveux plaqués en arrière, bretelles, lunettes à monture de corne – se rend compte qu'il s'est trompé et retourne à son *USA Today*. Il y a une vieille clocharde, laide, avec un cabas. Elle parcourt le trottoir du regard, un fouet à la main. Elle vise les pigeons, qui s'en moquent, et continuent de picorer et de se battre, affamés, pour des reliefs de hot-dog, tandis que la voiture de police disparaît dans un parking souterrain.

– Mais tu vois, quand tu en arrives à réagir à tout ce qui se passe en acceptant tout en bloc, complètement, quand ton corps est en quelque sorte *en phase* avec la folie ambiante, et que tu en arrives à trouver du sens à tout cela, quand tout baigne, tu vois débarquer une espèce de négresse paumée, complètement zonée, qui va exiger – tu m'entends, Bateman, *exiger* – qu'on la laisse dehors, sur le trottoir, dans les rues, dans cette rue, tu vois, *celle-là* – il désigne la rue –, et nous avons un maire qui refuse de l'écouter, un maire qui ne veut pas laisser cette salope faire ce qu'elle a envie de faire, et la laisser crever de froid, cette salope, la laisser crever dans sa misère, comme elle l'a voulu, et toi, tu te retrouves comme un gland, tu ne comprends plus rien, tu t'es fait baiser... Vingt-quatre, non, vingt-cinq... Qui y aura-t-il chez Evelyn ? Attends, laisse-moi deviner. » Il lève une main parfaitement manucurée: « Ashley, Courtney, Muldwyn, Marina, Charles – j'ai tout bon, jusque-là ? Peut-être une de ses amies "artistes" venue du fin fond de l'East Village, tu vois, le genre à demander à Evelyn si elle n'a pas un bon chardonnay *blanc* bien sec. » Il se frappe le front avec la paume, ferme les yeux, et poursuit, marmonnant entre ses dents serrées: Je pars. Je plaque Meredith. Toujours prête, toujours d'accord. C'est terminé. Elle a à peu près autant de personnalité qu'une animatrice de jeu télévisé. Je ne sais pas comment j'ai pu mettre si longtemps à m'en rendre compte... Vingt-six, vingt-sept... Enfin, je lui explique que je suis un être sensible. Je lui ai dit que l'accident de *Challenger* m'avait complètement bouleversé – qu'est-ce qu'elle veut de plus ? Je suis un être moral, tolérant, enfin, je suis parfaitement satisfait de ce que je vis, optimiste quant à l'avenir, tu vois – pas toi ?

– Bien sûr, mais...

– ... et tout ce qu'elle me renvoie, c'est de la *merde*... Vingt-huit, vingt-neuf, la vache, c'est la cour des miracles, ici. Je te dis qu'... » Il s'interrompt brusquement, comme épuisé et, se rappelant soudain une chose importante, il se détourne d'une nouvelle affiche des *Misérables* et demande:

– Tu as lu l'histoire à propos de cet animateur de jeux, à la télé ? Celui qui a tué deux ados ? Une pédale pourrie. Marrant, c'est vraiment marrant. »

Price attend une réaction. En vain. Soudain, ils sont dans l'Upper West Side.

Il dit au chauffeur de s'arrêter au coin de la Quatre-vingt-unième et de Riverside, car la rue a l'air d'être en sens interdit.

– Pas la peine de faire le tour... fait Price.

– Je vais peut-être faire le tour par l'autre côté, dit le chauffeur.

– Pas la peine. » Puis, en un aparté clairement audible, grinçant des dents, l'air mauvais: Enfoiré d'abruti.

Le chauffeur arrête le taxi. Derrière, deux autres taxis klaxonnent à mort, et nous dépassent.

– Faut-il apporter des fleurs ?

– Nooon. Bon Dieu, c'est *toi* qui la baises, Bateman. Pourquoi devrions-nous apporter des fleurs à Evelyn ? Débrouille-toi pour avoir de la monnaie sur cinquante », dit-il au chauffeur, jetant un coup d'œil sur les chiffres rouges inscrits au compteur. « La vache. C'est les amphés. Désolé d'être aussi nerveux.

– Je croyais que tu avais arrêté.

– Ça m'a donné de l'acné sur les bras et les jambes, et le bain UVA n'y changeait rien, alors je suis allé dans un institut de bronzage, et je m'en suis débarrassé. Bon Dieu, Bateman, si tu pouvais voir mon estomac... déchiré. Il n'y a pas d'autre mot. Complètement décapé... » dit-il d'un air étrangement lointain, attendant que le chauffeur lui rende la monnaie. « Déchiré. » Il gratifie le chauffeur d'un pourboire minable, cependant celui-ci se montre sincèrement reconnaissant. « Salut, Dugland », lui lance Price avec un clin d'œil.

« Vacherie de vacherie », dit Price en ouvrant la portière. En sortant du taxi, il avise un clochard sur le trottoir – Une cloche: plus dix points – vêtu d'une espèce de combinaison de para, minable, immonde, pas rasé, les cheveux plaqués en arrière par la crasse et, plaisamment, Price lui tient la porte du taxi. Le clochard perplexe, honteux, marmonne quelque chose, le regard rivé au trottoir, tendant vers nous le gobelet en plastique vide qu'il serre d'une main hésitante.

– Il ne veut pas le taxi, je suppose, ricane Price, claquant la portière. Demande-lui s'il prend l'American Express.

– Vous prenez l'AmEx ?

Le clochard hoche la tête et s'éloigne lentement en traînant les pieds.

Il fait froid pour un mois d'avril, et Price descend la rue d'un pas vif, en direction de l'immeuble d'Evelyn, une maison du début du siècle, sifflotant *Ah si j'étais riche*, balançant son attaché case de cuir Tumi, son haleine formant de petits panaches de vapeur. Au loin, une silhouette vient à sa rencontre; l'homme porte les cheveux plaqués en arrière, des lunettes à monture de corne, un costume croisé Cerruti 1881 en gabardine de laine, et tient à la main le même attaché-case de cuir Tumi que Price, et Timothy se demande à voix haute: Serait-ce Victor Powell ? Ça n'est pas possible.

L'homme passe dans l'éclat fluorescent d'un réverbère, l'air préoccupé, un vague sourire retroussant brièvement ses lèvres, et il jette un coup d'œil à Price, presque un regard de reconnaissance, mais il se rend compte aussitôt qu'il ne le connaît pas, et aussitôt Price se rend compte que ce n'est pas Victor Powell, et l'homme passe son chemin.

– Dieu merci, marmonne Price, arrivant à la porte d'Evelyn.

– Il lui ressemblait beaucoup.

– Powell à un dîner chez Evelyn ? C'est à peu près comme si tu portais un imprimé cachemire avec un écossais. Price reconsidère son exemple: Ou plutôt des chaussettes blanches avec un pantalon gris.

Balayant l'idée d'un vague revers de main, il gravit d'un bond le perron de la maison d'Evelyn – maison que son père lui a achetée –, râlant contre lui-même pour avoir oublié de rendre les cassettes qu'il a louées hier soir chez Video Heaven. Il sonne. Une femme sort de la maison voisine – talons hauts, cul superbe – sans verrouiller la porte derrière elle.

Price la suit du regard puis, entendant à l'intérieur des

pas traverser le vestibule, venant vers nous, il se détourne et rajuste sa cravate, prêt à toute éventualité. C'est Courtney qui ouvre la porte. Elle porte un corsage Krizia de soie crème, une jupe de cuir rouille, Krizia aussi, et des ballerines d'Orsay en soie et satin, Manolo Blahnik.

Frissonnant, je lui tends mon pardessus Giorgio Armani de laine noire, et elle le prend, effleurant avec précautions ma joue droite pour embrasser l'air à mon oreille, puis répète très exactement l'exercice avec Price, tout en prenant son pardessus Armani. Dans le salon, on entend, en sourdine, le dernier CD de Talking Heads.

– Légèrement en retard, n'est-ce pas, les enfants ? fait Courtney, avec un sourire mauvais.

– Le tax'man. Un Haïtien, nul, grommelle Price, effleurant la joue de Courtney et embrassant l'air à son oreille. Avons-nous une réservation quelque part ? Et, par pitié, ne me dis pas chez Pastels à neuf heures.

Courtney sourit, tout en accrochant les deux pardessus dans la penderie du hall.

– On mange à la maison, ce soir, mes amours. Je suis désolée, je sais, je sais bien, j'ai essayé de dissuader Evelyn… et il y a du sushi au menu.

La contournant, Tim traverse le hall en direction de la cuisine.

– Evelyn ? Mais où es-tu, Evelyn ? lance-t-il d'une voix monocorde. Il faut qu'on parle, tous les deux.

– Ça fait plaisir de te voir, dis-je à Courtney. Tu es très en beauté, ce soir. Tu es rayonnante… rayonnante de jeunesse.

– Tu as vraiment l'art de parler aux dames, Bateman. (Pas l'ombre d'un sarcasme dans sa voix). Faut-il que je rapporte cela à Evelyn ? minaude-t-elle.

– Non. Mais je parie que cela te ferait assez plaisir.

– Allons, dit-elle, ôtant mes mains de sa taille et posant les siennes sur mes épaules pour me conduire vers la cuisine. Il faut épargner Evelyn. Cela fait une heure qu'elle prépare le sushi. Elle essaye de dessiner tes initiales – le P en sériole du Cap et le B en thon – mais elle trouve le thon trop pâle.

– Quel romantisme…

– Et elle manque de sériole pour finir le B – Courtney reprend sa respiration –, alors je crois qu'elle va composer les initiales de Tim au lieu des tiennes. Ça ne t'ennuie pas ? demande-t-elle, imperceptiblement inquiète. Courtney est la petite amie de Luis Carruthers.

– Je suis affreusement jaloux. Je crois qu'il faut que j'en discute un peu avec elle, dis-je, et Courtney me pousse doucement dans la cuisine.

Evelyn se tient devant le plan de travail en bois blond; elle porte un chemisier Krizia de soie crème, une jupe de tweed rouille, Krizia aussi, et les mêmes ballerines d'Orsay que Courtney. Elle a attaché ses longs cheveux blonds en arrière, en un petit chignon couture assez sévère, et m'accueille sans lever les yeux du plat ovale en inox de chez Wilton sur lequel elle a artistiquement disposé le sushi.

– Oh, mon chéri, je suis navrée, je voulais qu'on aille dans cet adorable petit bistrot salvadorien qui vient d'ouvrir dans le Lower East Side…

Price émet un gémissement.

– … mais nous n'avons pas pu obtenir de réservation. Timothy, ça n'est pas la peine de gémir. Elle prend un morceau de sériole et le pose méticuleusement au bord du plateau, terminant ainsi ce qui apparaît être un T majuscule. Elle recule, juge de l'effet.

– Je ne sais pas. Oh mon Dieu, je ne sais vraiment pas.

– Je t'ai dit d'avoir toujours du Finlandia chez toi, marmonne Tim, inspectant le contenu du bar – des magnums, pour la plupart. Elle n'a jamais de Finlandia, ajoute-t-il pour lui-même, pour nous tous.

– Oh, pitié, Timothy. Tu ne peux absolument pas boire d'Absolut ? s'exclame Evelyn, puis, s'adressant à Courtney, l'air méditatif: Je devrais disposer le sushi californien tout autour du plat, tu ne crois pas ?

– Bateman, tu prends quelque chose ? demande Price d'une voix mourante.

– J&B avec de la glace. Je m'aperçois soudain avec surprise que Meredith n'a pas été invitée.

– Oh mon Dieu. C'est une *horreur*, déclare Evelyn d'une voix oppressée. Je vous jure que je vais *fondre* en larmes.

– Le sushi est superbe, dis-je d'un ton apaisant.

– C'est une *horreur*, gémit-elle. Une *horreur*.

– Non, pas du tout, le sushi est superbe. Et, essayant de la réconforter de mon mieux, je cueille un morceau de nageoire crue et me le fourre dans la bouche, poussant un grognement de plaisir et, attrapant Evelyn par derrière, la bouche toujours pleine, je parviens à articuler « délicieux ».

Elle me donne une petite tape, visiblement ravie de ma réaction puis, avec mille précautions, effleure ma joue et embrasse l'air à mon oreille, avant de se tourner vers Courtney. Price me tend mon verre et se dirige vers le salon, essayant d'ôter une poussière invisible de son blazer. « Evelyn, tu n'aurais pas une brosse antistatique ? »

J'aurais préféré regarder le match de base-ball à la télé, ou bien aller m'entraîner un peu au gymnase, ou encore essayer ce restaurant salvadorien qui a eut deux bons articles, dans *New-York* et dans le *Times*, plutôt que de dîner ici, mais le bon côté des dîners chez Evelyn, c'est qu'elle n'habite pas loin de chez moi.

– Cela ne vous ennuie pas, si la sauce de soja n'est pas exactement à température ambiante ? demande Courtney. Je crois qu'il y a de la glace dans un des plats.

Evelyn s'emploie à empiler délicatement de fines lamelles de gingembre orangé à côté d'une soucoupe de porcelaine remplie de sauce de soja.

– Si, c'est très ennuyeux. Écoute, Patrick, tu veux bien être **un ange** et aller chercher les Kirin dans le réfrigérateur ? Puis, apparemment accablée par le gingembre, elle le jette en vrac sur le plateau: Oh, laisse tomber, je vais y aller moi-même.

Cependant, je me dirige vers le réfrigérateur. Price réapparaît dans la cuisine, le regard sombre.

– C'est qui, dans le salon ?

– Qui ? Evelyn feint de ne pas comprendre.

– Evelyn ! Tu leur a dit, j'espère, intervient Courtney.

– Qui est-ce ? (J'ai peur, tout à coup.) Victor Powell ?

– Non, ça n'est pas Victor Powell, Patrick, répond Evelyn d'un ton négligent. C'est Stash, un artiste, un ami à moi. Il est avec Vanden, sa petite amie.

– Oh, alors, c'était bien une *fille* que j'ai aperçu, dit Price. Va jeter un coup d'œil, Bateman, lance-t-il. Laisse-moi deviner. East Village ?

– Oh, Price, minaude-t-elle tout en décapsulant des bières. Eh bien, pas du tout. Vanden va à Camden et Stash vit à SoHo, voilà.

Je sors de la cuisine, traverse la salle à manger où la table a été dressée – bougies de cire d'abeille de chez Zona allumées dans des chandeliers d'argent de chez Fortunoff –, et passe dans le salon. Impossible de dire ce que porte Stash, la pièce est plongée dans le noir. Vanden a des raies vertes dans les cheveux. Elle est affalée devant un clip de Heavy-Metal sur MTV, et tire sur une cigarette.

– Hum-hum, fais-je.

Vanden me jette un regard méfiant. Sans doute est-elle droguée jusqu'aux yeux. Stash ne bouge pas.

– Salut. Je suis Pat Bateman, dis-je, tendant la main, remarquant au passage mon reflet dans le miroir accroché au mur, avec un sourire de satisfaction.

Elle prend ma main sans rien dire. Stash se met à sentir ses doigts.

Changement de plan. Retour à la cuisine.

– Vire là d'ici, dit Price, écumant. Elle est complètement cassée devant MTV, et moi, je veux voir ce putain de reportage de McNeil et Lehrer.

– Il ne faut pas tarder à manger ce truc, sinon nous allons tous être empoisonnés, fait remarquer Evelyn d'un air absent, sans cesser de décapsuler de grandes bouteilles de bière d'importation.

– Elle a des raies vertes dans les cheveux, dis-je. Et *en plus*, elle fume.

– Bateman, dit Tim, sans cesser d'observer Evelyn d'un regard mauvais.

– Oui, Timothy ?

– Tu es un ringard.

– Oh, laisse donc Patrick tranquille, dit Evelyn. C'est un brave garçon sans histoire. Il est comme ça, Patrick. Tu n'es pas un ringard, n'est-ce pas, mon chou ? Evelyn est visiblement à côté de la plaque, et je me dirige vers le bar pour me servir un autre verre.

– Un brave garçon sans histoire, répète Tim avec un sourire affecté, hochant la tête, puis, changeant d'expression, il demande de nouveau à Evelyn, d'un ton hostile, si elle a une brosse antistatique.

Evelyn en termine avec les bouteilles de bière japonaise et demande à Courtney d'aller chercher Stash et Vanden.

– Il ne faut pas tarder à manger ce truc, sinon, nous allons tous être empoisonnés, murmure-t-elle, tournant lentement la tête pour inspecter la cuisine et voir si elle n'a rien oublié.

– Si j'arrive à les arracher à la dernière vidéo de Megadeth, fait remarquer Courtney avant de quitter la pièce.

– Il faut que je te parle, dit Evelyn.

– De quoi ? dis-je, m'approchant d'elle.

– Non. À Price, dit-elle, désignant Tim.

Tim continue de la regarder d'un air furieux. Je me tais, le regard fixé sur son verre.

– Sois un amour, me dit-elle, va poser le sushi sur la table. Les beignets de seiche sont dans le micro-ondes et le saké va bientôt bouillir… Sa voix se perd, tandis qu'elle entraîne Price hors de la cuisine.

Je me demande où Evelyn a trouvé le sushi – du thon,

de la sériole, du maquereau, des crevettes, de l'anguille, et même de la bonite –, tout cela d'une fraîcheur parfaite. Il y a aussi des petits piments et de petits tas de gingembre, disposés stratégiquement autour du plat de chez Wilton. Mais j'aime aussi cette idée que je ne *sais* pas, que je ne *saurai jamais*, que je ne lui *demanderai jamais* d'où vient tout cela, et que le sushi trônera au centre de la table de chez Zona que le père d'Evelyn lui a achetée comme quelque apparition mystérieuse venue d'un lointain Orient, et en posant le plateau, j'aperçois mon propre reflet sur la table. Ma peau semble plus sombre, à cause de la lumière des bougies, et je me félicite de la coupe de cheveux que Gio m'a faite mercredi dernier. Je me sers un autre verre. Légère inquiétude à propos du taux de sodium dans la sauce de soja.

Nous sommes quatre autour de la table à attendre le retour d'Evelyn et de Timothy, qui sont allés chercher une brosse antistatique pour Price. Je suis assis en bout de table, buvant mon J&B à grandes lampées. Vanden a pris place en face, elle parcourt vaguement *Imposture*, un torchon de l'East Village dont la manchette proclame LA MORT DU QUARTIER. Stash a planté sa baguette dans un morceau de sériole du Cap et l'a laissé là, esseulé au milieu de son assiette, comme un insecte luisant empalé sur la baguette qui se dresse dans son dos. De temps en temps, il lui fait faire le tour de l'assiette, mais sans jamais lever les yeux vers moi, ni Vanden ni Courtney qui, assise à côté de moi, sirote du vin de prune dans une flûte à champagne.

Il y a peut-être vingt minutes que nous sommes assis lorsque Evelyn et Timothy réapparaissent. Evelyn est à peine rouge. Tim me jette un sale regard en s'asseyant sur la chaise voisine de la mienne, après s'être servi un nouveau verre, et se penche vers moi, prêt à dire, à avouer quelque chose, quand Evelyn intervient brusquement : « Pas ici, Timothy. Un homme, une femme, un homme, une femme », ajoute-t-elle dans un murmure, lui désignant vaguement la chaise libre à côté de Vanden. Timothy tourne son regard vers Evelyn et s'installe d'un air hésitant à côté de Vanden, qui baille et tourne la page de son magazine.

– Eh bien, les enfants… fait Evelyn, souriante, satisfaite de son dîner, allez-y, piochez… » Elle manque un instant de perdre contenance en remarquant que Stash a déjà piqué un morceau de sushi – il est penché sur son assiette et semble chuchoter quelque chose au poisson cru –, mais elle sourit crânement et demande d'une voix chantante si quelqu'un veut encore un peu de vin de prune.

Le silence règne. Enfin, Courtney lève un verre hésitant, les yeux rivés sur l'assiette de Stash, et déclare avec un sourire forcé: C'est… c'est délicieux, Evelyn.

Stash reste muet. Bien qu'il se sente probablement mal à l'aise, assis à cette table, car il n'a rien de commun avec les autres convives mâles – pas de cheveux plaqués, ni de bretelles, ni de lunettes à monture de corne, des vêtements noirs qui tombent mal, aucun besoin pressant d'allumer un cigare et de le têter, une incapacité probable à obtenir une table chez Camols, un revenu dérisoire –, son attitude est assez déconcertante; il demeure ainsi, comme hypnotisé par le morceau de sushi miroitant et, à l'instant où tout le monde va finir par se désintéresser de lui, détourner le regard et se mettre à manger, il se redresse brusquement et, tendant vers le plat un doigt accusateur, déclare d'une voix forte: Il a bougé !

Timothy lui jette un regard empreint d'un mépris si total que je ne pourrai jamais complètement l'imiter, mais en me concentrant, je réussis cependant à en approcher. Vanden semble trouver cela amusant, ainsi que Courtney, hélas. Je commence à me demander si elle ne trouve pas ce singe séduisant, mais j'imagine que moi aussi, je lui trouverais peut-être du charme, si je sortais avec Luis Carruthers. Evelyn émet un rire bon-enfant et déclare: Oh, Stash, tu es vraiment un numéro, avant de proposer de la Tempura à la cantonade, l'air anxieux. Evelyn est cadre supérieur dans une société financière, la FYI.

– J'en prendrais volontiers, dis-je, cueillant sur le plateau un morceau d'aubergine que je ne mangerai pas, car elle est frite.

Les convives commencent à se servir, s'employant avec succès à ignorer Stash. Je regarde fixement Courtney. Elle mastique, avale.

Tentant de lancer la conversation, Evelyn déclare, après ce qui paraît être un silence lourd de réflexions:

– Vanden va à Camden.

– Oh, vraiment ? fait Timothy d'une voix glaciale. Où est-ce ?

– Dans le Vermont, répond Vanden sans lever les yeux de son journal.

Je jette un coup d'œil à Stash, pour voir s'il est satisfait de ce mensonge éhonté, mais il fait comme s'il n'écoutait pas, comme s'il était dans une autre pièce, ou dans une quelconque boîte de rock des bas-fonds, et chacun autour de la table fait de même, ce qui m'agace, car, j'en suis à peu près sûr, nous savons tous ici que Camden se trouve dans le New-Hampshire.

– Et vous, où êtes-vous allée ? demande Vanden en soupirant, s'apercevant enfin que personne ne s'intéresse à Camden.

– Eh bien, je suis allée au *Rosay,* commence Evelyn, et ensuite dans une école de commerce en Suisse.

– Moi aussi, j'ai subi l'épreuve de l'école de commerce en Suisse, dit Courtney. Mais j'étais à Genève. Evelyn a été à Lausanne.

Vanden jette son numéro de *Imposture* à côté de Timothy, avec un sourire affecté, sournois et niais, et je suis un peu contrarié de voir qu'Evelyn ne lui renvoie pas sa condescendance en pleine figure. Cependant, le J&B m'a si bien détendu que je n'éprouve nullement le besoin d'intervenir. Sans doute Evelyn pense-t-elle que Vanden est gentille, un peu perdue, dépaysée, que c'est une *artiste*. Price ne mange rien. Evelyn non plus. La cocaïne, peut-être, mais cela m'étonnerait. Avalant une grande lampée, Timothy ramasse le numéro de *Imposture* et émet un rire bas.

– La Mort du Quartier, » dit-il ; puis, désignant le gros titre, mot par mot : Qu'est-ce qu'on en a à foutre ?

Je suppose que Stash va immédiatement lever la tête de son assiette, mais il continue de fixer son morceau de sushi esseulé, souriant tout seul et dodelinant.

– Hé ! fait Vanden, comme si on l'avait insultée, nous, cela nous touche de près.

– Oh oh oh, fait Tim, haussant le ton, cela *nous* touche de près ? Et les massacres au Sri-Lanka, ma chérie ? Cela ne nous touche pas de près ? Le Sri-Lanka, vous voyez ?

– Bah, c'est une boîte sympa, dans le Village, répond Vanden avec un haussement d'épaules. Ouais, ça nous touche aussi. » Stash prend soudain la parole, sans lever les yeux.

– C'est le *Tonka*. » Il a l'air exaspéré, mais il a parlé d'un ton égal, sans élever la voix, et sans quitter des yeux son morceau de sushi. « La boîte s'appelle le Tonka, pas le Sri-Lanka. Compris ? Le Tonka. »

Vanden baisse les yeux. « Oh », fait-elle d'un air soumis.

– Je veux dire, vous n'avez jamais entendu parler du Sri-Lanka ? Jamais entendu parler des Sikhs qui massacrent de l'Israélien à la tonne, là-bas ? insiste Timothy d'un ton vif. *Ça*, ça ne nous touche pas de près, peut-être ?

– Qui veut du kappamaki ? l'interrompt Evelyn d'une voix enjouée, présentant un plat.

– Allons, Price, dis-je. Il y a des problèmes plus préoccupant que celui du Sri-Lanka. Évidemment, notre politique étrangère est un sujet important, mais il existe vraiment des problèmes plus pressants chez nous.

– Quoi, par exemple ? demande-t-il, sans quitter Vanden des yeux. À propos, pourquoi y a-t-il un glaçon dans ma sauce de soja ?

– Ça n'est pas cela, dis-je d'une voix hésitante. Eh bien, déjà, il faut en finir avec l'apartheid. Il faut enrayer la course à l'armement nucléaire, le terrorisme et la faim dans le monde. Il faut se garantir une défense nationale solide, empêcher le développement du communisme en Amérique centrale, travailler à un plan de paix au Proche-Orient, éviter l'engagement militaire américain outre-mer. Nous devons faire en sorte que l'Amérique soit respectée en tant que puissance mondiale. Bon, il ne s'agit pas pour autant de minimiser nos problèmes intérieurs, qui sont aussi importants, sinon plus. Il faut mettre au point un système d'assistance médicale permanente pour les personnes âgées qui soit plus efficace et plus abordable, il faut contrôler l'épidémie de SIDA et trouver un vaccin, mettre au point une action écologique pour nous débarrasser des déchets toxiques et remédier aux ravages de la pollution, améliorer la qualité de l'enseignement primaire et secondaire, durcir les lois et prendre des mesures sévères contre les délinquants et les trafiquants de drogue. Il faut aussi mettre les études supérieures à la portée des classes moyennes et assurer une protection sociale aux plus âgés, sans oublier la protection des richesses naturelles et des espaces vierges, et réduire l'influence des comités d'action politique.

Tout le monde me regarde d'un air gêné, même Stash, mais une fois lancé, je suis incapable de m'arrêter.

– Mais du point de vue économique, nous sommes toujours dans une situation catastrophique. Nous devons trouver un moyen de limiter le taux d'inflation, et de réduire le déficit. Il nous faut également proposer des formations et procurer des emplois aux chômeurs, ainsi que protéger la main-d'œuvre américaine d'une immigration injustifiée. Nous devons faire de l'Amérique le leader en matière de technologies de pointe. Parallèlement, il faut promouvoir la croissance économique et augmenter le volume des affaires, tout en veillant à limiter les impôts fédéraux et à abaisser les taux d'intérêt, et donner les moyens de vivre aux petites entreprises en contrôlant l'action des repreneurs et les fusions avec les grosses sociétés.

Price manque de régurgiter sa gorgée de vodka après cette dernière réflexion, mais j'essaie de les regarder tous dans les yeux, en particulier Vanden qui, si elle laissait tomber les raies vertes et le cuir et s'efforçait d'avoir meilleure mine – en suivant des cours d'aérobic par exemple, et en mettant un chemisier, un truc de Laura Ashley, je ne sais pas – pourrait *éventuellement* être jolie. Mais pourquoi couche-t-elle avec Stash ? Il est mal foutu, blême, il a une mauvaise coupe de cheveux et au moins quatre kilos de trop; aucune trace de muscle sous le T-shirt noir.

– Mais nous ne pouvons pas non plus ignorer nos nécessités sur le plan social. Il faut empêcher les gens d'abuser de notre système de protection. Il faut procurer de la nourriture et des abris à ceux qui sont à la rue, et lutter contre la discrimination raciale en se battant pour les droits du citoyen, tout en faisant valoir l'égalité du droit pour les femmes, mais en modifiant la loi sur l'avortement afin de protéger le droit à la vie, tout en parvenant cependant à sauvegarder la liberté de choix pour les femmes. Il faut aussi contrôler le flux de l'immigration clandestine. Nous devons promouvoir un retour aux valeurs morales traditionnelles et réprimer l'abus de sexe et de violence à la télé, dans les films, dans la musique, partout. Et plus que tout, il nous faut développer la conscience sociale du pays, et faire en sorte que la nouvelle génération soit moins matérialiste. Je finis mon verre. Tout le monde me regarde. Le silence est total. Courtney sourit d'un air satisfait. Timothy se contente de secouer la tête avec incrédulité, stupéfait. Evelyn, complètement décontenancée par le tour qu'a pris la conversation, se lève en vacillant un peu, et demande si quelqu'un prendra du dessert...

– J'ai des sorbets, déclare-t-elle d'un air hébété. Kiwi,

carambole, cherimolle, fruit du cactus et... Ah, comment est-ce, déjà ?... Elle interrompt sa litanie médiumnique et tente de retrouver le dernier parfum. Ah oui, poire du Japon.

Personne n'ouvre la bouche. Tim me lance un bref regard. Je jette un rapide coup d'œil à Courtney, croise le regard de Tim, et regarde Evelyn. Evelyn croise mon regard, et jette un coup d'œil inquiet à Tim, puis à Courtney, puis de nouveau à Tim, qui me lance un nouveau coup d'œil avant de déclarer lentement, d'une voix mal assurée: Poire du cactus.

— *Fruit* du cactus, corrige Evelyn.

Je jette un regard suspicieux à Courtney qui annonce: Cherimolle, et je dis: Kiwi. Kiwi, dit aussi Vanden.

— Copeaux de chocolat, annonce Stash d'une voix calme, détachant bien les syllabes.

L'angoisse palpite un instant sur le visage d'Evelyn, immédiatement remplacée par une expression enjouée, particulièrement réussie.

— Oh, Stash, dit-elle en souriant, tu sais bien que je n'ai pas de copeaux de chocolat, ce qui, note bien, serait un parfum étrange pour un sorbet. Je t'ai dit que j'ai de la cherimolle, de la poire du cactus, de la carambole, je voulais dire *fruit* du cactus...

— Je sais. Je ne suis pas sourd, dit-il en lui faisant signe de se taire. Trouve quelque chose de plus marrant.

— Très bien, dit Evelyn. Courtney ? Tu veux bien venir m'aider ?

— Bien sûr. Courtney se lève, et je la suis des yeux, tandis qu'elle disparaît dans la cuisine en faisant claquer ses talons.

— Pas de cigare, les garçons ! crie Evelyn de la cuisine.

— Bien sûr que non, répond Price en remettant le cigare dans la poche de sa veste.

Stash continue d'observer son sushi, avec une intensité qui m'intrigue, et je finis par lui demander, espérant qu'il saisira l'ironie de ma question: Aurait-il... euh, recommencé à bouger, par hasard ?

Vanden a dessiné une tête de Smiley sur son assiette avec toutes les petites barquettes du sushi californien. Elle la soumet à l'approbation de Stash. « Super, hein ? »

– Sympa, grogne Stash.

Evelyn revient avec les sorbets dans des verres tulipe de l'Odéon et une bouteille de Glenfiddich non entamée, qui demeure intacte tandis que nous mangeons nos sorbets.

Courtney doit nous quitter de bonne heure pour rejoindre Luis à une soirée au Bedlam, une nouvelle boîte au sud de Manhattan. Stash et Vanden partent peu après, déterminés à trouver un "plan" quelconque à SoHo. Moi seul ai vu Stash prendre le morceau de sushi dans son assiette et le glisser dans la poche de son bomber de cuir vert. J'en glisse un mot à Evelyn tandis qu'elle remplit le lave-vaisselle, et elle me lance un regard si haineux qu'il y a peu de chance que nous fassions l'amour ce soir. Mais je reste, quoi qu'il en soit. Price aussi. Il est maintenant allongé sur un tapis d'Aubusson fin dix-huitième, dans la chambre d'Evelyn en train de boire un espresso dans une tasse de chez Ceralene. Je suis allongé sur le lit d'Evelyn, tenant dans mes bras un coussin de tapisserie de chez Jenny B. Goode, dégustant un verre d'Absolut à la crème d'airelle. Evelyn se brosse les cheveux, assise devant sa coiffeuse, son corps ravissant drapé dans un peignoir Ralph Lauren rayé blanc et vert, observant son reflet dans le miroir.

– Suis-je le seul à m'être aperçu du comportement de Stash envers son sushi, comme si c'était – je tousse avant de conclure – un petit animal ?

– Je t'en prie, renonce à inviter tes amis "artistes" à tes dîners, dit Tim d'une voix lasse. Je suis fatigué d'être le seul à table à n'avoir jamais discuté avec un extra-terrestre.

– Cela ne s'est produit qu'une fois, dit Evelyn, scrutant sa lèvre, perdue dans la sérénité de sa propre beauté.

– Mais c'était à l'Odéon, rien de moins, grommelle Price.

Je me demande vaguement pourquoi je n'ai pas été invité à l'Odéon pour le dîner d'artistes. Evelyn avait-elle réglé l'addition ? Vraisemblablement. Et j'ai soudain une vision d'Evelyn, souriant pour dissimuler son abattement, trônant à table, entourée des amis de Stash, lesquels s'emploient tous à bâtir de petites cabanes de rondins avec leurs pommes de terre frites, à faire comme si leur saumon grillé était vivant en promenant les morceaux autour de la table, chaque tranche de poisson débattant avec l'autre du "paysage artistique" et des nouvelles galeries; éventuellement, il tentent même de faire pénétrer le poisson dans la cabane de rondins construite en pommes de terre frites.

– Si tu as bonne mémoire, j'ai dit que moi non plus, je n'en avais jamais rencontré, fait remarquer Evelyn.

– Non, mais Bateman est ton petit ami, ça n'est pas rien, s'esclaffe Price, et je lui jette le coussin. Il l'attrape et me le renvoie.

– Laisse Patrick tranquille. C'est un brave garçon sans histoire, dit Evelyn, sans cesser de se masser le visage avec une espèce de crème. Tu n'es pas un extra-terrestre, n'est-ce pas, mon chéri ?

– Cette question mérite-t-elle seulement une réponse ? dis-je avec un soupir.

– Oh, mon amour… Elle fait la moue, me regardant dans le reflet du miroir. *Moi*, je sais bien que tu n'es pas un extra-terrestre.

– Quel soulagement.

– Non, mais Stash était là, à cette soirée à l'Odéon, reprend Price. Puis, me jetant un coup d'œil: Á l'Odéon. Tu as entendu, Bateman ?

– Non, il n'écoute simplement pas, dit Evelyn.

– Que si, il écoute. Mais il ne s'appelait pas Stash, ce soir là. Il s'appelait Horseshoe, ou Magnet, ou Lego, ou quelque chose aussi *mature*, ricane Price. J'ai oublié.

– Mais Timothy, où veux-tu en venir ? demande Evelyn

d'une voix accablée. Je ne t'écoute même pas. Elle humecte une boule de coton, se la passe sur le front.

– Eh bien, il est question de l'Odéon, dit Price, se redressant non sans effort. Et ne me demande pas pourquoi, mais je me souviens parfaitement l'avoir entendu commander un *cappuccino* de thon.

– Carpaccio, corrige Evelyn.

– Non, Evelyn chérie, amour de ma vie. Je l'entends encore commander le *cappuccino* de thon, dit Price, levant les yeux au ciel.

– Il a demandé un carpaccio, réplique-t-elle, passant le coton sur ses paupières.

– Un *cappuccino*, insiste Price. C'est toi-même qui l'a corrigé.

– Et *toi*, tu ne l'as même pas reconnu, ce soir, contre-attaque-t-elle.

– Oh, mais je me souviens *très bien* de lui, dit Price, se tournant vers moi. Evelyn parlait de lui comme du "joyeux culturiste". C'est ainsi qu'elle nous l'a présenté. Je te le jure.

– Oh, tais-toi, fait-elle, l'air contrarié, mais elle jette un coup d'œil à Timothy dans le miroir, et lui lance un sourire coquet.

– Je veux dire, cela m'étonnerait que l'on trouve Stash dans les pages mondaines de *Women's Wear*, dit Price, lui rendant son regard, assorti d'un sourire carnassier, lubrique. Je m'absorbe dans l'Absolut à la crème d'airelle que je tiens à la main. On dirait un verre de sang dilué, délavé, servi avec un glaçon et une tranche de citron.

– Que se passe-t-il entre Courtney et Luis ? dis-je, espérant détourner leur regard l'un de l'autre.

– Oh, mon Dieu, gémit Evelyn, se retournant face au miroir. Ce qu'il y a d'*épouvantable* avec Courtney, ça n'est pas qu'elle n'aime plus Luis. C'est qu'…

– On lui a annulé son crédit chez Bergdorf ? coupe Price. Je me mets à rire. Nous échangeons une grande claque amicale.

– Non, continue Evelyn, elle aussi mise en joie. C'est qu'elle est *réellement* tombée amoureuse de son agent immobilier. Un espèce de *rat* qu'elle a rencontré au Feathered Nest.

– Courtney n'est sans doute pas infaillible, déclare Tim, inspectant ses ongles fraîchement manucurés, mais, mon Dieu, que dire d'une… *Vanden*?

– Oh, je t'en *prie*, pas ça, gémit Evelyn, actionnant vigoureusement sa brosse à cheveux.

– Vanden est un croisement entre… un cardigan The Limited et… un vieux Benetton, dit Price, levant la main, les yeux clos.

– Non, dis-je, essayant de m'introduire dans la conversation. Un vieux Fiorucci.

– Ouais, fait Tim, c'est ça. Il a ouvert les yeux et détaille Evelyn.

– Laisse tomber, dit Evelyn. C'est une fille de Camden. À quoi d'autre peut-on s'attendre, à ton avis ?

– Oh, mon Dieu, gémit Timothy, c'est vraimen *usant*, ce genre de nana. *Et mon petit ami, et comme je l'aime, mais il en aime une autre, et comme je souffre sans lui, mais il ne s'intéresse pas à moi, et blablabla, et blablabla…* Mon Dieu, quelle plaie. Elles y croient, tu vois ? C'est d'une tristesse… Tu n'es pas de mon avis, Bateman ?

– Oui. Elles y croient. Quelle tristesse.

– Tu vois, Bateman est du même avis que moi, dit Price d'un air suffisant.

– Non, certainement pas. (À l'aide d'un kleenex, Evelyn éponge à présent ce dont elle s'est barbouillée.) Patrick n'a rien d'un cynique, Timothy. C'est un brave garçon sans histoire, n'est-ce pas, mon chéri ?

Oh non, oh non, me dis-je tout bas. Je suis un maniaque, une ordure de psychopathe.

– Après tout, peu importe, soupire Evelyn. Évidemment, ça n'est pas la fille la plus brillante du monde.

– Ha ! Ça, c'est l'euphémisme du siècle ! s'esclaffe Price.

Mais Stash n'est pas non plus le type le plus brillant. Un couple idéal. Ils se sont rencontrés sur le téléphone rose, ou quelque chose de ce genre ?

– Laisse-les en paix ! dit Evelyn. Stash a vraiment du talent, et quant à Vanden, je suis sûre que nous la sous-estimons.

– Voilà une fille… commence Price, se tournant vers moi, voilà une fille, écoute bien Bateman, c'est Evelyn elle-même qui me l'a raconté, une fille qui a loué *High Noon* parce qu'elle croyait que c'était un film sur les… – il avale sa salive – sur les cultivateurs de marijuana.

– Saisissant, dis-je. Mais quelqu'un est-il parvenu à déterminer de quoi vit ce Stash ? J'imagine qu'il a un nom de famille, mais je ne tiens pas à le connaître, non Evelyn, ne me dis rien.

– Pour commencer, c'est un type *parfaitement* correct, et gentil, dit Evelyn, sur la défensive.

– Un type qui demande un sorbet aux *copeaux de chocolats*, bon Dieu ! se lamente Timothy, incrédule. Mais qu'est-ce que cela *veut dire* ?

Evelyn feint de ne pas entendre. Elle ôte ses boucles d'oreilles Tina Chow. « Il est sculpteur », dit-elle d'une voix coupante.

– Sculpteur mes pieds, dit Timothy. Je me souviens lui avoir parlé, à l'Odéon. (Il se tourne de nouveau vers moi.) C'est à ce moment-là qu'il a commandé un capuccino de thon, et je suis sûr que si nous n'avions pas été là pour l'aider, il aurait aussi commandé du saumon *au lait*, et il m'a dit qu'il *fournissait* les soirées, ce qui signifie ni plus ni moins – je ne sais pas, dis-moi si je me trompe, Evelyn – qu'il est *traîteur. Traîteur*, voilà ce qu'il est ! s'écrie Price. *Traîteur*, et pas sculpteur !

– Je t'en prie, du calme, dit Evelyn, s'étalant une nouvelle couche de crème sur le visage.

– C'est comme si tu disais que tu es une grande poétesse.

Timothy est ivre, et je commence à me demander quand il va vider les lieux.

– Eh bien, commence Evelyn, imagine-toi qu'effectivement, j'ai...

– Tu n'es qu'une machine à aligner des mots ! lance
Tim. Il s'approche d'Evelyn et se penche près d'elle, observant son reflet dans le miroir.

– N'as-tu pas un peu grossi, Tim ? demande Evelyn
d'une voix pensive. Elle examine le visage de Tim dans le
miroir. Je te trouve... plus rond.

En manière de représailles, Tim renifle le cou d'Evelyn
et demande: Quelle est cette... odeur ensorcelante ?

– C'est *Obsession*, répond Evelyn avec un sourire charmeur, repoussant doucement Timothy. *Obsession*. Patrick,
tu veux bien éloigner ton ami de moi ?

– Non, non, attends, dit Tim, la flairant bruyamment.
Ce n'est pas *Obsession*. C'est... c'est... Puis, le visage déformé par une horreur feinte: C'est... Oh, mon Dieu, c'est *de
l'auto-bronzant Instatan* !

Evelyn demeure un moment silencieuse, considérant les
diverses réactions possibles. Elle examine de nouveau la
tête de Price.

– Tu perds tes cheveux ?

– Evelyn, dit Tim, ne change pas de sujet. Cela dit,
puisque tu en parles... (Il passe une main sur ses cheveux,
l'air sincèrement préoccupé). Trop de gel, tu crois... ?

– Peut-être, répond Evelyn. Bien, maintenant, rends-toi
utile et va t'asseoir, *je t'en prie*.

– Au moins, ils ne sont pas verts, et je n'ai pas essayé de
les couper avec un couteau à beurre, déclare Tim, faisant
allusion à la teinture de Vanden et à la coupe de cheveux
de Stash, définitivement lamentable, visiblement bon marché, et lamentable parce que bon marché.

– Tu as grossi ? demande Evelyn, plus gravement cette fois.

– Mon Dieu, fait Tim, prêt à lui tourner le dos, vexé.
Non, Evelyn, je n'ai pas grossi.

– Je te jure que ton visage a l'air... plus rond, insiste
Evelyn. Moins... moins aigu.

– Je n'en crois pas un mot.

Il plonge son regard dans le miroir. Elle continue de se brosser les cheveux, mais ses gestes sont moins précis, car elle regarde Tim. S'en apercevant, il lui flaire le cou, et je crois bien qu'il lui donne un petit coup de langue. Il sourit.

– Ça n'est pas de l'*Instatan* ? demande-t-il. Allez, tu peux me le dire. Je reconnais l'odeur.

– Non, dit Evelyn sans sourire. C'est *toi* qui utilises de l'*Instatan*.

– Non. Il se trouve que je n'en utilise pas. Je vais dans un salon de bronzage. Je sais bien que c'est cher, mais... Price pâlit. Alors, c'est de l'*Instatan* ?

– Oh, quel courage, d'avouer que tu vas dans un salon de bronzage... dit-elle.

– *Instatan*, dit-il avec un rire bas.

– Je ne sais *même* pas de quoi tu veux parler, conclut Evelyn, agitant de nouveau la brosse à cheveux. Patrick, tu veux bien *raccompagner* ton ami ?

Price est à présent à genoux, et flaire bruyamment les jambes nues d'Evelyn, qui rit. Je me raidis.

– Oh, mon Dieu, gémit-elle, fiche le camp.

– Tu es *orange*, dit-il en riant, toujours à genoux, la tête enfouie dans son giron. Tu as l'air tout orange.

– Non, je ne suis pas orange, répond-elle en un long feulement de douleur et d'extase. Espèce de blaireau.

Je les observe, allongé sur le lit. Timothy, à ses genoux, essaie de passer la tête sous le peignoir Ralph Lauren. Evelyn, rejetant la tête en arrière de plaisir, essaie en jouant de le repousser, lui donnant sans conviction de petits coups sur le dos avec sa brosse Jan Hové. Je suis à peu près certain que Timothy et Evelyn sont amants. Timothy est la seule personne intéressante que je connaisse.

– Tu devrais partir », dit-elle enfin, haletante. Elle a cessé de se défendre.

Il lève les yeux vers elle, avec un sourire pour pâte dentifrice. « Vos désirs sont des ordres, Madame. »

– Merci, fait-elle d'une voix où je crois discerner du dépit.

Il se relève. « On dîne ? Demain soir ? »

– Il faut que je demande à mon petit ami, dit-elle, me souriant dans le miroir.

– Tu mettras ta robe noire sexy, celle d'Anne Klein ? murmure-t-il à son oreille, les mains posées sur ses épaules. Puis, toujours murmurant: Pas la peine d'inviter Bateman.

Je ris bon cœur, et me lève du lit pour le raccompagner.

– Attends ! Mon espresso ! s'écrie-t-il.

Evelyn se met à rire, puis applaudit, comme si elle était ravie de le voir si peu désireux de déguerpir.

– Allez, mon vieux, dis-je, le poussant sans ménagements hors de la chambre. C'est l'heure de faire dodo.

Il parvient encore à lui envoyer un baiser de loin, avant que je ne le fasse sortir. Il demeure parfaitement silencieux, tandis que je le raccompagne jusque dans la rue.

Après son départ, je me sers un cognac dans un grand verre italien et, revenant dans la chambre, je trouve Evelyn au lit, en train de regarder le Club du Télé-Achat. Je m'allonge auprès d'elle, desserre ma cravate Armani. Je lui pose enfin ma question, sans la regarder:

– Pourquoi n'aurais-tu pas une histoire avec Price ?

– Oh, franchement, Patrick... Elle ferme les yeux. Pourquoi *Price* ? Pourquoi lui ? demande-t-elle d'un ton qui me fait penser qu'elle a déjà couché avec lui.

– Il est riche, dis-je.

– *Tout le monde* est riche, dit-elle, le regard rivé sur l'écran.

– Il est séduisant, dis-je.

– *Tout le monde* est séduisant, dit-elle d'une voix lointaine.

– Il a un corps superbe, dis-je.

– *Tout le monde* a un corps superbe, de nos jours, dit-elle.

Je pose mon verre sur la table de chevet et roule sur

elle. Tandis que j'embrasse et lèche son cou, elle fixe un regard passionné sur le récepteur grand écran Panasonic à télé-commande, et baisse le son. Je relève ma chemise Armani et pose sa main sur mon torse pour qu'elle palpe cette dureté de statue, cet admirable sillon des abdominaux, et je bande mes muscles, heureux que la pièce soit éclairée, car elle peut ainsi voir combien mon ventre est à présent bronzé et finement sculpté.

– Tu sais, dit-elle d'une voix claire, Stash est séropo. Et… Elle s'interrompt. Quelque chose sur l'écran retient son attention; elle monte légèrement le son, puis le baisse de nouveau. Et… Je pense qu'il va sans doute coucher avec Vanden, ce soir.

– Parfait, dis-je, mordant doucement son cou, une main posée sur un sein ferme, froid.

– Tu es méchant, dit-elle, légèrement excitée, caressant mes épaules larges et dures.

– Non, dis-je avec un soupir. Je suis ton fiancé, c'est tout.

Au bout d'environ un quart d'heure d'essais infructueux, je renonce à faire l'amour avec elle.

– Tu seras en meilleure forme, une autre fois, tu sais, dit-elle.

Je tends la main vers le verre de cognac, et le vide. Evelyn prend sa dose de Parnate, un antidépresseur. Je demeure là, allongé près d'elle, regardant le *Club du Télé-Achat* – défilent des poupées de verre, des coussins brodés, des lampes en forme de ballon de football, des bagues en zircon –, le son coupé. Evelyn commence à partir.

– Tu utilises du Minoxidil ? demande-t-elle au bout d'un long moment.

– Non, pourquoi ? Je devrais ?

– On dirait que ton front s'agrandit, dit-elle dans un murmure.

– Certainement pas, m'entends-je répondre. C'est difficile à dire. Mes cheveux sont très épais, et je ne peux pas dire si je les perds. Mais cela m'étonnerait beaucoup.

Je rentre chez moi, souhaite le bonsoir à un gardien que je ne reconnais pas – ce pourrait être n'importe qui –, et m'allonge dans mon salon, loin au-dessus de la ville, me dissolvant dans l'écho de *The Lion Sleeps at Night*, que chantent les Tokens dans le Wurlitzer 1015 rutilant (mais pas aussi bon que le Wurlitzer 850, qui est en revanche plus rare) installé dans un coin du salon. Je me masturbe en pensant d'abord à Evelyn, puis à Courtney, puis à Vanden, puis encore à Evelyn puis, juste avant de jouir – un piètre orgasme –, à un mannequin à-demi nu, vêtu d'un maillot d'haltérophile, que j'ai vu ce matin sur une affiche Calvin Klein.

AU MATIN

Dans la lumière précoce d'une aube de mai, voici à quoi ressemble mon salon: au-dessus de la cheminée de marbre blanc et de granit, garnie de fausses bûches à gaz, est accroché un original de David Onica. C'est, dans des tons éteints de gris et de vert olive, le portrait d'une femme nue, assise sur une chaise et regardant MTV, avec en arrière-plan un paysage martien, un désert mauve et miroitant, jonché de poissons morts, éviscérés, tandis que des assiettes brisées s'élèvent au-dessus de sa tête jaune, comme un flamboiement de soleils. Le tout, de format deux mètres sur un mètre vingt, est encadré d'aluminium brossé noir. La toile domine un long canapé blanc sans pieds et un récepteur digital Toshiba à écran de soixante-quinze centimètres, image haute définition et contraste optimum, pourvu d'une vidéo sur un support tubulaire high-tech de chez NEC, avec système digital d'incrustation et arrêt sur image; le matériel audio comprend un MTS et un ampli de cinq watts par canal intégrés. Un magnétoscope Toshiba est posé sous le récepteur, sous un couvercle de verre; c'est une console Beta hyperbande dont les fonctions incorporées incluent l'édition de documents écrits, avec une mémoire de huit pages, un système d'enregistrement / reproduction haute fréquence, et la programmation sur trois semaines de huit programmes fixes. À chaque coin du salon est disposée une lampe-tempête halogène. De fins stores vénitiens blancs sont tirés devant les huit baies vitrées. Devant le sofa, une table basse à dalle de verre et piètement de chêne de chez Turchin, sur laquelle des animaux de verre filé de chez Steuben sont stratégiquement disposés autour de luxueux cendriers de cristal de chez Fortunoff, bien que je ne fume pas. À côté du juke-box Wurlitzer, un piano à queue Baldwin en ébène. Dans tout l'appartement, court un plancher de chêne clair ciré. De l'autre côté de la pièce, à côté d'un bureau et d'un porte-journaux dessinés par Gio Ponti, se trouve une chaîne stéréo Sansui complète (CD, lecteur de cassette et magnétophone, tuner, ampli), accouplée à des baffles Duntech Sovereign 2001 d'un mètre quatre-vingts, en bois de rose du Brésil. Au centre de la chambre, trône un lit japonais sur un cadre de chêne. Contre le mur, est installé un récepteur Panasonic à écran pivotant de soixante-quinze centimètres et son stéréo, et en-dessous, un magnétoscope Toshiba sous un couvercle de verre. N'étant pas certain de l'heure affichée par le réveil digital Sony, je me redresse pour jeter un coup d'œil aux chiffres qui clignotent sur le magnétoscope, puis je saisis le téléphone à touches d'Ettore Sottsass posé sur la table de chevet en verre et acier, et compose le numéro de l'horloge parlante. Dans un coin de la pièce, est posée une chaise de cuir crème, acier et bois, dessinée par Eric Marcus, et dans l'autre, une chaise en contreplaqué moulé. Le tapis beige et blanc à points noirs de Maud Sienna recouvre presque tout le plancher. Un des murs est dissimulé par l'alignement de quatre gigantesques commodes d'acajou décapé. Je suis au lit, vêtu d'un pyjama de soie Ralph Lauren puis, me levant, je passe un peignoir ancien imprimé cachemire, dans les tons garance, et me dirige vers la salle de bains. Tout en urinant, je vérifie mon degré de bouffissure dans le miroir, à côté d'une affiche de base-ball accrochée au-dessus de la cuvette. Après avoir enfilé un short brodé Ralph Lauren, un sweater Fair Isle et des chaussons Enrico Hidolin de soie imprimée petits pois, j'attache un sachet de plastique empli de glace autour de mon visage et attaque les exercices d'assouplissement matinal. Après quoi, debout devant le lavabo Washmobile, résine et acier – assorti du porte-savon, du porte-gobelet, et des barres d'acier pour poser les serviettes – que j'ai acheté chez Hastings Tile, en attendant que soit terminé le ponçage des lavabos de marbre que je fais venir de Finlande, j'observe mon reflet dans le miroir, le visage toujours entouré du sachet de glace. Je verse un peu de Plax anti-plaque dentaire dans un gobelet d'inox et le fait tourner dans ma bouche pendant une trentaine de secondes. Puis j'étale du Rembrandt sur une brosse en imitation écaille de tortue et entreprend de me brosser les dents (trop vaseux pour utiliser le fil dentaire, ainsi qu'il conviendrait, mais peut-être l'ai-je fait hier soir, avant de me coucher ?), et me rince la bouche avec de la Listerine. Puis j'examine mes mains, et prends la brosse à ongles. J'ôte le sachet de glace de mon visage, et applique une lotion désincrustante, puis un masque reconstituant à la menthe que je laisse agir dix minutes, le temps de m'occuper de mes ongles de pieds. Ensuite, je prends la brosse à dents électrique Probright, puis l'Interplak (ceci pour parfaire l'action de la brosse manuelle), dont la vitesse de rotation est de 4.200 tours par minute, avec changement du sens de rotation quarante-six fois par seconde; les poils longs nettoient les espaces interdentaires et massent les gencives, tandis que les plus courts polissent la surface des dents. Je me rince de nouveau la bouche, avec du Cepacol. Puis j'ôte mon masque à la menthe sauvage avec une pâte désincrustante à la menthe verte. La douche est munie d'une pomme multi-directionnelle réglable dans un rayon de soixante-quinze centimètres. Elle est en cuivre d'Australie noir et or recouvert d'émail blanc. Sous la douche, j'utilise tout d'abord un gel moussant, puis un désincrustant au miel et aux amandes pour le corps, et pour le visage un gel exfoliant. Le shampooing Vidal Sassoon se révèle excellent pour supprimer la pellicule de transpiration, ainsi que les agents corrodants, les graisses, la poussière et les divers polluants en suspension dans l'air qui peuvent alourdir vos cheveux, les aplatir sur votre crâne, ce qui vous fera paraître plus âgé. Mon après-shampooing est aussi de qualité – la technologie du silicone autorise une action traitante du cheveu sans l'alourdir, ce qui peut également vous faire paraître plus âgé. Le week-end, ou lorsque j'ai un rendez-vous prévu, j'utilise plus volontiers le Greune Natural Revitalizing Shampoo, l'après-shampooing et le Nutrient Complex. Ces produits contiennent du D-panthetol, un agent multi-vitaminé B, du polysorbate 80, un agent lavant pour le cuir chevelu, et des herbes naturelles. Le week-end prochain, j'ai l'intention de faire quelques courses chez Bloomingdale ou chez Bergdorf et, sur les conseils d'Evelyn, d'essayer le Soin et Shampooing Foltène pour prévenir la chute des cheveux, car il contient un complexe carbohydratant qui pénètre au cœur du cheveu, lui donnant vigueur et brillance. Je prendrai aussi le Vivagen Hair Enrichment Treatment, un nouveau produit de Redken, destiné à prévenir la formation d'une couche minérale sur le cheveu, ce qui prolonge son cycle de vie. Luis Carruthers m'a recommandé le Nutriplex System d'Aramis, un complexe nutritif qui aide à favoriser la circulation du cuir chevelu. Une fois hors de la douche et séché, je remets mon short Ralph Lauren, et presse une serviette brûlante contre mon visage pendant deux minutes, pour adoucir ma barbe, avant d'étaler ma mousse à raser, une crème de chez Pour Hommes. Après quoi, je ne manque jamais de me bassiner le visage avec une lotion hydratante (celle de Clinique à ma préférence) que je laisse agir une minute. Vous pouvez au choix la rincer ou la garder sur la peau et appliquer par-dessus la crème à raser – de préférence à l'aide d'une brosse, qui assouplit la barbe en soulevant le poil –, ce qui, à mon avis, facilite le rasage. Cela évite également l'évaporation, réduisant ainsi la friction entre la peau et la lame. Il faut toujours mouiller la lame à l'eau chaude avant le rasage, et suivre le sens de la pousse du poil, en appuyant légèrement Garder les pattes et le menton pour la fin, car à ces endroits, la barbe est plus dure, et demande plus de temps pour s'assouplir. Avant de commencer, il faut rincer le rasoir, et le secouer pour l'égoutter. Après, se bassiner le visage à l'eau fraîche, pour faire disparaître toute trace de mousse. Il convient d'utiliser un après-rasage contenant très peu d'alcool – ou mieux, pas d'alcool du tout. Jamais d'eau de Cologne, car l'alcool à haute dose dessèche la peau et vous fait paraître plus âgé. On appliquera ensuite un tonique antibactérien sans alcool, à l'aide d'un coton imbibé d'eau, pour détendre la peau. En dernier lieu, une crème hydratante. Puis s'asperger d'eau, avant d'étendre une lotion émolliente pour adoucir l'épiderme et en fixer l'hydratation. Ensuite, appliquer le Gel Apaisant de Pour Hommes, qui est une excellente lotion adoucissante. Si votre peau vous semble desséchée, grumeleuse – ce qui fait paraître votre visage terne, et plus âgé –, utiliser une lotion clarifiante qui, en vous débarrassant des petites peaux mortes, vous laisse un épiderme éclatant (et accentue votre bronzage, le cas échéant). Appliquer ensuite une crème anti-vieillissement pour les yeux (Baume Des Yeux), suivie enfin d'une lotion hydratante et protectrice. Après avoir essuyé mes cheveux avec la serviette, j'emploie une lotion régulatrice du cuir chevelu. Je passe aussi un petit coup de séchoir sur mes cheveux, pour leur donner volume et maintien (mais sans l'aspect collant), avant d'ajouter encore un peu de lotion, que je répartis à l'aide d'une brosse en soies naturelles, et je termine en les lissant en arrière avec un peigne à grosses dents. Je remets mon sweater Fair Island et mes chaussons de soie à petits pois, et me dirige vers le salon, où je glisse le dernier Talking Heads dans le lecteur de CD, mais il commence à dérailler d'une plage à l'autre, aussi je le retire et glisse à la place le CD spécial destiné à nettoyer la lentille du laser. Le laser, d'une extrême sensibilité, est sujet à des altérations provoquées par la poussière, la saleté, la fumée, l'humidité et la pollution ambiantes, et un laser sale peut poser des problèmes, accumulant faux départs, passages inaudibles, glissements d'une plage à l'autre, changements de vitesse de lecture et distorsions du son; le disque de nettoyage possède une petite brosse qui s'aligne automatiquement sur la lentille tandis que tourne le disque, éliminant ainsi les poussières et les particules indésirables. Je remets le Talking Heads dans l'appareil, qui fonctionne parfaitement. Je ramasse le numéro de *USA Today* qui traîne par terre devant la porte d'entrée, et le rapporte dans la cuisine, où je prends deux Advil, une pilule multivitaminée et une de potassium, que je fais glisser avec une grande bouteille d'eau d'Évian, car la bonne, une vieille Chinoise, a oublié de mettre en route le lave-vaisselle en partant, hier. De même, je verse mon jus de pamplemousse-citron dans un des verres à pied Saint-Rémy, que j'ai fait venir de Baccarat. Je jette un coup d'œil sur la pendule au néon accrochée au-dessus du réfrigérateur, m'assurant que j'aurai le temps de prendre tranquillement mon petit déjeuner. Debout devant le bar de la cuisine, je mange un kiwi et une poire japonaise en tranches (quatre dollars pièce chez Gristede) dans des barquettes de conservation en aluminium dessinées en Allemagne. Je prends un petit pain au son, un sachet de thé décaféiné et un paquet de céréales (avoine et son) dans un des vastes placards vitrés qui recouvrent presque tout un mur de la cuisine; le cadre est en métal gris-bleu soutenu, les étagères en inoxydable, et les panneaux en verre armé dépoli. Je mange la moitié du petit pain au son après l'avoir passé au micro-ondes et agrémenté d'un peu de beurre de pomme. Suit un bol de céréales (avoine et son) avec germes de blé et lait de soja; encore une bouteille d'Évian, et une petite tasse de thé décaféiné pour finir. Alignés à côté du four à pain Panasonic et de la cafetière Salton, se trouvent le percolateur Cremina en argent massif (encore chaud, assez curieusement) que j'ai trouvé chez Hammacher Schlemmer (la tasse à espresso en inox isolant, ainsi que la soucoupe et la cuiller sont posées près de l'évier, maculées) et le four à micro-ondes Sharp modèle R-1810A Carousel II à plateau tournant, dans lequel je fais réchauffer l'autre moitié du petit pain. À côté du grille-pain Salton Sonata, du robot Cuisin'art Little Pro, de la centrifugeuse Acme Supreme Juicerator, et du shaker électronique Cordially Yours, est posée la bouilloire à thé en inox, contenance deux litres et demi, qui siffle *Tea for Two* lorsque l'eau se met à bouillir, et dont je me sers pour me préparer une autre petite tasse de thé pomme-cannelle décaféiné. Durant ce qui me paraît être un long moment, je contemple le couteau électrique Handy Knife de Black & Decker, posé sur le plan de travail, à côté de l'évier, et branché sur la prise murale: c'est un éminceur / éplucheur doté de divers accessoires, avec une lame-scie et une lame dentée. Il se recharge par la poignée. Aujourd'hui, je porte un costume Alan Flusser. Il date des années quatre-vingts, c'est donc une version réactualisée du style des années trente. Le modèle que l'on préférera possède des épaules larges mais naturelles, une poitrine ample et un dos à soufflets. Les revers souples devront être larges de douze centimètres environ, la pointe du revers s'arrêtant aux trois quarts de la largeur de l'épaule. Le revers pointu est considéré comme plus élégant, sur une veste croisée, que le revers cranté. Les poches basses sont agrémentées d'une patte ornée d'une double ganse – au-dessus de chaque patte, s'ouvrent deux fentes garnies d'une étroite bande de tissu. Le boutonnage bas forme un carré; au-dessus, à peu près à hauteur du croisement des revers se trouvent deux boutons supplémentaires. Le pantalon au pli bien marqué est coupé large, prolongeant ainsi la ligne ample de la veste. La taille monte légèrement plus haut sur le devant, et deux pattes fixées dans le dos, au milieu, permettent une tenue parfaite des bretelles. Ma cravate de soie tachetée est griffée Valentino Couture. Aux pieds, je porte des mocassins de crocodile A. Testoni. Tandis que je m'habille, la télévision diffuse le *Patty Winters Show*. Les invitées du jour sont des femmes à personnalité multiple. On voit à l'écran une espèce de créature obèse, d'âge mûr, tandis que s'élève la voix de Patty Winters: Bien, s'agit-il de schizophrénie, ou d'autre chose ? *Racontez-nous*.

– Non, pas du tout. Les gens à personnalité multiple ne sont pas des schizophrènes, dit la femme, secouant la tête. Nous ne sommes *pas du tout* dangereux.

– Et bien, reprend Patty, debout au milieu du public, le micro à la main, dites-nous, qui étiez-vous, le mois dernier ?

– Le mois dernier, je crois bien que j'ai été Polly, la plupart du temps, répond la femme.

Coup d'œil sur le public – visage inquiet d'une ménagère; avant que celle-ci ne s'aperçoive sur l'écran témoin, la caméra revient sur la femme à personnalité multiple.

– Bien, reprend Patty. Et *en ce moment-même*, qui êtes-vous ?

– Eh bien… commence la femme d'une voix lasse, comme si elle n'en pouvait plus de répondre toujours à cette question, comme si elle y avait répondu des centaines de fois sans parvenir à être crue. Eh bien, ce mois-ci, je suis… Côtelette. Oui… Côtelette, la plupart du temps.

Long silence. Gros plan sur une ménagère qui secoue la tête, stupéfaite, tandis qu'une autre ménagère lui chuchote quelque chose à l'oreille.

Aux pieds, je porte des mocassins de crocodile A. Testoni.

Attrapant mon imperméable dans la penderie de l'entrée, je mets la main sur une écharpe Burberry's et le pardessus assorti, brodé d'une baleine (le genre de chose que porte un gosse) et maculé de ce qui pourrait être des traces de chocolat séché, barbouillées en croix sur le devant, et colorant de sombre les revers. Je prends l'ascenseur pour descendre, remontant ma Rolex d'un léger mouvement de poignet. Je salue le gardien, et hèle un taxi qui m'emmène vers le centre, vers Wall Street.

AU HARRY'S

À l'heure la plus sombre du crépuscule, Price et moi descendons Hanover Street, nous dirigeant silencieusement vers le Harry's, comme guidés par un radar. Timothy n'a pas dit un mot depuis que nous avons quitté P & P. Le clochard repoussant accroupi sous une benne à ordures, au coin de Stone Street, ne lui arrache pas même une réflexion. Il s'autorise cependant un sifflement égrillard en direction d'une femme qui se dirige vers Water Street – une blonde, du monde au balcon, un cul superbe, des talons hauts. Price paraît tendu, nerveux, et je n'ai aucune envie de lui demander ce qui ne va pas. Il porte un costume de lin Canali Milano, une chemise de coton Ike Behar, une cravate de soie Bill Blass et des Brooks Brothers à lacets et bouts ferrés. Moi, je porte un costume de lin très fin, pantalon à pinces, une chemise de coton, une cravate de soie tachetée – Valentino Couture –, et des Allen-Edmonds en cuir perforé à bouts renforcés. Une fois au Harry's, nous avisons David Van Patten et Craig McDermott, à une table du devant. Van Patten porte un veston de sport croisé laine et soie, un pantalon laine et soie à pli creux et braguette boutonnée Mario Valentino, une chemise de coton Gitman Brothers, une cravate de soie à petits pois Bill Blass et une paire de Brooks Brothers en cuir. McDermott porte un costume de lin tissé avec pantalon à pinces, une chemise Basile, coton et soie, une cravate de soie Joseph Abboud et des mocassins en cuir d'autruche Susan Bennis Warren Edwards.

Tous deux sont penchés sur la table, en train d'écrire sur leur serviette en papier, chacun un verre posé devant lui, respectivement un scotch et un Martini. Ils nous font signe. Price jette son attaché-case de cuir Tumi sur une chaise vide et se dirige vers le bar. Je lui crie de me commander un J&B on the rocks, et m'asseois avec Van Patten et McDermott.

– Alors, Bateman, fait Craig (et sa voix révèle qu'il n'en est pas à son premier Martini), peut-on ou ne peut-on pas porter de mocassins à gland avec un costume de ville ? Ne me regarde pas comme si j'étais devenu fou.

– Oh, merde, tu n'as pas besoin de demander à Bateman, gémit Van Patten, agitant son stylo en or, un Cross, et buvant distraitement une gorgée de Martini.

– Van Patten ? demande Craig.

– Ouais ?

McDermott hésite un instant. « Tais-toi », dit-il enfin, d'une voix terne.

– Quelle est l'idée, bande de rigolos ? J'aperçois Luis Carruthers, debout au bar, à côté de Price qui l'ignore à mort. Carruthers n'est pas bien habillé : costume croisé en laine, à quatre boutons, Chaps, je pense, chemise rayée en coton, nœud papillon en soie, lunettes de vue Oliver Peoples à monture de corne.

– Nous envoyons ces questions à *Gentleman Quarterly*, m'explique Van Patten.

M'apercevant, Luis me fait un sourire hésitant puis, si je ne me trompe, rougit et se retourne face au bar. Pour quelque mystérieuse raison, les barmen ne voient jamais Luis.

– Nous avons fait un pari : nous allons voir lequel de nous deux paraîtra le premier dans la colonne "Questions et Réponses". Alors, maintenant, j'aimerais bien que tu me répondes. *Qu'est-ce que tu en penses* ? demande McDermott d'une voix insistante.

– Qu'est-ce que je pense de *quoi* ? fais-je, irrité.

– Des mocassins à glands, crème d'andouille.

– Ça, mes petits enfants… Je réfléchis, soucieux de ne pas dire n'importe quoi. « Le mocassin à gland est en principe une chaussure décontractée… » Je jette un coup d'œil en direction de Price. J'ai méchamment envie d'un verre. Il frôle Luis, qui lui tend la main. Price sourit, dit quelque chose, et le quitte rapidement pour nous rejoindre. Luis, une fois de plus, tente d'attirer l'attention du barman, et une fois de plus, échoue.

– Mais c'est justement parce que tout le monde en porte qu'il est devenu portable, n'est-ce pas ? demande Craig avec élan.

– Ouais, dis-je, hochant la tête. Portable, à condition qu'il soit noir, ou en cuir naturel.

– Et marron… ? demande Van Patten, méfiant.

Je réfléchis un instant. « Trop sport pour un costume de ville », dis-je enfin.

– De quoi discutez-vous, bande de pédés ? demande Price. Il me tend mon verre et s'assoit, croisant les jambes.

– Bon, très bien, très bien, dit Van Patten. Maintenant, *ma* question. Question double… Il prend une pause théâtrale. 1 : les cols ronds sont-ils trop habillés ou trop décontractés ? 2 : quel genre de cravate va le mieux avec ?

Price, l'air un peu hagard, répond immédiatement, détachant bien les syllabes, sa voix claire et un peu tendue dominant le vacarme qui règne au Harry's. « C'est un style de col très adaptable, on peut le porter aussi bien avec un costume qu'avec une veste sport. Il doit être amidonné quand on le porte habillé, et pour les occasions particulièrement formelles, il convient de porter une épingle de col. » Il s'interrompt, soupire ; on dirait qu'il a aperçu quelqu'un. Je me retourne. « Lorsqu'on le porte avec un blazer, reprend Price, le col doit paraître mou. On peut alors choisir de le porter avec ou sans épingle. Comme il s'agit d'un style de col traditionnel, genre collège, il est préférable de l'équilibrer avec une cravate-plastron, pas trop grande. » Il prend une gorgée de Martini, recroise les jambes. « Question suivante ? »

— On te paie un verre, déclare McDermott, visiblement impressionné.

— Price ? fait Van Patten.

— Oui ? fait Price, parcourant la salle des yeux.

— Tu es un être irremplaçable.

— Dites-moi, où allons-nous dîner ? (C'est moi qui pose la question.)

— J'ai pris mon fidèle Mr. Zagat, dit Van Patten, tirant de sa poche le petit guide rouge et l'agitant sous le nez de Timothy.

« Hourra », fait Price d'une voix sarcastique.

Moi : Qu'est-ce qu'on mangerait bien ?

Price : Quelque chose de blond, avec des gros nénés.

McDermott : Pourquoi pas au petit bistrot salvadorien ?

Van Patten : Écoutez, on passe au Tunnel après, autant trouver quelque chose dans le coin.

— Oh, merde, fait McDermott. On va au Tunnel ? La semaine dernière, j'ai ramassé cette nana de Vassar...

— Oh non, tu ne vas pas recommencer, gémit Van Patten.

— Pourquoi, il y a quelque chose qui te gêne ? rétorque McDermott.

— Oui. J'étais là. Je n'ai pas besoin d'entendre *encore* cette histoire, répond Van Patten.

– Mais je ne t'ai jamais raconté ce qui s'est passé *après*, fait remarquer McDermott, haussant les sourcils.

– Hé, mais c'était quand, cette soirée ? dis-je. Et pourquoi n'étais-je pas là, moi ?

– Toi, tu étais occupé ailleurs, à dragouiller je ne sais plus qui. Maintenant, tais-toi et écoute. Bon, donc, je ramasse cette nana de Vassar au Tunnel – premier choix, gros nénés, des jambes comme ça, un vrai petit trésor –, et je lui offre un ou deux kir-champagne. Elle me dit qu'elle est en ville pour ses vacances de printemps et elle commence pratiquement à me sucer au Chandelier Room, alors je l'emmène chez moi…

– Ben dis donc… Et je peux te demander où est Pamela, pendant ce temps-là ?

– Oh, va te faire voir, Bateman, grimace Craig. Tout ce que je veux, c'est une pipe. Une fille qui me laisse…

– Je ne veux pas entendre ça, dit Van Patten, plaquant ses deux mains sur ses oreilles. Je sens qu'il va sortir une horreur.

– Espèce de mijaurée, ricane McDermott. Écoute, il n'est pas question de prendre un appartement en commun, ni de s'envoler pour passer le week-end dans les Caraïbes. Tout ce que je demande, c'est une nana qui me laisse m'asseoir sur sa figure pendant trente ou quarante minutes.

Je lui jette mon bâtonnet à cocktail.

– Quoi qu'il en soit, nous voilà chez moi, et alors… écoutez ça… (Il s'approche de la table). À ce stade, elle avait bu assez de champagne pour poivrer un rhinocéros, et bien, vous savez quoi… ?

– Elle t'a laissé la baiser sans préservatif ? suggère l'un de nous.

McDermott lève les yeux au ciel. « Il s'agit d'une nana de *Vassar*, pas de Queens. »

Price me donne une petite tape sur l'épaule. « Ce qui veut dire *quoi*, exactement ? »

– Bon, vous écoutez ? Elle voulait… vous êtes prêts ? Il

fait une pause, ménageant le suspense. « Elle voulait juste me branler et, là, vous n'allez pas me croire... elle a gardé son gant. » Il se renverse sur sa chaise et boit une gorgée, d'un air satisfait, vaguement suffisant.

Nous encaissons le coup avec gravité. Personne ne songe à se moquer de McDermott, malgré cette anecdote qui révèle son incapacité à faire preuve d'autorité face à cette petite nana. Personne ne dit rien, mais nous pensons tous la même chose: Ne *jamais* ramasser une fille de Vassar.

— Ce qu'il te faut, c'est une fille de Camden, déclare Van Patten, une fois remis de l'histoire de McDermott.

— Épatant ! dis-je. Le genre de nana qui trouve normal de baiser avec son frère.

— Ouais, mais elles croient que le SIDA est un nouveau groupe anglais, fait remarquer Price.

— Où dîne-t-on ? demande Van Patten, relisant d'un œil absent la question qu'il a griffonné sur sa serviette. On se décide, oui ou merde ?

— C'est vraiment marrant, que les filles s'imaginent qu'on prend ça au sérieux, ces histoires de maladie et je ne sais quoi... déclare Van Patten en secouant la tête.

— Pas question que je mette un de leurs préservatifs à la con, déclare McDermott.

— J'ai lu un article que j'ai photocopié, dit Van Patten. Ils disent que les chances d'attraper ce truc sont du genre zéro, zéro, zéro, virgule zéro quelque chose, et cela avec la pire des salopes, le sac à foutre le plus pourri, le plus défoncé que tu puisse trouver.

— Les mecs ne peuvent pas l'attraper, c'est tout.

— Enfin, pas les *blancs*, en tout cas.

— Et cette fille a gardé son gant ? demande de nouveau Price, encore sous le choc. Son *gant*? Bon Dieu, pourquoi ne t'es-tu pas branlé tout seul, tant qu'à faire ?

— N'oublie pas, *La Queue se lève aussi*, déclare Van Patten. C'est de Faulkner.

– Où as-tu fait tes études ? demande Price. À Pine Manor ?

– Hé, les gars, regardez qui arrive, dis-je.

– Qui ? demande Price. Price ne tourne pas la tête.

– Devinette: le faux-cul numéro un de chez Drexel Burnham Lambert.

– Connolly ? suggère Price.

– Salut, Preston, dis-je, lui serrant la main.

– 'lut, les gars, dit Preston, nous saluant d'un signe de tête. Je suis désolé de ne pas pouvoir dîner avec vous ce soir. Preston porte un costume croisé en laine Alexander Julian, une chemise de coton et une cravate de soie Perry Ellis. Il se penche, s'appuyant d'une main sur le dossier de ma chaise. « Vraiment, ça me déplaît de devoir annuler, mais les obligations, vous savez… »

Price me lance un regard accusateur. « Il était invité ? » articule-t-il.

Je hausse les épaules et vide le fond de mon J&B.

– Qu'est-ce que tu as fait, hier soir ? demande McDermott. « Pas mal, ce tissu », ajoute-t-il.

– *Qui* s'est-il fait hier soir ? corrige Van Patten.

– Non, non, pas du tout, répond Preston. Une soirée très convenable, très correcte. Pas de nana, pas de pétard, pas d'excès. Je suis allé au Russian Tea Room avec Alexandra et ses parents. Elle appelle son père Billy. Vous imaginez. Mais je suis complètement lessivé. J'ai bu en tout et pour tout *une* Stoli. (Il ôte ses lunettes – Oliver Peoples, évidemment – et baille en les essuyant avec un mouchoir Armani). Je ne suis pas formel, mais je pense que cet espèce de serveur genre orthodoxe a laissé tomber de l'acide dans le borscht. Je suis complètement sur les rotules.

– Qu'est-ce que tu fais ce soir, alors ? demande Price avec une indifférence manifeste.

– J'ai des vidéos à rendre, répond Preston, parcourant la salle des yeux. Un truc vietnamien, que j'ai regardé avec Alexandra, une comédie musicale de Broadway, et un film anglais.

– Dis donc, Preston, intervient Van Patten, on va envoyer des questions à *GQ*. Tu n'en as pas une ?

– Oh, si, j'en ai une, dit Preston. Bien, voilà : quand on porte un smoking, comment empêcher le devant de la chemise de remonter tout le temps ?

Van Patten et McDermott demeurent silencieux une bonne minute. Enfin, Craig, grave, le front plissé par la réflexion, déclare : Bonne question.

– Et toi, Price, tu en as une ? demande Preston.

– Ouais, soupire Price. Si tous tes amis sont des crétins, est-ce un crime, une faute ou un acte de charité de leur faire sauter la tête avec un calibre trente-huit ?

– Pas bon pour *GQ*, déclare McDermott. Envoie plutôt ça à *Soldier of Fortune*.

– Ou à *Vanity Fair*, ajoute Van Patten.

– Mais *qui* est-ce donc, là-bas ? demande Price, le regard tendu vers le bar. Ce n'est pas Reed Robins ? Et à propos, Preston, tu as une patte cousue sur le devant de la chemise, avec une boutonnière qui te permet d'attacher ton pantalon par un bouton à la taille ; il faut simplement t'assurer que ton plastron ne descend pas au-dessous de la taille, sinon, il remontera quand tu t'asseois, *mais est-ce que cet enfoiré est ou n'est pas Reed Robinson ?* C'est *infernal*, ce qu'il lui ressemble.

Épaté par la réponse de Price, Preston se retourne lentement, toujours accroupi et, ayant de nouveau chaussé ses lunettes, jette un coup d'œil en biais vers le bar.

– Non, c'est Nigel Morrison.

– Ah, s'écrie Price, un de ces petits pédés anglais. Il fait un stage chez…

– Comment sais-tu que c'est un pédé ? (C'est moi qui pose la question.)

– Ce sont tous des pédés, répond Price en haussant les épaules. Tous les Anglais.

– Et qu'est-ce que tu en sais, *toi* ? demande Van Patten avec un sourire mauvais.

– Je l'ai vu enculer Bateman à fond, dans les toilettes, chez Morgan Stanley.

Je soupire et me tourne vers Preston: Où Morrison est-il en stage, en fait ?

– J'ai oublié, dit Preston en se grattant la tête. Chez Lazard ?

– Allez, *où* ? insiste McDermott. À la First Boston ? Chez Goldman ?

– Je ne suis pas certain. Peut-être chez Drexel ? Écoute, ça n'est jamais qu'un assistant en analyse financière, et sa petite amie est une vilaine chose avec des dents noires, qui bosse dans un trou à rat insignifiant, où elle s'occupe de rachats et de liquidations.

– Où est-ce qu'on *mange* ? (Je suis complètement à bout de patience). Il faut réserver quelque part. Pas question que je mange debout devant un putain de comptoir.

– Mais qu'est-ce qu'il porte, cet enfoiré de Morrison ? se demande Preston à voix haute. Ce n'est tout de même pas un costume écossais avec une chemise à *carreaux* ?

– Ça n'est *pas* Morrison, dit Price.

– Qui est-ce, alors ? demande Preston, ôtant de nouveau ses lunettes.

– C'est Paul Owen, dit Price.

– Ça n'est pas Paul Owen, dis-je. Paul Owen est de l'autre côté du bar, là-bas.

Owen est debout au bar, vêtu d'un costume croisé en laine.

– Il gère le portefeuille Fischer, dit quelqu'un.

– Il a une veine de cocu, murmure quelqu'un d'autre.

– Une veine de *Juif*, glisse Preston.

– Oh, franchement, Preston, dis-je, qu'est-ce que cela a à voir là-dedans ?

– Écoute, je l'ai vu dans son bureau, au téléphone avec les grands patrons, en train de faire tourner un chandelier à sept branches. Et cet enfoiré a apporté au bureau un buisson pour Ḥanukah, en décembre dernier, dit Preston, singulièrement agité.

– C'est une toupie que l'on fait tourner, Preston, dis-je calmement, pas un chandelier. On fait tourner une toupie.

– Oh, bon Dieu, Bateman, tu veux peut-être que j'aille au bar et que je demande à Freddy de te faire frire des galettes de pommes de terre, des... *latkes* ? demande Preston, vraiment angoissé.

– Non. Simplement, allez-y doucement avec les commentaires antisémites.

– La voix de la raison, dit Price, se penchant pour me tapoter l'épaule. Un brave garçon sans histoires.

– Ouais, un brave garçon qui, d'après vous, se laisse sodomiser par un analyste financier stagiaire, dis-je, sarcastique.

– J'ai dit que tu étais la voix de la raison, dit Price. Je n'ai pas dit que tu n'étais *pas* homosexuel.

– Tu peux cumuler, ajoute Preston.

– Ouais, c'est ça, dis-je à Price, le regardant droit dans les yeux. Demande à Meredith si je suis homosexuel. Enfin, si elle veut bien ôter un instant ma queue de sa bouche.

– Meredith est une mouche à pédés, explique Price, imperturbable. C'est pour ça que je la plaque.

– Oh, écoutez, les gars, j'en connais une bonne, annonce Preston en se frottant les mains.

– Preston, dit Price, c'est *toi* qui en es une bonne. Tu sais très bien que tu n'étais *pas* invité à dîner. À propos, pas mal, ta veste ; désassortie, mais complémentaire.

– Price, tu es un enfoiré. Arrête de me torturer, tu vas finir par me faire mal, dit Preston en riant. Bon, alors, c'est Kennedy qui rencontre Mildred Bailey à une soirée à la Maison Blanche, et ils vont se planquer dans le bureau ovale pour baiser. Ils font leur truc, et Kennedy s'endort, et... Preston s'interrompt. Oh mince, qu'est-ce qui arrive... Ah oui, alors Pearl Bailey lui dit, monsieur le Président, je voudrais bien recommencer, et alors il lui dit qu'il veut dormir et que dans... trente... non, attendez... Preston s'interrompt de nouveau, gêné. C'est ça, dans soixante minutes… non… bon, dans trente minutes, il se réveillera et ils recommenceront, mais il faut qu'elle garde une main sur sa queue et l'autre sur ses couilles, alors elle dit d'accord, mais pourquoi faut-il que je garde une main sur ta queue et une… une main sur tes couilles… et alors…

Il s'avise que Van Patten est en train de griffonner quelque chose sur sa serviette, l'air absent.

– Hé, Van Patten… Tu m'écoutes ?

– Oui, *j'écoute*, répond Van Patten, irrité. Continue. Finis. Une main sur sa queue, une main sur ses couilles, vas-y.

Luis Carruthers est toujours au bar, en train d'attendre un verre. Maintenant, il me semble bien que son nœud papillon de soie est de chez Agnès B., mais c'est sans garantie.

– Moi, je n'écoute pas, dit Price.

– Alors, il dit que… Preston tombe en panne, de nouveau.

Long silence. Preston me regarde.

– Ne me regarde pas, *moi*. Ça n'est pas *mon* histoire.

– Alors, il dit… J'ai un trou.

– C'est ça, la chute… ? J'ai un trou ? demande McDermott.

– Il dit… euh… Parce que… Preston pose une main sur son front, et réfléchit. Bon Dieu, je n'ai tout de même pas oublié ça…

– C'est génial, Preston, soupire Price. Tu es vraiment le type le plus sinistre du monde.

– J'ai un trou ? demande Craig, se tournant vers moi. Comprends pas.

– Ah ouais, ouais, c'est ça, s'écrie Preston. Ça y est, écoutez. Il dit : parce que la dernière fois que j'ai baisé une négresse, elle m'a piqué mon portefeuille.

Et de se mettre aussitôt à pouffer de rire. Après un court silence, toute la table l'imite, sauf moi.

– Voilà, c'était ça, la chute, dit Preston, soulagé, content de lui.

Van Patten lui donne une grande claque. Même Price rit.

– Oh, bon Dieu, dis-je, c'est lamentable.

– Pourquoi ? demande Preston. C'est drôle. C'est de l'*humour*.

– Ouais, Bateman, dit McDermott, ne fais pas cette tête.

– Ah, j'avais oublié. Bateman a une petite amie à l'*American Civil Liberties Union*, dit Price. Qu'est-ce qui te gêne, là-dedans ?

– Ça n'est pas drôle. C'est du *racisme*.

– Bateman, tu es une espèce de sinistre emmerdeur. Tu devrais arrêter de lire toutes ces biographies de Tex Bundy, déclare Preston, se redressant et consultant sa Rolex. Écoutez, les gars, je file. On se voit demain.

– Ouais, sur Radio-Charité, même longueur d'ondes, dit Van Patten, me donnant un coup de coude.

Preston se penche vers moi avant de partir: La dernière fois que j'ai baisé une négresse, elle m'a piqué mon portefeuille.

– D'accord, d'accord, j'ai compris, dis-je, le repoussant.

– Et n'oubliez pas une bonne chose, les gars: « Cocacola, c'est ça ! » Il disparaît.

– Chabadi-badi-bada, dit Van Patten.

– Hé, qui sait pourquoi les hommes des cavernes étaient plus musclés que nous ? » demande McDermott.

CHEZ PASTELS

En arrivant chez Pastels, je suis au bord des larmes; il est évident que nous ne pourrons pas avoir de table. Mais pourtant nous en obtenons une, une bonne, et une vague de soulagement me submerge, presque effrayante, telle une marée d'équinoxe. McDermott connaît le maître d'hôtel de chez Pastels, et bien que nous n'ayons effectué la réservation que quelques minutes auparavant, depuis le taxi, on nous fait traverser le bar bondé pour nous conduire à une très bonne table pour quatre, dans un box face à la salle rose et brillamment illuminée. Obtenir une réservation chez Pastels est chose vraiment impossible, et Van Patten et moi, et Price lui-même je crois, sommes impressionnés, et peut-être même envieux de la prouesse de McDermott. Après nous être entassés dans un taxi, à Water Street, nous nous étions aperçus que personne n'avait réservé où que ce fût; tandis que nous discutions des mérites d'un nouveau bistrot sicilo-californien de l'Upper East Side – moi dans un tel état de panique que j'avais failli déchirer le Zagat –, un consensus semblait se faire jour. Price était le seul à émettre des réserves, mais il avait finalement déclaré en haussant les épaules qu'il « n'en avait rien à foutre », et nous avions utilisé son Easa-phone pour faire la réservation. Il avait coiffé son walkman, et réglé le volume si fort que l'on percevait la musique de Vivaldi au travers du vacarme de la circulation qui envahissait le taxi par les fenêtres à-demi baissées. Van Patten et McDermott faisaient des plaisanteries inconvenantes à propos de la taille de sa queue. Moi aussi. Devant chez Pastels, Tim avait saisi la serviette sur laquelle Van Patten avait noté la version définitive, longuement mûrie, de sa question pour *Gentleman Quarterly*, et l'avait jetée à un clochard recroquevillé devant la façade du restaurant, tenant d'une main faible une pancarte de carton souillé: J'AI FAIM. JE SUIS SANS ABRI. AIDEZ-MOI SVP.

Tout semble aller pour le mieux. Le maître d'hôtel nous a apporté quatre bellinis offerts par la maison, mais nous avons cependant commandé quatre autres verres. Les Ronettes chantent *Then He Kissed Me*, notre serveuse est un petit trésor, et Price lui-même semble détendu, bien qu'il déteste l'endroit. De plus, il y a quatre femmes à la table en face, toutes superbes blondes, gros nénés: l'une d'elles porte une robe-chemise réversible en laine, Calvin

Klein, une autre une robe de tricot de laine avec des liens de faille de soie, Geoffrey Beene, une autre porte une jupe symétrique de tulle plissé avec un bustier de velours brodé, Christian Lacroix, je pense, et des escarpins à talons hauts Sidonie Larizzi, et la dernière a une robe-bustier pailletée, sous une veste cintrée en crêpe de laine, Bill Blass. À présent, ce sont les Shirelles que l'on entend *(Dancing in the Street)*, et la sono, associée à l'acoustique du lieu, très haut de plafond, font que nous sommes quasiment obligés de hurler nos commandes pour nous faire entendre de notre petite serveuse – laquelle porte un tailleur de laine chinée bicolore à galons de passementerie Myrène de Prémonville et des bottes à empiècement de velours, et a, j'en suis à peu près sûr, des vues sur moi : rire de gorge quand je commande en hors-d'œuvre un sushi de baudroie et de calmar avec du caviar doré ; regard si intense, si pénétrant, lorsque je commande l'étouffée de saumon en croûte au coulis de petites tomates vertes, que je suis contraint de baisser les yeux sur mon bellini rose servi dans une grande flûte à champagne, avec un visage grave, une expression parfaitement *mortelle*, afin qu'elle ne s'imagine pas que je suis *à ce point* intéressé par elle. Price commande des tapas, puis du gibier à la sauce au yaourt et de jeunes pousses de fougères accompagnées de mangue fraîche en tranche. McDermott commande le sashimi avec du fromage de chèvre, et ensuite le canard fumé aux endives et au sirop d'érable. Van Patten prend la saucisse de coquille Saint-Jacques, et le saumon grillé au vinaigre de framboise et à la sauce verte. L'air conditionné marche à fond, et je commence à regretter de ne pas avoir mis le nouveau pull-over Versace que j'ai acheté la semaine dernière chez Bergdorf. Il irait très bien avec mon costume.

– Voulez-vous être *assez* aimable pour nous débarrasser de ça ? demande Price, désignant d'un geste les verres de bellini.

– Une seconde, Tim, dit Van Patten. Du calme. *Moi*, je vais les boire.

– De la *saloperie* européenne, explique Price. De la *saloperie*.

– Tu peux boire le mien, Van Patten, dis-je.

– Attendez, intervient McDermott, retenant le serveur. Je garde le mien, aussi.

– Et pourquoi ? demande Price. Tu essaies d'appâter la petite Arménienne, là-bas, au bar ?

– Quelle petite Arménienne ? demande Van Patten, tendant le cou, soudain en éveil.

– Emportez tout, dit Price, presque enragé.

Soumis, le garçon débarrasse les verres, et s'éloigne sans un regard.

– Qu'est-ce qui te fait croire que c'est *toi* qui commande ? gémit McDermott.

– Regardez, les gars. Regardez un peu qui arrive. Van Patten émet un sifflement. Oh, mince…

– Oh, pour l'amour du ciel, pas ce *putain* de Preston, soupire Price.

– Non, pas du tout, dit Van Patten, l'air sombre. Il ne nous a pas encore aperçus.

– C'est Victor Powell ? Paul Owen ? (J'ai peur, tout à coup.)

– Devinette : Ça a vingt-quatre ans, et ça représente un tas de pognon… disons, répugnant, fait Van Patten avec un sourire grinçant. Apparemment, le type en question l'a repéré, car le sourire se fait soudain radieux, éblouissant. « Un vrai tas de merde », ajoute-t-il, toujours souriant.

Je tourne la tête, en vain. Je ne remarque rien.

– C'est Scott Montgomery, dit Price. Pas vrai ? C'est Scott Montgomery.

– Peut-être, fait Van Patten, mutin.

– C'est ce nabot de Scott Montgomery, dit Price.

– Price, dit Van Patten, tu es un être irremplaçable.

– Attends de me voir bouleversé, dit Price, se retournant. Enfin, aussi bouleversé que je puisse l'être quand je rencontre un type de Géorgie.

McDermott : Ouaouh ! Il nous a fait le grand jeu.

Price: Ouais, c'est effondrant… Je veux dire épatant.

Moi: Diable ! Classe, le bleu marine.

Van Patten, dans un murmure: Très subtil, cet écossais.

Price: Tout beige, hein… Voyez ce que je veux dire.

– Le voilà qui arrive, dis-je, croisant les bras.

Scott Montgomery se dirige vers notre table. Il porte un blazer croisé bleu marine à boutons en imitation écaille de tortue, une chemise de coton froissé à rayures avec des surpiqures rouges, une cravate de soie Hugo Boss, avec un imprimé feu d'artifice bleu, rouge et blanc, et un pantalon Lazlo en laine prûne à quatre pinces et poches à soufflets. Il tient à la main une coupe de champagne, qu'il tend à la fille qui l'accompagne – le mannequin-type, mince, bons seins, pas de cul, talons hauts – et qui porte une jupe de crêpe de laine et une veste en laine et velours de cachemire avec, sur son bras, le manteau en laine et velours de cachemire, Louis Dell'Olio. Escarpins à talons hauts Susan Bennis Warren Edwards, lunettes de soleil Alain Mikli, sac de cuir Hermès.

– Salut, les gars. Comment ça va ? nasille Montgomery, avec un accent géorgien à couper au couteau. Je vous présente Nicki. Nicki, je te présente McDonald, Van Buren, Bateman – joli, ton bronzage –, et Mr. Price. Il ne serre la main qu'à Timothy, et reprend son verre de champagne. Nicki sourit poliment, comme un robot. Elle ne parle sans doute pas anglais.

– Alors, Montgomery, demande Price avec une plaisante familiarité, sans quitter Nicki des yeux, comment va la vie ?

– Eh bien, les gars, je vois que vous avez la meilleure table. L'addition est déjà arrivée ? Je plaisante…

– Dis donc, Montgomery, reprend Price, toujours sans quitter Nicki des yeux, et bizarrement aimable envers un type qui, je le croyais, lui était parfaitement étranger, si on se faisait un squash ?

– Appelle-moi, répond Montgomery, l'air absent, laissant son regard errer sur la salle. Ça n'est pas Tyson, là-bas ?

Tiens, voilà ma carte.

– Superbe, dit Price, la glissant dans sa poche. Jeudi ?

– Impossible. Je pars demain pour Dallas, mais… Déjà Montgomery s'éloigne, se hâtant vers une autre table. Il claque des doigts en direction de Nicki. « Ouais, la semaine prochaine. »

Nicki me sourit, puis baisse les yeux sur le sol – des carreaux roses, bleus, et vert citron disposés en motifs triangulaires –, comme s'il pouvait lui fournir une réponse, une indication, comme s'il lui suggérait une raison valable au fait d'être coincée avec ce Montgomery. Je me demande vaguement si elle est plus plus âgée que lui, puis si elle n'est pas en train de me draguer.

– À plus tard, dit Price.

– À plus, les gars… Montgomery a déjà traversé la moitié de la salle. Nicki se faufile derrière lui. Je me suis trompé: elle *a* un cul.

– Huit cent millions, siffle McDermott, secouant la tête.

– Quelle université ?

– Une rigolade… laisse tomber Price.

– Rollins ? dis-je.

– Écoutez bien, dit McDermott: Hampden-Sydney.

– C'est un parasite, un looser, un rat, conclut Van Patten.

– Un rat qui pèse huit cent millions, insiste McDermott.

– Vas-y, va lui faire une pipe, à ce nabot, ça te fera taire, dit Price. Je veux dire, comment peux-tu être aussi jobard, McDermott ?

– En tout cas, elle est mignonne, fais-je remarquer.

– Sacré morceau, approuve McDermott.

– Exact, fait Price à contrecœur, hochant la tête.

– Bon Dieu, mais je la *connais*, cette nana, dit Van Patten d'un air affligé.

– Arrête tes conneries, gémissons-nous d'une seule voix.

– Laisse-moi deviner, dis-je. Tu l'as ramassée au Tunnel, c'est ça ?

– Non. (Il boit une gorgée.) C'est un mannequin.

Anorexique, alcoolique, les nerfs à vif. *Complètement* française.

– N'importe quoi, dis-je, ne sachant pas s'il ment ou non.

– Et alors ? fait McDermott, haussant les épaules. Je me la ferais bien quand même.

– Elle boit un litre de Stoli par jour, elle le rend, et après, elle le *reboit*, ajoute Van Patten. Un vrai sac à vodka.

– Et à *mauvaise* vodka, en plus, murmure Price.

– Ça m'est égal, dit crânement McDermott. Elle est belle. Je veux la baiser. Je veux l'épouser. Je veux qu'elle soit la mère de mes enfants.

– C'est pas vrai, dit Van Patten, au bord de la nausée. Comment peut-on vouloir épouser une nana qui accoucherait d'un pichet de vodka à la crème d'airelle ?

– Il n'a pas tort, dis-je.

– Ouais. Il veut aussi s'envoyer en l'air avec la petite Arménienne, au bar, ricane Price. De quoi va-t-elle accoucher, celle-là ? D'une bouteille de Korbel et d'un demi-litre de crème de pêche ?

– Mais *quelle* petite Arménienne ? demande McDermott, exaspéré, se tordant le cou.

– Oh mon Dieu, allez vous faire voir, bande de pédés, soupire Van Patten.

Le maître d'hôtel s'arrête pour saluer McDermott et, s'apercevant que nous n'avons pas nos bellinis offerts par la maison, détale avant que nous n'ayons pu l'arrêter. Je ne sais pas trop comment McDermott a fait pour connaître si bien Alain – peut-être par Cecilia ? –, et cela m'agace légèrement, mais je décide d'intéresser un peu le jeu en leur montrant ma nouvelle carte de visite professionnelle. Je la sors de mon nouveau portefeuille en peau de gazelle (850 $ chez Barney) et la plaque sur la table, attendant les réactions.

– Qu'est-ce qui se passe, on va se faire une ligne ? demande Price, non sans intérêt.

– Ma nouvelle carte. (J'essaie de prendre l'air indifférent, mais ne peux retenir un sourire d'orgueil.) Qu'est-ce que vous en pensez ?

– Ouah ! fait McDermott, prenant la carte et la retournant entre ses doigts, réellement impressionné. Très jolie. Jette un coup d'œil, dit-il, la tendant à Van Patten.

– J'ai été les chercher chez l'imprimeur hier.

– Bien, la couleur, dit Van Patten, examinant la carte de près.

– C'est la teinte "Os", fais-je remarquer. Quant au caractère, il s'appelle "Silian Rail".

– Silian Rail ? répète McDermott.

– Ouais. Pas mal, hein ?

– Elle est *très* chouette, Bateman, dit Van Patten d'un air circonspect, crevant de jalousie. Mais ça n'est rien… Il tire son portefeuille et plaque une carte sur la table, à côté du cendrier. « Regarde plutôt ça. »

Nous nous penchons tous pour examiner la carte de David. *Ça*, c'est vraiment superbe, déclare Price, très calme. Un bref spasme de jalousie me traverse quand je note le raffinement de la teinte et la classe des caractères. Je serre les poings, tandis que Van Patten annonce, l'air suffisant: Coquille d'œuf, caractères romains… Il se tourne vers moi :

– Qu'est-ce que tu en penses ?

– Pas mal, dis-je d'une voix étranglée, réussissant à hocher la tête, tandis que le serveur nous apporte quatre nouveaux bellinis.

– Incroyable, dit Price, élevant la carte à la lumière, feignant d'ignorer le retour des cocktails. C'est vraiment épatant. Comment un crétin comme toi peut-il avoir si bon goût ?

Je regarde la carte de Van Patten, puis la mienne. Je n'arrive pas à croire que Price préfère vraiment celle de Van Patten. Pris de vertige, je bois une gorgée et inspire profondément.

– Mais attendez, dit Price, vous n'avez encore rien vu… Il prend sa carte dans la poche intérieure de sa veste et, lentement, d'un geste théâtral, l'exhibe à nos regards. *« La mienne. »*

Même moi suis obligé d'admettre qu'elle est somptueuse.

Soudain, devant cette carte, le restaurant paraît s'éloigner, se dissoudre, le bruit se fait lointain, comme un murmure insignifiant. Tous, nous écoutons Price: Caractères en relief, fond pâle nimbé de blanc…

– Putain de merde, fait Van Patten. Je n'ai jamais vu…

– Joli, très joli, dois-je admettre. Mais attendez. Voyons celle de Montgomery.

Price reprend sa carte. Malgré son air décontracté, il ne peut pas ne pas jouir de cette subtile nuance de blanc cassé, de cette épaisseur si distinguée. Je suis pris de court, affligé d'avoir lancé cette histoire.

– Une pizza. On va commander une pizza, déclare McDermott. Personne n'a envie de partager une bonne pizza ? À la daurade ? Mmmmmmm. C'est Bateman qui aimerait ça… dit-il, se frottant les mains.

Je prends la carte de Montgomery et me mets à la tripoter, et cette sensation pénètre délicieusement le bout de mes doigts.

– Pas mal, hein ? Quelque chose dans la voix de Price me dit qu'il a compris que j'étais jaloux.

– Ouais, dis-je, lui tendant la carte avec désinvolture. Cependant, je trouve tout cela dur à avaler.

– Bon, une pizza à la daurade, insiste McDermott. Je crève de faim.

– Pas de pizza, dis-je dans un souffle, soulagé de voir disparaître la carte de Montgomery dans la poche de Timothy, hors de ma vue.

– Allez, gémit McDermott. On commande une pizza à la daurade.

– Silence, Craig, dit Van Patten, matant une serveuse en train de prendre une commande, à une autre table. Appelle plutôt ce petit trésor.

– Ça n'est pas la nôtre, dit McDermott, tripotant le menu qu'il a arraché à un serveur qui passait.

– Appelle-la *quand même*, insiste Van Patten. Demande-lui de l'eau, une Corona, n'importe quoi.

– Pourquoi *elle* ? dis-je, sans m'adresser à qui que ce soit en particulier. Ma carte est demeurée sur la table, ignorée, à côté d'une orchidée dans un vase de verre bleuté. Je la ramasse doucement et la range, pliée, dans mon portefeuille.

– C'est le portrait craché de cette fille qui travaille à la boutique Georgette Klinger, chez Bloomingdale, dit Van Patten. Dis-lui de venir par ici.

– Quelqu'un veut-il une pizza, ou pas ? demande McDermott avec humeur.

– Comment sais-tu cela, *toi* ?

– C'est là que j'achète le parfum de Kate, me répond Van Patten.

D'un geste, Price requiert l'attention : Au fait, j'ai dû oublier de vous dire une chose, à tous : Montgomery est un minus.

– Qui est Kate ? fais-je.

– Kate, c'est la fille avec qui Van Patten a une histoire, explique Price, fixant de nouveau la table de Montgomery.

– Et qu'est devenue Miss Kittridge ?

– Ouais, fait Price avec un sourire, qu'est-ce que tu fais d'Amanda ?

– Oh, pitié, les gars, *réveillez-vous* un peu. La fidélité, bon, d'accord...

– Et tu n'as pas peur des maladies ? demande Price.

– Avec *qui*, Amanda ou Kate ? (Je veux des précisions.)

– Je croyais que nous étions d'accord pour dire qu'on ne pouvait pas en attraper, dit Van Patten, élevant le ton. Booooon, alors, boucle-la.

– Je croyais t'avoir dit que...

Arrivent quatre nouveaux bellinis. Il y en a huit sur la table, à présent.

– Oh, mon Dieu, gémit Price, essayant d'agripper le serveur avant qu'il ne détale.

– Une pizza à la daurade... Une pizza à la daurade... » McDermott a trouvé un mantra pour la soirée.

– Bientôt, nous serons persécutés par les petites

Iraniennes en chaleur, marmonne Price.

– Mais tu sais, le pourcentage est du genre zéro, zéro, virgule zéro… tu m'écoutes ? demande Van Patten.

– … Une pizza à la daurade… Une pizza à la daurade… Soudain, McDermott frappe du plat de la main, ébranlant la table. « Nom de Dieu, est-ce que quelqu'un va m'écouter ? »

Je suis toujours sous le choc de la carte de Montgomery – cette teinte si élégante, ces caractères, cette qualité d'impression – et soudain je lève le poing en direction de Craig, et me mets à crier à tue-tête: « Personne n'en veut, de ta putain de pizza à la daurade ! Une pizza doit être *gonflée*, et légèrement *croustillante*, avec une croûte *gratinée* ! Et ici, leur putain de croûte est trop fine, parce que cet enfoiré de cuisinier fait tout trop cuire ! Et la pizza est désséchée, cassante ! » Le sang au visage, je pose violemment mon bellini sur la table, et quand je relève les yeux, les hors-d'œuvre sont arrivés. Une mignonne petite serveuse, immobile, me regarde d'un œil vitreux, avec une expression étrange. Je passe une main sur mon visage et lui fait un sourire affable. Elle reste plantée là, me regardant comme si j'étais une sorte de monstre, – elle paraît vraiment *effrayée*. Je jette un coup d'œil vers Price, peut-être pour qu'il me dise quoi faire. « Les cigares », articule-t-il, tapotant la poche de sa veste.

– Je ne les trouve pas cassants, déclare calmement McDermott.

– Ma chérie, dis-je, ignorant McDermott, et je la prends par le bras pour l'attirer vers moi. Elle résiste, mais je lui souris et elle se laisse faire. « Bien, dis-je, nous sommes là pour faire un bon repas, et… »

– Mais ça n'est pas ce que j'ai commandé, dit Van Patten, regardant son assiette. J'ai demandé la saucisse *aux moules*.

– Tais-toi. Je lui jette un regard meurtrier et me retourne calmement vers la petite serveuse, avec un sourire idiot, mais séduisant. Bien, écoutez, nous sommes de bons clients de la maison, nous commanderons certainement de la fine, ou du cognac, je ne sais pas, et nous avons l'intention de nous détendre et d'apprécier tranquillement ce… – je fais un geste de la main – cette ambiance. Bien… – de l'autre main, je tire mon portefeuille en peau de gazelle – nous aimerions fumer un *bon* havane après, et nous ne tenons pas à être dérangés par un plouc…

– C'est ça, un *plouc*, approuve McDermott, hochant la tête vers Van Patten et Price.

– … de client ou de touriste, une de ces personnes sans éducation, qui se plaindra certainement de notre inoffensive petite manie. Donc… – je fourre dans sa petite main un billet, que j'espère être un billet de cinquante – si vous pouviez faire en sorte que nous ne soyons pas dérangés, nous vous en serions *extrêmement* reconnaissants. (Je lui caresse la main, la refermant sur le billet.) Et si quelqu'un se plaint, eh bien… virez-le, dis-je d'un air menaçant.

Elle hoche la tête sans mot dire et recule, perplexe, l'air toujours aussi abruti.

– De plus, ajoute Price en souriant, si par hasard une nouvelle tournée de bellinis passe à moins de cinq mètres de cette table, nous mettons le feu au maître d'hôtel. Prévenez-le, d'accord ?

Pendant un long moment, nous contemplons nos hors-d'œuvre en silence. Enfin Van Patten prend la parole:

– Bateman ?

– Oui ? Je pique un morceau de baudroie, le trempe dans le caviar doré, et repose ma fourchette.

– Tu es une pure merveille, ronronne-t-il.

Price a repéré une autre serveuse, qui approche de nous avec un plateau chargé de quatre flûtes à champagne remplies d'un liquide rosâtre. « Oh, ça n'est pas vrai ! Mais cela devient *grotesque*… » Cependant, elle dépose son plateau à la table voisine, celle des quatre nanas.

– Un sacré morceau, déclare Van Patten, laissant tomber sa saucisse de Saint-Jacques.

– Un vrai petit trésor, pas de problème, approuve McDermott avec un hochement de tête.

– Sans plus, fait Price en reniflant. Regardez ses genoux.

Nous détaillons attentivement la créature et si, de part et d'autre des genoux, les jambes sont longues et bronzées, je suis obligé de constater qu'un de ses genoux, en effet, est plus gros que l'autre. Son genou gauche est plus noueux, imperceptiblement plus épais que le droit, et ce défaut presque invisible gâche l'ensemble. Notre intérêt retombe immédiatement. Van Patten contemple son hors-d'œuvre d'un air ahuri: Ça n'est pas non plus ce que tu as commandé. C'est du *sushi*, pas du sashimi.

– Oh mon Dieu, soupire Price, on ne vient pas ici pour la cuisine, de toute manière.

Un type qui ressemble trait pour trait à Christopher Lauder se dirige vers notre table et, me gratifiant d'une petite tape sur l'épaule, déclare: « Salut, Hamilton, superbe, ton bronzage », avant de disparaître dans les lavabos.

– Superbe, ton bronzage, Hamilton, fait Price, lançant des tapas sur mon assiette à pain.

– Oh, mince, j'espère que je n'ai pas rougi.

– Mais au fait, *où* vas-tu, Bateman ? demande Van Patten. Je veux dire, pour ton bronzage.

– C'est vrai, ça, où vas-tu ? répète McDermott, réellement intrigué.

– Que cela reste entre nous: Dans un salon de bronzage, dis-je en chuchotant. Comme *tout le monde*, conclus-je, irrité.

– Moi, j'ai… McDermott fait une pause pour ménager son effet… j'ai un lit bronzant, à la maison. Sur quoi, il mord à belles dents dans sa saucisse de Saint-Jacques.

– Arrête tes conneries, fais-je, suppliant.

– C'est *vrai*, approuve McDermott, la bouche pleine.

– C'est *complètement* extravagant, dis-je.

– Pourquoi, *complètement* extravagant ? demande Price, repoussant les tapas sur le bord de son assiette.

– Sais-tu à *combien* revient leur putain de carte d'abon-

nement, dans un institut de bronzage ? me demande Van
Patten. Pour un *an* ?

– Tu es dingue, dis-je entre mes dents.

– Regardez, les gars, dit Van Patten. Bateman est fou de
rage.

Apparaît soudain un serveur qui, sans demander si nous
avons terminé, emporte nos hors-d'œuvre à peine enta-
més. Personne ne dit rien, sauf McDermott qui demande:
« Il a emporté les hors-d'œuvre ? », et se met à rire bêtement. Voyant que personne d'autre ne rit, il arrête.

– Les portions sont si maigres qu'il a sans doute cru que
nous avions terminé, déclare Price d'une voix lasse.

– Vraiment, je trouve ça dingue, cette histoire de lit bronzant, dis-je à Van Patten, bien que, à part moi, je trouve que
ce serait là quelque chose de vraiment classe, si j'avais assez
de place dans mon appartement, ce qui n'est pas le cas.
On peut faire plein de choses avec ça, à part se faire bronzer.

– Avec qui est Paul Owen ? fait la voix de McDermott.

– Une espèce de rat de chez Kicker Peabody, répond
Price d'un ton distrait. *Lui*, il connaissait McCoy.

– Alors, qu'est-ce qu'il fait, installé avec des ringards de
chez Drexel ? demande McDermott. Ça n'est pas Spencer
Wynn, là-bas ?

– Tu déjantes ou quoi ? fait Price. Ça n'est pas Spencer
Wynn.

Je jette un regard vers Paul Owen, assis dans un box, en
train de boire du champagne avec trois autres types – l'un
d'eux pourrait bien être Jeff Duval; bretelles, cheveux plaqués en arrière, lunettes à monture de corne –, et je me
demande vaguement comment Owen a fait pour avoir le
portefeuille Fisher. Cela ne me met guère en appétit, mais
à peine les hors-d'œuvre ont-ils disparu que nos plats arrivent, et nous nous mettons à manger. McDermott défait ses
bretelles. Price le traite de plouc. Surmontant ma paralysie,
je me détourne de Owen et fixe mon assiette – l'étouffée
de saumon en croûte en forme d'hexagone, jaunâtre,

entourée de languettes de saumon fumé et d'élégantes arabesques de coulis de petites tomates vertes –, puis je lève
les yeux et observe la foule de ceux qui attendent. Ils ont
l'air hostile, peut-être ivres de bellinis offerts par la maison,
fatigués d'attendre des heures une table merdique près des
cuisines, en dépit de leurs réservations. Van Patten brise
soudain le silence en posant violemment sa fourchette. Il
recule sa chaise.

– Qu'est-ce qui ne va pas ? dis-je, levant les yeux de
mon assiette, la fourchette en suspens, incapable de me
décider, comme si j'admirais trop la décoration du plat,
comme si ma main était douée d'une volonté propre, et
refusait de détruire l'harmonie du dessin. Avec un soupir,
je repose ma fourchette, résigné.

– Et merde. Il faut absolument que j'enregistre un film
sur le câble, pour Mandy. » Il se lève, s'essuie la bouche
avec une serviette. « Je reviens. »

– Tu ne peux pas lui dire de le faire *elle-même*, espèce
d'idiot ? demande Price. Tu es malade, ou quoi ?

– Elle est à Boston, chez son dentiste, répond Van
Patten avec un haussement d'épaules résigné.

– Mais qu'est-ce que tu as l'intention de faire ? (Ma voix
tremble un peu. Je pense toujours à la carte de Van
Patten). Tu vas appeler HBO ?

– Non. J'ai un téléphone à fréquence sonore relié à un
programmateur vidéo Videonic VCR, que j'ai acheté chez
Hammacher Schlemmer. Il s'éloigne, remontant ses bretelles.

– Quelle classe, dis-je d'une voix atone.

– Hé, qu'est-ce que tu prends, comme dessert ? lui crie
McDermott.

– Un truc au chocolat, et sans farine, répond Van Patten
sur le même ton.

– Van Patten a-t-il cessé de s'entraîner ? Il a l'air bouffi,
dis-je.

– On dirait bien, n'est-ce pas ? dit Price.

– Il n'est pas abonné au Vertical Club ?

– Je ne sais pas, murmure Price, examinant son assiette. Puis, se redressant, il la repousse et fait signe à la serveuse de lui apporter une autre Finlandia on the rocks.

Une autre petite serveuse s'approche timidement et nous offre une bouteille de champagne – du Perrier-Jouët, non millésimé – de la part de Mr. Scott Montgomery.

– Du non millésimé, quel rat, siffle Price, se tordant le cou pour trouver la table de Montgomery. Pauvre type. Il lève le pouce en signe de remerciement. « L'enfoiré, il est si petit que j'avais du mal à le voir. Je crois que j'ai fait signe à Conrad, à la place. Je ne suis pas sûr. »

– Où est Conrad ? Je devrais aller le saluer, dis-je.

– C'est l'abruti qui t'a appelé Hamilton, dit Price.

– Ça n'était pas Conrad.

– Tu en es sûr ? Il lui ressemblait drôlement, dit-il, la tête ailleurs, fixant de manière éhontée la petite serveuse qui expose ses seins en se penchant pour assurer sa prise sur le bouchon du champagne.

– Non, ça n'était *pas* Conrad, dis-je, surpris que Price ne puisse reconnaître un collègue. Ce type-là avait une meilleure coupe de cheveux.

Nous demeurons silencieux, pendant que la mignonne nous sert le champagne. Une fois qu'elle est partie, McDermott nous demande si nous avons aimé le repas. Je lui dis que l'étouffée de saumon était bonne, mais qu'il y avait dix fois trop de sauce tomate. McDermott hoche la tête. « C'est ce que j'avais entendu dire », déclare-t-il.

Van Patten réapparaît, grommelant que leurs lavabos sont mal conçus pour y prendre de la coke.

– McDermott : Un petit dessert ?

– Price, baillant : Seulement si je peux prendre un sorbet au bellini.

– Van Patten : Et si on demandait l'addition ?

– Moi : Il est temps de se mettre en chasse, Messieurs.

La mignonne apporte l'addition. 475 $, beaucoup moins que ce à quoi nous nous attendions. Nous partageons, mais comme j'ai besoin de liquide, je paie avec mon AmEx platine et ramasse leurs billets, pour la plupart des billets de cinquante tout neufs. McDermott exige qu'on lui rende dix dollars, car sa saucisse de Saint-Jacques n'en coûtait que seize. On abandonne la bouteille de champagne de Montgomery sur la table, non entamée. Dehors, un autre mendiant est installé devant chez Pastels, avec une pancarte complètement illisible. Aimablement, il nous demande un peu de monnaie, puis, avec plus de conviction, quelque chose à manger.

— Ce pauvre type a *vraiment* besoin d'un masque désincrustant, dis-je.

— Hé, McDermott, lance-lui ta cravate, glousse Price.

— Oh, merde, qu'est-ce qu'il en fera ? dis-je, les yeux rivés sur le mendiant.

— Il pourra aller prendre un hors-d'œuvre chez Jams, dit Van Patten, hilare. Nous échangeons une grande claque.

— *Pauvres types*, dit McDermott, examinant sa cravate, visiblement froissé.

— Oh, désolé… Taxi ! fait Price, faisant signe à une voiture… Un hors-d'œuvre et une boisson.

— Au Tunnel, dit McDermott au chauffeur.

— Super, McDermott, fait Price, prenant place à l'avant. Tu m'as l'air drôlement excité.

— Je n'y peux rien, si je ne suis pas une espèce de pédé décadent et complètement usé, comme toi, répond McDermott, passant devant moi.

— Saviez-vous que les hommes des cavernes avaient plus de muscles que nous ? demande Price au chauffeur.

— Hé, je l'ai déjà entendue, celle-là, dit McDermott.

— Van Patten, dis-je, as-tu vu la bouteille de champ' que Montgomery nous a fait porter ?

— C'est vrai ? demande Van Patten, se penchant au-dessus de McDermott. Laisse-moi deviner. Du Perrier-Jouët ?

— *Super banco*, dit Price. Non millésimé.

— Quel putain de rat, conclut Van Patten.

AU TUNNEL

Ce soir, pour une raison quelconque, tous les hommes qui attendent devant le Tunnel portent un smoking, à part un clochard entre deux âges, assis à côté d'une benne à ordures, à un mètre à peine de la file, tendant un gobelet en plastique à qui voudra bien lui prêter attention, quémandant un peu de monnaie, et comme Price nous fait contourner la foule, se dirigeant droit vers un des portiers, Van Patten lui agite sous le nez un billet de un dollar tout craquant, et le visage du mendiant s'illumine un bref instant, puis Van Patten rempoche le billet tandis que nous nous engouffrons dans la boîte où l'on nous donne une douzaine de tickets de boisson et deux laissez-passer de VIP pour le club privé. Une fois entrés, nous sommes vaguement tourmentés par deux autres portiers – longs manteaux de laine, queue de cheval, des Allemands probablement – qui veulent absolument savoir pourquoi nous ne portons pas de smoking. Price règle cependant le problème en douceur, soit en jouant de son influence, soit en graissant la patte des loufiats (ce qui est le plus probable). Me désintéressant de tout cela, je lui tourne le dos et essaie d'écouter McDermott qui explique à Van Patten que je suis dingue de critiquer les pizzas de Pastels, mais il est difficile de comprendre quoi que ce soit, avec la sono qui braille *I Feel Free*, la version de Belinda Carlisle. J'ai un couteau à scie dans la poche de ma veste Valentino, et je suis un instant tenté d'éventrer McDermott, là, dans l'entrée de la boîte, ou de lui trancher le visage, peut-être, ou de lui disloquer la colonne vertébrale; mais Price nous fait signe d'entrer, et la tentation de tuer McDermott est remplacée par cette singulière avidité à prendre du bon temps, boire du champagne, flirter avec une mignonne, peut-être trouver un peu de dope, ou même danser sur des vieux tubes, ou sur cette dernière chanson de Janet Jackson, celle que j'aime tant.

Je me calme un peu tandis que nous pénétrons dans le hall, nous dirigeant vers l'entrée proprement dite. Nous croisons trois créatures. L'une porte une veste de laine noire à col échancré et boutonnage de côté, un pantalon de crêpe de laine et un col roulé de cashmere moulant, Oscar de la Renta; l'autre porte un manteau croisé de laine, mohair et tweed synthétique, pour aller avec un pantalon genre jean et une chemise d'homme, en coton, Stephen Sprousse; la troisième, la plus élégante, porte une veste de laine à carreaux et une jupe de laine à taille haute de chez Barney, sur un chemisier de soie Andra Gabrielle. Elles nous repèrent très nettement et nous leur rendons la politesse en nous retournant sur elles – sauf Price, qui les ignore et lâche une grossièreté.

– Alors, Price, réveille-toi ! gémit McDermott. Qu'est-ce qui ne va pas ? Ces filles étaient *vraiment* au poil.

– Oui, si tu parles espingouin, dit Price, lui tendant deux tickets de boisson, comme pour l'apaiser.

– Quoi ? fait Van Patten. Je n'ai pas eu l'impression que c'était des Espagnoles.

– Tu sais, Price, il va falloir que tu changes d'attitude, si tu veux finir la soirée au pieu, dit McDermott.

– C'est *toi* qui me parle de finir la soirée au pieu ? *Toi*, qui a tout juste réussi à te faire branler, l'autre soir ?

– *Tu es parfaitement puant*, Price, déclare McDermott.

– Écoutez, vous croyez peut-être que j'ai le même comportement qu'avec vous, les gars, quand je suis sur un coup ? demande Price d'un ton de défi.

– Ouais, *le même*, répondent d'une seule voix McDermott et Van Patten.

– Vous savez, dis-je, il arrive que l'on prenne une attitude contraire à ce que l'on ressent vraiment, quand il s'agit de sexe, les enfants. J'espère que je ne saccage pas ta candeur retrouvée, McDermott. Je presse le pas pour me maintenir à la hauteur de Tim.

– Non, mais cela n'explique pas pourquoi Tim se comporte comme un connard de première, dit McDermott, tentant de me rattraper.

– Comme si ces filles en avaient quelque chose *à faire*, ricane Price. Quand je leur dis combien je gagne par an, mon comportement n'a plus aucune importance, crois-moi.

– Et comment fais-tu passer l'information ? demande Van Patten. Tu dis: Tenez, prenez donc une Corona et, au fait, je me fais cent quatre-vingt mille par an, et vous, quel est votre signe ?

– Cent quatre-vingt-dix, corrige Price. Ouais, c'est ce que je fais. La subtilité, ça n'est pas leur truc, à ces filles-là.

– Et c'est quoi, leur truc, ô grand sage ? demande McDermott, s'inclinant légèrement tout en marchant.

Cela fait rire Van Patten. Ils échangent une grande claque.

– Hé, dis-je, riant aussi, si tu le *savais*, tu ne poserais pas la question.

– Leur truc, c'est un type bien foutu, qui puisse les emmener au Cirque deux fois par semaine, et les faire entrer au Nell's quand elles en ont envie. Éventuellement, leur faire rencontrer Donald Trump, dit Price d'un ton catégorique.

Nous tendons nos tickets à une fille potable, vêtue d'un duffle-coat de laine, avec un carré Hermès. Elle nous fait entrer et Price lui lance un clin d'œil, tandis que McDermott déclare: Dès que je mets les pieds dans cette boîte, je commence à m'angoisser, à propos des maladies. Il y a des nanas pourries, ici. Je le *sens*.

– Je t'ai déjà dit, espèce de cloche, que nous ne pouvons pas attraper ça, dit McDermott, répétant patiemment la leçon. Les probabilités sont du style zéro, virgule zéro, zéro, zéro…

Par chance, sa voix se perd dans la version longue de *New Sensation*, de INXS. La musique est si forte qu'on est obligé de hurler pour se faire entendre. La boîte est plutôt bondée ; la seule véritable lumière émane du sol, par saccades. Tout le monde est en smoking. Tout le monde boit du champagne. Comme nous n'avons que deux laissez-passer VIP pour le club privé, Price les fourre dans la main de McDermott et de Van Patten, qui s'empressent de faire signe au type posté en haut de l'escalier. Il les fait entrer. Il porte un smoking croisé en laine, une chemise à col cassé en coton Cerruti 1881, et un nœud papillon de soie à damier noir et blanc de chez Martin Dingman Neckwear.

– Hé, fais-je, pourquoi ne les avons-nous pas gardés pour *nous* ?

– Parce que *nous*, répond-il en hurlant lui aussi pour couvrir le bruit de la musique, il faut qu'on trouve de la Poudre Miraculeuse de Bolivie…

Je le suis tandis qu'il s'engouffre dans l'étroit corridor qui longe la piste de danse, puis au travers du bar, et enfin dans le Chandelier Room, où pullulent les types de chez Drexel, de chez Lehman, de Kidder Peabody, de la First Boston, de Morgan Stanley, de Rothschild, de chez Goldman, et même de *Citybank*, nom de Dieu, tous en smoking, tenant tous à la main une flûte de champagne, et sans le moindre effort, comme si c'était la même chanson, *New Sensation* s'infiltre dans *The Devil Inside* et Price aperçoit Ted Madison, appuyé contre la rambarde, au fond de la pièce, vêtu d'un smoking croisé en laine, d'une chemise à col cassé Paul Smith, avec un nœud papillon et une ceinture de smoking de chez Rainbow Neckwear, des boutons de manchette Trianon en diamant, des escarpins de cuir et gros-grain Ferragamo, et une montre ancienne, Hamilton, de chez Saks ; derrière Madison, s'enfonçant dans la pénombre, les deux rails de chemin de fer, ce soir violemment illuminés de vert cru et de rose. Price s'arrête tout à coup, regarde au loin, derrière Ted, qui sourit en apercevant Timothy, tandis que Price contemple les rails d'un air rêveur, comme s'ils représentaient une sorte de liberté, comme s'ils incarnaient une fuite possible, l'évasion qu'il recherche, mais je lui crie : « Hé, voilà Teddy ! », et il se reprend, secoue la tête comme pour reprendre ses esprits, reporte son regard sur Madison et s'écrie d'un ton sans réplique : « Non, ça n'est pas Madison, pour l'amour de Dieu, c'est *Turnball* ! », tandis que celui que je pensais être Madison est salué par deux autres types en smoking et nous tourne le dos, et que soudain, derrière Price, surgit Ebersol qui lui passe un bras autour du cou et feint de l'étrangler, mais Price repousse son bras, et lui serre la main en disant : Salut, Madison.

Madison, que je pensais être Ebersol, porte une magnifique veste croisée Hackett of London en lin blanc, de chez Bergdorf Goodman. D'une main, il tient un cigare non allumé, et de l'autre, une coupe de champagne à moitié pleine.

– Mr. Price ! crie Madison. Quel plaisir de vous rencontrer, cher ami.

– Madison, crie Price en retour, on a besoin de tes services.

– Pourquoi, vous cherchez les ennuis ? fait Madison, souriant.

– Quelque chose de plus… urgent, crie Price.

– Bien sûr, crie Madison, puis, je ne sais pourquoi, il me fait un petit signe de tête cordial et me crie : Bateman, superbe, ton bronzage. Du moins c'est ce que je crois comprendre.

Derrière Madison, se tient un type qui ressemble beaucoup à Ted Dreyer. Il porte un smoking croisé à col-châle, une chemise de coton et un nœud papillon écossais, Polo par Ralph Lauren, j'en suis à peu près certain. Madison reste là, à saluer diverses têtes qui passent parmi la foule.

Price finit par perdre patience. « Écoute, on cherche de la dope », crie-t-il, du moins c'est ce que je crois comprendre.

– Du calme, Price, du calme, crie Madison. Je vais voir avec Ricardo.

Mais il reste là, saluant les têtes qui se pressent dans la cohue.

– Pourquoi pas *tout de suite* ? hurle Price.

– Pourquoi ne portes-tu pas de smoking ? crie Madison.

– On en prend combien ? me demande Price, éperdu.

– Un gramme, ce sera bien. Il faut que je sois au bureau tôt, demain.

– Tu as du liquide ?

Incapable de mentir, je fais un signe de tête et lui tend quarante dollars.

– Un gramme ! crie Price à Ted.

– Tenez, dit Madison, nous présentant son ami, je vous présente Il y a.

– Un gramme, fait Price, fourrant l'argent dans la main de Madison. *Il y a* ? Il y a quoi ?

– Madison et *Il y a* sourient, et Ted lance un nom qui m'échappe.

– Non, crie Madison, Illyia ! C'est du moins ce que je crois comprendre.

– Ah, ouais. Enchanté, Illya. Price lève le poignet, tapote sa Rolex en or de l'index.

– Je reviens tout de suite, crie Madison. Tenez compagnie à mon ami. Buvez un verre. Il disparaît. Illya, il y a, qui que ce soit, se fond dans la cohue. Je suis Price jusqu'à la rambarde du fond.

Je voudrais allumer mon cigare, mais je n'ai pas d'allumettes ; cependant, le simple fait de le tenir, de jouir de son parfum, tout en sachant que la drogue va arriver, me fait du bien, et je demande deux tickets à Price pour lui offrir une Finlandia on the rocks. Pas de Finlandia, me fait savoir la mignonne derrière le bar, l'air mauvais, mais elle est tellement bien roulée, elle a l'air si chaude, que je lui laisserai un gros pourboire malgré tout. Je me décide pour une Absolut pour Price, et un J&B on the rocks pour moi. Je songe un moment à lui apporter un bellini, pour plaisanter, mais ce soir, il paraît beaucoup trop sur les nerfs pour apprécier, et je le rejoins péniblement dans la cohue et lui tends son Absolut, qu'il prend sans un mot de remerciement et vide d'un trait. Il regarde le verre, fait la grimace, et me jette un regard accusateur. Je hausse les épaules. Il se remet à contempler les rails de chemin de fer, comme fasciné. Les filles sont rares au Tunnel, ce soir.

– Je sors avec Courtney, demain soir, dis-je.

– Avec *Courtney* ? fait-il. Super. Malgré le bruit, je perçois le sarcasme.

– Eh alors, pourquoi pas ? Carruthers n'est pas en ville.

– Autant louer une fille dans une agence d'*escortes*, crie-t-il d'une voix mordante, l'air ailleurs.

– Pourquoi ?

– Parce que cela va te coûter beaucoup plus cher pour tirer un coup.

– Pas question !

– Écoute, moi aussi, j'en passe par là, crie Price, agitant doucement son verre. Les glaçons tintent avec un bruit qui me surprend. « Meredith est pareille. Elle s'attend à ce qu'on paye. Elles sont *toutes* pareilles. »

– Price ? Je bois une grande gorgée de scotch. Tu es irremplaçable.

Il fait un geste derrière lui. « Où vont ces rails ? » Des lasers commencent à fulgurer.

– Je ne sais pas, dis-je au bout d'un long, long moment. J'en ai assez de regarder Price qui ne bouge pas, ne dit rien. Quand par hasard il se détourne des rails, c'est pour chercher des yeux Madison ou Ricardo. Pas une seule femme. Une armée de types de Wall Street en smoking. Si, une femme: elle danse toute seule dans un coin, sur une chanson – *Love Triangle*, je crois. Elle porte ce qui me semble être un débardeur pailleté Ronaldus Shamask, et je tente de fixer mon attention sur elle, mais je suis dans cet état d'excitation qui précède l'arrivée de la coke, et je me mets à mordiller nerveusement un ticket de boisson, tandis qu'un type de Wall Street, qui ressemble à Boris

Cunningham, s'interpose entre la fille et moi, me bouchant la vue. Je suis sur le point de filer au bar quand Madison réapparaît – il a mis vingt minutes –, reniflant bruyamment et, avec un grand sourire crispé, figé, serre la main de Price qui, en sueur, l'air tendu, s'éloigne si vite que lorsque Ted fait mine de lui donner une grande claque amicale dans le dos, sa main ne rencontre que le vide.

Je suis Price, traversant le bar, la piste de danse du sous-sol puis, à l'étage, le long couloir où s'alignent les lavabos pour dames, ce qui paraît curieux, puisqu'il n'y a pas de femme dans la boîte, ce soir, et une fois dans les lavabos des hommes, qui sont déserts, Price et moi nous glissons ensemble dans un des compartiments. Il verrouille la porte.

– Je tremble, dit Price, me tendant la petite enveloppe. Ouvre-la.

Je la prends et défais avec précaution les bords du petit paquet blanc, exposant le prétendu gramme – on dirait qu'il y en a moins – à la lumière fluorescente des lavabos.

– Eh bien, murmure Price d'une voix étonnamment douce, ça ne fait pas lourd, n'est-ce pas ? Il se penche pour examiner la poudre.

– C'est peut-être la lumière qui fait ça, dis-je.

– Qu'est-ce qu'il branle, ce Ricardo ? fait Price, le regard rivé sur la coke.

– Ccchhht… Je sors ma carte American Express platine. Allons-y, dis-je.

– Il la vend au *milligramme*, ou quoi ? demande Price. Il trempe le bord de sa carte dans la poudre et la porte à son nez, inspire. Il demeure un instant silencieux. « La vache », fait-il enfin d'une voix entrecoupée, caverneuse.

– Qu'est-ce qu'il y a ?

– C'est un milligramme de… saccharine, dit-il, le souffle court.

J'en prends aussi, et arrive à la même conclusion.

– Elle est légère, c'est sûr, mais je crois qu'en en prenant assez, ça ira… Mais Price est furieux. Son visage est rouge, il est en sueur; il se met à crier comme si c'était ma faute, comme si c'était *moi* qui avait voulu acheter de la poudre à Madison.

– Je veux me défoncer avec ça, Bateman, dit-il lentement, haussant le ton, et non pas m'en servir pour sucrer mon café !

– C'est vrai, tu peux toujours essayer dans ton café au lait, fait une voix efféminée, dans le compartiment voisin.

Price me regarde, les yeux ronds, incrédule, puis, pris de rage, il se détourne et donne un grand coup de poing dans la cloison.

– Calme-toi, dis-je. On s'en fiche, on y va.

Price se retourne vers moi, passe une main sur ses cheveux cartonnés, plaqués en arrière, et semble se détendre. « Tu as sans doute raison. Enfin, ajoute-t-il, élevant la voix, si le pédé d'à côté n'y voit rien à redire. »

Nous attendons un quelconque signe de vie. Enfin, la voix susurre: Pas de problème…

– Va te faire enculer ! rugit Price.

– Va te faire enculer, répète la voix.

– Non, *toi*, va te faire enculer, hurle Price, essayant d'escalader la cloison d'aluminium, mais d'une main je le retiens, et à côté la chasse d'eau se fait entendre, tandis que l'inconnu sort des lavabos, de toute évidence très énervé. Price se laisse aller contre la porte de notre compartiment et me regarde fixement, accablé. Il passe une main tremblante sur son visage cramoisi, les paupières serrées, les lèvres blanches, avec d'infimes traces de cocaïne sous une narine, puis déclare calmement, les yeux toujours fermés: Très bien. Allons-y.

– *Bien*. C'est pour *ça* que nous sommes là, dis-je. À tour de rôle, nous trempons nos cartes dans l'enveloppe puis, quand il n'y a plus assez de poudre, le bout de nos doigts, que nous reniflons, léchons, frottons sur nos gencives. Je suis loin, très loin d'être défoncé, mais un J&B supplémentaire pourra peut-être donner l'illusion du coup de fouet espéré, aussi léger soit-il.

En sortant du compartiment, nous nous lavons les mains, examinant notre reflet dans le miroir et, une fois satisfaits, retournons au Chandelier Room. Je commence à regretter de ne pas avoir laissé mon pardessus (Armani) au vestiaire, mais quoi qu'en dise Price, je me sens assez euphorique, et bientôt, tandis que je me tiens au bar, essayant d'attirer l'attention de la mignonne, cela cesse d'avoir la moindre importance. Bien qu'il me reste une quantité de tickets, je finis par poser un billet de vingt sur le comptoir, espérant qu'elle daignera m'apercevoir. Cela marche. Comptant sur mes tickets de boisson, je commande deux doubles Stoli on the rocks. Elle les verse devant moi.

Je me sens bien maintenant, et je lui crie: Hé, vous n'allez pas à la New York University ?

Elle secoue la tête, sans sourire.

Je crie: À Hunter ?

Derechef, elle secoue la tête. Pas Hunter non plus.

Je crie: Columbia ? – mais c'est une plaisanterie.

Elle fixe son attention sur la bouteille de Stoli. Je décide de ne pas prolonger la conversation, et plaque les tickets sur le comptoir, tandis qu'elle pose les deux verres devant moi. Mais elle secoue la tête, et crie: « Il est plus de onze heures. On ne les prend plus. Il faut payer en liquide. Ça fera vingt-cinq dollars. » Sans protester, l'air totalement détaché, je tire mon portefeuille en peau de gazelle et lui tend un billet de cinquante qu'elle regarde avec dédain, j'en jurerais, et, soupirant, se tourne vers la caisse pour me rendre la monnaie. Sans la quitter des yeux, je dis très clairement (mais ma voix se perd dans *Pump up the Volume* et dans le bruit de la foule): « Tu es une immonde salope et je voudrais te crever la peau et faire joujou avec ton sang ». Je souris néanmoins. Je ne laisse pas de pourboire à cette connasse, et retrouve Price, qui a rejoint la rambarde et demeure là, morose, les mains aggripées aux barres d'acier.

Paul Owen, qui gère le portefeuille Fisher, et porte un smoking de laine croisé à six boutons, se tient près de lui, criant: « J'ai compté cinq cents actions de retrait d'escompte sur un PC ICM... pris un taxi pour aller chez Smith et Wollensky. » C'est du moins ce que je crois comprendre.

Je tends le verre à Price, adresse un signe de tête à Paul. Price ne dit rien, pas même merci. Il se contente de prendre le verre, sans quitter les rails des yeux, l'air sombre, puis, avec un regard de biais, baisse la tête sur son verre ; comme les éclats de lumière recommencent à fulgurer, il se redresse et murmure quelque chose pour lui-même.

– Tu n'es pas défoncé ? dis-je.

– Comment ça va ? me crie Owen.

– On ne peut mieux, dis-je.

La musique n'est qu'une suite de chansons interminables, qui se recouvrent les unes les autres, chaque morceau lié au suivant par le martèlement incessant du rythme. Toute conversation est impossible ce qui, quand je dois parler avec un rat comme Owen, me convient parfaitement. À présent, on dirait qu'il y a un peu plus de filles dans le Chandelier Room, et j'essaie de croiser le regard de l'une d'elles – le genre mannequin, avec de gros nénés. Price me pousse du coude, et je me penche pour lui demander si nous n'en prendrions pas un autre gramme, éventuellement.

– Pourquoi ne portes-tu pas de smoking ? fait la voix de Owen, dans mon dos.

– Je laisse tomber, crie Price. Je fous le camp.

– Tu laisses tomber *quoi* ? fais-je sur le même ton, ahuri.

– *Ça* ! crie-t-il, faisant allusion à sa double Stoli, c'est du moins ce que je crois comprendre.

– Arrête, je la boirai.

– Écoute, Patrick, hurle-t-il, je *pars*.

– Où ? (Je n'y comprends vraiment rien). Tu veux que je trouve Ricardo ?

– Je pars, crie-t-il. *Je… pars !*

Je me mets à rire, sans comprendre ce qu'il veut dire.
« Mais où veux-tu aller ? »

– *Ailleurs* !

– Arrête ! Tu veux entrer dans une banque d'affaires ?

– *Non*, Bateman. Je suis sérieux, espèce d'abruti. *Je pars.*
Je disparais.

– Mais où ? Je ne comprends rien, je ris, je crie: chez
Morgan Stanley ? En recyclage ? Quoi ?

Il détourne les yeux sans répondre, continue de regarder fixement au-delà des rails, essayant d'apercevoir le
point où ils s'arrêtent, ce qui se dissimule par-delà l'obscurité. Il devient pénible, mais Owen me semble pire encore,
et j'ai déjà croisé accidentellement son regard de rat.

– Dis-lui de ne pas s'inquiéter, que tout baigne, crie
Owen.

– Tu t'occupes toujours du portefeuille Fisher ? Que lui
dire d'autre ?

– Quoi ? fait Owen. Attends, ça n'est pas Conrad ?

Il désigne un type debout près du bar, exactement sous
le lustre, vêtu d'un smoking non croisé, à col châle, chemise de coton et nœud papillon, Pierre Cardin, tenant à la
main une coupe de champagne et en train d'examiner ses
ongles. Owen sort un cigare et demande du feu. Comme je
m'ennuie, je me dirige vers le bar, sans m'excuser, et dis à
la mignonne qu'il me faudrait juste des allumettes. Le
Chandelier Room est bondé. Tout le monde semble se
connaître, et tout le monde ressemble à tout le monde. La
fumée des cigares flotte en une nappe épaisse, et la
musique, INXS de nouveau, hurle plus que jamais, on ne
sait pas où cela va s'arrêter. Je touche mon front par
mégarde, et mes doigts sont mouillés. Je prends des allumettes au bar. En revenant, je me heurte dans la foule à
McDermott et Van Patten, qui commencent à me tanner
pour que je leur donne des tickets de bar. Sachant qu'ils ne
sont plus valables, je les leur tends, mais nous sommes

qués ensemble au milieu de la salle, et les tickets ne suffi-
sent pas à les persuader d'affronter la dangereuse expédition jusqu'au bar.

– Pourries, ces nanas, dit Van Patten. Attention, pas
touche.

– C'est infect, au sous-sol, crie McDermott.

– Vous avez trouvé de la dope ? crie Van Patten. On a
vu Ricardo.

– Non. Rien du tout. Madison n'a rien trouvé.

– Service ! Service, attention ! crie un type derrière moi.

– Pas la peine. Je n'entends rien.

– *Quoi* ? crie Van Patten. Je n'entends rien !

Tout à coup, McDermott me saisit par le bras: Mais
qu'est-ce qu'il fait, cet enfoiré de Price ? Regarde.

Comme dans un film, je me retourne péniblement, et me
dresse sur la pointe des pieds, pour apercevoir Price, debout
en équilibre sur la rambarde. Quelqu'un lui a tendu une
flûte de champagne et, ivre ou défoncé, il tend les bras, les
yeux fermés, comme s'il bénissait la foule. Derrière lui, les
flashes de lumières éclatent et s'éteignent, encore et encore,
et le fumigène, déchaîné, l'enveloppe d'un flot de fumée
grise. Il crie quelque chose que je ne comprends pas – la
salle est bondée au-delà du possible, le vacarme assourdissant, un mélange de *Party All the Time* par Eddie Murphy et
de conversations incessantes – et je me fraie un passage, les
yeux rivés sur Price, réussissant à dépasser Madison et Illya
et Turnball et Cunningham, et quelques autres. Mais la foule
est trop dense, ce n'est même pas la peine d'essayer. Seuls
quelques visages se tournent vers Tim, toujours en équilibre
sur la rambarde, les yeux mi-clos, criant quelque chose.
Gêné, je suis soudain content d'être bloqué par la foule,
incapable de l'atteindre, de le sauver d'une humiliation
presque certaine, et dans une seconde de silence parfaitement programmée, j'entends la voix de Price: « Adieu ! » La
foule lève enfin les yeux. « Têtes de nœuds ! » Puis il se
détourne avec grâce, saute sur les rails et se met à courir,

secouant la flûte de champagne qu'il tient contre son flanc. Il trébuche une fois, deux fois, paraissant bouger lentement dans l'éclat des stromboscopes, mais parvient à reprendre pied, avant de disparaître dans l'obscurité. Un type de la sécurité demeure tranquillement appuyé à la rambarde, tandis que Price s'éloigne dans le noir. Je crois qu'il secoue vaguement la tête.

– Price, reviens ! J'ai crié, mais la foule, elle, applaudit l'exploit. « Price ! » Je crie de nouveau, au-delà des bravos. Mais il est parti, et il y a peu de chances pour que, même s'il m'entendait, cela change quoi que ce soit. Madison est à côté de moi. Il me tend la main, comme pour me féliciter: C'est *vraiment* un drôle de numéro.

McDermott arrive derrière moi. Il me tire par l'épaule. « Price connaît-il un club privé que *nous* ne connaissons pas ? » demande-t-il, inquiet.

Nous sommes dehors, à présent, et je suis défoncé, mais très fatigué, et, curieusement, j'ai un goût de NutraSweet dans la bouche, même après deux autres Stoli et un demi J&B. Minuit et demi. Nous observons les limousines qui tentent de tourner à gauche vers la West Side Highway. Van Patten, McDermott et moi discutons l'éventualité de chercher cette nouvelle boîte appelée Nekenieh. Je ne suis pas vraiment défoncé. Un peu ivre, plutôt.

Moi: On déjeune ensemble ? Demain ?

McDermott: Impossible. Rendez-vous chez le coiffeur de l'hôtel Pierre.

Van Patten: Négatif. Moi, c'est chez Gio. Manucure.

Moi, examinant ma main: Ça me fait penser qu'il faut aussi que j'y aille.

McDermott: Pour dîner ?

Moi: J'ai un rancard. Merde.

McDermott, à Van Patten: Et toi ?

Van Patten: Impossible. Je dois aller chez Sunmakers. Et après, musculation.

AU BUREAU

Dans l'ascenseur, Frederick Dibble me parle d'un article qu'il a lu dans *Page Six,* ou quelque autre rubrique de potins, à propos de Ivana Trump, puis de ce nouveau restaurant italo-thai dans l'Upper East Side, où il est allé hier soir avec Emily Hamilton, et commence à délirer sur leur fabuleux fusilli shiitake. J'ai sorti un Cross en or pour noter le nom de l'endroit dans mon calepin. Dibble porte un costume croisé Canali Milano en laine subtilement rayé, une chemise de coton Bill Blass, une cravate de soie tissée à minuscule motif écossais, Bill Blass Signature. Il tient sur son bras un imperméable Missoni Uomo, sa coupe de cheveux est excellente, chère, et je la contemple avec admiration, tandis qu'il fredonne la chanson que diffuse le haut-parleur – peut-être une quelconque version de *Sympathy for the Devil* –, comme dans tous les ascenseurs de l'immeuble où sont situés nos bureaux. Je m'apprête à demander à Dibble s'il a regardé le *Patty Winters Show* ce matin – le thème en était l'autisme – mais il s'arrête à l'étage en-dessous du mien, et me rappelle le nom du restaurant, "Thaidialono". « À plus tard, Marcus », me lance-t-il avant de sortir de l'ascenseur. La porte se referme. Je porte un costume Hugo Boss en laine pied-de-coq avec pantalon à pinces, une cravate de soie, Hugo Boss également, une chemise en popeline de coton Joseph Abboud et une paire de Brooks Brothers. J'ai abusé du fil dentaire, ce matin, et j'ai encore au fond de la gorge l'arrière-goût cuivré du sang. Après, j'ai utilisé de la Listerine, et ma bouche est en feu, mais je parviens à ne sourire à personne en sortant de l'ascenseur, frôlant Wittenborn avec sa gueule de bois, balançant mon nouvel attaché-case de cuir noir Bottega Veneta.

Jean, ma secrétaire, qui est amoureuse de moi, et que je finirai probablement par épouser, est assise à son bureau et porte ce matin, pour attirer mon attention, comme d'habitude, des vêtements d'un prix extravagant, et d'une totale incongruité: cardigan Chanel en cashmere, pull ras-du-cou et écharpe de cashmere, boucles d'oreilles en fausses perles, pantalon en crêpe de laine Barney's. J'ôte le walkman accroché autour de mon cou et m'approche de son bureau. Elle lève les yeux, avec un sourire timide.

– En retard ? fait-elle.

– Mon cours d'aérobic, désolé, dis-je, décontracté. Des messages ?

– Ricky Hendricks se décommande pour aujourd'hui. Il n'a pas dit ce qu'il décommandait, ni pourquoi.

– Il m'arrive de faire quelques rounds avec lui, au Harvard Club. Rien d'autre ?

– Et… Spencer voudrait vous voir pour prendre un verre, au Fluties Pier 17, dit-elle avec un sourire.

– Quand ?

– Après six heures.

– Impossible, dis-je, et je me dirige vers mon bureau. Annulez.

Elle se lève et y pénètre derrière moi. « Ah bon ? Et que dois-je lui dire ? » demande-t-elle, amusée.

– Dites-lui simplement que… que c'est non, dis-je, ôtant mon pardessus Armani et l'accrochant au portemanteau dessiné par Alex Loeb que j'ai acheté chez Bloomingdale.

– Je lui dis simplement que… non ? répète-t-elle.

– Avez-vous regardé le *Patty Winters Show*, ce matin ? Sur l'autisme ?

– Non. Elle sourit, comme si ma passion pour le *Patty Winters Show* la ravissait, pour une quelconque raison. « Comment était-ce ? »

Je ramasse le *Wall Street Journal* du matin et jette un coup d'œil sur la première page. Ce n'est qu'une grande tache de caractères brouillés, sans signification. « Je devais être en pleine hallucination, pendant l'émission. Je ne sais pas, je suis pas bien sûr. Je ne me souviens pas », dis-je entre mes dents, reposant le journal pour prendre le *Financial Times*. « Vraiment, je ne sais plus. » Elle reste là, immobile, attendant les ordres. Avec un soupir, je m'asseois, les mains jointes, derrière mon bureau Palazetti avec, de part et d'autre, les deux lampes halogènes déjà allumées. « Très bien, Jean. Il me faut une réservation pour trois chez Camols pour midi et demie. Sinon, essayez Crayons. D'accord ? »

– Bien, Monsieur, dit-elle d'une voix contrefaite, et elle se détourne.

– Oh, attendez, dis-je, me souvenant de quelque chose. Il me faudrait aussi une réservation pour deux à l'Arcadia, pour ce soir, huit heures.

Elle se retourne, le visage imperceptiblement défait, mais souriant toujours.

– Oh… Il y a de la romance dans l'air ?

– Mais non, idiote. Laissez tomber. Je m'en occuperai moi-même. Merci.

– Non, je vais le faire, dit-elle.

– Non, non, dis-je, avec un geste de dénégation. Soyez un amour, allez me chercher un Perrier, d'accord ?

– Vous avez une bonne tête, aujourd'hui, dit-elle avant de s'éloigner.

Elle a raison, et je ne réponds rien, je reste là à contempler la toile de George Stubbs accrochée au mur en face, me demandant si je ne devrais pas la déplacer, si elle n'est pas en fait trop près du tuner stéréo AM/FM Aiwa, du double lecteur de cassettes, de la platine semi-automatique, de l'équalizer graphique et des baffles miniatures, le tout d'un bleu crépusculaire, pour aller avec la teinte dominante du bureau. Le tableau de Stubbs serait probablement plus à sa place dans l'angle, au-dessus du Doberman grandeur nature (700 $ chez Beauty and the Beast, dans la Trump Tower), ou peut-être au-dessus de la table ancienne de Pacrizinni, à côté du Doberman. Je me lève et déplace toutes les revues de sport des années quarante – trente balles *pièce* – que j'ai achetées chez Funchies, chez Bunkers, chez Gaks et chez Gleeks, puis je décroche la toile de Stubbs et la pose en équilibre sur la table. Je me rasseois à mon bureau, tripote machinalement les stylos rangés dans une authentique chope à bière allemande que j'ai trouvée chez Man-tiques. Le Stubbs est parfait aux deux endroits. Une réédition d'un porte-parapluie Black Forrest (675 $ chez Hubert des Forges) est posée dans un autre angle, sans le moindre parapluie, comme je m'en aperçois tout à coup.

Je mets une cassette de Paul Butterfield dans l'appareil, me renverse dans mon fauteuil derrière le bureau, et feuillette le *Sports Illustrated* de la semaine dernière, mais je n'arrive pas à me concentrer. Je ne cesse de penser à ce putain de lit bronzant que Van Patten a chez lui. Sans réfléchir, je décroche le téléphone et appelle Jean.

– Oui ?

– Jean, écoutez, prévenez-moi, si vous entendez parler d'un lit bronzant, d'accord ?

– Quoi ? fait-elle, incrédule, j'en suis certain – mais souriant toujours, c'est probable.

– Vous savez… Un lit bronzant, quoi… Un lit… pour bronzer.

– Très bien… fait-elle d'une voix hésitante. Rien d'autre ?

– Ah, oui, merde. Faites-moi penser à rapporter au magasin les cassettes vidéo que j'ai louées hier soir. Tout en parlant, j'ouvre et je referme le coffret à cigares en argent massif posé près du téléphone.

– Rien d'autre ? demande-t-elle. Et votre Perrier ? fait-elle d'une voix enjoleuse.

– Ah ouais, bonne idée. Et… Jean ?

– Oui ? Sa patience est un apaisement pour moi.

– Vous ne me trouvez pas cinglé ? Je veux dire, de vouloir un lit bronzant ?

Un silence. « Eh bien, c'est un petit peu inhabituel,

effectivement », avoue-t-elle. « Mais non, bien sûr que non. Sinon, comment allez-vous pouvoir conserver ce hâle si diaboliquement séduisant ? » Il est clair qu'elle pèse *très* soigneusement ses mots.

– Vous êtes une brave fille, dis-je avant de raccrocher. J'ai une secrétaire formidable.

Cinq minutes plus tard, elle entre dans le bureau avec le Perrier agrémenté d'une rondelle de citron vert et le dossier Ramson, qu'elle n'avait pas besoin d'apporter, et je suis vaguement touché par cette dévotion presque totale. Je ne peux m'empêcher de me sentir flatté.

– Vous avez une table chez Camols à midi et demie, déclare-t-elle tout en versant le Perrier dans un grand verre. Salle non-fumeurs.

– Ne portez plus ce déguisement, dis-je, la détaillant rapidement du regard. Merci, pour le dossier Ramson.

– Hum… » fait-elle, le verre à la main. « Qu'avez-vous dit ? Je n'ai pas entendu », demande-t-elle avant de le poser sur le bureau.

– J'ai dit, fais-je calmement, avec un large sourire, que vous ne devez plus porter ce déguisement. Mettez une robe, une jupe, un truc comme ça.

Elle demeure silencieuse, un peu stupéfaite, puis elle baisse les yeux sur ses vêtements, et sourit d'un air imbécile. « Ça ne vous plaît pas, j'ai compris », dit-elle avec humilité.

– Allons, dis-je, buvant mon Perrier à petites gorgées. Vous êtes trop jolie pour ce genre.

– Merci, Patrick, fait-elle, sarcastique – mais je suis sûr que demain, elle portera une robe. Le téléphone se met à sonner sur son bureau. Je lui dis que je ne suis pas là. Elle se détourne.

– Et des talons hauts ! dis-je. J'aime bien les talons hauts.

Elle hoche la tête en sortant, comme une brave fille qu'elle est, fermant la porte derrière elle. Je sors le Panasonic de poche, avec écran couleur de huit centimètres et radio AM/FM, essayant de trouver quelque chose d'intéressant à regarder – peut-être *Jeopardy*! – avec de la chance, avant de m'installer devant mon terminal d'ordinateur.

AU CLUB DE GYM

Le club de gym où je vais, Xclusive, est un club privé, situé à quatre rues de mon appartement, dans l'Upper West Side. Depuis deux ans que j'ai pris ma carte de membre, il a été réaménagé trois fois et, s'il est équipé des appareils les plus récents (Nautilus, Universal, Keiser), on y trouve aussi un large éventail de poids et haltères, que j'aime bien utiliser, également. Il offre dix courts de tennis et de racquetball, des cours d'aérobic, quatre ateliers de danse gymnique, deux piscines, des home-trainers, un Gravitron, des rameurs, des cylindres d'entraînement, des simulateurs de ski de fond, des appareils d'échauffement à deux, des bilans cardiovasculaires, des programmes d'entraînement personnalisés, des massages, des saunas et bains de vapeur, un solarium, des cabines UVA et une cafeteria où l'on sert des jus de fruit, tout cela conçu par J. J. Vogel, qui a dessiné le Petty's, le club de Norman Prager. La carte de membre revient à cinq mille dollars par an.

Il faisait frais, ce matin, mais quand je sors du bureau, le temps semble s'être réchauffé, et je porte un costume croisé, Ralph Lauren, raies blanches, six boutons et une chemise Polo, col ouvert et poignets mousquetaire, en coton Sea Island imprimé de fines rayures au crayon. Je me déshabille dans le vestiaire, bénissant l'air conditionné, puis je passe un short noir corbeau en coton et Lycra, bandes blanches à la ceinture et sur les côtés, et un débardeur en coton et Lycra (Wilkes), et pouvant se plier si serré que je les transporte dans mon attaché-case. Ainsi en tenue, et ayant coiffé mon walkman, l'appareil accroché à la ceinture du short et les écouteurs posés sur mes oreilles (j'écoute une compilation Tom Bishop / Christopher Cross que Todd Hunter a enregistrée pour moi), je vérifie mon reflet dans le miroir, avant de pénétrer dans la salle et, mécontent de moi, vais chercher dans mon attaché-case la bombe de mousse pour plaquer mes cheveux en arrière, puis je me passe un peu de lotion hydratante sur le visage et, remarquant une légère rougeur sous ma lèvre inférieure, j'ajoute une touche de Touch-Stick, Clinique. Satisfait, j'allume le walkman, monte le volume, et quitte le vestiaire.

Cheryl, la petite boulotte amoureuse de moi, est assise derrière son bureau, où elle enregistre les entrées, plongée dans la rubrique des potins du *Post*. Quand elle me voit arriver, son visage s'illumine nettement. Elle me dit bonjour, mais je passe devant elle sans m'arrêter, remarquant à peine sa présence, car il n'y a pas de queue devant le Stairmaster, pour lequel il faut généralement attendre vingt minutes. Avec le Stairmaster, on fait travailler l'ensemble de muscles le plus important du corps, entre le bassin et les genoux, et l'on peut parvenir à brûler plus de calories à la minute qu'en faisant n'importe quel autre exercice, à part le ski nordique, peut-être.

Je devrais peut-être commencer par quelques assouplissements, mais il faudrait alors que j'attende – il y a déjà une espèce de pédé derrière moi, sans doute en train de mater mon dos, mon cul, les muscles de mes cuisses. Pas une seule mignonne au gymnase, aujourd'hui. Seulement des pédés du West Side, sans doute des acteurs au chômage, des serveurs de nuit, et Muldwyn Butner, de chez Sachs, avec qui j'étais à Exeter, occupé à se faire les biceps. Butner porte un bermuda en coton et Lycra avec inscrustation damier, un débardeur en coton et Lycra, et des Reebok de cuir. Au bout de vingt minutes, j'arrête le Stairmaster, l'abandonnant au pédé entre deux âges, hypermusclé, les cheveux décolorés, et je commence les extensions. Tandis que je m'entraîne, le *Patty Winters Show* que j'ai vu ce matin me revient en mémoire. Le thème en était: "Les Grosses Poitrines". Il y avait là une femme qui s'était fait *réduire* les seins, car elle les trouvait trop importants – cette pauvre idiote. Immédiatement, j'ai appelé McDermott, qui regardait aussi l'émission, et nous avons passé le reste de la séquence à nous moquer de la bonne femme. Je fais environ un quart d'heure d'extensions avant de me diriger vers le Nautilus.

J'avais un entraîneur personnel, que m'avait recommandé Luis Carruthers, mais il a essayé de me sauter dessus à l'automne dernier, et j'ai décidé de gérer mon propre programme de santé, qui comprend aérobic et musculation. Avec les poids, je fais alterner haltères et appareils utilisant des systèmes de résistance hydraulique, pneumatique ou électromécanique. La plupart sont très efficaces, car des claviers informatiques vous permettent de régler le degré de résistance de la machine sans avoir à vous lever. Un des avantages de ces appareils est de limiter la fatigue musculaire, réduisant ainsi les risques d'accident. Mais j'aime aussi la variété et la liberté qu'offrent les poids et haltères, le grand nombre de possibilités que je ne peux exploiter avec les appareils.

Pour les jambes, je fais cinq séries de dix flexions. Pour le dos, même chose. Quant aux abdominaux, j'en suis arrivé à pouvoir faire six fois quinze mouvements, et pour les biceps, sept fois dix. Avant de passer aux haltères, je fais vingt minutes de home-trainer, tout en lisant le dernier numéro de *Money*. Puis je m'octroie trois séries de quinze flexions-extensions-tractions pour les jambes, trois séries de flexions à la barre, trois séries de vingt extensions latérales pour les deltoïdes postérieurs et trois séries de vingt tractions, tractions de courroies, poids et flexions à la barre. Pour les pectoraux, je fais trois séries de vingt pompes sur la planche inclinée. Pour les deltoïdes antérieurs, trois séries de redressements latéraux et de tractions assises. Enfin, pour les triceps, je fais trois séries de vingt tractions au câble et de pompes. Après quelques extensions supplémentaires pour me détendre, je prends une rapide douche brûlante, et file au magasin de vidéo pour rendre les deux cassettes que j'ai louées lundi, She-Male Reformatory et Body Double, mais je reloue Body Double, que j'ai l'intention de regarder de nouveau ce soir, bien que, je le sais, je n'aurai pas le temps de me masturber sur cette scène où la femme se fait perforer à mort par une perceuse électrique, puisque j'ai rendez-vous avec Courtney à sept heures et demie, au café Luxembourg.

LE RENDEZ-VOUS

Rentrant à la maison après mon entraînement à Xclusive, et après un bon massage japonais, je m'arrête au kiosque à journaux, non loin de chez moi, et passe en revue le rayon "Pour Adultes"; le walkman toujours vissé aux oreilles, et les accords apaisants du *Canon* de Pachelbel font un contrepoint singulier aux photos plastifiées, âprement éclairées que je feuillette. J'achète *Lesbian Vibrator Bitches* et *Cunt on Cunt*, ainsi que le *Sports Illustrated* de la semaine et le dernier *Esquire*, bien que j'y sois abonné, et que tous deux soient déjà arrivés par la poste. J'attends que le kiosque soit désert pour faire mes achats. Le marchand ne dit rien, il fait un vague mouvement vers son nez crochu, tout en me tendant les magazines et la monnaie. Je baisse le volume et, levant un des écouteurs, je demande : « Quoi ? » Il touche son nez derechef et, avec un accent terrible, presque incompréhensible, me dit: « Vous saignez du nez », c'est du moins ce que je crois comprendre. Je pose mon attaché-case Bottega Veneta et porte un doigt à mon visage. Il est rouge, couvert de sang. Fouillant dans mon pardessus Hugo Boss, j'en tire un mouchoir – Polo – et après avoir essuyé le sang, le remercie d'un signe de tête, remets mes lunettes d'aviateur Wayfarer et m'en vais. Enfoiré d'Iranien.

Dans le hall de mon immeuble, je m'arrête à la réception, tentant d'attirer l'attention du concierge, un Noir hispano-américain que je ne reconnais pas. Il est au téléphone avec sa femme, ou son dealer, ou un quelconque acheteur de crack et hoche la tête sans me quitter des yeux, le téléphone coincé dans les sillons précoces de son cou. Quand il lui apparaît que je veux lui demander quelque chose, il soupire, lève les yeux au ciel et dit à son correspondant de ne pas quitter. « Ouais, qu'essevouvoulez ? » marmonne-t-il.

– Oui, fais-je aussi aimablement, aussi poliment que possible, pourriez-vous, je vous prie, dire au gardien-chef que j'ai une fente dans mon plafond et… Je m'interromps. Il me regarde comme si j'avais outrepassé quelque non-dit, et je commence à me demander quel mot l'a perturbé: certainement pas *fente*. Alors ? *Gardien-chef ? Plafond ?* Peut-être même *je vous prie ?*

– Qu'essaveudire ? fait-il, soupirant bruyamment, vautré sur son siège, sans me quitter des yeux.

Je baisse les yeux sur le sol de marbre, soupire également.

– Écoutez, je ne sais pas. Dites simplement au gardien-chef que c'est Bateman… appartement 10 I. Levant les yeux pour vérifier qu'une partie au moins du message a été enregistrée, je rencontre un masque atone, un faciès épais, stupide. Je suis un fantôme, pour cet homme, me dis-je. Je suis une chose irréelle, un objet à peine palpable, mais qui constitue cependant une espèce d'obstacle. Il hoche la tête, reprend le téléphone et poursuit sa conversation, dans un dialecte totalement inconnu de moi.

Je prends mon courrier – le catalogue Polo, le relevé de l'American Express, le *Playboy* de juin, une invitation à une soirée organisée par la compagnie dans un nouveau club appelé le Bedlam – et me dirige vers l'ascenseur, examinant le catalogue Ralph Lauren. J'appuie sur le bouton de mon étage, puis sur celui qui commande la fermeture des portes, mais quelqu'un pénètre dans la cabine juste avant que les portes ne se referment et, instinctivement, je me retourne pour saluer. C'est Tom Cruise, l'acteur, qui habite dans l'appartement en terrasse et, par courtoisie, sans le lui demander, j'appuie sur le bouton du dernier étage, sur quoi il me remercie d'un signe de tête, gardant le regard fixé sur les chiffres lumineux qui défilent rapidement au-dessus de la porte. En chair et en os, il est beaucoup plus petit, et il porte les mêmes Wayfarer noires que moi, un jean, un T-shirt blanc, et une veste Armani.

Désireux de briser un silence qui devient singulièrement gênant, je m'éclaircis la gorge et déclare: Je vous ai trouvé fantastique, dans *Bartender*. J'ai trouvé le film vraiment très bon, et *Top Gun* aussi. Vraiment, j'ai trouvé ça très bon.

Il quitte des yeux les chiffres lumineux, me regarde bien en face.

– Ça s'appelait *Cocktail*, dit-il d'une voix douce.

– Pardon ? fais-je, désarçonné.

Il s'éclaircit la gorge: *Cocktail*. Pas *Bartender*. Le film s'appelait *Cocktail*.

Un blanc. On n'entend plus que le bruit des câbles qui hissent l'ascenseur toujours plus haut dans l'immeuble, tandis que le silence descend sur nous, lourd, ostensible.

– Ah oui… C'est vrai, dis-je, comme si le titre me revenait soudain à l'esprit. *Cocktail*… Ouais, vous avez raison. Alors, Bateman, qu'est-ce que tu as dans le crâne ? Je secoue la tête comme pour m'éclaircir les idées puis, comme si je souhaitais mettre les choses au point, je tends la main: Salut. Pat Bateman.

Cruise me serre la main, timidement.

– Alors, dis-je, vous aimez bien vivre ici ?

Il prend un long temps pour répondre. « Ma foi… »

– C'est chouette, comme immeuble, n'est-ce pas ?

Il hoche la tête sans me regarder, et j'appuie de nouveau sur le bouton de mon étage, presque involontairement. Nous demeurons silencieux.

– Eh oui… *Cocktail*, dis-je au bout d'un moment. C'est bien ça, le titre.

Il ne dit rien, il ne hoche même pas la tête, mais il me regarde à présent d'un air étrange et, abaissant ses lunettes de soleil, il déclare avec une légère grimace: Euh… Vous saignez du nez.

Je demeure un moment pétrifié, avant de comprendre qu'il faut faire quelque chose et, avec l'air embarrassé qui s'impose, je porte ma main à mon nez, surpris, puis tire mon mouchoir Polo – déjà taché de brun – et essuie le sang de mes narines. Je ne m'en tire pas trop mal, somme toute.

– Ce doit être l'altitude, dis-je en riant. C'est vrai, nous sommes si haut.

Il hoche la tête, ne dit rien, retourne aux chiffres qui défilent.

L'ascenseur s'arrête à mon étage et, comme les portes s'ouvrent, je dis à Tom: Je suis un vrai fan. Ça me fait vraiment plaisir de vous rencontrer enfin.

– Ok. Cruise esquisse son fameux sourire, et appuie aussitôt sur le bouton de fermeture des portes.

La fille avec qui je sors ce soir, Patricia Worrel – blonde, mannequin, récemment virée de Sweet Briar au bout d'un semestre – a laissé deux messages sur mon répondeur, pour dire que je dois la rappeler, que c'est extrêmement important. Tout en desserrant ma cravate Bill Robinson en soie bleue à motifs inspirés de Matisse, je compose son numéro, et traverse l'appartement pour aller mettre en marche l'air conditionné, le téléphone sans fil à la main.

Elle répond à la troisième sonnerie. « Allo ? »

– Salut, Patricia. C'est Pat Bateman.

– Oh, salut. Écoute, je suis sur l'autre ligne. Je peux te rappeler ?

– Eh bien…

– Écoute, c'est mon club de gym, dit-elle. Ils ont déconné

avec ma note. Je te rappelle tout de suite, à plus…

– Ouais, dis-je, et je raccroche.

Je me dirige vers la chambre, où j'ôte mes vêtements de la journée: costume Giorgio Corregiari, laine et chevrons, avec pantalon à pinces, chemise en oxford Ralph Lauren, cravate de tricot Paul Stuart et chaussures de daim Cole-Haan. Je passe un short – 60 $ chez Barney – et fais quelques flexions, le téléphone à la main, en attendant que Patricia me rappelle. Au bout de dix minutes d'exercices, le téléphone sonne, et je laisse passer six sonneries avant de répondre.

– Salut, fait-elle. C'est moi, Patricia.

– Tu peux ne pas quitter ? J'ai un autre appel.

– Pas de problème.

Je la mets en attente pendant deux minutes, et reprends la communication.

– Salut, fais-je. Désolé.

– Je t'en prie.

– Bon. Alors, ce dîner. Tu passes me prendre vers huit heures ?

– Justement, c'est de cela que je voulais te parler, dit-elle d'une voix lente.

– Oh, non, fais-je, accablé. Qu'est-ce qu'il y a ?

– Eh bien voilà, il y a un concert au Radio City, et…

– Non, non et non, dis-je, intraitable. Pas de concert.

– Mais j'ai mon ex-petit ami qui joue, celui qui était aux claviers à Sarah Lawrence, et… Elle s'interrompt, déjà résolue à m'affronter.

– Non, non, non Patricia, dis-je fermement, pensant: mais bon Dieu, pour quoi *ça*, pourquoi *ce soir* ?

– Oh, Patrick, gémit-elle dans l'appareil, ça va être tellement sympa…

Je suis à présent quasiment certain d'avoir de très bonnes chances de coucher avec Patricia ce soir, mais pas si nous assistons à un concert où se produit un de ses anciens petits amis – ce genre de nuance n'existe pas pour elle.

– Je n'aime pas les concerts, dis-je, tout en me dirigeant vers la cuisine. J'ouvre le réfrigérateur, prends une bouteille d'Évian. « Je n'aime pas les concerts, je n'aime pas la musique *live*. »

– Mais celui-ci n'est pas comme les *autres*. Nous sommes *sûrs* d'avoir de bonnes places, ajoute-t-elle, faiblement.

– Écoute, pas la peine de discuter. Si tu veux y aller, *vas-y*.

.– Mais je pensais que nous irions *ensemble*, dit-elle, jouant sur la corde sensible. Je pensais que nous irions dîner… Puis, quasiment comme si l'idée lui venait tout à coup: … et rester *ensemble. Tous les deux.*

– Je sais, je sais. Écoute, chacun devrait avoir le droit de faire exactement ce qu'il veut faire. Et *moi*, je veux que tu fasses ce que *tu* as envie de faire.

Elle réfléchit un moment, tente une autre approche: Mais leur musique est si belle, si… Je sais que ça semble ringard, mais c'est… c'est prodigieux. C'est un des meilleurs groupes que tu verras jamais. Ils sont drôles, ils sont merveilleux, la musique est géniale, oh, écoute, je voudrais tellement que tu les voies… Je te jure qu'on va passer un moment fantastique, conclut-elle, dégoulinante de ferveur.

– Non, vas-y, toi, vas t'amuser.

– Mais Patrick, j'ai *deux* places.

– Non. Je n'aime pas les concerts. La musique *live*, ça me *gonfle*.

– Bien, fait-elle (et je perçois nettement dans sa voix l'écho de ce qui pourrait bien être une déception sincère), ça va me faire de la peine, que tu ne sois pas là, avec moi.

– Je te dis d'y aller, de t'amuser. Je dévisse le bouchon de la bouteille d'Évian, préparant la manœuvre suivante. « Ne t'inquiète pas. J'irai seul au Dorsia. Pas de problème. »

Très long silence, que je pourrais remplir ainsi: Ha-ha, eh bien, voyons si tu as toujours envie d'aller à ton concert de merde. Je prends une grande gorgée d'Évian, en attendant qu'elle me dise à quelle heure elle passera.

– Au Dorsia ? fait-elle, puis, méfiante: tu as réservé làbas ? Je veux dire, pour nous ?

– Oui. À huit heures et demie.

– Ah bon… Un petit rire. C'était… commence-t-elle d'une voix mal assurée… enfin, c'est-à-dire que *moi*, je les ai déjà vus. Je voulais juste que tu les voies aussi.

– Bon, écoute, qu'est-ce que tu fais ? Si tu ne viens pas, il faut que j'appelle quelqu'un d'autre. As-tu le téléphone de Emily Hamilton ?

– Oh, allons, Patrick, ne t'emballe pas comme ça, dit-elle avec un petit rire nerveux. Ils jouent encore deux jours, et je n'ai *aucun* problème pour y aller demain. Allons, calme-toi, tu veux bien ?

– Très bien. Je suis calme.

– Bon, à quelle heure veux-tu que je passe ? demande la Grande Pute des Restaurants.

– Je t'ai dit huit heures, fais-je, dégoûté.

– C'est parfait, dit-elle, puis, dans un souffle langoureux: À huit heures. Elle traîne encore un peu au téléphone, comme si je devais ajouter quelque chose, la féliciter pour avoir fait le bon choix, peut-être, mais je n'ai pas de temps à perdre avec ça, et je raccroche précipitemment.

Dans la seconde qui suit, j'ai traversé la pièce, attrapé le Zagat, et trouvé le numéro du Dorsia, que je compose d'un doigt tremblant. Occupé. Sentant la panique m'envahir, je mets le téléphone en position Appel Répété, et pendant les cinq minutes suivantes, résonne sans cesse la tonalité "occupé", consciencieuse, lugubre. Enfin, une sonnerie et, dans les brèves secondes avant que l'on ne décroche, j'éprouve cette sensation rare entre toutes – une poussée d'adrénaline.

– Dorsia », fait une voix de sexe indéterminé, rendue androgyne par un mur de bruit, à l'arrière-plan. « Ne quittez pas. »

Le vacarme évoque presque celui d'un stade de football bondé, et je dois rassembler jusqu'à la dernière miette de mon courage pour ne pas raccrocher. J'attends cinq minutes, la paume moite, douloureuse à force de serrer à mort le téléphone sans fil, une partie de moi-même consciente de la vanité de ma tentative, une autre pleine d'espoir, et une autre encore furieuse de ne pas avoir réservé plus tôt, ou de ne pas avoir demandé à Jean de le faire. La voix me reprend en ligne: « Dorsia », brutalement.

Je m'éclaircis la gorge. « Heu, oui, je sais qu'il est un peu tard, mais serait-il possible d'avoir une table pour deux, à huit heures et demie, neuf heures, par exemple ? Je serre les paupières à en avoir mal.

Un silence – derrière, le bruit de la foule, une vague déferlante, assourdissante – et, l'espoir envahissant soudain tout mon corps, j'ouvre les yeux, comprenant que le maître d'hôtel, Dieu le bénisse, est sans doute en train de chercher une éventuelle annulation dans le registre. Alors, j'entends un ricanement, faible tout d'abord, mais qui gonfle peu à peu, allant crescendo, jusqu'à devenir un éclat de rire suraigu, interrompu soudain quand on raccroche brutalement le téléphone.

Stupéfait, fébrile, vidé de mes forces, j'envisage quoi faire, tandis que seule la tonalité vacante résonne bruyamment dans l'appareil. Je reprends mes esprits, compte jusqu'à six, ouvre de nouveau le Zagat et, posément, entreprends de juguler la panique qui m'envahit à l'idée de devoir trouver une réservation pour huit heures et demie dans un endroit qui, s'il n'est pas aussi à la mode que le Dorsia, devra au moins être ce qui se fait de mieux dans le rayon immédiatement en-dessous. Je finis par obtenir une réservation pour deux au Bacardia, et cela *uniquement* grâce à une annulation, et bien que Patricia soit probablement déçue, il est possible qu'elle *aime bien* le Bacardia – les tables sont assez espacées, la lumière tamisée flatte le teint, et la cuisine est du genre Nouvelle Southwestern – et de toute façon, si ce n'est pas le cas, qu'est-ce qu'elle va faire, cette salope, *porter plainte*?

Aujourd'hui, je me suis entraîné sérieusement au club, après le bureau, mais la tension est revenue, et je m'octroie quatre-vingt-dix pompes pour les abdominaux, cent-cinquante élévations, puis je cours sur place pendant une vingtaine de minutes, tout en écoutant le dernier CD de Huey Lewis. Je prends une douche brûlante, puis m'étends sur le visage le nouveau masque exfoliant de Caswell-Massey, et sur le corps le soin lavant de Greune, puis un hydratant corporel de Lubriderm et une crème faciale de Neutrogena. J'hésite entre deux tenues: un costume Bill Robinson en crêpe de laine, acheté chez Saks, avec la chemise Charivari en coton jacquart et une cravate Armani, ou une veste de sport écossaise, dans les tons bleus, en laine et cashmere, avec une chemise de coton et un pantalon à pinces Alexander Julian en laine, et une cravate de soie Bill Blass à petits pois. Le Julian est peut-être un peu chaud pour un mois de mai, mais si Patricia porte ce tailleur Karl Lagerfeld que, *à mon avis*, elle devrait porter, je mettrai *quand même* le Julian, qui va bien avec *son* tailleur. Pour les chaussures, mocassins en crocodile A. Testoni.

Une bouteille de Scharffenberger est en train de rafraîchir dans une coupe d'aluminium façonné de chez Spiros posée dans un seau à champagne de verre gravé de Christine Van der Hurd, sur un plateau plaqué argent de chez Christofle. Le Scharffenberger n'est pas mauvais – ça n'est pas du Cristal, mais pourquoi gaspiller du Cristal pour cette greluche? De toutes façons, elle ne verrait probablement pas la différence. Je m'en sers un verre en l'attendant, redisposant de temps en temps les animaux de Steuben sur la table basse à dalle de verre de Turchin, feuilletant machinalement le dernier livre que j'ai acheté, un truc de Garrison Keillor. Patricia est en retard.

Tandis que j'attends, installé sur le canapé du salon, le Wurlitzer jouant *Cherish*, par les Lovin'Spoonful, j'en arrive à la conclusion que Patricia n'a *rien* à craindre ce soir, que je ne vais pas tout à coup sortir un couteau et m'en servir sur elle, gratuitement, que je ne tirerais aucun plaisir à voir couler le sang de sa gorge tranchée, de son cou taillardé, ou de ses yeux arrachés. Elle a de la chance, même si c'est une chance que je ne cherche pas à m'expliquer. Peut-être n'a-t-elle rien à craindre parce que sa fortune, la fortune de sa *famille*, la protège ce soir, ou bien est-ce simplement parce que *moi*, j'en ai décidé ainsi. Peut-être le verre de Scharffenberger a-t-il brisé mon élan, ou peut-être n'ai-je pas envie de voir précisément ce costume Alexander Julian bousillé par tout le sang que cette salope ne manquerait pas de verser. Quoi qu'il en soit, le fait demeure, absurde, que Patricia vivra, et cette victoire-là ne demande ni intelligence, ni effort d'imagination, ni inventivité de qui que ce soit. Simplement, c'est ainsi que le monde, *mon* monde, tourne.

Elle arrive avec une demi-heure de retard, et je dis au portier de la faire monter, bien que je la retrouve sur le palier, tandis que je verrouille ma porte. Elle ne porte pas le tailleur Karl Lagerfeld auquel je pensais, mais elle a plutôt bonne allure, malgré tout: un chemisier de soie Louis Dell'Olio avec des boutons de manchette en strass et un pantalon de velours brodé de chez Saks, des boucles d'oreilles en cristal de Wendy Gell pour Anne Klein et des escarpins à bride dorés. J'attends d'être dans le taxi qui nous conduit vers le centre pour lui annoncer que nous n'allons pas au Dorsia, et me confondre en excuses, prétextant vaguement un problème de téléphone, un incendie, un maître d'hôtel rancunier. Elle suffoque un peu en apprenant la nouvelle et, ignorant mes excuses, elle se détourne et se met à regarder fixement par la fenêtre. Je tente de l'apaiser en lui parlant de l'endroit où nous allons, tellement à la mode, tellement *luxueux*, évoquant ses pâtes au fenouil et à la banane, ses *sorbets*, mais elle se contente de secouer la tête, et j'en suis réduit à lui dire, grands dieux, que le Bacardia est devenu en fait beaucoup plus cher que le Dorsia lui-même, mais elle demeure inflexible. De temps à autre, j'en jurerais, les larmes lui montent aux yeux.

Elle n'ouvre pas la bouche jusqu'à ce que nous soyons installés à une table médiocre, au fond de la grande salle à manger, et encore n'est-ce que pour commander un bellini. Je commande en hors-d'œuvre les raviolis à la laitance d'alose avec de la compote de pommes, puis le hachis au chèvre à la sauce de bouillon de caille. Elle prend la daurade aux violettes et pignons, et en hors-d'œuvre la soupe de beurre de cacahuètes au canard fumé et à la purée de courges, un mélange apparemment un peu curieux mais en fait très bon. Le magazine *New York* l'a décrit comme un plat "gentiment espiègle, mais énigmatique", ce que je répète à Patricia, qui allume une cigarette, ignorant l'allumette enflammée que je lui tends, prostrée sur sa chaise, l'air rétif, et me souffle sa fumée en pleine figure, me jetant des regards furieux que je feins poliment d'ignorer, gentleman comme je peux l'être. Une fois nos plats arrivés, je contemple mon assiette – le hachis en forme de triangles rouges recouverts de chèvre teint en rose avec du jus de grenade, entouré d'arabesques de sauce aux cailles, épaisse et brûne, et de tranches de mangues réparties tout autour de la grande assiette noire – avant de me décider à le manger, d'une fourchette hésitante.

Le dîner n'a guère duré que quatre-vingt dix minutes, mais j'ai l'impression que nous sommes installés au Bacardia depuis une semaine et, bien que je n'aie aucune envie de passer au Tunnel après, cela me semble une excellente punition pour le comportement de Patricia. L'addition s'élève à 320 $ – moins que je ne le pensais, en fait –, et je la règle avec mon AmEx platine. Dans le taxi qui nous emmène vers le centre, je garde les yeux rivés sur le compteur, tandis que notre chauffeur tente d'engager la conversation avec Patricia qui l'ignore complètement, occupée à retoucher son maquillage avec un compact Gucci, ajoutant du rouge à une bouche déjà fortement colorée. Il y avait un match de base-ball, ce soir, et je crois que j'ai oublié de l'enregistrer, ce qui fait que je ne pourrai pas le regarder en rentrant, mais je me souviens que j'ai acheté deux magazines en rentrant du bureau, et je pourrai toujours m'y plonger pendant une heure ou deux. Jetant un coup d'œil sur ma Rolex, je m'aperçois que si nous prenons un verre, deux peut-être, je serai rentré à temps pour *Late Night with David Letterman*. Certes, Patricia est désirable, et je ne verrais aucun inconvénient à faire des cochonneries avec son corps, mais l'idée d'être gentil, d'être un compagnon agréable, de m'excuser pour cette soirée, pour n'avoir pas pu la faire entrer au Dorsia (même si le Bacardia est *deux fois* plus cher, Dieu me damne) me hérisse le poil. Cette salope est probablement furieuse que nous n'ayons pas de limousine.

Le taxi s'arrête devant le Tunnel. Je règle la course, laissant un pourboire honnête au chauffeur, et tiens la portière à Patricia qui feint d'ignorer la main que je lui tends pour l'aider à descendre. Personne devant les cordes, ce soir. En fait, le seul être humain dans la Vingt-quatrième Rue est un clochard assis à côté d'une benne à ordures, se tordant de douleur, mendiant de la nourriture ou de la petite monnaie d'une voix gémissante. Nous passons rapidement devant lui, et un des trois portiers nous fait entrer, tandis qu'un autre me gratifie d'une petite tape dans le dos : « Comment ça va, Mr. McCullough ? » Je lui fais un signe de tête, ouvre la porte à Patricia et, avant de la suivre, réponds : « Très bien, euh… Jim », en lui serrant la main.

Une fois à l'intérieur (cinquante dollars pour nous deux), je file immédiatement au bar, sans m'inquiéter de savoir si Patricia me suit. Je commande un J&B on the rocks. Elle prend un Perrier, sans citron vert, qu'elle demande elle-même. Comme j'ai vidé la moitié de mon verre, appuyé contre le bar, matant la mignonne petite serveuse, j'ai soudain le sentiment que quelque chose ne va pas ; ça n'est pas la lumière, ni la musique (INXS, *New Sensation*), ni la mignonne derrière le bar. C'est autre chose. Me retournant lentement pour regarder ce qui se passe autour, je me trouve face à une salle complètement déserte. Patricia et moi sommes les deux seuls clients dans toute la boîte. À part l'inévitable serveuse, nous sommes, elle et moi, *littéralement* les *deux seules personnes au Tunnel*. *New Sensation* devient *The Devil Inside*, et bien que la musique soit à fond, elle semble moins forte que d'habitude en l'absence de la foule, et la piste déserte paraît immense.

Quittant le bar, je décide d'aller inspecter les autres salles, pensant que Patricia me suivra, ce qu'elle ne fait pas. Pas de gardien devant l'escalier qui conduit au club privé du sous-sol, et tandis que je descends, la musique change en haut – *I Feel Free,* Belinda Carlisle. Un couple au sous-sol, qui ressemble à Sam et Ilene Sanford, mais il fait plus sombre ici, plus *chaud,* et il est possible que je me trompe. Je passe devant eux, installés au bar, en train de boire du champagne, et me dirige droit vers un type d'allure mexicaine, extrêmement bien habillé, assis sur une banquette. Il porte une veste croisée en laine et un pantalon Mario Valentino assorti, un T-shirt de coton Agnès B, et des mocassins de cuir Susan Bennis Warren Edwards (sans chaussettes). Il est accompagné d'une fille superbe, musclée, de la saloperie européenne – cheveux blonds sale, gros nénés, bronzée, pas de maquillage, fumant des Merit Ultra Light –, vêtue d'une robe Patrick Kelly en coton imprimé zèbre et d'escarpins en soie et strass à bride et talons hauts.

Je demande au type s'il s'appelle Ricardo.

Il hoche la tête. « Exact. »

Je lui demande un gramme de coke, disant que c'est Madison qui m'envoie. Je sors mon portefeuille et lui tend un billet de cinquante et deux billets de vingt. Il demande à la saloperie européenne de lui passer son sac. Elle lui tend un sac à main Anne Moore en velours. Ricardo fouille à l'intérieur et me tend une minuscule enveloppe pliée. Avant que je ne m'éloigne, la saloperie européenne me dit qu'elle aime bien mon portefeuille en peau de gazelle. Je lui réponds que j'aimerais me branler contre ses seins, et peut-être aussi lui tronçonner le bras, mais la musique – *Faith*, George Michael – est trop forte, et elle n'entend pas.

De retour à l'étage, je retrouve Patricia là où je l'ai laissée, seule au bar devant son Perrier.

– Écoute, Patrick, dit-elle, adoucie, je voudrais juste que tu saches que je suis…

– Une salope ? Écoute, tu veux sniffer un peu ? Je l'interromps, criant.

– Euh, ouais… avec plaisir, fait-elle. Elle ne sait plus où se mettre.

– Allez, viens ! Je la prends par la main.

Elle pose son verre sur le bar et me suis au travers du club désert, dans l'escalier qui monte aux lavabos. En fait, rien ne nous empêcherait de faire ça en bas, mais je trouve que cela manquerait de classe. Nous entrons dans un des WC des hommes et sniffons presque tout. Une fois dehors, je m'asseois sur une banquette devant les lavabos et fume une cigarette, tandis qu'elle descend nous chercher à boire.

Quand elle réapparaît, c'est pour s'excuser de son attitude depuis le début de la soirée. « Je te jure, j'ai adoré le Bacardia, la cuisine est fantastique, leur sorbet à la mangue, pffffu… c'était à mourir. Écoute, ça m'est égal de ne pas être allée au Dorsia. On pourra toujours essayer un autre soir, je sais bien que tu as sûrement fait tout ce que tu as pu, mais c'est vraiment l'enfer pour y entrer, ces temps-ci. Mais vraiment, j'ai adoré la cuisine du Bacardia. Cela fait combien de temps que c'est ouvert ? Trois ou quatre mois, je crois. J'ai lu un article fantastique dans *New York*, ou peut-être bien dans *Gourmet*… Quoi qu'il en soit, veux-tu m'accompagner à ce concert demain soir, on peut peut-être dîner au Dorsia avant, et ensuite aller écouter Wallace, ou bien aller au Dorsia après, mais je ne sais pas s'ils servent si tard. Sérieusement, Patrick, il faut absolument que tu les voies. Avatar est un chanteur tellement fantastique, j'ai vraiment cru être amoureuse de lui, à une époque – mais en fait, ça n'était que du désir, pas de l'amour. J'aimais vraiment beaucoup Wallace, mais il était dans toutes ces histoires de banques d'affaires et il ne pouvait pas assumer tout ça et il a craqué, mais ça n'est pas à cause de l'acide ou de la cocaïne, je veux dire, je le *sais*, mais quand tout a craqué, j'ai su que je ferais mieux, disons, de prendre mes distances et de ne pas assumer un...

Je pense J&B. Je pense verre de J&B dans ma main droite. Je pense main. Charivari. Chemise de chez Charivari. Je pense fusilli. Je pense Jami Gertz. Je pense que j'aimerais enculer Jami Gertz. Porsche 911. Je pense au shar-peï. J'aimerais posséder un shar-peï. Je pense que j'ai vingt-six ans. L'année prochaine, j'aurais vingt-sept ans. Un Valium. Je voudrais un Valium. Je pense, non, *deux* Valium. Je pense téléphone cellulaire.

NETTOYAGE À SEC

Le pressing chinois où j'envoie généralement mes vêtements ensanglantés m'a livré hier une veste Soprani, deux chemises blanches Brooks Brothers et une cravate Agnès B., encore couverts de petites traces de sang. J'ai rendez-vous pour déjeuner à midi – dans quarante minutes – et je décide de passer d'abord au pressing pour me plaindre. En plus de la veste Soprani, des chemises et de la cravate, je leur apporte un sac de draps tachés de sang, qui ont également besoin d'être nettoyés. Le pressing chinois se trouve assez loin de mon appartement, dans le West Side, presque du côté de Columbia et, n'étant en fait jamais allé là-bas auparavant, je suis surpris par la longueur du trajet (jusqu'à présent, j'ai toujours passé un coup de fil pour qu'ils viennent prendre mes vêtements, et ils me les rapportent dans les vingt-quatre heures). Cette expédition ne me laisse pas de temps pour mes exercices, et comme j'ai dormi tard, à cause d'une coke-party nocturne avec Charles Griffin et Hilton Ashbury, qui a commencé de façon très innocente à une soirée de journalistes au M.K., à laquelle aucun d'entre nous n'était invité, et a fini vers cinq heures devant mon distributeur de billets, j'ai manqué le *Patty Winters Show*, qui en fait était une rediffusion d'une interview du président, donc ça n'est sans doute pas trop grave.

Je suis tendu, j'ai mal au crâne. Cheveux plaqués en arrière, Wayfarer noires, cigare – non allumé – serré entre mes dents, costume noir Armani, chemise blanche en coton Armani, cravate de soie, Armani. En dépit de mon air affûté, j'ai l'estomac barbouillé, la tête à l'envers. En entrant au pressing chinois, je frôle un clochard en larmes, un vieux, quarante ou cinquante ans, obèse et grisonnant et, comme j'ouvre la porte, je m'aperçois, pour couronner le tout, qu'il est aussi *aveugle*, et je lui écrase le pied, une espèce de moignon plutôt, et il fait tomber sa timbale, la petite monnaie s'éparpille sur le trottoir. L'ai-je fait exprès ? À votre avis ? Ou bien était-ce un accident ?

Ensuite, je passe dix minutes à montrer les tâches à la vieille petite Chinoise qui, probablement, dirige le pressing. Elle est même allée chercher son mari dans l'arrière-boutique, car je ne comprends pas un traître mot de ce qu'elle me dit. Mais son mari demeure muet, ne se donne même pas la peine de traduire. La vieille continue de jacasser, en chinois, je suppose, et je suis finalement obligé de l'interrompre.

– Écoutez, attendez… Je lève une main, le cigare entre mes doigts, la veste Soprani posée sur mon bras. Vous ne me… Ccchhht, attendez… Ccchhht, vous ne me donnez *aucune* excuse *valable*.

La Chinoise continue de couiner quelque chose, saisissant les manches de la veste dans son poing minuscule. J'écarte son bras d'un geste et, me penchant en avant, très lentement, j'articule: Qu'est-ce que vous *essayez* de me dire ?

Elle continue de piailler, les yeux hors de la tête. Son époux étale devant lui les deux draps qu'il a sorti du sac, couverts de sang séché, et les contemple sans mot dire.

– La blanchir ? fais-je. C'est ça, que vous voulez dire ? La faire blanchir ? Je secoue la tête, incrédule. Blanchir ? Oh, mon Dieu…

Elle continue de désigner les manches de la veste Soprani et quand, se détournant, elle voit les deux draps derrière elle, le piaillement monte encore d'une octave.

– Bien, deux choses, dis-je, penché sur elle. De une, on ne blanchit pas une veste Soprani. Hors de question. De deux – j'élève le ton, me penche encore –, on ne trouve ces draps qu'à Santa Fe. Ce sont des draps très chers, et j'ai *vraiment* besoin de les faire nettoyer… Mais elle continue de parler, et je hoche la tête comme si je comprenais son bavardage, puis, avec un grand sourire, je me penche soudain, à lui toucher le visage: Si-tu-ne-fermes-pas-ta-sale-gueule-je-te-tue-est-ce-que-tu-comprends-ça ?

Le caquetage affolé s'accélère encore, incohérent. Elle ouvre de grands yeux. Son visage paraît étrangement impassible, peut-être à cause des rides. Je désigne de nouveau les taches, éperdu, puis, me rendant compte que c'est inutile, je baisse le bras, me concentrant pour tenter de comprendre ce qu'elle dit. Puis je l'interromps sans ménagements, et reprends la parole, me penchant de nouveau vers elle.

– Bien, écoutez, j'ai un déjeuner très important – coup d'œil à ma Rolex – chez Hubert, dans trente minutes. Puis, fixant de nouveau le visage plat, les yeux bridés: Et il me faut ces… Non, attendez, *vingt* minutes. J'ai rendez-vous chez Hubert dans vingt minutes, et je veux récupérer mes draps propres cet *après-midi.*

Mais elle n'écoute pas; elle continue de jacasser dans sa langue hachée, incompréhensible. Je n'ai encore jamais jeté de cocktail Molotov sur quiconque, et je me demande comment on les prépare, de quel matériel on a besoin, essence, allumettes… ? Ou peut-être un liquide plus volatil ?

– Écoutez, fais-je brutalement, et, du fond du cœur, penché sur son visage – sa bouche s'agite de façon incohérente, elle se tourne vers son mari qui hoche la tête pendant une miraculeuse seconde de silence – j'articule d'une voix monocorde: Je ne comprends pas.

Je me mets à rire, désespéré face au ridicule de la situation et, frappant le comptoir du plat de la main, je parcours la boutique des yeux, cherchant une personne à qui parler, mais le magasin est désert. Je soupire. Je grommelle. « C'est dingue. » Je passe une main sur mon visage et, cessant brusquement de rire, enragé tout à coup, je gronde: Vous êtes *folle*. Cela devient *insupportable*.

Elle baragouine quelque chose en réponse.

– Quoi ? fais-je, l'air mauvais. Vous n'avez pas compris ? Vous voulez du jambon ? C'est ça que vous venez de dire ? Vous voulez… du *jambon* ?

Elle attrape de nouveau la manche de la veste Soprani. Son époux se tient derrière le comptoir, maussade, indifférent.

– *Vous… êtes… une… folle !* J'ai hurlé.

Elle répond quelque chose, imperturbable, désigne d'un doigt inflexible les taches sur les draps.

– *Con-nas-se ?* Ça, tu comprends ? Je crie, je suis rouge, au bord des larmes. Secoué de tremblements, je lui arrache la veste des mains. « Oh mon Dieu. »

Derrière moi, la porte s'ouvre, une sonnette résonne. Je reprends contenance, ferme les yeux, inspire profondément, me rappelant que je dois passer à l'institut de bronzage après le déjeuner, et peut-être chez Hermès, ou…

– Patrick ?

Saisi d'entendre une vraie voix, je me retourne, et reconnais une jeune personne de mon immeuble, une jeune personne que j'ai vu cent fois traîner dans le hall, et qui ne manque pas de me contempler d'un regard admiratif à chaque fois que je la rencontre. Elle est plus âgée que moi, vingt-huit ou vingt-neuf ans, pas mal, un peu forte, et elle porte un jogging de chez… de chez Bloomingdale ? Aucune idée… Elle *rayonne* de joie. Elle me fait un grand sourire, ôtant ses lunettes de soleil. « Salut, Patrick, je pensais bien que c'était vous. »

Ne sachant absolument pas comme elle s'appelle, je murmure un vague « Bonjour », ajoutant très vite un mot indistinct qui pourrait ressembler à un prénom féminin, et reste là, à la regarder fixement, figé, sans force, essayant de faire taire ma hargne, tandis que la Chinoise continue de piailler dans mon dos. Enfin, je claque des mains. « Bien ! »

Elle reste plantée là, embarrassée, puis se dirige enfin vers le comptoir, mal à l'aise, un ticket à la main.

– N'est-ce pas absurde, de venir *jusqu'ici* ? Enfin, ils sont *vraiment* mieux que les autres, vous le savez aussi bien que moi.

– Alors, comment se fait-il qu'ils n'arrivent pas à enlever ces taches-*là* ? fais-je, patient, souriant toujours, serrant les paupières. Enfin la Chinoise ferme la bouche, et j'ouvre les yeux. « Dites-moi, pourriez-vous leur *parler*, ou quelque chose comme ça ? fais-je avec douceur. Moi, je n'arrive *à rien*. »

Elle se tourne vers le drap que tient le vieil homme. « Oh, mon Dieu, je vois », murmure-t-elle. Elle touche le drap d'une main hésitante, et la vieille se remet immédiatement à jacasser. « Mais d'*où* cela vient-il ? » me demande la fille, l'ignorant. Elle observe de nouveau les taches. « Mon Dieu… » fait-elle encore.

– Euh, en fait… Je jette un coup d'œil sur les draps, un vrai carnage. « C'est, euh… du jus d'airelle, euh… de framboise. »

Elle me jette un coup d'œil, hoche la tête, perplexe. « Je ne trouve pas que ça ressemble à du jus d'airelle, euh… de framboise », hasarde-t-elle timidement.

Je reste un long moment le regard fixé sur les draps, avant de balbutier: Enfin, c'est-à-dire, euh… En fait c'est… du Bosco. Vous savez, la barre chocolatée, comme… Je m'interromps. « … Comme un Mars. Voilà, c'est du Mars… Vous savez, du chocolat au caramel… »

– Ah, ouais… Elle hoche la tête, pleine de bonne volonté. Peut-être une ombre de scepticisme. « Mince, alors. »

– Écoutez, si vous pouviez leur parler… – je tends le bras et arrache le drap des mains du vieil homme – Je vous en serais *vraiment* reconnaissant. Je plie le drap, le pose doucement sur le comptoir et jette un coup d'œil sur ma Rolex. « Je suis vraiment en retard. J'ai un rendez-vous pour déjeuner chez Hubert dans un quart d'heure. » Je me dirige vers la porte, et la Chinoise recommence aussitôt à glapir, éperdue, agitant le doigt dans ma direction. Je lui jette un regard mauvais, me forçant à ne pas mimer son geste.

– Chez Hubert ? *Vraiment* ? demande la fille, impressionnée. Ils ont déménagé dans le centre, n'est-ce pas ?

– Ouais, c'est ça. Oh, écoutez, il faut absolument que j'y aille. Faisant semblant de voir arriver un taxi de l'autre côté de la rue, j'ajoute avec une reconnaissance feinte: Merci, euh… Samantha.

– Victoria.

– Ah, oui, Victoria. Ça n'est pas ce que j'ai dit ?

– Non. Vous avez dit Samantha.

– Je suis désolé, ça ne va plus du tout. Je souris.

– Nous pourrions peut-être déjeuner ensemble, un jour de la semaine prochaine, suggère-t-elle, vibrante d'espoir, avançant vers moi, tandis que je sors à reculons. Vous savez, je suis souvent du côté de Wall Street.

– Oh, je ne sais pas, Victoria. » Je m'arrache un sourire d'excuse, détournant le regard de ses cuisses. « Je travaille sans arrêt. »

– Eh bien, pourquoi pas, disons, un samedi peut-être ? propose-t-elle d'une voix hésitante.

– Samedi prochain ? fais-je, jetant un nouveau coup d'œil sur ma Rolex.

– Par exemple, dit-elle, avec un léger haussement d'épaules.

– Oh. Impossible. Désolé. Je vais voir *Les Misérables*, en matinée, mens-je. Écoutez, il faut *vraiment* que j'y aille. Je… Je passe une main sur mes cheveux, murmurant: Mon Dieu ! – et me force à ajouter: Je vous appellerai.

– D'accord, dit-elle, souriant, soulagée. Appelez-moi.

Après un dernier regard vengeur vers la vieille Chinoise, je file à toute vitesse, m'élançant vers un taxi qui n'existe pas puis, deux ou trois rues plus loin, ralentis le pas et…

Mon regard tombe soudain sur une ravissante petite clocharde, assise sur le perron d'un vieil immeuble de Amsterdam Street, un gobelet de plastique posé à ses pieds, sur la marche du dessous et, comme guidé par un radar, je me dirige vers elle, souriant, fouillant dans ma poche pour y prendre de la monnaie. Son visage semble trop jeune, trop frais, trop bronzé pour être celui d'une clocharde; cela ne fait que rendre sa situation plus pitoyable. Je l'observe attentivement, le temps d'aller du bord du trottoir jusqu'aux marches du perron où elle est assise, tête basse, fixant ses genoux d'un regard absent. Remarquant ma présence, elle lève les yeux, me regarde sans sourire. Toute ma méchanceté s'évanouit et, désirant lui offrir quelque chose de gentil, quelque chose de simple, je me penche vers elle, fixant sur son visage grave, sans expression, un regard débordant de compassion, et laisse tomber un billet de un dollar dans le gobelet, en disant: Bonne chance.

Son expression change aussitôt. Je remarque le livre sur ses genoux – Sartre –, puis le sac d'étudiant aux insignes de Columbia posé à côté d'elle, et enfin le café brun dans le gobelet, avec mon billet qui trempe dedans, tout cela en quelques secondes, et cependant comme au ralenti, et elle me regarde, puis regarde son gobelet, et s'écrie: « Eh, ça va pas, la tête ? », et glacé, penché au-dessus du gobelet, suppliant, je balbutie: « Je ne… Je ne savais qu'il… qu'il était plein » et, secoué, je m'éloigne, hèle un taxi, et tandis que nous roulons vers chez Hubert, les immeubles se transforment en montagnes, en volcans, les rues deviennent jungles, le ciel se pétrifie en une toile peinte, et en sortant du taxi, je suis obligé de loucher pour retrouver une vision normale. Le déjeuner chez Hubert ne sera qu'une hallucination ininterrompue, au cours de laquelle j'ai l'impression de rêver tout éveillé.

AU HARRY'S

– On devrait assortir les chaussettes et le pantalon, déclare Todd Hamlin à Reeves, qui l'écoute intensément tout en faisant tourner les glaçons dans son Beefeater avec un batonnet à cocktail.

– Qui a dit ça ? demande George.

– Écoute bien, reprend patiemment Hamlin. Si tu portes un pantalon *gris,* tu portes des chaussettes *grises.* C'est aussi simple que cela.

– Attends, fais-je, l'interrompant. Et si tu portes des chaussures *noires* ?

– Pas de problème, répond Hamlin, sirotant son Martini. Mais alors, la ceinture *doit* être assortie aux chaussures.

– Donc, d'après toi, avec un costume *gris,* tu peux aussi bien porter des chaussettes grises ou *noires*, dis-je.

– Euh… ouais, fait Hamlin, désarçonné. Enfin, sans doute. C'est ce que j'ai dit ?

– Tu vois, Hamlin, dis-je, je ne suis pas d'accord avec toi, parce que les chaussures sont vraiment trop loin de la ceinture. Je crois qu'il faut plutôt veiller à porter une ceinture assortie au *pantalon*.

– C'est bien vu, déclare Reeves.

Todd Hamlin, George Reeves et moi-même sommes tous trois installés au Harry's. Il est un peu plus de six heures. Hamlin porte un costume Lubiam, une superbe chemise Burberry's de coton rayé à col ouvert, une cravate de soie Resikeio, et une ceinture Ralph Lauren. Reeves porte un costume croisé à six boutons, Christian Dior, une chemise de coton, une cravate Clairbone en soie imprimée, des Allen-Edmonds à lacets en cuir perforé avec bout renforcé, et une pochette de coton, sans doute Brooks Brothers; des lunettes de soleil Lafont Paris sont posées sur une serviette en papier, à côté de son verre, et sur une chaise vide, un ravissant attaché-case de chez T. Anthony. Je porte un costume rayé bord à bord à deux boutons en flanelle, une chemise de coton multicolore imprimée sucre d'orge, avec une pochette de soie (Patrick Aubert), une cravate de soie à petits pois de Bill Blass, et une paire de lunettes de vue à verres non fumés, Lafont Paris. Un de nos walkmen lecteurs de CD est posé au milieu de la table, au milieu de nos verres et d'une calculette. Reeves et Hamlin ont quitté le bureau plus tôt aujourd'hui, car ils avaient rendez-vous pour un masque, et tous deux ont bonne mine, le teint rose mais bronzé, les cheveux coupés court et plaqués en arrière. Ce matin, le thème du *Patty Winters Show* était "Rambo Existe, Je l'Ai Rencontré".

– Et le gilet ? demande Reeves à Todd. Est-ce que ça n'est pas… *out* ?

– Non, George, dit Hamlin. *Certainement* pas.

– Non, dis-je, approuvant. Le gilet n'a *jamais* été démodé.

– En fait, le *vrai*, le problème, au fond, c'est… Comment doit-on le porter ? demande Hamlin.

– Il doit suivre… Reeves et moi avons commencé d'une même voix.

– Oh, désolé, fait Reeves. Vas-y.

– Non, pas de problème, dis-je, vas-y.

– Non, toi, je t'en prie, dit George.

– Bien, il doit suivre exactement la ligne du corps et couvrir la taille, dis-je. Il doit apparaître juste au-dessus du bouton médian de la veste, mais pas trop, car si le gilet est trop apparent, cela donne au costume une allure rigide, gourmée, ce qu'il convient d'éviter.

– Mmm-Mmm, fait Reeves, presque sans voix, l'air abruti. D'accord. Je savais tout ça.

– J'ai bien besoin d'un autre J&B, dis-je, me levant. Et vous, les gars ?

– Un Beefeater avec de la glace et un zeste, dit Reeves, levant un doigt.

– Martini, dit Hamlin.

– Pas de problème. Je me dirige vers le bar et, pendant que Freddy prépare les verres, j'entends un type, je crois que c'est William Theodocropopolis, de la First Boston, vêtu d'une espèce de veste de laine minable, en pied-de-coq, et d'une chemise potable, mais avec une somptueuse cravate Paul Stuart imprimée cachemire, qui fait paraître le costume beaucoup plus élégant qu'il ne le mérite, et donc il discute avec un autre type, un Grec aussi, qui boit un Diet Coke: ... et comme ça, Sting était au Chernoble – tu sais, la nouvelle boîte qu'ont ouvert les types qui ont ouvert le Tunnel – et ils l'avaient dit dans *Page Six*, et voilà qu'arrive une Porsche 911, avec Whitney à l'intérieur, et...

Quand je reviens à notre table, Reeves est en train de raconter à Hamlin comment il fait enrager les clochards dans la rue, en leur tendant un billet de un dollar, pour le remettre dans sa poche à l'instant où il passe devant eux.

– Mais je te jure, *ça marche*. Ils sont tellement pris de court qu'ils la *bouclent*.

– Il suffit de dire *non*, dis-je, posant les verres sur la table. Non, c'est *tout*.

– Dire non ? demande Hamlin en souriant. Et ça marche ?

– En fait, ça marche seulement avec les clochardes

enceintes, suis-je obligé d'admettre.

– Si je comprends bien, tu n'as pas essayé le truc du « Non, c'est tout » sur l'espèce de gorille de deux mètres vingt qui traîne dans Chambers Street ? demande Reeves. Celui qui suce tout le temps une pipe à crack ?

– Écoutez, est-ce que *quelqu'un* ici a entendu parler de cette nouvelle boîte appelée le Nekenieh ? demande Reeves.

D'où je suis assis, je vois Paul Owen, installé à une table de l'autre côté de la salle, avec un type qui ressemble énormément à Trent Moore, ou à Robert Daley, et un autre type qui pourrait être Frederick Connell. La compagnie où travaille Moore appartient à son grand-père. Trent porte un costume de laine peignée pied-de-poule rehaussé d'écossais multicolore.

– Le Nekenieh, fait Hamlin. C'est quoi, un Nekenieh ?

– Dites-moi, les gars, avec qui est assis Paul Owen ? C'est Trent Moore ?

– Où ? demande Reeves.

– Ils se lèvent. Les types à la table, là-bas.

– Ça n'est pas Madison ? Non, c'est Dibble, dit Reeves. Il chausse ses lunettes de vue non teintées pour s'en assurer.

– Non, dit Hamlin. C'est Trent Moore.

– Tu en es certain ? demande Reeves.

En sortant, Paul Owen s'arrête à notre table. Il porte des lunettes de soleil Persol, et tient à la main une serviette Coach Leatherware.

– Bonjour, les hommes, dit-il. Il nous présente les deux types qui l'accompagnent, Trent Moore et un dénommé Paul Denton.

Reeves, Hamlin et moi leur serrons la main sans nous lever. George et Todd commencent à discuter avec Trent, qui est de Los Angeles, et sait où se trouve le Nekenieh. Owen reporte son attention sur moi, ce qui me rend légèrement nerveux.

– Comment ça va ? demande-t-il.

– Ça va merveilleusement, dis-je. Et toi ?

– Oh, fantastique, dit-il. Et comment se porte le porte-feuille Hawkins ?

– Il… Je reste coi une seconde, puis reprends d'une voix mal assurée: Il… il va bien.

– Vraiment ? fait-il, vaguement intéressé. C'est curieux, ajoute-t-il, souriant, les mains serrées derrière son dos. « Il ne va pas très bien ? »

– Bof, hein… Tu sais… dis-je.

– Et comment va Marcia ? demande-t-il sans cesser de sourire, parcourant la salle des yeux, sans vraiment m'écouter. C'est une fille *fantastique*.

– Oh, oui, fais-je, secoué. J'ai… J'ai de la chance.

Owen m'a confondu avec Marcus Halberstam (encore que Marcus sorte avec Cecilia Wagner), mais d'une certaine façon, cela n'a pas une telle importance, c'est même un *faux-pas* assez logique, puisque Marcus travaille aussi chez P&P, où il fait exactement la même chose que moi; il a aussi un penchant pour les costumes Valentino, les lunettes de vue non teintées, et nous allons chez le même coiffeur, au même endroit, l'hôtel Pierre. L'erreur est donc compréhensible, et je ne suis nullement froissé. Cependant Paul Denton ne cesse de me dévisager, ou plutôt d'essayer de ne pas me dévisager, ou plutôt d'essayer de ne pas me dévisager, comme s'il savait quelque chose, comme s'il n'arrivait pas à décider s'il me reconnaît ou non, et je me demande s'il n'était pas par hasard présent lors de cette virée, il y a longtemps, un soir de mars dernier. Si c'est le cas, il faudrait que je lui demande son téléphone ou mieux, son adresse.

– Eh bien on devrait prendre un verre, un de ces jours, dis-je à Owen.

– *Super* ! Bonne idée. Tiens, voilà ma carte.

– Merci, dis-je, l'examinant attentivement avant de la glisser dans ma poche, ragaillardi de la trouver si quelconque. Je viendrai peut-être avec… Je m'interromps, puis, avec circonspection: … avec Marcia ?

– Ce serait *épatant*, dit-il. Dis donc, es-tu déjà allé au petit bistrot salvadorien de la Quatre-vingt-troisième ? Nous dînons là-bas, ce soir.

– Ouais. Enfin, non. Mais j'ai entendu dire que c'est fameux. Je souris vaguement et prends une gorgée de J&B.

– Oui, moi aussi. Il jette un coup d'œil à sa Rolex. « Trent ? Denton ? On file. On a réservé pour dans un quart d'heure. »

On échange des au-revoirs, et en sortant du Harry's, ils s'arrêtent à la table de Dibble et Hamilton, du moins je *crois* que ce sont Dibble et Hamilton. Avant qu'ils ne partent, Denton tourne son regard vers notre table, vers *moi*, l'air affolé, comme si ma présence le mettait en face d'une évidence, comme s'il me reconnaissait de quelque part, ce qui, par contrecoup, *me* flanque l'angoisse.

– Le portefeuille Fisher, déclare Reeves.

– Oh, merde, inutile de nous le rappeler.

– Il a de la chance, ce con, dit Hamlin.

– Quelqu'un connaît sa petite amie ? demande Reeves. Laurie Kennedy ? Un sacré morceau.

– Je la connais, dis-je. Enfin, je la connaissais.

– Pourquoi, dis-tu ça comme cela ? demande Hamlin, intrigué. Reeves, pourquoi dit-il ça *comme cela* ?

– Parce qu'il *sortait* avec elle, répond Reeves d'un ton détaché.

– Comment le sais-tu ? fais-je, souriant.

– Toutes les filles craquent pour Bateman. (Reeves a l'air un peu ivre.) Il a le genre *GQ*. Tu es *complètement GQ*, Bateman.

– Merci, mon vieux, mais… Je n'arrive pas à savoir s'il est ironique, mais d'une certaine manière, je me sens plutôt flatté, et je tente de faire un peu oublier ma séduction en déclarant: Sur le plan humain, elle est vraiment *moche*.

– Bon Dieu, Bateman, gémit Hamlin, mais qu'est-ce que ça veut *dire* ?

– Quoi ? Elle est *moche*, c'est tout.

– Et alors ? Il est question de son corps, pas d'autre

chose. Laurie Kennedy est un *trésor*, déclare Hamlin, caté-gorique. Et ne viens pas prétendre que tu t'intéressais à *quoi que ce soit* d'autre.

– Si humainement, elles sont valables, alors… c'est que quelque chose ne va pas du tout, déclare Reeves, un peu déconcerté par ses propres paroles.

– Si elles sont valables humainement, et qu'elles ne sont pas baisables – Reeves lève les deux mains en un geste sybillin –, qu'est-ce qu'on en a *à foutre* ?

– Bon, une *hypothèse*, d'accord ? Si *en plus* elles sont humainement valables, qu'est-ce qui se passe ? fais-je, sachant pertinemment que c'est là une question absurde, insoluble.

– Très bien. Dans cette *hypothèse*, c'est encore mieux, mais… dit Hamlin.

– Je sais, je sais, fais-je, souriant.

– … Mais *aucune* fille n'est humainement valable, fai-sons-nous d'une même voix, et nous éclatons de rire, échangeant de grandes claques.

– Une fille valable humainement, commence Reeves, c'est une fille qui a un beau petit corps et qui fait tout ce qu'on lui demande au lit sans être trop salope pour autant, et qui, avant tout, sait *fermer* sa putain de gueule.

– Regarde, ajoute Hamlin, hochant la tête en signe d'ap-probation, les seules filles un peu intéressantes, fûtées, ou drôles, ou à moitié intelligentes, ou mêmes douées – et putain, Dieu sait ce qu'on entend par là, – sont des *bou-dins*.

– *Absolument*, renchérit Reeves.

– Et cela, parce qu'elles sont obligées de compenser leur *mocheté*, conclut Hamlin, se renversant dans sa chaise.

– Ouais, mon idée a toujours été que les hommes ne sont là que pour procréer, pour assurer la survie de l'espè-ce, vous voyez ? dis-je.

Tous deux hochent la tête en signe d'approbation.

– Et la seule manière d'y arriver, c'est… je choisis soigneusement les termes... c'est d'être excité par une petite nana. Mais parfois, l'*argent*, ou la *célébrité*...

– Il n'y a pas de mais, dit Hamlin, me coupant la parole. Bateman, es-tu en train de m'expliquer que tu es prêt à faire ça avec Oprah Winfrey – hé, elle est riche, elle a du pouvoir –, ou que tu vas te taper Nell Carter – après tout, elle a un show à Broadway, une voix superbe, des royalties qui tombent sans arrêt...

– Attends, dit Reeves. *Qui* est Nell Carter ?

– Je ne sais pas, dis-je, perplexe. La propriétaire du Nell's, je suppose.

– Écoute-moi, Bateman, reprend Hamlin. La seule raison pour laquelle les nanas existent, c'est pour nous exciter, comme tu dis. La survie de la race, d'accord ? C'est aussi simple... (Il cueille une olive dans son verre et la fait sauter dans sa bouche)... que ça.

Après un moment de réflexion, je demande: Savez-vous ce que Ed Gein disait à propos des femmes ?

– *Ed Gein* ? fait l'un d'eux. Le maître d'hôtel du Canal Bar ?

– Non. Un tueur en série des années cinquante, dans le Wisconsin. Un type intéressant.

– Ce genre de truc t'a toujours intéressé, Bateman, dit Reeves, puis, s'adressant à Hamelin: Bateman passe son temps à lire ce style de biographie: Ted Bundy, le Fils de Sam, *Fatal Vision*, Charlie Manson. Il n'en manque pas une.

– Alors, que disait Ed ? demande Hamlin avec intérêt.

– Il disait: Quand je vois une jolie fille passer dans la rue, je pense à deux choses. Une partie de moi voudrait sortir avec elle, parler avec elle, être vraiment gentil, tendre, correct avec elle... Je m'interromps et vide mon J&B d'une traite.

– Et que voudrait l'autre partie de lui ? demande Hamlin d'une voix hésitante.

– Elle voudrait voir de quoi sa tête aurait l'air, plantée au bout d'une pique.

Hamlin et Reeves se regardent, puis me regardent, et je me mets à rire. Tous deux font de même, mal à l'aise.

– Alors, si on allait dîner, fais-je, changeant négligemment de sujet.

– Pourquoi pas dans ce truc indo-californien, dans l'Upper West Side ? suggère Hamlin.

– Ça me convient tout à fait, dis-je.

– Bonne idée, dit Reeves.

– Qui s'occupe de réserver ? demande Hamlin.

AU DECK CHAIRS

Courtney Lawrence m'invite à dîner lundi soir et, comme sa proposition ne me paraît pas dénuée de sous-entendus, j'accepte. Ce que j'ignorais, c'est qu'il va falloir supporter au dîner deux licenciés de Camden, Scott et Anne Smiley, dans un restaurant qu'ils ont choisi, un nouvel endroit appelé le Deck Chairs, du côté de Columbus. J'ai demandé à ma secrétaire de faire des recherches approfondies, et avant que je ne quitte le bureau, elle m'a proposé trois menus possibles et un choix de plats. Ce que Courtney m'a dit à propos de Scott et Anne – il travaille dans une agence de pub, elle ouvre des restaurants avec l'argent de son père, le dernier en date étant le 1968, dans l'Upper East Side – durant le trajet en taxi, interminable, était à peine moins intéressant que le récit de sa journée à elle: soins du visage chez Elizabeth Arden, achat d'ustensiles de cuisine à la Pottery Barn (tout cela sous lithium, au fait), avant de nous retrouver au Harry's, où nous avons pris quelques verres avec Charles Murphy et Rusty Webster, et où Courtney a oublié sous la table le sac d'ustensiles de cuisine de la Pottery Barn. Le seul détail dans la vie de Scott et Anne qui me paraisse présenter un vague, très vague intérêt, est qu'ils ont adopté un petit Coréen de treize ans dans l'année qui a suivi leur mariage et que, l'ayant appelé Scott Jr., ils l'ont envoyé à Exeter, ou Scott avait fait ses études quatre ans avant moi.

– J'espère qu'ils ont réservé, dis-je à Courtney dans le taxi.

– Simplement, ne fume pas de cigare, Patrick, dit-elle lentement.

– Ça n'est pas la voiture de Donald Trump ? fais-je, le regard fixé sur une limousine bloquée dans les embouteillages, juste à côté de nous.

– Oh, mon Dieu, Patrick, tais-toi, dit-elle d'une voix pâteuse, défoncée.

– Tu sais, Courtney, j'ai un walkman dans ma serviette Bottega Veneta, et je peux très facilement le mettre. Tu devrais reprendre un peu de lithium. Ou un Diet Coke. La caféine te tirerait peut-être de cette torpeur.

– Je veux un enfant, c'est tout, dit-elle doucement, le regard perdu par la fenêtre. C'est tout… deux… beaux… enfants.

– C'est à moi que tu parles, ou à l'autre gland ? fais-je en soupirant, assez fort cependant pour être entendu par le chauffeur israélite et, comme il se doit, Courtney demeure muette.

Ce matin le thème du *Patty Winters Show* était "Parfum, Rouge à Lèvres et Maquillages". Luis Carruthers, le petit ami de Courtney, est en déplacement à Phoenix, et ne sera pas de retour à Manhattan avant jeudi soir. Courtney porte une veste de laine avec un gilet, un T-shirt en jersey de laine et un pantalon de gabardine, Bill Blass, des boucles d'oreilles Gerard E. Yosca en cristal, émail et plaqué or, et des ballerines d'Orsay Manolo Blahnik en satin et soie. Je porte une veste de tweed sur mesure, un pantalon et une chemise de coton Alan Flusser, et une cravate de soie Paul Stuart. Il y avait une attente de vingt minutes pour le Stairmaster au club de gym, ce matin. Je fais bonjour à un mendiant au coin de la Quarante-neuvième et de la Huitième, puis je lui fais signe de se mettre un doigt.

Ce soir, la conversation tourne autour du dernier livre de Elmore Leonard – que je n'ai pas lu; de certains critiques gastronomiques – que j'ai lus; de la version studio anglaise des *Misérables* comparée à celle de la troupe américaine; de ce nouveau petit bistrot salvadorien au coin de la Deuxième et de la Quatre-vingt-troisième; des mérites comparés de la rubrique potins du *Post* et de celle du *News*. Il s'avère que Anne Smiley et moi avons une relation commune, une serveuse de chez Abestone, à Aspen, que j'ai violée avec une bombe de laque, quand je suis allé skier là-bas, aux dernières vacances de Noël. Le Deck Chairs est bondé, le bruit assourdissant, l'acoustique pourrie, à cause de la hauteur du plafond et, si je ne me trompe, le vacarme est soutenu par *White Rabbit*, version New Age, déversé à pleins tubes par les baffles fixés en l'air, à chaque coin de la salle. Caroline Baker est attablée avec un type qui ressemble à Forrest Atwater – cheveux blonds plaqués en arrière, lunettes à verres neutres et monture de séquoia, costume Armani, bretelles. Caroline Baker est, je crois, chargée d'investissements chez Drexel. Elle n'a pas l'air très en forme. Elle aurait dû se maquiller davantage, et son tailleur de tweed Ralph Lauren est trop sévère. Ils ont une mauvaise table, juste en face du bar.

– On appelle ça la cuisine californienne *classique*, me confie Anne, se penchant tout près, après que nous avons commandé. Cette déclaration, j'imagine, est censée soulever un commentaire et, Scott et Courtney étant occupés à débattre des mérites de la rubrique potins du *Post*, c'est moi qui m'y colle.

– Vous voulez dire, par opposition à la cuisine… disons, *californienne*, fais-je avec circonspection, soupesant chaque mot, ou bien à la cuisine *post*-californienne ? (ceci d'une voix moins assurée).

– Je veux dire, je sais que ça paraît un peu à la *mode*,

126.

mais il y a *réellement* un monde entre les deux. C'est une cuisine complètement subtile, mais qui *existe*.

— J'ai entendu parler de la cuisine post-californienne, dis-je, tandis que le décor du restaurant s'impose à moi avec acuité : la cheminée apparente, les colonnes, le four à pizza derrière comptoir, et... les chaises-longues qui lui donnent son nom. En fait, j'y ai même goûté. Des légumes nains, c'est cela ? Des coquilles Saint-Jacques dans des burritos ? Des biscuits au wasabi ? Je suis sur la bonne voie ? Et, à propos, on ne vous a jamais dit que vous ressemblez tout à fait à Garfield, mais écrabouillé, dépiauté, avec un vilain pull-over Ferragamo jeté sur les épaules, tandis qu'on l'emmène d'urgence chez le véto ? Des fusilli ? Du brie nappé d'huile d'olive ?

— Tout à fait, dit Anne, impressionnée. Oh, Courtney, où as-tu déniché Patrick ? Il est *tellement* au courant de tout. Je veux dire, pour Luis, la cuisine californienne, c'est une demi-orange et une glace italienne, s'écrie-t-elle, débordante d'enthousiasme. Puis elle se met à rire, m'encourageant à rire avec elle, ce que je fais sans conviction.

En hors-d'œuvre, j'ai commandé des radis nains avec une espèce de calmar d'élevage. Anne et Scott ont pris tous deux le ragoût de baudroie aux violettes. Courtney a failli s'endormir au moment de consulter la carte, mais avant qu'elle ne glisse de sa chaise, je l'ai attrapée par les épaules et l'ai remise d'aplomb, tandis que Anne commandait pour elle quelque chose de simple et de léger, du pop-corn cajun, par exemple, ce qui n'était pas inscrit au menu, mais comme Anne connaît Noj, le chef, il en a préparé une petite fournée... *spécialement pour Courtney* ! Scott et Anne insistaient pour que nous prenions tous une espèce de poisson rouge carbonisé mais saignant, une spécialité du Deck Chairs qui, par chance pour eux, figurait comme plat sur l'un des menus-type que Jean m'avait préparés. Sinon, et s'ils avaient malgré tout insisté pour que je le commande, il y avait toutes les chances pour que cette nuit – après *Late*

Night with David Letterman –, j'eusse débarqué dans leur studio vers deux heures du matin, pour les massacrer à coups de hache, obligeant d'abord Anne à regarder Scott se vider de son sang par les plaies béantes de sa poitrine, après quoi j'aurais trouvé un moyen d'aller jusqu'à Exeter, où j'aurais renversé une pleine bouteille d'acide sur le visage de leur fils, avec ses yeux bridés et sa bouche en fermeture éclair. Notre serveuse est un petit trésor. Elle porte des escarpins à bride en lézard garnis de glands en fausses perles dorées. J'ai oublié de rapporter les cassettes au magasin de vidéo, ce soir, et je me maudis en silence, tandis que Scott commande deux grandes bouteilles de San Pellegrino.

– C'est ce qu'on appelle la cuisine californienne *classique*, me dit Scott.

– Et si nous allions tous au Zeus Bar, la semaine prochaine ? propose Anne à Scott. Tu crois que nous aurions du mal à obtenir une table, vendredi ? Scott porte un pull en cashmere Paul Stuart, rayé rouge, violet et noir, un sarouel Ralph Lauren en velour côtelé et des mocassins de cuir Cole-Haan.

– Eh bien… pourquoi pas, dit-il.

– *Ça,* c'est une idée de génie, je suis bien contente, dit Anne, cueillant une petite violette sur son assiette et la reniflant, avant de la poser délicatement sur sa langue. Elle porte un pull rouge, violet et noir, en mohair tricoté à la main, Koos Van Den Akker Couture, et un pantalon Anne Klein, avec des ballerines de daim à bout ouvert.

Un serveur, et non pas la mignonne, se précipite sur nous pour prendre une deuxième commande d'apéritifs.

– J&B, sec, dis-je avant tout le monde.

Courtney commande du champagne on the rocks, ce qui me consterne. « Oh, fait-elle, comme si quelque chose lui revenait soudain à l'esprit, pourrais-je avoir un zeste, avec ? »

– Un zeste de *quoi* ? fais-je avec humeur, sans pouvoir m'en empêcher. Laisse-moi deviner. De *melon* ? Et je me dis, bon Dieu, pourquoi n'as-tu pas rapporté ces putains de vidéos, Bateman, espèce d'abruti.

– De *citron*, n'est-ce pas, Mademoiselle ? dit le serveur, me jetant un regard glacial.

– Oui, bien sûr, de citron, dit Courtney avec un hochement de tête, l'air perdu dans une espèce de rêverie – une rêverie délicieuse, inconsciente.

– Je vais prendre un verre de… oh, mon Dieu, disons d'Acacia, déclare Scott, puis, s'adressant à nous: est-ce que je prends du blanc ? Est-ce que j'ai vraiment envie d'un chardonnay ? On peut prendre du cabernet, avec le poisson.

Anne, gaiement: Vas-y !

Scott: Très bien, je prends du… oh, et puis, mince, du sauvignon blanc.

Sourire confus du serveur.

Anne, piaillant: *Scottie ! Du sauvignon blanc ?*

Scott, hennissant: Je plaisantais. Je vais prendre du chardonnay. De l'Acacia.

Anne, souriante, soulagée: Quelle *andouille* tu fais. C'est *drôle*, hein ?

Scott, au serveur: Je prends le chardonnay.

Courtney, tapotant la main de Scott: Très bien.

Anne, perplexe, réfléchissant: Je vais prendre… Oh, je vais juste prendre un Diet Coke.

Scott lève les yeux du morceau de pain de maïs qu'il trempait dans une petite soucoupe d'huile d'olive. « Tu ne bois pas, ce soir ? »

– Non, dit Anne avec un sourire mauvais. Je ne suis pas d'humeur.

Dieu sait pourquoi. Et Dieu sait qu'on en a rien à foutre.

– Même pas un verre de chardonnay ? insiste Scott. Tu préfères un sauvignon blanc ?

– J'ai mon cours d'aérobic à neuf heures, dit-elle, perdant pied, éperdue. Vraiment, je ne dois pas.

– Alors, je ne bois rien non plus, déclare Scott, déçu. Parce que j'ai le mien à huit heures, à Xclusive.

– Quelqu'un veut-il essayer de deviner où je ne serai *pas* demain, à huit heures ? fais-je.

– Non, mon chéri, je sais bien à quel point tu aimes l'Acacia, dit Anne, tendant le bras et serrant la main de Scott dans la sienne.

– Non, mon amour, je reste à la San Pellegrino, dit Scott, désignant la bouteille.

Je pianote bruyamment sur la table, murmurant « merde, merde, merde, merde » pour moi-même. Courtney a les yeux mi-clos. Elle respire profondément.

– Écoute, je prends le *risque*, déclare enfin Anne. Je vais prendre un Diet Coke avec du *rhum*.

Scott soupire, et sourit, littéralement rayonnant. « Bien. »

– C'est bien du Diet Coke *sans caféine*, n'est-ce pas ? demande Anne au serveur.

– Vous savez, interviens-je, vous devriez prendre un Diet Pepsi. C'est beaucoup mieux.

– Vraiment ? fait Anne. Pourquoi ça ?

– Vous devriez prendre un Diet Pepsi au lieu d'un Diet Coke. C'est beaucoup mieux. Il est plus pétillant. Le goût est plus net. Il se mélange mieux avec le rhum, et contient moins de sodium.

Le serveur, Scott, Anne, et même Courtney – tous me regardent comme si j'avais émis là une remarque diabolique, apocalyptique, comme si je venais de profaner un mythe intouchable, de violer un serment sacré, et un grand silence semble soudain tomber sur le Deck Chairs. Hier soir, j'ai loué un film intitulé *Inside Lydia's Ass* et, tout en sirotant, de fait, un Diet Pepsi pour faire passer mes deux Halcion, j'ai regardé ladite Lydia – une blonde platine, complètement bronzée, avec un cul parfait et une paire de nénés à tout casser – à quatre pattes, en train de sucer un type avec une queue énorme, tandis qu'une autre blonde superbe, avec une petite chatte blonde bien dessinée s'age-nouillait derrière elle pour la bouffer et la sucer et la lécher, avant de lui mettre dans le cul un grand vibromasseur en argent bien lubrifié et de la baiser, sans cesser de lui bouffer la chatte, tandis que le type à la queue énorme jouissait en plein dans la figure de Lydia et qu'elle lui suçait les couilles, et soudain Lydia se cabrait dans un bon orgasme, apparemment authentique, et la fille derrière rampait jusqu'à elle et léchait le sperme sur son visage, avant de lui faire sucer le vibromasseur. Le dernier Stephen Bishop est sorti jeudi dernier, et je suis passé hier à Tower Records pour acheter le compact, la cassette et le vinyle, car je voulais l'avoir dans les trois formats.

– Écoutez, dis-je d'une voix tremblante d'émotion, prenez ce que vous voulez, mais moi, je vous recommande le Diet Pepsi. Je baisse les yeux sur mes genoux, sur la nappe bleue, avec les mots "Deck Chairs" brodés au bord, et pendant un moment, je crois que je vais me mettre à pleurer; mon menton tremble, je ne peux plus avaler ma salive.

Courtney tend le bras et me touche doucement le poignet, caressant ma Rolex. « Tout va bien, Patrick. C'est vraiment... »

Un élancement violent, près du foie, balaie cet accès d'émotion, et je me redresse sur ma chaise, abasourdi, penaud, tandis que le serveur s'éloigne. Anne demande si nous avons vu la dernière exposition de David Onica. Je me ressaisis.

Il s'avère que nous ne l'avons pas vue et, ne voulant pas moi-même mettre en avant le fait que j'en possède un, ce qui serait assez vulgaire, je donne un léger coup de pied à Courtney, sous la table, ce qui la tire de la torpeur du lithium, et elle déclare d'une voix mécanique: Patrick possède un Onica. Vraiment.

Je souris, ravi, et prends une gorgée de J&B.

– Oh, ça, c'est *fantastique*, Patrick, dit Anne.

– Vraiment, un Onica ? demande Scott. Il est *très* cher, non ?

– Eh bien, disons... Je reprends une gorgée, soudain embarrassé. Disons... disons quoi ? « Rien », fais-je.

Courtney soupire, éloigne son pied sous la table. « Celui de Patrick est coté vingt-mille dollars. » Elle semble s'ennuyer à mort. Elle cueille un morceau de pain de maïs, plat et encore chaud.

Je lui lance un regard aigu, essayant de ne pas être trop agressif : Euh, non, Courtney, c'est *cinquante-mille*, en réalité.

Lentement, elle lève les yeux du morceau de pain qu'elle triture entre ses doigts et, au travers de son hébétude, parvient à me fixer d'un œil si mauvais que je baisse immédiatement pavillon, non sans avouer la vérité à Scott et Anne : le Onica n'en vaut que vingt-mille. Mais le regard fixe, effrayant de Courtney – bien que ma réaction soit peut-être excessive ; peut-être est-ce la décoration des colonnes qui lui déplaît, ou les stores vénitiens tirées sur les fenêtres au plafond, ou les tulipes rouges posées sur le bar dans des vases de chez Montigo – me dissuade d'expliquer en détails la manière dont on se procure un Onica. Ce regard, je l'interprète sans aucune difficulté. Il signifie : Donne-moi encore un coup de pied, et ce soir, ceinture, c'est compris ?

– Cela paraît… commence Anne.

Je retiens mon souffle, les traits tendus.

– … peu, dit-elle dans un murmure.

Je respire. « C'est peu, dis-je. Mais j'ai fait une affaire fantastique. » J'avale ma salive.

– Mais… *cinquante-mille* ? demande Scott, soupçonneux.

– Eh bien, je pense que son travail… il y a là une sorte de… de fausse légèreté voulue, magnifiquement équilibrée. Je m'interromps, essayant de retrouver la formule que j'ai lue dans un article de *New York*. « Une superficialité consciente… »

– Est-ce que Luis n'en a pas un, Courtney ? demande Anne. Elle tapote le bras de Courtney. « Courtney ? »

– Luis… a… un quoi ? fait Courtney, secouant la tête comme pour s'éclaircir les idées, écarquillant les yeux pour les empêcher de se refermer malgré elle.

– Qui est Luis ? s'enquiert Scott, faisant signe à la serveuse pour qu'elle ôte de la table le beurre que le serveur vient d'y déposer – quel jouisseur, vraiment.

Anne répond à la place de Courtney. « C'est son *petit ami* », dit-elle, voyant Courtney, ahurie, me regarder pour implorer de l'aide.

– Où est-il ? demande Scott.

– Au Texas, dis-je très vite. Je veux dire, il n'est pas en ville, il est en déplacement à Phoenix.

– Non, dit Scott, je veux dire dans quelle *boîte* ?

– L.F. Rothschild, dit Anne, quêtant l'approbation de Courtney, et s'adressant finalement à moi. « C'est bien ça ? »

– Non. Il est chez P&P, dis-je. Nous sommes collègues, en quelque sorte.

– Est-ce qu'il ne sortait pas avec Samantha Stevens, à une époque ? demande Anne.

– Non, dit Courtney. C'était juste une photo qu'on avait prise d'eux, qui est passée dans *Women's Wear*.

À peine mon verre arrivé, je le descends d'un trait, et fais presque aussitôt signe que l'on m'en apporte un autre, me disant que, décidément, Courtney est un amour mais qu'aucune séance de cul ne justifie un dîner pareil. Tandis que je détaille une femme superbe, de l'autre côté de la salle – blonde, du monde au balcon, robe moulante, escarpins de satin à glands dorés – la conversation change brusquement, Scott commençant à me décrire son nouveau lecteur de CD, tandis que Anne jacasse mécaniquement, expliquant à une Courtney défoncée et complètement absente les vertus des nouveaux gâteaux de germes de blé à faible taux de sodium, des fruits frais et de la musique New Age, particulièrement celle de Manhattan Steamroller.

– C'est un Aiwa, me dit Scott. Il *faut* que vous entendiez ça. Ce son… Il s'interrompt, ferme les yeux, extasié, mastiquant son pain de maïs… fantastique.

– D'accord, Scottie, le Aiwa est *correct*. Oh, nom de Dieu, me dis-je, *rêve, rêve, mon garçon*. « Mais le *top*, c'est vraiment le Sansui. J'en sais quelque chose, j'en ai un », dis-je après un silence.

– Mais je pensais que c'était Aiwa, ce qu'il y avait de mieux. Scott semble inquiet, mais pas encore assez bouleversé à mon goût.

– Pas du tout, Scott. Le Aiwa a-t-il une télécommande digitale ?

– Ouais.

– Des réglages informatisés ?

– Mmm-mmm. » Le *ringard* intégral, indécrottable.

– L'appareil comprend-il une platine avec plateau de métacrylate et cuivre ?

– Oui. » Il ment, le salaud !

– Et un... tuner Accophase T-106 ?

– Évidemment, dit-il avec un haussement d'épaules.

– Vous en êtes bien sûr ? Réfléchissez bien.

– Ouais. Il me semble, dit-il, prenant un morceau de pain de maïs d'une main tremblante.

– Quel genre de baffles ?

– Eh bien, des Duntech en bois, répond-il trop vite.

– *Pas de chance*, mon pauvre vieux. Il vous faut les baffles Infinity IRS en V, dis-je. Ou bien...

– Une minute, coupe-t-il. Des baffles en V ? Jamais entendu parler de baffles en V.

– Vous voyez, c'est bien ce que je disais. Si vous n'avez pas de baffles en V, vous pouvez aussi bien écouter un putain de walkman.

– Et de combien est la réponse de fréquences basses, avec ces baffles ? demande-t-il, méfiant.

– Quinze hertz, en fréquences ultra-basses, dis-je d'une voix suave, articulant bien chaque mot.

Ce qui la lui boucle pendant une minute. Anne continue de ronronner à propos de yoghourts surgelés de régime et de chow-chows. Je me renverse sur ma chaise, content d'avoir coincé Scott, mais hélas il reprend vite contenance et déclare: Quoi qu'il en soit, – d'un air ravi, comme si cela lui était égal de posséder une chaîne stéréo minable et merdique –, nous avons acheté le nouveau Phil Collins, aujourd'hui. Vous devriez écouter *Groovy Kind of Love*, c'est superbe.

– Ouais, je trouve que c'est de loin la meilleure chanson qu'il ait écrite, dis-je, et patati, et patata, et au moment où Scott et moi avons enfin trouvé un terrain d'entente, le poisson carbonisé arrive, il a une drôle de tête, et Courtney s'excuse et file aux lavabos, mais quand, au bout d'une demi-heure, elle n'a pas réapparu, je vais jeter un coup d'œil au fond du restaurant, et la trouve endormie dans le vestiaire.

Chez elle, à présent. Elle est couchée sur le dos, nue, les jambes écartées – des jambes bronzées, aérobiquées, musclées, entraînées –, et je suis à genoux, en train de la sucer tout en me masturbant; depuis que j'ai commencé à la lécher et à lui bouffer la chatte, elle a déjà joui deux fois, et son con est tendu et brûlant et mouillé, et je le lui écarte et la doigte d'une main, tout en me branlant de l'autre. Je lève son cul, souhaitant y mettre ma langue, mais elle refuse, et je relève la tête, tends le bras vers la table de chevet ancienne de chez Portian pour prendre le préservatif posé dans le cendrier du Palio, à côté de la lampe halogène Tensor et de l'urne en terre cuite de chez D'Oro, et déchire l'emballage entre mes dents et deux ongles brillants et lisses, puis l'enfile sur ma queue, sans difficulté.

– Je veux que tu me *baises,* gémit-elle, relevant les jambes, écartant encore son vagin, se branlant, puis me faisant sucer ses doigts, ses ongles longs et rouges, la mouille sur ses doigts, luisant dans la lumière de la rue qui filtre au travers des stores vénitiens de chez Stuart Hall, et le goût en est rose et sucré, et elle les frotte sur ma bouche, sur mes lèvres et ma langue, avant qu'elle ne refroidisse.

– Ouais, fais-je, au-dessus d'elle, glissant gracieusement ma queue dans son con, embrassant durement sa bouche, la pénétrant à grands coups rapides, la queue et les reins frénétiques, animés par leur propre désir, et déjà je sens l'orgasme s'annoncer peu à peu, au fond de mes couilles, dans mon anus, monter vers ma queue si raide qu'elle en est douloureuse – et je cesse soudain de l'embrasser, relève la tête, l'abandonnant bouche ouverte, langue pendante; elle se met à lécher ses lèvres rouges, gonflées, et tout en continuant de la bourrer, mais avec moins d'intensité, je me rends compte que... qu'il y a... un problème... un problème que je n'arrrive pas à identifier immédiatement... C'est en regardant la bouteille d'Évian à moitié vide, sur la table de chevet, que cela me revient d'un seul coup. « Oh, merde », fais-je le souffle coupé, et je me retire.

– Quoi ? gémit Courtney. Tu as oublié quelque chose ?

Sans répondre, je me lève du lit japonais et me précipite dans la salle de bains, essayant d'arracher le préservatif qui reste coincé au milieu, et comme j'essaie de m'en débarrasser, tout en cherchant le commutateur, je trébuche sur la balance de chez Genold et me meurtris le gros orteil et, jurant, parvient enfin à ouvrir l'armoire à pharmacie.

– Mais Patrick, qu'est-ce que tu *fais* ? crie-t-elle de la chambre.

– Je cherche le lubrifiant spermicide soluble à l'eau, réponds-je sur le même ton. Qu'est-ce que tu croyais ? Que je cherchais un *Advil* ?

– Oh, mon Dieu, s'écrie-t-elle, tu n'en avais *pas* ?

– Courtney, fais-je, remarquant une petite coupure de rasoir, au-dessus de ma lèvre, *où* le ranges-tu ?

– Je n'entends *rien*, Patrick, crie-t-elle.

– Luis a un goût infâme, en matière de parfum, dis-je, portant à mon nez un flacon de Paco Rabanne.

– Mais qu'est-ce que tu *dis* ?

– Le lubrifiant spermicide soluble à l'eau ! Je m'observe dans le miroir, tout en fouillant l'étagère, à la recherche d'un Touch-Stick de chez Clinique, pour ma coupure de rasoir.

– Qu'est-ce que ça veut dire, *où le ranges-tu* ? crie-t-elle. Tu n'en avais pas *apporté* ?

– Où est ce putain de lubrifiant spermicide soluble à l'eau ? J'ai hurlé. « Lubrifiant ! Spermicide ! Soluble ! à l'eau ! » Tout en criant, je pose un peu de Touch-Stick pour masquer la coupure, puis recoiffe mes cheveux en arrière.

– L'étagère du haut, crie-t-elle. Je crois.

– Tout en fouillant dans l'armoire à pharmacie, je jette un coup d'œil sur la baignoire, et la trouve bien rudimentaire. « Tu sais, Courtney, tu devrais vraiment te prendre par la main et faire daller ta baignoire de marbre, ou bien faire installer un jacuzzi. Tu m'entends ? Courtney ? »

– Oui, Patrick… Je t'entends, répond-t-elle au bout d'un long moment.

Je trouve enfin le tube, derrière un énorme flacon – un magnum – de Xanax, sur l'étagère supérieure de l'armoire à pharmacie et, avant que ma queue ne ramollisse complètement, j'en pose une noisette au fond du préservatif, en enduit rapidement l'intérieur, puis retourne dans la chambre et saute d'un bond sur le lit japonais. « Patrick, merde, ça n'est pas un trampoline », fait-elle, agressive et, sans l'écouter, je m'agenouille au-dessus d'elle, la pénètre, et aussitôt elle soulève ses hanches et se tend vers moi, puis elle suce son pouce et commence à se caresser le clitoris. J'observe ma queue qui va et vient dans son vagin, à grandes et longues poussées.

– Attends, dit-elle dans un sursaut.

– Quoi ? fais-je d'une voix gémissante, désarçonné, mais prêt à jouir.

– Luis est une salope et un ringard, dit-elle d'une voix entrecoupée, tentant de me repousser.

– Oui, dis-je appuyé sur elle, lui léchant l'oreille. « Luis est une *vraie* salope et un ringard. Moi aussi, je le hais. » Et, aiguillonné par le mépris qu'elle a pour son mollusque de petit ami, je me mets à remuer plus vite, sentant approcher l'orgasme.

– Mais, non, espèce d'idiot, grogne-t-elle. J'ai dit « *Est-ce une capote à réservoir ?* » pas « Luis est une salope et un ringard. » Sors de là.

– Est-ce que quoi est *quoi* ?

– Dégage de là, grogne-t-elle, tentant de me repousser.

– Je ne t'écoute pas, dis-je, faisant glisser mes lèvres jusqu'à ses ravissants petits tétons, raides, dressés sur les seins fermes et opulents.

– Dégage-toi, nom de Dieu ! crie-t-elle d'une voix perçante.

– Mais qu'est-ce que tu veux, Courtney ? fais-je, grommelant, ralentissant peu à peu le mouvement. Finalement je reste là, agenouillé au-dessus d'elle, ma queue encore à moitié à l'intérieur. Elle remonte contre la tête du lit et ma queue glisse dehors.

– Sans réservoir, dis-je. Enfin, je crois.

– Allume, dit-elle, essayant de se redresser.

– Oh, mon Dieu. Je rentre.

– Patrick, *allume la lumière*, fait-elle, menaçante.

Je tends le bras et allume l'halogène Tensor.

– Sans réservoir, *tu vois bien*. Et alors ?

– Enlève-la, dit-elle sèchement.

– Pourquoi ?

– Parce qu'il faut laisser un centimètre au bout, pour parer à la force de l'*éjaculation*, dit-elle, élevant la voix, couvrant ses seins avec son carré Hermès, à bout de patience.

– Je fous le camp, dis-je, sans faire un geste. Où est ton lithium ?

Elle attrape un coussin et s'en couvre la tête, grommelant quelque chose, puis se roule en position fœtale. Je crois qu'elle va se mettre à pleurer.

– Où est ton lithium, Courtney ? fais-je, toujours calme. Tu en as *besoin*.

De nouveau, un marmonnement incompréhensible. La tête fait non, non, non, sous l'oreiller.

– *Quoi* ? Qu'est-ce que tu dis ? fais-je, me forçant à rester poli, tout en me branlant vaguement. *« Où ? »* Des sanglots émanent de l'oreiller, à peine audibles.

– À présent, tu pleures, ça, c'est clair, mais je ne comprends toujours pas un *seul* mot de ce que tu dis. J'essaie d'arracher le coussin de sa tête. *« Allez, explique-toi ! »*

Elle grommelle de nouveau. De nouveau, je ne comprends rien.

– Écoute, Courtney, fais-je, furieux à présent, si j'ai bien compris ce que tu as dit, à savoir que ton lithium est dans un carton dans le compartiment à glace du réfrigérateur, à côté du Frusen Glädjé, et que c'est un *sorbet* – là, je hurle –, si c'est *vraiment* ce que tu as dit, je te *tue*. C'est un *sorbet* ? C'est un *sorbet*, ton lithium, vraiment ? Je finis par arracher le coussin et lui flanquer une grande gifle, en pleine figure.

– Crois-tu que ça m'excite, de faire l'amour *sans précautions* ? hurle-t-elle en retour.

– Oh, bon Dieu, ça ne vaut vraiment pas le coup, dis-je, marmonnant, tirant sur le préservatif de manière à laisser un centimètre libre au bout – un peu moins, en fait. « Voilà, Courtney, et cela sert à quoi ? Hein ? Dis-le nous. » Je lui envoie une nouvelle gifle, plus légère, cette fois. « Pourquoi laisser un centimètre ? Pour tenir compte de la *force de l'éjaculation* ! »

– Eh bien, *moi*, ça ne m'excite *pas* ! » Elle est hystérique, ravagée par les larmes, elle suffoque. « J'ai une promotion en vue. Je vais à la Barbade en août, et il n'est pas question que j'attrape un sarcome de Kaposi pour tout foutre en l'air ! » Elle tousse, elle s'étouffe. « Je veux pouvoir me mettre en bikini », braille-t-elle. « Le Norma Kamali, que je viens d'acheter chez Bergdorf. »

Je lui attrape la tête, la force à regarder comment est placé le préservatif. « Tu vois ? Alors, tu es contente ? Pauvre conne. Tu es contente, pauvre conne ? »

– Oh, qu'on en finisse, sanglote-t-elle, sans un regard pour ma queue, et elle retombe en arrière sur le lit.

Je la pénètre brutalement, et arrive à un orgasme si

minable qu'il en est presque inexistant, poussant un grogrenement de déception infinie, quoi que prévue, que Courtney interprète comme une marque de plaisir, ce qui l'incite, toujours sanglotant et reniflant sous moi, à se toucher un peu, mais je débande presque immédiatement – en fait, à l'instant même où je jouis –, mais si je ne sors pas d'elle toujours en érection, elle va devenir folle, aussi tiens-je le préservatif par la base, tandis que je me retire, littéralement *à plat*. Nous restons ainsi une vingtaine de minutes, allongés chacun d'un côté du lit, Courtney vagissant à propos de Luis et des planches à découper anciennes, du couteau à fromage en argent et du moule à muffin qu'elle a oubliés au Harry's, puis elle fait mine de vouloir me sucer. « Je veux encore te baiser, dis-je, mais sans préservatif, parce que je ne sens rien. » Otant de sa bouche ma queue molle et rabougrie, elle me regarde sans aménité, et déclare d'un ton froid: Avec ou sans, tu ne sentiras rien, de toute manière.

RÉUNION D'AFFAIRES

Jean, ma secrétaire, qui est amoureuse de moi, pénètre dans mon bureau sans s'être annoncée, et me dit que je dois assister à une importante réunion de travail, à onze heures. Je suis assis à mon bureau à plateau de verre de chez Palazzi, fixant l'écran de l'ordinateur derrière mes Ray-Ban tout en mâchant un Nuprin, victime d'une sévère gueule de bois, après une coke-party qui, ayant commencé de façon assez anodine au Shout ! avec Charles Hamilton, Andrew Spencer et Chris Stafford, s'est poursuivie au Princeton Club, puis au Bacardia, pour finir au Nell's vers trois heures et demie, et bien que ce matin, tout en macérant dans mon bain, sirotant un Bloody Mary, après quatre petites heures d'un sommeil moite et sans rêve, je me sois souvenu qu'il y avait effectivement une réunion prévue, j'ai dû l'oublier durant le trajet en taxi. Jean porte une veste de soie extensible, une jupe au crochet en rayonne, des escarpins de daim rouge à nœud de satin de Susan Bennis Warren Edwards et des boucles d'oreilles Robert Lee Morris en plaqué or. Elle reste là, plantée devant moi, un dossier à la main, sans paraître voir ma douleur.

Après avoir feint d'ignorer sa présence pendant près d'une minute, je finis par baisser mes lunettes de soleil. Je m'éclaircis la voix. « Oui ? Il y a quelque chose *d'autre, Jean* ? »

– Oh, c'est le père la grogne, aujourd'hui, dit-elle en souriant, posant timidement le dossier sur mon bureau, et elle reste là, attendant que… que quoi, que je la distraie avec des anecdotes sur la soirée d'hier ?

– Oui, *bêtasse*, c'est le père la grogne, dis-je d'une voix sifflante, attrapant le dossier et le fourrant dans le tiroir supérieur du bureau.

Elle me regarde fixement, ne comprenant pas, puis déclare, l'air franchement abattu: Ted Madison a appelé, James Baker aussi. Ils souhaitent vous retrouver chez Fluties, à six heures.

Je soupire, lui lance un regard mauvais. « Alors, qu'est-ce que vous devez faire, à votre avis ? »

Elle rit nerveusement, plantée là, les yeux écarquillés. « Je ne sais pas trop. »

– Jean ! » Je me lève pour la faire sortir du bureau. « Que… devez… vous… répondre ? »

Elle met un petit moment à comprendre, mais finit par suggérer d'une voix effrayée: Juste… que… c'est non ?

– Que… c'est… non. » Avec un petit signe de tête, je la pousse dehors et claque la porte.

Avant de quitter mon bureau pour me rendre à la réunion, je prends deux Valium, que je fais glisser avec un Perrier, puis me passe une lotion désincrustante sur le visage, avec des boules de coton pré-imprégnées, puis un hydratant. Je porte un costume de tweed et une chemise rayée en coton, Yves Saint Laurent, avec une cravate de soie Armani et de nouvelles Ferragamo, noires à bout renforcé. Je me rince la bouche au Plax avant de me brosser les dents, puis me mouche, et des filets de sang et de morve, épais, visqueux, souillent mon mouchoir Hermès – quarante-cinq dollars, et ce n'était pas un cadeau, hélas. Mais comme je bois près de vingt litres d'Évian par jour et vais régulièrement au salon UVA, une nuit d'excès n'a pas suffi à altérer la douceur de ma peau ni la fraîcheur de mon teint, qui est toujours parfait. Trois gouttes de Visine pour éclaircir le regard. Une compresse de glace pour retendre la peau. Résultat des courses: je me sens comme une merde, mais j'ai l'air en pleine forme.

De fait, je suis le premier arrivé à la salle de réunion. Luis Carruthers me suit comme un petit chien, et arrive immédiatement, prenant un siège à côté de moi. Je suis donc censé ôter mon walkman. Il porte une veste de sport écossaise en laine, un pantalon de laine, une chemise Hugo Boss en coton et une cravate à imprimé cachemire – je crois que le pantalon est de chez Brooks Brothers. Il commence à jacasser à propos d'un restaurant de Phoenix, le Propheteers, ce qui m'intéresserait, si ce n'était lui qui en parlait, mais j'ai dix milligrammes de Valium dans le sang, et cela reste supportable. Ce matin, le thème du *Patty Winters Show* était "Les Descendants des Membres du Donner Party".

– Les clients étaient de véritables *ploucs*, bien entendu, continue Luis. Ils voulaient m'emmener voir une représentation locale des *Miz'*, alors que je l'ai déjà vu, *à Londres*, mais…

– As-tu eu des difficultés pour avoir une table au Propheteers ? dis-je, lui coupant la parole.

– Non, aucune. Nous avons dîné tard.

– Qu'est-ce que tu as pris ?

– Des huîtres pochées, de la lotte, et la tarte aux noix.

– J'ai entendu dire que leur lotte est bonne, dis-je dans un murmure, perdu dans mes pensées.

– Le client a pris du boudin blanc, du poulet rôti et le gâteau au fromage.

– Le gâteau au fromage ? fais-je, déconcerté par ce menu singulièrement ordinaire. Le poulet rôti était accompagné de quelle sauce, de quels fruits ? Il était découpé en forme de quoi ?

– De rien, Patrick, dit-il, également embarrassé. Il était… rôti.

– Et le gâteau au fromage, quel parfum ? Il était servi chaud ? Avec de la ricotta ? Du fromage de chèvre ? Y avait-il des fleurs dedans, ou du cilantro ?

– Il était… normal. Patrick, tu transpires, ajoute-t-il.

– Et elle, qu'est-ce qu'elle a pris ? La nana du client ? fais-je, négligeant sa remarque.

– Eh bien, elle a pris la salade campagnarde, les coquilles Saint-Jacques et la tarte au citron.

– Au gril, les Saint-Jacques ? Ou en sashimi ? Une espèce de sushi mexicain ? Ou alors en *gratin* ?

– Non, Patrick. Elles étaient… sautées.

Le silence règne dans la salle de réunion, tandis que j'étudie la question, réfléchissant profondément avant de demander enfin: Qu'entends-tu par "sautées", Luis ?

– Je n'en suis pas très sûr, je crois qu'on utilise… une poêle.

– Le vin ?

– Un sauvignon blanc 85. Du Jordan. Deux bouteilles.

– La bagnole ? Tu en as loué une, à Phoenix ?

– BMW, dit-il avec un sourire. Noire. Une belle petite BM.

– Classe, dis-je dans un murmure, me rappelant la nuit dernière, lorsque j'ai complètement déjanté dans le box, au Nell's, j'avais l'écume aux lèvres, et tout ce que je voyais, c'était des insectes, des quantités d'insectes, et je voulais attraper les pigeons, avec l'écume aux lèvres, attraper des pigeons. « Phoenix. Janet Leigh était née à Phoenix… Elle s'est fait poignarder dans la douche. C'était décevant… Le sang ne faisait pas vrai. »

– Écoute, Patrick », dit Luis, me fourrant son propre mouchoir dans la main. Mes doigts contractés, mon poing serré se détendent, « je déjeune avec Dibble au Yale Club, la semaine prochaine. Aimerais-tu te joindre à nous ?

– Bien sûr. Je pense aux jambes de Courtney, écartées, enroulées autour de mon visage et, tandis que je regarde Luis, soudain, en un éclair, sa tête m'apparaît comme un vagin parlant, ce qui me fait dresser les cheveux sur la tête. J'essuie la sueur sur mon front. Il faut que je trouve quelque chose à dire. « Ton costume… il est bien. » N'importe quoi, pour ne plus penser à cela.

Il baisse les yeux, comme ébahi, puis rougit de confusion et porte la main à son revers. « Merci, Pat. Toi aussi, tu es superbe… comme toujours. » Et comme il fait mine de toucher ma cravate, je saisis sa main avant que ses doigts ne l'atteignent. « Le compliment était suffisant », dis-je.

Arrive Reed Thompson, costume croisé écossais en laine à quatre boutons, chemise rayée en coton et cravate de soie – Armani –, chaussettes Interwoven en coton bleu, légèrement fatiguées, et Ferragamo à bouts renforcés, exactement semblables aux miennes. Il tient le *Wall Street Journal* d'une main soigneusement manucurée. Sur son autre bras est négligemment jeté un pardessus Balmacaan de tweed, Bill Kaiserman. Il nous adresse un signe de tête, et s'installe à la table, en face de nous. Bientôt, arrive Todd Broderick, costume rayé croisé à six boutons, chemise de popeline rayée et cravate de soie – Polo –, et pochette en lin ostentatoire, Polo également, j'en suis pratiquement certain. Puis arrive McDermott, avec à la main le *New York* de cette semaine et le *Financial Times* de ce matin, lunettes Oliver Peoples à verres neutres et monture de séquoia, costume en laine pied-de-coq noir et blanc à revers échancrés, chemise de coton rayé à col ouvert et cravate imprimée cachemire, le tout conçu et créé par John Reyle.

Je souris et fait un signe de connivence à McDermott qui, l'air maussade, prend le siège à côté du mien. Il soupire et ouvre son journal, commence à lire en silence. S'il ne s'est pas donné la peine de dire « Bonjour », ou « Ça va ? », c'est qu'il est contrarié, et j'ai dans l'idée que j'y suis pour quelque chose. Sentant que Luis est sur le point de me poser une question, je me tourne enfin vers McDermott.

– Alors, McDermott, qu'est-ce qui ne va pas ? fais-je d'une voix mielleuse. Trop de queue au Stairmaster, ce matin ?

– Qui a dit que ça n'allait pas ? demande-t-il, reniflant bruyamment, tournant les pages du *Financial Times*.

– Écoute, dis-je, me penchant vers lui, je me suis déjà excusé pour t'avoir crié dessus à propos des pizzas de chez Pastels, l'autre soir.

– Qui a dit qu'il s'agissait de cela ? demande-t-il, crispé.

– Je pensais qu'on avait réglé le problème, dis-je à voix basse, aggripé au bras de son siège, souriant de loin à Thomson. Je suis désolé d'avoir dit du mal des pizzas de chez Pastels. Tu es content ?

– Qui te dit qu'il s'agit de cela ? répète-t-il.

– Mais alors, de *quoi* s'agit-il, McDermott ? dis-je dans un souffle, sentant un mouvement derrière moi. Je compte jusqu'à trois et me retourne, surprenant Luis penché vers nous, en train d'essayer de surprendre la conversation. Il est pris. Il le sait, et se rasseoit, se faisant tout petit sur sa chaise, l'air coupable.

– McDermott, c'est ridicule, dis-je, toujours chuchotant. Tu ne vas pas m'en vouloir éternellement par ce que je trouve que les pizzas de chez Pastel sont… *croustillantes*.

– *Cassantes*, corrige-t-il avec un regard assassin. C'est le mot que tu as employé. *Cassantes*.

– Je suis désolé, dis-je, mais c'est exact. Elles le sont. Tu as lu la critique du *Times*, non ?

– Tiens. Il fouille dans sa poche et me tend un article

photocopié: Lis *ça*, histoire de te prouver que tu te trompes.

– Qu'est-ce que c'est ? fais-je, dépliant la feuille.

– Un article à propos de ton héros, Donald Trump, répond McDermott en grimaçant un sourire.

– Ouais, effectivement, dis-je, soudain angoissé. Comment se fait-il que je ne l'aie jamais vu ? C'est curieux.

Mc Dermott, pointe un doigt accusateur sur le dernier paragraphe, qu'il a souligné en rouge. « Et d'après Donald Trump, où sert-on les meilleures pizzas de Manhattan ? »

– Mais laisse-moi lire, dis-je en soupirant, lui faisant signe de s'écarter. Peut-être que tu te trompes. Quelle vilaine photo.

– *Regarde*, Bateman. Je l'ai entouré.

Je fais semblant de lire son putain d'article. Sentant la colère m'envahir, je lui tends la feuille et demande, extrêmement contrarié: Et alors ? Qu'est-ce que ça signifie ? Qu'est-ce que *toi*, McDermott, tu essaies de me prouver, à *moi* ?

– Et *maintenant*, qu'est-ce que tu penses, *toi*, des pizzas de Pastels, Bateman ? rétorque-t-il, l'air fat.

– Eh bien, dis-je, pesant soigneusement mes mots, je crois qu'il faut que j'y retourne et que je re-goûte leur pizza… » Je grince des dents. « Tout ce que je dis, c'est que la dernière fois que j'y suis allé, la pizza était… »

– Cassante ?

– Ouais, fais-je, haussant les épaules. Cassante.

– Mmmm-mmmm. McDermott a un sourire de triomphe.

– Écoute, si Donny aime bien les pizzas de chez Pastels… » Je déteste devoir avouer cela à McDermott, et conclus en soupirant, d'une voix presque inintelligible, « alors moi aussi. »

McDermott émet un rire saccadé, allègre. Il a gagné.

Je compte trois cravates en crêpe de soie, une Versace en satin de soie, deux en soie et coton, une Kenzo en soie, deux en soie jacquard. Les senteurs de Xeryus, de Tuscany, d'Armani, d'Obsession, de Polo, de Grey Flannel et même d'Antaeus se mêlent, s'interpénètrent, émanant des costumes et dérivant dans l'air, créant leur propre jus : un relent froid, écœurant.

– Mais je ne suis pas en train de m'excuser, dis-je à McDermott.

– C'est déjà fait, Bateman.

Paul Owen entre, veste de sport en cashmere à un bouton, pantalon de colon en flanelle, chemise à col à patte Ronaldus Shamask, mais cependant c'est sa cravate qui m'impressionne, larges rayures noires, rouges et jaunes, Zanzarra pour Andrew Fezza. Carruthers ouvre aussi de grands yeux et, se penchant vers moi, me demande : « Tu crois qu'il porte un jockstrap électrique, pour aller avec ce truc-là ? », du moins c'est ce que je crois comprendre. Comme je ne réponds pas, il s'écarte, attrape un des *Sports Illustrated* posés au centre de la table, et se met à lire en sifflotant un article sur les plongeurs olympiques.

– Salut, Halberstam, fait Owen en passant.

– Salut, Owen, dis-je, admirant la manière dont il a arrangé ses cheveux, plaqués en arrière, avec ce côté si net, si lisse… j'en suis effondré. Je me promets de lui demander où il trouve ses produits de soins, et quel genre de mousse il utilise, bien que, ayant envisagé toutes les possibilités, je penche finalement pour du Ten-X.

Greg McBride entre, s'arrête devant moi au passage. « As-tu regardé le *Patty Winters Show*, ce matin ? Insensé. Complètement insensé. » Nous échangeons une grande claque. Il prend un siège entre Dibble et Lloyd, qui sont arrivés Dieu seul sait par où.

Kevin Forrest arrive, en conversation avec Charles Murphy : « Je n'ai plus de position attente, sur mon téléphone. Felicia a dû réussir à le bousiller. » Je ne fais même pas attention à ce qu'ils portent. Je m'aperçois que je regarde fixement les boutons de manchette anciens de Murphy, des chouettes aux yeux de cristal bleu.

AU MAGASIN DE VIDÉO / CHEZ D'AGOSTINO

Je traîne du côté de VideoVisions, le magasin de location de vidéos, non loin de chez moi, dans l'Upper West Side, buvant une boîte de Diet Pepsi, le dernier Christopher Cross à fond dans les écouteurs de mon walkman Sony. Après le bureau, j'ai fait un peu de racketball avec Montgomery, puis je me suis offert un massage japonais, avant de retrouver Jesse Lloyd, Jamie Conway et Kevin Forrest pour prendre un verre au Rusty's, dans la Soixante-treizième. Ce soir, je porte un nouveau pardessus de laine Ungaro Uomo Paris, et j'ai à la main une serviette Bottega Veneta et un parapluie Georges Gaspar.

Il y a plus de monde qu'à l'habitude, dans le magasin de vidéo. Trop de gens, de couples en train de faire la queue, pour que je puisse louer *She-Male Reformatory* ou *Ginger Cunt* sans me sentir gêné, mal à l'aise. En outre, j'ai déjà buté sur Robert Ailes, de la First Boston, dans l'allée des films d'horreurs, du moins je crois que c'était Robert Ailes. Il a marmonné un « Salut, McDonald », en passant. Il tenait *Friday the 13th: Part 7*, ainsi qu'un documentaire sur l'avortement, d'une main parfaitement manucurée, ainsi que je l'ai remarqué, et que seule déparaît ce qui m'a bien semblé être une imitation de Rolex en or.

Puisque la pornographie ne semble pas de mise, je flâne au rayon des comédies et, avec le sentiment que l'on m'arrache le cœur, me décide pour un Woody Allen, ce qui ne me satisfait pas. Il me *faut* quelque chose d'*autre*. Je traverse le rayon Rock / Musique – rien –, me retrouve dans le rayon Horreur – idem –, et me sens soudain la proie d'une petite crise d'angoisse. *Il y a trop de putains de films*. Je m'accroupis derrière le présentoir en carton où s'alignent les cassettes de la dernière comédie de Dan Aykroyd et avale deux milligrammes cinq de Valium, que je fais passer avec le Diet Coke. Puis, presque machinalement, je tends la main vers *Body Double* – un film que j'ai loué trente-sept fois – et me dirige vers le comptoir où j'attends vingt minutes avant que la fille ne s'occupe de moi, un boudin (deux kilos et demi en trop, les cheveux frisottés, désséchés) vêtue d'un pull-over trop large, littéralement informe – et en tout cas *non griffé* –, et elle peut bien avoir, *effectivement*, de beaux yeux: *qu'est-ce qu'on en a à foutre*? Enfin, c'est mon tour. Je lui tends les emballages vides.

– C'est ça? demande-t-elle, prenant ma carte. Je porte des gants noir-de-Perse Mario Valentino. L'abonnement chez VideoVisions ne coûte que deux-cent-cinquante dollars par an.

– Avez-vous des films de Jami Gertz? fais-je, essayant de croiser son regard.

– Quoi? demande-t-elle, l'air ailleurs.

– Vous n'avez pas de films avec Jami *Gertz*?

– Avec *qui*? Elle inscrit quelque chose sur l'ordinateur. « Combien de jours? » demande-t-elle.

– Trois. Vous n'avez *jamais* entendu parler de Jami Gertz?

– Pas que je sache. Elle soupire.

– Jami *Gertz*. Une *actrice*.

– Je ne crois pas connaître cette personne, dit-elle, comme si je la harcelais, mais, dites, elle travaille dans un magasin de location de vidéos, et c'est là une profession si exigeante, c'est un tel stress, que son attitude hargneuse est parfaitement compréhensible, d'accord? Ce que je pourrais faire du corps de cette fille, avec un marteau... Les mots que je pourrais graver avec un pic à glace... Elle tend les boîtes au type debout derrière elle – je feins d'ignorer sa réaction horrifiée quand il me reconnaît, ayant baissé les yeux sur l'emballage de *Body Double* – et il s'éloigne, soumis, disparaît dans une espèce d'antre au fond du magasin, pour aller chercher mes cassettes.

– Mais, si, évidemment, vous la connaissez, dis-je, jovial.

Elle fait une des pubs pour le Diet Coke. Vous voyez ce que je veux dire.

– Vraiment, je ne crois pas, dit-elle d'une voix monocorde, me coupant presque la parole. Elle tape le titre des films et mon numéro de carte sur le clavier de l'ordinateur.

– J'aime bien *Body Double*, cette scène où la fille se fait... se fait transpercer... par la perceuse électrique... c'est le meilleur moment, dis-je, suffoquant presque. Tout à coup, il fait très chaud dans le magasin de vidéo et, murmurant « Oh, mon Dieu », dans un souffle, je pose ma main gantée sur le comptoir, pour l'empêcher de trembler. Je prends une profonde inspiration. « Et le sang commence à couler à flots du plafond », dis-je, et je hoche la tête sans le vouloir, avalant ma salive, pensant: *il faut que je voie ses chaussures* et, aussi discrètement que possible, j'essaie de jeter un coup d'œil derrière le comptoir, pour voir ce qu'elle porte aux pieds. Des baskets. De quoi devenir cinglé. *Même pas* des K-Swiss, *ni* des Tretorn, *ni* des Adidas, *ni* des Reebok. Des baskets de pauvre.

– Signez là. Elle me tend les cassettes sans même un regard, elle refuse de voir qui je suis; et, avec un profond soupir, elle se tourne vers les suivants, un couple avec un bébé.

En rentrant chez moi, je passe chez D'Agostino, où j'achète pour dîner deux grandes bouteilles de Perrier, un pack de six Coke Classic, de la rucola, cinq kiwis de taille moyenne, une bouteille de vinaigre balsamique à l'estragon, un pot de crème fraîche, une boîte de tapas à préparer au micro-ondes, du steak de soja en boîte, et une barre de chocolat blanc, que je prends près de la caisse.

Dehors, sans plus prêter attention au clochard étendu sous une affiche pour *Les Misérables*, avec à la main une pancarte sur laquelle est écrit J'AI PERDU MON EMPLOI J'AI FAIM JE SUIS SANS RESSOURCES AIDEZ-MOI SVP, et dont les yeux s'emplissent de larmes après que je lui ai fait le coup du dollar-qui-te-passe-sous-le-nez ajoutant «Pour l'amour du ciel, mais rasez-vous, *par pitié* », mon regard, comme guidé par un radar, se pose sur une Lamborghini Countach rouge garée le long du trottoir, étincelante sous les réverbères, et je m'immobilise, le Valium faisant soudain son effet, brutalement, occultant tout le reste, le clochard en larmes, les petits noirs défoncés au crack, qui rappent au son d'une radio déchaînée, les nuées de pigeons qui passent au-dessus de ma tête, cherchant un endroit où se poser, les sirènes d'ambulances, les klaxons des taxis, la fille potable dans la robe de Betsey Johnson, tout cela s'évanouit et, l'espace d'un instantané – mais au ralenti, comme dans un film –, le soleil se couche, la ville s'assombrit, et je ne vois plus rien, que la Lamborghini rouge, je n'entends plus rien, que mon halètement profond, régulier. Les minutes s'écoulent, combien, je ne sais pas. Je reste là, planté devant le magasin, en extase.

SOINS DU VISAGE

Je quitte le bureau à quatre heures et demie et file à Xclusive, où je m'entraîne avec les poids pendant une heure, puis prends un taxi pour traverser le parc jusque chez Gio, à l'hôtel Pierre, pour un soin du visage, une manucure, et une pédicure, si j'en ai le temps. Je suis allongé sur la table de soins, dans une des cabines particulières, et j'attends Helga, la technicienne de la peau, qui va me faire mon masque. Ma chemise Brooks Brothers et mon costume Garrick Anderson sont accrochés dans la penderie, mes mocassins A. Testoni sont posés à terre avec, roulées à l'intérieur, mes chaussettes Barney's à trente dollars. Je ne suis plus vêtu que de mon caleçon Comme des Garçons, soixante dollars. La blouse que je devrais porter est restée à côté de la douche, car je tiens à ce que Helga puisse bien voir mon corps, qu'elle remarque mes pectoraux, et constate à quel point mes abdominaux sont devenus ciselés, depuis la dernière fois, bien qu'elle soit beaucoup plus vieille que moi – trente ou trente-cinq ans, peut-être – et qu'il n'y ait aucune chance pour que je la baise. Je sirote un Diet Pepsi que m'a apporté Mario, le valet, avec, dans un verre à part, la glace pilée que je lui ai demandée, et dont je n'ai plus envie.

J'attrape le *Post* du jour, accroché à un porte-magazines en verre de chez Smithly Watson et parcours rapidement la rubrique des potins; mon regard est soudain attiré par un article faisant état de nouveaux témoignages sur ces créatures mi-rongeur mi-oiseau – en fait, on dirait des pigeons avec une tête et une queue de rat – qui, apparues au cœur de Harlem, semblent progresser régulièrement vers le centre. Une mauvaise photo accompagne l'article, mais les experts, nous assure le *Post*, sont à peu près certains que l'apparition de cette nouvelle espèce est un canular. Comme toujours, cela ne me rassure en rien. Je suis saisi d'une terreur sans nom, à l'idée que quelqu'un, quelque part, a gaspillé son énergie et son temps pour monter cela: trafiquer une photo (et en salopant le travail, car le machin ressemble ni plus ni moins à un Big Mac), envoyer la photo au *Post*, pour qu'ensuite le *Post* décide de la publier (réunions, discussions, tentation d'annuler à la dernière minute), travail d'impression de la photo, journaliste pour écrire l'article correspondant à la photo, entretiens avec les experts, pour enfin publier cette histoire en page trois dans l'édition d'aujourd'hui, et qu'on en discute au cours de centaines de milliers de déjeuners en ville, cet après-midi. Je ferme le journal et me renverse sur la table, épuisé.

La porte de la cabine particulière s'ouvre. Entre une fille que je ne connais pas. Au travers de mes paupières mi-closes, je vois qu'elle est jeune, italienne, pas mal. Elle sourit, s'asseoit sur une chaise à mes pieds, et commence la séance de pédicure. Elle éteint le plafonnier et, à l'exception des ampoules halogènes stratégiquement dirigées sur mes pieds, mes mains et mon visage, la pièce est plongée dans l'ombre, et je ne peux deviner comment elle est roulée. Tout ce que je sais, c'est qu'elle porte des bottines à boutons Maud Frizon en daim gris et cuir noir. Ce matin, le thème du *Patty Winters Show* était: "Ces OVNI qui Tuent". Entre Helga.

– Ah, Mr. Bateman, fait-elle. Comment allez-vous ?

– Très bien, Helga, dis-je, bandant les muscles de mon torse et de mon ventre. Je garde les yeux fermés. Cela apparaîtra comme un mouvement involontaire, comme si mes muscles jouaient tout seuls, malgré moi. Mais Helga pose doucement la blouse sur ma poitrine gonflée et la boutonne, feignant d'ignorer les muscles qui roulent sous la peau saine et hâlée.

– Ça ne fait pas longtemps que vous êtes venu, me dit-elle.

– Deux jours, fais-je, gêné.

– Je sais, mais… » Elle s'interrompt, se lave les mains au lavabo. « Peu importe ».

– Helga ?

– Oui, Mr. Bateman ?

– En arrivant, j'ai remarqué une paire de mocassins Bergdorf Goodman à glands en or, posés à la porte de la cabine voisine pour qu'on les cire. À qui appartiennent-ils ?

– À Mr. Erlanger.

– Mr. Erlanger, de chez Lehman ?

– Non. Mr. Erlanger de chez Salomon Brothers.

– Je ne vous ai jamais dit que je voudrais me coller un grand masque jaune de Smiley, puis mettre *Don't Worry, Be Happy,* la version CD de Bobby McFerrin, et prendre une fille et un chien – un colley, un chow-chow, un sharpei, peu importe – puis installer l'appareil de transfusion, brancher les intraveineuses, et échanger leur sang, vous voyez, pomper le sang du chien dans le corps de la nana, et vice versa. Je ne vous avais jamais dit ça ? Tout en parlant, j'entends la fille qui s'occupe de mes pieds fredonner une chanson tirée des *Misérables*. Helga passe un coton imbibé sur mon nez, penchée sur mon visage, examinant les pores. J'émets un rire de maniaque, puis, respirant profondément, porte ma main à ma poitrine, pensant sentir mon cœur qui cogne, rapide, impatient. Rien, pas même un battement.

– Ccchhh, Mr. Bateman, dit Helga, passant sur mon visage une éponge de loofah chaude qui irrite la peau avant de l'adoucir. « Détendez-vous ».

– Très bien. Je me détends.

– Oh, Mr. Bateman, roucoule-t-elle, vous avez un si joli teint. Quel âge avez-vous, si je puis me permettre ?

– J'ai vingt-six ans.

– Ah, voilà. Vous avez la peau si saine, si lisse, soupire-t-elle. Détendez-vous.

Je commence à dériver, les yeux clos, comme retournés à l'intérieur de moi-même, le *Don't Worry Baby,* version supermaché, noyant toutes les mauvaises pensées, et à me concentrer sur des choses positives – la table que j'ai réservé ce soir pour dîner avec Cecilia Wagner, la petite amie de Marcus Halberstam, la purée de navets de l'Union Square Café, la descente à ski de Buttermilk Mountain à Aspen, à Noël dernier, le nouveau Huey Lewis et le dernier CD des News, les chemises habillées de Ike Behar, Joseph Abboud, Ralph Lauren, les superbes nanas au corps huilé qui se bouffent la chatte et le cul dans la lumière crue des films vidéo, des semi-remorques de rocula, de cilantro, mon bronzage, l'aspect des muscles de mon dos quand la lumière de la salle de bains les éclaire sous le bon angle, les mains d'Helga qui caressent la peau douce de mon visage, tandis qu'elle étale et fait pénétrer les crèmes et les lotions et les toniques, béate, murmurant « Oh, Mr. Bateman, votre visage est si sain, si lisse, si propre », le fait que je ne vis pas dans un camping-car, que je ne travaille pas dans une salle de bowling, que je ne vais pas voir les matchs de hockey, que je ne mange pas de travers de porc au barbecue, le spectacle du AT&T building, à minuit, à minuit seulement. Jeannie entre, et commence la séance de manucure, coupant d'abord les ongles et les limant pour adoucir les bords.

– La prochaine fois, je préférerais que vous me les laissiez un peu plus longs, Jeannie, dis-je.

Sans un mot, elle les plonge dans la crème de lanoline chaude et, après avoir essuyé mes deux mains, elle prend un amollisseur de cuticules et les enlève, puis nettoie le dessous des ongles à l'aide d'un coton-tige. Un massage chauffant pour les mains et les avant-bras. Les ongles sont ensuites polis, d'abord à la peau de chamois, puis avec une crème lustrante.

RENDEZ-VOUS AVEC EVELYN

Evelyn appelle sur ma troisième ligne de téléphone, et je n'avais pas l'intention de prendre la communication, mais puisque je suis en attente sur la seconde pour savoir si Bullock, le maître d'hôtel du nouveau restaurant de David François, sur Central Park South, a par hasard une annulation pour ce soir, ce qui me permettrait de dîner là-bas avec Courtney (qui est en attente sur la première ligne), je décroche, espérant que c'est le pressing. *Non.* C'est Evelyn. Je la prends, bien que ce ne soit pas très correct envers Courtney. Je dis à Evelyn que je suis en ligne avec mon entraîneur de gym, puis je dis à Courtney que je dois prendre un appel de Paul Owen, et qu'on se voit ce soir à huit heures au Turtles, et je coupe la communication avec Bullock, le maître d'hôtel. Evelyn est installée au

Carlyle, car la femme qui habite l'immeuble voisin du sien a été découverte assassinée hier soir, décapitée. Evelyn en est toute secouée. Elle ne se sentait pas la force d'affronter le bureau aujourd'hui, et a passé tout l'après-midi chez Elizabeth Arden, pour tenter de se calmer. Elle insiste pour que nous dînions ensemble ce soir, et avant que j'aie eu le temps de mettre au point un mensonge, d'invoquer une excuse valable, demande: Où étais-tu, hier soir, *Patrick*?

Je demeure un moment silencieux. « Pourquoi? Et *toi*, où étais-tu? » fais-je, entre deux grandes gorgées d'Évian, encore un peu en sueur après l'entraînement de cet après-midi.

– En train de m'engueuler avec le concierge du Carlyle, dit-elle. Elle paraît *légèrement* à bout de nerfs. « Bon, dis-moi maintenant, Patrick, *où étais-tu*? »

– Pourquoi t'es-tu disputée avec lui?

– Patrick, fait-elle. C'est là une réponse définitive.

– Oui, je suis là, dis-je au bout d'une minute.

– Patrick. Peu importe. Le téléphone de ma chambre n'avait qu'une ligne, et il n'y avait *pas* de position attente. *Où étais-tu*?

– J'ai… J'ai traîné au magasin de vidéo, j'ai loué des trucs, dis-je, ravi, me donnant silencieusement une grande claque, le téléphone sans fil calé dans mon cou.

– Je voulais venir chez toi, pleurniche-t-elle, d'une voix de petite fille. J'étais terrifiée. Je le suis toujours. Tu ne l'entends pas à ma voix?

– Franchement, tu parais tout sauf terrifiée.

– Non, sincèrement, Patrick, je suis glacée de terreur. Je tremble. Je tremble comme une feuille. Demande à Mia, mon esthéticienne. *Elle-même* a dit que j'étais sur les nerfs.

– Bon, de toutes façons, tu n'aurais pas pu venir chez moi, dis-je.

– Mais, pourquoi, mon chéri? gémit-elle, puis, s'adressant à quelqu'un qui vient d'entrer dans sa suite: Oh, posez ça là-bas, près de la fenêtre… Non, cette fenêtre-*là*… Et pouvez-vous me dire ce que fabrique cette masseuse à la noix?

– Parce que la tête de ta voisine était dans mon freezer, dis-je, baillant, m'étirant. Bon. On dîne ? Où ? Tu m'écoutes ?

Il est huit heures et demie. Nous sommes installés l'un en face de l'autre, au Bacardia. Evelyn porte une veste de rayonne Anne Klein, une jupe en crêpe de laine, un chemisier de soie Bonwit et des boucles d'oreilles anciennes en or et agate de chez James Robinson, quatre cents dollars à vue de nez; je porte un costume croisé, une chemise de soie damassée à rayures, une cravate de soie à motifs et des mocassins de cuir Gianni Versace. Je n'ai pas annulé ma réservation au Turtles, ni prévenu Courtney, ce qui fait qu'elle se pointera sans doute là-bas vers huit heures et quart, ne comprenant plus rien et, si elle n'a pas pris d'Elavil aujourd'hui, se mettra probablement en rage. C'est cette idée qui me fait rire de bon cœur – et non pas la bouteille de Cristal qu'Evelyn veut absolument commander, pour y ajouter de la crème de cassis.

J'ai passé la plus grande partie de l'après-midi à m'offrir des cadeaux de Noël un peu prématurés – une grande paire de ciseaux, dans un drugstore non loin de City Hall, un coupe-papier chez Hammacher Schlemmer, un couteau à fromage chez Bloomingdale, pour aller avec le plateau à fromage que Jean, ma secrétaire qui est amoureuse de moi, a posé sur mon bureau avant d'aller déjeuner, tandis que j'étais en réunion. Le *Patty Winters Show* de ce matin avait pour thème l'éventualité d'une guerre nucléaire et, selon les rapports des experts, il y a de bonnes chances pour qu'elle se déclenche dans le courant du mois prochain. Je trouve qu'Evelyn a le teint crayeux, soudain, avec sa bouche soulignée d'un rouge violacé, qui la rend presque effrayante, et je comprends qu'elle s'est enfin résolue à suivre le conseil que lui a donné Tim Price d'arrêter la crème autobronzante. Plutôt que de lui en parler et de devoir subir une heure de protestations imbéciles, je lui demande des nouvelles de Meredith, la petite amie de Tim, qu'Evelyn méprise pour des raisons que je n'ai jamais très bien comprises. Les rumeurs concernant Courtney et moi étant ce qu'elles sont, Courtney est elle aussi sur la liste rouge d'Evelyn, mais là, pour une raison un peu plus claire. À la demande d'Evelyn, la serveuse craintive fait mine de verser un peu de cassis dans ma flûte de champagne, et je pose une main sur le verre pour l'en empêcher.

– Non, merci. Plus tard, peut-être. Dans un verre à part.

– Quel bonnet de nuit, ricane Evelyn, puis elle inspire brusquement. Mais tu sens bon… Qu'est-ce que tu as mis – Obsession ? Dis-moi, bonnet de nuit, c'est Obsession ?

– Non, fais-je, sinistre. C'est Paul Sebastian.

– Bien sûr. Elle sourit, vide son second verre. Elle semble de bien meilleure humeur, presque enjouée, plus qu'on ne s'y attendrait de la part de quelqu'un dont la voisine s'est fait débiter la tête à la tronçonneuse miniature, en quelques secondes, alors qu'elle était toujours consciente. Les yeux d'Evelyn scintillent un instant à la lueur des bougies, avant de retrouver leur teinte habituelle, un gris décoloré.

– Et comment va Meredith ? dis-je, tentant de dissimuler une totale absence d'intérêt.

– Oh… Elle sort avec Richard Cunningham, gémit Evelyn. Il est à la First Boston. C'est à n'y pas *croire*.

– Tu sais, fais-je remarquer, Tim avait l'intention de rompre, de toutes façons. C'était terminé entre eux.

– Mais *pourquoi*, grands dieux ? fait Evelyn, surprise, la curiosité en éveil. Avec cet endroit *fabuleux* qu'ils avaient, aux Hamptons.

– Je me souviens qu'il m'a dit un jour qu'il n'en pouvait plus de la voir passer ses week-ends à ne rien faire, à part ses ongles.

– Mon Dieu, fait Evelyn, puis, réellement déconcertée: Tu veux dire que… attends, qu'elle n'avait personne pour les lui faire ?

– Tim disait qu'elle avait une personnalité d'animatrice de jeux télévisés, dis-je sèchement, prenant une gorgée de champagne. Plus d'une fois, je l'ai entendu dire ça.

Elle sourit pour elle-même, à la dérobée. « Tim est une crapule. »

Je me demande vaguement si Evelyn coucherait avec une autre femme, si je lui en amenais une à domicile et, en insistant, si elle me laisserait les regarder s'amuser ensemble, les diriger, leur dire quoi faire, braquer sur elles des lampes halogènes réglées à fond. Probablement pas; il y a peu de chances. Mais sous la menace d'une *arme* ? En les menaçant de les tailler toutes deux en pièces, si elle ne se soumettent pas ? L'idée n'a rien de désagréable. Je vois très bien le scénario. Je me mets à compter les banquettes tout autour de la salle, puis les gens assis sur les banquettes.

Elle continue de parler de Tim. « Où penses-tu qu'il soit passé, cette *crapule* ? Il paraît qu'il serait chez *Sachs* », dit-elle d'une voix sinistre.

– Il paraît qu'il est en désintox. Ce champagne n'est pas assez frais, dis-je, la tête ailleurs. Tu n'as pas reçu de carte postale de lui ?

– Il est malade ? fait-elle, légèrement ébranlée.

– Oui, je crois. Je crois que c'est ça. Tu sais, quand tu commandes une bouteille de Cristal, qu'elle soit au moins *fraîche*, tu vois.

– Oh, mon Dieu, fait Evelyn. Tu penses qu'il pourrait être *malade* ?

– Oui. Il est à l'hôpital. En Arizona. (Il y a quelque chose de mystérieux dans ce mot, "Arizona"). Oui, en Arizona, je crois.

– Oh, mon *Dieu* ? s'écrie Evelyn, réellement angoissée à présent, et elle vide d'un trait les deux gouttes de Cristal qui restent au fond de son verre.

– Va savoir, fais-je avec un imperceptible haussement d'épaules.

– Tu ne penses pas que… Elle inspire profondément, pose son verre. « Tu ne penses pas que c'est… – elle jette un coup d'œil autour de nous, et se penche en avant, chuchotant – … le SIDA ? »

– Oh non, rien à voir, dis-je, regrettant aussitôt de ne pas avoir ménagé un long silence avant de répondre, histoire de la terroriser. Non, c'est juste… la tête… un état général de… (Je croque l'extrémité d'un stick aux herbes, hausse les épaules)… un problème mental. »

Evelyn soupire, soulagée. « Il fait chaud ici, non ? »

– Je n'arrête pas de penser à cette affiche que j'ai vue dans le métro, l'autre soir, avant de tuer les deux petits nègres. C'était la photo d'un veau nouveau-né, la tête tournée vers l'objectif, les yeux écarquillés, saisis par le flash, et dont le corps semblait emprisonné dans une espèce de caisse. Sous la photo, il était écrit, en grandes lettres noires: « Question: Pourquoi Ce Veau Ne Peut-Il Pas Marcher ? » Et en-dessous: « Réponse: Parce Qu'Il N'a Que Deux Pattes. » Mais après, j'en vois une autre, avec la même photo exactement, le même veau, mais celle-là disait: « Ne Publiez Pas ». Je m'interromps, tripotant toujours le stick aux herbes. J'ai parlé sans cesse de fixer Evelyn du regard, articulant soigneusement, essayant d'expliquer les choses. « Est-ce que tu as réussi à piger quelque chose, ou est-ce que je ferais mieux de m'adresser au… seau à glace, tiens ? » Elle ouvre la bouche pour répondre. Enfin, elle va comprendre *qui* je suis. Pour la première fois depuis que je la connais, je la vois s'efforcer de dire quelque chose d'intéressant, et je me tends vers elle, tout ouïe, et elle me demande: Ça n'est pas… ?

– Oui ? C'est la première fois ce soir que j'accorde un intérêt véritable à ce qu'elle dit, et je la presse de continuer. « Oui ? Ça n'est pas… ? »

– Ça n'est pas… Ivana Trump, là-bas ? fait-elle, le regard fixé par-dessus mon épaule.

Je me retourne aussitôt. « Où ? Où est Ivana ? »

– Dans le box devant, le deuxième après… Brooke Astor. Tu vois ?

Je jette un rapide coup d'œil, chausse mes lunettes à verres neutres, et m'aperçois qu'Evelyn, la vision embrumée par le Cristal massacré au cassis, a non seulement pris

Norris Powell pour Ivana Trump, mais aussi Steve Rubell pour Brooke Astor et, malgré moi, je manque d'exploser.

– Oh non, ça n'est pas vrai, Evelyn, ça n'est *pas vrai*. Je gémis, déçu, accablé, le flot d'adrénaline tournant à l'aigre, la tête dans les mains. « Comment as-tu pu prendre cette *pétasse* pour Ivana ? »

– Désolée, fait-elle d'une petite voix. Je me suis trompée. C'est mon côté gamine.

– Ça me met hors de moi, dis-je d'une voix sifflante, les paupières serrées à mort.

Notre serveuse, un petit trésor en ballerines de satin à talons, pose deux flûtes à champagne pour la deuxième bouteille de Cristal qu'Evelyn vient de commander. Elle me fait la moue quand je prends un deuxième stick aux herbes, et je lève la tête vers elle et fais de même, avant de plaquer de nouveau mes mains sur mes oreilles. Même scène quand elle apporte les hors-d'œuvre. Pour moi, soupe au potiron épicée aux piments séchés; pour Evelyn, maïs séché et pudding au Japaleno. Entre le moment où Evelyn a confondu Norris Powell et Ivana Trump et l'arrivée des hors-d'œuvre, j'ai gardé sans cesse les mains plaquées sur mes oreilles, essayant de ne plus entendre sa voix, mais j'ai faim à présent, et j'écarte ma main droite avec précautions. Immédiatement, le vagissement se fait assourdissant.

– … Poulet tandoori et du foie gras, du jazz sans arrêt, et il adorait le Savoy, mais seulement la laitance d'alose, dans des couleurs magnifiques, aloès, coquille d'œuf, agrume, Morgan Stanley…

Je repose mes mains là où elles étaient, les plaquant plus serré encore. Une fois de plus, la faim est la plus forte et, fredonnant à haute voix, je tends la main vers la cuillère, mais c'est peine perdue: la voix d'Evelyn a pris cette tonalité particulière, un tel niveau de décibels que l'on ne peut pas ne pas l'entendre.

– Gregory va bientôt recevoir son diplôme de Saint-

Paul, et il commence à Columbia en septembre, dit-elle, soufflant prudemment sur son pudding qui, entre parenthèses, est servi froid. Il *faut* absolument que je lui trouve un cadeau de promotion, et je suis complètement à court d'idées. Tu n'en as pas une, amour ?

– Une affiche des *Misérables* ? fais-je avec un soupir, plaisantant à moitié.

– C'est *génial*, dit-elle, soufflant sur son pudding. Elle prend une gorgée de Cristal, et fait la grimace.

– Oui, ma chérie ? dis-je, crachant une graine de potiron qui décrit une courbe gracieuse avant de toucher le centre exact du cendrier, au lieu de la robe d'Evelyn, ma cible initiale. « Mmmmm ? »

– Ça manque de cassis, dit-elle. Peux-tu appeler notre serveuse ?

– Bien sûr, fais-je de bonne grâce. Puis, toujours souriant: Je n'ai pas la moindre idée de qui est Gregory. Tu le sais bien, non ?

Evelyn pose délicatement sa cuillère à côté de son assiette de pudding et me regarde droit dans les yeux. « Cher Mr. Bateman, vraiment, je vous aime bien. *J'adore* votre sens de l'humour. » Elle serre doucement, rapidement ma main dans la sienne. « Ha-ha-ha… » rit-elle, ou plutôt *dit*-elle. Mais elle est sérieuse, elle ne plaisante pas. Elle me fait *réellement* un compliment. Elle admire *réellement* mon sens de l'humour. Nos hors-d'œuvre disparaissent, tandis qu'arrivent les plats, et Evelyn est contrainte de laisser ma main pour faire de la place sur la table. Elle a commandé les tortillas de maïs bleu fourrées de cailles farcies aux huîtres enrobées de pelure de pomme de terre. J'ai pris le lapin d'élevage aux morilles de l'Oregon avec des frites aux herbes.

– … Il est allé à Deerfield, puis à Harvard. Elle est allée à Hotchkiss, et ensuite à Radcliffe…

Evelyn parle, je n'écoute pas. Elle fait les questions et les réponses, ses paroles se chevauchent. Je vois sa bouche remuer, je n'entends rien, je n'écoute rien, je ne peux pas me concentrer: mon lapin a été découpé… en forme… en forme d'étoile ! Des frites longues et fines l'entourent, et une sauce rouge, épaisse, a été barbouillée en haut de l'assiette – blanche, en porcelaine, cinquante centimètres de diamètre – pour suggérer un coucher de soleil. Pour moi, cela évoque une énorme blessure par balle et, secouant doucement la tête, incrédule, j'enfonce un doigt dans la viande, y laissant mes empreintes digitales, puis un autre, puis je cherche une serviette – pas la mienne – pour essuyer ma main. Evelyn poursuit toujours son monologue – elle parle en mastiquant, avec une grâce infinie – et, avec un sourire charmeur, je tends le bras sous la table et, saisissant sa cuisse, je m'essuie les doigts. Elle sourit méchamment, sans cesser de parler, prend une nouvelle gorgée de champagne. Je continue d'étudier son visage, cette beauté assommante, sans défaut, je me dis qu'il est étrange qu'Evelyn m'ait si souvent tiré d'affaire, qu'elle ait toujours été là quand j'avais vraiment besoin d'elle. Je baisse les yeux sur mon assiette, sans le moindre appétit, prends ma fourchette et contemple attentivement mon plat pendant deux minutes, puis repose ma fourchette, gémissant intérieurement. Je prends mon verre de champagne.

– … Groton, Lawrenceville, Milton, Exeter, Kent, Saint-Paul, Hotchkiss, Andover, Milton, Choate… Oh, j'ai déjà dit Milton…

– Si je ne mange pas ce soir, ce qui est le cas, il me faut de la coke, dis-je, sans interrompre Evelyn – on ne peut l'interrompre, c'est une machine. Elle poursuit:

– Le mariage de Jayne Simpson était vraiment superbe. (Un soupir). Quant à la réception, c'était du délire. Au Club Chernoble. Ils en ont parlé dans *Page Six*. C'est Billy qui a fait l'article. Il y avait un croquis dans *Women's Wear*.

– D'après ce qu'on m'a dit, il y avait un minimum de deux consommations, dis-je d'une voix lasse, faisant signe au serveur d'emporter mon assiette.

– C'est *tellement* romantique, les mariages. Elle avait une bague de fiançailles en diamants. Il faut que tu *saches*, Patrick, que je ne me contenterais de rien d'*autre*, minaude-t-elle. Des diamants, ou *rien*. Son regard devient vitreux, tandis qu'elle tente de me décrire le mariage, avec un luxe de détails assommant. « Un dîner assis, cinq cents personnes… non, excuse-moi, sept-cent cinquante, avec pour finir une pièce montée glacée de cinq mètres de haut, de chez Ben et Jerry. Elle portait une robe de Ralph, blanche avec des dentelles, décolletée et sans manches. Adorable. Oh, dis-moi, Patrick, qu'est-ce que tu porterais, *toi* ?

– Je porterais des Ray-Ban noires. Chères, dis-je avec circonspection. En fait, j'exigerais que tout le monde porte des Ray-Ban noires.

– Moi, je veux un orchestre zydeco, Patrick. C'est ça que je veux. Un orchestre zydeco, répète-t-elle, enthousiaste, le souffle court. Ou mariachi. Ou bien du reggae. Quelque chose d'ethnique, pour choquer papa. Oh, je ne sais pas, je ne sais *pas*.

– Moi, je viendrais à la cérémonie avec un fusil d'assaut Harrison AK-47, dis-je, épuisé, à bout de patience, avec un magasin de trente balles, si bien qu'après avoir fait éclater la tête de ta truie de mère, je pourrais continuer avec ta tantouze de frère. Et même si je n'aime pas utiliser les trucs soviétiques, je ne sais pas, mais le Harrison me rappelle… Je m'interromps, interdit, fixant ma main fraîchement manucurée. Je regarde Evelyn. « De la Stoli ? »

– Oh, et des quantités de truffes au chocolat, de chez *Godiva*. Et des huîtres. Des huîtres présentées sur une *demi*-coquille. Du massepain. Des tentes *roses*. Et des roses par centaines, par *milliers*. Et des photographes. Annie Leibovitz. On prendra *Annie Leibovitz*, dit-elle, excitée. Et *en plus*, on prenda quelqu'un pour faire une *vidéo* !

– Ou bien un AR-15. Tu aimerais bien, Evelyn: c'est le fusil le plus cher du monde, mais il vaut largement son prix. Je lui fais un clin d'œil, mais elle continue de parler. Elle n'entend rien. Rien ne passe. Elle ne saisit pas un *mot* de ce que je dis. Ce que je suis lui échappe complètement. Interrompant l'assaut, elle inspire profondément et me regarde avec qu'il faut bien appeler des yeux embués. Elle touche ma main, ma Rolex, inspire de nouveau, pleine d'espoir cette fois, et déclare: Nous devrions.

Je jette un rapide coup d'œil vers la serveuse qui se penche pour ramasser une serviette. « Nous devrions… quoi ? » fais-je sans me retourner vers Evelyn.

— Nous marier, dit-elle, clignant des paupières. Nous marier. Avec une cérémonie.

— Evelyn ?

— Oui, mon chéri ?

— Qu'est-ce qu'il y a dans ton kir ?

— Nous devrions, répète-t-elle doucement. Patrick…

— Tu me demandes en mariage, *moi* ! dis-je en riant, essayant de bien saisir l'idée. Je prends son verre de champagne et renifle le bord.

— Patrick ? fait-elle, attendant ma réponse.

— Écoute, Evelyn, dis-je, pris de court. Je ne sais pas.

— Pourquoi *pas* ? fait-elle, enthousiaste. Donne-moi *une seule* bonne raison.

— Parce qu'essayer de faire l'amour avec toi, c'est comme de vouloir rouler une pelle à… disons… à une gerbille… toute petite et… très remuante. Je ne sais pas.

— Oui ? Et encore ?

— Et avec un appareil dentaire, dis-je, haussant les épaules.

— Qu'est-ce que tu comptes faire ? demande-t-elle. Attendre trois ans, attendre tes trente ans ?

— *Quatre* ans, dis-je, lui jetant un regard furieux. C'est dans *quatre* ans que j'aurai trente ans.

— Quatre ans, trois ans, trois *mois*, quelle différence cela fait-il, enfin ? De toute façon, tu seras un vieillard. Elle enlève sa main de la mienne. « Tu sais, tu ne dirais pas cela, si tu avais été présent au mariage de Jayne Simpson.

165.

Si tu avais vu ça, ne fut-ce qu'une seconde, tu aurais voulu m'épouser dans l'instant. »

– Mais *j'étais* au mariage de Jayne Simpson, Evelyn, amour de ma vie. J'étais assis à côté de Sukhreet Gabel. Crois-moi, j'étais *là*.

– Tu es *infernal*, gémit-elle. Tu es un vrai rabat-joie.

– Ou bien peut-être que non, fais-je, réfléchissant à haute voix. Peut-être que… Est-ce que MTV a fait un reportage ?

– Et leur lune de miel… tellement romantique. Deux heures après, ils étaient à bord du Concorde, et s'envolaient pour Londres. Au Claridge. Evelyn soupire, la main serrée autour de son cou, les yeux pleins de larmes.

Sans lui accorder plus d'attention, je prends un cigare dans ma poche, et le frappe contre la table. Evelyn commande un sorbet trois parfums: cacahuète, réglisse et beignet. Je commande un espresso décaféiné. Evelyn fait la gueule. Je craque une allumette.

– Patrick, dit-elle d'un ton d'avertissement, fixant la flamme.

– Quoi ? Ma main s'immobilise en l'air, prête à allumer le cigare.

– Tu n'as pas demandé l'autorisation, dit-elle sans sourire.

– Est-ce que je t'ai dit que je portais un caleçon à soixante dollars ? dis-je, tentant de l'amadouer.

MARDI

Aujourd'hui mardi, soirée habillée au Puck Building, pour la naissance d'une nouvelle marque de machines à ramer informatisées. Après une partie de squash avec Frederick Dibble, je prends un verre au Harry's avec Jamie Conway, Kevin Wynn et Jason Gladwin, puis nous sautons dans la limousine que Kevin a louée pour la soirée et filons vers le centre. Je porte un gilet jacquard à col cassé de Kilgour, French & Stanbury pour Barney's, un nœud papillon de soie de chez Saks, des mocassins vernis Baker-Benjes, des boutons de manchettes anciens en diamant de Kentshire Galleries, et un pardessus Luciano Soprani en laine grise doublé de soie, à manches raglan et col boutonné. Dans la poche arrière de mon pantalon de laine noire, un portefeuille en autruche de chez Bosca, contenant quatre cents dollars en liquide. J'ai changé ma Rolex pour une montre en or de quatorze carats, de chez H. Stern.

Je traîne mon ennui dans la salle de bal, au premier étage du Puck Building, buvant du bout des lèvres du mauvais champagne (serait-ce du Bollinger non millésimé ?) dans une flûte en plastique, mâchonnant des tranches de kiwi garnies d'un bon morceau de fromage de chèvre, cherchant vaguement un plan de cocaïne. Au lieu de trouver quelqu'un qui connaîtrait un dealer, je tombe sur Courtney, à côté de l'escalier. Elle porte un cache-cœur en tulle extensible coton et soie avec un pantalon de dentelle brodé de pierres, et me conseille, nerveuse, d'éviter Luis, ajoutant qu'il soupçonne quelque chose. L'orchestre d'ambiance estropie sans conviction des vieux tubes de Motown des années soixante.

– Quoi, par exemple ? fais-je, parcourant la salle des yeux. Que deux et deux font quatre ? Qu'en fait, tu es Nancy Reagan ?

– Annule ton déjeuner avec lui, la semaine prochaine, au Yale Club, dit-elle, souriant à un photographe, tandis que le flash nous éblouit un instant.

– Tu es… voluptueuse, ce soir, dis-je, posant une main sur son cou, caressant d'un doigt son menton, jusqu'à la lèvre inférieure.

– Je ne plaisante pas, Patrick. Elle sourit, fait un signe de la main à Luis, qui danse maladroitement avec Jennifer Morgan. Il porte une veste de soirée en laine crème, un pantalon de laine, une chemise de coton et une ceinture de smoking écossaise en soie, Hugo Boss, un nœud papillon de chez Saks et une pochette Paul Stuart. Il fait un signe en retour. Je lui adresse un salut amical.

– Quel énergumène, murmure-t-elle tristement.

– Écoute, je file, dis-je, vidant mon verre de champagne. Pourquoi n'irais-tu pas danser avec le… la capote à réservoir ?

– Mais *où* vas-tu ? demande-t-elle, m'aggripant le bras.

– Courtney, je n'ai pas envie de subir à nouveau une de tes… crises émotionnelles. De plus, les canapés sont merdiques.

– *Où* vas-tu ? Soyez plus précis, Mr. Bateman.

– Mais *qu'est-ce* que ça peut bien te faire ?

– J'aimerais bien savoir. Tu ne vas pas chez Evelyn, n'est-ce pas ?

– Peut-être, mens-je.

– Patrick, ne me laisse pas comme ça. Je ne *veux pas* que tu partes.

– Il faut *absolument* que j'aille rendre des vidéos, dis-je, lui tendant mon verre vide, tandis qu'un autre flash éclate quelque part. Je m'éloigne.

L'orchestre attaque avec ardeur une vision de *Life in the Fast Lane*, et je pars à la recherche de petites nanas. Charles Simpson – ou un individu qui lui ressemble étonnamment, cheveux plaqués en arrière, bretelles, lunettes Oliver Peoples – vient me serrer la main, criant « Salut, Williams ! », et me dit de le retrouver au Nell's, vers minuit, avec un groupe d'amis, dont Alexandra Craig. Je lui serre l'épaule en signe d'assentiment, lui assurant que j'y serai.

Dehors, tandis que je fûme un cigare, regardant le ciel, j'aperçois Reed Thomson qui émerge du Puck Building avec sa bande – Jamie Conway, Kevin Wynn, Marcus Halberstam, aucune nana. Il m'invite à dîner avec eux et, bien que je les soupçonne d'avoir de la dope, j'éprouve quelque réticence à l'idée de passer la soirée en leur compagnie, et décide de ne pas crapahuter jusqu'à ce petit bistrot salvadorien, d'autant que, sans réservation, il n'est pas évident qu'ils aient une table. Je m'excuse d'un signe de la main et traverse Houston Street, évitant adroitement les limousines qui quittent la soirée, et me dirige vers le centre. En remontant Broadway, je fais halte à un distributeur automatique et retire cent dollars de plus, histoire de dire, me sentant plus à l'aise avec cinq cents dollars tout rond dans mon portefeuille.

Je me retrouve en train de déambuler dans le vieux quartier, au sud de la Quatorzième Rue. Ma montre s'est arrêtée, et je ne sais pas très bien quelle heure il est. Dix heures et demie, quelque chose comme ça. Des types passent, des Noirs, qui proposent du crack, ou cherchent à vous fourguer des billets pour une soirée au Palladium. Je dépasse un kiosque à journaux, un pressing, une église, un petit restau. Les rues sont désertes; le seul bruit qu'on entend, c'est, de temps à autres, un taxi en maraude, se dirigeant vers Union Square. Un couple de pédés décharnés passe devant la cabine téléphonique où j'écoute les messages sur mon répondeur, tout en contemplant mon reflet dans la vitrine d'un brocanteur. L'un d'eux me siffle. L'autre rit, d'un rire aigu, cadavéreux, horrible. Une affiche déchirée des *Misérables* balaie le trottoir craquelé, souillé d'urine. Un réverbère rend l'âme. Un type pisse dans une ruelle, par-dessus Jean-Paul Gaultier. De la vapeur émane du sous-sol de la rue, tourbillonne, s'évapore. Les trottoirs sont ponctués de sacs d'ordures, gelés. La lune basse, pâle, est suspendue juste au sommet du Chrysler Building. Quelque part du côté de West Village, le cri d'une sirène d'ambulance. Le vent l'emporte. Un écho, puis plus rien.

Le clochard, un noir, est allongé sur une grille, sur le seuil d'un magasin de brocante abandonné, dans la Douzième Rue, entouré de sacs d'ordures, avec près de lui un caddy de chez Gristede, chargé de ses effets personnels, je suppose: des journaux, des bouteilles, des boîtes de conserves. Un carton peint à la main est accroché à l'avant du caddy: J'AI FAIM JE N'AI PAS DE MAISON AIDEZ-MOI SVP. Un chien, un petit bâtard à poils ras, maigre comme un clou, est allongé à côté de lui, une laisse de fortune attachée à la barre du caddy. Je n'ai pas remarqué le chien, en passant la première fois. Ça n'est qu'en revenant, après avoir fait le tour du pâté de maisons, que je l'aperçois, gisant sur une pile de journaux, veillant sur le clochard. Autour de son cou, un collier avec une plaque trop grande: GIZMO. Le chien lève les yeux vers moi, agitant la chose décharnée, pathétique, qui lui sert de queue, et lèche avec avidité la main gantée que je lui tends. Une puanteur de mauvais alcool mêlé aux excréments plane comme un nuage épais, invisible, et je retiens mon souffle, respire doucement, le temps de m'y habituer. Le clochard se réveille. Il ouvre les yeux, baille, montrant des dents particulièrement sales, entre ses lèvres rouges et craquelées.

Il est dans la quarantaine, massif, et comme il tente de se redresser, je distingue mieux ses traits, dans la lumière crue du réverbère: une barbe de quelques jours, un triple menton, un nez enluminé, marbré de grosses veines sombres. Il porte une espèce de complet minable en polyester vert acide, avec *par-dessus*, un jean délavé Sergio Valente, (c'est le dernier cri, cette saison, chez les SDF), et un pull-over à col en V orange et marron, déchiré et couvert de taches de bordeaux, dirait-on. Il me paraît très ivre – ou alors il est fou, ou idiot. Il ne parvient même pas à fixer son regard, tandis que je m'approche de lui, masquant la lumière du réverbère, le recouvrant de mon ombre. Je m'agenouille.

– Bonjour, dis-je, tendant la main, celle que le chien a léché. Pat Bateman.

Le clochard me regarde, haletant dans son effort pour se redresser. Il ne me serre pas la main.

– Vous voulez un peu d'argent ? fais-je doucement. À manger ?

Le clochard hoche la tête, et se met à pleurer de gratitude.

Je fouille dans ma poche, en tire un billet de dix dollars puis, changeant d'avis, lui tends un billet de cinq à la place. « Cela vous arrangerait ? »

Le clochard hoche la tête de nouveau et détourne le regard, honteux. Son nez coule. Il s'éclaircit la gorge et dit, d'une voix calme: J'ai tellement faim.

– En plus, il fait froid, dehors, n'est-ce pas ?

– J'ai tellement faim. Un sanglot le secoue, puis un autre encore. Il détourne les yeux, gêné.

– Pourquoi ne prenez-vous pas un travail ? fais-je, le billet toujours en main, mais hors de portée du clochard. Si vous avez faim à ce point, pourquoi ne pas travailler ?

Il inspire profondément, frissonne, répond enfin, entre deux sanglots: J'ai perdu mon emploi…

– Pourquoi ? fais-je avec un réel intérêt. Vous buviez ? C'est pour ça que vous l'avez perdu ? Ou bien vous trafiquiez ? Je plaisante. Non, sérieusement, vous buviez au boulot ?

Il serre les bras autour de son corps, et dit, suffoquant, entre deux sanglots: J'ai été viré. Ils m'ont licencié.

Je hoche la tête. « Mince, mmmm, ça, c'est moche. »

– J'ai tellement faim, répète-t-il, et il se met à pleurer à chaudes larmes, s'étreignant toujours. Son chien, le machin appelé Gizmo, se met à gémir.

– Pourquoi n'en prenez-vous pas un autre ? m'enquiers-je. Un autre travail ?

– Je ne suis pas… Il tousse, tassé sur lui-même, secoué de violents tremblements, pathétique, incapable de finir sa phrase.

– Vous n'êtes pas quoi ? fais-je d'une voix douce. Pas qualifié, ou quelque chose comme cela ?

– J'ai faim, chuchote-t-il.

– Je sais, je sais. Ma parole, on dirait un disque rayé. J'essaie de vous aider… Ma patience commence à s'épuiser.

– J'ai faim.

– Écoutez, croyez-vous que c'est juste, de prendre de

l'argent à ceux qui *ont* un emploi ? À ceux qui *travaillent* ?

Son visage se ratatine. « Et qu'est-ce que je peux faire ? » dit-il d'une voix rauque, le souffle court.

– Écoutez, comment vous appelez-vous ?

– Al.

– Plus fort.

– Al, dit-il un peu plus fort.

– Trouvez un emploi, Al, cherchez, dis-je avec ardeur. Vous avez une attitude négative. C'est ça qui vous bloque. Il faut vous reprendre en main. Je vous aiderai.

– Vous êtes si gentil, Monsieur. Vous êtes gentil. Vous êtes un brave homme, dit-il, pleurant comme un veau. Et je m'y connais.

– CCChht. Tout va bien, dis-je, chuchotant. Je caresse le chien.

– Je vous en prie, dit-il, attrapant mon poignet. Je ne sais plus quoi faire. J'ai tellement froid.

– Vous rendez-vous compte à quel point vous sentez mauvais ? fais-je d'une voix apaisante, caressant son visage. Quelle *puanteur*, mes enfants…

– Je ne peux pas… Il suffoque, avale sa salive… Je ne trouve pas d'abri.

– Vous *schlinguez*, dis-je. Vous *schlinguez la merde*. Je caresse toujours le petit chien, qui me regarde avec de grands yeux humides, pleins de gratitude. « Vous le savez bien, non ? Mais bon Dieu, Al, regardez-moi, et cessez de chialer comme une espèce de *tantouze* ! » La colère monte en moi, puis se calme, et je ferme les yeux, porte la main à son visage, me pince la racine du nez. Je soupire. « Al… Je suis navré. Simplement… Je ne sais pas. Je n'ai rien en commun avec vous. »

Le clochard n'écoute pas. Il pleure si fort qu'il est incapable de répondre. Lentement, je range le billet dans la poche de ma veste Luciano Soprani et, cessant de caresser le chien, je plonge ma main dans l'autre poche. Le clochard arrête brusquement de sangloter et se redresse, cherchant le billet de cinq ou bien, je suppose, sa bouteille de Thunderbird. Je tends le bras et touche doucement son visage, plein de compassion, murmurant: « Vous rendez-vous compte à quel point vous êtes un *looser*? » Il se met à hocher la tête, impuissant, et je sors un couteau-scie, long et effilé, et, prenant bien soin de ne pas le tuer, j'enfonce la lame, d'un centimètre peut-être, dans son œil droit, avec un petit mouvement vers le haut, crevant instantanément la rétine.

Le clochard est trop surpris pour dire quoi que ce soit. Il se contente d'ouvrir la bouche, saisi, et porte lentement à son visage une main crasseuse, protégée par des mitaines. Je baisse son pantalon d'un geste brutal et, à la lueur des phares d'un taxi qui passe, j'aperçois ses cuisses noires et flasques, couvertes d'inflammations, à cause du contact permanent de l'urine. L'odeur de merde me monte immédiatement au visage et, accroupi, respirant entre mes dents, je me mets à le poignarder au ventre, sans trop forcer, au-dessus de la touffe dense et sombre des poils pubiens. Ceci le dessaoule quelque peu et, instinctivement, il tente de se protéger avec les mains, tandis que le chien se met à glapir, déchaîné, mais sans attaquer, et je continue de poignarder le clochard, entre les doigts maintenant, sur le dos de la main. L'œil éclaté pend hors de l'orbite et coule le long de sa joue, mais il ne cesse de cligner des paupières, et ce qui demeurait au fond dégouline comme un jaune d'œuf rougeâtre, strié de sang. D'une main, je lui attrape la tête, la fait basculer en arrière puis, maintenant la paupière ouverte entre le pouce et l'index, je lève le couteau et enfonce la pointe de la lame dans l'orbite qui se remplit de sang, puis incise l'œil lui-même, en biais, et comme il commence enfin à crier, je lui fends le nez en deux, et le sang gicle, nous éclaboussant littéralement, moi et le chien Gizmo, qui cligne des yeux, aveuglé. D'un geste rapide, je nettoie la lame sur le visage du clochard, ouvrant largement le muscle au-dessus de sa joue. Toujours à genoux, je lui jette une pièce de vingt-cinq cents au visage, un visage luisant, nappé de sang, aux orbites béantes, rouges, dégorgeantes, ce qui reste de ses yeux suintant littéralement, coulant en un réseau épais jusqu'à ses lèvres distendues. « Voilà vingt-cinq cents, dis-je calmement. Va t'acheter un *chewing-gum,* pauvre connard de *nègre.* » Puis je me tourne vers le chien qui aboie et, en me relevant, j'écrase ses pattes antérieures à l'instant où, ramassé sur lui-même il s'apprêtait à bondir, montrant les crocs. Je lui brise instantanément les os des deux pattes, et il tombe sur le côté, glapissant de douleur, les pattes de devant tendues vers le ciel, formant un angle obscène assez plaisant. Je ne peux m'empêcher de me mettre à rire, et m'attarde un peu devant la scène, m'amusant du spectacle. En voyant approcher un taxi, je m'éloigne lentement.

Après quoi, à deux rues de là, je commence à me sentir survolté, affamé, débordant d'énergie, comme après l'entraînement, quand l'endorphine submerge mon système nerveux, ou après la fameuse première ligne de coke, ou la première bouffée de cigare, ou le premier verre de Cristal. Je meurs de faim, il faut que j'avale quelque chose, mais je ne tiens pas à passer au Nell's, bien que ce ne soit pas loin à pied, l'Indochine non plus ne me semble pas convenir, pour fêter ça. Aussi, je décide d'aller dans un endroit où Al irait, le McDonald de Union Square. Après avoir fait la queue, je commande un milk-shake à la vanille (« Super épais », dis-je au type, qui se contente de secouer la tête et appuie sur les boutons) et m'installe à une table sur le devant, là où Al s'assiérait probablement. Ma veste, les manches de ma veste, sont légèrement éclaboussées de sang. Deux serveuses du Cat Club entrent après moi et s'installent dans le box en face, avec des sourires aguicheurs. Je décide de les ignorer. Une vieille femme, une dingue, toute fripée, s'asseoit à côté de nous, fumant cigarette sur cigarette et hochant la tête toute seule. Une voiture de police passe. Après deux autres milk-shakes, je redescends un peu sur terre. Je me calme progressivement. Je commence à m'ennuyer, à me sentir fatigué; cette soirée est horriblement décevante, et je commence à me maudire pour ne pas être allé au petit bistrot salvadorien avec Reed Thomson et ses copains. Les deux filles traînassent, pas découragées. Je jette un coup d'œil à ma montre. Un des Mexicains derrière le comptoir me regarde fixement tout en tirant sur une cigarette. Vu la façon dont il observe les taches sur ma veste Soprani, il va certainement faire un commentaire, mais un client arrive, un des Noirs qui a essayé de me vendre du crack plus tôt dans la soirée, et il est contraint de prendre la commande. Le Mexicain écrase sa cigarette, un point c'est tout.

GENESIS

Depuis la sortie de leur album *Duke*, en 1980, je n'ai pas cessé d'être un fan de Genesis. Jusqu'alors, je n'avais jamais vraiment compris leur travail, bien que, sur leur dernier album des années 70, *And Then There Were Three*, un disque bourré de concepts (et dont le titre faisait référence à Peter Gabriel, qui avait quitté le groupe pour entamer une piètre carrière en solo), j'eusse réellement aimé *Follow You, Follow Me*. Ceci excepté, tous les disques qui avaient précédé *Duke* me semblaient trop "artistiques", trop intellectuels. C'est avec *Duke* (Atlantic, 1980) que la présence de Phil Collins a commencé de s'imposer, et que la musique s'est modernisée, avec une rythmique prédominante, tandis que les paroles devenaient moins mystiques, plus précises dans leur thème (peut-être à cause du départ de Peter Gabriel) et que les circonvolutions complexes, ambiguës, autour de l'idée de perte, devenaient des tubes de qualité, que je finis peu à peu par apprécier. L'arrangement des morceaux lui-même semblait privilégier la batterie de Phil Collins plutôt que les lignes de basse de Mike Rutherford ou les riffs au clavier de Tony Banks. Un exemple typique est *Misunderstanding,* qui fut non seulement le premier hit du groupe dans les années 80, mais semble également avoir déterminé son style pour toute la décennie. L'autre titre marquant de *Duke* est *Turn It On Again*, qui traite des effets négatifs de la télévision. En revanche, je ne comprends rien à *Hearthaze*, tandis que *Please Don't Ask* est une chanson d'amour émouvante, écrite pour une épouse divorcée qui a obtenu la garde de l'enfant du couple. Les effets pervers du divorce ont-ils jamais été évoqués de manière plus subtile par un groupe de rock ? Je ne le pense pas. *Duke Travels* et *Dukes End* ne sont sans doute pas dénués de sens, mais les paroles n'étant imprimées nulle part, il est difficile de dire ce que chante Collins. Cependant, sur ce dernier morceau, les interventions au piano de Tony Banks sont effectivement superbes dans leur complexité. Le seul thème inférieur dans *Duke* est *Alone Tonight*, qui rappelle beaucoup trop *Tonight Tonight Tonight,* tiré de *Invisible Touch,* un chef-d'œuvre que le groupe enregistrera plus tard, seule occurence, réellement, où Collins se soit plagié lui-même.

La sortie de *Acabab* (Atlantic, 1981) a suivi presque immédiatement celle de *Duke*, et le disque bénéficie de la présence d'un nouveau producteur, Hugh Padgham, qui a donné au groupe un son plus "années 80". Bien qu'il ne propose rien de très révolutionnaire, il contient néanmoins quelques moments superbes, tout au long de l'album: la longue improvisation, au milieu du thème qui lui donne son titre, et les interventions aux cuivres d'un groupe appelé Earth, Wind and Fire, sur *No Reply At All,* n'en sont que deux exemples. Là encore, les chansons parlent de sentiments douloureux, de gens perdus, de situations conflictuelles, mais avec un traitement et un son éclatants, pleins de vie (même si les titres ne le sont pas: *No Reply At All, Keep It Dark, Who Dunnit ? Like It or Not*). La basse de Mike Rutherford apparaît quelque peu noyée, mais ceci mis à part, le groupe est complètement homogène, toujours propulsé par la batterie de Collins, proprement époustouflant. Même dans ses moments les plus désespérants (comme *Dodo,* une chanson qui parle de l'anéantissement), *Acabab* demeure un disque léger, plein d'énergie.

Mon morceau préféré est *Man on the Corner*, la seule chanson qui soit entièrement due à Collins, une ballade émouvante avec une jolie mélodie au synthétiseur, et en arrière-plan le martèlement obsessionnel de la batterie. Bien qu'il puisse sembler tiré d'un album en solo de Phil, car les thèmes de la solitude, de la paranoïa, de l'aliénation, sont particulièrement typiques de Genesis, il traduit l'humanisme plein d'espoir du groupe. *Man on the Corner* nous parle avec profondeur d'un rapport avec la silhouette d'un homme solitaire (un clochard, peut-être, un pauvre, un sans-logis), cet « homme seul, au coin » qui reste là, debout. *Who Dunnit?* explore à fond le thème du désarroi, dans la veine funky, et ce qui rend cette chanson si passionnante, c'est la fin, quand le narrateur ne trouve aucune solution.

Hugh Padgham fit ensuite une tentative vers quelque chose d'encore moins conceptuel, avec un album appelé simplement *Genesis* (Atlantic, 1983) et, bien que ce soit un très bon disque, il me semble aujourd'hui être en grande partie trop dérivé d'autres albums: *That's All* ressemble à *Misunderstanding, Taking It All Too Hard* me fait penser à *Throwing It All Away.* Il sonne aussi moins jazzy que les précédents, plus comme un album pop-rock des années 80. Padgham a fait un travail superbe sur ce disque, mais le matériau est moins fort qu'à l'habitude, et l'effort perceptible. Il commence avec *Mama*, une chanson autobiographique, à la fois étrange et touchante, bien que je ne puisse pas déterminer si le chanteur parle de sa véritable mère, ou à une fille qu'il aime bien appeler ainsi. *That's All* est la complainte de l'amoureux repoussé et humilié par une partenaire indifférente; malgré le chagrin qu'elle évoque, elle est dotée d'une mélodie vive et guillerette, qui la rend moins désespérée qu'elle aurait sans doute mérité de l'être. *That's All* est le meilleur titre de l'album, mais Phil est au mieux de sa voix dans *House by the Sea*, dont les paroles, cependant, font trop "libre association d'idées" pour avoir beaucoup de signification. Il y est peut-être question d'âge, d'acceptation de l'état d'adulte, mais cela demeure peu clair; quoi qu'il en soit, c'est la seconde partie, instrumentale, qui requiert mon intérêt, quand Tony Banks déploie toute sa virtuosité à la guitare, tandis que Mike Rutherford noie le tout d'accords rêveurs au synthé, et la fin, quand Phil reprend le troisième couplet, à vous donner le frisson.

Illegal Alien est la chanson la plus explicitement politique que le groupe ait jamais enregistrée, et en même temps la plus amusante. Le thème est censé en être triste – un ouvrier mexicain qui tente de passer en fraude la frontière des États-Unis –, mais les détails sont du plus haut comique: la bouteille de tequila qu'il tient à la main, la paire de chaussures neuves (volées, probablement) qu'il porte aux pieds; tout cela est très juste, très bien vu. Phil prend une voix pseudo-mexicaine, exubérante et geignarde à la fois, qui ajoute encore à la drôlerie, et la rime entre *"fun"* et *"Illegal Alien"* est superbement trouvée. *Just a Job to Do* est le titre le plus funky de l'album, avec une ligne de basse terrible de Banks. Le sujet paraît en être un détective sur les traces d'un criminel, mais je pense pour ma part qu'il pourrait aussi bien s'agir d'un amant jaloux poursuivant sa partenaire. *Silver Rainbow* est la chanson la plus lyrique de l'album. Les paroles en sont denses, complexes, magnifiques. Le disque se termine sur une note positive, joyeuse, avec *It's Gonna Get Better*. Bien que les paroles apparaissent un peu fades à certains, Phil la chante d'une voix si assurée (très influencé par Peter Gabriel, qui n'a jamais lui-même produit un disque aussi achevé, aussi authentique) qu'il parvient à nous faire croire en un avenir glorieux, plein de possibilités.

Invisible Touch (Atlantic, 1986) est sans conteste le chef-d'œuvre du groupe. C'est une méditation épique sur l'intangible, qui parallèlement approfondit et enrichit la signification des trois albums précédents. Il possède une qualité de résonance qui ne cesse de hanter l'auditeur, et la musique en est si belle qu'il est presque impossible de s'en arracher, car chaque chanson nous parle, d'une manière ou d'une autre, de l'inconnu, de la distance qui sépare les êtres (*Invisible Touch*), mettant en cause les rapports de domination et d'aliénation, que ce soit le fait d'amants ou d'états autoritaires (*Land of Confusion*) ou par la répétition de mots sans signification *(Tonight Tonight Tonight)*. Somme toute, il est à placer au rang des toutes meilleures créations de rock and roll de la décennie, et la tête pensante, derrière ce disque, avec bien sûr le talent musical de Banks, Collins et Rutherford, est Hugh Padgham, qui n'avait encore jamais trouvé un son aussi clair et net, aussi moderne. On perçoit pratiquement chaque nuance de chaque instrument.

En termes de qualité lyrique et d'écriture musicale pure, cet album atteint un point de professionnalisme jusqu'alors inégalé. Prenez les paroles de *Land of Confusion*, dans laquelle un chanteur dénonce les abus du pouvoir politique. Il y a là un climat plus funky, plus black, que tout ce que nous ont offert Prince ou Michael Jackson – et a fortiori tous les artistes noirs de ces dernières années. En outre, aussi "dansant" soit-il, le disque possède une qualité d'urgence brute que même Bruce Springsteen, bien que surestimé, ne peut égaler. En observateur des faillites de l'amour, Collins bat le "Boss" à plates coutures, poussant encore plus loin l'honnêteté des émotions dans *In Too Deep*, tout en faisant montre d'un côté clownesque, espiègle, imprévisible. C'est la chanson la plus émouvante des années quatre-vingts ayant pour thème la monogamie et ses implications. *Anything She Does* (qui n'est pas sans rappeler *Centerfold,* de J. Geil Band, mais en plus inspiré, plus puissant) occupe la deuxième plage, puis vient le moment fort de l'album, avec *Domino*, une chanson en deux parties. La première, *In the Heat of the Night,* est pleine d'images du désarroi, aiguës, merveilleusement dessinées. Elle est accouplée à *The Last Domino,* qui lui renvoie un message d'espoir. C'est là une chanson extrêmement réconfortante. Les paroles sont ce que j'ai entendu de plus positif et de plus convaincant, en matière de rock.

Les tentatives de Phil Collins en solo semblent plus commerciales, et donc réussies, mais dans un cadre plus étroit, particulièrement l'album *No Jacket Required*, et des chansons comme *In the Air Tonight, Against All Odds* (bien que cette dernière ait été occultée par le film magnifique dont elle est tirée), *Take Me Home* et *Sussudio* (une grande, grande chanson; une de mes préférées), ainsi que son remake de *You Can't Hurry Love*, que je ne suis pas seul à trouver supérieur à la version originale des Supremes. Cependant, j'estime que Phil Collins fournit un meilleur travail dans le cadre d'un groupe qu'en tant qu'artiste indépendant – et j'insiste sur le mot *artiste*. En réalité, il s'applique aux trois musiciens, car Genesis demeure le meilleur groupe, le groupe le plus passionnant qui soit issu d'Angleterre dans les années quatre-vingts.

DÉJEUNER

Je suis assis au DuPlex, le nouveau restaurant de Tony McManus, à Tribeca, avec Christopher Armstrong, qui travaille aussi chez P&P. Nous étions ensemble à Exeter, puis il est parti pour l'université de Pennsylvanie et pour Wharton, avant de s'installer à Manhattan. Pour quelque mystérieuse raison, nous n'avons pas pu obtenir de réservation au

Subjects, et c'est Armstrong qui a proposé de venir ici. Armstrong porte une chemise croisée en coton à rayures blanches et col ouvert, Christian Dior, et une large cravate de soie imprimée cachemire, Givenchy Gentleman. Son agenda et son porte-documents de cuir, Bottega Veneta, sont posés sur la troisième chaise autour de notre table, une bonne table sur le devant, près de la fenêtre. Je porte un costume de laine peignée chinée à motif écossais de Schoeneman pour DeRigueur, une chemise Bill Blass en popeline de coton, une cravate Macclesfield en soie de Savoy, et un mouchoir de coton de Ashear Bros. On entend en sourdine la musique des *Misérables*, dans une version supermarché. La petite amie de Armstrong est Jodie Stafford, qui sortait autrefois avec Todd Hamlin, ce qui, ajouté à la présence des vidéos accrochées au plafond et montrant les cuisiniers du restaurant au travail, me plonge dans une terreur sans nom. Armstrong revient juste des îles, et son bronzage est très dense, très uniforme, mais le mien également.

– Alors, les Bahamas ? fais-je après que nous avons commandé. Tu viens de rentrer, non ?

– Eh bien, Taylor, commence Armstrong, le regard fixé quelque part derrière moi, légèrement au-dessus de ma tête – peut-être sur la colonne de terre cuite crépie, ou sur le tuyau apparent qui court tout au long du plafond –, ceux qui veulent trouver l'endroit idéal pour les vacances d'été feraient bien d'aller voir vers le sud, du côté des Bahamas, ou des Caraïbes. Je vois au moins cinq raisons pas sottes d'aller faire un tour aux Caraïbes, parmi lesquelles le climat, les festivités, les célébrations, les hôtels et les sites moins bondés, les prix, et les différentes cultures, très singulières. On voit une foule de gens quitter la ville l'été, pour aller chercher un peu de fraîcheur, alors que si si peu savent que la Caraïbe bénéficie d'une température de vingt-quatre à vingt-neuf degrés, tout au long de l'année, et que les îles sont constamment rafraîchies par les alizés. Il fait souvent plus chaud au nord, dans le…

Ce matin, le thème du *Patty Winters Show* était "Les Tueurs d'Enfants". Dans le public, se trouvaient des parents dont les enfants avaient été enlevés, torturés et assassinés, tandis que, sur le plateau, un éventail de psychiatres et de pédiatres tentaient de les aider à *surmonter* – assez vainement, dois-je dire, à ma vive satisfaction – leur abattement et leur colère. Mais ce qui m'a réjoui plus que tout, c'était l'intervention – par satellite, sur un écran à part – de trois Tueurs d'Enfants condamnés à mort qui, grâce à quelque faille légale relativement complexe à déterminer, cherchaient à obtenir une libération sur parole, qu'on leur accorderait probablement. Mais quelque chose m'empêchait de me concentrer sur l'écran large de mon récepteur Sony, installé devant mon petit déjeuner composé de kiwis en tranches, de poires japonaises, d'eau d'Évian, de muffins à l'avoine et au son, de lait de soja et de biscuits au son et à la cannelle, gâchant mon plaisir de voir ces mères éplorées, et l'émission était presque terminée quand j'ai enfin compris ce que c'était: la fissure au-dessus du David Onica, dont j'avais parlé au gardien, pour qu'il dise au concierge en chef de la réparer. Et quand, en sortant, je me suis arrêté à la réception, décidé à me plaindre, je me suis retrouvé face à un *nouveau* gardien, un type de mon âge, mais à moitié chauve, assez vilain, et *obèse*. Trois beignets à la confiture et deux tasses de *chocolat chaud*, épais et fumant, étaient posés devant lui sur le comptoir, à côté d'un exemplaire du *Post* ouvert à la page des bandes dessinées, et il m'est apparu soudain que j'étais infiniment plus séduisant, plus brillant et plus riche que cette pauvre cloche ne le serait jamais et, saisi d'un bref accès de compassion, je lui ai souri, avec un signe de tête sec, mais poli, sans déposer ma plainte. « Oh vraiment ? » fais-je, regardant Armstrong, parfaitement ailleurs.

– Tout comme aux États-Unis, on célèbre les mois d'été avec des festivités, des réjouissances, par exemple des concerts, des expositions de peinture, des kermesses, des compétitions sportives, et comme un grand nombre de gens préfèrent visiter d'autres pays, les îles sont plus tranquilles, ce qui veut dire qu'on y est mieux servi, qu'on n'a pas à faire la queue pour un tour en voilier ou pour dîner dans un restaurant. À mon avis, ce que les gens recherchent, c'est une culture, une nourriture, une histoire…

Les embouteillages étaient tels ce matin, quand je me suis rendu à Wall Street, que j'ai laissé le taxi et, en descendant à pied la Cinquième Avenue pour trouver une station de métro, je suis passé devant ce qui m'a semblé être une parade pour Halloween. Cela m'a laissé plutôt perplexe, car j'étais à peu près certain que nous étions en mai. En m'arrêtant au coin de la rue pour observer le défilé, je me suis aperçu qu'il s'agissait d'un truc appelé "Gay Pride Parade". J'en ai eu l'estomac retourné. C'étaient des homosexuels, qui descendaient fièrement la Cinquième Avenue, avec des triangles roses épinglés sur leur coupe-vent aux tons pastels, quelques-uns se tenant carrément par la main, et la plupart d'entre eux chantant *Somewhere*, faux et à l'unisson. Je suis resté un moment devant chez Paul Smith à les regarder avec une espèce de fascination horrifiée, secoué, n'arrivant pas à concevoir l'idée qu'un être humain, un *homme*, puisse se faire une gloire de sodomiser un autre homme, mais quand, entre deux « *There's a place for us, Somewhere a place for us* », des espèces de maîtres-nageurs vieillissants, hyper-musclés, avec des moustaches de morse, ont commencé à me siffler et à m'apostropher de manière effroyable, j'ai pris mes jambes à mon cou jusqu'à la Sixième Avenue, décidant d'être en retard au bureau, et j'ai pris un taxi jusque chez moi où j'ai mis un costume neuf (Cerruti 1881) et me suis offert une séance de pédicure, avant de torturer à mort un petit chien acheté en début de semaine dans un magasin de Lexington. Armstrong continue de ronronner.

– Bien sûr, ce sont les sports nautiques qui en constituent le principal attrait. Mais les golfs et les courts de tennis sont en excellent état, et dans beaucoup de stations, les pros sont plus disponibles en été. De plus, beaucoup de courts sont éclairés la nuit...

Va... te faire... mettre... Armstrong, dis-je, le regard fixé au dehors, observant par la fenêtre les embouteillages, les clochards qui traînent dans Church Street. Arrivent les hors-d'œuvre : brioche à la tomate séchée au soleil pour Armstrong. Piments Poblano pour moi, avec une confiture rouge-orangé, qui sent l'oignon. J'espère qu'Armstrong n'a pas l'intention de payer, car il faut que je montre à cet abruti que je possède *effectivement* une American Express platine. Pour une raison quelconque, je me sens très triste, tout à coup, et une boule de chagrin me monte à la gorge. J'avale ma salive, prends une gorgée de Corona, et cela passe. Profitant d'un silence, pendant qu'il est occupé à mastiquer, je m'enquiers : « Et la nourriture ? Comment est la cuisine ? », presque involontairement, pensant à tout sauf à ce que je dis.

– Bonne question. En ce qui concerne les restaurants, la Caraïbe est devenue plus intéressante, car la cuisine des îles a bien intégré la tradition européenne. Beaucoup de restaurants sont tenus par des expatriés américains, britanniques, français, italiens, et même hollandais... Grâce au ciel, il se tait un instant pour prendre une bouchée de sa brioche, qui ressemble à une éponge gorgée de sang – *sa brioche ressemble à une grosse éponge sanglante* –, bouchée qu'il fait glisser avec une gorgée de Corona. C'est mon tour.

– Et les endroits à voir ? fais-je, sans le moindre intérêt, le regard fixé sur les piments, la confiture jaunâtre qui entoure le plat, artistiquement disposée en octogone, les feuilles de cilantro qui entourent la confiture, et les graines de piments qui entourent les feuilles de cilantro.

– L'essentiel est dû à la culture européenne, qui a fait de beaucoup d'îles des forteresses, au cours du dix-huitième siècle. On peut voir les différents endroits où Christophe Colomb a débarqué et, comme on approche du trois-centième anniversaire de sa première traversée, en 1590, il y a un regain d'intérêt dans les îles pour l'histoire et la culture en tant que partie intégrante de la vie insulaire…

Armstrong, tu es un… un trou du cul. « Mmmm-mmm, fais-je, hochant la tête. Eh bien… » Cravates imprimées cachemire, costumes écossais, cours d'aérobic, j'ai des cassettes vidéo à rapporter, des épices à acheter chez Zabar, clochards, truffes au chocolat blanc… Les effluves écœurants de Drakkar Noir, le parfum que porte Christopher, flottent devant mon visage, mêlés à ceux de la confiture et du cilantro, des oignons et des piments. « Mmmm-mmm », fais-je de nouveau.

– Et pour ceux qui veulent des vacances actives, il y a l'escalade, les randonnées souterraines, la voile, le cheval, le rafting. Pour les joueurs, de nombreuses îles ont un casino…

L'espace d'une seconde, je me vois tirer un couteau et couper un poignet, un de mes poignets, pour présenter la veine jaillissante au visage d'Armstrong, ou mieux encore la diriger vers son costume, et je me demande s'il continuerait de parler. J'envisage la possibilité de me lever et de partir sans m'excuser, de prendre un taxi et de me rendre dans un autre restaurant, quelque part vers SoHo, ou peut-être encore plus loin, pour prendre un verre, faire un tour aux toilettes, même passer un coup de fil à Evelyn, éventuellement, avant de revenir au DuPlex, et chacune des molécules qui compose mon organisme me dit qu'Armstrong serait toujours en train de parler, non seulement de ses vacances, mais de ce qui semble être *le* lieu de vacances du monde *entier*: ses Bahamas à la con. Entretemps, le serveur emporte nos hors-d'œuvre à demi terminés, apporte deux autres Coronas, du poulet d'élevage au vinaigre de framboise et à la sauce verte, du foie de veau aux poireaux et à la laitance d'alose, et je ne sais plus qui a commandé quoi, mais cela n'a pas une grande importance, car les deux plats sont parfaitement identiques. Je me retrouve avec le poulet d'élevage garni en plus d'un coulis de tomates naines, je crois.

– On n'a pas besoin de passeport pour visiter la Caraïbe, il suffit de prouver sa nationalité américaine, et ce qui est encore mieux, Taylor, c'est que la *langue* ne constitue pas une barrière. On parle l'anglais *partout,* même sur les îles où le français ou l'espagnol sont la langue officielle. La plupart des îles étaient autrefois britanniques...

– Ma vie est un enfer, dis-je tout à trac, tout en faisant tourner machinalement les poireaux sur mon assiette, qui entre parenthèses est en porcelaine et triangulaire. Et il y a beaucoup de gens que je voudrais... que je veux, eh bien, disons *assassiner.* J'ai insisté sur le dernier mot, sans quitter des yeux le visage d'Armstrong.

– La desserte des îles s'est améliorée, car American Airlines et Eastern Airlines ont créé à San Juan une base d'où partent des vols en direction des îles que leurs lignes directes ne desservent pas. Si l'on ajoute à cela les vols de BWIA, Pan Am, ALM, Air Jamaïca, Bahamas Air et Cayman Airways, il est facile de rejoindre la plupart des îles. Il existe en plus le réseau intérieur de LIAT et BWIA, qui offre un service de vols programmés, d'île à île...

Tandis qu'Armstrong continue de bavarder, quelqu'un se dirige vers nous, Charles Fletcher, je crois, et me donne une petite tape sur l'épaule, disant: « Salut, Simpson. On se voit au Fluties », avant de s'éloigner, retrouvant à la porte une femme très séduisante – blonde, gros nénés, robe moulante, ni sa secrétaire, ni son épouse. Ils quittent ensemble le DuPlex, dans une limousine noire. Armstrong mange toujours. Il découpe le foie de veau en tranches parfaitement carrées, sans cesser de parler. Je suis de plus en plus déprimé.

– Pour les gens qui ne peuvent pas prendre une semaine entière, la Caraïbe est l'endroit idéal, parfait pour les petites évasions du week-end. Eastern Airlines a créé un Weekender Club, qui propose beaucoup de séjours là-bas, et permet aux membres du club de visiter un grand nombre d'endroits, pour un prix extrêmement réduit, ce qui, je le sais, n'est pas primordial, mais je persiste à penser que les gens vont...

AU CONCERT

Tout le monde est très nerveux, au concert où Carruthers nous traîne ce soir, dans le New Jersey, pour écouter un groupe appelé U2, qui a fait la couverture de *Time* la semaine dernière. À l'origine, les billets étaient destinés à un groupe de clients japonais qui ont annulé leur voyage à New York à la dernière minute, de sorte qu'il était quasiment impossible à Carruthers (c'est lui qui le dit) de revendre ces places au premier rang. Donc, c'est pour Carruthers et Courtney, Paul Owen et Ashley Cromwell, et Evelyn et moi. Quand j'ai appris que Paul Owen venait, j'ai essayé de joindre Cecelia Wagner, la petite amie de Marcus Halberstam, puisque Owen semble *me* prendre pour Marcus et, bien qu'elle fût flattée de mon invitation (je l'ai toujours soupçonnée d'avoir le béguin pour moi), elle devait assister à une soirée habillée pour la première de la nouvelle comédie musicale anglaise *Maggie* ! Elle a tout de même suggéré de déjeuner ensemble la semaine prochaine, et je lui ai dit que je l'appellerai jeudi. J'étais censé dîner avec Evelyn, ce soir, mais l'idée de rester assis seul en face d'elle pendant deux heures me remplissait d'un effroi sans nom, et je l'ai appelée pour lui expliquer d'un air de regret le changement de programme. Elle a demandé si Tim venait aussi, et apprenant que non, elle a à peine hésité avant d'accepter, et j'ai donc annulé la réservation que Jean avait faite pour nous au H20, le nouveau restaurant de Clive Powell, à Chelsea, et quitté le bureau plus tôt pour une petite séance d'aérobic, avant le concert.

Aucune des filles n'est particulièrement réjouie d'écouter ce groupe, et elles m'ont toutes confié, séparément, qu'elles aimeraient être ailleurs. Dans la limousine qui nous emporte vers un endroit mystérieux appelé Meadowlands, Carruthers s'emploie à rasséréner tout le monde, affirmant que Donald Trump est un inconditionnel de U2, ajoutant, éperdu, que John Gutfreund aussi achète leurs disques. On ouvre une bouteille de Cristal, puis une autre. La télé diffuse en direct une conférence de presse de Reagan, mais il y a beaucoup de parasites et personne n'écoute, sauf moi. Ce matin, le thème du *Patty Winters Show* était: "Les Victimes des Requins". Paul Owen m'a appelé quatre fois Marcus, et Evelyn, Cecelia, deux fois, à mon grand soulagement, mais elle n'y a pas pris garde, occupée qu'elle était à jeter des regards mauvais à Courtney, durant tout le trajet en limousine. Quoi qu'il en soit, personne ne l'a corrigé, et il est peu probable que qui que ce soit le fasse. Je l'ai moi-même appelée Cecelia à deux reprises, quand j'étais sûr qu'elle n'écoutait pas, car elle fixait Courtney d'un regard haineux. Carruthers ne cesse de me dire que je suis très élégant. Il ne tarit pas d'éloges sur mon costume.

Evelyn et moi sommes de loin le couple le mieux habillé. Je porte un pardessus de lambswool, une veste de laine, un pantalon de flanelle de laine, une chemise de coton, un pull-over en cashmere à col en V et une cravate de soie – Armani. Evelyn porte un chemisier de coton Dolce & Gabbana, des escarpins en daim Yves Saint Laurent, une jupe de veau à motifs d'Adrienne Landau avec une ceinture de daim Jill Stuart, des bas Calvin Klein, des boucles d'oreilles Frances Patiky Stein en cristal de Venise, et tient serrée dans sa main une rose blanche que j'ai achetée chez un traiteur coréen, avant que Carruthers ne passe me prendre avec sa limousine. Carruthers porte un manteau sport en lambswool, un cardigan en cashmere et vigogne, un pantalon de cavalier en serge, une chemise de coton et une cravate de soie – Hermès. (« C'est vraiment miteux », m'a chuchoté Evelyn; j'ai approuvé sans mot dire.) Courtney porte un haut en organdi, trois épaisseurs, avec une longue jupe de velours arrondie derrière, des boucles d'oreilles en rubans de velours et émail de José et Maria Barrera, des gants Portolano et une paire de Gucci. Paul et Ashley sont, à mon sens, imperceptiblement *trop* habillés. De plus, elle porte des lunettes de soleil, alors qu'à cause des vitres teintées, l'intérieur de la limousine est déjà presque crépusculaire. Elle tient à la main un petit bouquet de paquerettes que lui a donné Carruthers, ce qui n'a pas réussi à susciter la jalousie de Courtney, celle-ci semblant n'avoir qu'un seul désir, celui d'arracher la gueule à Evelyn, ce qui, dans l'instant, ne m'apparaît pas comme une mauvaise idée (bien qu'Evelyn soit la plus jolie), et je ne répugnerais pas à voir Courtney la mettre en pratique. Courtney est imperceptiblement mieux faite, mais Evelyn a de meilleurs seins.

Cela fait maintenant une vingtaine de minutes que le concert nous barbe. Je *hais* la musique "live", mais autour de nous, tout le monde est debout, et les hurlements d'enthousiasme font concurrence au vacarme que déversent sur nos têtes des murailles de baffles empilés. Le seul réel plaisir que j'éprouve à être là, c'est de voir Scott et Anne Smiley, dix rangs derrière nous, à des places plus merdiques que les nôtres, et probablement pas moins chères. Carruthers change de siège avec Evelyn pour pouvoir discuter affaires avec moi, mais comme je n'entends pas un mot, je change de siège avec Evelyn pour pouvoir parler avec Courtney.

– Luis est une *larve*, fais-je, hurlant. Il ne se doute de *rien*.

– The Ledge est en Armani, hurle-t-elle, désignant le bassiste.

– Ça n'est pas *Armani. C'est Emporio*. Je hurle.

– Non, hurle-t-elle. *Armani*.

– Les gris sont trop étouffés, ainsi que les taupe et les

bleu marine. Revers cassés, écossais subtils, petits pois, rayures, c'est Armani. *Pas* Emporio. Je hurle, les deux mains plaquées sur les oreilles, extrêmement irrité qu'elle ne sache pas cela, qu'elle ne puisse pas distinguer la différence. « Il y a une différence. Lequel est The Ledge ? »

— C'est sans doute le batteur, hurle-t-elle. Enfin, je crois. Je ne suis pas sûre. Il me faut une cigarette. Où étais-tu, l'autre soir ? Si tu me réponds « avec Courtney », je te frappe.

— Le batteur n'est absolument pas en Armani. Ni en Emporio, d'ailleurs. Nulle part.

— Je ne sais pas lequel est le batteur, hurle-t-elle.

— Demande à Ashley, fais-je, hurlant.

— Ashley ? hurle-t-elle, se penchant au-dessus de Paul pour donner une petite tape sur la jambe de Ashley. « Lequel est The Ledge ? » Ashley hurle quelque chose que je ne comprends pas, et Courtney se retourne vers moi avec un haussement d'épaules. « Elle dit qu'elle n'arrive pas à croire qu'elle est dans le New Jersey. »

Carruthers fait signe à Courtney de changer de place avec lui. Elle lui répond d'un geste méprisant, et s'accroche à ma cuisse. Je bande mes muscles, ma cuisse devient de pierre, et sa main s'attarde, admirative. Mais Luis insiste. Elle se lève et me hurle: « Je crois qu'il nous faudrait de la dope, ce soir ! » Je hoche la tête. Bono, le chanteur du groupe, est en train d'écorcher ce qui semble bien être *Where the Beat Sounds the Same*. Evelyn et Ashley s'éloignent pour acheter des cigarettes, passer aux lavabos et trouver des rafraîchissements. Luis s'asseoit à côté de moi.

— Les filles s'ennuient, hurle-t-il.

— Courtney veut qu'on lui trouve de la coke, ce soir.

— Oh, *super.* Luis a l'air de faire la tête.

— On a des réservations quelque part ?

— Au *Brussels*, hurle-t-il, jetant un coup d'œil sur sa Rolex. Mais cela *m'étonnerait* qu'on y arrive à temps.

— Si on n'y arrive *pas à temps,* je ne vais *nulle part.* Tu peux me déposer chez moi.

– On y *arrivera*, hurle-t-il.

– Et sinon, pourquoi pas un japonais ? fais-je, adouci. Il y a un bar à sushi vraiment épatant, dans l'Upper West Side. Le Blades. Le chef était au Isoito, avant. Ils sont *très bien* notés, dans le Zagat.

– Bateman, je *hais* les Japonais, me hurle Carruthers, couvrant son oreille d'une main. Ce sont des petits rats aux yeux bridés.

– Mais qu'est-ce que cela vient faire là-dedans ? Je hurle.

– Oh, je sais, je sais, hurle-t-il, les yeux exorbités. Ils épargnent plus que nous et ils innovent moins, mais nom de Dieu, je te garantis qu'ils savent bien profiter de nos découvertes, et les *voler*, pour les améliorer et nous étouffer avec !

Je l'observe un moment, incrédule, puis dirige mon regard sur la scène, où le guitariste court en rond, tandis que Bono, les bras écartés, cavale de long en large au bord de la fosse, puis reviens à Luis, dont le visage demeure rouge de colère. Il me fixe toujours sans mot dire, les yeux écarquillés, un peu de bave aux lèvres.

– Mais qu'est-ce que cela a à voir avec le *Blades* ? fais-je, réellement déconcerté. Essuie ta bouche.

– Mais c'est pour ça que je *hais* la cuisine japonaise ! Le sashimi. Le sushi californien. Oh, mon Dieu, conclut-il, faisant semblant d'avoir un haut-le-cœur, et de se mettre un doigt dans la gorge.

– Carruthers… Je m'interromps, examinant son visage, légèrement effrayé. Impossible de me rappeler ce que je voulais dire.

– *Quoi*, Bateman ? Il se penche vers moi.

– Écoute, je ne peux pas croire une connerie pareille. (Je hurle). Je ne peux pas croire que tu n'aies pas réservé pour *plus tard*. Il va falloir qu'on *attende*.

– *Quoi ?* hurle-t-il, une main en cornet autour de son oreille, comme si cela changeait quelque chose.

– Il va falloir qu'on *attende* ! Je hurle plus fort encore.

– Il n'y aura pas de problème, hurle-t-il.

Le chanteur tend le bras vers nous depuis la scène, la main offerte. Je lui fais signe de dégager. « Pas de problème ? Comment ça, *pas de problème* ? Non, Luis. Tu te *trompes*. Il *y a* un problème » Je jette un coup d'œil vers Paul Owen, qui s'ennuie tout autant. Il a les mains plaquées sur les oreilles, mais parvient néanmoins à discuter avec Courtney.

– Nous n'aurons pas besoin d'attendre, hurle Luis. Je te le promets.

– Tu ne me promets *rien du tout*, pauvre cloche. Est-ce que Paul Owen s'occupe toujours du portefeuille Fisher ?

Carruthers jette un coup d'œil vers lui, et revient à moi : Ouais, je suppose. Il paraît qu'Ashley a des chlamydiaes.

– Je vais lui dire deux mots, dis-je, me levant et prenant le siège libre à côté de Owen.

Mais alors que je m'asseois, une chose étrange accroche mon regard, sur la scène. Bono a traversé le plateau pour me suivre, comme je changeais de place. Il me regarde droit dans les yeux, à genoux au bord de la scène. Il porte un jean noir (Gitano, peut-être), des sandales, une veste de cuir, pas de chemise. Son corps blanc, couvert de sueur, n'est pas assez musclé, pas trace de gymnastique, et le peu de relief qu'il pourrait avoir est masqué par quelques poils mesquins, sur la poitrine. Il porte un chapeau de cow-boy, les cheveux tirés en catogan, et marmonne une espèce de litanie – je saisis quelques mots : « *Le héros est un insecte en ce monde* » –, avec un sourire affecté, à peine perceptible, mais lourd de sens cependant, un sourire qui s'élargit, devient plus assuré, envahit tout son visage, et soudain son regard s'embrase, le fond de la scène vire au rouge, et une vague d'émotion incroyable me submerge, je comprends, je comprends tout, et mon cœur se met à battre plus vite, et l'on pourrait croire qu'une corde invisible m'enserre, m'attache à Bono, et voilà que le public disparaît, que la musique ralentit, s'adoucit, et il n'y a plus que Bono sur la scène – le stade est désert, l'orchestre s'évanouit…

Puis tout refait surface, les gens, l'orchestre, et la

musique s'enfle de nouveau, tandis que Bono se détourne. Je reste là, vibrant, le sang au visage, avec cette érection douloureuse qui bat contre ma cuisse, les poings serrés, contractés. Alors, tout s'arrête, comme si l'on avait tourné un bouton. Le fond de la scène redevient blanc. Bono est passé de l'autre côté, et cette émotion qui faisait battre mon cœur, cette sensation étrange qui submergeait mon cerveau, tout s'évanouit, et me voilà plus désireux que jamais d'en savoir plus à propos de ce portefeuille Fisher dont Owen s'occupe. Cela m'apparaît vital, plus important que ce lien qui m'a attaché à Bono, et qui se défait peu à peu, s'efface. Je me tourne vers Paul Owen.

— Alors ? (Je hurle.) Comment ça va ?

— Tu vois les types, là-bas… Il désigne un groupe de machinistes, debout à l'extrémité du premier rang, du côté le plus éloigné, et qui scrutent la foule tout en échangeant des commentaires. « Ils se montraient du doigt Evelyn, Courtney et Ashley. »

— Qui sont-ils ? Ils ne sont pas de chez Oppenheimer ?

— Non, hurle Owen. Je crois que ce sont des accompagnateurs, ils cherchent des nanas pour les emmener en coulisses après, pour baiser avec les musiciens.

— Ah. Je me demandais s'ils n'étaient pas chez Barney.

— Non, hurle-t-il. On les appelle des *rabatteurs*.

— Mais comment peux-tu savoir ça ?

— Un de mes cousins est l'agent de All We Need of Hell, hurle-t-il.

— Ça m'énerve que tu saches ça, dis-je.

— Quoi ?

— Est-ce que tu t'occupes toujours du portefeuille Fisher ? Je hurle.

— Ouais. J'ai eu du pot, hein, Marcus ?

— C'est sûr. Comment as-tu fait ?

— Eh bien, je gérais déjà le portefeuille Ransom, et les choses se sont faites toutes seules. Il hausse les épaules d'un air d'impuissance, le saligaud, le faux-cul. « Tu vois… »

– Ouah, fais-je.

– Ouais, hurle-t-il en réponse, puis il se tourne sur son siège et s'adresse à deux boudins du New-Jersey, qui se passent un énorme joint d'un air imbécile, et dont l'une est drapée dans ce qui me semble bien être le drapeau irlandais. « Pourriez-vous éloigner un peu votre herbe de *merde*, je vous prie ? Ça *pue*. »

– J'en veux, fais-je, hurlant, le regard fixé sur la raie de ses cheveux, rectiligne, parfaite; même son cuir chevelu est bronzé.

– Tu veux *quoi* ? hurle-t-il. De l'herbe ?

– Non. Rien, fais-je, hurlant, la gorge à vif, et je m'enfonce dans mon siège, les yeux fixés sur la scène sans la voir, mordant l'ongle de mon pouce, réduisant à néant la séance de manucure d'hier.

Dès que Evelyn et Ashley sont revenues, nous partons. Dans la limousine qui nous emporte à toute vitesse vers Manhattan, pour réserver au Brussels, on ouvre une autre bouteille de Cristal. Reagan est toujours à la télé. Evelyn et Ashley nous racontent que deux videurs les ont abordées près des lavabos des dames, insistant pour qu'elles les suivent en coulisses. Je leur explique qui ils étaient, et quel était leur rôle.

– Mon *Dieu*, fait Evelyn, le souffle coupé. Autrement dit, nous avons été *rabattues* ?

– Je parie que Bono a une petite queue, déclare Owen, le regard perdu au dehors, derrière la vitre teintée. Irlandaise, quoi.

– Croyez-vous qu'il y avait un distributeur de billets, là-bas ? demande Luis.

– Ashley, crie Evelyn, tu as entendu ça ? Nous avons été *rabattues* !

– Comment sont mes cheveux ? fais-je.

– Encore un peu de Cristal ? demande Courtney à Luis.

APERÇU D'UN JEUDI APRÈS-MIDI

Et au milieu de l'après-midi, je me retrouve dans une cabine téléphonique à un coin de rue, quelque part dans le centre, je ne sais pas où, en sueur, avec une migraine lancinante qui bat sourdement dans ma tête, saisi d'une crise d'angoisse de première catégorie, fouillant mes poches à la recherche d'un Valium, d'un Xanax, d'un Halcion qui traînerait là, n'importe quoi, ne trouvant que trois Nuprin éventés dans une boîte à pilules Gucci, trois Nuprin que je me fourre dans la bouche et que je fais glisser avec un Diet Pepsi, et dont, ma vie en dépendrait-elle, je ne pourrais dire ce qu'ils font là, ni d'où ils viennent. Oublié avec qui j'ai déjeuné et, plus grave encore, *où*. Avec Robert Ailes, au Beats ? Avec Todd Hendricks, à l'Ursula's, le nouveau bistrot de Philip Duncan Holmes, à Tribeca ? Ou bien avec Ricky Worrall, au December's ? Ou encore avec Kevin Weber, au Contra, à NoHo ? Ai-je commandé le sandwich de brioche aux perdreaux avec des tomates vertes, ou une grande assiette d'endives à la sauce aux palourdes ? « Mon Dieu, *je ne me souviens pas* ». Je gémis. Mes vêtements – veste de sport en lin et soie, chemise de coton, pantalon à pinces en lin kaki, Matsuda, cravate de soie Matsuda, ceinture Coach Leatherware – sont trempés de sueur, et j'ôte ma veste, m'essuie le visage avec. Le téléphone sonne sans arrêt, mais je ne sais plus qui j'ai appelé, et je reste là, immobile au coin de la rue, mes Ray-Ban en équilibre sur mon front, formant un angle bizarre, anormal, puis un son familier résonne faiblement à l'autre bout de la ligne – et c'est la douce voix de Jean, qui lutte contre le vacarme des embouteillages qui encombrent Broadway, à perte de vue. Ce matin, le thème du *Patty Winters Show* était: "L'Aspirine: Peut-Elle Vous Sauver la Vie ?" J'appelle: « Jean ? Allo ? *Jean* ? » « Patrick ? C'est vous ? » Je crie: « *Allo ? Jean*, j'ai besoin d'*aide*. » « Patrick ? » « Quoi ? » « Jesse Forrest a appelé. Il a réservé au

Melrose pour ce soir huit heures, et Ted Madison et Jamie Conway voudraient vous retrouver pour prendre un verre au Harry's. Patrick ? Où êtes-vous ? » « Jean ? fais-je dans un souffle, m'essuyant le nez, je ne suis pas... » « Oh, il y a aussi un coup de fil de Todd Lauder, non, je veux dire Chris... Non, non, c'est bien Todd Lauder » « Oh, dieux du ciel, fais-je d'une voix faible, desserrant ma cravate, accablé par le soleil d'août, qu'est-ce que vous racontez, pauvre idiote ? » « Pas au *Bice*, Patrick. C'est au *Melrose* qu'il a réservé. Pas au *Bice*. » Je me mets à pleurer: « Mais qu'est-ce que je vais *faire* ? » « Où êtes-vous ? Patrick ? Qu'est-ce qui ne va pas ? » « Je n'y arriverai pas, Jean, dis-je suffoquant, je ne vais pas pouvoir venir au bureau cet après-midi. » « Mais pourquoi ? » Elle paraît défaite, mais peut-être est-elle tout simplement prise de court. Je crie: « Dites... juste... que c'est non. » « Qu'est-ce qui se passe, Patrick ? Ça ne va pas ? » « Arrêtez de *pleurnicher,* nom de Dieu ! » « Je suis désolée, Patrick. C'est-à-dire que j'avais bien l'intention de répondre que c'était non, mais... » Je lui raccroche au nez et sort précipitamment de la cabine téléphonique. Le walkman autour de mon cou m'étrangle soudain, comme un boulet attaché à ma gorge (et la musique qui en sort – Dizzy Gillepsie dans les années quarante – me vrille les nerfs) et je le jette (c'est un walkman bon marché) dans la première poubelle qui se met dans mes jambes, et reste là, accroché au bord de la poubelle, respirant lourdement, la mauvaise veste Matsuda nouée autour de ma taille, contemplant le walkman qui marche toujours, tandis que le soleil fait fondre la mousse sur mes cheveux, qu'elle se mélange à la sueur qui ruisselle sur mon visage, et je sens le goût de la mousse en passant ma langue sur mes lèvres, elle est bonne, la mousse, et me voilà soudain la proie d'un appétit dévorant, et je passe ma main dans mes cheveux et me mets à lécher ma paume avec avidité tout en remontant Broadway, sans voir les vieilles qui distribuent des tracts, ni les magasins de jeans, d'où la musique braille et s'échappe et se déverse dans les rues, tandis que les gens accordent les gestes au rythme de la chanson, un quarante-cinq tours de Madonna, Madonna qui crie, « Life is a mystery, everyone must stand alone... », que les coursiers à bicyclette filent comme des flèches et, immobile à un coin de rue, je leur jette des regards furieux, mais les gens passent sans rien voir, ils ne font pas attention, ils ne font même pas semblant de *ne pas* faire attention, ce qui me calme un tant soit peu, assez pour me diriger vers le Conran le plus proche afin d'acheter une théière, et à l'instant même où je crois être revenu à mon état normal, avoir retrouvé mes moyens, mon ventre se tord, et me voilà pris de crampes si violentes que je titube jusqu'à la première entrée d'immeuble où je me dissimule, plié en deux, les bras serrés autour de la taille, mais la douleur disparaît soudain, aussi vite qu'elle était apparue et, me redressant, je me précipite dans la première quincaillerie venue, où j'achète un assortiment de couteaux de boucher, une hache, une bouteille d'acide chlorydrique, avant d'entrer dans une animalerie, un peu plus bas, où je fais l'acquisition d'un Habitrail et de deux rats blancs, que je projette de torturer avec les couteaux et l'acide mais, à un moment, plus tard dans l'après-midi, j'ai oublié le sac avec les rats dedans à la Pottery Barn, tandis que j'achetais des bougies, à moins que je n'aie finalement acheté une théière. À présent, je remonte Lafayette à grands pas, en sueur, gémissant tout bas, repoussant les gens qui se mettent sur mon chemin, l'écume aux lèvres, le ventre tordu de crampes abominables – peut-être dues aux amphés, mais cela m'étonnerait –, puis, un peu calmé, j'entre dans un Gristede et parcours les rayons en tous sens, volant au passage une boîte de jambon en conserve que je dissimule sous ma veste Matsuda avant de sortir très calmement pour aller me cacher plus bas dans la rue, dans le hall de l'American Felt Building, où je force la boîte à l'aide de mes clés sans accorder la moindre attention au gardien qui semble tout d'abord me reconnaître puis, me voyant commencer à manger le jambon à pleines mains, me fourrant dans la bouche des poignées de viande rose et tiède, qui reste collée sous mes ongles, menace d'appeler la police. Je file, me voilà dehors, en train de vomir tout le jambon, appuyé contre une affiche pour *Les Misérables* placardée sur un arrêt de bus, et j'embrasse l'affiche, le joli visage d'Éponine, ses lèvres, barbouillant de traînées de bile sombre son minois ravissant, d'une grâce toute simple, ainsi que le mot GOUINE, gribouillé au-dessous. Je défais mes bretelles, ignorant les clochards, qui m'ignorent. Trempé de sueur, délirant, je me retrouve dans le centre, chez Tower Records, où je tente de reprendre contenance, murmurant sans cesse « il faut que je rapporte mes cassettes vidéo, il faut que je rapporte mes cassettes vidéo », et achète deux exemplaires de mon CD préféré, *The Return of Bruno*, de Bruce Willis, puis reste coincé dans la porte tournante pendant cinq tours avant de tituber sur le trottoir où je me heurte à Charles Murphy, de chez Kidder Peabody, à moins que ce ne soit Bruce Barker, de Morgan Stanley, mais *qui que ce soit*, « Salut, Kinsley », me fait-il, et je lui rote en plein visage, les yeux révulsés, la bile coulant en traînées verdâtres de mes crocs découverts, ce qui ne le trouble pas, car il ajoute, imperturbable: « On se voit au Fluties, d'accord ? », sur quoi je pousse un cri aigu et, en reculant, bouscule un étal de fruits devant une épicerie coréenne, faisant s'effondrer des pyramides de pommes et d'oranges et de citrons qui roulent sur le trottoir, jusque sur la chaussée où ils sont broyés sous les roues des taxis, autos, autobus, camions, et je me confonds en excuses, éperdu, tendant par erreur mon AmEx platine au Coréen qui hurle, puis un billet de vingt, qu'il prend immédiatement, mais sans cesser de me tenir par le revers de ma veste fripée, souillée, que j'ai remise tant bien que mal et, comme je lève les yeux et regarde bien en face son visage de lune aux yeux bridés, il entame soudain le refrain de

Lighting Strikes, de Lou Christie. Je déguerpis, horrifié, et remonte l'avenue, titubant vers la maison, mais des gens, des endroits, des magasins se mettent sans cesse sur mon chemin, et quand dans la Treizième un dealer me propose du crack, je sors machinalement un billet de cinquante et l'agite sous son nez, et le type fait « Oh, la vache », éperdu de reconnaissance, et me serre la main, me glissant dans la paume cinq ampoules que j'entreprends d'avaler *toutes* sous le regard faussement amusé du dealer qui tente de dissimuler sa profonde angoisse, et que j'attrape par le cou, coassant *« Le meilleur moteur, c'est celui de la BMW 750 iL »*, mon haleine puant, puis je me dirige vers une cabine téléphonique et me mets à raconter n'importe quoi à l'opératrice, avant de me décider à éjecter ma carte, me retrouvant soudain en ligne avec la réception de Xclusive, annulant un rendez-vous pour un massage que je n'ai jamais pris. Je parviens à retrouver mon calme en contemplant mes pieds, chassant les pigeons à coups de mocassins A. Testoni et, sans y prendre garde, j'entre dans un restaurant minable de la Deuxième Avenue et, toujours aussi secoué, ahuri, en sueur, me dirige vers une petite grosse, une Juive, vieille aussi, et atrocement habillée. « Écoutez, dis-je, j'ai réservé, au nom de Bateman. Où est le maître d'hôtel ? Je connais bien Jackie Manson. » « Il y a de la place, soupire-t-elle, tendant le bras vers un menu, pas besoin de réserver. » Elle me conduit à une table abominable, au fond, près des toilettes et, lui arrachant le menu des mains, je m'installe précipitamment dans un box, sur le devant. En voyant les prix, la panique s'empare de moi – « C'est une plaisanterie, ou quoi ? » – et, sentant une serveuse près de moi, je passe ma commande, sans lever les yeux. « Un cheeseburger. Je voudrais un cheeseburger, pas trop cuit. » « Désolé, Monsieur, pas de fromage. Casher. » Je ne vois pas du tout ce qu'elle veut dire. « Très bien. Donnez-moi un *casherburger*, mais *avec* du fromage, du Monterey Jack, par exemple, et... Oh, bon Dieu... » Je sens les crampes qui reviennent. « Pas de fromage, Monsieur, dit-elle. *Casher*… » « Mais bon Dieu, c'est un *cauchemar* ou quoi, espèce de connasse de *Juive* ? fais-je à voix basse. Du fromage *blanc*, vous en avez, du fromage *blanc* ? Apportez-en. » « Je vais chercher le patron », dit-elle. « Bon, comme vous voudrez. Mais en attendant, apportez-moi quelque chose à boire », fais-je d'une voix sifflante. « Oui ? » demande-t-elle. « Un… un milk-shake. Un milk-shake à la vanille. » « Pas de milk-shakes. *Casher*…, dit-elle. Je vais chercher le patron. » « Non, *attendez*. » « Je vais chercher le patron, Monsieur. » « Mais qu'est-ce que c'est que ce bordel ? fais-je, écumant, mon AmEx platine déjà posée sur la table graisseuse. » « Pas de milk-shake. *Casher*… » dit-elle, lippue, une de ces milliards de créatures qui ont défilé sur cette planète. « Alors apportez-moi un *lait malté*, nom de Dieu… un lait malté à la vanille ! » Je hurle, éclaboussant de salive le menu ouvert devant moi. Elle me regarde sans réagir. « Et *super épais* ! ». Elle s'éloigne pour aller chercher le patron, et quand je le vois arriver, copie conforme de la serveuse, en chauve, je me lève et hurle : « Allez vous faire foutre, bande d'enfoirés d'attardés de youpins », et sors en courant du restaurant, retrouvant la rue où ce…

AU YALE CLUB

— Quelle est la règle, en matière de gilet de laine ? demande Van Patten à la ronde.

— Qu'est-ce que tu veux dire par là ? fait McDermott, plissant le front, prenant une gorgée d'Absolut.

— C'est vrai, dis-je, sois plus *clair*.

— Eh bien, est-ce une tenue *strictement* décontractée…

– Ou peut-on le porter avec un *costume* ? fais-je, lui coupant la parole pour finir sa phrase.

– Exactement. Il sourit.

– Eh bien, selon Bruce Boyer…

– Une seconde, interrompt Van Patten. Il est chez Morgan Stanley ?

– Non, dis-je avec un sourire. Il n'est pas chez Morgan Stanley.

– Ce ne serait pas un tueur en série, par hasard ? demande McDermott, soupçonneux. Ne me dit pas que c'est encore un tueur en série, gémit-il. Par pitié, *plus* de tueurs en série.

– Non, McDucon, ce n'était pas un tueur *en série,* dis-je, me tournant vers Van Patten, puis me retournant vers McDermott, avant de poursuivre. « Tu sais, tu me fatigues sérieusement. »

– Mais c'est toi qui en parles *sans arrêt*, geint McDermott. Et toujours d'une manière très normale, avec un côté péda-gogique. Je veux dire, moi, je n'en ai rien à faire du Fils de Sam, ou de ton putain d'Étrangleur des Collines, ni de Ted Bundy ou de Featherhead, pour l'amour de Dieu.

– Featherhead ? fait Van Patten. Qui est Featherhead ? Il m'a l'air particulièrement redoutable.

– Il veut dire Leatherface, dis-je, les machoires crispées. Leatherface. Il a participé au Massacre à la Tronçonneuse, au Texas.

– Ah, fait Van Patten avec un sourire poli. Bien sûr…

– Et en effet, il était particulièrement redoutable, dis-je.

– Bon, très bien, continue. Bruce Boyer, qu'est-ce qu'il a fait, lui ? s'enquiert McDermott avec un soupir, levant les yeux au ciel. Voyons… Il les a dépiautés vivants ? Il les a affamés ? Écrasés avec sa voiture ? Jetés en pâture aux chiens ? Hein ?

– Mes pauvres enfants, dis-je, secouant la tête, avant d'ajouter d'un air mystérieux: il a fait *bien pire*.

– Quoi, par exemple – il les a emmenés dîner au nouveau restaurant de McManus ? suggère McDermott.

– Ça, ce serait pas mal, approuve Van Patten. Tu y es allé ? Immonde, n'est-ce pas ?

– Tu as pris le hachis ? s'enquiert McDermott.

– Le hachis ? Van Patten en reste coi. « Mais moi, je te parle du *décor*. Tu as vu leurs putains de nappes ? »

– Mais as-tu pris le hachis, ou pas ? insiste McDermott.

– Évidemment, j'ai pris le hachis, et *aussi* le pigeonneau, et *aussi* le marlin, dit Van Patten.

– Mon Dieu, j'oubliais le marlin, grogne McDermott. Le marlin aux piments.

– Après avoir lu la critique de Miller dans le *Times*, quelle personne saine d'esprit *ne prendrait pas* le hachis, ou le marlin, à plus forte raison ?

– Miller s'est planté, déclare McDermott. C'est parfaitement immonde. Prends la quesadilla aux papayes: généralement, c'est fameux, mais *là*, doux Jésus… Il émet un sifflement, secoue la tête.

– Et *pas cher*, en plus, ajoute Van Patten.

– Pour *rien*, confirme McDermott, approuvant vigoureusement. Quant à la tarte à la pastèque…

– Messieurs… Hum, hum… » Je toussote. « Je regrette de vous interrompre, mais…

– D'accord, d'accord, vas-y, continue, dit McDermott. Parle-nous de ton Charles Moyer.

– Bruce Boyer. C'est l'auteur de *Élégance: le Guide de la Qualité pour les Hommes*. Et non, Craig, ce n'était pas un tueur en série à ses moments perdus.

– Et que raconte donc le cher petit Brucie ? demande McDermott, croquant un glaçon.

– Que tu es un plouc. C'est un livre excellent. Et sa théorie est toujours valable. Rien ne devrait nous empêcher de porter un gilet de laine avec un costume, dis-je. Un plouc, tu as compris ?

– Ouais.

– Mais ne fait-il pas remarquer que le gilet ne doit pas

écraser le costume ? fait Van Patten d'une voix timide.

– Certes… » Van Patten m'agace un peu. Il a beau avoir appris sa leçon, il n'en continue pas moins à demander conseil. Je poursuis, très calme: avec de fines rayures, il faut porter un gilet d'un bleu éteint, ou gris anthracite. Un costume écossais demande un gilet plus voyant.

– Et ne *pas* oublier de laisser le dernier bouton ouvert, ajoute McDermott.

Je lui jette un regard aigu. Il sourit, prend une gorgée et fait claquer ses lèvres, content de lui.

– Pourquoi ? s'enquiert Van Patten.

– C'est ainsi qu'on le porte, dis-je sans cesser de regarder McDermott, l'air mauvais. C'est plus confortable, aussi.

– Le port des bretelles permet-il au gilet de tomber mieux ? fait la voix de Van Patten.

– Pourquoi ? Je me tourne face à lui.

– Eh bien, comme cela, on évite le… Il s'interrompt, bloqué, cherchant le mot juste.

– L'inconvénient de… ? fais-je.

– De la boucle de ceinture ? conclut McDermott.

– Voilà, c'est ça, dit Van Patten.

– Tu ne dois pas oublier que…

Une fois de plus, McDermott me coupe la parole:

– … que si le gilet doit tenir compte de la couleur et du style du costume, il ne faut à aucun prix l'assortir aux chaussettes ou à la cravate, dit-il, souriant à Van Patten et à moi.

– Je croyais que tu n'avais pas lu ce… ce livre, dis-je, bégayant de colère. Tu viens de me dire à l'instant que tu ne ferais pas la différence entre Bruce Boyer et… et John Wayne Gacy.

– Ça m'est revenu tout d'un coup, dit-il avec un haussement d'épaules.

– Écoute, dis-je, me tournant vers Van Patten, trouvant que McDermott fait preuve d'un orgueil mal placé absolument minable, si tu portes par exemple des chaussettes à losanges avec un gilet à losanges, cela aura l'air trop voulu.

– Tu crois ?

– On aura l'impression que tout cela est réfléchi, construit, dis-je, puis, me retournant brusquement vers McDermott, ébranlé: *Featherhead* ? Comment diable es-tu passé de Leatherface à Featherhead ?

– Allez, remets-toi, Bateman, dit-il, me gratifiant d'une claque dans le dos, puis commençant à me masser la nuque. Qu'est-ce qui se passe ? Tu n'as pas eu ton shiatsu, ce matin ?

– Continue de me tripoter comme ça, dis-je, les paupières serrées, tout mon corps électrisé, tendu, ramassé, prêt à bondir, et c'est un moignon que tu auras au bout du bras.

– Oh, là, du calme, du calme, mon petit pote, fait McDermott, reculant, faussement effrayé. Tous deux se mettent à ricaner comme des imbéciles et échangent une grande claque, sans deviner le moins du monde que je lui tronçonnerais volontiers les mains et, de plus, avec joie.

Nous sommes tous trois, David Van Patten, Craig McDermott et moi-même, installés dans la salle à manger du Yacht Club, en train de déjeuner. Van Patten porte un costume Krizia écossais, en crêpe de laine, une chemise Brooks Brothers, une cravate Adirondack et des chaussures Cole-Haan. McDermott porte un blazer en lambswool et cashmere, un pantalon en flanelle de laine peignée, Ralph Lauren, chemise et cravate *également* Ralph Lauren, et des chaussures Brooks Brothers. Je porte un costume de laine à motif écossais carreaux de fenêtres, une chemise de coton Luciano Barbera, une cravate Luciano Barbera, des chaussures Cole-Haan et des lunettes Bausch & Lomb à verres neutres. Ce matin, le thème du *Patty Winters Show* était: "Les Nazis" et, curieusement, je me suis bien défoncé en le regardant. Sans être à proprement parler séduit par leurs actes, je ne les ai pas trouvé antipathiques non plus, pas plus, d'ailleurs, que la plupart des spectateurs présents sur le plateau. Un des nazis, dans un accès de drôlerie bien singulier, s'est mis à jongler avec des pamplemousses et, ravi, je me suis assis dans mon lit pour applaudir.

Luis Carruthers est assis à cinq tables de la nôtre, habillé comme s'il avait dû essuyer une espèce d'attaque de grenouilles au réveil – il porte un costume indéterminable, d'un créateur français indéterminé; et si je ne me trompe, le chapeau melon posé à terre, sous sa chaise, lui appartient aussi – c'est signé "Luis", aucun doute. Il me sourit, mais je fais comme si je n'avais rien vu. Je me suis entraîné à Xclusive pendant deux heures, ce matin, et puisque nous avons tous trois décidé de prendre notre après-midi, nous irons au salon de massage. Nous n'avons pas encore commandé. En fait, nous n'avons même pas jeté un coup d'œil au menu. Nous n'avons fait que boire. Au départ, Craig voulait prendre une bouteille de champagne, mais David a secoué la tête avec véhémence, s'écriant: « Pas question, pas question, *pas question* », et nous avons pris autre chose. Je ne quitte pas Luis des yeux et, à chaque fois qu'il regarde vers notre table, je rejette la tête en arrière et me mets à rire, même si Van Patten ni McDermott n'ont rien dit de particulièrement drôle, c'est-à-dire pratiquement à chaque fois. J'ai si bien travaillé mon rire qu'il semble parfaitement naturel, et que personne ne remarque rien. Luis se lève, s'essuie la bouche avec une serviette et nous jette un nouveau coup d'œil avant de sortir de la salle à manger pour, je suppose, aller aux toilettes.

– Mais il y a une limite, dit Van Patten. Parce qu'en fait, l'idée, c'est de ne pas passer toute la soirée seul avec le monstre de *Sesame Street*.

– Mais tu sors toujours avec Meredith, hein, alors, quelle différence cela fait-il ? dis-je. Il n'entend pas, évidemment.

– Mais une blonde idiote, c'est très mignon, dit McDermott. Très mignon.

– Bateman ? fait Van Patten. Quelque chose à dire, à propos des blondes idiotes ?

– Quoi ? fais-je, me levant.

– Les blondes ? Idiotes ? Non ? (C'est McDermott, à présent). Elles sont désirables, *comprende* ?

– Écoutez, dis-je, repoussant ma chaise, je tiens à faire savoir une chose: Je suis pour la famille et contre la drogue. Excusez-moi.

Comme je m'éloigne, Van Patten aggripe un serveur qui passait, et j'entends sa voix, de plus en plus faible: C'est de l'eau du robinet ? Je ne bois pas d'eau du robinet. Apportez-moi de l'Évian ou quelque chose, d'accord ?

Courtney m'aimerait-elle moins si Luis était mort ? Voilà la question qui s'impose à moi, et aucune réponse claire ne semble jaillir dans ma tête, tandis que je traverse lentement la salle à manger, faisant un signe de la main à un type qui ressemble à Vincent Morrison, puis à un autre qui, j'en suis à peu près certain, ressemble fort à Tom Newman. Courtney passerait-elle plus de temps avec moi – le temps qu'elle passe actuellement avec Luis – s'il était hors circuit, si elle n'avait plus le choix, si par exemple il était… *mort* ? Si Luis se faisait tuer, Courtney serait-elle bouleversée ? Et pourrais-je réellement la consoler, sans me mettre à lui rire au nez, sans que ma propre salive rejaillisse sur moi, sans me trahir ? Est-ce le fait de me voir en cachette de lui qui l'excite, ou mon corps, ou la taille de ma queue ? Pourquoi, de plus, ai-je envie de plaire à Courtney ? Si elle ne m'aime que pour mes muscles ou la dimension de mon sexe, c'est une salope sans intérêt. Sans intérêt, *certes*, mais de premier choix, quasiment parfaite, et *ça*, ça peut faire oublier n'importe quoi, sauf peut-être une mauvaise haleine ou des dents jaunes, deux cas de figure rédhibitoires. Est-ce que je ficherais tout en l'air, en étranglant Luis ? Si j'épousais Evelyn, me forcerait-elle à acheter des robes Lacroix jusqu'à la conclusion du divorce ? Les forces coloniales sud-africaines et les guérilleros noirs armés par l'Union soviétique ont-ils passés des accords de paix en Namibie ? Ou le monde serait-il un endroit plus tranquille, plus aimable, si Luis était haché en menus morceaux ? *Mon* monde, c'est possible, alors, pourquoi pas ? Il n'y a vraiment pas d'*alternative*. Il est même déjà trop tard pour se poser ces questions, car je suis à présent dans les toilettes des hommes, en train de m'observer dans le miroir – cheveux parfaits, bronzage parfait –, vérifiant que mes dents sont parfaitement d'aplomb, blanches, étincelantes. Je me lance un clin d'œil complice et, avec une profonde inspiration, j'enfile des gants de cuir Armani, et me dirige vers la cabine où se trouve Luis. Les lavabos sont déserts. Toutes les cabines sont vides, sauf une au fond, dont la porte demeure légèrement entrebâillée, et l'air que siffle Luis – un truc tiré des *Misérables* – se fait plus fort, presque angoissant, tandis que je m'approche.

Il est debout dans la cabine, le dos tourné, en train d'uriner, vêtu d'un blazer en cashmere, d'un pantalon à pinces en laine et d'une chemise blanche en soie et coton. Visiblement, il a senti un mouvement dans son dos, car il se raidit nettement, tandis que la cascade de l'urine dans l'eau s'arrête brusquement. Tout doucement, le son de ma propre respiration oppressée occultant tous les autres bruits, ma vision légèrement brouillée à la périphérie, j'élève les mains jusqu'au col de son blazer de cashmere et de sa chemise de flanelle, et encercle son cou, jusqu'à ce que mes pouces se touchent sur sa nuque, et mes index juste au-dessus de sa pomme d'Adam. Je commence à serrer, assurant ma prise, mais pas assez pour empêcher Luis de se retourner, doucement lui aussi, et le voilà face à moi, une main posée sur son pull-over Polo en laine et soie, l'autre levée vers moi. Il bat des paupières un instant, puis écarquille les yeux, ce qui est exactement ce que je souhaitais. Je veux voir le visage de Luis se déformer, devenir violacé, je veux qu'il sache qui est en train de l'assassiner. Je veux être le dernier visage, la dernière *chose* que Luis verra avant de mourir. Je veux crier « Je baise Courtney, tu entends ? C'est *moi* qui baise Courtney, ha-ha-ha », et je veux que ce soient les derniers mots, les derniers *sons* qu'il entende, avant que ses propres gargouillements, accompagnant les craquements de sa trachée artère écrasée, noient tout le reste. Luis me regarde, immobile, et je bande mes muscles, prêt pour une lutte qui ne semble pas devoir se déclarer, à ma grande déception.

Au contraire, il baisse les yeux sur mes poignets, hésite un moment, comme s'il ne parvenait pas à se décider, puis il baisse la tête et… *embrasse* mon poignet gauche et, quand il relève les *yeux* sur moi, timidement, c'est avec une expression… de tendresse, à peine mêlée de gêne. Il élève la main droite, touche ma joue, avec une infinie douceur. Je reste là, figé, les bras toujours tendus en avant, les doigts encerclant toujours la gorge de Luis.

– Mon Dieu, Patrick, chuchote-t-il. Pourquoi *ici* ?

Sa main joue dans mes cheveux, à présent. Je détourne les yeux, regarde la cloison de la cabine, où quelqu'un a gravé dans la peinture *Edwin fait des pipes fantastiques,* immobile, paralysé, lisant et relisant la phrase, ahuri, examinant la ligne qui entoure le graffiti comme s'il existait là une réponse, une vérité. Edwin ? Quel Edwin ? Je secoue la tête pour m'éclaircir les idées, et revient à Luis, à ce sourire horrible, ce sourire amoureux plaqué sur son visage, et je tente de serrer plus fort, le visage tordu par l'effort, mais je ne *peux pas,* mes mains *refusent* d'obéir, et mes bras tendus semblent soudain absurdes, inutiles, figés dans une attitude grotesque.

– J'ai vu que tu me regardais, dit-il, haletant. J'ai remarqué ton… – il avale sa salive –… ton corps superbe.

Il tente de m'embrasser sur les lèvres, mais je recule et heurte la porte de la cabine, la fermant accidentellement. Je décroche mes mains du cou de Luis, mais il les prend et les remet aussitôt en place. Je baisse les bras de nouveau et demeure là, envisageant quoi faire maintenant, et ne faisant rien.

– Ne sois pas… timide, dit-il.

Je prends une profonde inspiration, ferme les yeux, compte jusqu'à dix, ouvre les yeux, et tente désespérément d'atteindre à nouveau le cou de Luis pour l'étrangler, mais mes bras pèsent des tonnes, je ne parviens pas à les lever.

– Tu ne peux pas savoir depuis combien de temps j'attends cet instant… Il soupire, me caresse les épaules, tremblant. « Depuis ce réveillon de Noël, à l'Arizona 206. Tu sais, celui où tu portais une cravate Armani à rayures rouges et imprimé cachemire. »

Je m'aperçois soudain que sa braguette est toujours ouverte et calmement, sans la moindre difficulté, je me détourne et sors de la cabine, me dirigeant vers un lavabo pour me laver les mains, mais je porte toujours mes gants, et je ne veux pas les retirer. Les lavabos du Yacht Club m'apparaissent soudain comme la pièce la plus froide qui ait jamais existé, et je frissonne malgré moi. Luis m'emboîte le pas, tripote ma veste, penché au-dessus du lavabo, à côté de moi.

– Je te *veux* », souffle-t-il, d'une voix de tante. Je me retourne lentement et lui jette un regard haineux, penché au-dessus du lavabo, bouillant de rage, mes yeux irradiant le dégoût, et il ajoute: Moi *aussi*, je te veux.

Je sors en trombe des lavabos, me heurtant à Brewster Whipple, je crois. Je souris au maître d'hôtel et lui *serre la main*, avant de me ruer vers l'ascenseur dont les portes se referment devant moi, et me mets à crier, tapant du poing sur la porte, jurant. Une fois calmé, je remarque le maître d'hôtel en train de parlementer avec un serveur, tous deux me jetant des regards intrigués et, reprenant contenance, je leur fait un signe de la main, avec un sourire timide. Luis vient vers moi à grands pas, très calme, toujours souriant, rouge de plaisir, et je le laisse venir, immobile. Il ne dit rien.

– Qu'est-ce… que… tu… veux ? fais-je, la voix sifflante.

– Où vas-tu ? chuchote-t-il, abasourdi.

– Il faut que… Je m'interromps, ne sachant que dire, parcourant des yeux la salle bondée, avant de revenir au visage de Luis, un visage vibrant, éperdu. « J'ai des cassettes vidéo à rendre », dis-je, appuyant brutalement sur le bouton de l'ascenseur puis, à bout de patience, je m'éloigne et me dirige vers ma table.

– Patrick, appelle-t-il.

Je me retourne brusquement. *« Quoi ? »*

« Je t'appellerai », articule-t-il silencieusement, et l'expression de son visage me garantit, *m'assure* que mon "secret" sera bien gardé. « Oh, mon Dieu », fais-je, au bord de la nausée, et je reprends ma place à table, secoué de tremblements, complètement effondré, mes mains toujours gantées, et avale d'un trait le reste de mon J&B noyé de glace fondue. Je suis à peine assis que Van Patten me demande: Hé, Bateman, quelle est la meilleure manière de porter une pince de cravate ?

– Bien que l'usage n'en soit pas indispensable pour tous les jours, cela donne à la tenue un côté soigné, net. Mais l'accessoire ne doit pas dominer la cravate. On préfèrera une simple barrette en or, ou une petite pince, que l'on posera à la partie inférieure de la cravate, tournée vers le bas selon un angle de quarante-cinq degrés.

CANICIDE

Courtney m'appelle. Elle est trop défoncée à l'Elavil pour dîner décemment avec moi au Cranes, le nouveau restaurant de Kitty Oates Sanders dans Gramercy Park où Jean, ma secrétaire, a réservé pour nous la semaine dernière, et me voilà désemparé. Cependant, malgré les excellentes critiques (dans *New York* et dans *The Nation*), je ne râle pas, ni ne persuade Courtney de changer d'avis, car j'ai encore deux dossiers à consulter et, de plus, je n'ai pas regardé le *Patty Winters Show*, que j'ai enregistré ce matin. Il était question des femmes qui ont subi une mastectomie, et à sept heures et demie du matin, devant le petit déjeuner, avant le bureau, je ne me sentais pas capable de supporter cela pendant une heure, mais après la journée que je viens de passer – temps perdu au bureau, où l'air conditionné est tombé en panne, déjeuner pénible avec Cunningham à l'Odéon, ce putain de pressing chinois, pas foutu d'ôter les taches de sang d'une autre veste Soprani, quatre cassettes vidéo en retard, ce qui a fini par me coûter une fortune, vingt minutes d'attente devant le Stairmasters – je suis mûr; toutes ces vicissitudes m'ont endurci, et je suis prêt à affronter ce sujet précis.

Deux mille flexions abdominales et trente minutes de saut à la corde dans le salon, pendant que le Wurlitzer braille *The Lion Sleeps Tonight* sans discontinuer, et ce malgré presque deux heures d'entraînement au club. Après quoi je m'habille pour aller faire quelques courses chez D'Agostino; jean Armani, chemise blanche Polo, veste sport Armani, pas de cravate, cheveux plaqués en arrière avec de la mousse Thomson; chaussures étanches noires à lacets, Manolo Blahnick, car il bruine; trois couteaux et deux revolvers dans un attaché-case Épi de cuir noir (3.200 $), Louis Vuitton; gants Armani en peau de cerf, car il fait froid, et je ne tiens pas à bousiller mes ongles fraîchement manucurés. Pour finir, trench-coat ceinturé de cuir noir, Gianfranco Ferré, quatre cents dollars. Bien que D'Agostino ne soit qu'à quelques minutes à pied, je coiffe un walkman lecteur de CD, contenant déjà le *Wanted Dead or Alive* de Bon Jovi, la version longue. Au passage, j'attrape un parapluie imprimé cachemire avec manche en bois de Etro, trois cents dollars en solde, Barney's, dans le porte-parapluies que je viens de faire installer dans le placard de l'entrée, et me voilà dehors.

Après le bureau, je me suis donc entraîné à Xclusive puis, une fois à la maison, j'ai passé des coups de fil obscènes à des jeunes filles de Dalton, dont j'ai trouvé les numéros dans le bottin que j'ai volé au bureau de l'administration en forçant la porte, jeudi soir. « Je suis repreneur de sociétés, chuchotais-je d'une voix lubrique, dans le téléphone sans fil. J'organise des OPA sauvages. Qu'est-ce que vous dîtes de ça ? » Et après un silence, je commençais à émettre des bruits de succion, des grognements de porc en rut, avant d'ajouter: « Hein, salope ? » La plupart du temps, je les sentais effrayées, ce qui me plaisait grandement, et me permettait de garder une érection solide, vibrante, durant tout le temps de la communication, jusqu'à ce qu'une des filles, une dénommée Hilary Wallace, demande: « C'est toi, papa ? », d'une voix tranquille, ce qui a douché immédiatement toute mon ardeur. Vaguement déçu, j'ai encore passé quelques coups de fil, mais sans grande conviction, tout en ouvrant le courrier, et j'ai fini par raccrocher au milieu d'une phrase, en tombant sur une invitation personnelle de Clifford, mon vendeur chez Armani, qui me conviait à des soldes privés, dans la boutique de Madison Avenue… *il y a deux semaines de cela !* J'imagine qu'un des gardiens a probablement retenu l'invitation, pour m'emmerder, mais cela ne change rien au fait que *j'ai manqué les putains de soldes* et, tout en me promenant dans Central Park, du côté de la Soixante-seizième ou de la Soixante-quinzième, ruminant cette occasion manquée, il m'apparaît soudain, avec une douloureuse acuité, que ce monde est le plus souvent fait de misère et de cruauté.

Un type, qui ressemble tout à fait à Jason Taylor – cheveux noirs plaqués en arrière, pardessus croisé en cashmere bleu marine à col de castor, bottes de cuir noir Norman Stanley – me fait un signe de tête en passant sous un réverbère, et je baisse le son de mon walkman, juste à temps pour l'entendre dire « Hello, Kevin », tandis qu'une bouffée de Grey Flannel frappe mes narines et, sans m'arrêter, je me retourne sur l'homme qui ressemble à Taylor, qui *pourrait bien* être Taylor, me demandant s'il sort toujours avec Shelby Phillips, et manque de trébucher sur une clocharde allongée sur le sol, vautrée sur le seuil d'un res-

taurant abandonné – un endroit appelé Amnesia, que Tony
McManus avait ouvert il y a deux étés de cela. Elle est
noire, et elle a l'air bonne à enfermer, répétant sans cesse:
« De l'argent s'il vous plaît aidez-moi Monsieur de l'argent
s'il vous plaît aidez-moi Monsieur », comme une espèce de
prière bouddhiste. Je tente de lui expliquer l'avantage
qu'elle trouverait à prendre un emploi quelque part – dans
un Cineplex Odéon, par exemple, dis-je avec une grande
civilité – n'arrivant pas à décider si je vais ouvrir l'attaché-
case, si je vais en tirer le couteau ou le revolver. Mais elle
m'apparaît soudain comme une cible trop facile pour être
réellement gratifiante, et je lui dis d'aller au diable et
monte le son du walkman, à l'instant où Bon Jovi s'écrie
« *It's all the same, only the names have changed...* » et
poursuis ma route, m'arrêtant à un distributeur automatique pour tirer trois cents dollars, sans raison particulière,
quinze billets de vingt tout frais, craquants, que je range
délicatement dans mon portefeuille en peau de gazelle,
pour ne pas les froisser. À Columbus Circle, un jongleur
vêtu d'un trench-coat et d'un haut-de-forme, un type qui se
fait appeler Stretch Man et qui se tient généralement ici,
l'après-midi, fait son numéro devant un petit groupe de
gens qui s'ennuient; l'envie de le tuer me démange, et il ne
mériterait pas mieux, mais je passe mon chemin, à la
recherche d'une proie moins voyante. Quoique, s'il avait
été mime, il serait vraisemblablement déjà mort.

Les affiches délavées de Donald Trump sur la couverture de *Time,* qui recouvrent les vitres d'un autre restaurant
abandonné, le Palaze, me donnent un regain d'assurance.
Je suis arrivé chez D'Agostino, et je me tiens devant la
boutique, perçant la devanture du regard, avec un désir
compulsif d'y entrer et de dévaliser les rayons, de remplir
mon panier de bouteilles de vinaigre balsamique et de sel
de mer, de parcourir les étals de légumes et de m'arrêter
longuement pour examiner la nuance des piments rouges,
des piments jaunes, des piments verts et des piments violets,

pour décider quel parfum, quelle *forme* de biscuits au gingembre je vais acheter, mais auparavant, j'ai besoin de quelque chose de plus profond, quelque chose d'indéfinissable, et je me mets à rôder dans les rues sombres et froides, du côté ouest de Central Park, et j'aperçois un instant mon visage reflété dans les vitres teintées d'une limousine garée devant le Café des Artistes: ma bouche remue toute seule, ma langue est plus mouillée qu'à l'habitude, je cligne des yeux sans le vouloir, malgré moi. La lumière crue du réverbère projette nettement mon ombre sur la chaussée, et je vois mes mains gantées qui remuent sans cesse, s'ouvrent et se ferment, mes poings serrés, mes doigts qui se raidissent, qui s'agitent, et je suis obligé de m'arrêter au milieu de la Soixante-septième Rue pour me calmer un peu, murmurant des choses apaisantes, à mi-voix, me concentrant sur les achats chez D'Agostino, sur la réservation au Dorsia, sur le dernier CD de Mike et celui de Mechanics, et il me faut une résistance extraordinaire pour surmonter mon envie de me mettre à me gifler de toutes mes forces.

Voilà une vieille tante qui vient vers moi, col roulé en cashmere, écharpe de laine imprimée cachemire, chapeau de feutre, promenant un sharpei marron et blanc, sa gueule écrasée reniflant à ras du sol. Tous deux approchent, passent sous un réverbère, sous un autre, et j'ai suffisamment retrouvé mon calme pour ôter doucement mon walkman et ouvrir mon attaché-case d'un geste discret. Je tiens le milieu du trottoir étroit, à hauteur d'une BMW 320 i, et la tante avec son sharpei n'est plus qu'à quelques mètres de moi. Je l'observe attentivement: il approche de la soixantaine, rondouillard, la peau trop soignée, d'un rose obscène, pas une ride, et pour achever le tout, une moustache ridicule qui accentue la féminité de ses traits. Il me lance un coup d'œil perçant, avec un sourire interrogateur, tandis que le sharpei renifle le pied d'un arbre, puis un sac-poubelle posé à côté de la BMW.

– Joli chien, fais-je, me penchant.

Le sharpei me jette un regard las, et se met à grogner.

– *Richard*, fait-il, jetant au chien un coup d'œil furieux, avant de me regarder d'un air d'excuse, flatté, je le sens bien, non seulement que j'aie remarqué son chien, mais aussi que je me sois arrêté pour le lui dire, et, sans blague, le vieux connard en est tout congestionné, je parie qu'il jute dans son sarouel minable en velours côtelé, Ralph Lauren, me semble-t-il.

– Ce n'est pas grave, dis-je, caressant le chien d'un air attendri, posant mon attaché-case par terre. C'est un sharpei, n'est-ce pas ?

– Non, un shar-*pei*, dit-il en zézayant, prononçant le mot comme jamais je ne l'ai entendu faire.

– Un shar-pei ? fais-je, essayant de l'imiter, sans cesser de caresser l'épaisseur veloutée qui enveloppe le cou et le dos du chien.

– Non. Il émet un rire coquet. « Un shar-*pei*. Il faut accentuer la deuxième syllabe. » Il faut acfffentuer la deuff-fième fffyllabe.

– Eh bien, en tout cas, c'est une belle bête, dis-je en me redressant, avec un sourire sympathique.

– Oh, merci, dit-il, avant d'ajouter, d'un air exafffpéré: il me coûte une fortune.

– Ah bon ? Pourquoi ? fais-je, me penchant de nouveau pour caresser le chien. « Alors, Richard, comment ça va, mon petit vieux ? »

– Vous ne pouvez pas *imaginer*, dit-il. Vous voyez, ces poches sous les yeux, il faut les faire ôter *tous les deux ans*, et pour le faire opérer, nous devons aller jusqu'à Key West – pour moi, c'est la meilleure clinique vétérinaire au monde –, et on coupe un petit peu par ici, on tire un petit peu par là, et mon Richard retrouve des yeux tout neufs, n'est-ce pas, mon amour ? Il hoche la tête, approbateur, tandis que je continue de caresser le dos du chien, d'un air suggestif.

– Eh bien, dis-je, il est superbe.

Nous restons un moment silencieux. Je regarde le chien. Son propriétaire ne me quitte pas des yeux. Enfin, il ne peut s'empêcher de briser le silence.

– Écoutez, dit-il, j'ai horreur de poser ce genre de question, mais…

– Allez-y.

– Oh, mince, c'est tellement idiot, fait-il avec un gloussement étouffé.

Je me mets à rire. « Mais pourquoi ? »

– Êtes-vous mannequin ? demande-t-il, sérieux à présent. Je jurerais vous avoir déjà vu dans un magazine, ou quelque chose comme ça.

– Non, je ne suis pas mannequin, dis-je, décidant de ne pas mentir. Mais c'est flatteur.

– En fait, vous avez tout à fait l'allure d'un acteur de cinéma, dit-il, avec un gracieux mouvement de poignet. Je ne sais pas… Puis il conclut d'une voix chuintante, s'adressant à lui-même (je n'invente rien): Oh, arrête, mon pauvre garçon, tu te ridiculises.

Je me penche, comme si j'allais ramasser mon attaché-case, mais, dans l'ombre, il ne me voit pas sortir le couteau, le couteau le plus acéré, celui qui a une lame-scie. Je lui demande combien il a acheté Richard, d'un ton naturel parfaitement étudié, sans même lever les yeux pour voir si quelqu'un arrive. En un seul geste, j'attrape le chien par le cou et le maintiens avec le bras gauche, tentant de le repousser contre le réverbère, tandis qu'il se débat, essayant de mordre mes gants, les mâchoires claquant dans le vide, mais je lui serre la gorge avec une telle force qu'il ne parvient pas à aboyer, et que j'*entends* littéralement la trachée artère se briser sous mes doigts. Je lui enfonce le couteau-scie dans le ventre et, d'un geste rapide, ouvre en deux son abdomen lisse et nu, dans un éclaboussement de sang rouge sombre, tandis que ses pattes s'agitent et se tendent vers moi, puis apparaît un paquet d'intestins bleus et rouges, et je laisse tomber le chien sur le trottoir, tandis que la tante demeure là, toujours accrochée à la laisse; tout s'est passé si vite qu'il n'a pu réagir, il ne fait que répéter: « Oh mon Dieu, oh mon Dieu », regardant d'un air horrifié le sharpei qui se traîne en rond, remuant la queue, poussant des gémissements aigus, avant de se mettre à renifler, à lécher ses propres intestins en tas sur le trottoir, certains encores attachés à son ventre et, le laissant souffrir et agoniser au bout de sa laisse, je me retourne d'un seul coup vers son maître, le repoussant brutalement avec mon gant ensanglanté, et me mets à le poignarder à l'aveuglette, au visage, à la tête, lui ouvrant finalement la gorge en deux brefs coups de lame; un arc de sang rouge sombre éclabousse la BVW 320 i blanche garée le long du trottoir, déclenchant l'alarme. Quatre fontaines de sang jaillissent de sous son cou. Bruit cristallin du sang qui gicle. Il tombe sur le trottoir, agité de soubresauts, pissant toujours le sang, et après essuyé la lame du couteau sur le devant de sa veste, je le fourre dans mon attaché-case et commence à m'éloigner mais, pour m'assurer que la vieille tante est bien morte, et ne fait pas semblant (ce qui arrive), je reviens et lui tire deux balles en pleine figure, avec un silencieux, avant de partir, manquant de glisser dans la flaque de sang qui s'étale à côté de sa tête, et me voilà au bout de la rue, sortant de l'ombre et, comme dans un film, je me retrouve devant chez D'Agostino, où les vendeurs me font signe d'entrer, et quand je présente à la caisse un bon de réduction pour une boîte de flocons d'avoine au son, la fille – une Noire, abrutie, lente – ne remarque rien, ne voit pas que la date de validité est dépassée, alors même que c'est la seule chose que j'ai achetée, et une bouffée de joie, brève mais brûlante, me saisit tandis que je sors du magasin, ouvrant la boîte et me fourrant dans la bouche de pleines poignées de céréales, tout en essayant de siffler *Hip to Be Square,* puis, mon parapluie ouvert, je me mets à courir dans Broadway, dans un sens, puis dans l'autre, vagissant comme une âme en peine, mon pardessus ouvert, voletant derrière moi comme une espèce de cape.

LES FILLES

Ce soir, dîner exaspérant, en compagnie d'une Courtney vaguement défoncée, qui ne cesse de me tanner à propos de menus de régime, de George Bush et de Tofutti, posant les questions qui relèvent directement du cauchemar. Je l'ignore à mort, sans grand résultat et, profitant de ce qu'elle est au milieu d'une phrase – Page Six, Jackie O. –, je me résous à appeler le serveur et à commander la bisque froide de poisson au maïs accompagnée de cacahuètes et d'aneth, une Caesar salad à la rucola et le hachis d'espadon à la moutarde de kiwi, ce que j'ai déjà fait auparavant, ainsi qu'il me le signale. Sans même tenter de feindre la surprise, je lève les yeux vers lui, avec un large sourire: « Oui, n'est-ce pas ? » La cuisine de Floride a un côté impressionnant, mais les portions sont petites, et chères, particulièrement dans certain restaurant où est posé sur chaque table un assortiment de crayons de couleur. (Courtney dessine un imprimé Laura Ashley sur son set en papier, tandis que je reproduis sur le mien l'intérieur de l'estomac et de la poitrine de Monica Lustgarden, et quand Courtney, qui trouve cela ravissant, me demande ce que c'est, je réponds: Euh... C'est une pastèque.) La note, que je règle avec ma carte American Express platine, se monte à plus de trois cents dollars. Courtney a plutôt bonne allure, veste de laine Donna Karan, chemisier de soie et jupe en cashmere. Moi, je suis en smoking, sans raison apparente. Ce matin, le thème du *Patty Winters Show* était: "Un Nouveau Sport: le Lancer de Nains".

Une fois dans la limousine, je la dépose devant le Nell's, où nous sommes censés prendre un verre avec Meredith Taylor, Louise Samuelson et Pierce Towers, lui expliquant que j'ai un plan de dope, et que je serai de retour avant minuit, c'est promis. « Oh, et passe le bonjour à Nell », fais-je d'un ton négligent.

– Mais tu peux en acheter *ici*, au sous-sol, si vraiment c'est indispensable, pleurniche-t-elle.

– Mais j'ai promis à quelqu'un de passer *chez lui*. Question de parano. Tu comprends ? fais-je sur le même ton.

– Qui est parano ? demande-t-elle en louchant. Je ne comprends pas.

– Ma chérie, neuf fois sur dix, la dope qu'on vend au sous-sol est légèrement inférieure à de la sucrette, en termes de dosage. *Tu vois ce que je veux dire, non ?*

– Je n'ai *rien* à voir là-dedans, dit-elle, menaçante.

– Bon, alors tu entres et tu me commandes un Foster's, *d'accord ?*

– Où vas-tu, en réalité ? demande-t-elle après un silence, soupçonneuse à présent.

– Je vais chez… chez Noj. J'achète ma coke à Noj.

– Mais Noj, c'est le chef du Deck Chairs, dit-elle, tandis que je la pousse hors de la limousine. Noj n'est pas un dealer. Il est *cuisinier* !

– Allons, ne fais pas ta langue de vipère, Courtney, dis-je en soupirant, la poussant dans le dos.

– Mais ne me raconte pas d'histoires à propos de Noj, pleurniche-t-elle, se débattant pour rester dans la voiture. Noj est le chef de cuisine du Deck Chairs. Tu entends ?

Je la regarde, abasourdi, dans la lumière crue qui tombe des spots accrochés au-dessus de l'entrée du Nell's.

– Je voulais dire Fiddler, dis-je enfin, humblement. J'ai un plan chez Fiddler.

– Tu es infernal, marmonne-t-elle en s'éloignant. Sérieusement, il y a vraiment quelque chose qui ne tourne pas rond, chez toi.

– Je reviens ! fais-je, claquant la portière. Puis je rallume mon cigare avec délectation, et émet un ricanement mauvais. « Tu peux toujours *attendre*. »

Je dis au chauffeur de me conduire dans le quartier des conserveries de viande, à l'ouest du Nell's, non loin du bistrot Florent, et après avoir exploré deux fois le coin – en réalité, cela fait des *mois* que je traîne par là, à la recherche d'une nana convenable –, je la découvre au coin de Washington et de la Treizième. Elle est blonde, mince, jeune, vulgaire sans avoir l'air d'une poule insortable et, plus important, elle est *blanche*, ce qui est rarissime dans le coin. Elle porte un short déchiré et moulant, un T-shirt blanc et un blouson de cuir de mauvaise qualité et, à part un bleu sur le genou gauche, elle est blanche de partout, visage compris, avec une bouche lourdement soulignée de rose. Derrière elle, en capitales d'un mètre cinquante, le mot V I A N D E, peint en rouge sur le mur de brique d'un entrepôt désaffecté. La manière dont les lettres sont espacées éveille quelque chose en moi. Derrière le bâtiment, un ciel sans lune, comme une toile de fond, un ciel qui, plus tôt dans l'après-midi, était chargé de nuages, de nuages qui ont disparu.

La limousine passe doucement devant la fille. Au travers des vitres teintées, de près, elle semble encore plus pâle, ses cheveux blonds paraissent d'un blanc décoloré à présent, et les traits de son visage indiquent qu'elle est plus jeune que je ne le pensais tout d'abord et, parce que c'est la première fille blanche que j'aie vu ce soir dans le quartier, elle me semble – à tort ou à raison – particulièrement propre; on la prendrait facilement pour une étudiante de l'université de New York qui rentre chez elle, la tête dans les nuages, après avoir passé la soirée à boire du Seabreeze dans une boîte, en s'agitant sur les dernières chansons de Madonna, et s'est peut-être disputée avec son petit ami, un type appelé Angus, ou Nick, ou… Pokey, une étudiante qui va retrouver des amis au Florent, pour bavarder, prendre encore un Seabreeze peut-être, ou un cappuccino, ou un verre d'eau d'Évian – et contrairement à la plupart des putes qui traînent là, elle remarque à peine la limousine qui s'arrête doucement à sa hauteur. Elle continue d'aller et venir, négligemment, feignant d'ignorer ce que cela signifie.

Lorsque la vitre s'abaisse, elle sourit, et détourne le

regard… Le dialogue qui s'en suit ne durera même pas une minute.

– Je ne vous ai jamais vue par ici, dis-je.

– Vous avez mal regardé, dit-elle, très décontractée.

– Aimeriez-vous visiter mon appartement ? fais-je, allumant la lumière dans la limousine, de manière à ce qu'elle puisse voir mon visage, et mon smoking. Elle regarde la voiture, me regarde, puis revient sur la limousine. Je porte la main à mon portefeuille en peau de gazelle.

– En principe, je ne devrais pas, dit-elle, regardant au loin, vers un trou sombre entre deux immeubles, de l'autre côté de la rue. Elle baisse les yeux, voit le billet de cent dollars que je lui tends et, sans demander ce que je fais, sans demander ce que j'attends d'elle, sans même demander si je ne suis pas un flic, elle prend le billet. Je reformule donc ma question: « Voulez-vous venir chez moi, ou pas ? » Je lui fais un grand sourire.

– En principe, je ne devrais pas, dit-elle de nouveau. Puis elle regarde encore la limousine, longue, noire, le billet qu'elle glisse dans la poche étroite de son jean, le clochard qui se dirige vers la voiture en traînant les pieds, tendant un gobelet où s'entrechoquent les pièces, au bout de son bras couvert de croûtes, et parvient à répondre: Mais je peux faire une exception.

– Vous prenez l'American Express ? fais-je, en éteignant la lumière.

Elle continue de regarder fixement le trou d'ombre, comme si elle attendait un signe d'une personne invisible. Elle détourne les yeux, son regard croise le mien et, comme je réitère ma question: « Est-ce que vous prenez l'American Express ? », elle me regarde comme si j'étais fou. Je lui lance un sourire sans effet, lui tenant la portière. « Je plaisantais. Allez, montez. » Elle adresse un signe de tête à quelqu'un, de l'autre côté de la rue, et je l'installe au fond de la limousine plongée dans l'ombre, claquant la porte, et la verrouillant.

Chez moi, tandis que Christie prend un bain (je ne connais pas son vrai nom, je ne lui ai pas demandé, mais je lui ai dit de ne répondre *que* quand je l'appellerais Christie), je compose le numéro de Cabana BiEscort Service et, avec ma carte American Express gold, commande une femme, une blonde, spécialiste des couples. Je donne deux fois mon adresse, et insiste encore, une *blonde*. Le type au bout du fil, une espèce de vieux métèque, m'assure qu'une blonde se présentera chez moi d'ici une heure.

Après une séance de fil dentaire, je passe un caleçon de soie Polo et un T-shirt de coton sans manches, Bill Blass, et me dirige vers la salle de bains. Christie est allongée dans la baignoire, en train de siroter du vin blanc dans un verre à pied ultra-fin de chez Steuben. Je m'asseois sur le rebord en marbre et verse de l'huile de bain aux herbes Monique Van Frere, tout en examinant son corps, au travers de l'eau laiteuse. Durant un long moment, les pensées les plus impures défilent à toute vitesse dans ma tête, envahissant mon esprit – sa tête est à portée de ma main, bonne à écraser; à l'instant même, le besoin de frapper, de l'insulter, de la punir, atteint son sommet, puis s'évanouit. « C'est un très bon chardonnay que vous buvez », fais-je remarquer.

Après un long silence, tenant dans ma main un sein menu, presque enfantin, je déclare: « Je veux te laver le sexe. »

Elle me dévisage, et son regard est celui d'une gamine de dix-sept ans, puis baisse les yeux sur son corps qui baigne dans l'eau. Avec un haussement d'épaules imperceptible, elle pose son verre sur le rebord de la baignoire et glisse une main vers les poils clairsemés, blonds également, sous son ventre plat, d'une blancheur de porcelaine, écartant légèrement les jambes.

– Non, dis-je calmement. Par derrière. Mets-toi à genoux.

Elle hausse les épaules, de nouveau.

– Je veux regarder. Tu as un très joli corps, dis-je, la pressant de se mettre en position.

Elle se retourne et se met à quatre pattes, le cul hors de l'eau, tandis que je fais le tour de la baignoire pour mieux voir son sexe, qu'elle tripote d'une main savonneuse. Je glisse ma main par-dessus son poignet, jusqu'à son anus que j'enduis doucement d'une goutte d'huile de bain. Il se contracte. Elle pousse un soupir. J'ôte mon doigt pour le glisser dans son con, en-dessous, et nos doigts entrent, ressortent ensemble, entrent de nouveau. Elle est mouillée à l'intérieur, et j'en profite pour remonter jusqu'à son trou du cul, dans lequel j'enfonce mon doigt sans difficulté, jusqu'à la jointure. Elle se contracte, deux fois, et se tend, recule sur mon doigt, sans cesser de se toucher. Nous continuerons ainsi un moment, jusqu'à ce que le gardien sonne, pour me prévenir que Sabrina est là. Je dis à Christie de sortir du bain, de se sécher, de prendre un peignoir – mais pas le Bijan – dans le placard et de nous retrouver dans le salon pour prendre un verre avec notre invitée. Je retourne à la cuisine, et prépare un verre de vin pour Sabrina.

Cependant, Sabrina n'est *pas* blonde. Et, passé le choc initial qui me cloue, immobile, dans le vestibule, je la fais néanmoins entrer. Ses cheveux sont d'un blond *marronnasse*, pas d'un *vrai* blond, mais elle est également très jolie, et je ne dis rien, malgré mon exaspération; elle n'est pas aussi jeune que Christie, mais elle n'est pas non plus trop usée. Bref, elle a l'air de valoir le prix de la location horaire, quel qu'il soit. Je me calme, et ma colère retombe complètement lorsqu'elle ôte son manteau, révélant un petit corps superbe, moulé dans un pantalon fuseau et un maillot débardeur à fleurs, avec des escarpins noirs et pointus, à talons aiguille. Soulagé, je la conduis jusqu'au salon, l'installe sur le divan bas, blanc, et sans lui demander si elle désire boire quelque chose, lui apporte un verre de vin blanc, avec un sous-verre du Mauna Kea Hotel, à Hawaï. La chaîne stéréo diffuse la bande originale des *Misérables*, la version de Broadway, en CD. Christie nous rejoint, vêtue d'un peignoir Ralph Lauren en éponge, les cheveux plaqués en arrière, d'un blond platine à présent, à cause du bain, et je l'installe sur le divan à côté de Sabrina – elles échangent un signe de tête – avant de m'asseoir en face d'elles, dans le fauteuil chrome et teck Nordian. Décidant que nous devrions probalement faire un peu connaissance avant de passer dans la chambre, je brise le silence qui s'est installé, pas désagréable, et m'éclaircis la gorge avant de poser quelques questions.

– Bien, fais-je, croisant les jambes. Vous n'avez pas envie de savoir ce que je fais ?

Toutes deux m'observent un long moment, un sourire figé sur les lèvres. Elles échangent un coup d'œil, puis Christie hausse les épaules, hésitante, avant de répondre, tranquillement: Non.

Sabrina sourit et, saisissant la perche, ajoute: Non, pas vraiment.

Je les observe pendant une minute, puis croise de nouveau les jambes avec un soupir, très irrité. « Eh bien, je travaille à Wall Street. Chez Pierce & Pierce. »

Long silence.

– Vous avez entendu parler de Pierce & Pierce ?

Long silence. Enfin, Sabrina prend la parole. « Cela a un rapport avec Mays... ou Macy's ? »

– Mays ? fais-je, perplexe.

Elle réfléchit une minute avant de répondre: Ouais. Un magasin de chaussures. P&P, ce n'est pas un magasin de chaussures ?

Je la fixe d'un regard sans aménité.

À ma grande surprise, Christie se lève et se dirige vers la chaîne stéréo, admirative. « C'est vraiment gentil, chez toi... Paul. » Puis, passant en revue les CD, empilés, alignés par centaines sur les grands rayonnages de chêne clair, rangés par ordre alphabétique: Combien as-tu payé cet endroit ?

Je me lève pour me verser un autre verre d'Acacia. « En réalité, cela ne te regarde absolument pas, Christie, mais je peux t'assurer que ça n'était *pas* donné. »

De la cuisine, je vois Sabrina qui a tiré un paquet de

cigarettes de son sac et, revenant dans le salon, je secoue la tête avant qu'elle ne puisse en allumer une.

– Non, on ne fume pas, dis-je. Pas ici.

Elle sourit, demeure un instant immobile, puis glisse la cigarette dans le paquet, avec un petit hochement de tête. J'apporte un plateau de chocolats, que je présente à Christie.

– Une truffe Varda ?

Elle regarde le plateau d'un air absent, puis secoue poliment la tête. Je me dirige vers Sabrina, qui en prend une en souriant, et m'aperçois avec inquiétude que son verre de vin est toujours plein.

– Je n'ai pas l'intention de vous saouler, dis-je, mais c'est un très bon chardonnay, et vous ne buvez pas.

Je dépose le plateau de truffes sur la table basse à dalle de verre de chez Palazzetti et reprends place dans le fauteuil, faisant signe à Christie de nous rejoindre sur le divan, ce qu'elle fait. Nous demeurons silencieux, écoutant le CD des *Misérables*. Sabrina mastique sa truffe, l'air pensif, puis en prend une autre.

Me voilà contraint de briser de nouveau le silence: « Et… Vous avez déjà vu du pays ? » Me rendant immédiatement compte de la maladresse de ma question, j'ajoute: L'Europe, je veux dire.

Toutes deux échangent un regard, comme un message secret, puis Sabrina secoue la tête, et Christie l'imite.

Long silence. « L'une de vous a-t-elle été à l'Université, et si oui, laquelle ? »

La seule réponse que j'obtienne à cette question est un double regard mauvais, à peine contenu, et je décide de profiter de l'occasion pour les conduire jusqu'à la chambre, où je demande à Sabrina de danser un peu, avant de se déshabiller devant Christie et moi, toutes les lampes halogènes de la chambre réglées à fond. Je lui fais mettre une nuisette Christian Dior en dentelle et satin puis je me déshabille complètement – à l'exclusion d'une paire de Nike omnisports –, et Christie finit par ôter le peignoir

Ralph Lauren. Elle est nue comme un ver, à l'exception d'une écharpe Angela Cummings en soie et latex que je lui noue étroitement autour du cou, et de gants en daim Gloria Jose, achetés en solde chez Bergdorf Goodman.

Nous voilà tous les trois sur le lit japonais. Christie est à quatre pattes, la tête tournée vers le chevet, le cul en l'air, et je la chevauche, comme si j'étais sur le dos d'un chien ou quelque chose comme ça, mais à l'envers, mes genoux appuyés sur le matelas, ma queue à moitié raide, face à Sabrina qui regarde le cul offert de Christie d'un air déterminé, avec un sourire douloureux, tout en se branlant pour mouiller ses lèvres, en passant dessus son index luisant, comme si elle se mettait du lip-gloss. Avec mes deux mains, je maintiens ouverts le cul et le con de Christie, pressant Sabrina de s'approcher et de les renifler. Sabrina a maintenant le visage à la hauteur du sexe de Christie, que je doigte vaguement, et je la rapproche encore, pour qu'elle vienne sentir mes doigts, que je lui fourre dans la bouche et qu'elle suce goulument. De l'autre main, je continue de masser le petit con serré de Christie, lourd, mouillé, trempé sous l'anus dilaté.

– Sens-le, dis-je à Sabrina, et elle s'approche encore, à cinq centimètres, deux centimètres du trou du cul de Christie. Ma queue est bien raide à présent, et je ne cesse de me branler pour la maintenir ainsi.

– Lèche-lui d'abord le con, dis-je à Sabrina et, avec sa main, elle l'écarte et se met à lapper comme un chien, tout en massant le clitoris, avant de remonter jusqu'au trou du cul, qu'elle lèche de la même façon. Christie commence à gémir sans pouvoir se contrôler, et à tendre son cul plus fort, contre le visage de Sabrina, contre sa langue, que Sabrina introduit lentement dans l'anus de Christie, puis retire. Je les observe, pétrifié, puis commence à frotter vivement le clito de Christie qui se cambre contre le visage de Sabrina, criant « Je jouis » et, se pinçant le bout des seins, s'abandonnant à un orgasme interminable. Peut-être fait-elle semblant mais, comme j'apprécie le spectacle, je ne la gifle pas, ni rien.

Fatigué de tenir l'équilibre, je me laisse tomber de Christie et me couche sur le dos, mettant la tête de Sabrina devant ma queue énorme et raide, que je lui introduis dans la bouche, me branlant tandis qu'elle me suce le gland. J'attire Christie vers moi, et tout en lui ôtant ses gants, l'embrasse à pleine bouche, la léchant, écrasant ma langue contre la sienne, l'enfonçant plus loin, aussi profondément qu'elle puisse aller dans sa gorge. Elle se doigte le con, si mouillée que l'on dirait que tout le haut de ses cuisses est enduit d'une substance huileuse, luisante. Je repousse la tête de Christie, pour qu'elle aide Sabrina à me sucer, et toutes deux me sucent tour à tour le gland et la queue, puis Christie descend à mes couilles gonflées, douloureuses, grosses comme deux petites prunes, et se met à les lécher, avant de les avaler entièrement et de les masser, de les sucer alternativement, une à une, les séparant avec sa langue. Puis Christie remonte vers ma queue, que Sabrina suce toujours, et elles commencent à s'embrasser à fond, juste au-dessus du gland, l'inondant de salive, sans cesser de me branler. Pendant ce temps, Christie continue de se masturber, trois doigts dans le vagin, le clito trempé de mouille, gémissant. Excité, je l'attrape par la taille et la fait pivoter, mettant son sexe à hauteur de mon visage, sur lequel elle s'asseoit avec reconnaissance. Propre, rose, mouillé, dilaté, le clito gonflé, gorgé de sang, son con est à présent au-dessus de moi, et j'y plonge mon visage, ma langue, me régalant de son goût, tout en lui doigtant l'anus. Sabrina s'occupe toujours de ma queue, branlant la base, le reste entièrement dans sa bouche, puis elle passe sur moi, et je lui arrache sa culotte, de manière à ce que son cul et son sexe soient face à Christie, à qui je fais baisser la tête. « Lèche, suce-lui le clito », ce qu'elle fait.

La position n'est guère confortable pour nous trois, et cela ne dure que deux ou trois minutes, pendant lesquelles

Sabrina jouit cependant sur le visage de Christie, tandis que Christie, se frottant vigoureusement le con contre ma bouche, jouit sur le mien, et je suis obligé d'aggriper ses cuisses et de les maintenir fermement, pour qu'elle ne me brise pas le nez en s'agitant. Je n'ai toujours pas joui et, comme Sabrina ne fait rien de particulier avec ma queue, je la lui retire de la bouche et l'asseoit dessus. Ma queue glisse en elle, presque trop facilement – son con est trempé, baigné de sa propre mouille et de la salive de Christie, et le frottement est inexistant – et, ôtant l'écharpe du cou de Christie, je me retire et, lui écartant le sexe, je le lui essuie, ainsi que ma queue, avant de recommencer à la baiser, sans cesser de bouffer le con de Christie, que j'amène à un nouvel orgasme en l'espace de quelques minutes. Les deux filles sont face à face – Sabrina assise sur ma queue, Christie sur ma tête –, et Sabrina se penche pour sucer et pincer les seins de Christie, petits et fermes. Puis Christie embrasse Sabrina à pleine langue, tandis que je continue à la bouffer, la bouche, le menton et les joues trempés de sa mouille, qui sèche un moment, avant d'être remplacée par une nouvelle décharge.

Je repousse Sabrina et l'allonge sur le dos, la tête au pied du lit. Puis j'allonge Christie sur elle, en soixante-neuf, le cul en l'air. Après avoir enfilé un préservatif, je lui doigte l'anus afin de le détendre, de le dilater et, avec un minimum de Vaseline, à ma grande surprise, je la pénètre sans difficultés, tandis que Sabrina lui bouffe le con, faisant aller ses doigts, suçant le clito gonflé, saisissant quelquefois mes couilles et les serrant doucement, agaçant mon trou du cul d'un doigt mouillé, puis Christie se penche sur le con de Sabrina et, lui écartant brutalement les jambes, aussi largement que possible, commence à y plonger la langue, mais pas très longtemps, car un nouvel orgasme la saisit et, se retournant pour me regarder, le visage luisant de mouille, elle crie « Baise-moi, je jouis, merde, bouffe-moi, je jouis », et je me mets à la baiser furieusement, tandis que Sabrina continue de lui bouffer la chatte, le visage barbouillé de sa mouille. Je me retire du cul de Christie et force Sabrina à me sucer la queue, avant de pénétrer de nouveau le con dilaté de Christie et, au bout de deux minutes, je commence à jouir, au moment même où Sabrina, abandonnant mes couilles, écarte mes fesses et, à l'instant où je vais décharger dans le con de Christie, me fourre sa langue dans mon trou du cul qui se contracte et palpite, prolongeant mon orgasme, puis Sabrina retire sa langue, gémissant qu'elle va jouir aussi, car après avoir joui, Christie continue de sucer Sabrina et je les regarde, penché au-dessus de Christie, haletant, tandis que Sabrina fait sans cesse aller et venir ses hanches, se frottant contre le visage de Christie, puis je me laisse aller en arrière, vidé mais la queue toujours raide, luisante, encore douloureuse de la violence de l'orgasme, et ferme les yeux, les genoux faibles, tremblants.

Je ne me réveille que lorsque l'une d'elles heurte mon poignet accidentellement. J'ouvre les yeux, et leur dis de ne pas toucher à ma Rolex, que je n'ai pas quittée durant tout ce temps. Elles sont allongées paisiblement, une de chaque côté, caressant parfois ma poitrine, passant de temps à autre une main sur les muscles de mon ventre. Au bout d'une demi-heure, me voilà de nouveau excité. Je me lève et me dirige vers l'armoire où, à côté du pistolet à clous, sont posés un cintre affûté, un couteau de boucher rouillé, une boîte d'allumettes du Gotham Bar and Grill et un cigare à demi-fumé; me retournant, nu, mon sexe en érection tendu devant moi, je leur présente les accessoires et explique d'une voix basse, rauque: « Nous n'avons pas encore fini… » Une heure plus tard, je les reconduirai à la porte avec impatience, toutes deux rhabillées et sanglotant, en sang, mais bien payées. Christie aura probablement un bel œil au beurre noir et de sérieuses éraflures sur les fesse, à cause du cintre. Des Kleenex froissés, maculés de sang, joncheront le sol à côté du lit, ainsi qu'une boîte vide d'épices italiennes, que j'ai prise chez Dean & Deluca.

SHOPPING

J'ai des cadeaux à acheter pour un certain nombre de collègues, dont Victor Powell, Paul Owen, David Van Patten, Craig McDermott, Luis Carruthers, Preston Nichols, Connolly O'Brien, Reed Robison, Scott Montgomery, Ted Madison, Jeff Duvall, Boris Cunningham, Jamie Conway, Hugh Turnball, Frederick Dibble, Todd Hamlin, Muldwyn Butner, Ricky Hendricks et George Carpenter; j'aurais pu envoyer Jean faire ces achats, aujourd'hui, mais à la place, je l'ai chargée de signer, timbrer et poster trois cents cartes de Noël, des cartes de créateur, avec un dessin signé Mark Kostabi, et aussi de trouver tous les renseignements possibles sur le portefeuille Fisher, dont s'occupe Paul Owen. À présent, je descends Madison Avenue, après avoir passé près d'une heure au pied de la cage d'escalier de la boutique Ralph Lauren, au coin de la Soixante-dixième et de la Deuxième, complètement abruti, contemplant les gilets de cashmere, hagard, affamé; retrouvant enfin mes esprits, j'ai quitté la boutique en criant « *Unissez-vous*, fidèles ! », sans m'être procuré l'adresse de la petite blonde derrière le comptoir, qui me faisait du gringue. Je jette un regard mauvais à un clochard pelotonné sur le seuil d'une boutique appelée EarKarma, tenant contre lui un panneau où l'on peut lire: J'AI FAIM JE SUIS SANS ABRI... AIDEZ-MOI SVP DIEU VOUS BÉNISSE, puis me voilà sur la Cinquième, me dirigeant vers Saks, essayant de me rappeler si j'ai bien changé la cassette du magnétoscope, soudain inquiet: et si j'étais en train d'effacer *Pamela's Tight Fuckhole*? Un Xanax ne suffit pas à enrayer mon angoisse. Saks l'accentue.

... stylos et albums de photos, serre-livres et bagages poids-plume, brosses à reluire électriques et porte-serviettes chauffants et carafes isolantes en plaqué argent et téléviseurs couleurs de poche avec écouteurs, volières et bougeoirs, sets de table, paniers pique-nique et seaux à glace, immenses nappes de lin brodé et parapluies et tees de golf en argent massif à vos initiales et mange-fumée à filtre de charbon de bois et lampes de bureau et flacons de parfum, coffrets à bijoux et pull-overs et paniers pour ranger les magazines et boîtes de rangement, sacs de bureau, accessoires de bureau, écharpes, classeurs, carnets d'adresses, agendas de poches...

Avant Noël, j'ai quelques priorités: 1) Obtenir une réservation au Dorsia un vendredi soir, pour Courtney et moi. 2) Me faire inviter au réveillon de Trump, sur le yacht. 3) Découvrir tout ce qu'il est humainement possible de découvrir sur le mystérieux portefeuille Fisher, dont s'occupe Paul Owen. 4) Scier la tête d'une petite nana et l'envoyer par Federal Express à Robin Barker – ce connard – aux bons soins de Salomon Brothers. 5) M'excuser auprès d'Evelyn, sans que cela apparaisse comme des excuses. Ce matin, le *Patty Winters Show* était consacré aux femmes qui ont épousé un homosexuel, et j'ai failli appeler Courtney pour la prévenir – en plaisantant –, mais j'ai finalement décidé que non, trouvant une certaine satisfaction à imaginer Carruthers la demandant en mariage, et Courtney acceptant timidement, et le cauchemar de leur lune de miel. Je fronce les sourcils en apercevant un nouveau clochard, grelottant dans la brume et le crachin, au coin de la Cinquante-septième et de la Cinquième, puis me dirige vers lui et lui pince affectueusement la joue, éclatant de rire. « Regardez-moi ces yeux brillants ! Et ces mignonnes petites fossettes ! » La chorale de l'Armée du Salut massacre *Joy to the World*. J'adresse un signe de la main à un type qui ressemble exactement à Duncan McDonald, et m'engouffre chez Bergdorf.

... cravates imprimées cachemire et pichets en cristal, services à orangeade et horloges de bureau avec thermomètre et baromètre et hygromètre, agenda à signal sonore et verres tulipes, valets de nuit et services à dessert, cartes de correspondance et miroirs et pendules de douche et tabliers et pull-overs et sacs de sport et bouteilles de champagne et cache-pot de porcelaine et draps de bain à vos initiales et calculettes indiquant le cours des devises étrangères et carnets d'adresses en plaqué argent et presse-papier avec un poisson en inclusion et coffrets-correspondance de luxe et balles de tennis personnalisées et podomètres et chopes pour le petit déjeuner...

Je jette un coup d'œil à ma Rolex, tandis que j'achète une lotion désincrustante au comptoir Clinique, chez Bergdorf toujours, m'assurant que j'ai le temps de faire encore quelques achats avant de retrouver Tim Severt au Princeton Club pour prendre un verre, à sept heures. Ce matin, avant le bureau, j'ai fait deux heures d'entraînement. J'aurais pu profiter de l'après-midi pour m'octroyer une séance de massage (car mes muscles sont douloureux, avec ce régime épuisant que je leur impose) ou un soin du visage, bien que j'y sois déjà allé hier, mais il y a trop de cocktails, de soirées auxquelles je *dois* assister dans les prochaines semaines, ce qui risque de perturber mon programme de shopping, et il est préférable que je m'en débarrasse tout de suite. Devant F.A.O. Schwartz, je me heurte à Bradley Simpson, de P&P. Il porte un costume écossais en laine peignée à revers échancrés, Perry Ellis, une chemise Gitman Brothers en popeline, une cravate de soie Savoy, un chronomètre avec bracelet en crocodile de chez Breil, un imperméable Paul Smith en gabardine de coton et un chapeau de feutre doublé de fourrure, Paul Stuart. « Salut, Davis » fait-il et, sans raison, je me mets à réciter les noms des huit rennes qui tirent le chariot du Père Noël, dans l'ordre alphabétique et, lorsque j'ai terminé, il ajoute en souriant: « Écoute, il y a un réveillon au Nekenieh, le vingt, on se voit là-bas ? » Je lui rends son sourire, lui assurant que je serai au Nekenieh le vingt, et m'éloigne, hochant la tête tout seul, avant de me retourner pour lui crier: « Hé, espèce de trou du cul, je veux te voir *crever*, enfoiré, *raaaahhhh...* » et, vagissant comme une âme en peine, je traverse la Cinquante-huitième, cognant mon attaché-case Bottega Veneta contre un mur. Dans Lexington, une autre chorale chante *Hark the Herald Angels*, et je me mets à faire des claquettes en gémissant face à eux, avant de me diriger comme un zombi vers Bloomingdale's, où je me rue sur les premières cravates que je vois, murmurant au jeune pédé derrière le comptoir: « C'est fabuleux, c'est trop, trop… », tout en caressant une lavallière de soie. Il minaude et me demande si je suis mannequin. « Va au diable », dis-je, et je m'éloigne.

… vases et capelines de feutre à plume et nécessaires de toilette en alligator garnis de brosses et de flacons en vermeil et chausse-pieds en corne à deux cents dollars et chandeliers et housses de coussins et gants et chaussons et houpettes à poudre et pull-overs de coton tricotés main au point de neige et patins de cuir et lunettes de ski Porsche-design et fioles d'apothicaire anciennes et boucles d'oreilles en diamants et cravates de soie et bottes et fla-cons de parfum et boucles d'oreilles en diamants et bottes et verres à vodka et porte-cartes et appareils photos et pla-teaux d'acajou et écharpes et après-rasage et albums de photos et salières et poivrières et boîtes à biscuits et grille-pain en céramique et chausse-pied en corne à deux cents dollars et sacs à dos et mallettes à goûter en aluminium et housses de coussin…

Une espèce de gouffre existentiel s'ouvre devant moi tan-dis que je parcours les rayons de Bloomingdale's, me pous-sant dans un premier temps à chercher un téléphone pour écouter les messages sur mon répondeur, après quoi, au bord des larmes, ayant avalé trois Halcion (car mon organis-me s'est si bien adapté que la drogue ne me fait plus dormir – elle éloigne simplement la folie totale), je me dirige vers le comptoir Clinique où j'achète six tubes de crème à raser que je paie avec mon American Express platine, tout en flirtant nerveusement avec les vendeuses, décidant que tout cela est lié, en partie du moins, à la manière dont j'ai traité Evelyn au Bacardia, l'autre soir, encore que cela puisse aussi très bien avoir quelque chose à voir avec cette histoire d'enregistrement au magnétoscope et, tout en prenant note, mentalement, de faire une apparition au réveillon d'Evelyn – je suis même tenté de demander à une des filles de chez Clinique de m'accompagner – je me promets de jeter un coup d'œil au mode d'emploi, pour régler ce problème de piste d'enregistrement. Je vois une petite fille de dix ans à côté de sa mère qui achète une écharpe et des bijoux, et je me dis: pas mal. Je porte un pardessus de cashmere, une veste sport croisée écossaise en laine et alpaga, un pantalon à pinces en laine et une cravate de soie imprimée, Valentino Couture, et des chaussures à lacets Allen-Edmonds.

RÉVEILLON DE NOËL

Un verre chez Rusty avec Charles Murphy, pour me donner des forces avant de passer au réveillon d'Evelyn. Je porte un costume croisé à quatre boutons en laine et soie et une chemise de coton à col boutonné, Valentino Couture, une cravate Armani en soie à motifs, et des mocassins en cuir à bout renforcé, Allen-Edmonds. Murphy porte un costume Courrèges croisé à six boutons en gabardine de laine, une chemise en coton rayé avec col à pattes, et une cravate en crêpe de soie à incrustations de batiste, Hugo Boss. Il est en pleine diatribe contre les Japonais – « Ils ont acheté l'Empire State Building, et Nell's. *Nell's*, tu te rends compte, Bateman ? » s'écrie-t-il devant sa deuxième Absolut on the rocks – et cela fait écho en moi, cela déclenche quelque chose car, après l'avoir quitté, me promenant dans l'Upper West Side, je me retrouve soudain accroupi sur le seuil de ce qui était naguère le Carly Simon's, un très chouette restaurant appartenant à J. Akail, fermé depuis l'automne dernier et, bondissant sur un coursier japonais qui passait, je le projette à bas de sa bicyclette et le traîne dans l'entrée, les jambes emmêlées dans la Schwinn qu'il chevauchait, ce qui joue pour moi car, lorsque je lui coupe la gorge – facilement, sans effort –, il ne peut pas donner ces coups de pieds spasmodiques qui accompagnent généralement l'opération, les jambes entravées par la machine qu'il parvient néanmoins à soulever cinq ou six fois, tout en suffoquant dans son propre sang chaud. J'ouvre les cartons de plats japonais et les vide sur lui mais, à ma grande surprise, au lieu de sushi et de sashimi et de crêpes farcies et de nouilles gluantes, c'est du poulet aux noix de cajou qui se répand sur son visage convulsé, ensanglanté, et sur sa poitrine haletante, du bœuf chow mein et du riz aux crevettes grillées, et du porc moo shu et, agacé par cette erreur – m'être trompé d'asiatique –, je vérifie à qui la commande était destinée – Sally Rubinstein – et sors mon stylo Mont Blanc, écrivant « *je t'aurai aussi… salope »,* au dos de la facture, avant de la déposer sur le visage inerte du gosse, haussant les épaules pour m'excuser, marmonnant « Ah, désolé », me rappelant le *Patty Winters Show* de ce matin, dont le thème était "Ces Adolescentes Qui Vendent Leur Corps Pour Du Crack". J'ai passé deux heures au club de gym, aujourd'hui. À présent, j'arrive à faire deux cents flexions abdominales en moins de trois minutes. Non loin de la maison d'Evelyn, je tends à un clochard gelé un des gâteaux fourrés d'un petit billet prédisant l'avenir que j'ai volés au coursier, et il se le fourre tout entier dans la bouche, prédiction comprise, me remerciant d'un signe de tête. « Enfoiré d'abruti », fais-je à mi-voix, mais assez fort pour qu'il puisse entendre. Arrivé au coin de la rue, je remarque que les voitures de police encerclent *toujours* la maison où Victoria Bell, la voisine d'Evelyn, a été trouvée décapitée. Quatre limousines sont garées devant, et le moteur de l'une d'elles tourne toujours.

Je suis en retard. Le salon et la salle à manger sont déjà

bondés de gens à qui je n'ai pas vraiment envie de parler. Deux grands sapins bleus ornés de guirlandes clignotantes blanches sont disposés de part et d'autre de la cheminée. Le lecteur de compacts diffuse de vieilles chansons de Noël, enregistrées par les Ronettes dans les années soixante. Un extra en smoking verse le champagne et le lait de poule, confectionne Manhattans et Martinis, ouvre les bouteilles de pinot noir Calera Jensen et de chardonnay Chappellet. Une rangée de bouteilles de porto vingt ans d'âge soutient le bar de fortune entre deux vases de poinsettias. On a recouvert une longue table pliante d'une nappe rouge, elle-même recouverte de plats et d'assiettes et de raviers remplis de noisettes grillées et de homard et de bisque aux huîtres et de soupe de céleri aux pommes et de caviar Beluga et de toasts et de crème d'oignon et d'oie rôtie farcie aux marrons et de bouchées à la reine au caviar et de tartes aux légumes à la tapenade, de canard rôti et de poitrine de veau rôtie aux échalotes et de gratin aux gnocchi et de strudel aux légumes et de salade Waldorf et de coquilles Saint-Jacques et de bruschetta au mascarpone et de truffes blanches et de soufflé au piment vert et de perdreau rôti à la sauge avec des pommes de terre et des oignons et du coulis d'airelles, de pudding à la compote et de truffes au chocolat et de tarte soufflée au citron et de tarte Tatin aux noix de pécan. Partout, des bougies allumées dans des chandeliers Tiffany en argent massif. Et – bien que je ne puisse affirmer qu'il ne s'agit pas là d'une hallucination –, il me semble bien apercevoir des nains vêtus de costumes de lutins, verts et rouges avec bonnet de feutre pointu, se promener avec des plateaux d'amuse-gueule. Préférant ne rien voir, je me dirige droit vers le bar où je descends d'un trait un verre de champagne potable, puis vers Donald Peterson à qui l'on a accroché des bois de cerf en papier sur la tête, comme à la plupart des hommes présents. De l'autre côté de la pièce, j'aperçois la fille de Maria et David Hutton, Cassandra, cinq ans, vêtue d'une robe de velours et d'un jupon Nancy Halser, sept cents dollars. Après avoir bu mon deuxième verre de champagne, je passe aux double Absolut, et, suffisamment calmé, examine la pièce avec plus d'attention. *Les nains sont toujours là.*

— Trop de rouge, fais-je, marmonnant tout seul, halluciné. Ça me rend nerveux.

— Hé, McCloy, qu'est-ce que tu racontes ? me lance Petersen.

— C'est la version anglaise des *Misérables*, ou pas ? fais-je, reprenant immédiatement conscience.

— Allez, joyeux Noël ! dit-il, l'index tendu vers moi. Il est bourré.

— Mais alors, c'est *quoi*, cette musique ? fais-je, extrême-ment ennuyé. Et au fait, jouez hautbois, résonnez musettes.

— Bill Septor, dit-il avec un haussement d'épaules. Septor, ou Skeptor, je crois.

— Pourquoi ne met-elle pas plutôt les Talking Heads, pour l'amour de *Dieu*, fais-je avec aigreur.

Courtney se tient de l'autre côté de la pièce, un verre de champagne à la main. Elle m'ignore totalement.

— Ou bien *Les Miz'*, suggère-t-il.

— La version américaine, ou anglaise ? fais-je, les yeux à demi fermés, cherchant à le tester.

— Euh… anglaise, dit-il, comme un nain nous tend à chacun une assiette de salade Waldorf.

— Absolument, dis-je dans un murmure, suivant des yeux le nain qui s'éloigne en clopinant.

Tout à coup, Evelyn se rue sur nous, vêtue d'une veste de zibeline et d'un pantalon de velours Ralph Lauren. D'une main, elle tient une branche de gui qu'elle pose sur ma tête, et de l'autre un sucre d'orge.

— Alerte au gui ! glapit-elle, m'embrassant sèchement sur la joue. « Joyeux Noël, Patrick. Joyeux Noël, Jimmy. »

— Joyeux Noël, fais-je sans pouvoir la repousser, Martini dans une main, salade Waldorf dans l'autre.

— Tu es en retard, amour, dit-elle.

— Non, je ne suis pas en retard, dis-je, protestant faiblement.

— Oh si, oh si, fait-elle d'une voix chantante.

— Je suis là depuis le début, dis-je d'un ton sans réplique. Simplement, tu ne m'as pas vu.

— Oh, arrête de faire ces yeux-là, espèce de Gâche-Noël. Elle se tourne vers Petersen. « Savais-tu que Patrick est le Gâche-Noël. »

— Bah, n'importe quoi, fais-je avec un soupir, regardant fixement Courtney.

— Bon Dieu, tout le monde sait que McCloy est le Gâche-Noël, braille Petersen d'une voix d'ivrogne. Comment ça va, Monsieur le Gâche-Noël ?

— Et que désire Monsieur le Gâche-Noël pour Noël ? demande Evelyn d'une voix de petite fille. Monsieur le Gâche-Noël a-t-il été sage, cette année ?

Je soupire. « Le Gâche-Noël veut un imperméable Burberry's, un pull en cashmere Ralph Lauren, une nouvelle Rolex, un auto-radio stéréo… »

Evelyn arrête de sucer son sucre d'orge et me coupe la parole: Mais tu n'as *pas* de voiture, amour.

— J'en veux une, dis-je, soupirant derechef. Et le Gâche-Noël veut un auto-radio stéréo, voiture ou pas.

— Comment est la salade Waldorf ? s'enquiert Evelyn, l'air préoccupé. Vous la trouvez bonne ?

— Délicieuse, fais-je dans un murmure, tournant la tête, et apercevant quelqu'un, impressionné soudain. « Hé, tu ne m'avais pas dit que tu avais invité Laurence Tisch, à ta soirée. »

Elle se retourne. « Qu'est-ce que tu veux dire ? »

— C'est bien Laurence Tisch, en train de passer les canapés ?

— Oh, franchement, Patrick. Ça n'est *pas* Laurence Tisch, dit-elle. C'est un des lutins de Noël.

— Un des *quoi* ? Tu veux dire un des nains.

— Ce sont des *lutins*, insiste-t-elle. Les aides du Père

Noël. Vraiment, quel rabat-joie tu fais. Regarde-les. Ils sont adorables. Celui-là, là-bas, c'est Rudolph. Et celui qui offre des sucres d'orge, c'est Blitzen. L'autre, c'est Donner…

– Une minute, Evelyn, attends… Je ferme les yeux, levant mon assiette de salade Waldorf. Je suis en sueur. Impression de déjà vu. Mais pourquoi ? Ai-je déjà rencontré ces nains quelque part ? Il vaut mieux penser à autre chose. « Je… Ce sont les noms des rennes… Pas ceux des lutins. Blitzen, c'était un *renne*. »

– Le seul qui soit juif, intervient Petersen.

– Oh… Evelyn a l'air complètement désorientée. Elle se tourne vers Petersen, quêtant une confirmation. « C'est vrai ? »

Il hausse les épaules, réfléchit, l'air perplexe. « Bah, ma belle, des rennes, des lutins, des Gâche-Noël ou des agents de change… Quelle différence, hein, du moment que le Cristal coule à flots ? Il me donne un petit coup de coude dans les côtes, avec un rire bas. « Pas vrai, Monsieur le Gâche-Noël. »

– Mais tu ne trouves pas que ça fait très Noël ? demande-t-elle avec espoir.

– Oh si, Evelyn, dis-je. Ça fait très Noël. Et je le pense vraiment, je ne mens pas.

– Mais Monsieur le rabat-joie était en retard, dit-elle, faisant la moue, agitant vers moi sa putain de branche de gui, d'un air accusateur. Et il n'a pas dit un seul mot sur la salade Waldorf.

– Tu sais, Evelyn, il y a dans cette ville beaucoup d'autres réveillons auxquels j'aurais pu me rendre, et pourtant j'ai choisi le tien. Pourquoi ? me demanderas-tu peut-être. Je me suis demandé pourquoi, aussi, et je n'ai trouvé aucune réponse valable, mais en attendant, je suis là, alors sois un peu… reconnaissante, tu vois, ma chérie.

– Oh, c'est donc *ça*, mon cadeau de Noël ? fait-elle, sarcastique. Comme c'est adorable à toi, Patrick, comme c'est délicat…

– Non. *Voilà* ton cadeau. Je lui donne une nouille que je viens de remarquer, collée à mon poignet de chemise. « Tiens. »

– Oh, Patrick, je crois que je vais me mettre à pleurer, dit-elle, faisant jouer la nouille à la lumière des bougies. C'est merveilleux. Je peux la mettre tout de suite ?

– Non. Jette-là à un des lutins. Celui-là, là-bas, il a l'air d'avoir drôlement faim. Excusez-moi, mais il me faut un autre verre.

Je tends mon assiette de salade Waldorf à Evelyn, tord un des bois de Petersen, et me dirige vers le bar, fredonnant « Douce Nuit, Sainte Nuit », vaguement déprimé de voir comment sont habillées les femmes – pulls en cashmere, blazers, longues jupes de laine, robes de velours côtelé, cols roulés. Il fait froid, dehors. Pas une seule mignonne.

Paul Owen se tient près du bar, une flûte de champagne à la main, en train d'observer sa montre-gousset ancienne (de chez Hammacher Schlemmer, sans aucun doute), et je m'apprête à le rejoindre pour remettre sur le tapis ce putain de portefeuille Fisher lorsque Humphrey Rhinebeck me heurte en essayant d'éviter de piétiner un des lutins. Il porte toujours un pardessus chesterfield Crombie en cashmere de chez Lord & Taylor, un smoking de laine croisé à revers pointus, une chemise de coton Perry Ellis, un nœud papillon Hugo Boss et des bois de cerf en papier, ce dont il semble ne pas avoir le moins du monde conscience et, mécaniquement, cette pauvre andouille me dit: Salut, Bateman, la semaine dernière, j'ai apporté une nouvelle veste de tweed à chevrons à mon tailleur, pour qu'il la retouche.

– Eh bien, euh… je pense que des félicitations s'imposent », dis-je, lui serrant la main. « C'est… c'est *superbe*.

– Merci. » Il rougit, baisse les yeux. « Cela dit, il a remarqué que le magasin qui me l'a vendu avait ôté l'étiquette d'origine pour la remplacer par la sienne. Ce que je voudrais bien savoir, c'est si c'est *légal* ? »

– C'est troublant, je sais, dis-je, me frayant un passage au milieu de la foule. Une fois que le détaillant a acheté une série de vêtements à l'usine, il a parfaitement le droit de remplacer la marque d'origine par la sienne. Cependant, il n'a *pas* le droit d'y apposer la marque d'un *autre* détaillant.

– Attends, *pourquoi* cela ? demande-t-il, essayant de prendre une gorgée de Martini tout en restant à ma hauteur.

– Parce que tous les renseignements concernant la qualité du tissu et le pays d'origine ou le numéro d'enregistrement du fabricant doivent demeurer *intacts*. Les falsifications de marque sont très difficiles à repérer, il est rare qu'on en parle », dis-je par-dessus mon épaule, criant. Courtney est en train d'embrasser Paul Owen sur la joue. Leurs mains sont étroitement nouées. Je me raidis, m'arrête. Rhinebeck me rentre dedans. Mais elle s'éloigne, faisant signe à quelqu'un, de l'autre côté de la pièce.

– Alors, que faut-il faire ? insiste Rhinebeck, derrière moi.

– Acheter des vêtements d'une marque connue, chez un détaillant que tu connais, et enlever ces putains de bois de cerf de ta tête, Rhinebeck. Tu as l'air d'un débile mental. Excuse-moi. » Je m'éloigne, non sans voir Rhinebeck qui porte les mains à sa tête, et sent le déguisement sous ses doigts. « Oh, ça n'est pas *vrai*. »

– Owen ! fais-je, tendant une main chaleureuse, tout en prenant de l'autre un Martini, à un nain à plateau qui passe.

– Marcus ! Joyeux Noël, dit Owen en me serrant la main. Comment ça va ? Toujours aussi intoxiqué du boulot, je suppose.

– Cela fait un moment qu'on ne t'a pas vu, dis-je, puis, avec un clin d'œil: overdose de boulot, c'est ça ?

– En fait, nous venons d'arriver du Knickerbocker Club, dit-il, saluant quelqu'un qui vient de le bousculer – « Salut, Kinsley » –. Nous allons au Nell's. La limousine est juste en face.

– Il faudrait qu'on déjeune, un jour, dis-je, essayant de

trouver le moyen d'aborder le sujet du portefeuille Fisher, sans paraître minable.

– Oui, ce serait super, dit-il. Tu peux peut-être venir avec...

– *Cecelia*?

– Oui, Cecelia.

– Oh, Cecelia, cela lui... elle sera ravie.

– Eh bien, faisons comme ça, dit-il avec un sourire.

– Oui. On pourrait aller au... au Bernardin, dis-je. Pour manger... des *fruits de mer*, par exemple? Mmmmmm?

– Le Bernardin est classé dans les dix meilleurs du Zagat, cette année, dit-il, hochant la tête. Tu le savais?

– Nous pourrions prendre du... je m'interromps de nouveau, le regardant droit dans les yeux, et conclus d'un ton plus assuré: Du *poisson*. Non?

– Des oursins, dit Owen, parcourant la pièce des yeux. Meredith adore leurs oursins.

– Oh, vraiment? fais-je, hochant la tête.

– Meredith, appelle-t-il, faisant signe à quelqu'un derrière lui. Viens par ici.

– Elle est *là*?

– Elle est en train de discuter avec Cecelia, là-bas. Meredith! appelle-t-il, faisant un geste du bras. Je me retourne. Meredith et Evelyn se dirigent vers nous.

Je me détourne brusquement, fais face à Owen.

Meredith approche, avec Evelyn. Meredith porte une robe Geoffrey Beene en gabardine de laine brodée de perles, avec boléro assorti de chez Barney, des boucles d'oreilles James Savitt en or et diamants (13.000 $), des gants Geoffrey Beene pour Portolano Products. « Oui, les garçons? dit-elle. De quoi donc parlez-vous, tous les deux? De votre lettre au Père Noël? »

– Des oursins du Bernardin, ma chérie, répond Owen.

– Ça, c'est *mon* sujet de conversation préféré. Meredith passe un bras autour de mon épaule, me glissant, sur le ton de la confidence: Ils sont fabuleux.

– Délicieux, dis-je avec une toux nerveuse.

– Qu'est-ce que vous pensez de ma salade Waldorf, tous ? demande Evelyn. Elle était bonne ?

– Cecelia, ma chérie, je n'y ai pas encore goûté dit Owen, repérant quelqu'un de l'autre côté de la pièce. Mais j'aimerais bien savoir pourquoi c'est Laurence Tisch qui sert le lait de poule.

– Mais ça n'est *pas* Laurence Tisch, gémit Evelyn, réellement traumatisée. C'est un lutin de Noël. *Patrick*, qu'est-ce que tu lui as raconté ?

– Rien, dis-je. Franchement, *Cecelia* !

– De toutes façons, Patrick, tu es le Gâche-Noël.

À la mention de mon nom, je me mets immédiatement à raconter n'importe quoi, à toute vitesse, espérant que Owen n'a pas fait attention. « Eh bien, *Cecelia*, je lui ai dit que c'était une espèce de mélange des deux, tu vois, comme un… » Je m'interromps et leur jette un bref coup d'œil avant de conclure « c'est la *Tisch* de Noël ». Je cueille nerveusement un brin de persil sur une tranche du pâté de faisan qui passe, porté par un lutin, et l'élève au-dessus de la tête d'Evelyn, avant qu'elle ne puisse ajouter quoi que ce soit, criant « Alerte au gui ! », et autour de nous les gens se baissent tous d'un seul coup, alors j'embrasse Evelyn sur la bouche tout en regardant Owen et Meredith qui me fixent d'un regard étrange, apercevant du coin de l'œil Courtney qui est en train de parler à Rhinebeck tout en me lançant des regards haineux, folle de rage.

– Oh, Patrick… commence Evelyn.

– *Cecelia* ! Viens ici tout de suite. Je la tire par le bras, puis me tourne vers Owen et Meredith : Excusez-nous. Il faut qu'on aille dire deux mots à ce lutin pour régler le problème.

– Je suis vraiment navrée, leur dit-elle, haussant les épaules d'un air d'impuissance, tandis que je l'entraîne au loin. « Mais *qu'est-ce* qui se passe, *Patrick* ? »

Je la pousse jusqu'à la cuisine.

– Patrick, mais qu'est-ce qu'on fait dans la *cuisine* ?

– Écoute, dis-je, lui faisant face, la saisissant aux épaules, fichons le camp d'ici.

– Oh, Patrick, gémit-elle. Je ne peux *pas* partir. Tu ne t'amuses pas ?

– *Pourquoi* ne peux-tu pas partir ? Qu'est-ce que ça aurait de *si* absurde ? Ça fait assez longtemps que tu es là.

– Mais *Patrick*, c'est *mon* réveillon, dit-elle. De plus, les lutins vont chanter *O Tannenbaum* d'une minute à l'autre.

– Allons, Evelyn. Fichons le camp d'ici. (Je suis au bord de l'hystérie, paniqué à l'idée que Paul Owen ou, pire encore, Marcus Halberstam pourrait pénétrer dans la cuisine). Je veux t'arracher à tout cela.

– À tout cela *quoi* ? Tu n'as pas aimé la salade Waldorf, n'est-ce pas ? fait-elle, en cillant des yeux.

– Je veux t'arracher à tout *ça*, dis-je, arpentant la cuisine, avec des gestes convulsifs. « Au sushi, aux lutins… à tout ce *machin*. »

Un lutin entre dans la cuisine pour déposer un plateau d'assiettes sales et, derrière lui, *au-dessus* de lui, j'aperçois Paul Owen qui se penche sur Meredith, lui criant quelque chose à l'oreille dans le vacarme de la musique de Noël, avant de parcourir la pièce des yeux, à la recherche de quelqu'un, en hochant la tête. Puis Courtney entre dans le champ, et j'attrape Evelyn, l'attirant plus près de moi.

– Le sushi ? Les lutins ? Patrick, je ne comprends *rien* à ce que tu dis. Et je n'aime *pas ça du tout*.

– *On file*. Je la saisis brutalement, la tire vers la porte de service. « Faisons preuve d'audace, pour une fois. Pour une fois dans ta vie, Evelyn, *ose* quelque chose. »

Elle s'arrête, refusant de se laisser entraîner, puis se met à sourire, réfléchissant à ma proposition, mais loin d'être convaincue.

– Allez… fais-je, pleurnichant. Ce sera *mon* cadeau de Noël.

– Oh non, je suis déjà passée chez Brooks Brothers et…

– Tais-toi. Viens. C'est *ça* que je veux, dis-je et, dans une

tentative ultime, désespérée, je lui lance un sourire enjô-
leur et l'embrasse doucement sur les lèvres, ajoutant:
Madame Bateman ?

– Oh, Patrick, fait-elle dans un souffle, bouleversée.
Mais, et le rangement ?

– Les nains s'en chargeront, dis-je d'un ton résolu.

– Mais il faut quelqu'un pour les surveiller, mon chéri.

– Désigne un lutin. Prends celui-là, nomme-le chef des
lutins. Mais partons, *tout de suite*. Je commence à la tirer
vers la porte de service, et ses chaussures crissent contre
les carreaux de marbre Muscoli.

Enfin nous voilà dehors, en train de courir dans l'allée
qui longe la maison. Je m'arrête au coin, jette un coup
d'œil pour voir si aucune personne de connaissance n'arrive à la soirée ou n'en part. Nous sprintons jusqu'à une
limousine. Je crois que c'est celle de Owen mais, ne souhaitant pas éveiller les soupçons d'Evelyn, j'ai choisi la plus
proche. Je lui ouvre la portière et la pousse à l'intérieur.

– *Patrick*, piaille-t-elle, ravie, c'est vraiment très mal. Une
limousine, *en plus*... Claquant la portière, je fais le tour de la
voiture et frappe à la vitre du chauffeur. Il baisse le carreau.

– Salut, fais-je, lui tendant la main. Pat Bateman.

Il se contente de regarder ma main tendue, puis mon
visage, puis le haut de ma tête, un cigare éteint à la bouche.

– Pat Bateman. Quoi ? Qu'est-ce qu'il y a, hein ?

Il continue de me fixer. Je lève une main hésitante vers
mes cheveux, pour voir s'ils ne sont pas ébouriffés, ou
simplement décoiffés et, à ma grande surprise, mes doigts
rencontrent *deux* paires de bois de cerf. Il y a *quatre* bois
sur ma *putain* de tête. « Oh, bon Dieu, *non* ! », fais-je, les
arrachant et les contemplant avec horreur, froissés dans ma
main. Je les jette à terre, me tourne vers le chauffeur.

– Bien. Je suis Pat Bateman, dis-je, lissant doucement
mes cheveux en arrière.

– Ah ouais ? Moi, c'est Sid, dit-il avec un haussement
d'épaules.

– Écoutez, Sid, Mr. Owen nous a dit que nous pouvions utiliser cette voiture, et… Je m'interromps. Mon haleine fait une vapeur blanche dans l'air glacé.

– Qui est Mr. Owen ? demande Sid.

– Paul *Owen*. Vous savez bien. C'est votre client.

– Non. Ça, c'est la limousine de Mr. Baker. En tout cas, vous aviez de belles cornes.

– Merde, dis-je, faisant de nouveau le tour de la limousine en courant pour faire sortir Evelyn avant que ça ne tourne mal, mais c'est trop tard. J'ai à peine ouvert la porte qu'Evelyn passe la tête au dehors et glapit: Patrick, mon chéri, c'est *divin*. Du *champagne*… – elle brandit une bouteille de Cristal d'une main, et une boîte dorée de l'autre – et des *truffes* !

Je l'attrape par le bras et l'extirpe de la voiture, marmonnant « trompé de bagnole, prends les truffes », en guise d'explication, et nous filons jusqu'à la limousine suivante. J'ouvre la portière et l'installe à l'intérieur, puis fais le tour et frappe à la vitre du chauffeur. Il baisse son carreau. Il ressemble exactement au précédent.

– Salut. Pat Bateman, dis-je, tendant la main.

– Ah ouais ? Salut. Donald Trump. Mon épouse Ivana est à l'arrière, dit-il, sarcastique.

– Hé, doucement, je vous prie. Écoutez, Mr. Owen m'a autorisé à prendre sa voiture. Je suis… oh, mince. Je m'appelle Marcus.

– Vous venez de dire que vous vous appeliez Pat.

– Non. Je me suis trompé, dis-je d'une voix dure, le fixant droit dans les yeux. Je me suis trompé, quand je vous ai dit que je m'appelais Pat. Je m'appelle Marcus. Marcus Halberstam.

– Bon, vous en êtes bien sûr, n'est-ce pas ?

– Écoutez, Mr. Owen m'a dit que je pouvais prendre sa voiture pour la soirée, et… Je m'interromps. « Bien, alors allons-y. »

– Je crois que je devrais tout d'abord en parler avec

Mr. Owen, dit le chauffeur, amusé, se jouant de moi.

– Non, attendez ! fais-je, puis, reprenant mon calme:
« Écoutez, je suis… il n'y a aucun problème, vraiment. » Je
fais mine d'étouffer un rire. « Mr. Owen est de très, *très*
mauvaise humeur. »

– Je ne suis pas censé accepter, déclare le chauffeur,
sans lever les yeux. C'est absolument interdit. Pas question.
Laissez tomber.

– Oh, allez, mon vieux…

– C'est absolument contraire au règlement de la compagnie, dit-il.

– Le réglement de la compagnie, on l'emmerde, dis-je
d'une voix cassante.

– On l'emmerde ? fait-il, souriant, hochant la tête.

– Mr. Owen a dit qu'il était *d'accord*. Vous n'écoutez
peut-être pas ?

– Non. Rien à faire. Il secoue la tête.

Je me redresse, silencieux, passe une main sur mon
visage, inspirant profondément, et me penche de nouveau
vers lui. « Écoutez-moi… » J'inspire de nouveau. « Il y a des
nains, là-dedans, dis-je, désignant la maison du pouce, par-
dessus mon épaule. Des nains qui vont bientôt chanter
O Tannenbaum… » Je le regarde d'un air implorant,
essayant de susciter une certaine complicité, sans me
départir de l'air effrayé qui s'impose. « Vous rendez-vous
compte à quel point c'est *terrifiant* ? Une chorale – j'avale
ma salive – de lutins ? » Je fais une pause. « Essayez d'imaginer ça. »

– Écoutez, Monsieur…

– Marcus.

– Marcus, si vous voulez. Je ne peux rien faire contre le
règlement. C'est comme ça. C'est le règlement de la compagnie. Je ne peux pas aller contre.

Nous demeurons silencieux. Je soupire, regarde autour de
moi, envisageant de traîner Evelyn jusqu'à la troisième limousine, ou bien de retourner à celle de Barker – un véritable

enfoiré – mais *non, bon Dieu de bon Dieu*, c'est celle de *Owen* que je veux. « Si les nains ont envie de chanter, ils n'ont qu'à chanter », soupire le chauffeur, se parlant à soi-même.

— Et merde, fais-je, tirant mon portefeuille en peau de gazelle. « Voilà cent dollars. » Je lui tends deux billets de cinquante.

— Deux cents, fait-il.

— Cette ville est une pourriture, dis-je, lui tendant l'argent en grommelant.

— Où voulez-vous aller ? demande-t-il, prenant les billets en soupirant. Il met le moteur en route.

— Au Club Chernoble, dis-je, me ruant à l'arrière, ouvrant la portière.

— Bien, *Monsieur*, crie-t-il.

Je saute à l'intérieur, claquant la portière à l'instant où le chauffeur démarre, décollant de la maison d'Evelyn en direction de Riverside Drive. Assis à côté d'Evelyn, je reprends souffle et éponge la sueur froide qui couvre mon front avec un mouchoir Armani. Je lui jette un coup d'œil. Elle est au bord des larmes, les lèvres tremblantes, et silencieuse, pour une fois.

— Tu m'angoisses, qu'est-ce qui s'est passé ? fais-je (et vraiment, je *suis* effrayé). « Que... qu'est-ce que j'ai fait ? La salade Waldorf était bonne. Qu'est-ce qu'il y a encore ? »

— Oh, Patrick, fait-elle dans un souffle. C'est... adorable. Je ne sais pas quoi dire.

— Eh bien... (Je fais une pause, circonspect). Moi... moi non plus.

— Il y a... *ça*, dit-elle, exhibant un collier de diamants, le cadeau d'Owen pour Meredith. Eh bien, aide-moi à le mettre, mon chéri. Tu n'es pas le Gâche-Noël, amour.

— Evelyn, euh... fais-je, jurant tout bas, tandis qu'elle me tourne le dos pour que j'agrafe le collier autour de son cou. La limousine fait une embardée, et elle tombe sur moi en riant, puis me pose un baiser sur la joue. « C'est adorable, oh, je le trouve divin... Oh là, je dois avoir l'haleine à la truffe.

Désolée, amour. Trouve du champagne, sers-moi un verre. »

– Mais… Je contemple·le collier qui scintille, désemparé.
« Ça n'est pas cela. »

– Quoi ? demande Evelyn, parcourant des yeux l'intérieur de la limousine. Il n'y a pas de verres, ici ? Qu'est-ce
qui n'est pas cela, amour ?

– Ça n'est pas cela, dis-je d'une voix morne.

– Oh, amour, (elle sourit), tu as *autre chose* pour moi ?

– Non, c'est-à-dire que…

– Allez, espèce de crapule, dit-elle, espiègle, agrippée à
la poche de mon manteau. Allez, qu'est-ce que c'est ?

– Qu'est-ce que c'est *quoi* ? fais-je d'une voix calme,
déprimé.

– Tu as autre chose. Laisse-moi deviner. Une bague
assortie ? Un bracelet ? La *broche* ? Voilà, c'est ça ! Elle
applaudit. « C'est la broche qui va avec. »

Comme j'essaie de la repousser, lui maintenant un bras
en arrière, je la sens glisser l'autre derrière moi, et extraire
quelque chose de ma poche – c'est encore un des gâteaux
fourrés aux prédictions que j'ai volés au Chinois mort. Elle
l'observe un moment, surprise, puis déclare: « Patrick, tu es
tellement… tellement romantique. » Puis, observant attentivement le gâteau, et d'une voix moins enthousiaste: C'est
tellement… original.

Moi aussi, je regarde le gâteau. Il y a plein de sang dessus. Je hausse les épaules. « Bah, tu me connais », fais-je,
d'un ton aussi enjoué que possible.

– Mais qu'est-ce qu'il y a dessus ? » Elle l'approche de
son visage, plissant les yeux. « Qu'est-ce que c'est, ce…
truc rouge ? »

– Ça, c'est… fais-je, me penchant comme elle, feignant
d'être intrigué par les taches. C'est de la sauce aigre-douce,
dis-je avec une grimace.

Avec impatience, elle ouvre le gâteau en deux, et lit la
prédiction, l'air perplexe.

– Qu'est-ce que ça dit ? » fais-je en soupirant, tripotant

les boutons de la radio puis, parcourant des yeux l'intérieur de la voiture, à la recherche de la serviette d'Owen, me demandant où le champagne peut bien être rangé, j'avise la boîte de chez Tiffany, ouverte, sur le plancher, vide, et une vague de cafard me submerge soudain, brutale, irrépressible.

– Ça dit... » Elle s'interrompt, plisse les paupières, le visage collé au papier. « Ça dit: *Au Cirque, le foie gras frais grillé est excellent, mais la salade de homard n'est que passable.* »

– C'est sympa, dis-je dans un murmure, cherchant des verres à champagne, une cassette, n'importe quoi.

– C'est vraiment ce qui est écrit, Patrick. » Elle me tend la prédiction, et un fin sourire apparaît doucement sur son visage, je le vois bien, malgré la pénombre qui règne dans la limousine. « Qu'est-ce que ça peut bien vouloir dire ? » demande-t-elle, sournoise.

Je prends le papier et le lis, puis je regarde Evelyn, puis de nouveau la prédiction, puis dehors, derrière la vitre teintée, la neige qui tourbillonne autour des réverbères, autour des gens qui attendent le bus, des clochards qui titubent sans but dans les rues de la ville, et je me dis à voix haute: Mon sort pourrait être pire. Vraiment.

– Oh, amour, fait-elle, jetant ses bras autour de mon cou, pressant ma tête contre elle. Un déjeuner au Cirque ? Tu es le plus grand. Tu n'es pas le Gâche-Noël. Je retire ce que j'ai dit. Jeudi ? Jeudi, ça te convient ? Ah non. Jeudi, je ne peux pas. J'ai mon bain aux herbes. Mais pourquoi pas vendredi ? Et en fait, il y a d'autres endroits que Le Cirque. Pourquoi pas au...

Je la repousse et frappe contre la séparation, me meurtrissant les jointures jusqu'à ce que le chauffeur baisse la vitre. « Sid, je veux dire Earle, enfin peu importe, ça n'est pas le chemin du Chernoble. »

– Si, Mr. Bateman...

– Dites...

– Je veux dire *Mr. Halberstam*. C'est dans l'Avenue C, n'est-ce pas ? Il émet une petite toux polie.

– Je crois, oui, dis-je, le regard fixé au-dehors. Je ne reconnais rien.

– Avenue C ? Evelyn lève les yeux, cessant de contempler avec extase le collier que Paul Owen a acheté pour Meredith. C'est quoi, l'Avenue C ? C comme... Cartier, c'est bien ça ?

– C'est classe, dis-je. C'est complètement classe.

– Tu y es déjà allé ?

– Des millions de fois, fais-je, marmonnant.

– On va au Chernoble ? Non, *pas* au Chernoble, gémit-elle. C'est *Noël*, amour.

– Mais enfin, qu'est-ce que ça veut *dire* ?

– Chauffeur, hé, ho, dites, chauffeur... Evelyn se penche en avant, en équilibre sur les genoux. Dites, chauffeur, nous allons au Rainbow Room. Au Rainbow Room, chauffeur, s'il vous plaît.

Je la repousse et me penche à mon tour. « Ne l'écoutez pas. Au Chernoble. Et en quatrième vitesse. » J'appuie sur le bouton, et la vitre remonte.

– Oh, Patrick, mais c'est *Noël*, gémit-elle.

– Tu ne cesses de répéter ça, comme si cela *signifiait* quelque chose, dis-je, la regardant droit dans les yeux.

– Mais c'est *Noël*, gémit-elle derechef.

– Je ne *supporte* pas le Rainbow Room, dis-je d'un ton sans réplique.

– Oh, mais *pourquoi*, Patrick, pleurniche-t-elle. Ils ont la *meilleure* salade Waldorf de toute la ville. As-tu aimé la mienne ? As-tu aimé ma salade Waldorf, amour ?

– Oh bon Dieu, fais-je dans un souffle, me couvrant le visage de mes mains.

– Franchement. Tu l'as aimée ? La seule chose qui m'inquiétait vraiment, c'était *ça*, et la farce aux marrons... Parce que, tu vois, la farce aux marrons était... disons, grossière, tu comprends ce que je veux dire...

– Je ne veux pas aller au Rainbow Room, dis-je, lui coupant la parole, le visage toujours dans les mains, parce que là-bas, je ne trouverai pas de dope.

– Oh… Elle me jette un regard de désapprobation. Ttt, ttt, ttt… De la dope, Patrick ? Quel genre de, hum-hum, de dope ?

– De la dope, Evelyn. De la cocaïne. De la *drogue*. J'ai l'intention de sniffer, ce soir. Est-ce que tu comprends ?

– Patrick, fait-elle, secouant la tête, comme si elle avait perdu toute foi en moi.

– Cela a l'air de te perturber, fais-je remarquer.

– En tout cas, je n'en veux pas, dit-elle.

– Personne ne te force. Personne ne t'a proposé d'en prendre, d'ailleurs.

– Je ne comprends pas pourquoi il faut que tu me gâches ce moment de l'année.

– Imagine que c'est… du *givre*. Noël blanc. Du *givre* de Noël, et hors de prix.

– Enfin… (Son visage s'éclaire). Ça t'excite de traîner dans les bas-fonds, c'est ça ?

– L'entrée à trente balles *par tête*, ça n'est pas exactement les bas-fonds, Evelyn. Puis, soupçonneux: Pourquoi n'as-tu pas invité Donald Trump à ton réveillon ?

– Non, pas *encore* Donald Trump, gémit-elle. Oh, mon Dieu… C'est pour ça que tu faisais le clown ? Il *faut* que ça cesse, c'est une véritable obsession ! fait-elle, criant presque. C'est pour ça que tu t'es conduit de manière aussi lamentable !

– Non. C'est à cause de la salade Waldorf, Evelyn, dis-je les dents serrées. C'est la salade Waldorf qui m'a rendu lamentable.

– Mon Dieu. Et tu le penses, en plus ! Elle rejette la tête en arrière, désespérée. « Je le savais, je le savais. »

– Mais ce n'est même pas toi qui l'a préparée ! (Je crie à présent.) C'est un *traiteur* !

– Mon Dieu, gémit-elle, éperdue. Ça n'est pas possible.

La limousine s'arrête devant le Club Chernoble. Dix rangées de personnes attendent pour y entrer, piétinant dans la neige. Nous sortons de la voiture et, me servant d'Evelyn comme d'un bulldozer, à son grand dam, je m'ouvre un chemin dans la foule, apercevant par chance un type qui ressemble tout à fait à Jonathan Leatherdale, sur le point d'entrer et, poussant de toutes mes forces Evelyn, toujours accrochée à son cadeau de Noël, je crie « Jonathan, hé Leatherdale ! » et, comme on pouvait s'y attendre, la foule entière se met aussitôt à crier « Jonathan, hé Jonathan ! » Se retournant, il m'aperçoit. « Hé, Baxter ! », s'écrie-t-il, me lançant un clin d'œil et me faisant signe de la main, mais ça n'est pas à moi, c'est à quelqu'un d'autre. Cependant, Evelyn et moi faisons semblant d'être avec lui. Le portier referme les cordes devant nous. « Vous êtes venus avec la limousine ? » demande-t-il, désignant la voiture d'un signe de tête.

– Oui. Evelyn et moi hochons la tête avec ardeur.

– C'est bon, dit-il, levant la corde.

Nous entrons, et je me déleste de soixante dollars; pas un seul ticket de boisson. Évidemment, la boîte est plongée dans l'ombre, à part les flashes du stromboscope et, même ainsi, je n'aperçois guère qu'un nuage de neige carbonique éjectée par la machine à fumée, et une créature qui danse toute seule sur le *New Sensation* de INXS, réglé si fort que tout mon corps en vibre. Je dis à Evelyn d'aller nous chercher deux verres de champagne au bar. « Oh, bien sûr », hurle-t-elle, se dirigeant d'un pas incertain vers un mince tube de néon, la seule lumière permettant d'identifier l'endroit où, peut-être, on sert de l'alcool. Pendant ce temps, j'achète un gramme de coke à un type qui ressemble à Mike Donaldson et, au bout de dix minutes, durant lesquelles j'observe la créature, me demandant si je dois laisser tomber Evelyn ou pas, celle-ci réapparaît avec deux flûtes de champagne à-demi remplies, furieuse, le visage défait. « C'est du *Korbel*, hurle-t-elle. On se *tire*. » Je secoue la tête et hurle: « On va aux lavabos. » Elle me suit.

Au Chernoble, les lavabos sont unisexes. Deux autres

couples sont déjà là, dont un dans la cabine. L'autre attend impatiemment, comme nous, qu'ils vident les lieux. La fille porte un débardeur en jersey de soie, une jupe en mousseline de soie, et des escarpins de soie à lanière, Ralph Lauren. Son compagnon porte un costume William Fioravanti, je crois, ou Vincent Nicolosi, ou peut-être Scali – un macaroni, en tout cas. Tous deux ont un verre de champagne à la main: lui, plein; elle, vide. Le silence n'est troublé que par les reniflements et les rires étouffés qui émanent de la cabine. La porte des lavabos est assez épaisse pour assourdir la musique, si ce n'est les vibrations basses, profondes, de la batterie. Le type frappe du pied, impatiemment. La fille ne cesse de soupirer tout en rejetant ses cheveux en arrière, avec cet étrange mouvement de tête, brutal, provoquant, qu'elles font toutes; puis elle nous jette un coup d'œil, et murmure quelque chose à son compagnon. De nouveau, elle lui chuchote quelque chose et, finalement, ils partent.

– Merci mon Dieu, fais-je à mi-voix, tripotant le petit paquet dans ma poche. Tu es bien silencieuse, dis-je à Evelyn.

– Je pense à la salade Waldorf, murmure-t-elle sans me regarder. Flûte.

Un déclic, la porte de la cabine s'ouvre, et un jeune couple – lui, costume croisé en serge, chemise de coton et cravate de soie, Givenchy, elle, robe en taffetas de soie bordée d'autruche, Geoffrey Beene, boucles d'oreilles en vermeil Stephen Beck Moderne et ballerines Chanel en gros-grain – en sort, chacun essuyant le nez de l'autre d'un geste discret. Ils s'observent dans le miroir avant de quitter les lavabos et, à l'instant où Evelyn et moi allons entrer à notre tour dans la cabine, l'autre couple réapparaît, se ruant pour passer devant nous.

– *Excusez-moi*, dis-je, le bras tendu pour barrer l'entrée. Vous êtes *partis*. C'est… c'est notre tour, d'accord ?

– Euh, non, je ne pense pas, répond le type d'un ton posé.

– *Patrick*, chuchote Evelyn dans mon dos, laisse-les… allez.

– Attendez. Ça ne va pas. C'est *notre* tour, dis-je.

– Ouais, mais nous attendions *avant* vous.

– Écoutez, je ne veux pas créer d'incident…

– Mais c'est pourtant ce que vous *faites*, dit la fille, agacée, mais s'arrachant néanmoins un sourire mauvais.

– Oh, mon Dieu, murmure Evelyn derrière moi, regardant par-dessus mon épaule.

– Bon, on va faire ça ici, tant pis, laisse tomber la fille, que je ne verrais aucun inconvénient à baiser, au demeurant.

– Quelle *garce*, fais-je à mi-voix, secouant la tête.

– Écoutez, dit le type, plus détendu, pendant que nous sommes en train de discuter, l'un d'entre nous pourrait être *là-dedans*.

– Ouais, dis-je. *Nous.*

– Ça n'est pas vrai ! dit la fille, les mains sur les hanches, puis, se tournant vers Evelyn et moi: C'est incroyable, les gens qu'ils laissent entrer, maintenant.

– Vous êtes une *véritable* garce, dis-je dans un murmure, incrédule. Vous êtes *puante*, on ne vous l'a jamais dit ?

Evelyn aggripe mon épaule. « Patrick », fait-elle, le souffle coupé.

Le type a commencé à sniffer sa coke, qu'il tire d'une fiole à l'aide d'une petite cuillère. Après chaque prise, il se met à rire, appuyé à la porte.

– Votre amie est une *vraie* salope, lui dis-je.

– Patrick, fait Evelyn. Arrête.

– C'est une salope, dis-je, la montrant du doigt.

– Patrick, *excuse-toi*, dit Evelyn.

Le type décolle complètement, la tête rejetée en arrière, reniflant bruyamment, puis il se plie en deux, essaie de reprendre souffle.

– Oh, mon *Dieu*, fait Evelyn, aux cent coups. Mais pourquoi riez-vous ? *Défendez-la.*

– Pourquoi ? répond le type. Puis il hausse les épaules, les narines cerclées de poudre blanche. « *Il a raison.* »

– Daniel, je pars, dit la fille, au bord des larmes. Je ne

peux plus supporter *ça*. Je ne peux plus *te* supporter. Je ne peux plus *les* supporter. Je t'ai prévenu, au Bice.

– Vas-y, fait Daniel. Vas-y, pars, va te balader. Ça m'est égal.

– Patrick, regarde ce que tu as fait, dit Evelyn, s'éloignant de moi. C'est inadmissible. Comme cette lumière, d'ailleurs, ajoute-t-elle, levant les yeux vers les tubes de néon. Je pars. Elle demeure immobile, attendant.

– Je pars, Daniel, répète la fille. Tu as *entendu* ?

– *Vas-y*, ne t'en fais pas, dit Daniel, scrutant son nez dans le miroir, lui faisant signe de s'en aller. Je t'ai dit d'aller te balader.

– Bien, je prends la cabine, dis-je. Pas de problème ? Personne n'y voit d'inconvénient ?

– Vous n'allez pas défendre votre amie ? demande Evelyn à Daniel.

– Que voulez-vous que je fasse ? répond-il, la regardant dans le miroir tout en s'essuyant le nez, reniflant toujours. Je l'ai invitée à dîner. Je l'ai présentée à Richard Marx. Bon Dieu, qu'est-ce qu'elle veut de plus ?

– Que tu lui files une raclée, par exemple, suggère la fille, me désignant du doigt.

– Oh, ma chérie, dis-je, secouant la tête, si vous saviez ce que je peux faire avec un cintre…

– Adieu, Daniel », dit-elle, puis, après une pause théâtrale: Je quitte cet endroit.

– Bien, dit Daniel, élevant la fiole. Ça en fera plus pour *moi*.

– Et ça n'est pas la peine d'essayer de m'appeler, glapit-elle en ouvrant la porte. Je branche le répondeur et je filtre tous les appels !

– Patrick, je t'attends dehors, déclare Evelyn, très digne, l'air pincé.

Je demeure un instant silencieux, l'observant depuis la cabine, puis regardant la fille debout sur le seuil. « Ouais, et *alors*. »

– Patrick, ne dis rien que tu pourrais regretter, dit Evelyn.

– Eh bien vas-y, dis-je. Vas-y, tire-toi. Tu n'as qu'à prendre la limousine.

– *Patrick*…

– *Tire-toi* ! Le Gâche-Noël te dit *tire-toi* !

Claquant la porte de la cabine, je commence à me fourrer la coke dans le nez à l'aide de mon AmEx platine. Entre deux prises, j'entends Evelyn qui part, sanglotant, disant à la fille: « Il m'a *obligée* à quitter mon propre réveillon, vous vous rendez compte ? *Mon* réveillon ? » et la fille qui répond: « Bien baisée », ricanant méchamment, et j'éclate d'un rire rauque, me cognant la tête contre la cloison de la cabine, puis j'entends le type qui reprend un peu de coke avant de filer et, ayant presque fini mon gramme, je jette un coup d'œil au-dessus de la porte de la cabine pour voir si Evelyn traîne toujours dans le coin, en train de bouder, mordillant sa lèvre inférieure d'un air chagrin – Bouh hou hou, je suis si malheureuse –, mais elle n'est pas revenue, et s'impose à moi l'image d'Evelyn et de la petite amie de Daniel, sur un lit, quelque part, et la fille écarte les jambes d'Evelyn qui est à quatre pattes et lui lèche le cul et lui doigte le con et, pris de vertige, je sors en trombe des lavabos et retourne dans la boîte, bandant et désespéré, avide de chair.

Mais il est tard à présent, et les gens ont changé. Davantage de punks et de rockers, de blacks, moins de types de Wall Street, plus de nanas richissimes venues de l'Avenue A, qui traînent là pour tuer le temps. La musique aussi a changé. Ça n'est plus *I feel Free*, de Belinda Carlisle, mais un Noir quelconque qui fait du rap, un truc qui doit s'appeler *Her Shit on His Dick*, si j'entends bien. Je me glisse jusqu'à deux mignonnes, riches, portant toutes deux une robe minable, genre Betsey Johnson et, complètement cassé, j'engage la conversation sur le mode « C'est chouette, cette musique… On ne s'est pas déjà rencontré chez Salomon Brothers ? », et l'une d'elles ricane méchamment et me dit « Retourne donc à Wall Street », tandis que l'autre, celle qui porte l'anneau dans le *nez*, ajoute: Enfoiré de *yuppie*.

Voilà ce qu'elles me disent, bien que mon costume paraisse noir dans la pénombre de la boîte et que ma cravate – imprimée cachemire, Armani, en soie – soit desserrée.

– Hé, vous pensez peut-être que je suis un de ces ignobles yuppies, mais en fait, *pas du tout*, fais-je en grinçant des dents, avalant ma salive, défoncé à mort.

Il y a deux Noirs à leur table. Tous deux arborent un jean usé, un T-shirt et un blouson de cuir. L'un porte des lunettes de soleil-miroir, l'autre a le crâne rasé. Ils me regardent d'un air mauvais. Je lève le bras, me tordant le poignet à angle aigu pour imiter un rapper. « Salut, fais-je. Ch'uis cassé. Cassé, t'vois... Démon... Dém'on-té... » Je prends une gorgée de champagne. « T'vois... *dé-chi-ré.* »

Histoire de les convaincre, je repère un black avec des dreadlocks et me dirige vers lui, m'écriant « Rasta Man ! », tendant la main pour échanger une grande claque avec lui. Le nègre me regarde sans rien faire.

– Rasta *Mon*, je veux dire. (Je toussote). On se... euh... On s'éclate... fais-je d'une voix moins assurée.

Il s'éloigne en me frôlant, secouant la tête. Je regarde les filles. Elles secouent aussi la tête, me prévenant que ce n'est pas la peine de revenir. Je détourne les yeux, aperçois une créature qui danse toute seule à côté d'un pilier, puis finis mon verre de champagne et me dirige vers elle pour lui demander son numéro de téléphone. Elle sourit. Rideau.

AU NELL'S

Minuit. Je suis au Nell's, assis dans un box avec Craig McDermott et Alex Taylor – lequel vient de s'évanouir – et trois mannequins de chez Elite: Libby, Daisy et Caron. L'été approche, nous sommes à la mi-mai, mais il fait frais dans la boîte, grâce à l'air conditionné, et l'orchestre joue un jazz d'ambiance qui emplit doucement la salle à moitié vide, flottant dans l'air que brassent des ventilateurs au plafond, tandis qu'au dehors, la foule attend sous la pluie, compacte, houleuse. Libby est blonde, et porte des escarpins du soir Yves Saint Laurent à talons hauts, outrageusement pointus, en gros-grain noir, avec des nœuds de satin rouge. Daisy, encore plus blonde, porte des ballerines de satin noir à bout effilé, accompagnées de bas noirs ultrafins mouchetés argent de Betsey Johnson. Caron, blonde platinée, porte des bottes à talons hauts, bouts vernis et revers en tweed, Karl Lagerfeld pour Chanel Toutes trois portent une petite robe de tricot noir, Giorgio di Sant'Angelo, boivent du champagne à la crème d'airelle, du schnaps à la crème de pêche, et fument des cigarettes allemandes – mais je ne fais aucune remarque, bien qu'à mon avis, Nell aurait tout intérêt à ouvrir une salle non-fumeurs. Deux d'entre elles portent des lunettes de soleil Giorgio Armani. Libby est sous le coup d'un décalage horaire. Des trois, Daisy est la seule que j'aie envie de baiser, et encore vaguement. Dans la journée, après avoir vu mon avocat pour une histoire de viol bidon, je suis passé chez Dean & Deluca, où j'ai été pris d'une crise d'angoisse, dont je me suis débarrassé en filant à Xclusive. Après quoi j'ai retrouvé les mannequins au Trump Plaza, pour prendre un verre. Nous avons continué avec un film français auquel je n'ai absolument rien compris, mais que j'ai néanmoins trouvé assez élégant, puis avons dîné dans un bar à sushi appelé le Vivids, non loin du Lincoln Center, avant de nous rendre à une soirée dans le loft de l'ex-petit ami de l'une des filles, où nous avons bu de la mauvaise sangria, avec trop de fruits. La nuit dernière, j'ai rêvé que je baisais des filles en carton, dans une lumière de film porno. Ce matin, le thème du *Patty Winters Show* était "Les Exercices d'Aérobic".

Je porte un costume de laine à deux boutons Luciano

Soprani, avec pantalon à pinces, une chemise de coton Brooks Brothers et une cravate de soie Armani. McDermott a mis son costume de laine Lubiam, avec une pochette de lin Ashear Bros., une chemise de coton Ralph Lauren et une cravate de soie Christian Dior. Il s'apprête à jouer à pile ou face pour savoir lequel de nous deux va descendre au sous-sol pour chercher de la Poudre Miraculeuse de Bolivie, puisqu'*aucun* de nous ne veut rester là, seul avec les filles, car, si nous ne refuserions sans doute pas de les baiser, il est acquis que nous ne voulons pas, ne *pouvons* pas parler avec elles, pas même du bout des lèvres – elles n'ont *rien* à dire et, bon, je sais que cela ne devrait pas nous surprendre, mais ça n'en demeure pas moins assez déconcertant. Taylor se tient assis, mais il garde les yeux fermés, la bouche légèrement ouverte; McDermott et moi pensions jusqu'alors qu'il protestait ainsi contre l'incapacité des filles à soutenir toute conversation, en faisant semblant de dormir, mais il nous apparaît soudain qu'il est peut-être effectivement bourré (il est quasiment incohérent, depuis les trois sakés qu'il a descendus, au Vivids). Cela dit, aucune des filles ne remarque rien, à part peut-être Libby, qui est assise à côté de lui, mais cela demeure douteux, très douteux.

– Face, face, face, fais-je à mi-voix.

McDermott lance la pièce de vingt-cinq cents.

– Pile, pile, pile, chantonne-t-il, et il plaque sa main sur la pièce, à peine a-t-elle touché la nappe.

– Face, face, face, dis-je d'une voix sifflante, priant le ciel.

Il lève la main. « Pile », dit-il en me regardant.

Je contemple la pièce pendant un très long moment. « Recommence », dis-je.

– Salut ! fait-il, regardant les filles avant de se lever, puis il me jette un coup d'œil significatif, roulant des yeux, avec un petit signe de tête. « Écoute, dit-il, je veux un autre cocktail. Absolut. Un double. Sans olive. »

– Magne-toi ! fais-je de loin, tandis qu'il m'adresse un

petit salut guilleret, en haut de l'escalier. « Pauvre idiot. »

Je me retourne vers le box. Derrière nous, une tablée de créatures suspectes, de la saloperie européenne, qui ressemblent fort à des travestis brésiliens, se met à pousser des cris à l'unisson. Voyons… Samedi soir, j'ai un match des Mets avec Jeff Harding et Leonard Davis. Dimanche, je loue des films de Rambo. Lundi, on me livre le nouveau Lifecycle… Je contemple les trois mannequins pendant un temps effroyable, plusieurs minutes, avant d'ouvrir la bouche, notant que quelqu'un a commandé une assiette de papaye en tranches, et quelqu'un d'autre une assiette d'asperges, et que personne n'y touche. Daisy m'observe avec circonspection, puis, arrondissant les lèvres dans ma direction, souffle sa fumée vers ma tête, et la fumée s'étale et flotte dans mes cheveux, manquant mes yeux qui de toute façon sont protégés par des lunettes Oliver Peoples à verres neutres et monture de séquoia, que je n'ai quasiment pas quittées de toute la soirée. Une autre, Libby, la fille avec le décalage horaire, est en train d'essayer de comprendre comment déplier sa serviette. Mon degré de frustration est remarquablement faible, mais les choses pourraient être pires. Après tout, ce pourraient être des *Anglaises*, et nous pourrions être en train de boire… du *thé*.

– Bien ! fais-je, claquant des mains, tentant de paraître en forme. Il a fait chaud, aujourd'hui, non ?

– Où est passé Greg ? demande Libby, remarquant l'absence de McDermott.

– Eh bien, Gorbatchev est en bas, dis-je. McDermott, *Greg*, doit signer un traité de paix avec lui, entre les États-Unis et la Russie. » Je m'interromps pour observer sa réaction. « C'est McDermott qui est derrière la glasnost, vous savez. »

– Ah bon… ouais, fait-elle, d'une voix monstrueusement atone, hochant la tête. Mais, il m'a dit qu'il était dans les affaires, dans les… infusions d'entreprises.

Je jette un coup d'œil à Taylor, qui dort toujours. Je fais

claquer une de ses bretelles, mais il ne réagit pas, ne fait pas un geste, et je me retourne vers Libby. « Je ne vous ai pas mise dans la gêne, n'est-ce pas ? »

– Non, dit-elle, haussant les épaules. Pas vraiment.

– Gorbatchev n'est pas en bas, déclare subitement Caron.

– Vous avez menti ? fait Daisy en souriant.

Je me dis: au secours. « Oui. Caron a raison. Gorbatchev n'est pas en bas. Il est au Tunnel. Excusez-moi. Mademoiselle ! » J'attrape au passage une petite serveuse vêtue d'une robe Bill Blass en dentelle bleu marine à jabot d'organza. « Je vais prendre un J&B on the rocks, et un couteau de boucher, ou un truc coupant, ce que vous pourrez trouver dans la cuisine. Les filles ? »

Aucune ne dit rien. La serveuse regarde fixement Taylor. Je lui jette un coup d'œil, et revient sur la petite serveuse, puis sur Taylor de nouveau. « Apportez-lui… euh, le sorbet au pamplemousse, et, oh, disons un scotch, d'accord ? »

La serveuse continue de le fixer sans réagir.

– Hum-hum, mon chou ? Je lui passe la main devant le visage. « Un J&B ? On the rocks ? » fais-je, articulant bien, dominant le bruit de l'orchestre, qui est lancé dans une excellente interprétation de Take Five.

– Et apportez-leur – je désigne les filles d'un geste – la même chose, je ne sais pas ce qu'elles buvaient. Du ginger ale ? De l'antigel ?

– Non, dit Libby. Du champagne. » Elle se tourne vers Caron. « C'est ça ? »

– Je crois bien, fait Caron, haussant les épaules.

– Avec du schnaps à la pêche, intervient Daisy.

– Du champagne, dis-je à la serveuse. Avec, mmmm-mmm, du schnaps à la pêche. Ça ira ?

La serveuse hoche la tête, écrit, s'en va, et j'observe son cul qui s'éloigne, avant de revenir à mes trois mannequins, les examinant très attentivement, une à une, cherchant à déceler le moindre signe, la moindre lueur qui pourrait leur échapper, éclairer fugacement leur visage, le moindre geste qui pourrait trahir ce comportement de robot, mais il fait plutôt sombre au Nell's, et mon espoir se révèle parfaitement vain. Je claque des mains derechef, prends ma respiration. « Bien ! Il a fait vraiment chaud, aujourd'hui, pas vrai ? »

Libby, soupirant, fixant son verre de champagne: Il me faut une nouvelle fourrure.

Daisy, de la même voix atone: Longue, ou à la cheville ?

Caron: Ou une étole ?

Libby, réfléchissant intensément: Soit longue, soit… J'ai vu une sortie de bal courte, très douce…

Daisy: En vison, naturellement ? C'est bien du *vison* ?

Libby: Oh, ouais. Du vison.

Je donne un coup de coude à Taylor, lui chuchotant: Réveille-toi. Elles parlent. Il faut que tu voies ça.

Caron, poursuivant son idée: Mais *quel* genre ?

Daisy: Tu ne trouves pas que certains visons sont trop… *ébouriffés* ?

Libby: C'est vrai, certains visons sont vraiment trop ébouriffés.

Daisy, pensive: Le renard argenté se fait *beaucoup*.

Libby: On voit aussi de plus en plus de tons beiges.

Quelqu'un: Qu'est-ce qu'il y a, comme fourrures beiges ?

Quelqu'un: Le lynx. Le chinchilla. L'hermine. Le castor.

Taylor, clignant des yeux: Salut. Je suis là.

Moi, soupirant: Rendors-toi, Taylor.

Taylor, s'étirant: Où est Mr. McDermott ?

Moi, haussant les épaules: Il se balade en bas. Il cherche de la coke.

Quelqu'un: Le renard argenté se fait beaucoup.

Quelqu'un: Le raton laveur. Le putois. L'écureuil. Le rat musqué. L'agneau de Mongolie.

Taylor: Dis-moi, je rêve, ou… c'est une vraie conversation, ce que j'entends là ?

Moi, avec un sourire crispé: Eh bien, ça en tient lieu, j'imagine. Mais chut… Écoute. C'est riche d'enseignements.

Ce soir, au bar à sushi, McDermott, à bout de frustration, a demandé aux filles si elles pouvaient citer une des neuf planètes. Libby et Caron ont trouvé la lune. Daisy n'était pas très sûre d'elle, mais elle a finalement trouvé... la Comète. Daisy croyait que la Comète était le nom d'une planète. Ahuris, McDermott, Taylor et moi lui avons assuré que c'était bien le cas.

– En fait, il est facile de trouver une bonne fourrure, déclare Daisy, d'une voix lente. Depuis qu'un plus grand nombre de créateurs de prêt-à-porter a investi le champ de la fourrure, l'éventail s'élargit, car chaque créateur sélectionne ses propres peaux, afin de donner une individualité à sa collection.

– Tout cela est effrayant, dit Caron, frissonnante.

– Il ne faut pas être timorée, dit Daisy. La fourrure n'est guère qu'un accessoire. Il ne faut *pas* se laisser impressionner par elle.

– Un accessoire, mais un accessoire de luxe, fait remarquer Libby.

– Quelqu'un s'est-il jamais amusé avec un TEC 9 mm Uzi ? C'est un fusil. Non, personne ? C'est un modèle particulièrement pratique, avec un canon fileté pour y adapter un silencieux, dis-je à la ronde, hochant la tête.

– Il ne faut pas se laisser intimider par la fourrure, dit Taylor. Il me jette un coup d'œil et ajoute, l'air absent: Effectivement, je découvre peu à peu des choses stupéfiantes.

– Mais c'est un accessoire de luxe, insiste Libby.

La serveuse réapparaît, posant les verres, ainsi qu'une coupe de sorbet au pamplemousse. Taylor baisse les yeux, clignant des paupières: Je n'ai pas commandé ça.

– Si, dis-je. Dans ton sommeil. Tu as commandé ça dans ton sommeil.

– Non, non, fait-il, incertain.

– Je le mangerai, dis-je. Tais-toi et écoute. Je tape bruyamment des doigts sur la table.

Libby: Karl Lagerfeld, sans problème.

Caron: Pourquoi ?

Daisy, allumant une cigarette: Évidemment, il a dessiné la collection Fendi.

Caron, cessant de ricaner: J'aime bien l'agneau de Mongolie mélangé à la taupe, ou… Cette fameuse veste de cuir doublée d'agneau de Perse.

Daisy: Que penses-tu de Geoffrey Beene ?

Caron, considérant la question: Les cols de satin blanc, mmmmm… sans plus.

Libby: Mais il a fait des choses *extraordinaires* en agneau du Tibet.

Caron: Et Carolina Herrera ?

Daisy, secouant la tête: Non, non, trop ébouriffé.

Libby hochant la tête: Trop gamine.

Daisy: Cela dit, James Galanos a de merveilleux ventres de lynx de Russie.

Libby: Et n'oublie pas Arnold Scaasi. Ses hermines blanches… À mourir.

– Vraiment ? fais-je, les lèvres retroussées en un rictus de dépravation. À mourir ?

– À mourir, répète Libby, affirmative pour la première fois depuis le début de la soirée.

– Je pense que tu serais adorable, en, oh, en Geoffrey Beene, Taylor, fais-je d'une voix aiguë, plaintive, posant sur son épaule un poignet indolent. Il s'est rendormi, ça n'est pas la peine. Je retire ma main en soupirant.

– Mais c'est Miles, fait Caron, dévisageant dans le box voisin une espèce de gorille vieillissant, doté de cheveux grisonnants coupés en brosse et d'une gamine de onze ans en équilibre sur ses genoux.

Libby se retourne pour s'en assurer: Mais je croyais qu'il était à Philadelphie, en train de tourner son film sur le Vietnam.

– Non. Aux *Philippines*, dit Caron. Pas à Philadelphie.

– Ah ouais, fait Libby. Tu en es certaine ?

– Ouais. En fait, le film est terminé, dit Caron d'un ton

extrêmement hésitant. Elle cligne des paupières. « En fait il est… déjà sorti. » Elle cligne de nouveau des paupières. « En fait, je crois qu'il est sorti… l'an dernier. »

Toutes posent sur le box voisin un regard indifférent puis se retournent vers notre table, et leurs yeux tombent sur Taylor endormi. Caron se tourne vers Libby avec un soupir: Crois-tu que nous devrions aller lui dire bonjour ?

Libby hoche lentement la tête, avec une expression que la lueur des bougies fait paraître énigmatique, puis se lève. « Excusez-nous. » Elles partent. Daisy reste. Elle prend une gorgée de champagne dans le verre de Caron. Je l'imagine nue, assassinée, avec des asticots en train de lui creuser le ventre et de se régaler, les seins noircis de brûlures de cigarettes, et Libby en train de dévorer le cadavre. Je m'éclaircis la gorge. « Eh bien, il a fait vraiment chaud, aujourd'hui, n'est-ce pas ? »

– Oui, dit-elle.

– Posez-moi une question, dis-je, me sentant soudain à l'aise, communicatif.

Elle tire sur sa cigarette, souffle la fumée. « Qu'est-ce que vous faites ? »

– Qu'est-ce que je fais, à votre avis ? fais-je d'un air gamin.

– Mannequin ? Elle hausse les épaules. Comédien ?

– Non. C'est flatteur, mais ça n'est pas cela.

– Alors ?

– Je m'occupe, disons, de meurtres, d'exécutions, essentiellement. Cela dépend. Je hausse les épaules.

– Ça vous plait ? demande-t-elle sans se troubler.

– Mmm… Cela dépend des fois. Pourquoi ? » Je prends une cuillerée de sorbet.

– Eh bien, la plupart des types de ma connaissance qui s'occupent de rachats et de fusions d'entreprises n'aiment pas vraiment leur travail, dit-elle.

– Ça n'est *pas* ce que je vous ais dit, fais-je avec un sourire crispé, vidant mon J&B. Oh, laissez tomber.

– Posez-moi une question, *vous*, dit-elle.

– D'accord. Où allez-vous… Je m'interromps, en panne d'inspiration. « Où passez-vous l'été ? »

– Dans le Maine. Demandez-moi autre chose.

– Où vous entraînez-vous ?

– J'ai un entraîneur particulier. Et vous ?

– Xclusive. Dans l'Upper West Side.

– Vraiment ? Elle sourit, reconnaissant soudain quelqu'un derrière moi, mais son expression ne change pas, sa voix reste aussi atone. « Francesca. Oh, mon Dieu. Regardez qui voilà. Francesca. »

– Daisy ! Et Patrick, cette *crapule* ! s'écrie Francesca d'une voix perçante. Daisy, pour l'amour de Dieu, que fais-tu avec un *tombeur* comme Bateman ? Elle contourne le box et se glisse sur la banquette, flanquée d'une blonde à l'air morose, que je ne reconnais pas. Francesca porte une robe de velours Saint Laurent Rive Gauche. L'inconnue porte une robe de laine Geoffrey Beene. Toutes deux portent des perles.

– Salut, Francesca, dis-je.

– Daisy, mon Dieu, Ben et Jerry sont là. J'*adore* Ben et Jerry, dit-elle confusément, agitée, haletante, criant pour dominer les échos diffus de l'orchestre de jazz – qu'elle noie définitivement. « Tu n'*adores* pas Ben et Jerry ? » reprend-elle, écarquillant les yeux, puis, avisant une serveuse qui passe, elle l'interpelle d'un ton rauque. « Un jus d'*orange* ! Il me faut un jus d'*orange* ! Bon Dieu de merde, il faut *virer* ce personnel. Où est Nell ? Je vais le lui dire », marmonne-t-elle, parcourant la salle des yeux, avant de se tourner vers Daisy. « De quoi ai-je l'air ? Bateman, *Ben et Jerry* sont ici. Ne reste donc pas assis là comme un idiot. Oh, voyons, je plaisante. J'adore Patrick. Allez, Bateman, remets-toi, du nerf, Don Juan, Ben et Jerry sont là. » Elle me lance un clin d'œil lascif, et passe la langue sur ses lèvres. Francesca écrit dans *Vanity Fair*.

– Mais j'ai déjà… » Je m'interromps, baisse les yeux sur mon sorbet, embarrassé. « J'ai déjà commandé ce sorbet au

pamplemousse. » Je désigne la coupelle du doigt, l'air chagrin. « Je n'ai pas envie de glace. »

– Mais pour l'amour de Dieu, Bateman, *Jagger* est là.
Mick. Jerry. Tu *sais* bien », fait Francesca, tournée vers
nous, mais sans cesser de parcourir la salle du regard.
Daisy n'a pas une seule fois changé d'expression, de toute
la soirée. « Quel Y-u-p-p-i-e- », dit-elle à la blonde, épelant
chaque lettre. Le regard de Francesca s'attarde sur mon sorbet. Vigilant, je le rapproche de moi.

– Ah ouais, fais-je. *Just another night, just another night
with you...* » Je chantonne, plus ou moins. « Je le connais. »

– Tu es d'une minceur, Daisy, ça me rend malade. Enfin,
je vous présente Alison Poole, trop mince elle aussi, elle
me rend malade », dit Francesca, donnant une tape sur mes
mains posées sur le sorbet et tirant la coupelle vers elle.
« Alison, je te présente Daisy Milton et Patrick... »

– Nous nous sommes déjà rencontrés, fait Alison, me
jetant un regard méchant.

– Salut, Alison. Pat Bateman, fais-je, tendant la main.

– Nous nous sommes *déjà* rencontrés, répète-t-elle, dur-
cissant encore son regard.

– Ah ?... On se connaît ?

– Mon Dieu, regardez Bateman, regardez ce profil !
s'écrie Francesca d'une voix suraiguë. Complètement
romain. Et ces cils ! glapit-elle.

Daisy a un sourire approbateur. Très maître de moi,
je ne réagis pas.

Je reconnais Alison. C'est une fille que je me suis faite au
printemps dernier, quand je suis allé au Derby du Kentucky
avec Evelyn et ses parents. Je me souviens qu'elle a crié
quand j'ai voulu lui fourrer tout mon bras dans le vagin,
avec des gants, de la Vaseline, du dentifrice, tout ce que
j'avais pu trouver. Elle était bourrée, défoncée à la coke, et je
l'avais attachée au lit avec du fil de fer. Je l'avais aussi
baillonnée avec du chatterton, je lui en avais collé partout,
sur le visage, sur les seins. Je sais que Francesca m'avait fait

une pipe, avant. Je ne me rappelle plus du jour ni de l'endroit, mais elle m'avait fait une pipe, et j'avais bien apprécié. Je me souviens tout à coup, douloureusement, que j'aurais aimé voir Alison se vider de son sang, cet après-midi là, au printemps dernier, mais quelque chose m'avait arrêté en cours de route. Elle était si défoncée – « Oh, mon Dieu », avait-elle gémi pendant des heures, le sang formant des bulles à ses narines – qu'elle n'avait pas pleuré. Peut-être était-ce là le problème. Peut-être était-ce ce qui l'avait sauvée. Ce week-end là, j'avais gagné beaucoup d'argent sur un cheval appelé Indecent Exposure.

– Dans ce cas… Salut », fais-je avec un faible sourire. Mais très vite je reprends confiance. Alison n'aurait jamais raconté cette histoire à quiconque. Personne n'a pu entendre parler de cet après-midi horrible et délicieux. Je lui fais un large sourire, dans la pénombre du Nell's. « Oui, je me souviens de vous. Vous étiez une vraie… une vraie brute »; conclus-je d'une voix grondante.

Elle ne dit rien. Elle me regarde comme si j'étais l'inverse de la civilisation, un truc comme ça.

– Mon Dieu, Taylor est-il endormi, ou est-il simplement mort ? demande Francesca, ingurgitant le reste de mon sorbet. Au fait, avez-vous lu Page Six, aujourd'hui ? Je suis dedans. Daisy aussi. Et aussi Taffy.

Alison se lève sans un regard vers moi. « Je vais chercher Skip en bas, et danser un peu. » Elle s'éloigne.

McDermott revient, jetant un bref coup d'œil à Alison qui se glisse contre lui en passant, avant de s'asseoir à côté de moi.

– Trouvé quelque chose ? fais-je.

– Rien à faire, répond-il en s'essuyant les narines. Il porte son verre à son nez et le renifle avant d'en prendre une gorgée, puis allume une des cigarettes de Daisy en me regardant, et se présente à Francesca, avant de revenir sur moi. « Ne prends pas l'air si *effaré*, Bateman. Ce sont des choses qui *arrivent*. »

Je le fixe un moment en silence, puis demande: Es-tu en train de… genre, de me couillonner, McDermott ?

– Non, dit-il. Il n'y avait rien à gratter.

Je demeure silencieux un moment de nouveau, puis je baisse les yeux, avec un soupir. « Écoute, McDermott, j'ai déjà fait le coup, moi aussi. Je vois clair dans ton jeu. »

– Je l'ai baisée, celle-là, dit-il, reniflant de nouveau, désignant une fille quelconque dans un box, sur le devant. Il transpire énormément, et pue le Xeryus.

– Vraiment. Ouah. Bien, écoute-moi, dis-je, remarquant soudain quelque chose du coin de l'œil. *Francesca…*

– Quoi ? fait-elle, levant les yeux, une larme de sorbet coulant sur son menton.

– Tu manges mon sorbet ? Je désigne la coupe du doigt.

Elle déglutit, l'œil mauvais. « Allez, ne fait pas cette tête-là, Bateman. Qu'est-ce que je peux faire pour toi, superbe étalon ? Tu veux quoi, un test de SIDA ? Oh, mon Dieu, à propos, ce type, là-bas, Krafft… Mmmmm. Pas une grande perte. »

L'individu que nous montre Francesca est assis dans un box, non loin de l'orchestre. Il a les cheveux plaqués en arrière, un visage très juvénile, et porte un costume avec pantalon à pinces et une chemise de soie, Comme des Garçons Homme, à petits pois gris pâle. Il sirote un Martini. On l'imagine très bien dans une chambre, ce soir, couché avec quelqu'un, probablement avec la fille qui l'accompagne: blonde, gros nénés, robe cloutée Giorgio di Sant'Angelo.

– Il faudrait peut-être la prévenir ? dit quelqu'un.

– Oh, non, fait Daisy. Non. Elle a l'air d'une vraie salope.

– Écoute-moi, McDermott, dis-je, me penchant vers lui. Tu as de la dope. Je le vois à tes yeux. Sans parler de la manière imbécile dont tu renifles.

– Niet. *Négatif.* Pas ce soir, ma puce. Il secoue la tête. On applaudit l'orchestre – toute la table applaudit, même Taylor, que Francesca a réveillé par inadvertance –, et je tourne le dos à McDermott, fortement contrarié, et claque des mains, comme tout le monde. Caron et Libby reviennent vers notre table. « Caron doit se rendre à Atlanta, demain. Une séance pour *Vogue*. Il faut qu'on y aille », dit Libby. Quelqu'un demande l'addition, et McDermott pose dessus son AmEx gold, preuve irréfutable de ce qu'il est complètement défoncé, car chacun sait combien il est dur à la détente.

Dehors, il fait lourd, et une légère bruine tombe, presque un brouillard. Des éclairs, mais pas de tonnerre. Traînant McDermott derrière moi, décidé à le confondre, je manque de trébucher dans une chaise roulante, avec un type dedans, que je me souviens avoir vu rouler jusqu'aux cordes quand nous sommes arrivés; il est toujours là, avançant son fauteuil vers l'entrée, puis reculant, allant et venant sans cesse, tandis que le portier l'ignore complètement.

– *McDermott* ! fais-je. Qu'est-ce qui se passe ? Donne-moi ta *dope*.

Il se retourne face à moi, et se met soudain à se contorsionner dans tous les sens puis, stoppant brusquement, se dirige vers une Noire assise avec un enfant sur le seuil d'une épicerie fermée, contiguë au Nell's et qui, comme on pouvait s'y attendre, mendie, l'inévitable panneau de carton posé à ses pieds. Il est difficile de déterminer si le gosse – six ou sept ans – est noir ou pas, et si c'est vraiment le sien, car la lumière à l'entrée du Nell's, trop crue et peu flatteuse, réellement, a tendance à donner à tout le monde le même teint jaunâtre, délavé.

– Mais qu'est-ce qu'ils *font* ? demande Libby, les regardant d'un air pétrifié. Ils ne savent pas qu'il faut se mettre plus près des cordes ?

– *Allons*, Libby, fait Caron, l'entraînant vers deux taxis stationnés le long du trottoir.

– McDermott ? fais-je. Mais *bon Dieu*, qu'est-ce que tu fais ?

Les yeux vitreux, il agite un billet d'un dollar au visage de la femme qui se met à sangloter, essayant avec des gestes pathétiques d'attraper le billet, que bien sûr, il ne lui donne pas. À la place, il y met le feu avec des allumettes du Canal Bar, et s'en sert pour rallumer le cigare à demi fumé qu'il serre entre ses dents blanches et régulières – des jaquettes, probablement, cette cloche.

– Comme c'est… élégant, McDermott, fais-je.

Daisy est appuyée à une Mercedes blanche garée le long du trottoir. Une autre Mercedes, noire, une limousine, est garée en double file à côté de la blanche. Toujours des éclairs. Hurlement d'une ambulance dans la Quatorzième Rue. McDermott baise la main de Daisy en passant, avant de s'engouffrer dans le deuxième taxi.

Je me retrouve tout seul devant la femme en larmes. Daisy observe.

– Mon Dieu, fais-je. Tenez… Je lui tends une pochette d'allumettes du Lutèce et, m'apercevant aussitôt de mon erreur, je fouille dans ma poche, trouve une pochette du Tavern on the Green et la lance au gamin, avant de reprendre du bout des doigts l'autre pochette qu'elle tient dans ses mains sales et couvertes de croûtes.

– Mon Dieu, fais-je de nouveau, dans un souffle, me dirigeant vers Daisy.

– Il n'y a *plus* de taxi, dit-elle, les poings sur les hanches. Un nouvel éclair fulgure, et elle tourne la tête en tous sens. « Mais *où* sont les photographes ? *Qui* prend des photos ? » demande-t-elle en gémissant.

– Taxi ! Je siffle, essayant d'arrêter un taxi qui passe.

De nouveau, un éclair déchire le ciel au-dessus de Zeckendorf Towers, et Daisy glapit: « Mais *où donc* est ce photographe ? Mais *Patrick*, dis-leur d'*arrêter*. » Elle tourne la tête à gauche, à droite, derrière, à gauche, à droite, perplexe, abaisse ses lunettes de soleil.

– Oh, mon Dieu, fais-je à mi-voix. Ce sont des *éclairs*. Pas un photographe. *Des éclairs* ! Je crie.

– Oh oui, bien sûr, il faudrait que je vous *croie*, vous qui avez dit que Gorbatchev était au sous-sol, dit-elle d'un ton accusateur. Eh bien je ne vous crois pas. Je crois que les journalistes sont là.

– Mon Dieu, voilà un taxi. *Hep*, Taxi ! Je siffle un taxi qui approche, tournant au coin de la Huitième Avenue, mais au même instant je sens une petite tape sur mon épaule et, me retournant, me retrouve en face de Bethany, une fille avec qui je suis sorti un moment à Harvard, avant qu'elle ne me plaque, et qui porte un pull-over brodé de dentelles et un pantalon en crêpe de viscose Christian Lacroix, et tient un parapluie blanc ouvert à la main. Mon taxi passe en trombe.

Moi, stupéfait: Bethany

Bethany, souriante: Patrick.

Moi: Bethany.

Bethany: Comment vas-tu, Patrick ?

Moi, après quelques secondes d'un silence gênant: Euh… bien, enfin, très bien. Et toi ?

Bethany: Vraiment bien, je te remercie.

Moi: Tu sais, hein… Enfin. Tu étais au Nell's ?

Bethany: Oui, j'étais là. Ça fait plaisir de te voir.

Moi, avalant ma salive: Tu… Tu vis ici ? À Manhattan ?

Bethany, souriant: Oui. Je travaille chez Milbank Tweed.

Moi: Oh, eh bien… C'est super.

Je jette un coup d'œil en direction de Daisy, sentant soudain la colère monter en moi à l'évocation de ce déjeuner à Cambridge, au Quarters, où Bethany, le bras en écharpe, la joue légèrement tuméfiée, avait mis un point final à notre relation et, au même instant, je me dis: mes cheveux. Bon Dieu, mes *cheveux*. Je sens le crachin en train de les massacrer.

Moi: Bien, il faut que j'y aille.

Bethany: Tu es chez P&P, non ? Tu es superbe.

Moi, apercevant un taxi qui approche, reculant: Ouais, enfin, tu sais…

Bethany, enthousiaste: On devrait déjeuner, un jour.

Moi, hésitant: Ce serait drôlement sympathique.

Le taxi a repéré Daisy, et s'est arrêté.

Bethany: Je t'appelle.

Moi: Comme tu veux.

Une espèce de Noir a ouvert la portière du taxi à Daisy, qui s'y installe avec mille manières. Il la maintient ouverte pour moi tandis que j'y entre à mon tour, faisant un geste de la main à Bethany. « Vous me donnez un petit quelque chose, Monsieur, vous et la jolie dame ? »

– Ouais, fais-je dans un grognement, essayant de vérifier l'état de me cheveux dans le rétroviseur du chauffeur. Je te donne un bon tuyau: trouve-toi un *vrai* boulot, espèce d'abruti d'enfoiré de nègre. Sur quoi je claque la portière et dis au chauffeur de nous conduire dans l'Upper West Side.

– Vous n'avez pas trouvé ça intéressant, dans le film, tout à l'heure, les types qui étaient des espions, mais sans être vraiment des espions ? demande Daisy.

– Et vous déposerez Mademoiselle à Harlem, dis-je au chauffeur.

Chez moi. Je suis torse nu devant le miroir Orobwener, me demandant si je vais ou non prendre une douche et me laver les cheveux, qui ont une sale gueule, à cause de la pluie. Avec circonspection, j'applique un peu de mousse, puis passe le peigne. Daisy est assise dans le fauteuil Louis Montoni en cuivre et chrome, à côté du lit japonais, en train de déguster une glace Macadamia Brittle Häagen-Dazs. Elle ne porte qu'un soutien-gorge en dentelle et un porte-jarretelles de chez Bloomingdale.

– Vous savez, crie-t-elle, mon petit ami, Fiddler, à la soirée, il n'arrivait pas à comprendre ce que je fabriquais avec un yuppie.

– Ah, vraiment ? fais-je machinalement, sans l'écouter, le regard fixé sur mes cheveux.

– Il a dit… Elle rit. Il a dit qu'il ressentait de mauvaises vibrations.

Je soupire, fais jouer un muscle. « C'est… c'est vraiment dommage. »

– Il prenait énormément de coke. Il me battait tout le temps, dit-elle tout à trac, haussant les épaules.

Je tend l'oreille, soudain, mais elle ajoute: Mais il n'a jamais touché à mon visage.

Je reviens dans la chambre et commence à me déshabiller.

– Vous me prenez pour une idiote, n'est-ce pas ? fait-elle sans me quitter des yeux, ses jambes bronzées, aérobiquées, passées au-dessus d'un des accoudoirs.

– Quoi ? J'ôte mes chaussures, me penche pour les ramasser.

– Vous me prenez pour une idiote. Vous pensez que tous les mannequins sont des idiotes.

– Non, dis-je, essayant de réprimer un rire. Pas du tout.

– Mais si, insiste-t-elle. Je le vois bien.

– Je vous trouve… Ma voix s'enraye.

– Oui ? fait-elle avec un large sourire, attendant.

– Je vous trouve parfaitement brillante et incroyablement… brillante, dis-je d'une voix monocorde.

– C'est gentil, dit-elle avec un sourire serein, léchant sa cuiller. Il y a, disons, quelque chose de tendre qui émane de vous.

– Merci. J'ôte mon pantalon et le plie soigneusement avant de l'accrocher aux côtés de la chemise et de la cravate sur le cintre en acier noir dessiné par Philippe Stark. « Vous savez, l'autre jour, j'ai surpris ma femme de ménage en train de voler un morceau de toast au son dans la poubelle de la cuisine. »

Daisy écoute attentivement. « Pourquoi ? » demande-t-elle.

Je m'interromps, contemplant son ventre plat, finement ciselé. Tout son buste est bronzé, musclé. Comme le mien. « Elle m'a dit qu'elle avait faim. »

Daisy soupire et lèche sa cuiller d'un air méditatif.

– Ça va, mes cheveux ? fais-je, immobile dans mon caleçon Calvin Klein déformé par l'érection, et ma paire de chaussettes Armani à cinquante dollars.

– Ouais, fait-elle avec un haussement d'épaules. Évidemment.

Je m'asseois au bord du lit japonais, ôte mes chaussettes.

– Aujourd'hui, j'ai battu une fille dans la rue, une fille qui demandait de l'argent. Je m'interromps, soupesant soigneusement chaque mot: « Elle était jeune, et elle paraissait effrayée. Elle avait une pancarte où elle expliquait qu'elle était perdue dans New York, seule avec un enfant, mais je ne l'ai pas vue. Elle avait besoin d'argent, pour manger, ou quelque chose comme ça. Pour prendre un ticket de bus pour l'Iowa. L'Iowa, oui, je crois que c'était ça, et… » Je m'interromps de nouveau, roulant les chaussettes en boule, les déroulant.

Daisy me regarde en silence pendant une minute, avant de demander: Et alors ?

Je ne réponds pas, l'esprit ailleurs, puis me lève. Avant de disparaître dans la salle de bains, je conclus à mi-voix: « Et alors ? Je l'ai dérouillée à mort. » J'ouvre l'armoire à pharmacie pour y prendre un préservatif et, revenant dans la chambre, ajoute: « Elle avait fait une faute à *détresse*. Enfin, ça n'est pas pour cela que j'ai fait ça, mais… vous voyez. » Je hausse les épaules. « Elle était trop vilaine pour qu'on la viole. »

Daisy se lève et pose la cuiller à côté de la boîte Häagen-Dazs, sur la table de chevet dessinée par Gilbert Rhode.

Je tends l'index. « Non. Dans la boîte. »

– Oh, désolée, dit-elle.

Tandis que j'enfile le préservatif, elle admire un vase Palazzetti. Je grimpe sur elle et nous faisons l'amour. Elle n'est qu'une ombre sous moi, malgré les lampes halogènes réglées à fond. Après, nous demeurons allongés chacun d'un côté du lit. Je touche son épaule.

– Je crois que tu devrais rentrer, dis-je.

Elle ouvre les yeux, se gratte le cou.

– Je crois que je pourrais te… te faire du mal, dis-je. Je ne pense pas pouvoir me contrôler.

Elle me jette un coup d'œil, hausse les épaules: « D'accord. Pas de problème », et commence à se rhabiller. « Je tiens à ne pas trop m'engager, de toute manière », dit-elle.

– Je crois que ça tournerait mal, sinon, dis-je.

Elle passe son slip, vérifie sa coiffure dans le miroir Nabolwev. « Je comprends. »

Après qu'elle ait fini de s'habiller, dans un silence total, intense, je demande, non sans un vague espoir: Tu n'as pas envie qu'on te fasse mal, n'est-ce pas ?

Elle boutonne le haut de sa robe et soupire, sans m'accorder un regard. « C'est pour ça que je pars. »

– Autant pour moi, dis-je.

PAUL OWEN

J'ai passé toute la matinée chez moi, à filtrer les appels sans en prendre un seul, fixant d'un regard las le téléphone sans fil tout en avalant tasse sur tasse de thé décaféiné. Après quoi je suis allé au gymnase, où je me suis entraîné deux heures durant; puis j'ai déjeuné sur place, au bar végétarien, où j'ai mangé à peine la moitié de la salade d'endives-carottes que j'avais commandée. Je suis passé chez Barney, en rêvant du loft abandonné dans lequel j'ai loué un local, du côté de Hell's Kitchen. Je me suis offert un masque chez l'esthéticienne. J'ai fait un squash avec Brewster Whipple au Yale Club, d'où j'ai réservé une table au nom de Marcus Halberstam pour huit heures au Texarkana, où je dois retrouver Paul Owen pour dîner. J'ai choisi le Texarcana car je sais que beaucoup des gens auxquels j'ai affaire ne dîneront pas là-bas ce soir. En outre, je me sens d'humeur à goûter leur porc à l'étouffée de piments et boire une ou deux bières du Sud. Nous sommes au mois de juin, et je porte un costume de lin à deux boutons, une chemise de coton, une cravate de soie et des chaussures de cuir bicolore, Armani. Devant le

Texarkana, un clochard noir, sympathique, s'approche de moi pour m'expliquer qu'il est No Hope, le petit frère de Bob Hope. Il tend un gobelet de café. Comme je trouve cela amusant, je lui donne vingt-cinq cents. J'ai vingt minutes de retard. Par une fenêtre ouverte de la Dixième Rue, me parviennent les derniers accords de *A Day in the Life*, des Beatles.

Le bar du Texarkana est désert et, dans la salle, seules quatre ou cinq tables sont occupées. Owen est installé dans un box du fond, se plaignant âprement auprès du serveur qu'il soumet à la question, exigeant de savoir pourquoi exactement ils n'ont plus ce soir de soupe d'écrevisses. Le serveur, un pédé pas trop vilain, zézaye une excuse, éperdu. Owen n'est pas d'humeur à plaisanter, mais moi non plus. Je m'asseois, tandis que le serveur s'excuse derechef, avant de prendre ma commande. « J&B, *sec*, fais-je en insistant bien. Et aussi une bière du Sud. » Il sourit en écrivant sur son carnet – il bat même des paupières, la salope – et comme je m'apprête à lui dire de ne pas essayer de finasser avec moi, Owen aboie sa commande – « Une double Absolut ! » – et le pédé s'éclipse.

– C'est une véritable ruche ici, quelle agitation, hein Halberstam ? fait Owen, désignant la salle aux trois quarts vide. On s'éclate, vraiment, quel *pied*.

– Écoute, leur soupe à la boue et leur rucola au charbon de bois sont *hors de prix*.

– Ouais, bon, grommelle-t-il, le regard fixé sur son verre à cocktail. Tu es en retard.

– Hé, je suis un enfant du divorce, moi, ne sois pas si dur », dis-je, pensant : Oh, Halberstam, tu es un *véritable* enfoiré. « Mmmmmm, fais-je, étudiant le menu, je vois qu'ils n'ont pas inscrit les rognons de porc à la gelée de citron vert. »

Owen porte un costume croisé lin et soie, une chemise de coton et une cravate de soie, Joseph Abboud. Son bronzage est impeccable. Mais il n'est pas dans son assiette ce soir, il n'a pas l'air décidé à bavarder, curieusement, et sa morosité rejaillit sur ma belle humeur, douche mon enthousiasme et le refroidit singulièrement, et me voilà réduit à faire des commentaires du genre « Ça n'est pas Ivana Trump, là-bas ? » avant d'ajouter en riant « Enfin, Patrick, je veux dire *Marcus*, *à quoi* penses-tu ? Que ferait Ivana Trump au Texarkana ? », ce qui n'allège en rien la monotonie du dîner, et ne change rien non plus au fait que Paul Owen a exactement mon âge, vingt-sept ans, et que je trouve tout cela profondément déconcertant.

Ce que j'ai pris tout d'abord pour de l'outrecuidance de la part de Owen n'est en fait que de l'ébriété. Lorsque je le presse de me parler du portefeuille Fisher, il me donne des renseignements statistiques sans intérêt, que je possédais déjà: je sais que Rothschild gérait le portefeuille à l'origine, et que Owen l'a récupéré. Et, bien que Jean m'ait déjà fourni toutes ces informations il y a des *mois* de cela, je ne cesse de hocher la tête, feignant de trouver ces indications particulièrement révélatrices, approuvant: « Voilà qui est instructif », tout en répétant: « Je suis complètement psychopathe », ou encore: « J'aime dépecer les filles ». À chaque fois que je parviens à ramener la conversation sur le mystérieux portefeuille Fisher, il change de sujet d'un air irrité, revenant à des histoires de salon UVA ou de marques de cigares ou de clubs de gym ou d'endroits idéals pour faire son jogging à Manhattan, sans cesser de pouffer de rire, ce qui me met au supplice. Durant la première partie du repas – pré-entrée, post-hors-d'œuvre –, je bois de la bière du Sud, puis je passe au Diet Pepsi, car il faut que je reste au moins à peu près sobre. À l'instant où je vais lui dire que Cecelia, la petite amie de Marcus Halberstam, possède deux vagins, et que nous avons l'intention de nous marier au printemps prochain à East Hampton, il me coupe la parole.

– Je me sens, euh, légèrement gris, dit-il, pressant un citron vert au-dessus de la table, manquant complètement sa chope de bière.

– Mmm-mmm. Je trempe avec précaution un batonnet de jicama dans la moutarde de rhubarbe, feignant de ne rien voir.

Quand le dîner prend fin, il est dans un tel état que je: 1) lui fais payer l'addition, qui se monte à deux cent cinquante dollars, 2) le force à admettre qu'il est en réalité un imbécile et une ordure, et 3) le ramène chez moi, où il se prépare un *autre* verre – ouvrant en fait une bouteille d'Acacia que je pensais avoir cachée, à l'aide d'un tire-bouchon Mulazoni en argent massif que Peter Radloff m'a offert à la signature du contrat Heatherberg. Dans la salle de bains, je sors la hache que j'ai planquée dans la douche, avale deux Valiums cinq milligrammes que je fais glisser avec un grand verre de Plax anti-plaque dentaire, puis passe dans l'entrée où j'enfile un imperméable bon marché que j'ai pris chez Brooks Brothers mercredi dernier, et me dirige vers Owen, penché près de la chaîne stéréo du salon, en train d'examiner ma collection de CD. Les stores vénitiens sont tirés, toutes les lampes allumées. Il se redresse et recule doucement, sirotant son verre de vin, parcourant l'appartement des yeux, puis va s'asseoir sur une chaise pliante en aluminium achetée chez Conran, à la braderie du Memorial Day, il y a quelques semaines, et remarque enfin les journaux – *USA Today, Women's Wear* et le *New York Times* – étalés sur le sol, recouvrant le plancher de chêne clair ciré pour le protéger du sang. Je m'approche de lui, la hache dans une main, boutonnant mon imperméable de l'autre.

– Hé, Halberstam, parvient-il à articuler, la voix pâteuse.

– Oui, Owen, fais-je, m'approchant.

– Pourquoi as-tu mis des, euh, des pages de mode partout par terre ? demande-t-il d'une voix lasse. Tu as un chien ? Un chow-chow, un truc comme ça ?

– Non, Owen. Je fais lentement le tour de la chaise pour me mettre face à lui, bien dans l'axe de son regard. Il est si saoul qu'il ne remarque pas la hache, pas même quand je la brandis au-dessus de ma tête, ni même quand, changeant d'avis, je l'abaisse pour la tenir à hauteur de ma taille comme une batte de base-ball, prêt à frapper la balle, un balle qui s'avère être sa tête.

– De toute façon, je détestais Iggy Pop, dit-il après un silence. Mais maintenant, il est devenu tellement commercial que je l'aime beaucoup plus que quand...

La hache l'atteint au milieu de sa phrase, en plein visage. Le couperet épais s'enfonce de biais dans sa bouche ouverte, et la lui ferme. Ses yeux se lèvent vers moi, puis roulent en arrière, puis reviennent sur moi, et ses mains se tendent soudain vers le manche, essayant de l'aggriper, mais le coup lui a ôté beaucoup de force. Il n'y a pas de sang tout d'abord, et aucun bruit, si ce n'est celui des journaux froissés, déchirés sous les pieds de Paul qui agite les jambes. Puis, très vite, le sang commence à couler doucement de chaque côté de sa bouche et, quand je retire la hache – manquant d'arracher Owen de sa chaise par la tête – pour le frapper de nouveau en pleine figure, lui ouvrant le visage en deux, tandis qu'il brasse l'air de ses bras, le sang gicle en un double geyser rouge sombre, qui vient souiller mon imperméable. Un sifflement bref, horrible, se fait entendre, émanant précisément des plaies de son visage, des endroits où la chair et les os ne sont plus solidaires, suivi par un bruit de pet, très inconvenant, produit par une partie de son cerveau qui, sous l'effet de la pression, gicle, rose et luisant, par les blessures. Il tombe à terre, agonisant, le visage gris, ensanglanté. Un de ses yeux ne cesse de cligner tout seul; sa bouche n'est plus qu'un amalgame informe, rose et rouge, de dents, de chair et de mâchoires; sa langue pend par une plaie béante, sur le côté de sa figure, reliée au reste par des espèces de cordons épais, violacés. Je crie: « Pauvre enfoiré de con. Enfoiré de con. » Je reste là, attendant, le regard fixé sur la fissure au-dessus du David Onica, que le gardien-chef n'a toujours pas réparée. Il met cinq minutes pour mourir enfin. Trente de plus pour cesser de saigner.

Je prends un taxi pour me rendre chez Owen, dans l'Upper East Side et, en traversant Central Park au cœur de cette étouffante nuit de juin, il me vient soudain à l'esprit, assis sur la banquette arrière du taxi, que je porte toujours l'imperméable ensanglanté. Arrivé chez lui, j'entre avec les clés que j'ai prises dans les poches du cadavre et, une fois à l'intérieur, asperge l'imperméable d'essence à briquet et le brûle dans la cheminée. Le salon est très dépouillé, minimaliste. Les murs sont de ciment blanc, sauf un, recouvert d'un agrandissement de dessin scientifique, très high-tech. Sur celui qui fait face à la Cinquième Avenue, court une large bande de faux cuir de vache. Au-dessous, un canapé de cuir noir.

J'allume le récepteur Panasonic à écran de soixante-dix centimètres pour prendre *Late Night with David Letterman*, puis me dirige vers le répondeur. Tout en effaçant le message de Owen (il donne tous les numéros où l'on peut le joindre aujourd'hui – dont celui du Seaport, *Dieu me damne* – avec en fond sonore – très chic – les *Quatre Saisons* de Vivaldi), je me demande à haute voix où je vais l'expédier et, après quelques minutes d'intense réflexion, me décide pour Londres. « Je vais envoyer cet enfoiré en Angleterre », fais-je avec un rire sardonique, baissant le volume de la télé. Je laisse un nouveau message. Ma voix est proche de celle de Owen et, au téléphone, sans doute paraîtra-t-elle identique. Ce soir, le thème qu'a choisi Letterman est: "Nos Amies les Bêtes". On voit un berger allemand coiffé d'une casquette de base-ball peler et manger une orange. La séquence repasse deux fois, au ralenti.

Dans une valise Ralph Lauren en cuir de harnais cousu sellier et doublée de toile kaki, à coins métalliques extraforts et attaches et serrures en or, j'entasse un costume croisé à six boutons et revers pointus, en laine finement rayée et un costume de flanelle bleu marine, Brooks Brothers, un rasoir électrique rechargeable Mitsubishi, un chausse-pied plaqué argent, Barney's, une montre de sport Tag-Heuer, un porte-billets Prada en cuir noir, une photocopieuse de poche Sharp, un Dialmaster Sharp, le passeport de Owen dans son étui de cuir noir, et un sèche-cheveux portable Panasonic. Pour moi, je vole également un lecteur de CD portable Toshiba, contenant encore l'enregistrement original des *Misérables*. La salle de bains est entièrement blanche, sauf un mur, recouvert d'un papier peint imprimé dalmatien. Je prends un sac en plastique et y jette tous les objets de toilette que j'ai pu oublier.

Quand je rentre chez moi, son corps est déjà raide et, après l'avoir enveloppé dans quatre serviettes de toilette bon marché, également achetées chez Conran, lors des soldes du Memorial Day, je le glisse la tête la première, tout habillé, dans un sac de couchage Canalino, dont je remonte la fermeture-éclair, avant de le traîner sans difficulté jusqu'à l'ascenseur, puis dans le hall, passant devant le comptoir du gardien, et jusqu'au bout de la rue, où je tombe sur Arthur Crystal, qui revient de dîner au Café Luxembourg en compagnie de Kitty Martin, laquelle, par chance, est censée sortir avec Craig McDermott, qui est à Houston pour la nuit, et ils ne s'attardent pas, bien que Crystal – ce blaireau – trouve le moyen de demander quelques renseignements sur la façon de porter un habit de soirée. Après lui avoir brièvement répondu, je hèle un taxi, parvenant aisément à balancer le sac de couchage sur la banquette arrière, puis m'engouffre à l'intérieur, donnant au chauffeur l'adresse de Hell's Kitchen. Une fois là-bas, je prends l'escalier et monte le cadavre au quatrième étage, jusqu'au local que je possède dans l'entrepôt abandonné et, ayant déposé Owen dans une immense baignoire de porcelaine, je lui arrache son costume Abboud et, après l'avoir aspergé d'eau, verse dessus deux sacs de chaux vive.

Plus tard. Deux heures du matin, à peu près. Je suis au lit, incapable de m'endormir. Evelyn m'appelle sur la seconde ligne, pendant que j'écoute la messagerie de 976-TWAT tout en regardant sur le magnétoscope le *Patty Winters Show* de ce matin, dont le thème était: "Les Difformités".

– Patrick ? fait Evelyn.

Je demeure un instant silencieux, puis dis d'une voix monocorde: « Vous êtes bien chez Patrick Bateman. Il ne peut vous répondre pour le moment. Veuillez laisser un message après le signal sonore… » Une pause. « Merci, et bonne journée. » Je fais une nouvelle pause, priant pour qu'elle gobe le truc, avant d'émettre un "Biiip" pitoyable.

– Oh, arrête, Patrick, dit-elle, irritée. Je sais que c'est toi, Mais enfin, à quoi ça ressemble ?

Tenant le combiné à bout de bras, je le laisse tomber à terre, puis le frappe contre la table de chevet, tout en appuyant au hasard sur les numéros, espérant, quand je le porterai de nouveau à mon oreille, ne plus entendre que la tonalité. « Allo ? Allo ? fais-je. Il y a quelqu'un ? Allo ? »

– Oh, pour l'amour de Dieu, arrête, mais *arrête,* glapit Evelyn.

– Salut, Evelyn, fais-je d'un ton guilleret, le visage déformé par une grimace.

– Mais *où* étais-tu, ce soir ? demande-t-elle. Je croyais que nous devions dîner ensemble. Je croyais que tu avais réservé au Raw Space.

– Non, Evelyn, fais-je, soupirant, très fatigué soudain. Pas du tout. Qu'est-ce qui te fais penser ça ?

– Je croyais pourtant l'avoir noté, pleurniche-t-elle. Je crois que c'est ma secrétaire qui l'avait noté pour moi.

– Eh bien, l'une de vous s'est trompée, dis-je, prenant la télécommande pour rembobiner la cassette vidéo. Au Raw Space ? Mon Dieu. Tu es… Tu es folle.

– Amour… fait-elle d'une voix boudeuse, *qu'est-ce* que tu as fait, ce soir ? J'espère que tu n'es pas allé au Raw Space sans moi.

– Oh, écoute… J'avais des films à louer. À rendre, je veux dire.

– Et qu'as-tu fait d'autre ? gémit-elle encore.

– Eh bien, je suis tombé sur Arthur Crystal et Kitty Martin. Ils rentraient de dîner au Café Luxembourg.

– Oh, vraiment ? Elle dresse l'oreille. Un frisson me parcourt. « Et qu'est-ce qu'elle portait ? »

– Une robe du soir à bustier de velours rouge et jupe de dentelle à motifs floraux, Laura Marolakos, je crois.

– Et Arthur ?

– Même chose.

– Oh, Mr. Bateman, j'adore votre sens de l'humour, fait-elle avec un petit rire.

– Écoute, il est tard, et je suis fatigué. (Je feins d'étouffer un baillement.)

– Je t'ai réveillé ? demande-t-elle, inquiète. J'espère que je ne t'ai pas réveillé.

– Si. Tu m'as réveillé. Mais si j'ai décroché, c'est ma faute, pas la tienne.

– On dîne ensemble, amour ? Demain ? fait-elle en minaudant, sûre de son fait.

– Impossible. Trop de boulot.

– Mais cette sacrée compagnie *t'appartient* quasiment, gémit-elle. *Quel* travail ? Quel *travail* as-tu ? Je n'y comprends *rien*.

– Evelyn. (Un soupir.) *Je t'en prie.*

– Oh, Patrick, nous devrions partir, cet été, dit-elle d'une voix mélancolique. On pourrait aller à Edgartown, ou dans les Hamptons.

– Peut-être, on verra. Peut-être.

PAUL SMITH

Je suis chez Paul Smith, en train de parler avec Nancy et Charles Hamilton, ainsi que leur petite fille de deux ans, Glenn. Charles porte un costume croisé en lin à quatre boutons, Redaelli, une chemise Ascot Chang en popeline de coton, une cravate de soie à motifs de Eugenio Venanzi et des mocassins Brooks Brothers. Nancy porte un chemisier de soie à paillettes de nacre, une jupe Valentino en crêpe de soie et des boucles d'oreilles en argent Reena Pachochi. Je porte un costume Louis en laine, croisé six boutons, à fines rayures, une cravate de soie à motifs, Louis également, et une chemise en oxford, Luciano Barbera. Glenn porte un pardessus de soie Armani et une minuscule casquette de base-ball. Tandis que la vendeuse enregistre les achats de Charles, je joue avec le bébé que Nancy tient dans ses bras, lui tendant ma carte American Express platine qu'il tente d'attraper d'une petite main avide, mais je secoue la tête, prenant une voix haut-perchée et lui pince le menton, agitant la carte devant son visage en gazouillant: « Mais oui, je suis un assassin, et je suis un psychopathe, mais oui, tu vois, j'aime bien tuer les gens, oh oui, j'aime bien ça, mon amour, ma petite puce, oh que j'aime ça… » Après le bureau, aujourd'hui, j'ai fait un squash avec Ricky Hendricks, puis j'ai pris un verre au Fluties avec Stephen Jenkins, et j'ai rendez-vous à huit heures avec Bonnie Abbot pour dîner au Pooncakes, le nouveau restaurant de Bishop Sullivan à Gramercy Park. Ce matin, le thème du *Patty Winters Show* était: "Les Survivants des Camps de Concentration". Je sors une télévision de poche Sony Watchman (la FD-270) avec écran noir et blanc de 6,75 cm., poids 360 grammes, et la tends à Glenn. « Comment est la laitance d'alose, au Rafaeli's ? » s'enquiert Nancy. Dehors, derrière les vitres du magasin, il ne fait pas encore nuit, mais presque.

– Fantastique, dis-je dans un murmure, observant Glenn, ravi.

Charles signe le reçu et tout en rangeant sa carte American Express gold dans son portefeuille, il se tourne vers moi, et reconnaît quelqu'un par-dessus mon épaule.

– Hé, Luis, fait-il, souriant.

Je me retourne.

– Salut, Charles. Salut, Nancy. Luis Carruthers embrasse Nancy sur la joue, puis serre la main du bébé. « Oh, salut-salut, Glenn. Dis donc, tu as drôlement grandi. »

– Luis, tu connais Robert Chanc… commence Charles.

– Pat Bateman, dis-je, remettant la télé-miniature dans ma poche. Ne t'inquiète pas. On se connaît.

– Oh, je suis navré. Pat Bateman, c'est vrai, dit Charles.

Luis porte un costume en crêpe de laine, une chemise en popeline de coton et une cravate de soie, Ralph Lauren. Comme moi, comme Charles, il a les cheveux plaqués en arrière et des lunettes Oliver Peoples à monture de séquoia. Au moins les miennes sont-elles à verres neutres.

– Très bien, très bien, dis-je, serrant la main de Luis (une étreinte trop ferme, et en même temps horriblement sensuelle). « Excusez-moi, il faut que j'aille acheter une cravate. » Je fais de nouveau au-revoir au bébé et m'éloigne pour aller examiner les cravates dans la salle adjacente, m'essuyant la main au passage sur une serviette de bain à deux cents dollars accrochée à un porte-serviette de marbre.

Sans tarder, Luis me rejoint, nonchalant, et se penche sur le présentoir, faisant semblant de s'intéresser lui aussi aux cravates.

– Qu'est-ce que tu fais là ? chuchote-t-il.

– J'achète une cravate pour mon frère. C'est bientôt son anniversaire. Excuse-moi ». Je m'écarte de lui, vais voir plus loin dans le rayon.

– Il doit être drôlement heureux, d'avoir un frère comme toi », dit-il avec un large sourire, se glissant à côté de moi.

– Peut-être, mais moi, je le trouve absolument répugnant. *Toi*, tu l'aimerais peut-être.

– Patrick, pourquoi ne me regardes-tu pas ? demande Luis d'une voix angoissée. *Regarde-moi.*

– Je t'en prie, *je t'en prie*, Luis, laisse-moi », dis-je, les paupières serrées, les poings crispés de rage.

– Écoute, allons prendre un verre chez Sofi pour parler

de tout cela, dit-il d'une voix suppliante, à présent.

– Parler de *quoi* ? fais-je, ouvrant les yeux, incrédule.

– Eh bien… de *nous.* » Il hausse les épaules.

– Tu m'as *suivi* jusqu'ici ?

– Jusqu'où ?

– Jusqu'ici. Chez Paul Smith. Pourquoi ?

– *Moi ? Moi,* si je t'ai *suivi* ? Oh, allez. » Il tente de s'arracher un rire moqueur. « Franchement… »

– Luis, dis-je, me forçant à le regarder droit dans les yeux, laisse-moi, s'il te plait. Va t'en.

– Patrick, dit-il, je t'aime, je t'aime beaucoup. J'espère que tu en es conscient.

En gémissant, je me dirige vers le rayon chaussures, adressant un sourire blafard à un vendeur.

Luis me suit. « Mais Patrick, qu'est-ce qu'on fait là ? »

– Eh bien, j'essaie d'acheter une cravate pour mon frère et… – je cueille un mocassin, soupire –… et toi, tu essaies de me tailler une pipe, imagine-toi. Bon Dieu, je fous le camp d'ici.

Je retourne au rayon cravates, en prends une au hasard, et l'apporte à la caisse. Luis me suit. Sans lui prêter attention, je tends mon AmEx platine à la vendeuse. « Il y a un clochard, dehors », lui dis-je, désignant, derrière la vitrine, un vagabond en larmes, avec l'éternel sac de journaux, debout sur un banc à l'entrée du magasin. « Vous devriez faire quelque chose, appeler la police. » Elle hoche la tête en signe de remerciement, passe ma carte dans l'ordinateur. Luis demeure immobile, fixant le sol d'un air gêné. Je signe le reçu, prends mon paquet et déclare, montrant Luis du doigt: Ce Monsieur n'est pas avec moi.

Une fois dehors, dans la Cinquième Avenue, je tente d'arrêter un taxi. Luis se rue hors du magasin à ma suite.

– Patrick, il *faut* que nous parlions, crie-t-il, dominant le vacarme de la circulation et, me rejoignant, il me saisit par la manche de ma veste. Je me retourne brusquement, le cran d'arrêt déjà ouvert, et le menace, lui enjoignant de rester à l'écart. Les gens s'écartent, passent au large.

– Hé, ho-là, Patrick, fait-il, levant les mains, avec un mouvement de recul. Patrick…

Je continue de le menacer d'une voix sifflante, le couteau toujours tendu vers lui, faisant signe à un taxi qui s'arrête dans un crissement de pneus. Luis tente de s'approcher, les mains levées, mais je zèbre l'air à grands coups de lame et ouvre la portière, monte dans le taxi à reculons, proférant toujours des menaces, puis la referme sur moi, disant au chauffeur de me conduire au Pooncakes, à Gramercy Park.

ANNIVERSAIRE ENTRE FRÈRES

Je passe toute la journée à me demander quel genre de table mon frère Sean et moi-même aurons ce soir, au Quilted Giraffe. Puisqu'il est en ville pour son anniversaire, Charles Conroy, l'expert comptable de mon père, et Nicholas Leigh, son administrateur de biens, m'ont tous deux appelés la semaine dernière, et ont suggéré conjointement qu'il serait dans l'intérêt commun de profiter de cette occasion pour essayer de voir ce que Sean fait de sa vie, et lui poser peut-être une ou deux questions judicieuses. Certes, tous deux savent combien je méprise Sean, et combien ce sentiment est réciproque, mais ce serait une bonne idée que de l'inviter à dîner, quitte à invoquer une circonstance grave, en cas de refus de sa part. Cet après-midi, j'avais donc une conférence téléphonique avec Conroy et Leigh.

– Quelque chose de grave ? Comme quoi, par exemple ? ai-je demandé, essayant de me concentrer sur les chiffres qui défilaient sur mon écran d'ordinateur, tout en faisant signe à Jean de ficher le camp, bien qu'elle m'apportât une liasse de documents à signer. « Lui dire que toutes les brasseries Michelob du Nord-Est vont fermer ? Que le réseau 976-BIMBO n'envoie plus de filles à domicile ? »

– Non. Dites-lui que votre mère est… au plus mal, a suggéré Charles, très calme.

J'ai réfléchi à sa proposition. « Il est capable de s'en moquer », ai-je enfin dit.

– Dites-lui que… Nicholas s'est interrompu, s'éclaircissant la gorge… que cela concerne la succession » a-t-il conclu, non sans une certaine délicatesse.

J'ai quitté l'écran des yeux, baissant mes Wayfarers d'aviateur et regardant fixement Jean, puis me suis mis à feuilleter vaguement le guide Zagat posé à côté de l'ordinateur. Pastels, impossible. Le Dorsia, même chose. La dernière fois que j'ai appelé le Dorsia, on m'a littéralement raccroché au nez, avant même que j'ai pu demander « Si ça n'est pas possible le mois prochain, en janvier, peut-être… ? » et si effectivement mon souhait le plus cher est d'obtenir un jour une réservation au Dorsia (sinon cette année, au moins avant mes trente ans), il est hors de question de gaspiller une telle énergie et une si précieuse occasion pour Sean. En outre, le Dorsia est beaucoup trop chic pour lui. Je veux qu'il *subisse* ce dîner; je veux qu'il n'ait pas le loisir ni le plaisir de contempler les créatures qui filent au Nell's; je veux un endroit avec une employée dans les lavabos, pour lui rendre difficile et périlleuse, lui gâcher sa prise de cocaïne, dont je suis certain qu'il a maintenant un besoin *chronique*. J'ai tendu le Zagat à Jean, lui demandant de trouver le restaurant le plus cher de Manhattan. Elle a réservé pour neuf heures au Quilted Giraffe.

Cet après-midi, quatre heures. J'ai Sean au téléphone. Il est installé dans la suite de notre père, au Carlyle. J'entends MTV qui braille à l'arrière-plan, et d'autres voix qui crient pour dominer le vacarme. J'entends aussi le bruit de la douche.

– Cela ne s'arrange pas, à Sandstone, dis-je à Sean.

– C'est-à-dire ? Maman a avalé son oreiller, ou quoi ?

– Je crois que nous devrions dîner ensemble.

– Dominique, baisse ça, dit-il, puis il plaque sa main sur le combiné et je l'entends murmurer quelque chose d'une voix étouffée.

– Sean, allo ? Qu'est-ce qui se passe ?

– Je te rappelle, dit-il, et il raccroche.

Il se trouve que j'aime bien la cravate que j'ai achetée pour Sean chez Paul Smith, la semaine dernière, et j'ai décidé de ne pas la lui offrir (encore que l'idée que ce trou du cul pourrait, disons, se pendre avec, me comble de joie). En fait, c'est *moi* qui la porterai au Quilted Giraffe, ce soir. À la place, je vais lui apporter un bracelet-montre-agenda-calculette-banque de données Casio QD-150, qui mémorise et compose jusqu'à cinquante numéros sur fréquence sonore lorsqu'on l'approche d'un combiné. Tout en remettant ce cadeau inutile dans sa boîte, je me mets à rire à l'idée que Sean ne *possède même pas* le numéro de cinquante personnes, qu'il ne pourrait même pas *citer* cinquante personnes. Ce matin, le thème du *Patty Winters Show* était: "Les Restaurants de Régime".

À cinq heures, Sean m'appelle du Racket Club pour me dire de le retrouver ce soir au Dorsia. Il vient d'appeler Brian, le patron, et nous a réservé une table pour neuf heures. Débandade sous mon crâne. Je ne sais plus que penser, ni comment prendre ça. Ce matin, le thème du *Patty Winters Show* était: "Les Restaurants Végétariens".

Au Dorsia, neuf heures et demie: Sean a une demi-heure de retard. Le maître d'hôtel refuse de me faire asseoir avant que mon frère ne soit arrivé. Mon pire cauchemar – et c'est la réalité. Un box divin, juste en face du bar, reste là, vide, attendant que Sean lui fasse la grâce de venir s'y installer. Je réussis tant bien que mal à contenir ma fureur, grâce à un Xanax et une Absolut on the rocks. Tout en pissant dans les lavabos, je fixe du regard une fine lézarde, juste au-dessus de la poignée de la chasse d'eau, me disant que si, devenu minuscule tout à coup, je me glissais dans cette fente et disparaissais, personne, certainement, ne remarquerait mon absence. Personne... Tout le monde... s'en... foutrait. En fait, si quelqu'un remarquait mon absence, ce serait sans doute avec un étrange, un indéfinissable sentiment de soulagement. C'est vrai: le monde se porte mieux quand certaines personnes ont disparu. Nos vies ne sont *pas* liées les unes aux autres. Cette théorie est une foutaise. Il y a des gens qui n'ont simplement *rien* à faire ici. Et l'un d'eux, mon frère, est à présent assis dans le box qu'il a réservé, tandis que je sors des lavabos après avoir écouté les messages sur mon répondeur (Evelyn est au bord du suicide, Courtney veut s'acheter un chow-chow, Luis me propose de dîner jeudi). Sean a déjà commencé à fumer cigarette sur cigarette, et je me dis: mais bon Dieu, pourquoi n'ai-je pas exigé une table dans la salle non-fumeurs ? Comme je m'approche, il serre la main du maître d'hôtel, mais ne se donne pas la peine de me présenter. Je m'asseois, le salue d'un signe de tête. Il fait de même. Sachant que c'est moi qui paie, il a déjà commandé une bouteille de Cristal; sachant également, j'en suis certain, que *je* sais qu'il ne boit pas de champagne.

Sean, qui a vingt-trois ans, est allé en Europe à l'automne dernier, ou du moins est-ce là ce que Charles Conroy m'a dit qu'il lui avait dit et, effectivement, Charles a reçu une note substantielle du Plaza Athénée, bien que la signature des reçus ne corresponde pas à celle de Sean, et que personne apparemment n'ai pu vraiment dire combien de temps Sean était resté en France, ni même s'il y avait réellement séjourné. Après quoi il a traîné à droite et à gauche, avant de retourner à Camden, pour trois semaines à peu près. Pour l'instant, il est à Manhattan, avant de s'envoler pour Palm Beach, ou la Nouvelle-Orléans. Comme il se doit, il est tour à tour maussade et outrageusement arrogant. En outre, je viens de m'apercevoir qu'il s'est mis à s'épiler les sourcils. Enfin, au moins en a-t-il deux, de nouveau. Je ne parviens à contenir le besoin irrépressible d'y faire allusion qu'en serrant le poing, si fort que je m'arrache la paume, et qu'en gonflant, mon biceps gauche déchire la manche de lin de ma chemise Armani.

– Alors, tu aimes bien cet endroit ? fait-il avec un large sourire.

– C'est mon... mon préféré, dis-je en plaisantant, les mâchoires serrées.

– On va commander, dit-il sans me regarder, faisant signe à un petit trésor de serveuse qui apporte deux menus et la carte des vins, lançant un sourire appréciateur à Sean qui en retour l'ignore complètement. J'ouvre le menu et – *nom de Dieu* – c'est une *carte*, ce qui signifie que Sean commande en entrée le homard au caviar et raviolis de pêches et le homard carbonisé au coulis de fraises – les deux plats les plus *chers*. Je commande le sashimi de caille à la brioche grillée et le jeune crabe à coquille molle à la gelée de raisin. Une créature ouvre la bouteille de Cristal et le verse dans des *verres à orangeade,* ce qui, j'imagine, est censé être *cool*. Après qu'elle soit partie, Sean s'aperçoit que je le fixe d'un œil vaguement désapprobateur.

– Quoi ? fait-il.

– Rien, dis-je.

– Qu'est-ce... que... tu... as... Patrick ? demande-t-il, espaçant chaque mot de façon odieuse.

– Du homard pour commencer ? Et qu'est-ce que tu comptes prendre comme *plat* ?

– Que veux-tu que je commande ? Des chips ?

– Et *deux* homards ?

– Tu vois cette boîte d'allumettes ? Elle est à peine plus grande que le homard qu'ils servent ici. De plus, je n'ai pas très faim.

– Raison de plus.

– Je t'enverrai un fax pour m'excuser.

– Tout de même, Sean...

– Rock'n'roll…

– Je sais, je sais, rock'n'roll, prends la vie comme elle vient, c'est ça ? dis-je, levant la main et buvant une gorgée de champagne. Je me demande s'il n'est pas trop tard pour dire à une des serveuses d'apporter une part de gâteau avec une bougie plantée dedans – histoire de lui flanquer la honte de sa vie, de remettre ce petit con à sa place –, mais je repose mon verre et demande en soupirant: Bien, écoute, mon Dieu… Je prends une grande inspiration… Qu'est-ce que tu as fait, aujourd'hui ?

– J'ai fait un squash avec Richard Lindquist. (Il hausse les épaules, dédaigneux). J'ai acheté un smoking.

– Nicholas Leigh et Charles Conroy voudraient savoir si tu vas aux Hamptons, cet été.

– Pas si je peux faire autrement, dit-il avec un haussement d'épaules.

Une blonde, assez proche de la perfection, avec des gros nénés et une affiche des *Misérables* dans une main, robe du soir en jersey de rayonne, Michael Kors chez Bergdorf Goodman, souliers Manolo Blahnick et pendants d'oreilles Ricardo Siberno plaqué or, s'arrête pour saluer Sean et, bien que *moi*, je baiserais volontiers cette créature, Sean feint d'ignorer ses manières aguichantes, et refuse de me la présenter. Sean est définitivement grossier avec elle, cependant la fille le quitte en souriant, lui faisant un signe de sa main gantée. « Nous serons au Mortimer's. Plus tard. » Il répond d'un signe de tête, le regard fixé sur mon verre à orangeade, puis fait signe à un serveur et commande un scotch, sec.

– Qui est-ce ? m'enquiers-je.

– Une nana quelconque, une ancienne de Stephen.

– Où l'as-tu rencontrée ?

– En jouant au billard au M.K. Il hausse les épaules.

– Ça n'est pas une du Pont ?

– Pourquoi ? Tu veux son téléphone ?

– Non, je veux juste savoir si c'est une du Pont.

– C'est possible. Je n'en sais rien. Il allume une nouvelle

cigarette, une Parliament, avec ce qui me semble être un briquet Tiffany or dix-huit carats. « Il n'est pas impossible qu'elle soit amie avec un des du Pont. »

Je ne cesse de me demander ce que je fais là, ce soir, à l'instant présent, avec Sean, installé au Dorsia, et ne trouve aucune raison. Rien qu'un zéro éternellement répété, à l'infini. Nous avons fini de dîner. Les portions sont petites, mais la cuisine est très bonne. Sean n'a touché à rien. Je lui dis que je dois retrouver Andrea Rothmere au Nell's et que s'il veut un espresso ou un dessert, il faut qu'il le commande tout de suite, car je dois être dans le centre à minuit.

– Il n'y a pas d'urgence, dit-il. Le Nell's, ça n'est plus tellement dans le coup.

– En fait… ma voix se dérobe, mais je reprends vite contenance. « En fait, nous avons simplement rendez-vous là-bas. Après, nous allons au… – je réfléchis à toute vitesse, trouve quelque chose –… au Chernoble. » Je prends une nouvelle gorgée de champagne dans le verre à orangeade.

– Mortel, dit-il, parcourant la salle des yeux. *Littéralement mortel.*

– Ou bien au Contraclub East. Je ne sais plus.

– Out. C'est l'âge de pierre. C'est de la préhistoire. Il émet un rire cynique.

Silence tendu. « Qu'est-ce que tu en sais ? » fais-je.

– Rock'n'roll, fait-il en haussant les épaules. C'est comme ça.

– D'accord, Sean, mais où vas-tu, *toi* ?

La réponse est instantanée : Au Petty's.

– Oh, oui, fais-je à mi-voix, ayant oublié que l'endroit est déjà ouvert.

Il siffle quelque chose, fume une cigarette.

– Nous allons à une soirée organisée par Donald Trump, mens-je.

– Chouette. Très chouette.

– Donald est très sympa. Il faut que tu fasses sa connaissance. Je… je te présenterai à lui.

– Vraiment ? fait Sean, plein d'espoir peut-être, ou peut-être pas.

– Ouais, évidemment. *Bon*.

Cependant, le temps que je demande l'addition… voyons… que je la règle, et que je prenne un taxi jusque chez moi, il sera presque minuit, ce qui ne me laisse pas le temps de rapporter les cassettes vidéo que j'ai louées hier, alors que si je ne passe pas chez moi, je peux encore m'arrêter au magasin et en louer une nouvelle bien que, sur ma carte d'abonnement, il soit précisé qu'on ne peut en prendre que trois à la fois, mais comme hier je n'en ai loué que deux (*Body Double* et *Blond, Hot, Dead*), je peux parfaitement en prendre encore une, et de toutes façons j'allais oublier que j'ai une carte d'abonnement Cercle d'Or Privilège, ce qui signifie que si j'ai dépensé au moins mille dollars au cours des six derniers mois, je suis autorisé à louer autant de cassettes que je le désire, n'importe quel soir, mais comme j'en ai déjà sorti deux, il est possible qu'on ne me laisse pas en louer d'autre, Cercle d'Or Privilège ou pas, tant que je n'ai pas rapporté les précédentes, mais…

– Anthropophage. Tu es anthropophage, me semble-t-il entendre Sean murmurer.

– Qu'est-ce que tu dis ? Je lève les yeux. « Je n'ai pas entendu. »

– Superbe, ton bronzage. » Il soupire. « Je dis: superbe, ton bronzage. »

– Oh, fais-je, toujours troublé par cette histoire de cassettes vidéo. Je baisse les yeux sur – sur quoi, sur mes genoux ? « Euh… merci. »

– Rock'n'roll. Il écrase sa cigarette. La fumée nauséabonde s'élève du cendrier de cristal, puis s'évanouit.

Sean sait que *je* sais qu'il pourrait sans doute nous faire entrer au Petty's, la nouvelle boîte de Norman Prager, dans la Cinquante-neuvième, mais je ne lui demanderai rien, et il ne proposera rien. Je pose ma carte American Express platine sur l'addition. Sean garde les yeux rivés vers le bar, sur une créature en robe de jersey de laine Thierry Mugler et écharpe Claude Montana, en train de boire du champagne dans un verre à orangeade. Quand notre serveuse vient prendre l'addition et la carte, je secoue la tête négativement. Enfin, l'espace d'une seconde, peut-être, le regard de Sean tombe sur la note, et je fais signe à la serveuse de revenir, l'autorisant à l'emporter.

DÉJEUNER AVEC BETHANY

Aujourd'hui, j'ai rendez-vous avec Bethany pour déjeuner au Vanities, le nouveau bistrot de Evan Kiley à Tribeca et, bien que je me sois entraîné pendant presque deux heures ce matin – j'ai même fait quelques levers de poids dans mon bureau avant midi –, je demeure extrêmement tendu. Difficile de dire pourquoi, mais j'ai néanmoins réussi à cerner une ou deux possibilités: soit j'ai peur qu'elle ne me rejette (mais c'est absurde, car c'est *elle* qui m'a appelé, c'est *elle* qui veut *me* voir, qui veut déjeuner avec *moi*, qui veut à nouveau baiser avec *moi*), soit, autre possibilité, c'est à cause de cette nouvelle mousse italienne qui, si elle fait paraître mes cheveux plus épais, et sent bon, n'en est pas moins collante, désagréable à porter, ce qui pourrait bien expliquer ma nervosité. Pour éviter que nous ne tombions à court de sujets de conversation durant le déjeuner, j'ai acheté chez Barnes & Noble un recueil de nouvelles intitulé *Wok*, dont on parle beaucoup ces temps-ci, et à l'auteur desquelles – jeune auteur, – *New York* a récemment consacré un portrait dans la rubrique "Succès", mais comme chaque nouvelle commençait par la phrase « Quand tu reçois la lune dans l'œil, telle une grosse pizza », j'ai dû remettre le mince ouvrage dans ma bibliothèque et prendre un J&B on the rocks, suivi de deux Xanax, pour me remettre de cet effort. En compensation, et avant de m'endormir, j'ai écrit un poème à Bethany, ce qui m'a demandé beaucoup de temps, à ma grande surprise, car je lui écrivais très régulièrement des poèmes autrefois, de longs poèmes torturés, au temps de Harvard, avant notre rupture. Mon Dieu, me dis-je tout en pénétrant au Vanities, avec un quart d'heure de retard seulement, j'espère qu'elle ne s'est pas rabattue sur Robert Hall, ce pauvre enfoiré. Tandis qu'on me conduit vers notre table, je jette un coup d'œil vers le miroir accroché au-dessus du bar – pas de problème avec la mousse. Ce matin, le thème du *Patty Winters Show* était: "Patrick Swayze: Est-Il ou n'Est-Il pas Devenu Cynique ?"

Comme j'approche de la table, précédé du maître d'hôtel (tout cela comme dans un ralenti de cinéma), je suis contraint de m'arrêter; elle me tourne le dos, et je n'aperçois que sa nuque, ses cheveux châtains relevés en un petit chignon et, lorsqu'elle se tourne vers la fenêtre pour regarder au dehors, j'entrevois son profil perdu, un instant: on dirait *tout à fait un mannequin*. Bethany porte un chemisier de soie et une jupe gonflante en soie et satin. Un sac à main Paloma Picasso en daim vert-chasseur et fer forgé est posé devant elle sur la table, à côté d'une bouteille d'eau San Pellegrino. Elle jette un coup d'œil sur sa montre. Le couple assis à côté de notre table fume et, après m'être penché sur Bethany, par derrière, lui posant par surprise un baiser sur la joue, je demande calmement au maître d'hôtel de nous trouver une autre table dans la salle *non*-fumeurs, calmement mais assez fort néanmoins pour que les drogués à la nicotine puissent m'entendre et, je l'espère, ressentir un pincement de gêne quant à leur manie répugnante.

– Eh bien ? fais-je, les bras croisés, tapant du pied avec impatience.

– Je crains que nous n'ayons pas de salle non-fumeurs, Monsieur, m'informe le maître d'hôtel.

Mon pied s'immobilise. Lentement, je parcours du regard le restaurant, le *bistrot*, me demandant comment sont mes cheveux, regrettant soudain de ne pas avoir changé de mousse car, depuis la dernière fois que je les ai aperçus, il y a quelques secondes de cela, je les sens différents, comme si ma coiffure s'était mystérieusement modifiée durant le trajet du bar à notre table. La nausée me saisit, irrépressible, mais comme, en fait, tout cela n'est qu'un rêve, je parviens néanmoins à demander: Vous dîtes qu'il n'y a pas de salle non-fumeurs ? J'ai bien entendu ?

– Oui, Monsieur. Je suis désolé. Le maître d'hôtel est plus jeune que moi, efféminé, candide. Un *acteur*, sans aucun doute.

– Eh bien, voilà qui est… très intéressant, dis-je. Parfait. Je prends mon portefeuille en peau de gazelle dans la poche arrière de mon pantalon et en tire un billet de vingt, que je glisse dans la main hésitante du maître d'hôtel qui regarde le billet, interdit, puis murmure « Merci » avant de s'éloigner, l'air ahuri.

– Non. Merci à *vous*, fais-je d'une voix forte, et je m'assois en face de Bethany, adressant un aimable signe de tête au couple voisin. J'essaie de ne pas regarder Bethany, aussi longtemps que la correction m'y autorise, mais c'est impossible. Elle est absolument renversante. *Elle a l'air d'un mannequin*. Tout se brouille devant moi. Je suis à vif. Comme une fièvre romantique qui…

– Tu ne fumais pas, à Harvard ? demande-t-elle, ouvrant la bouche pour la première fois.

– Le cigare. Uniquement le cigare, dis-je.

– Oh, dit-elle.

– Mais j'ai arrêté, mens-je, respirant péniblement, les mains crispées, nouées.

– C'est bien. Elle hoche la tête.

– Dis-moi, tu n'as pas eu de problème pour réserver ?

fais-je, sans cesser de trembler comme un con. Je pose mes mains sur la table, espérant bêtement qu'elles cesseront de trembler, sous son regard inquisiteur.

— On n'a pas besoin de réserver, ici, Patrick, dit-elle d'une voix apaisante, posant une main sur la mienne. Calme-toi. Tu as l'air à bout.

— Je suis clame, calme, je veux dire, fais-je, oppressé, tentant de sourire puis, malgré moi, incapable de me retenir, je demande: Comment sont mes cheveux ?

— Tes cheveux sont parfaits, dit-elle. Ccchhhh… Tout va bien.

— D'accord. Tout va bien. J'esquisse de nouveau un sourire qui, j'en suis certain, ressemble à une grimace.

— J'aime bien ton costume, dit-elle après un silence. Henry Stuart ?

— Non, fais-je, outré, portant la main au revers. Garrick Anderson.

— Il est très joli. Ça ne va pas, Patrick ? demande-t-elle, sincèrement inquiète. Tu viens de… tu as des tics, maintenant ?

— Écoute, je suis claqué. Je rentre juste de Washington. Je suis revenu par la navette de Trump, ce matin, dis-je d'une voix précipitée, sans pouvoir la regarder en face. C'était extrêmement agréable. Le service… vraiment fabuleux. Il me faut un verre.

Elle sourit, amusée, m'observe d'un œil aigu. « Vraiment ? » fait-elle, non sans une certaine condescendance, je le sens bien.

— Oui. Impossible de la regarder franchement. Effort terrible pour déplier ma serviette, la poser sur mes genoux, l'étaler correctement; j'occupe mes mains avec le verre à vin, appelant le serveur de tous mes vœux. Le silence qui règne est plus assourdissant que n'importe quel vacarme. « Alors, as-tu regardé le *Patty Winters Show*, ce matin ? »

— Non, je faisais mon jogging, dit-elle, se penchant. C'était à propos de Michael J. Fox, c'est cela ?

— Non. Patrick Swayze.

– Ah bon ? Ça n'est pas évident de se tenir au courant. Tu en es certain ?

– Oui. C'était Patrick Swayze. Je suis formel.

– Comment était-ce ?

– Eh bien, c'était très intéressant, dis-je, inspirant profondément. C'était presque comme un débat, pour savoir s'il était devenu cynique ou non.

– Et à ton avis ? demande-t-elle, souriant toujours.

– En fait, non, je ne suis pas très sûr, fais-je, mal à l'aise. C'est une question intéressante. Elle mérite d'être étudiée plus à fond. Je veux dire qu'après *Dirty Dancing*, j'aurais pensé que non, mais depuis *Tiger Warsaw*, je ne sais plus. Je suis peut-être dingue, mais il m'a semblé discerner une *certaine* amertume. Je ne suis pas sûr.

Elle m'observe toujours, impassible.

– Oh, j'allais oublier, dis-je, fouillant dans ma poche. Je t'ai écrit un poème. Tiens. Je lui tends la feuille. Je me sens écœuré, brisé, torturé, au bout du rouleau.

– Oh, Patrick… Elle sourit. Comme c'est gentil .

– Bah, tu sais, fais-je, baissant les yeux d'un air timide.

Bethany prend la feuille, la déplie.

– Lis-le, dis-je avec enthousiasme.

Elle regarde la feuille d'un air interrogateur, perplexe, l'éloigne d'elle, puis la retourne pour voir s'il y a quelque chose au verso. Une partie de son cerveau comprend enfin que c'est un poème très court, et elle revient aux quelques mots gribouillés en rouge, en haut de la page.

– C'est comme un haiku, tu vois ? dis-je. Lis-le. Vas-y.

Elle s'éclaircit la gorge et commence à lire lentement, d'une voix hésitante, s'interrompant souvent. « Le pauvre nègre sur le mur. Regardez-le. » Elle fait une pause, plisse les yeux, puis continue d'une voix mal assurée. « Regardez le pauvre nègre. Regardez le pauvre nègre… sur… le… mur. » Elle s'arrête de nouveau, sans voix, me regarde d'un air ahuri, puis revient au papier.

– Allez, dis-je, cherchant un serveur des yeux. Finis-le.

De nouveau elle s'éclaircit la gorge et, les yeux fixés sur le papier, tente de lire la suite en chuchotant, d'une voix presque inaudible. « Encule-le... Encule le nègre sur le mur... » Elle cale de nouveau, puis lit la dernière phrase, avec un soupir: « Le Noir... est... de... débile ? »

À la table voisine, le couple a tourné lentement ses regards vers nous. L'homme paraît glacé d'horreur. La femme aussi. Je la regarde fixement, d'un air mauvais, et elle finit par baisser les yeux sur sa salade à la con.

— Eh bien, Patrick... fait Bethany. Elle s'éclaircit la gorge et me rend le papier, essayant de sourire.

— Oui ? Alors ?

— Je vois que... Elle s'interrompt, réfléchit... que tu as gardé ton sens de... Elle s'éclaircit la gorge, baisse les yeux... de la justice sociale.

Je lui reprends la feuille de papier et la glisse dans ma poche en souriant, essayant de faire bonne figure et de me tenir droit, pour qu'elle ne me suspecte pas de flagornerie. Notre serveur arrive, et je lui demande quelles bières ils ont.

— Heineken, Budweiser, Amstel Light, ânonne-t-il.

— Pas de Corona ? Pas de Kirin ? Pas de Grolsch ? Pas de Morretti ? fais-je, désarçonné, furieux.

— Je suis navré, Monsieur, dit-il avec précaution, mais nous n'avons que de la Heineken, de la Budweiser et de l'Amstel Light.

— C'est dingue, fais-je, soupirant. Je prendrai un J&B on the rocks. Non, une Absolut. Non, un J&B, sec.

— Et je vais prendre une autre San Pellegrino, dit Bethany.

— Moi aussi, en fait, dis-je précipitemment, une jambe secouée de sursauts incontrôlables, sous la table.

— Très bien. Aimeriez-vous connaître nos spécialités ? demande-t-il.

— Un peu, oui, dis-je d'un ton âpre puis, me calmant, je lance un sourire rassurant à Bethany.

— Vous en êtes certain ? demande-t-il en riant.

– *Je vous en prie*, dis-je froidement, étudiant le menu.

– En entrée, j'ai des tomates séchées au soleil avec leur caviar doré aux piments; j'ai aussi de la soupe à l'endive fraîche…

– Une minute, une minute, fais-je, levant une main pour l'arrêter. Attendez une minute.

– Oui, Monsieur ? fait le serveur, interdit.

– *Vous* avez ? Vous voulez dire: le restaurant a. Vous n'avez pas de tomates séchées au soleil. Le restaurant, si. Vous n'avez pas de piments. Le restaurant, si. Soyez plus précis, vous voyez ?

Le serveur, ébahi, regarde Bethany, qui prend les choses en main avec finesse, demandant: Dites-moi, comment servez-vous la soupe d'endives ?

– Euh… froide, répond le serveur, pas encore totalement remis de mon éclat, sentant bien qu'il a affaire à quelqu'un de très, très à bout. Il s'interrompt de nouveau, indécis.

– Allez-y, fais-je avec impatience. Continuez, s'il vous plaît.

– Elle est servie froide. Et comme plat, nous avons de la baudroie avec des tranches de mangue et de la daurade en brioche au sirop d'érable et… (Il jette un coup d'œil sur son carnet) au coton.

– Mmmmm, fais-je, me frottant les mains, ce doit être délicieux. Au coton, mmmmm. Bethany ?

– Je vais prendre le sushi mexicain aux poireaux et à l'oseille, dit-elle. Et les endives aux… aux noix.

– Monsieur ? fait-il d'une voix hésitante.

– Je vais prendre… Je m'interromps, parcours rapidement le menu des yeux. « Je vais prendre le calamar aux pignons de pin avec, si possible, une tranche de fromage de chèvre – je jette un coup d'œil à Bethany, pour voir si elle réagit – et… oh, ajoutez un peu de sauce mexicaine, avec.

Le serveur hoche la tête et s'éloigne. Nous voilà seuls.

– Bien… Elle sourit, et s'aperçoit soudain que la table

tremble légèrement. « Tu as un… un problème, avec ta jambe ? »

– Avec ma jambe ? Oh ! fais-je, baissant les yeux, avant de la regarder de nouveau. C'est… c'est la musique. J'aime beaucoup la musique. Celle qu'ils passent.

– Qu'est-ce que c'est ? demande-t-elle, tendant le cou, la tête renversée en arrière, essayant de capter le morceau New Age version supermarché que diffusent les haut-parleurs accrochés au-dessus du bar.

– C'est… c'est Belinda Carlisle, je crois, dis-je. Je n'en suis pas certain.

– Mais… Elle s'interrompt. « Oh, rien. »

– Mais quoi ?

– Mais je n'entends personne chanter. Elle sourit, baisse les yeux avec une soumission feinte.

J'empêche ma jambe de trembler, et fais semblant d'écouter. « Mais c'est une de ses chansons », dis-je, ajoutant d'une voix faible: je crois que ça s'appelle *Heaven Is a Place on Earth*. Tu dois la connaître.

– Dis-moi, es-tu allé à des concerts, ces derniers temps ?

– Non, dis-je, souhaitant qu'elle n'eût pas abordé ce sujet-là, précisément. Je n'aime pas la musique *live*.

– La musique *live* ? répète-t-elle, intriguée, prenant une gorgée de San Pellegrino.

– Ouais. Tu sais bien. Un orchestre, quoi, dis-je, sentant à son expression que je dis exactement ce qu'il ne faudrait pas. Oh, j'allais oublier. J'ai tout de même vu U2.

– Comment était-ce ? demande-t-elle. J'ai beaucoup aimé leur dernier CD.

– C'était super, complètement super. Complètement… je m'interromps, ne sachant trop quoi dire. Bethany hausse les sourcils d'un air interrogateur, dérireuse d'en savoir plus. « C'était complètement… irlandais. »

– J'ai entendu dire qu'ils sont vraiment bons, sur scène, dit-elle, d'une voix cadencée, légèrement musicale. Qui aimes-tu, encore ?

– Oh, tu sais… fais-je, complètement en panne. Les Kingsmen. *Louie, Louie*, ce genre de truc.

– Mon Dieu, Patrick, fait-elle soudain, scrutant mon visage dans les moindres détails.

– Quoi ? Je porte la main à mes cheveux, pris de panique. « Trop de mousse ? Tu n'aimes pas les Kingsmen ? »

– Ça n'est pas cela. (Elle rit.) Simplement, je ne me rappelle pas t'avoir vu si bronzé, à l'école.

– J'étais hâlé, tout de même, non ? Je veux dire, je n'étais pas Casper le Fantôme, ce genre, n'est-ce pas ?

Posant mon coude sur la table, je bande mes biceps et lui demande de tâter mon bras. Elle obtempère, avec réticence. Je reprends: « Réellement, je n'étais pas aussi bronzé, à Harvard ? » avec une inquiétude contrefaite, mais réelle.

– Non, non. (Elle rit). Tu étais sans conteste le George Hamilton de la promotion quatre-vingt-quatre.

– Merci, dis-je, ravi.

Le serveur nous apporte nos consommations – deux bouteilles de San Pellegrino. Acte II.

– Alors, comme ça, tu es chez Mill… quelque chose ? Taffeta ? Comment est-ce, déjà ? (Son corps, la texture de sa peau, paraissent fermes, délicatement rosés).

– Millbank Tweed, dit-elle. C'est là que je suis.

– Eh bien, dis-je, pressant un citron vert dans mon verre d'eau, c'est tout simplement merveilleux. Les cours de Droit ont été payants.

– Et toi, tu es chez… P&P ?

– Oui.

Elle hoche la tête, s'interrompt, réfléchit, prête à dire quelque chose, ne sachant pas s'il convient de le faire, et demande enfin, tout cela en l'espace de quelques secondes: Mais, est-ce que ta famille ne possède pas…

– Je n'ai pas envie de parler de ça, Bethany, dis-je, lui coupant la parole. Cela dit, oui, Bethany, oui.

– Et tu travailles toujours chez P&P ? Demande-t-elle Les syllabes se détachent une à une, et viennent éclater dans ma tête, franchissant une à une le mur du son entre mes tympans.

– Oui, dis-je, jetant un regard furtif aux alentours.

– Mais… Elle semble déconcertée. « Mais ton père ne… »

– Si, bien sûr, fais-je, l'interrompant. As-tu déjà goûté la focaccia, au Pooncakes ?

– *Patrick*.

– Oui ?

– Qu'est-ce qui ne va pas ?

– Simplement, je ne veux pas parler de… de mon travail.

– Pourquoi pas ?

– Parce que je le déteste. Bon, écoute, es-tu déjà allée au Pooncakes ? À mon avis, Miller l'a sous-estimé.

– Patrick, dit-elle lentement, si tu en as tellement assez de ton travail, pourquoi ne le quittes-tu pas, tout simplement ? Tu n'es pas obligé de travailler.

– Parce que je… Je la regarde fixement, droit dans les yeux… « Je… veux… m'intégrer. »

Long silence. Elle sourit: « Je vois. » Autre silence, que je brise, à mon tour: Il faut voir ça comme, disons, une nouvelle approche des affaires.

– C'est… c'est très bien pensé. De nouveau, elle s'interrompt. « Quel euh… quel sens du réel. »

Le déjeuner se révèle tour à tour une corvée, un puzzle épars, un obstacle, avant de passer sans effort sous les arches de la délivrance; je peux alors lui offrir une comédie adroite, mon intelligence instinctive ayant soudain pris le relais, me disant qu'elle me veut, et que je dois prendre mes distances, ne pas m'impliquer. Elle aussi garde ses distances, mais non sans coquetterie. Cette invitation à déjeuner était une promesse et, une fois le calamar arrivé, je commence à paniquer à l'idée que je ne pourrai retrouver mon état normal, j'en suis certain, tant que cette promesse ne sera pas ténue. Des hommes lui jettent un coup d'œil en passant près de nous. Parfois, je baisse le ton, jusqu'à chuchoter. J'entends des choses – des bruits, des sons étranges, à l'intérieur de ma tête; sa bouche s'ouvre, se ferme, avale des liquides, sourit, m'attire comme un aimant couvert de rouge à lèvres. Elle dit quelque chose à propos d'un fax, deux fois. Pour finir, je commande un J&B on the rocks, puis un cognac. Elle prend le sorbet menthe-noix de coco. Je lui touche la main, lui prends la main au travers de la table. Je suis plus qu'un ami. Le soleil inonde le Vanities, le restaurant se vide, il est presque trois heures. Elle commande un verre de chardonnay, puis un autre, et demande l'addition. Elle est plus détendue à présent, mais quelque chose est arrivé. Mon rythme cardiaque s'accélère brutalement, puis ralentit, se stabilise un instant. Je dresse l'oreille. Toutes les possibilités que j'avais envisagées s'effondrent. Elle baisse les yeux, me regarde de nouveau. Je baisse les yeux.

– Alors, demande-t-elle, es-tu avec quelqu'un ?

– J'ai une vie parfaitement simple, dis-je d'un ton pensif, pris de court.

– Qu'est-ce que tu veux dire *par-là* ?

Je prends une gorgée de cognac et sourit d'un air énigmatique, la taquinant, fracassant ses espoirs et ses rêves de réconciliation.

– Tu as quelqu'un dans ta vie, Patrick ? demande-t-elle. Allez, dis-moi...

– Oui, fais-je à mi-voix, pensant à Evelyn.

– Qui ? l'entends-je demander.

– Un énorme flacon de Desyrel, dis-je d'une voix lointaine, soudain très triste.

– *Quoi* ? fait-elle en souriant, puis elle secoue la tête, se reprenant: Je ne devrais pas boire.

– Non, personne, vraiment », dis-je, passant à autre chose, puis ajoutant, malgré moi: « Je veux dire, est-ce qu'on est jamais vraiment avec quelqu'un ? Qui que ce soit est-il jamais vraiment avec quelqu'un ? *Toi*, as-tu jamais été avec moi ? *Avec moi* ? Qu'est-ce que cela veut dire ? Ha ! Avec ? Ha ! Ça n'a aucun sens, pour moi. Ha ! » Je ris.

Elle réfléchit un instant et déclare, hochant la tête: J'imagine qu'il y a une sorte de logique interne à ce que tu dis.

Un long silence plane, puis je pose ma question, effrayé: Et *toi*, es-tu avec quelqu'un ?

Elle sourit, ravie d'elle-même puis, les yeux toujours baissés, avoue d'une voix remarquablement claire: Eh bien oui, j'ai un petit ami, et…

– Qui ?

– Quoi ? Elle lève les yeux.

– Qui est-ce ? Comment s'appelle-t-il ?

– Robert Hall. Pourquoi ?

– De chez Salomon Brothers ?

– Non, il est chef.

– Chez Salomon Brothers ?

– Il est *chef cuisinier*, Patrick. Et il est co-propriétaire d'un restaurant.

– Lequel ?

– Quelle importance ?

– Aucune, en fait, mais lequel ? Je veux le rayer de mon Zagat, fais-je entre mes dents.

– Ça s'appelle le Dorsia, dit-elle. Patrick, ça ne va pas ?

Si ça va. Mon cerveau explose et mon estomac éclate – spasme final, acide, raz-de-marée gastrique, étoiles et planètes, galaxies entièrement composées de minuscules toques blanches de chef qui tournoient devant mes yeux.

– Pourquoi Robert Hall ? Pourquoi lui ? fais-je, suffoquant.

– Bah, je ne sais pas, dit-elle, légèrement grise. Je suppose que c'est lié au fait que j'ai vingt-sept ans et que…

– Ah ouais ? Moi aussi, j'ai vingt-sept ans. La moitié de Manhattan a vingt-sept ans. Et alors ? Ça n'est pas une raison pour épousser Robert Hall.

– Épouser ? fait-elle, les yeux ronds, sur la défensive. Est-ce que j'ai parlé de ça ?

– Tu n'as pas dis « épouser » ?

– Non, je n'ai pas dit ça. Mais qui sait, fait-elle, avec un haussement d'épaules. C'est possible.

– Fan-tas-tique.

– Comme je te le disais, Patrick – elle me jette un regard faussement méchant, qui me donne la nausée —, tu dois bien savoir comme moi que, disons, le temps ne nous attend pas. Rien n'arrête la fameuse horloge biologique. (Mon Dieu, me dis-je, et il ne lui faut que deux verres de chardonnay pour en arriver là ? Quelle lavette.) Je veux avoir des enfants, ajoute-t-elle.

– Avec Robert Hall ? fais-je, incrédule. Pourquoi pas avec Captain Lou Albano, tant qu'à faire ? Je ne te comprends absolument pas, Bethany.

Elle tripote la nappe, baisse les yeux, puis regarde dehors, vers le trottoir où les serveurs dressent les tables pour le dîner. Je les observe aussi. « Je ne sais pas pourquoi je te sens aussi agressif, Patrick », dit-elle doucement, prenant une gorgée de vin.

– Peut-être parce que je le suis, fais-je d'une voix dure. Et parce que tu le sens.

– Mon Dieu, Patrick, fait-elle, scrutant mon visage, réellement bouleversée. « Je croyais que toi et Robert étiez amis. »

– Quoi ? Je ne comprends pas du tout.

– Vous n'étiez pas amis, tous les deux ?

Je demeure un moment silencieux, perplexe. « Tu crois ? »

– Oui, Patrick, j'en suis *sûre*.

– Robert Hall, Robert Hall, Robert Hall, fais-je à mi-voix, essayant de me souvenir. Il avait une bourse ? Le chef de classe, en dernière année ? Je réfléchis encore une seconde : Avec un menton fuyant ?

– Non, Patrick. L'*autre* Robert Hall.

– Je le confonds avec l'*autre* Robert Hall ?

– Oui, Patrick, fait-elle, exaspérée.

Je ferme les yeux et soupire, courbant le dos intérieurement. « Robert Hall. Pas celui dont les parents possédaient la moitié de, disons, de Washington ? Pas celui qui était – j'avale ma salive – capitaine de l'équipe ? Qui mesurait deux mètres ? »

– Si, dit-elle. *Celui-là.*

– Mais...

– Oui ? Mais *quoi* ? Elle attend une réponse, patiemment.

– Mais c'était une *pédale*, fais-je, presque malgré moi.

– Non, *pas du tout*, Patrick, dit-elle, visiblement froissée.

– C'était une pédale, je suis formel, dis-je, hochant la tête.

– Et pourquoi es-tu si formel ? demande-t-elle sans sourire.

– Parce que dans les soirées, il laissait les types de l'association – pas ceux de mon bâtiment – le... enfin, tu sais, lui sauter dessus, le ligoter, ce genre de trucs; bon, c'est ce que j'ai entendu dire, en tout cas, dis-je honnêtement, avant d'avouer, plus humilié que je l'ai jamais été dans toute ma vie: Écoute, Bethany, une fois, il m'a proposé de me faire... enfin, une pipe, quoi. À la bibliothèque, dans le, euh, dans la section Droit civil.

– Oh, mon Dieu, fait-elle, le souffle coupé, écœurée. Où est l'addition ?

– Est-ce que Robert ne s'est pas fait virer pour avoir présenté une thèse sur Babar ? Ou un truc du genre Babar ? Tu sais, l'éléphant. Et un éléphant *français*, en plus, quelle misère.

– Mais de *quoi* parles-tu ?

– Écoute. Il a bien suivi des études de Commerce chez Kellog ? À la Northwestern, c'est bien ça ?

– Il a laissé tomber, dit-elle, évitant mon regard.

– Écoute. Je lui touche la main.

Elle tressaille, retire sa main.

– Robert Hall n'est pas une pédale, dis-je, esquissant un sourire.

– Ça, je peux te l'assurer, dit-elle avec un peu trop d'arrogance. Comment peut-on oser toucher à Robert Hall ? Au lieu de lui dire: « D'accord, d'accord, vieille salope », je la rassure, d'une voix apaisante: « Je n'en doute pas. Parle-moi de lui. J'aimerais savoir comment les choses se passent entre vous. Je suis désolé », conclus-je avec un sourire, furieux, ivre de rage

Il lui faut un certain temps pour se remettre, mais elle finit par me rendre mon sourire. « Raconte-moi un peu », fais-je de nouveau, ajoutant pour moi-même, un rictus aux lèvres: « J'aimerais te taillader le con ». Un peu amollie par le chardonnay, elle se détend et commence à parler sans réticence.

Tandis qu'elle évoque pour moi son passé récent, je pense à autre chose: à l'air, à l'eau, au temps qui passe, à un certain moment où, autrefois, j'avais voulu lui faire découvrir tout ce qui était beau en ce monde. Je n'ai plus assez de patience pour les découvertes, les nouveaux départs, pour tout ce qui se trouve au-delà de mon champ de vision immédiat. Une fois, lors de ma première année à Harvard, une jeune fille, une étudiante que j'avais rencontrée dans un bar de Cambridge, m'avait dit que la vie était « pleine de possibilités infinies ». J'avais bravement essayé de ne pas m'étouffer avec les noisettes que je grignotais, tandis qu'elle proférait cette scorie de la sagesse populaire, et les avais calmement fait glisser avec le reste de ma Heineken, souriant, le regard fixé sur la partie de fléchettes qui se déroulait dans un coin de la salle. Inutile de dire qu'elle n'avait pas eu l'occasion de passer en seconde année. Ce même hiver, on la découvrait flottant sur Charles River, décapitée, la tête accrochée à un arbre sur la berge, cheveux noués à une branche basse, à quatre kilomètres de là. À l'époque de Harvard, mes accès de rage étaient moins violents qu'aujourd'hui. Inutile d'espérer voir cette haine disparaître un jour – c'est *hors de question*.

– Oh, Patrick, dit-elle. Tu n'as pas changé. Je ne sais pas si c'est une bonne chose ou pas.

– Disons que oui.

– Pourquoi ? Pourquoi bonne ? fait-elle, les sourcils froncés. Et à l'époque ? Etait-ce si bien ?

– Tu n'as connu qu'un aspect de ma personnalité, dis-je. L'étudiant.

– Et l'amant ? demande-t-elle, et sa voix évoque soudain quelque chose d'humain.

J'abaisse sur elle un regard froid, impassible. On entend une musique brailler dehors, on dirait de la salsa. Enfin, le serveur apporte l'addition.

– Je vais régler, dis-je avec un soupir.

– Non, fait-elle, ouvrant son sac à main. C'est moi qui t'ai invité.

– Mais j'ai une American Express platine, dis-je.

– Mais moi aussi, dit-elle en souriant.

Je m'immobilise, l'observant tandis qu'elle pose la carte sur la soucoupe, recouvrant l'addition. Je sens de terribles convulsions me guetter, si je ne me lève pas immédiatement. « Le MLF a encore frappé. Ouah », fais-je d'un ton détaché.

Elle m'attend dehors, sur le trottoir, tandis que, dans les lavabos, je vomis mon déjeuner, régurgitant les calamars intacts, mais moins rouges qu'ils ne l'étaient dans mon assiette. Je sors du Vanities et la rejoins, mettant mes Wayfarers, mâchant un Cert et murmurant tout seul, avant de l'embrasser sur la joue et de passer à autre chose: Désolé d'avoir été si long. Il fallait que j'appelle mon avocat.

– Oh ? dit-elle, comme si elle se sentait concernée, cette pauvre conne.

– C'est aussi un ami, fais-je, haussant les épaules. Bobby Chambers. Un certain nombre d'amis à lui, enfin, *moi*, essentiellement, essayons d'étayer sa défense. De nouveau, je hausse les épaules, et change de sujet: bien, écoute.

– Oui ? fait-elle. Elle sourit.

– Il est tard. Je n'ai pas envie de retourner au bureau, dis-je, jetant un coup d'œil à ma Rolex, sur laquelle le soleil couchant étincelle, m'éblouissant une seconde. Et si on allait chez moi ?

– Quoi ? elle se met à rire.

– Tu n'as pas envie de passer chez moi ?

– Patrick. (Elle émet un rire lourd d'arrières-pensées.) Tu es sérieux ?

– J'ai une bouteille de pouilly-fuissé, bien fraîche, mmmm ? fais-je, haussant les sourcils.

– Écoute, ce genre de truc aurait pu fonctionner du temps de Harvard, mais... (elle rit de nouveau)... hum, nous avions vieilli, depuis, et... Elle s'interrompt.

– Et... quoi ?

– Je n'aurais pas dû boire de vin, au déjeuner, dit-elle.

Nous commençons à marcher. Il fait presque quarante, dehors. L'air est irrespirable. Il ne fait pas jour, il ne fait pas nuit. Ciel jaune. Au coin de Duane et de Greenwich, je donne un dollar à un clochard, histoire d'impressionner Bethany.

– Allez, tu viens, dis-je de nouveau, pleurnichant presque. Viens donc.

– Je ne peux pas, dit-elle. L'air conditionné est en panne, au bureau, mais je ne peux pas. J'aimerais bien, mais je ne peux pas.

– Aaahhh, allez, fais-je, lui prenant les épaules, avec une petite pression amicale.

– Mais Patrick, il faut que je sois au bureau, grogne-t-elle, protestant faiblement.

– Mais tu vas *mourir* de chaleur, là-bas, fais-je remarquer.

– Je n'ai pas le choix.

– Allez. J'aimerais bien que tu voies mon service à thé et à café des années quarante en argent, de Durgin Gorham, dis-je, essayant de l'appâter.

– Impossible. Elle rit, chausse ses lunettes de soleil.

– *Bethany*, fais-je, faussement menaçant.

– Écoute, dit-elle, radoucie, je vais t'acheter un Mars. Tu vas avoir un Mars, en compensation.

– Tu m'effraies. Sais-tu combien de lipides, combien de sodium il y a, rien que dans l'enrobage en chocolat ? fais-je d'une voix saccadée, feignant l'épouvante.

– Laisse tomber, dit-elle, tu n'as pas à t'inquiéter de cela.

– Non, toi, laisse tomber, dis-je, marchant devant elle pendant un petit moment, de manière à ce qu'elle ne puisse ressentir aucune agressivité de ma part. Écoute, tu passes prendre un verre, et ensuite nous irons à pied au Dorsia, et je pourrai revoir Robert, d'accord ? Je me retourne, marchant à reculons à présent. « *Je t'en prie.* »

– Mais Patrick, tu es en train de me supplier, dit-elle.

– Je voudrais vraiment que tu voies ce service à thé Durgin Gorham… Je t'en prie… Je l'ai payé trois mille cinq cents dollars.

Je m'arrête. Elle s'arrête, baisse les yeux. Quand elle relève les yeux, son front et ses joues sont humides, couverts d'une fine couche de transpiration. Elle a chaud. Elle soupire, se sourit à elle-même, consulte sa montre.

– Alors ? fais-je.

– Si je fais ça…

– Ooouuuiii… ?

– Il faut que je passe un coup de fil.

– Non, pas question, dis-je, faisant signe à un taxi. Tu appelleras de chez moi.

– Mais *Patrick*, dit-elle, il y a une cabine juste là.

– On y va, dis-je. Voilà un taxi.

– Je n'aurais pas dû prendre de vin, déclare-t-elle dans la voiture, tandis que nous filons vers l'Upper West Side.

– Tu es ivre ?

– Non, dit-elle, s'éventant avec un programme des *Misérables* qu'elle a trouvé abandonné sur la banquette du taxi, lequel n'a pas l'air conditionné. Les deux fenêtres sont grandes ouvertes mais elle ne cesse de s'éventer. « Juste un peu… grise », ajoute-t-elle.

Nous rions tous deux sans savoir pourquoi, et elle s'appuie un peu contre moi, avant de s'écarter brusquement, pensant soudain à quelque chose: « Il y a un gardien, chez toi, n'est-ce pas ? » demande-t-elle, soupçonneuse.

– Oui, fais-je en souriant, excité de la voir si naïve, si peu consciente du danger qui la guette, tout proche.

Chez moi. Elle parcourt lentement le salon, hochant la tête d'un air approbateur, murmurant: « Très joli, Mr. Bateman, très joli. » Pendant ce temps, je boucle la porte, vérifiant que les verrous sont bien fermés, puis me dirige vers le bar et verse un peu de J&B dans un verre, tandis qu'elle caresse le juke-box Wurlitzer, l'examinant attentivement. Je commence déjà à pousser des grondements sourds, déjà mes mains commencent à trembler et, décidant de me passer de glace, je la rejoins dans le salon, me tenant derrière elle tandis qu'elle contemple le David Onica accroché au-dessus de la cheminée. Elle penche la tête de côté pour mieux l'étudier, puis se met à pouffer de rire et me regarde d'un air d'incompréhension, puis revient sur le Onica, riant toujours. Je ne lui demande pas ce qui se passe – aucun intérêt. Vidant mon verre en une seule gorgée, je me dirige vers l'armoire Anaholian en chêne clair où j'ai rangé un pistolet à clous tout neuf, acheté la semaine dernière dans une quincaillerie de Wall Street, non loin du bureau. Après avoir enfilé une paire de gants de cuir noir, je vérifie qu'il est bien chargé.

– Patrick ? fait Bethany, riant toujours.

– Oui ? Oui, ma chérie ?

– Qui a accroché le Onica ?

– Tu l'aimes bien ?

– Il est superbe, mais… Elle s'interrompt, puis ajoute: Je suis à peu près certaine qu'il est accroché à l'envers.

– Quoi ?

– Qui a accroché le Onica ?

– Moi, dis-je, lui tournant toujours le dos.

– Tu l'as accroché *la tête en bas*. Elle rit franchement.

– Mmmmmm ? fais-je, debout devant l'armoire, serrant le pistolet à clous dans ma main, le soupesant dans mon poing ganté.

– Il est à l'envers, écoute, c'est à peine croyable, dit-elle. Depuis combien de temps est-il accroché ainsi ?

— Un millénaire, dis-je à mi-voix, me retournant, m'approchant d'elle.

– Quoi ? fait-elle, le regard toujours fixé sur le Onica.

– J'ai dit: Qu'est-ce que tu branles avec Robert Hall ? fais-je dans un murmure.

– Qu'est ce que tu dis ? Elle se retourne, au ralenti, comme dans un film.

J'attends qu'elle ait vu le pistolet à clous, les mains gantées, pour crier: *Qu'est-ce que tu branles avec Robert Hall ?*

Instinctivement, peut-être, ou peut-être de mémoire, elle se rue vers la porte d'entrée en criant. Mais si le chardonnay a engourdi ses réflexes, le scotch a aiguisé les miens et, sans effort, je bondis devant elle et lui barre la route, l'assommant de quatre coups de pistolet à clous. Je la traîne dans le salon et l'allonge sur un drap de coton blanc Voilacutro puis, lui écartant les bras, je pose ses mains sur d'épaisses planches de bois, paume en l'air, et lui cloue trois doigts de chaque main, au hasard, par l'extrémité du doigt. Immédiatement, elle reprend conscience et se met à crier. Après lui avoir arrosé les yeux, la bouche et les narines d'une giclée de gaz asphyxiant, je lui recouvre la tête d'un pardessus en poil de chameau, Ralph Lauren, ce qui étouffe plus ou moins ses cris. Je continue de lui tirer des clous dans les mains, jusqu'à ce qu'elle en soit couverte – les ongles agglomérés, tordus par endroits –, ce qui l'empêchera de s'asseoir, si elle essaie. Je suis obligé de lui ôter ses chaussures, ce qui gâche un peu mon plaisir, mais elle ne cesse de donner de violents coups de pied sur le plancher, et le cuir noir laisse des traces sur le parquet de chêne clair. Durant tout ce temps, je ne cesse de lui crier « Salope » puis, me penchant vers elle, je lui glisse à l'oreille « Ton con merdique », chuchotant, la voix rauque.

Enfin, après que j'ai ôté le manteau de son visage, elle commence à me supplier, essayant désespérément de m'attendrir, le flot d'adrénaline momentanément plus fort que la douleur. « Patrick, oh mon Dieu, arrête, par pitié, oh mon Dieu, ne me fais pas mal... » Mais, évidemment, la douleur réapparaît bientôt – elle est trop intense – et de nouveau elle s'évanouit, puis vomit, toujours inconsciente, et je suis contraint de lui soulever la tête pour qu'elle ne s'étouffe pas, après quoi je lui redonne un petit coup de gaz asphyxiant. Je tente d'arracher avec mes dents les doigts que je n'ai pas cloués, y parvenant presque avec son pouce gauche, dont je réussis à ôter toute la chair, laissant l'os à nu. Encore un petit coup de gaz asphyxiant, juste comme ça. Je remets le pardessus en poil de chameau sur sa tête, pour le cas où elle se réveillerait et se mettrait à crier, puis installe la caméra de poche Sony pour filmer ce qui va suivre. Après l'avoir posée sur son trépied et mise en route, en position automatique, je commence à découper sa robe avec une paire de ciseaux, lui donnant un petit coup de lame à l'occasion, lorsque j'arrive à ses seins, et coupant même accidentellement – ou presque – un de ses mamelons, au travers du soutien-gorge. Une fois la robe en lambeaux, elle se remet à crier, vêtue seulement de son soutien-gorge – dont le bonnet droit est assombri par une flaque de sang – et de sa culotte trempée d'urine, les réservant pour plus tard.

Je me penche au-dessus d'elle et me mets à hurler, par-dessus ses propres cris : « Essaie de crier, crie, continue de crier... » J'ai ouvert toutes les fenêtres, ainsi que la porte-fenêtre de la terrasse et, tandis que je demeure là, debout devant elle, ce ne sont même plus des cris qui sortent de sa bouche ouverte, mais des sons horribles, gutturaux, presque des bruits animaux, parfois entrecoupés de haut-le-cœur. « Crie, ma chérie... Continue de crier. » J'insiste, me penche sur elle, tout près, rejetant doucement ses cheveux en arrière. « Tout le monde s'en fout. Personne ne viendra à ton secours... » Elle tente de crier à nouveau, mais elle perd conscience, et ne parvient à émettre qu'un piètre gémissement. Profitant de sa totale impuissance, j'ôte mes gants, lui ouvre la bouche de force et, à l'aide des ciseaux, lui coupe la langue, que je retire sans difficulté de sa bouche, la tenant au creux de ma paume, toute chaude, encore saignante, étonnamment plus petite dans ma main qu'elle ne le paraissait dans sa bouche, puis la jette contre le mur où elle demeure collée un instant, laissant une trace ensanglantée, avant de tomber sur le sol avec un léger clappement mouillé. Le sang jaillit de sa bouche, et je suis contraint de lui tenir de nouveau la tête, afin qu'elle n'étouffe pas. Puis je la baise dans la bouche et, après avoir éjaculé et m'être retiré, je lui remets un petit coup de gaz asphyxiant.

Plus tard, comme elle reprend conscience, brièvement, je mets devant elle un chapeau de feutre, offert par une de mes petites amies, lors de ma première année à Harvard.

— Tu te souviens de ça ? fais-je d'un ton triomphal, brandissant un cigare. Tu vois, je fume *toujours* le cigare. Ha. Tu vois. C'est un cigare. Et je l'allume, avec des doigts sanglants qui ne tremblent pas, tandis que son visage, pâle jusqu'à en paraître bleu, ne cesse de se contracter, tordu de douleur, et que ses yeux rendus vitreux par l'horreur, se ferment, puis s'ouvrent à demi. Sa vie n'est plus qu'un cauchemar.

— Et encore une chose ! fais-je, claironnant, allant et venant autour d'elle. Ça n'est pas Garrick Anderson. Mon costume est *Armani* ! *Giorgio* Armani. Je la regarde dans un silence méprisant puis, me penchant, ricane: « Et toi, tu croyais que c'était *Henry Stuart*. Quelle misère. » Je la gifle violemment, sifflant « pauvre conne », aspergeant son visage de salive, mais il est tellement couvert de gaz asphyxiant qu'elle ne sent vraisemblablement rien, et j'essaie de la baiser par la bouche de nouveau mais sans parvenir à jouir, alors j'arrête.

JEUDI

Plus tard, le même soir en fait, Craig McDermott, Courtney et moi, installés dans un taxi qui nous emporte vers le Nell's, sommes en train de parler de l'eau d'Évian. Courtney, en vison Armani, vient d'avouer avec un petit rire qu'elle utilise l'eau d'Évian pour les glaçons, ce qui déclenche une discussion à propos des différentes eaux minérales; à sa demande, nous essayons chacun de citer autant de marques que possible.

Courtney commence, comptant les marques sur ses doigts. « Eh bien, il y a Sparcal, Perrier, San Pellegrino, Poland Spring, Calistoga… » Elle s'interrompt, à court d'inspiration, jette un regard de détresse à McDermott.

Il soupire, et prend le relais: « Canadian Spring, Canadian Calm, Montclair, qui est aussi canadienne, Vittel, française, Crodo, italienne… » Il s'arrête, se frotte le menton d'un air méditatif, essayant d'en trouver une autre, et annonce « Élan », comme s'il se surprenait lui-même. Il semble prêt à en citer une autre encore, puis plonge soudain dans un silence désespérant.

— Élan ? répète Courtney.

— C'est suisse, dit-il.

— Oh, fait-elle. Elle se tourne vers moi: C'est à toi, Patrick.

Le regard fixé par la vitre, perdu dans mes pensées, mais conscient du silence terrifiant qui règne dans le taxi, je réponds d'une voix sourde, mécanique: Vous avez oublié Alpenwasser, Down Under, Schat, qui est libanaise, Qubol et Cold Springs…

— Je l'ai déjà cité, me coupe Courtney, d'un ton accusateur.

— Non. Tu as dit Poland *Spring*.

— C'est vrai ? fait-elle à mi-voix. Elle secoue McDermott par la manche de son pardessus. « C'est vrai, Craig ? »

– Sans doute, fait McDermott avec un haussement d'épaules. Il me semble bien.

– N'oubliez pas non plus qu'il faut toujours acheter l'eau minérale en bouteille de *verre*, jamais en bouteille de plastique, dis-je d'un ton lourd de sous-entendus, attendant que l'un d'eux me demande pourquoi.

– Pourquoi ? demande Courtney, et sa voix trahit un intérêt réel.

– Parce que cela l'oxyde, dis-je. Et elle doit se boire fraîche, pure, sans arrière-goût.

Après un long silence perplexe, typiquement Courtney, McDermott reconnaît: « Il a raison », le regard fixé au-dehors.

– Je ne comprends vraiment pas quelle différence il y a entre toutes ces eaux, murmure Courtney, assise entre McDermott et moi, sur la banquette arrière du taxi. Sous son vison, elle porte un tailleur Givenchy en serge de laine, un collant Calvin Klein et des escarpins Warren Susan Allen Edmonds. Tout à l'heure, dans ce même taxi, lorsque j'ai caressé le vison d'un air suggestif, mais sans autre intention que de juger de la qualité de la fourrure, ce qu'elle a deviné, Courtney m'a demandé d'un ton dégagé si je n'avais pas par hasard une pastille de menthe. Je n'ai rien répondu.

– Que veux-tu dire par là ? demande gravement McDermott.

– Eh bien, je ne sais pas quelle est *vraiment* la différence entre ce qu'on appelle l'eau de source, et l'eau minérale, par exemple, enfin, je veux dire, *s'il* en existe une.

– *Courtney*. L'eau minérale, c'est une eau, n'importe quelle eau, provenant d'une source souterraine, soupire Craig, le regard toujours fixé au-dehors. Sa teneur en sels minéraux n'a pas été modifiée, bien qu'on ait pu la désinfecter ou la filtrer. McDermott porte un smoking de laine à revers échancrés, Gianni Versace, et pue le Xeryus.

Je m'arrache brièvement à mon atonie pour apporter un

complément d'information: « Et dans l'eau de source, on ajoute quelquefois des sels minéraux, ou on en retire. De plus, elle est généralement filtrée, et non traitée. » Je m'interromps. « Soixante-quinze pour cent des eaux en bouteilles sur le marché américain sont en fait des eaux de source. » Je m'interromps de nouveau, puis demande à la ronde: Le saviez-vous ?

Suit un long silence désenchanté, puis Courtney reprend: Et la différence entre l'eau distillée et l'eau purifiée… ?

En fait, je ne prête pas réellement attention à la conversation, pas même quand je parle, car je suis en train de songer aux différentes façons de me débarrasser du corps de Bethany, me demandant dans un premier temps si je dois le garder chez moi encore un jour, ou même plus. Si je décide de m'en débarrasser ce soir même, je peux facilement fourrer ce qui reste d'elle dans un grand sac-poubelle que je déposerai dans la cage d'escalier; je peux aussi consentir un effort supplémentaire et la traîner dehors pour la déposer avec les autres ordures, sur le trottoir. Je peux aussi la transporter jusqu'à mon local de Hell's Kitchen, la recouvrir de chaux vive, et fumer un cigare en la regardant se dissoudre, tout en écoutant mon walkman, mais je ne tiens pas à mélanger les corps des hommes et ceux des femmes et, d'autre part, j'ai l'intention de regarder *Bloodhungry*, le film que j'ai loué cet après-midi – l'étiquette disait: « Certains clowns vous font rire. Bobo vous tue, et dévore votre corps » – et si je dois faire un tour cette nuit à Hell's Kitchen, sans même m'arrêter chez Bellevue pour manger un morceau, je n'en aurai pas le temps. Les os de Bethany, ainsi que ses intestins et la plus grande partie de sa viande, finiront probablement dans l'incinérateur, au fond du couloir d'étage.

Courtney, McDermott et moi venons de quitter une soirée que donnait Morgan Stanley non loin du Seaport, à la pointe de Manhattan, dans une nouvelle boîte appelée le Goldcard, laquelle ressemble à une ville en soi, et où je suis tombé sur Walter Rhodes, un Canadien pur porc, que je n'avais pas rencontré depuis Exeter et qui, comme McDermott, pue le Xeryus. Je lui ai dit mot pour mot: « Écoute, j'essaie de me tenir à l'écart des gens. J'évite même de leur parler », avant de le prier de m'excuser. « Euh, bien sûr, je... je comprends », a-t-il répondu, légèrement ébahi. Je porte un smoking croisé à six boutons en crêpe de laine à pantalon à pinces et un nœud papillon en gros-grain de soie – Valentino. Luis Carruthers est à Atlanta pour le week-end. Au Goldcard, je me suis fait une ligne de coke avec Herbert Gittes et, avant que McDermott n'appelle un taxi pour filer au Nell's, j'ai pris un Halcion afin de résorber l'énervement dû à la cocaïne, mais il n'a pas encore fait son effet. Courtney me semble fort attirée par McDermott: comme sa carte Chembank refusait de fonctionner ce soir, au moins dans le distributeur auquel nous nous sommes arrêtés (la raison en est une utilisation trop fréquente pour couper les lignes de coke, même si elle ne l'avouera jamais; les résidus de cocaïne finissent par bousiller les cartes de crédit, ça m'est déjà arrivé plusieurs fois, à moi aussi) et que celle de McDermott fonctionnait, elle, elle a préféré utiliser la *sienne* plutôt que la *mienne*, ce qui signifie, quand on connaît Courtney, qu'elle a l'intention de *baiser* avec lui. Mais cela n'a pas une grande importance. Même si je suis plus séduisant que Craig, nous sommes tout de même assez semblables d'allure. Ce matin, le thème du *Patty Winters Show* était: "Les Animaux qui Parlent". On voyait une pieuvre flottant dans une espèce d'aquarium, un micro attaché à l'un de ses tentacules, en train de réclamer sans cesse du "fromage" – c'est du moins ce que nous affirmait son "dresseur", qui prétend que les mollusques ont des cordes vocales. Je l'ai regardée un moment, légèrement pétrifié, avant d'éclater brusquement en sanglots. Un clochard habillé en Hawaïen s'énerve sur une poubelle, dans un coin sombre à l'angle de la Huitième et de la Dixième.

– Dans l'eau distillée, ou purifiée, dit McDermott, la plupart des sels minéraux ont disparu. On a fait bouillir l'eau, qui s'est condensée en eau purifiée.

– D'où ce goût plat de l'eau distillée, qui n'est généralement pas destinée à être bue, m'entends-je dire sans un baillement.

– Et l'eau minérale ? demande Courtney.

– Elle n'est pas répertoriée par la... commençons-nous d'une même voix.

– Vas-y, dis-je, baillant derechef, et faisant bailler Courtney.

– Non, vas-y, toi, dit-il avec indifférence.

– Elle n'est pas répertoriée par la FDA, dis-je. Elle ne contient ni agents chimiques, ni sels, ni sucre, ni caféine.

– Et c'est le dioxide de carbone qui donne son gaz à l'eau pétillante, c'est bien ça ? s'enquiert-elle.

– Oui. McDermott et moi hochons la tête simultanément, le regard fixe.

– Ça, je le savais, dit-elle, hésitante et, au ton de sa voix, je devine qu'elle sourit sans doute, sans avoir besoin de la regarder.

– Mais il ne faut acheter que de l'eau gazeuse *naturelle*, fais-je remarquer. Car *alors*, cela garantit que le dioxide de carbone était présent dans l'eau à la source.

– Par exemple, le soda Club et l'eau de Seltz sont artificiellement gazéifiés, explique McDermott.

– L'eau de Seltz White Rock fait exception à la règle, interviens-je, consterné par cette manière ridicule dont McDermott essaie toujours de se mettre en valeur. L'eau gazeuse Ramlösa est également excellente.

Le taxi s'apprête à tourner dans la Quatorzième Rue, mais quatre ou cinq limousines devant nous font de même, et nous manquons le feu. J'insulte le chauffeur, mais on entend à l'avant une vieille chanson de Motown, les Supremes, peut-être, étouffée par la séparation en fibre de verre. J'essaie de l'ouvrir, mais elle est verrouillée, et refuse de glisser. « Qu'est-ce qu'on doit boire, après la gymnastique ? » demande Courtney.

– Et bien, quelque chose de vraiment froid, de toute manière, fais-je dans un soupir.

– Parce que… ? fait-elle.

– Parce que le corps l'absorbe plus rapidement que si c'est à température ambiante. Je consulte ma Rolex d'un œil absent. « Le mieux, c'est sans doute de l'eau. De l'Évian. Mais pas en bouteille plastique. »

– Mon entraîneur dit que la Gatorade est pas mal, contre-attaque McDermott.

– Mais tu ne crois pas que l'eau est la meilleure boisson de compensation, puisqu'elle s'intègre au flux sanguin plus rapidement que *tout autre* liquide… mon *petit père* ? ne puis-je m'empêcher d'ajouter.

Nouveau coup d'œil sur ma montre. Si je ne prends qu'un J&B au Nell's, je peux être chez moi à temps pour pouvoir regarder *Bloodhungry* en entier avant deux heures. Le silence règne de nouveau dans le taxi qui se dirige peu à peu vers la foule, à l'entrée de la boîte, tandis que les limousines déchargent leurs passagers et s'éloignent. Nous sommes tous trois en éveil, conscients aussi du ciel au-dessus de la ville, un ciel lourd, parcouru de nuages noirs. Les limousines ne cessent de klaxonner furieusement, ce qui ne résout rien. À cause de la coke que j'ai sniffé avec Gittes, j'ai la gorge desséchée. J'avale ma salive pour tenter de l'hydrater. De l'autre côté de la rue, des HLM abandonnées, aux fenêtres murées couvertes d'affiches qui annoncent des soldes chez Crabtree & Evelyn. Épelle « Moghol », Bateman. Comment écrit-on moghol ? M-o-g-h-o-l. Moghol. Mo-ghol. Glace, spectres, créatures…

– Je n'aime pas l'Évian, déclare McDermott, avec une certaine tristesse. Elle est trop sucrée. Il a l'air si misérable en avouant cela que je me sens obligé d'approuver.

Je lui jette un bref regard dans la pénombre du taxi et, me rendant compte qu'il va certainement finir la soirée au lit avec Courtney, je ressens un bref élan de pitié envers lui.

— Oui, McDermott, dis-je d'une voix lente, l'Évian est trop sucrée, effectivement.

Tout à l'heure, le sang de Bethany faisait une telle flaque sur le plancher que je me voyais dedans; attrapant le téléphone sans fil, je me suis regardé prendre un rendez-vous chez Gio pour me faire couper les cheveux. « J'avais le trac, la première fois que j'ai goûté la San Pellegrino », déclare Courtney, interrompant ma rêverie. Elle me jette un coup d'œil gêné, attendant que… que quoi ? Que je l'approuve ? Puis elle se tourne vers McDermott qui lui accorde un sourire blême et crispé. « Mais après, je l'ai trouvée… parfaite », conclut-elle.

— Quel courage, fais-je dans un murmure, baillant de nouveau, tandis que le taxi approche du Nell's, centimètre par centimètre. « Écoutez, dis-je, élevant la voix, connaissez-vous un appareil quelconque que l'on pourrait adapter au téléphone pour imiter la tonalité "occupé" ?

De retour chez moi. Immobile, je contemple le corps de Bethany en sirotant un verre, regardant de quoi elle a l'air. Les paupières sont à moitié ouvertes, et les dents inférieures semblent saillir du visage, car les lèvres ont été arrachées – déchirées à coups de dents, en fait. Plus tôt dans la journée, je lui ai scié un bras, ce qui l'a achevée, un bras que je ramasse à présent par l'os qui dépasse, là où se trouvait la main (d'ailleurs, je ne sais plus du tout ce que j'ai bien pu en faire: le congélateur ? Le placard ?) et, le saisissant d'une poigne solide, comme un tuyau, avec encore un peu de chair et de muscle attachés à l'os, bien que la plus grande partie en soit arrachée ou déchiquetée, je lui en donne un grand coup sur la tête. Il ne faudra guère que cinq ou six coups pour lui défoncer complètement la mâchoire. Deux de plus, et son visage entier s'affaissera sur lui-même.

WHITNEY HOUSTON

C'est en 1985 que Whitney Houston a fait une apparition fracassante dans le paysage musical, avec l'album qui porte son nom, lequel comportait quatre titres premiers au hit-parade, dont *The Greatest Love of All, You Give Good Love* et *Saving All My Love for You*, et devait en outre remporter le Grammy Award de la meilleure performance vocale féminine pour les variétés, ainsi que deux American Music Awards, celui du meilleur album de Rythm and Blues, et celui de la meilleure vidéo de Rythm and Blues. De plus, les magazines *Billboard* et *Rolling Stone* la sacraient meilleure nouvelle chanteuse de l'année. Avec un tel battage publicitaire autour de cet album, on est en droit de s'attendre à le trouver décevant et terne mais *Whitney Houston* (Arista) se révèle un disque de Rythm and Blues étonnamment plein de chaleur, de finesse, somme toute un des plus satisfaisants de la décennie. Quant à la voix de Whitney, elle défie l'imagination. Il suffit de voir la photo de couverture (robe Giovanne De Maura) et celle, assez sexy, qui lui répond au verso (maillot de bain Norma Kamali) pour deviner que ce n'est pas là l'habituel filet d'eau tiède du professionnalisme; certes, la musique est fluide, mais c'est un fluide intense, et la voix de Whitney se joue si bien des limites, avec une telle capacité d'adaptation (encore que Whitney demeure essentiellement une chanteuse de *jazz*) qu'il est difficile de s'imprégner de l'album à la première audition. Mais là n'est pas le but. C'est un disque à déguster, encore et encore.

Les deux premiers morceaux, *You Give Good Love* et *Thinking About You*, tous deux réalisés et arrangés par Kashif, bénéficient d'un arrangement jazzy, chaud et luxuriant, mais avec une rythmique contemporaine au synthé; ce sont là deux très bonnes chansons, mais l'album ne décolle vraiment qu'avec *Someone for Me*, réalisé par

Germaine Jackson, que Whitney chante avec mélancolie sur un rythme disco-jazz très enlevé, créant ainsi un décalage extrêmement émouvant. *Saving All My Love for You,* est la ballade la plus sexy, la plus romantique de l'album. Elle bénéficie d'un fantastique solo de saxophone par Tom Scott, et l'influence des groupes vocaux féminins des années soixante y est perceptible (elle a été co-écrite par Gerry Goffin), bien que ceux-ci n'aient jamais atteint un tel degré d'émotion ou de séduction (ni une telle qualité de son). *Nobody Loves Me Like You Do*, un fantastique duo avec Germaine Jackson (qui l'a également réalisé) n'est qu'un exemple de la qualité des chansons de cet album. La dernière chose dont il souffre est bien le manque de textes valables, ce qui arrive généralement quand une chanteuse n'écrit pas ses propres chansons et doit laisser son producteur les choisir pour elle. Mais Whitney et ses amis ont été heureusement inspirés.

How Will I Know, à mon sens le meilleur morceau de danse des années 80, évoque avec allégresse les tourments d'une fille qui ne sait pas si un garçon s'intéresse ou non à elle. Le riff au clavier est superbe, et c'est le seul titre de l'album qui soit réalisé par Narada Michael Walden, l'enfant-prodige. La ballade que je préfère, personnellement (mise à part *The Greatest Love of All,* qui demeure au-dessus de tout) est *All at Once*, l'histoire d'une femme qui s'aperçoit soudain que son amant s'éloigne d'elle. L'arrangement des cordes y est magnifique. Rien dans l'album ne semble être du remplissage, à part, peut-être, *Take Good Care of My Heart,* un autre duo avec Germaine Jackson, qui s'éloigne des racines jazzy de l'album, et paraît trop influencé par la *dance music* des années 80.

Cependant, nous retrouvons le talent de Whitney, plus grand que jamais, dans l'extraordinaire *The Greatest Love of All,* une des plus fortes, des meilleures chansons jamais écrites sur la dignité et le respect de soi-même. De la première à la dernière ligne (dues à Michael Masser et Linda

Creed), c'est une ballade qui parle, de façon magistrale, de la foi en soi-même. C'est là une proclamation pleine d'intensité, que Whitney chante avec une noblesse qui confine au sublime. Son message universel dépasse toutes les frontières, pour instiller chez l'auditeur l'espoir qu'il n'est pas trop tard pour s'améliorer, pour être plus humain. Puisque, dans ce monde, il nous est impossible de nous ouvrir aux autres, nous pouvons toujours nous ouvrir à nous-même. C'est là un message important, essentiel en vérité, que ce disque nous transmet superbement.

Son deuxième album, *Whitney* (Arista, 1987) comportait quatre chansons classées en tête des hit-parade, *I Wanna Dance with Somebody, So Emotional, Didn't We Almost Have It All ?*, et *Where do Broken Hearts Go ?* Il est essentiellement réalisé par Narada Michael Walden et, sans être de la qualité de *Whitney Houston*, il ne souffre aucunement de la fameuse baisse de régime des secondes œuvres. Il s'ouvre sur *I Wanna Dance with Somebody (Who Loves Me)*, un morceau enlevé, dansant, dans la même veine que l'irrésistible *How Will I Know* de l'album précédent. Suit le sensuel *Just the Lonely Talking Again,* où apparaît la forte influence jazz qui imprégnait le premier album, et où l'auditeur peut déceler une nouvelle maturité dans l'interprétation de Whitney – qui a réalisé tous les arrangements vocaux de l'album. C'est très évident sur *Love Will Save the Day,* la chanson la plus ambitieuse que Whitney ait chanté jusqu'alors. Le producteur en est Jellybean Benitez. C'est un morceau rapide, énergique et, comme la plupart des chansons de l'album, il évoque, de manière adulte, la conscience de ce monde dans lequel nous vivons. Elle le chante, et nous sommes convaincus. Nous voilà loin de l'image tendre de petite fille perdue, si séduisante sur son premier album.

Sa maturité est plus évidente encore avec *Didn't We Almost Have It All,* produite par Michael Masser, qui évoque une rencontre avec un ex-amant, et les sentiments qu'inspire à présent cette histoire ancienne. Whitney nous en offre une interprétation suprêmement poétique. Comme la plupart des ballades, elle bénéficie d'un somptueux arrangement de cordes. *So Emotional* est dans le même esprit que *How Will I Know* et *I Wanna Dance with Somebody,* mais dans une veine encore plus rock soutenue, comme tous les titres de *Whitney,* par une fantastique rythmique de studio, avec Narada à la boîte à rythme, Wolter Afanasieff au synthétiseur et à la basse-synthé, Corrado Rustici à la guitare-synthé, et un certain Bongo Bob à la boîte à percus et au mixage batterie. *Where You Are* est la seule chanson de l'album réalisée par Kashif, et elle porte l'empreinte indélébile de son professionnalisme – un son luxueux, doux et éclatant à la fois, et un fameux solo de sax par Vincent Henry. Pour moi, c'était là un tube en soi (mais n'est-ce pas le cas de tous les titres de l'album ?), et je me demande pourquoi il n'est pas sorti séparément.

Mais la vraie surprise de l'album demeure *Love Is a Contact Sport* – un morceau puissant, audacieux, sexy qui, sur le plan de la réalisation, constitue le noyau de l'album, avec des paroles excellentes et une rythmique de qualité. C'est l'un de mes préférés. Sur *You're Still My Man,* on s'aperçoit à quel point la voix de Whitney est proche de l'instrument – un instrument parfait, chaud, qui ferait presque oublier la musique en soi, si les paroles et les mélodies n'avaient une singularité, une force qui empêchent une chanteuse, même de la qualité de Whitney, de les occulter. *For the Love of You* met en valeur le talent remarquable de Narada à la boîte à rythme, et son ambiance jazzy, très contemporaine, évoque non seulement les tenants du jazz moderne que sont par exemple Michael Jackson et Sade, mais aussi d'autres musiciens, tels Miles Davis, Paul Butterfield, ou Bobby McFerrin.

Where Do Broken Hearts Go ? est le morceau le plus puissant de l'album, évoquant l'innocence perdue et le désir de retrouver la sécurité de l'enfance. La voix de Whitney est plus jolie, plus maîtrisée que jamais. Nous arrivons enfin à *I Know Him so Well,* le moment le plus émouvant du disque, car il s'agit, avant toute autre chose, d'un duo avec sa mère, Cissy. C'est une ballade qui évoque le souvenir d'un homme (Un amant partagé ? Un père depuis longtemps disparu ?) avec un mélange de désir, de regret, de force et de beauté qui conclut l'album sur une note délicate et parfaite. Nous attendons encore beaucoup de choses de Whitney (elle a fait une apparition bouleversante aux J.O. 1988, nous offrant un magnifique *One Moment In Time*), mais même si ce n'était pas le cas, elle demeurerait néanmoins l'une des voix noires les plus passionnantes et les plus originales de sa génération.

DÎNER AVEC MA SECRÉTAIRE

Lundi soir, huit heures. Je suis dans mon bureau, m'escrimant sur les mots croisés du *New York Times* d'hier dimanche tout en écoutant du rap sur la chaîne stéréo, essayant de comprendre pourquoi cette musique est si populaire, car une petite blonde rencontrée il y a deux soirs de cela au Bar m'a dit qu'elle n'écoutait rien d'autre et, bien que, ultérieurement, je l'aie dérouillée à mort dans un appartement de la Dakota Tower (je l'ai presque décapitée; rien de très extraordinaire), ce matin encore ses goûts en matière de musique hantaient mon esprit, et j'ai du m'arrêter à Tower Records, dans l'Upper West Side, et acheter pour quatre-vingt dix dollars de CD de rap mais, comme prévu, je suis extrêmement perplexe: ce ne sont que voix négroïdes proférant de vilains mots comme *digit, pudding, chunk.* Jean est assise à son bureau, derrière des piles de dossiers sur lesquels je lui ai demandé de jeter un coup d'œil. La journée n'a pas été trop mauvaise: j'ai fait deux heures de gym avant le bureau; le nouveau restaurant de Robison Hirsch vient d'ouvrir à Chelsea, il s'appelle le Finna; Evelyn a laissé deux messages sur mon répondeur, et un à Jean, pour me dire qu'elle sera à Boston presque toute la semaine; enfin, et c'est là le meilleur, le *Patty Winters Show* de ce matin était en deux parties: la première était une interview exclusive de Donald Trump, et la seconde un reportage sur des femmes torturées. J'étais censé dîner avec Madison Grey et David Campion au Café Luxembourg, mais à huit heures et quart, j'apprends que Luis Carruthers doit dîner avec nous et j'appelle cet abruti de Campion pour annuler, après quoi je passe un bon moment à me demander ce que je vais faire de ma soirée. Regardant par la fenêtre, je m'aperçois que le ciel sera bientôt totalement sombre, au-dessus de la ville.

Jean passe la tête dans mon bureau, frappant doucement sur la porte à demi ouverte. Je fais semblant de ne rien remarquer, sans trop savoir pourquoi, puisque je me sens un peu esseulé. Elle s'approche de mon bureau. Derrière mes Wayfarers, je garde les yeux fixés sur les mots croisés, me sentant comme ahuri, sans raison valable.

Elle pose un dossier sur le bureau, puis demande: « Faites les mots croisés ? » en omettant le « vous » – pitoyable tentative d'intimité, et aussi familiarité artificielle, insupportable. Je réprime un haut-le-cœur et hoche la tête, sans lever les yeux.

– Je peux vous aider ? fait-elle, et elle contourne le bureau avec circonspection, s'approche de moi, se penchant sur mon épaule pour me venir en aide. J'ai déjà rempli toutes les cases avec le mot *viande* ou le mot *os*, et je la sens tressaillir légèrement puis, remarquant la quantité de crayons n°2 cassés en deux, en vrac sur le bureau, elle les ramasse d'un air soumis et quitte la pièce.

– Jean ? fais-je.

– Oui, Patrick ? Elle réapparaît dans le bureau, essayant

de contenir son empressement.

– Aimeriez-vous dîner avec moi ? fais-je, le regard toujours fixé sur les mots croisés, effaçant soigneusement le *v* d'un des nombreux *viande* dont j'ai rempli les cases. « Enfin, si vous ne… si vous n'avez rien de particulier. »

– Oh non, répond-elle trop vite puis, se rendant compte, à mon avis, de sa hâte excessive, elle ajoute: Je n'ai rien de prévu.

– Eh bien, quelle coïncidence, dis-je, levant les yeux et baissant mes Wayfarers.

Elle émet un rire léger, mais qui trahit une urgence réelle, une sorte de malaise, ce qui ne contribue en rien à diminuer mon écœurement.

– Eh oui, fait-elle en haussant les épaules.

– J'ai aussi des billets pour un concert de… Milla Vanilla, si cela vous tente, dis-je d'un ton négligent.

– Vraiment ? Qui dites-vous ? demande-t-elle, perplexe.

– Milla… Vanilla, fais-je lentement.

– Milla… Vanilla ? répète-t-elle, gênée.

– Milla… Vanilla, dis-je. Je crois qu'ils s'appellent comme ça.

– Je ne suis pas très sûre.

– D'avoir envie d'y aller ?

– Non… Du nom. Elle réfléchit intensément, et ajoute: Je crois que c'est… Milli Vanilli.

Je reste un long moment silencieux. « Oh », dis-je enfin.

Elle demeure immobile, hoche la tête, une fois.

– Aucune importance, dis-je. De toutes façons, je n'ai pas de billets. Ils ne passent pas avant plusieurs mois.

– Oh, fait-elle, hochant de nouveau la tête. « Très bien. »

– Bien, où pourrions-nous aller ? Me renversant en arrière, j'extrais le Zagat du tiroir supérieur du bureau.

Elle demeure silencieuse, effrayée de dire une sottise, prenant ma question comme une espèce d'examen qu'il lui faut réussir, et suggère enfin, d'une voix hésitante: Où vous voudrez…

– Non, non, pas question, fais-je en souriant, feuilletant le petit guide. Pourquoi pas où *vous* voulez ?

– Oh, Patrick, soupire-t-elle. Je ne saurais pas quoi décider.

– Mais si, allez… Où vous voudrez.

– Oh, je ne sais pas. (Elle soupire derechef, désemparée.) Je ne sais pas.

– Allons… où voulez-vous dîner ? C'est vous qui décidez. Vous n'avez qu'à parler. Je peux nous faire entrer n'importe où.

Elle réfléchit un long moment puis, sentant que le temps qui lui est imparti est presque écoulé, suggère timidement, histoire de m'impressionner: Pourquoi pas au… Dorsia ?

Je cesse de feuilleter le Zagat et, sans lui accorder un regard, l'estomac soudain retourné, je me pose quelques questions silencieuses: Ai-je vraiment envie de dire non ? Ai-je vraiment envie d'avouer que je ne peux pas nous faire entrer là-bas ? Suis-je vraiment préparé à cela ? Est-ce là ce que je veux réellement faire ?

– Biiieeen, fais-je reposant le guide, puis le reprenant d'un geste nerveux pour trouver le numéro. « Donc, Jean veut aller au Dorsia… »

– Oh, je ne sais pas, dit-elle, confuse. Non, nous irons où vous voudrez.

– Mais le Dorsia, c'est… parfait, dis-je négligemment, composant vivement les sept chiffres maudits d'un doigt tremblant, essayant de garder la tête froide. Au lieu de la tonalité "occupé" à laquelle je m'attendais, la sonnerie résonne effectivement au Dorsia et, au bout de deux secondes, j'entends la voix hargneuse que j'ai appris à connaître, durant les trois derniers mois. « Le Dorsia, oui ? » crie la voix. À l'arrière-plan, le vacarme de la salle, assourdissant.

– Oui, auriez-vous une table pour deux, ce soir, dans, oh, disons vingt minutes ? fais-je, consultant ma Rolex et lançant un clin d'œil à Jean, qui paraît impressionnée.

– Nous sommes complet, crie le maître d'hôtel, arrogant.

– Á neuf heures ? C'est parfait, dis-je.

– Nous n'avons pas de table ce soir, répète le maître d'hôtel, mécanique, imperturbable. Et la liste d'attente est complète, elle aussi. Il raccroche.

– Très bien, à tout à l'heure, fais-je, raccrochant également, avec un sourire destiné à lui montrer à quel point je suis satisfait de son choix, tentant de reprendre souffle, chacun de mes muscles noué à se rompre. Jean porte une robe Calvin Klein en jersey de laine et flanelle, une ceinture en alligator Kieselstein Cord à boucle d'argent, et des boucles d'oreilles et des bas couleur chair, Calvin Klein également. Elle reste plantée là, devant le bureau, perplexe.

– Oui ? fais-je, me dirigeant vers le portemanteau. Votre tenue… ça peut aller.

Elle demeure un moment silencieuse. « Vous n'avez pas donné votre nom », dit-elle enfin, d'une voix douce.

Je réfléchis à la question tout en mettant ma veste Armani et en renouant ma cravate de soie Armani, et réponds enfin, sans bégayer: Ils… Ils me connaissent.

Tandis que le maître d'hôtel installe un couple (Kate Spencer et Jason Lauder, j'en suis pratiquement certain), Jean et moi nous approchons de son estrade, où est posé le registre des réservations, liste de noms ridiculement lisibles et, me penchant dessus, machinalement, je repère immédiatement la seule réservation pour deux à neuf heures qui ne soit pas encore barrée, au nom de – oh, mon Dieu – *Schrawtz*. Je soupire puis, frappant le sol de la semelle, réfléchissant à toute vitesse, j'essaie de mettre au point un plan quelconque. « Pourquoi n'iriez-vous pas aux lavabos ? » dis-je soudain, me tournant vers Jean.

Elle parcourt le restaurant du regard, évaluant la situation. C'est le chaos. Dix rangées de personnes attendent au bar. Le maître d'hôtel installe le couple à une table au milieu de la salle. Avec une stupéfaction écœurée, je vois

Sylvester Stallone assis en compagnie d'une nana dans le box que j'occupais avec Sean il y a quelques semaines, tandis que ses gardes du corps s'entassent dans le box voisin, et que Norman Prager, le propriétaire du Petty's, se prélasse dans le troisième. Jean se retourne vers moi. « Quoi ? » crie-t-elle dans le vacarme.

– Vous n'avez pas envie d'aller aux lavabos ? fais-je, tandis que le maître d'hôtel se dirige vers nous, le visage fermé, circulant adroitement dans le restaurant bondé.

– Pourquoi ? Je veux dire… vous croyez que je devrais ? demande-t-elle, complètement éberluée.

– Allez-y, c'est tout, dis-je d'une voix sifflante, lui serrant le bras, éperdu.

– Mais je n'ai pas besoin d'y aller, Patrick, regimbe-t-elle.

– Oh mon Dieu, fais-je entre mes dents. Maintenant, c'est trop tard, de toutes façons.

Le maître d'hôtel se dirige vers l'estrade, examine le registre, répond au téléphone, raccroche au bout de quelques secondes, et nous accorde enfin un bref regard, pas totalement hostile. Il a au moins cinquante ans, et porte un catogan. Je m'éclaircis la gorge, deux fois, afin d'attirer toute son attention, tentant pitoyablement de croiser son regard.

– Oui ? fait-il, comme si je le harcelais.

Lui offrant un visage plein de dignité, je prends ma respiration avant de déclarer: J'ai réservé pour neuf heures… (Je déglutis péniblement)… deux personnes.

– Oouuii ? fait-il, soupçonneux. « À quel nom ? » Puis il se retourne vers un serveur, dix-huit ans, gueule de mannequin, qui vient de lui demander en passant où était la glace. « Pas maintenant ! » aboie-t-il, d'une voix tonnante. « Combien de fois faut-il te le dire ? » Le serveur hausse les épaules, soumis, et le maître d'hôtel lui désigne le bar: « La *glace*, c'est *là-bas* ! » Il se retourne vers nous. Je suis réellement effrayé.

335.

– Votre nom, ordonne-t-il.

Parmi tous les putains de noms qui existent, pourquoi *celui-là* ? me dis-je. « Euh… Schrawtz – oh, mon Dieu —, Mr. et Mrs. Schrawtz. » Je dois être blême, c'est certain, et j'ai donné les noms d'une voix mécanique, mais le maître d'hôtel est trop occupé pour ne pas gober le truc. Quant à Jean, qui doit ne rien comprendre à mon attitude, je ne me donne même pas la peine de lui accorder un regard tandis qu'on nous conduit à la table des Schrawtz, une table merdique, j'en suis persuadé, mais malgré tout, je me sens soulagé.

Les menus sont déjà posés sur la table, mais je suis dans un tel état de nerfs que les mots et les prix eux-même m'apparaissent comme des hiéroglyphes. Je suis complètement hagard. Un serveur prend nos commandes d'apéritif – celui-là même qui ne savait pas où trouver la glace. Je m'entends prononcer des mots, sans même écouter Jean, des choses comme « La protection de la couche d'ozone, c'est vraiment une idée très cool », et des blagues idiotes, un sourire plaqué sur le visage, dans un autre monde, et il ne me faut pas longtemps – quelques minutes, pas plus, le serveur n'a même pas eu le temps de nous proposer les spécialités – pour apercevoir le couple, grand, séduisant, arrêté près de l'estrade, en grande conversation avec le maître d'hôtel. Je soupire profondément, la tête vague, et déclare en bégayant: Ça va mal tourner.

Jean lève les yeux du menu, pose la boisson – sans glace – qu'elle sirotait. « Pourquoi ? Qu'est-ce qui se passe ? »

Le maître d'hôtel nous regarde, *me* regarde d'un œil torve, tout en guidant le couple jusqu'à notre table. S'ils avaient été petits et rondouillards, outrageusement juifs, j'aurais pu garder la table, même sans l'aide d'un billet de cinquante, mais ces gens-là paraissent tout droit sortis d'une pub Ralph Lauren; Jean et moi également, bien sûr – et tout le monde, d'ailleurs, dans ce restaurant à la con –, mais l'homme porte un smoking, et la femme – une créature complètement baisable – est couverte de bijoux. C'est la réalité des choses, comme dirait mon frère, l'immonde Sean, et il faut faire avec. À présent, le maître d'hôtel se tient debout à notre table, les mains derrière le dos. Il n'a pas l'air de plaisanter. « Mr. et Mrs… *Schrawtz* ? » demande-t-il au bout d'un long moment.

– Oui ? fais-je, l'air dégagé.

Il demeure immobile, sans me quitter des yeux. Silence très étrange. Son catogan, gris et graisseux, pend au-dessous de son col comme une espèce d'objet maléfique.

– Vous savez, dis-je enfin, non sans une certaine suavité, il se trouve que je connais le chef.

Il continue de me fixer. Ainsi que, certainement, le couple derrière lui.

Long silence, de nouveau, que je romps en demandant, je ne sais pourquoi: Il est bien à… à Aspen ?

Tout ceci n'avance à rien. Avec un soupir, je me retourne vers Jean, qui paraît complètement désorientée: « On y va, d'accord ? » Elle hoche la tête, l'air abruti. Humilié, je la saisis par la main et nous nous levons – elle plus lentement que moi – et, frôlant le maître d'hôtel et le couple Schrawtz, traversons en sens inverse le restaurant bondé pour nous retrouver dehors. Je ne cesse de murmurer « J'aurais dû m'en douter, j'aurais dû m'en douter, j'aurais dû », d'une voix mécanique, complètement anéanti, mais Jean se met à gambader dans la rue, riant et m'entraînant derrière elle et, comme je m'étonne de cet accès de gaieté, « c'était *tellement* drôle », dit-elle entre deux rires étouffés puis, serrant mon poing crispé, ajoute: « Vous avez un sens de l'humour tellement *spontané*. » Secoué, marchant à côté d'elle, les jambes raides, sans lui prêter attention, je me demande: « Où aller… maintenant ? » La réponse surgit en l'espace de quelques secondes: à l'Arcadia, vers lequel mes pas nous conduisent, presque inconsciemment.

Quelqu'un – Hamilton Conway, je crois – me prenant

pour un certain Ted Owen, me demande si je peux le faire entrer au Petty's ce soir. « Je vais voir ce que je peux faire », dis-je, puis je reporte le peu d'attention qui me reste sur Jean, assise en face de moi, dans la salle aux trois quarts vide de l'Arcadia – une fois le type parti, il ne reste plus que cinq tables occupées. J'ai commandé un J&B on the rocks. Jean sirote un verre de vin blanc, tout en m'expliquant que son souhait le plus profond est « d'entrer dans une banque d'affaires », sur quoi je me dis: tu peux toujours rêver. Quelqu'un d'autre, Frederick Dibble cette fois, s'arrête pour me féliciter à propos du portefeuille Larson. Il a le culot d'ajouter: « On se voit plus tard, Saul. » Mais je suis dans un état second, à des millions de kilomètres de là, et Jean ne remarque rien; elle me parle du roman d'un jeune auteur, qu'elle vient de lire – j'ai vu la couverture, dans une débauche de néon. Quant au sujet: la souffrance sublimée. Croyant qu'elle parle d'autre chose, je m'entends dire, sans vraiment la regarder: « Il faut avoir la peau dure, pour survivre dans cette ville. » Elle rougit, embarrassée, et reprend une gorgée de vin, un très bon sauvignon blanc.

– Je vous sens distant, déclare-t-elle.

– Quoi ? fais-je, clignant des paupières.

– Je dis que vous me paraissez distant.

– Non, fais-je, soupirant. Je suis moi-même. Toujours aussi farfelu.

– C'est bien. Elle sourit, soulagée – mais peut-être tout ceci n'est-il qu'un rêve.

– Alors, dites-moi, fais-je, essayant de concentrer mon attention sur elle, que voulez-vous réellement faire de votre vie ?... Enfin, en résumé, vous voyez ? dis-je, me rappelant la manière dont elle m'a tanné avec son histoire de carrière dans une banque d'affaires. « Et ne me dites pas que vous adoreriez vous occuper d'enfants, d'accord ? »

– Eh bien, j'aimerais voyager. Reprendre des études, peut-être, je ne sais pas trop... Elle s'interrompt, pensive, et conclut avec sincérité: J'en suis à un stade de ma vie où

j'entrevois beaucoup de possibilités, mais je suis tellement… Je ne sais pas… peu sûre de moi.

– Je crois que c'est aussi important, d'être conscient de
ses limites. Avez-vous un petit ami ? fais-je, tout à trac.

Elle sourit timidement, rougit. « Non, non, pas vraiment. »

– C'est intéressant, dis-je à mi-voix. J'ai ouvert la carte et
j'étudie le menu à prix fixe de ce soir.

– Et *vous*, êtes-vous avec quelqu'un ? tente-t-elle, hésitante. « Je veux dire, sérieusement. »

Je jette mon dévolu sur le poisson-pilote aux tulipes et à
la cannelle, éludant la question d'un soupir: « Ce que je
veux, c'est avoir une relation importante avec quelqu'un
qui compte pour moi » et, sans la laisser répondre, je lui
demande ce qu'elle a choisi.

– Le dauphin à la Hawaïenne, je crois. Avec du gingembre, ajoute-t-elle, louchant sur le menu.

– Moi, je prends le poisson-pilote. Je commence à bien
aimer ça. Le… poisson-pilote. Je hoche la tête.

Après un dîner médiocre, une bouteille de cabernet
sauvignon californien, hors de prix, et une crème brûlée
que nous partageons, je commande un verre de porto à
cinquante dollars, tandis que Jean sirote un espresso déca-
féïné. Elle me demande d'où vient le nom du restaurant, et
je le lui explique, sans même inventer une histoire grotesque, bien que je sois tenté de le faire, pour voir si elle
marcherait. Assis en face d'elle, dans la pénombre de
l'Arcadia, il me paraît évident qu'elle goberait n'importe
quel mensonge, n'importe quelle invention qui me passe-
rait par l'esprit, tant son béguin pour moi lui ôte toute
défense, la laissant désarmée, ce que je trouve étrangement
peu excitant. Je pourrais même lui expliquer mes positions
pro-apartheid, et l'amener à les partager, à investir de
grosses sommes d'argent dans des organisations racistes
qui…

– L'Arcadie était autrefois une région du Péloponnèse,

en Grèce, fondée en 370 avant J. C., et entièremet cernée par les montagnes. La ville principale en était Megalopolis, qui était aussi le centre de l'activité politique et la capitale de la confédération d'Arcadie… (Je prends une gorgée de porto épais, fort, cher) … Elle fut détruite durant la guerre d'indépendance grecque… C'est en Arcadie qu'était vénéré le dieu Pan, à l'origine… Savez-vous qui était Pan ?

Elle hoche la tête, les yeux rivés à mon visage.

– Ses distractions étaient très semblables à celles de Bacchus. La nuit, il s'amusait avec les nymphes, mais dans la journée, il aimait bien aussi… effrayer les voyageurs… D'où le mot *pan-ique*. Et Patati, et patata… Je trouve amusant d'avoir gardé tout cela en mémoire et, levant les yeux de mon verre de porto, que je n'ai cessé de contempler d'un air pensif, je lui souris. Elle demeure un long moment silencieuse, perplexe, ne sachant pas comment réagir, puis plonge enfin son regard dans le mien et, se penchant au-dessus de la table, dit d'une voix hésitante: « C'est très… très intéressant. » Voilà ce qu'elle dit. Voilà tout ce qu'elle a à dire.

Onze heures trente quatre. Nous sommes sur le trottoir, devant l'immeuble de Jean, dans l'Upper East Side. Son concierge nous observe d'un regard circonspect, du fond du hall, un regard perçant qui m'emplit d'une terreur sans nom. Un rideau d'étoiles est tendu sur le ciel, des milliers d'étoiles éparpillées et, devant cette multitude, je me sens tout petit, ce que j'ai du mal à supporter. Je dis quelque chose à propos des différentes formes d'angoisse, et elle hausse les épaules, hoche la tête. Comme si son cerveau avait des problèmes de communication avec sa bouche, comme si elle recherchait en permanence une analyse rationnelle de ma personnalité, ce qui, évidemment, n'est pas possible: *il n'y a pas de clef*.

– Cela a été un dîner merveilleux, dit-elle. Merci beaucoup.

– En fait, la cuisine était quelconque mais, de rien, de rien.

– Voulez-vous monter prendre un verre ? demande-t-elle d'un ton trop négligent – et même si je critique sa manière de faire, cela ne signifie pas pour autant que je n'ai pas envie de monter. Cependant quelque chose m'arrête, occulte l'appel du sang. Le concierge ? La lumière dans le hall ? Son rouge à lèvres ? En outre, je commence à me dire que le plaisir des cassettes vidéo est infiniment moins compliqué que celui du sexe réel, et donc infiniment supérieur.

– Vous avez du peyotl ?

Elle demeure silencieuse, perplexe. « Quoi ? »

– Je plaisantais. Ecoutez, j'ai l'intention de regarder *David Letterman*, et… Je m'interromps, sans trop savoir pourquoi. « Il faut que j'y aille. »

– Vous pouvez le regarder chez moi.

– Vous avez le câble ? fais-je après un silence.

– Oui. (Elle hoche la tête.) J'ai le câble.

Coincé, je demeure silencieux, faisant semblant de réfléchir. « Non, dis-je enfin, c'est bon comme ça. Je préfère le regarder sans le câble. »

Elle me jette un regard plein de tristesse et d'incompréhension. « Quoi ? »

– J'ai des cassettes vidéo à rendre, dis-je très vite.

– Maintenant… ? Il est… (Elle consulte sa montre)… presque minuit.

– Ouais, et alors ? fais-je, suprêmement détaché.

– Bien. Je suppose que… qu'on se dit bonsoir, alors, dit-elle.

Quel genre de livres Jean lit-elle ? Des titres défilent à toute vitesse dans ma tête: *Comment Rendre un Homme Amoureux. Comment Garder pour Toujours l'Amour d'un Homme. Comment Réussir dans cette Entreprise: Se Marier. Comment Être Mariée d'Ici un An et un Jour. Comment Supplier un Homme.* Dans la poche de mon pardessus, je touche l'étui à préservatifs Luc Benoit, en peau d'autruche, que j'ai acheté la semaine dernière, mais… mmmmm… non.

Nous nous serrons la main avec gêne puis, gardant ma main dans la sienne, elle demande: C'est vrai ? Vous n'avez pas le câble ?

Et, bien que la soirée n'ait été aucunement romantique, elle me prend dans ses bras, et cette fois, émane d'elle une chaleur à laquelle je ne suis pas accoutumé. J'ai tellement l'habitude d'imaginer les choses comme sur un écran de cinéma, à voir les événements et les gens comme s'ils faisaient partie d'un film, qu'il me semble soudain entendre jouer un orchestre, voir littéralement la caméra s'approcher en travelling et tourner autour de nous, tandis que des feux d'artifice éclatent au ralenti dans le ciel et que ses lèvres en soixante-dix millimètres s'écartent pour murmurer l'inévitable « Je te *veux* » en Dolby stéréo. Mais mon étreinte se fige et je sens, imperceptiblement d'abord, puis plus nettement, se calmer la tempête en moi. Elle m'embrasse sur la bouche, ce qui me fait brutalement retomber sur terre. Je la repousse doucement. Elle lève vers moi un regard effrayé.

– Écoutez, il faut que j'y aille, dis-je, jetant un coup d'œil sur ma Rolex. Je ne veux pas manquer... *Nos Amies les Bêtes*.

– Très bien, dit-elle, reprenant contenance. Bye.

– 'nuit, dis-je.

Nous nous éloignons, chacun de notre côté. Tout à coup, elle crie quelque chose.

Je me retourne.

– N'oubliez pas que vous avez un petit déjeuner avec Frederick Bennet et Charles Rust au "21", me lance-t-elle depuis sa porte, que le concierge lui tient ouverte.

– Merci, fais-je avec un signe de la main. Ça m'était complètement sorti de la tête.

Elle me fait un signe en retour, et disparaît dans le hall.

En retournant vers Park Avenue pour prendre un taxi, je passe devant un clochard, laid, un vagabond – un membre du tiers-monde génétique – qui mendie quelques pièces, « ce que vous aurez », et, remarquant le sac à livres Barnes & Noble posé à côté de lui sur les marches de l'église où il est installé, je ne peux m'empêcher de me moquer de lui, à haute voix: « Eh bien, *vous*, au moins, vous aimez lire… » Puis, assis au fond du taxi qui me ramène chez moi, je m'imagine en train de courir autour de Central Park avec Jean, par un frais après-midi de printemps, riant, nous tenant par la main. Nous achetons des ballons, les laissons filer vers le ciel.

LE DÉTECTIVE

Mai se glisse dans Juin qui s'insinue dans Juillet, lequel rampe vers Août. À cause de la chaleur, j'ai eu durant les quatre dernières nuits d'intenses rêves de vivisection. Pour l'instant, je ne fais rien, sinon végéter au bureau avec un mal de tête vicieux, écoutant au walkman un CD de Kenny G. pour l'atténuer, mais le soleil éclatant du matin qui pénètre à flots dans mon bureau me vrille le crâne, ravivant ma gueule de bois. Pas de musculation, ce matin. Tout en écoutant la musique, je remarque que la deuxième lumière clignote sur mon téléphone: Jean m'appelle. Je soupire, ôte mon walkman avec précautions.

— Qu'est-ce que c'est ? fais-je d'une voix monocorde.

— Hum, Patrick ?

— Oouuiii, Jean ? fais-je avec une patience exagérée.

— Patrick, un Mr. Donald Kimball souhaiterait vous voir, dit-elle, nerveuse.

— Qui ? fais-je brusquement, la tête ailleurs.

Elle émet un petit soupir d'inquiétude, et baisse le ton: « Le détective Donald Kimball ? » Il y a une question dans sa voix.

Je regarde le ciel derrière la fenêtre, puis l'écran de mon

ordinateur, puis la femme sans tête que j'ai griffonnée au dos du *Sports Illustrated* de la semaine, et caresse la couverture glacée du magazine, une fois, deux fois, avant de l'arracher et de la froisser en boule. « Dites-lui… » je m'interromps, réfléchissant, reconsidérant les options possibles. « Dites-lui que je suis parti déjeuner. »

Jean demeure un instant silencieuse, puis chuchote: « Patrick… Je pense qu'il sait que vous êtes là. » Comme je ne réponds pas, elle ajoute: « Il est dix heures et demie », toujours chuchotant.

Je soupire, à court d'idées. « Bon… Faites-le entrer », dis-je enfin, réprimant un accès de panique.

Me levant, je me dirige vers le miroir Jodi accroché à côté de la toile de George Stubb et vérifie l'état de mes cheveux, auxquels je donne un coup de peigne en corne de bœuf puis, très calme, prends un de mes téléphones sans fil, me préparant à jouer serré. Imaginant que je suis en conversation avec John Akers, je me mets à parler d'une voix bien audible, avant que le détective n'entre dans mon bureau.

– Oui, John… (Je m'éclaircie la gorge). Il faut choisir ses vêtements en fonction de son physique. Mon petit vieux, il y a vraiment des choses à faire et des choses à ne pas faire, si on porte des chemises à grosses rayures. Ce genre de chemise demande un costume et une cravate unis, ou à motif discret…

La porte du bureau s'ouvre, et je fais signe au détective d'entrer. Il est étonnamment jeune, mon âge, peut-être, et porte un costume Armani pas très différent du mien, bien que le sien soit un peu destructuré, à la fois chic et décontracté, ce qui ne lasse pas de me préoccuper. Je lui adresse un sourire rassurant.

– Et une chemise à texture serrée est plus résistante qu'une chemise à texture fine… Oui, je sais bien… Mais pour le savoir, il faut que tu examines de près le tissu… Je désigne la chaise Mark Schrager en chrome et teck, face à mon bureau, lui faisant signe de s'asseoir.

– Pour obtenir une texture serrée, on utilise non seulement un grand nombre de fils, mais aussi des fils d'excellente qualité, à la fois fins et longs, ce qui... Oui... Ce qui donne une trame dense, par opposition à une trame composée de fibres courtes et pelucheuses, comme celle du tweed. Et les tissus à trame *lâche*, comme le tricot, sont extrêmement délicats, et doivent être traités avec beaucoup de précautions... À cause de la visite de ce détective, il y a de grandes chances que la journée soit gâchée. Je lui jette un regard morne, tandis qu'il s'installe sur la chaise, croisant les jambes d'une manière qui me fait froid dans le dos. Il se retourne pour voir si je suis toujours au téléphone, et je m'aperçois que je suis resté trop longtemps silencieux.

– C'est vrai, et... Oui, John, tu as raison. Et... oui, il faut toujours donner quinze pour cent au coiffeur... Non, on ne donne rien au propriétaire du salon... Je regarde le détective et lève les yeux au ciel, haussant les épaules en signe d'impuissance. Il hoche la tête avec un sourire compréhensif, croise de nouveau les jambes. Jolies chaussettes. Mon Dieu, mon Dieu. « La shampooineuse ? Cela dépend. Je dirais un dollar ou deux... » Je ris. « Ça dépend de quoi elle a l'air... » Je ris plus fort. « Ouais, et de ce qu'elle te lave... Écoute, John, il faut que je te laisse. T. Boone Pickens vient d'entrer dans mon bureau... » Je fais une pause, avec un sourire imbécile, puis me mets à rire. « Je plaisantais... Non, rien au propriétaire du salon. » Je ris de nouveau. « Très bien, John... Okay, c'est compris. » Je raccroche le téléphone, replie l'antenne et, d'un ton excessivement naturel, déclare: Désolé.

– Non, c'est moi, dit-il d'un air d'excuse, apparemment sincère. J'aurais dû prendre rendez-vous. Était-ce, euh, quelque chose d'important ? demande-t-il, désignant vaguement le téléphone que je repose sur son support de recharge.

– Ça ? fais-je, me dirigeant vers mon bureau, et m'affalant dans mon fauteuil. Toujours les mêmes histoires de boulot. On étudie des possibilités... On échange des rumeurs... On fait courir des bruits. Nous rions tous deux. La glace est brisée.

– Salut, dit-il, me tendant la main. Donald Kimball.

– Salut. Pat Bateman. Enchanté de vous rencontrer. Je lui serre vigoureusement la main.

– Je suis désolé de vous tomber dessus à l'improviste, mais je devais voir Luis Carruthers, et il n'est pas là, et... Enfin, comme vous êtes là, vous... Il détourne les yeux des trois exemplaires de *Sports Illustrated* qui recouvrent mon bureau, en compagnie du walkman. Suivant son regard, je referme les magazines et les glisse dans le tiroir supérieur avec le walkman, qui fonctionne toujours.

– Bien, dis-je, d'une voix aussi amicale et engageante que possible. De quoi devons-nous parler ?

– Eh bien, j'ai été engagé par Meredith Powell pour enquêter sur la disparition de Paul Owen.

Je hoche la tête d'un air pensif. « Vous n'êtes pas du FBI, ou quelque chose de ce genre, n'est-ce pas ? »

– Non, non, dit-il. Rien de ce genre. Je suis un simple détective privé.

– Ah, je vois... mmm-mmm. Je hoche la tête de nouveau, toujours aussi tendu. « La disparition de Paul... mmm-mmm. »

– Donc, ça n'a rien de *strictement* officiel, dit-il d'une voix confiante. Juste quelques questions très simples. Sur Paul Owen. Sur vous-même...

– Un café ? fais-je brusquement.

– Non, c'est bien comme ça, répond-t-il, vaguement troublé.

– Un Perrier ? Une San Pellegrino ?

– Non, c'est bien, répète-t-il, ouvrant un petit carnet noir qu'il a tiré de sa poche, avec un Cross en or. Je sonne Jean.

– Oui, Patrick ?

– Jean, je suis avec Mr. ... Je m'interromps, lève les yeux.

Il lève les yeux : Kimball.

– Mr. Kimball Pourriez-vous lui apporter une bouteille de San Pelle…

– Oh, non, c'est très bien comme ça, proteste-t-il.

– Il n'y a aucun problème, dis-je.

J'ai l'impression qu'il se force à ne pas me regarder bizarrement. Revenant à son carnet, il écrit quelque chose, raye quelque chose. Jean entre presque immédiatement, posant une bouteille de San Pellegrino et un verre gravé de chez Steuben sur mon bureau, devant Kimball. Elle me jette un regard anxieux, préoccupé, et je fronce les sourcils. Kimball lève les yeux et sourit, avec un petit signe de tête à Jean qui, je le note, ne porte pas de soutien-gorge, aujourd'hui. Je la regarde s'éloigner, l'air de rien, puis reviens sur Kimball et me redresse, croisant les mains. « Bien, de quoi parlions-nous ? » fais-je de nouveau.

– De la disparition de Paul Owen, me rappelle-t-il.

– Ah, c'est vrai. Eh bien, je n'ai pas entendu parler de sa disparition, ni de quoi que ce soit… Je m'interromps, esquisse un rire. « Pas dans Page Six, en tout cas. »

Kimball sourit poliment. « Je crois que sa famille ne tient pas à l'ébruiter. »

– C'est compréhensible. Je désigne de la tête la bouteille et le verre, qu'il n'a pas touchés. « Un peu de citron ? »

– Non, vraiment. C'est parfait.

– Vous en êtes sûr ? Je peux vous faire apporter du citron.

Il reste un instant silencieux. « Quelques renseignements préliminaires, pour mes fiches personnelles, d'accord ? »

– Allez-y, tirez le premier, dis-je.

– Quel âge avez-vous ?

– Vingt-sept ans. Vingt-huit en octobre.

– Où avez-vous fait vos études ?

– À Harvard. Et ensuite à la Harvard Business School.

– Votre adresse ? demande-t-il, sans lever les yeux du carnet.

– 55, Quatre-vingt unième Rue Ouest. L'American Garden Building.

– Chouette. (Il lève les yeux, impressionné.) Très chouette.

– Merci. Je souris, flatté.

– Est-ce que Tom Cruise n'habite pas là-bas ? demande-t-il.

– Ouais. Soudain je serre les paupières, malgré moi, me pince le haut du nez.

– Excusez-moi, mais ça ne va pas ? l'entends-je dire.

J'ouvre de nouveau les yeux, larmoyant. « Pourquoi me demandez-vous cela ? »

– Vous paraissez… *nerveux*.

J'ouvre un tiroir de mon bureau et en sors un tube d'aspirine.

– Un Nuprin ?

Kimball regarde le tube d'un air étrange, puis lève les yeux vers moi, avant de secouer la tête. « Euh… non merci. » Il a tiré de sa poche un paquet de Marlboro, qu'il pose machinalement sur le bureau, à côté de la bouteille de San Pellegrino, tout en examinant quelque chose dans son carnet

– Mauvaise habitude, dis-je.

Il lève les yeux et, remarquant mon air désapprobateur, m'adresse un sourire penaud. « Je sais. Je suis navré. »

Je regarde fixement le paquet de cigarettes.

– Est-ce que… vous préféreriez peut-être que je ne fume pas ? demande-t-il, hésitant.

Je continue de fixer le paquet, pesant le pour et le contre. « Non… Je pense que ça ira. »

– Vous êtes sûr ?

– Aucun problème. Je sonne Jean.

– Oui, Patrick ?

– Apportez-nous un cendrier, pour Mr. Kimball.

Deux secondes plus tard, le cendrier est là.

– Que pouvez-vous me dire sur Paul Owen ? demande-t-il enfin, quand Jean est sortie, après avoir posé un cendrier en cristal de chez Fortunoff sur le bureau, à côté de la bouteille de San Pellegrino, intacte.

– Eh bien... Je tousse, avale deux Nuprin. « Je ne le connaissais pas si bien. »

– Mais *jusqu'à quel point* le connaissiez-vous ?

– Je... Je ne sais vraiment pas quoi vous dire, fais-je (ce qui contient une bonne part de vérité). Il faisait partie de tout ce... ce milieu de Yale, vous voyez.

– De *Yale* ? dit-il, ne comprenant pas.

Je reste silencieux, ne sachant pas moi-même ce que je veux dire. « Ouais... tout ce truc de Yale. »

– Que voulez-vous dire par... le truc de Yale ? Il est intrigué, à présent.

Nouveau silence. *Qu'est-ce* que je veux dire, en effet ? « Eh bien, déjà, je pense qu'il avait probablement des tendances homosexuelles inavouées. (Je n'en sais rien, mais cela m'étonnerait, vu son goût en matière de nanas.) Il prenait beaucoup de cocaïne... » Je m'interromps, puis conclus d'une voix mal assurée: « Enfin... le truc de Yale, quoi. » Je suis certain que ça sonne bizarrement, mais il n'y a aucune autre manière d'exprimer cela.

Le silence est tombé sur le bureau. Soudain, la pièce paraît étriquée, étouffante. Malgré l'air conditionné réglé à fond, on a l'impression de respirer un air artificiel, recyclé.

– Bien... Kimball contemple son carnet, d'un air impuissant. « Vous ne pouvez rien me dire sur Paul Owen ? »

– Mon Dieu... fais-je en soupirant. Il menait une vie très rangée, je crois. Il... Il se nourrissait de façon équilibrée, dis-je, à court d'inspiration.

Je sens de la frustration chez Kimball. « Quel genre d'homme était-ce ? demande-t-il. Mis à part... (Il hésite, tente de sourire) les informations que vous venez de me donner. »

Comment pourrais-je décrire Paul Owen à ce type ? Comme un connard prétentieux, arrogant, qui passait sa vie à se défiler au moment de l'addition au Nell's ? Lui faire part de cette confidence pénible qu'il m'avait faite: il avait donné un nom à sa queue, et sa queue s'appelait *Michael*. Non. On se calme, Bateman. Je crois que je souris.

– J'espère que ça n'est pas un interrogatoire en règle, parviens-je à dire.

– C'est l'impression que vous avez ? Sa question sonne comme une menace, mais c'est une illusion.

– Non, fais-je, prudemment. Pas vraiment.

Il écrit de nouveau quelque chose. Je suis à bout. Puis, sans lever les yeux, mâchonnant le bout de son crayon, il demande: Où Paul avait-il l'habitude de traîner ?

– De… de traîner ? fais-je.

– Ouais, vous savez bien… de sortir, quoi.

– Laissez-moi réfléchir, dis-je, pianotant sur le bureau. Au Newport. Au Harry's. Au Fluties. Á l'Indochine. Au Nell's. Au Cornell Club. Au New York Yacht Club. Les endroits habituels.

Kimball semble perplexe. « Il possédait un yacht ? »

– Non, dis-je, coincé. Non. Il traînait juste au Club.

– Et où avait-il fait ses études ?

Je demeure un instant silencieux. « Vous ne le savez pas ? »

– Je voulais juste savoir si vous le saviez, dit-il, toujours sans lever les yeux.

– Euh… Á Yale, dis-je lentement. Exact ?

– Exact.

– Et ensuite à l'école de Commerce de Columbia… Je crois.

– Et avant cela ?

– St. Paul, si ma mémoire est bonne… Enfin…

– Non, c'est cela. Tout cela n'a pas grand rapport, s'excuse-t-il. Je crois que je n'ai pas d'autre question. Cela ne me fait pas beaucoup d'éléments pour avancer.

– Écoutez, je voudrais bien… Je ne demande qu'à vous aider, dis-je doucement, non sans finesse.

– Je comprends.

Nouveau silence. Il note quelque chose, mais cela semble sans grande importance.

– Vous ne voyez rien d'autre à me dire sur Paul Owen ? demande-t-il, presque timidement.

Je réfléchis, puis déclare d'une voix faible: Nous avions tous deux sept ans en 1969.

Kimball sourit. « Moi aussi »

Faisant semblant de m'intéresser à son enquête, je m'enquiers: Avez-vous des témoignages quelconques, ou des empreintes…

Il me coupe la parole d'un air las: Eh bien, il y a un message sur son répondeur, disant qu'il part pour Londres.

– Alors, c'est peut-être ce qu'il a fait, hein ? fais-je, plein d'espoir.

– Sa petite amie pense que non, répond Kimball d'une voix neutre.

Elle ne se rend absolument pas compte, j'imagine, quel microbe était Paul Owen, face à l'immensité de l'univers.

– Mais… Est-ce que quelqu'un l'a vu, à Londres ?

Kimball baisse les yeux sur son carnet, tourne rapidement une page puis, me regardant de nouveau, dit: Oui, en effet.

– Mmmm-mmm, fais-je.

– En fait, j'ai eu beaucoup de mal à obtenir une confirmation précise, reconnaît-il. Un certain… Stephen Hughes déclare l'avoir vu dans un restaurant, là-bas, mais après vérification, il a confondu Paul avec un certain Hubert Ainsworth, et donc…

– Oh, fais-je.

– Vous souvenez-vous où vous étiez, la nuit où Paul a disparu ? (Il consulte son carnet.) C'est-à-dire le 24 juin ?

– Mon Dieu… Je suppose que… » Je réfléchis. « J'ai dû probablement rapporter des cassettes vidéo. » J'ouvre le tiroir du bureau, en tire mon agenda et, feuilletant les pages du mois de décembre, déclare: « J'avais rendez-vous avec une fille appelée Véronica... » Ce qui est un mensonge total, une pure invention.

– Attendez, dit-il, surpris, consultant son carnet. Ça n'est pas ce que j'ai.

Les muscles de mes cuisses se raidissent. « Quoi ? »

– Ça ne correspond pas aux informations que l'on m'a fourni, dit-il.

– Eh bien... Je me sens désarçonné soudain, effrayé. Le Nuprin est amer dans mon estomac. « Je... Attendez... *Quelles* informations vous a-t-on fourni ?

– Voyons... Il feuillette son carnet. « On m'a dit que vous étiez avec... »

– Attendez. Je me mets à rire. « Il est bien possible que je me trompe... » J'ai le dos trempé.

– Eh bien ... Quand avez-vous vu Paul Owen pour la dernière fois ?

– Nous... – pour l'amour de Dieu, Bateman, trouve quelque chose – ... nous sommes allés ensemble voir une nouvelle comédie musicale qui venait de sortir. Cela s'appelait... *Oh Africa, Brave Africa.* (J'avale ma salive.) C'était... à mourir de rire... Et c'est à peu près tout. Je crois que nous avons dîné chez Orso... non, au Petaluma. Non, à l'Orso's. (Je fais une pause.) La dernière fois que... que je l'ai vu *physiquement*, c'était... devant un distributeur de billets. Je ne sais plus lequel... pas loin de, euh, du Nell's.

– Mais le soir où il a disparu ? demande Kimball.

– Je ne suis pas très sûr.

– Je pense que vous avez peut-être confondu les dates, dit-il, jetant un coup d'œil sur son carnet.

– Mais comment cela ? D'après *vous,* où était Paul, ce soir-là ?

– Si l'on en croit son agenda – et sa secrétaire me l'a confirmé –, il a dîné avec... Marcus Halberstam.

– Et ?

– Je l'ai interrogé.

– Marcus ?

352.

– Oui. Et il dit que non. Même si, au départ, il n'en était pas très sûr.

– Et il nie.

– Oui.

– Bon, a-t-il un alibi, alors ? J'écoute ses réponses d'une oreille affûtée, à présent.

– Oui.

Un silence.

– Vraiment ? Vous en êtes *certain* ?

– J'ai vérifié, dit-il avec un sourire étrange. Du béton.

Nouveau silence.

– Oh.

– Bien. Où étiez-*vous* ? Il rit.

Je ris avec lui, sans trop savoir pourquoi. « Où était Marcus ? » fais-je avec un ricanement presque imbécile.

Kimball me regarde, souriant toujours. « Il n'était pas avec Paul Owen », déclare-t-il d'un air énigmatique.

– Alors, avec qui était-il ? Je ris toujours, mais la tête commence à me tourner sérieusement.

Kimball ouvre son carnet et me lance un regard vaguement hostile, pour la première fois. « Il était à l'Atlantis, avec Craig McDermott, Frederick Dibble, Harry Newman, George Butner et... vous », conclut-il, me regardant droit dans les yeux.

Là maintenant, dans ce bureau, je me demande combien de temps un cadavre mettrait à se désintégrer, là, dans ce bureau. Dans ce bureau, voilà les choses auxquelles je rêve, voilà quels sont mes phantasmes dans ce bureau: manger des côtelettes au Red, Hot and Blue, Washington DC. Changer de shampooing, peut-être. Quelle est en réalité la meilleure bière amère ? Bill Robinson est-il surestimé, en tant que styliste ? Qu'est-ce qui me déplaît chez IBM ? Luxe suprême. L'expression "à la dure" est-elle un adverbe ? Paix fragile de saint François d'Assise. La Fée Électricité. Comble du luxe. Du luxe suprême. Ce salaud porte la même chemise de lin que moi, Armani. Comme il serait facile de lui faire mouiller son caleçon de peur, à cet enfoiré. Kimball est parfaitement inconscient de ma totale inattention. Pas le moindre signe d'une vie quelconque dans ce bureau. Cependant, il continue de prendre des notes. Le temps que vous finissiez de lire cette phrase, un Bœing aura décollé ou atterri quelque part dans le monde. Je boirais bien une Pilsner Urquell.

– Mais oui. Évidemment... Nous avions demandé à Paul Owen de se joindre à nous, dis-je, hochant la tête, comme si cela me revenait soudain à l'esprit, mais il a répondu qu'il avait des projets pour la soirée... C'est... le lendemain, que j'ai dû dîner avec Victoria, conclus-je d'une voix hésitante.

– Écoutez, comme je vous l'ai dit, Meredith a fait appel à moi, c'est tout, dit-il avec un soupir, refermant son carnet.

– Saviez-vous que Meredith Powell sort avec Brock Thomson ? fais-je mollement.

Il hausse les épaules, soupire derechef. « Je ne sais rien de tout cela. Tout ce que je sais, c'est que, d'après elle, Paul Owen lui doit beaucoup d'argent. »

– Oh ? fais-je, hochant la tête, Vraiment ?

– Personnellement, reprend-il, sur le ton de la confidence, je pense que le pauvre type a piqué une petite crise. Il a dû prendre le large pour un moment. Peut-être est-il *vraiment* allé à Londres. Il fait le touriste. Il se saoûle, ou je ne sais quoi. En tout cas, je suis à peu près sûr qu'on le verra réapparaître un jour ou l'autre.

Je hoche la tête, lentement, espérant avoir l'air suffisamment épaté.

– À votre avis, avait-il des rapports quelconques avec, disons, l'occultisme, ou la magie noire ? demande Kimball, sérieusement.

– Euh, quoi ?

– Je sais que c'est une question biscornue, mais le mois dernier, dans le New Jersey – je ne sais pas si vous en avez entendu parler –, un jeune agent de change a été arrêté, et accusé d'avoir assassiné une fille de Chicago, et de s'être abandonné à des pratique de sorcellerie avec, eh bien, avec différentes parties de son corps...

– Beurk ! fais-je.

– Et donc... » Il sourit niaisement, de nouveau. « Vous n'avez pas entendu parler de ça ? »

– Le type a-t-il nié ? m'enquiers-je, en éveil.

– Exact.

– Un cas intéressant, parviens-je à dire.

– Le type déclare être innocent, mais il persiste à dire qu'il est Inca, le Dieu-oiseau, ou un truc comme ça, dit Kimball, le visage plissé par un large sourire.

Nous rions tous deux à gorge déployée.

– Non, dis-je enfin. Paul ne donnait pas là-dedans. Il suivait un régime alimentaire équilibré, et...

– Oui, je sais, il faisait partie de ce truc de Yale, conclut Kimball d'une voix lasse.

Long silence, peut-être le plus long jusqu'à présent.

– Avez-vous pris l'avis d'un psychiatre ? fais-je.

– Non. Il secoue la tête, d'une manière qui suggère qu'il y a déjà pensé. Il y a pensé, et *alors* ?

– Son appartement a-t-il été cambriolé ?

– Non, pas du tout. Il manquait les affaires de toilette, et un costume. Quelques bagages, aussi. C'est tout.

– Vous pensez à une disparition simulée ?

– C'est dur à dire. Mais comme je vous le disais tout à l'heure, je ne serais pas surpris s'il se cachait tout simplement quelque part.

– En fait, personne n'a mis la police criminelle dans le coup, ni rien, c'est cela ?

– Non, pas encore. Comme je vous l'ai dit, on n'est sûr de rien. Mais... il s'interrompt, l'air sombre. « Tout ce que l'on sait, c'est que personne n'a rien vu, rien entendu. »

– C'est très typique, n'est-ce pas ?

– C'est très étrange, confirme-t-il, le regard vague, perdu par la fenêtre. Un jour, on voit un type aller et venir, se rendre au bureau, *vivre* quoi, et le lendemain… » Il soupire, laisse sa phrase en suspend.

– Plus rien, dis-je soupirant aussi, avec un hochement de tête.

– Les gens… disparaîssent.

– La terre s'entrouve et les avale, dis-je non sans tristesse, jetant un coup d'œil à ma Rolex.

– C'est surnaturel, baille Kimball, s'étirant. Ça tient vraiment du surnaturel.

– Ça fait froid dans le dos, dis-je, hochant la tête en signe d'approbation.

– C'est tout simplement… (il soupire, exaspéré)… vain.

J'hésite, ne sachant pas trop quoi dire, et trouve finalement: La vanité des choses… c'est dur à encaisser.

Je ne pense à rien. Le silence règne dans le bureau. Décidant de le briser, je désigne un livre sur le bureau, à côté de la bouteille de San Pellegrino. *L'Art des Affaires*, par Donald Trump.

– Vous l'avez lu ? fais-je.

– Non, soupire-t-il, puis il demande poliment: C'est intéressant ?

– Très intéressant, dis-je, hochant la tête.

– Écoutez. Il soupire de nouveau. J'ai assez abusé de votre temps. Il rempoche son paquet de Marlboro.

– De toutes façons, j'ai un déjeuner d'affaires avec Cliff Huxtable, au Four Seasons, dans vingt minutes, mens-je, me levant. Il va falloir que j'y aille aussi.

– Le Four Seasons, c'est assez loin dans le centre, non ? fait-il, l'air préoccupé, se levant également. Je veux dire, vous risquez d'être en retard.

– Euh, non. Je m'interromps, en panne. « Il y en a un… tout près, en bas. »

– Ah bon ? Je ne le savais pas.

– Oui, dis-je, le reconduisant à la porte. Il est excellent.

– Écoutez, dit-il, se retournant, si quoi que ce soit vous parvient, la moindre information…

Je lève la main. « Absolument. Je suis avec vous, cent pour cent », dis-je d'un ton solennel.

– Superbe, fait le pauvre nullard, soulagé. Et merci de, euh, de m'avoir accordé votre temps, Mr. Bateman.

Tout en l'accompagnant jusqu'à la porte, les jambes en coton, comme un astronaute, j'ai le sentiment, au-delà de ce vide, de cette absence d'émotions, d'avoir triomphé de quelque chose. Puis, de manière décevante, nous parlons encore quelques minutes, baumes après-rasage et chemises à carreaux Il y avait dans notre entretien une espèce de décontraction assez étrange, que j'ai trouvé apaisante – car rien n'est arrivé en fait –, mais quand il me tend sa carte et s'en va, le bruit des portes d'ascenseur résonne à mes oreilles comme un milliard d'insectes en train de crier, comme des tonnes de bacon en train de grésiller dans la poêle, comme un immense vide. Après qu'il a quitté l'immeuble (j'ai demandé à Jean d'appeler Tom, à la sécurité, pour s'en assurer), j'appelle une personne que m'a recommandé mon avocat, pour vérifier que mes lignes de téléphone ne sont pas sur écoute et, après un Xanax, je me sens assez en forme pour retrouver mon nutritionniste à Tribeca, dans un restaurant diététique, cher et chic, appelé *La Cuisine de Soy* et, assis sous le dauphin naturalisé et laqué qui arque son corps au-dessus du bar à tofu, lui poser des questions du genre: « Bien, dites-moi tout sur les méfaits des muffins », sans paraître excessivement servile. De retour au bureau, deux heures plus tard, j'apprends que mes lignes de téléphone ne sont pas sur écoute.

Plus tard dans la semaine, le vendredi, je tombe sur Meredith Powell et Brock Thomson à l'Ereze, et bien que nous discutions dix minutes, évoquant les raisons pour lesquelles aucun d'entre nous n'est dans les Hamptons, tandis que Brock ne cesse de me couver d'un regard mauvais, elle ne fait pas une seule allusion à Paul Owen. Le dîner avec Jeanette, la fille avec qui je suis sorti, s'avère une torture. C'est un nouveau restaurant, assez tapageur, et le service traîne en longueur. Le repas est interminable. Les portions sont minables. Je suis de plus en plus à cran. Après, je décide de ne pas passer au M. K., malgré les récriminations de Jeanette qui veut danser. Je suis fatigué. J'ai besoin de me reposer. Une fois chez moi, je m'allonge sur mon lit, trop ailleurs pour avoir envie de faire l'amour avec elle, et elle part.

Après avoir regardé l'enregistrement du *Patty Winters Show* de ce matin, dont le thème était: "Les Meilleurs Restaurants du Proche-Orient", je décroche mon téléphone sans fil et d'un doigt hésitant, à contrecœur, compose le numéro d'Evelyn.

L'ÉTÉ

J'ai passé la plus grande partie de l'été dans un état de stupeur, assis dans mon bureau, ou bien dans de nouveaux restaurants, ou chez moi, devant le magnétoscope, ou sur la banquette arrière des taxis, ou dans de nouvelles boîtes de nuit, ou des théâtres, ou dans le loft de Hell's Kitchen, ou bien dans de nouveaux restaurants. Quatre catastrophes aériennes majeures, cet été, dont l'essentiel a été filmé en vidéo, presque comme si ces accidents avaient été prévus, et diffusé sans fin à la télévision. Les avions ne cessaient de s'écraser au ralenti sur l'écran, après quoi suivaient d'innombrables vues des épaves, sous tous les angles, et toujours les mêmes images du carnage, des débris calcinés, ensanglantés, et des sauveteurs en larmes extirpant des morceaux de corps. J'ai essayé le déodorant *for men* d'Oscar de la Renta, qui m'a provoqué une légère éruption cutanée. Un film est sorti à grand bruit. Le sujet en est un minuscule insecte parlant, et il a rapporté plus de deux cent millions de dollars. Les Mets ont fait une mauvaise saison. Les clochards et les SDF semblent s'être multipliés en août, et des rangées de malheureux, de malades et de vieux s'alignaient tout au long des rues. J'ai trop souvent demandé, à trop d'associés, dans trop de nouveaux restaurants trop tapageurs, avant de les emmener voir *Les Misérables*, s'ils n'avaient pas vu *The Toolbox Murders* sur HBO, et toute la table me regardait en silence, un long moment, et je toussais poliment et demandait l'addition au serveur, ou un sorbet ou, si nous étions au milieu du repas, une autre bouteille de San Pellegrino, avant de conclure: « Non ? C'est un très bon film. » Ma carte American Express platine était tellement usée qu'elle s'est autodétruite, se cassant net en deux à l'issue d'un de ces dîners avec deux associés que j'avais emmenés au Restless et Young, le nouveau restaurant de Pablo Lester, à Central Park South, mais j'avais assez de liquide dans mon portefeuille en peau de gazelle pour régler l'addition. Quant au *Patty Winters Show*, ils n'ont passé que des rediffusions. La vie était une toile blanche, un cliché, une mauvaise pièce. Je sentais la mort au bout de mes mains, j'étais au bord de la frénésie. Ma soif nocturne de sang envahissait maintenant mes journées, et j'ai du quitter la ville. Mon masque de normalité était sur le point de s'effondrer. Pour moi, c'était la saison sanglante, et il me fallait prendre un congé. Il fallait que je parte dans les Hamptons.

J'en ai parlé à Evelyn et telle une araignée, elle a accepté.

La maison dans laquelle nous nous sommes installés était en fait celle de Tim Price, dont Evelyn avait les clefs, je ne sais pour quelle raison mais, vu mon état d'abrutissement, je n'ai pas demandé de détails.

La maison de Tim est située au bord de l'eau, à East Hampton. Elle est dotée de nombreux pignons et comporte quatre étages reliés par un escalier en métal galvanisé orné de motifs qui m'apparurent tout d'abord dans le style du Sud-Ouest, mais en fait pas du tout. La cuisine est une pièce de cent mètres carrés, dans le plus pur style minimaliste; tout sur un seul mur: deux énormes fours, des placards massifs, une chambre froide, un réfrigérateur à trois portes. Un élément d'acier inoxydable, dessiné spécialement, la sépare en trois espaces. Sur les neuf salles de bains, quatre sont ornées de peintures en trompe-l'œil, et cinq de têtes de bélier anciennes en plomb, accrochées au-dessus des lavabos, et qui sont les robinets. Lavabos, baignoires et douches sont de marbre antique, et le dallage est composé d'une minuscule mosaïque de marbre. Au-dessus de la baignoire principale, une télévision est encastrée dans une alcôve. Il y a une chaîne stéréo dans chaque chambre. La maison contient également douze lampadaires de Frank Lloyd Wright, quatorze fauteuils club de Josef Heffermann, deux murs entiers de cassettes-vidéo, et un de disques compacts rangés sur des rayonnages de verre. Dans le hall est accroché un lustre d'Eric Schmidt, sous lequel se dresse un porte-manteau perroquet en acier de chez Atomic Ironworks, signé d'un jeune sculpteur dont je n'ai jamais jamais entendu parler. La pièce contiguë à la cuisine comporte une table ronde, fabriquée en Russie au dix-neuvième siècle, mais pas de chaise. Sur les murs, partout, des photos spectrales de Cindy Sherman. Il y a une salle de gym. Il y a huit dressings, cinq magnétoscopes, une table de dîner Noguchi en verre et noyer, une console signée Marc Schaffer, un fax. Un arbre artificiel dans la chambre de maître, à côté d'une banquette de fenêtre Louis XVI. Une toile de Eric Fischl, au-dessus d'une des cheminées de marbre. Un court de tennis. Deux saunas et un jacuzzi dans un petit pavillon au bord de la piscine, dont le fond est bitumé. Des colonnes de pierre aux endroits les plus inattendus.

J'ai vraiment fait en sorte que tout se passe bien, durant les semaines que nous avons passées là-bas. Evelyn et moi faisions de la bicyclette, du jogging, du tennis. Nous parlions d'un voyage dans le sud de la France, ou en Écosse; nous projetions de traverser l'Allemagne en voiture, pour visiter les opéras intacts. Nous faisons de la planche à voile. Nos sujets de conversation étaient toujours romantiques: la lumière sur Long Island, la lune qui se lève en octobre sur les collines de Virginie. Nous prenions nos bains ensemble, dans les vastes baignoires de marbre, et le petit déjeuner au lit, blottis sous des couvertures de cashmere, après que j'eus préparé dans une cafetière Melior le café importé que je versais dans des tasses Hermès. Je la réveillais avec un bouquet de fleurs fraîchement coupées. Je glissais des petits mots dans son sac Vuitton, lorsqu'elle se rendait à Manhattan pour son masque hebdomadaire. Je lui avais acheté un petit compagnon, un petit chow-chow noir, qu'elle avait appelé NutraSweet, et qu'elle nourrissait de truffes au chocolat de régime. Je lui lisais de longs extraits de *Docteur Jivago* et de *L'Adieu aux Armes* (mon roman de Hemingway favori). Je louais en ville les films que Price n'avait pas, surtout des comédies des années trente, que nous passions sur l'un des nombreux magnétoscopes, notre préférée étant *Roman Holidays*, que nous avons regardé deux fois. Nous écoutions Frank Sinatra (uniquement les disques des années cinquante) et le *After Midnight* de Nat King Cole, que Tim possédait en CD. Je lui achetais de la lingerie de luxe, qu'elle portait parfois.

Après un bain de minuit, nus, nous revenions vers la maison, tremblants, drapés dans d'immenses serviettes Ralph Lauren, et mangions une omelette et des nouilles à l'huile d'olive, aux truffes et aux champignons; nous préparions des soufflés aux poires pochées et de la salade de fruits à la cannelle, de la polenta grillée au saumon au poivre, des sorbets à la pomme et aux fruits rouges, du mascarpone, des haricots rouges au riz enrobés de feuilles de romaine, de la sauce mexicaine et de la raie pochée au vinaigre balsamique, du gaspacho glacé et du risotto parfumé à la betterave, au citron vert, aux asperges et à la menthe, et buvions du citron pressé, du champagne, ou de vieilles bouteilles de Château-Margaux. Mais nous avions vite abandonné la musculation et les longueurs de natation, et Evelyn finit par ne plus se nourrir que des truffes au chocolat de régime que NutraSweet avait laissées, se plaignant d'avoir pris du poids. Certaines nuits, il m'arrivait de traîner tout au long des plages, déterrant de petits crabes et mangeant du sable à pleines poignées – au milieu de la nuit, à l'heure où le ciel était si clair que l'on pouvait voir tout le système solaire, où, sous cette lumière, la plage ressemblait à un paysage lunaire. Je ramenai même à la maison une méduse échouée que je fis cuire au micro-ondes, tôt le matin, avant l'aube, pendant qu'Evelyn dormait, et donnai au chien ce que je n'avais pas mangé.

Sirotant du bourbon, puis du champagne, dans des verres ballon gravés de motifs cactus qu'Evelyn disposait sur des sous-verres d'argile sèchée, et dans lesquels elle mélangeait le cassis à l'aide d'un stick en papier mâché, en forme de piment vert, je me prélassais, imaginant que je tuais quelqu'un avec un bâton de ski Allsop Racer, ou contemplais la girouette ancienne accrochée au-dessus de la cheminée, me demandant, l'œil hagard, si je pourrais m'en servir pour poignarder quelqu'un, puis je me plaignais à haute voix, qu'Evelyn fût dans la pièce ou non, que nous n'ayons pas réservé au Stratford Inn de Dick Loudon. Bientôt, Evelyn ne parla plus que de régimes et de chirurgie plastique. Elle fit venir un masseur, une espèce de pédale effrayante qui vivait un peu plus loin sur la route avec un éditeur célèbre et qui me fit ouvertement des avances. Durant la dernière semaine, Evelyn retourna trois fois en ville, une fois pour une manucure, une pédicure, et un masque, la deuxième fois pour un entretien de psychothérapie chez Stephanie Herman, et la troisième pour consulter son astrologue.

– Pourquoi prends-tu l'hélicoptère ? chuchotais-je.

– Qu'est-ce que tu veux que je fasse ? piaillait-elle, faisant sauter dans sa bouche une autre truffe diététique. Louer une *Volvo* ?

Quand elle était absente, je vomissais – histoire de dire – dans les pots rustiques en terre cuite qui bordaient le patio du devant, ou descendais en ville avec l'abominable masseur et achetais des lames de rasoir. Le soir, je posais une applique en faux bitume et fil d'aluminium de Jerry Kott sur la tête d'Evelyn, trop défoncée à l'Halcion pour pouvoir s'en débarrasser, et je riais bien en voyant l'applique se soulever régulièrement au rythme de sa respiration, mais bientôt cela commença de m'attrister, et je cessai de recouvrir la tête d'Evelyn avec l'applique.

Rien ne parvenait à m'apaiser. Très vite, tout me paraissait ennuyeux: le soleil qui se levait, la vie des héros, l'amour, la guerre, les découvertes que l'on fait les uns des autres. La seule chose qui ne m'ennuyât pas, bien évidemment, c'était combien d'argent gagnait Tim, et même, au-delà de cet intérêt évident, cela m'ennuyait quand même. Il n'y avait pas en moi une seule émotion précise, identifiable, si ce n'est la cupidité et, peut-être, un dégoût absolu. Je possédais tous les attributs d'un être humain – la chair, le sang, la peau, les cheveux –, mais ma dépersonnalisation était si profonde, avait été menée si loin, que ma capacité normale à ressentir de la compassion avait été annihilée, lentement, consciemment effacée. Je n'étais qu'une imitation, la grossière contrefaçon d'un être humain. Seul un recoin obscur de mon cerveau fonctionnait encore. Quelque chose d'horrible était en train d'arriver, et je ne pouvais déterminer quoi, je ne pouvais arriver à poser le doigt dessus. La seule chose qui m'apaisait, c'était le son rassérénant des glaçons qui tombent dans un verre de J&B. Je finis par noyer le chow-chow; Evelyn ne s'aperçut même pas de sa disparition, pas même quand je l'eus jeté dans la chambre froide, enveloppé dans un de ses pull-overs de chez Bergdorf Goodman. Nous dûmes quitter les Hamptons car je me retrouvais régulièrement debout à côté de notre lit, dans les heures qui précèdent l'aube, serrant un pic à glace dans mon poing crispé, attendant qu'Evelyn ouvre les yeux. Un matin, tandis que nous prenions le petit déjeuner, je lui suggérai de rentrer. Elle fut d'accord et, le dernier dimanche de septembre, nous retournions à Manhattan en hélicoptère.

LES FILLES

– J'ai trouvé le saumon à la menthe et aux haricots noirs vraiment très… tu vois, dit Elizabeth, pénétrant dans le salon, lançant au loin ses escarpins Maud Frizon en daim et satin, et se laissant tomber sur le divan, tout cela en un seul mouvement plein de grâce. « Très très bon, mais mon Dieu, Patrick, que c'était donc *cher*. » D'ailleurs, c'était de la *pseudo*-nouvelle cuisine, ajoute-t-elle d'un ton agressif, l'air mauvais.

– Est-ce que j'ai rêvé, ou bien y avait-il des poissons rouges sur les tables fais-je, dégrafant mes bretelles Brooks Brothers, tout en cherchant une bouteille de sauvignon blanc dans le réfrigérateur. En tout cas, *moi*, j'ai trouvé l'endroit assez classe.

Christie s'est installée sur le canapé, long et vaste, loin d'Elizabeth, qui s'étire paresseusement.

– *Classe* ? s'exclame-t-elle. Mais Patrick, Donald *Trump* prend ses repas là-bas.

Je trouve la bouteille, la pose sur le bar et, avant de chercher le tire-bouchon, lui lance un regard sans expression. « Oui ? C'est de l'ironie ? »

– Á ton avis ? marmonne-t-elle. Puis elle fait « Ha ! » si fort que Christie sursaute.

– Où travailles-tu, à présent, Elizabeth ? m'enquiers-je, refermant le tiroir. Dans une boutique Polo, un truc comme ça ?

Elizabeth éclate de rire. « Je n'ai pas besoin de travailler,

Bateman », dit-elle, tandis que j'ouvre l'Acacia, ajoutant d'une voix morose, après un silence: « Si quelqu'un doit savoir l'impression que cela *fait*, c'est bien toi, Mr. Wall Street », tout en vérifiant son rouge à lèvres à l'aide d'un compact Gucci; évidemment, il est parfait.

– Qui a voulu aller là, de toutes manières ? fais-je, changeant de sujet. Je verse du vin aux filles et me prépare un J&B on the rocks, avec un peu d'eau. « Je parle du restaurant. »

– Carson. Ou Robert, peut-être, dit Elizabeth en haussant les épaules puis, fermant son compact d'un geste sec, elle regarde Christie avec insistance: Vraiment, je suis certaine de vous avoir déjà vue. Êtes-vous allée à Dalton ?

Christie secoue la tête. Il est presque trois heures du matin. J'écrase une tablette d'Ecstasy et la regarde se dissoudre dans le verre de vin que j'ai l'intention d'offrir à Elizabeth. Ce matin, le thème du *Patty Winters Show* était: "Les Gens Qui Pèsent Plus De Trois Cents Kilos: Que Pouvons-Nous Faire Pour Eux ?" J'allume la lumière de la cuisine, prends deux autres tablettes de drogue dans le congélateur, éteins la lumière.

Elizabeth est une créature de vingt ans qui pose parfois pour les pubs Georges Marciano. Elle est issue d'une vieille famille de banquiers de Virginie. Nous avons dîné avec deux amis à elle, Robert Farrell, vingt-sept ans, qui a derrière lui une carrière plutôt vague dans la finance, et Carson Whitall, qui l'accompagnait. Robert portait un costume de laine Belvest, une chemise de coton à poignet mousquetaire Charvet, une cravate Hugo Boss en crêpe de soie à motifs abstraits et des Ray-Ban noires qu'il a tenu à garder pendant le dîner. Carson portait un tailleur Saint Laurent Rive Gauche, un collier de perles et des boucles d'oreilles assorties en perles et diamants, de chez Harry Winston. Nous avons dîné au Free Spin, le nouveau restaurant d'Albert Lioman, du côté de Flatiron, puis la limousine nous a conduits au Nell's. Là, je les ai quittés, assurant

Elizabeth, furieuse, que je revenais tout de suite, et j'ai demandé au chauffeur de me conduire dans le quartier des conserveries, où j'ai ramassé Christie. Je lui ai dit d'attendre dans la limousine dont j'ai verrouillé les portières, tandis que je retournais au Nell's, où j'ai pris quelques verres avec Elizabeth, Carson et Robert, dans un des box du devant, qui était libre car, ce soir, il n'y avait pas une seule célébrité dans la salle – mauvais signe. Enfin, à deux heures et demie, comme Carson, ivre, se vantait de dépenser chaque mois une fortune en fleurs coupées, Elizabeth et moi nous sommes éclipsés. Elle était si furieuse, à propos de quelque chose que Carson lui avait dit avoir vu dans le dernier *Women's Wear*, qu'elle n'a même pas posé de question en constatant la présence de Christie.

En revenant vers le Nell's, Christie m'avait avoué être encore un peu secouée à la suite de notre dernière séance, ajoutant qu'elle avait des rendez-vous très importants, ce soir, mais il était impossible de refuser la somme que je lui avais proposé. De plus, je lui ai promis que rien de ce genre ne se reproduirait. Elle était encore un peu effrayée, mais quelques coups de vodka dans le fond de la limousine, plus l'argent que je lui avais déjà donné, plus de mille six cents dollars, ont eu un effet calmant, et elle s'est détendue. Sa mauvaise volonté m'excitait. Elle s'est comportée comme une vraie petite chatte quand je lui ai tendu d'abord de l'argent liquide – six billets de cent attachés par une pince à billets Hughlans en argent – mais, une fois dans la limousine, elle a dit qu'elle serait peut-être obligée d'avoir recours à la chirurgie, après ce qui s'était passé, ou à un avocat, et je lui ai donc fait un chèque au porteur de mille dollars, sans la moindre crise d'angoisse ni rien, car je sais bien qu'il ne sera jamais débité. Détaillant Elizabeth à présent, chez moi, je remarque à quel point elle est gâtée par la nature, entre le cou et l'estomac, sur le devant, et j'espère bien, une fois que l'Ecstasy aura fait son effet, convaincre les deux filles de faire des saloperies devant moi.

Elizabeth demande à Christie si elle n'a jamais rencontré un enfoiré du nom de Spicey, ou si elle n'est jamais allée au Bar. Christie secoue la tête. Je tends le sauvignon blanc chargé à l'Ecstasy à Elizabeth qui contemple Christie comme si celle-ci débarquait de Neptune et, s'étant remise de l'aveu de Christie, elle baille et déclare: « De toute façon, le Bar est *pourri*, à présent. C'est une horreur. J'y suis allée pour la soirée d'anniversaire de Malcolm Forbes. Oh, mes enfants, *par pitié* » Elle écluse son verre de vin, fait la grimace. Je m'asseois sur une des chaises Sottsass en chêne et chrome, et tends le bras vers le seau à glace posé sur la table basse à dalle de verre, calant bien la bouteille afin qu'elle se refroidisse plus vite. Instantanément, Elizabeth la reprend et se sert un autre verre de vin. Je la reprends, disparaît dans la cuisine et fait dissoudre deux nouvelles tablettes d'Ecsatsy dans la bouteille avant de la rapporter au salon. Christie déguste son verre de vin non traité, l'air maussade, essayant de ne pas garder les yeux baissés sur le sol; elle paraît toujours effrayée et, trouvant le silence insupportable ou accusateur, elle demande à Elizabeth comment elle a fait ma connaissance.

– Oh, mon Dieu, commence Elizabeth, gémissant, feignant d'évoquer un souvenir gênant, j'ai rencontré Patrick au… mon Dieu, au Derby du Kentucky en 86… non 87, et… elle se tourne vers moi: Tu traînais avec cette petite nana, Alison quelquechose… Stoole ?

– Poole, ma chérie, fais-je très calme. Alison Poole.

– Ouais, c'est ça. Une créature d'enfer, ajoute-t-elle, avec une ironie non dissimulée.

– Qu'est-ce que tu entends par là ? fais-je, froissé. Effectivement, elle *était* d'enfer.

Se tournant vers Christie, Elizabeth émet ce commentaire malheureux: « Si vous aviez une carte American Express, elle vous faisait une pipe », et je prie pour que Christie ne lui réponde pas, l'œil rond: « Mais nous ne prenons pas les cartes de crédit. » Pour m'assurer que cela n'arrive pas, j'interviens, m'exclamant: « Oh, arrête tes conneries ! » avec une plaisante familiarité.

– Écoutez, dit Elizabeth, s'adressant à Christie, tenant son poignet comme une pédale racontant le dernier potin, cette fille travaillait dans un institut de bronzage, et vous, qu'est-ce que vous faites ? tout cela d'une seule traite, sans changer de ton.

Au bout d'un long silence – Christie de plus en plus rouge, de plus en plus effrayée –, je dis: C'est… C'est ma cousine.

Elizabeth enregiste la nouvelle, posément. « Mmmmmmmm ? » fait-elle.

Nouveau silence. « Elle vient de… de France », dis-je.

Elizabeth me jette un regard sceptique – comme si j'étais complètement cinglé, en fait – et décide enfin de ne pas insister. « Où est ton téléphone ? demande-t-elle. Il faut *absolument* que j'appelle Harley. »

Je file à la cuisine et reviens avec le téléphone sans fil, dont je tire l'antenne. Elle compose le numéro, puis regarde fixement Christie, attendant que l'on décroche. « Où passez-vous l'été ? demande-t-elle. Á Southampton ? »

Christie me regarde, revient sur Elizabeth, et répond « Non », d'une voix tranquille.

– Oh *non*, vagit Elizabeth. C'est son *répondeur*.

– Elizabeth, dis-je, consultant ma Rolex, il est t*rois heures* du matin.

– Mais c'est un fumier de *dealer*, dit-elle, exaspérée. C'est l'heure du coup de feu, pour lui.

– Ne lui dis pas que tu es ici, dis-je, vaguement menaçant.

– Pourquoi veux-tu que je le lui dise ? D'un geste aveugle, elle saisit son verre de vin et le vide entièrement, puis fait la grimace. « Drôle de goût. » Elle regarde l'étiquette, hausse les épaules. « Harley ? C'est moi. J'aurais besoin de tes services. Tu comprends ça comme tu veux. Je suis au… » Elle me lance un coup d'œil.

– Chez Marcus Halberstam, dis-je dans un souffle.

– Qui ? Elle se penche en avant, avec un sourire méchant.

– Mar-cus Hal-ber-stam.

– C'est le *numéro* que je veux, imbécile. Elle me fait signe de laisser tomber et reprend: « Bon, je suis chez Mark Hammerstein, je te rappelle plus tard, et si je ne te vois pas au Canal Bar demain soir, je te colle mon coiffeur au cul. *Bon Voyage.* Comment est-ce qu'on raccroche ce truc ? » fait-elle, repliant l'antenne et pressant le bouton "Off" d'une main experte, avant de jeter l'appareil sur une des chaises Schrager, que j'ai tirée près du juke-box.

– Tu vois, dis-je, souriant, tu l'as fait.

Vingt minutes plus tard, Elizabeth se tortille sur le divan, l'air gêné, tandis que je tente de la forcer à faire l'amour avec Christie devant moi. Ce qui n'était au départ qu'une idée en l'air est à présent au tout premier plan de mes préoccupations. J'insiste. Christie, impassible, regarde fixement une tache que je n'avais pas remarquée sur le parquet de chêne clair, son verre de vin à peine entamé.

– Mais je ne suis *pas* lesbienne, proteste à nouveau Elizabeth, avec un petit rire. Les filles ne m'intéressent *pas*.

– C'est un "non" définitif ? fais-je, regardant son verre, puis la bouteille de vin, presque vide.

– Mais, qu'est-ce qui t'a fait croire que j'étais *comme ça* ? demande-t-elle. Grâce à l'Ecstasy, sa question n'est pas dénuée d'arrière-pensée. Elle paraît réellement intéressée. Je sens son pied qui se frotte contre ma cuisse. Assis sur le divan entre les deux filles, je lui masse le mollet.

– Eh bien, déjà le simple fait que tu sois allée à Sarah Lawrence. On ne sait jamais.

– Mais si tu les voyais, à Sarah Lawrence, ce sont de vrais *types*, dit-elle en riant, se frottant plus fort, faisant naître une friction, une chaleur, tout ce qu'on voudra.

– Écoute, je suis désolé, mais je n'ai pas rencontré beaucoup de types qui se promenaient dans la rue en collant.

– Et *toi*, Patrick, tu es bien allé à Patrick, je veux dire à

Harvard, oh mon Dieu, je suis dans un *état*... Enfin, bon, je veux dire... Elle s'interrompt, prend une profonde inspiration, marmonne quelque chose d'incompréhensible, disant qu'elle se sent dans un état bizarre, ferme les yeux, ouvre les yeux, et demande: Tu n'aurais pas de la coke ?

Je fixe son verre, remarquant que l'Ecstasy a légèrement altéré la couleur du vin. Suivant mon regard, elle en prend une gorgée, comme si c'était un élixir quelconque, qui pourrait apaiser son agitation grandissante. Elle renverse la tête en arrière contre un des coussins, les yeux vagues. « Ou de l'Halcion? Je prendrais bien un Halcion. »

— Écoute, j'aimerais simplement vous regarder faire... toutes les deux... fais-je d'une voix innocente. Quel mal y a-t-il à cela ? Il n'y a aucun risque.

— Patrick, tu es fou, dit-elle en riant.

— Allez... Tu ne trouves pas Christie séduisante ?

— Pas d'indécence, s'il te plaît », dit-elle. Mais la drogue fait son effet, et je sens bien qu'elle est émoustillée, quoi qu'elle en dise. « Je ne suis pas d'humeur à raconter des cochonneries. »

— Allez... Je suis sûr que ça va être excitant.

— Il fait ça à chaque fois ? demande Elizabeth à Christie.

Je lui jette un coup d'œil.

Christie hausse les épaules sans se compromettre, examinant le dos d'un disque compact qu'elle pose sur la table, à côté de la chaîne stéréo.

— Es-tu en train de me dire que tu n'as jamais fait ça avec une fille ? fais-je, touchant un bas noir, et une jambe en-dessous.

— Mais je ne suis *pas* lesbienne, répète-t-elle avec insistance. Et non, jamais, pour répondre à ta question.

— Jamais ? fais-je, haussant les sourcils. Eh bien, il faut un début à tout...

— Tu me fais me sentir bizarre, gémit Elizabeth, n'arrivant plus à contrôler les traits de son visage.

— *Moi*, sûrement pas, fais-je, choqué.

Elizabeth et Christie, nues, font l'amour sur mon lit, toutes lumières allumées. Installé dans le fauteuil Louis Montoli, à côté, je les regarde attentivement, modifiant de temps à autres la position des corps. À présent, je fais allonger Elizabeth sur le dos, les jambes levées, aussi largement écartées que possible, puis je fais baisser la tête à Christie et lui fais lécher son con – non pas sucer, mais lapper, comme un chien assoiffé – tout en lui tripotant le clito, puis elle glisse deux doigts de l'autre main dans le con mouillé et dilaté, à la place de sa langue, avant de les fourrer de force, trempés, dans la bouche d'Elizabeth et lui fais sucer et mordre les seins lourds, épanouis, qu'Elizabeth presse dans sa bouche, avant de leur dire de s'embrasser à fond, et Elizabeth, affamée, prend dans sa bouche, comme un animal, la langue qui vient de lécher son petit con rose, et toutes deux commencent à se frotter l'une contre l'autre, déchaînées, écrasant leur con l'un contre l'autre, Elizabeth poussant des gémissements sonores et entourant de ses jambes les hanches de Christie, cambrée sous elle, les jambes écartées de telle manière que, de derrière, je vois son con mouillé et dilaté avec, au-dessus, son petit trou du cul rose et glabre.

Christie se redresse, se retourne et, toujours sur elle, écrase son con sur le visage d'Elizabeth qui suffoque et bientôt, comme dans un film, comme deux animaux, toutes deux commencent à se lécher et à se doigter fiévreusement le con. Elizabeth, le visage complètement rouge, les muscles de son cou saillant comme ceux d'une folle, tente d'enfouir sa tête dans le sexe de Christie puis, lui écartant les fesses, se met à lui lécher le trou à petits coups de langue, en émettant des sons gutturaux. « Ouais, dis-je d'un voix monocorde, fourre-lui ta langue dans le cul, à cette salope. »

Entretemps, j'ai enduit de vaseline un gros godemiché blanc, attaché à une ceinture. Me levant, je sépare Christie d'Elizabeth qui se tortille sur le lit de manière imbécile, et lui attache le godemiché autour de la taille, avant de retourner Elizabeth et de la mettre à quatre pattes, pour que Christie la baise comme un chien, tandis que je lui doigte le con, puis le clito, puis l'anus, qu'elle a si dilaté, si trempé de la salive d'Elizabeth que je parviens sans effort à y glisser l'index, autour duquel ses sphincters se contractent, puis se relâchent, puis se contractent de nouveau. Je dis à Christie de retirer le godemiché du con d'Elizabeth, puis à Elizabeth de se coucher sur le dos, pour que Christie la baise dans la position du missionnaire. Elizabeth se doigte le clito tout en embrassant Christie comme une folle puis, malgré elle, elle rejette la tête en arrière, les jambes autour des hanches de Christie qui s'agitent, les traits tendus, la bouche ouverte, barbouillée de rouge à lèvres mélangé à la mouille de Christie, et de crier « Oh mon Dieu je jouis je jouis baise moi je jouis », car je leur ai dit à toutes deux de me prévenir quand elles atteindraient l'orgasme, et très audiblement surtout.

Bientôt c'est au tour de Christie, et Elizabeth, ayant mis le godemiché avec empressement, baise le con de Christie, tandis que je lui écarte le trou du cul et lui fourre la langue dedans, mais elle me repousse bientôt, et se met à se doigter désespérément. Puis Christie remet le godemiché et encule Elizabeth qui continue de se tripoter le clito, tendant son cul au godemiché, poussant des grognements, et jouissant de nouveau. Après avoir retiré le godemiché de son trou du cul, je le fais sucer à Elizabeth avant qu'elle ne le remette pour le fourrer sans difficulté dans le con de Christie, allongée sur le dos et dont, pendant ce temps, je lèche les seins, suçant avidement les mamelons qui rougissent et se raidissent. Je continue de les doigter un peu pour qu'ils demeurent ainsi. Durant tout ce temps, Christie a gardé les cuissardes de daim de chez Henri Bendel que je lui ai fait mettre.

Elizabeth, nue, s'échappe de la chambre, déjà ensanglantée, avançant avec difficulté. Ce qu'elle crie est incompréhensible. J'ai eu un orgasme prolongé, intense, et je me sens les genoux faibles. Nu également, je lui crie: « Espèce de salope, espèce de raclure de salope » et, comme l'essentiel du sang vient de ses pieds, elle dérape, parvient à se relever, et je brandis vers elle le couteau de boucher déjà humide que je tiens serré dans ma main droite, lui tailladant maladroitement le cou par derrière, coupant quelque chose, des veines peut-être. Comme je la frappe une deuxième fois, tandis qu'elle tente de s'échapper, filant vers la porte, le sang gicle jusque dans le salon, à l'autre bout de l'appartement, éclaboussant les panneaux de verre armé et placage de chêne, dans la cuisine. Elle tente de fuir en avant, mais je lui ai coupé la veine jugulaire et le sang jaillit en tous sens, nous aveuglant tous deux un instant, et je bondis sur elle pour tenter enfin de l'achever. Elle se retourne vers moi, le visage tordu par l'angoisse, et comme je lui donne un coup de poing dans l'estomac, ses jambes se dérobent sous elle, et elle tombe à terre. Je me glisse près d'elle. Après que je l'ai poignardée encore cinq ou six fois – le sang gicle par saccades; je me penche pour respirer son parfum –, ses muscles se raidissent, deviennent rigides, et elle entre en agonie; un flot de sang rouge sombre inonde sa gorge, elle se met à gigoter, comme si elle était attachée, ce qui n'est pas le cas, et je suis obligé de la maintenir au sol. Sa bouche se remplit de sang, qui ruisselle en cascade sur ses joues, sur son menton. Les spasmes qui agitent son corps évoquent ce que j'imagine être une crise d'épilepsie, et je lui tiens la tête, frottant ma queue, raide et couverte de sang, sur son visage suffoquant, jusqu'à ce qu'elle ne bouge plus.

Retour dans la chambre. Christie est allongée sur le lit japonais, attachée aux pieds du lit, ficelée avec une corde, les bras au-dessus de la tête, des pages du *Vanity Fair* du mois dernier enfoncées dans sa bouche. Deux cables électriques, reliés à une batterie, sont fixés sur ses seins, qui ont pris une teinte marron. Tout à l'heure, je me suis amusé à lui laisser tomber sur le ventre des allumettes enflammées du Relais et Elisabeth, déchaînée et ayant vraisemblablement abusé de l'Ecstasy, m'a prêté main-forte, avant que je ne me retourne vers elle pour mordiller la pointe d'un de ses seins, l'arrachant finalement d'un coup de dents et l'avalant, incapable de me contrôler. Pour la première fois, je m'aperçois à quel point le corps de Christie est, ou était, petit et délicat. Je me mets à lui travailler les seins avec une paire de pinces, puis les réduits en bouillie à grands coups rapides. Les pinces sifflent dans l'air; elle crache les pages de magazine, tente de me mordre la main, et je ris tandis qu'elle meurt, non sans s'être mise à pleurer, après quoi ses yeux se révulsent, et elle s'enfonce dans quelque rêve d'horreur.

Au matin, pour je ne sais quelle raison, les mains meurtries de Christie sont enflées, grosses comme un ballon de football, les doigts indiscernables du reste de la main. Son corps électrocuté dégage une odeur révoltante, et je suis obligé de relever les stores vénitiens que les seins de Christie, en explosant sous les secousses électriques, ont éclaboussés de graisse brûlée, et d'ouvrir les fenêtres pour aérer la pièce. Ses yeux sont fixes, écarquillés, sa bouche noire, sans lèvres. Il y a aussi un trou noir, là où devrait être le vagin (bien que je ne me souvienne pas avoir fait quoi que ce soit avec), et ses poumons sont visibles, sous les côtes carbonisées. Ce qui reste du corps d'Elizabeth gît en tas dans un coin du salon. Il lui manque le bras droit, et de gros morceaux de jambe droite. Sa main gauche, tronçonnée, est posée, crispée, sur le plan de travail de la cuisine, dans une petite flaque de sang, et sa tête sur la table. Le visage couvert de sang, malgré la paire de lunettes de soleil Alain Mikli qui cache ses yeux énucléés, semble faire une grimace de mécontentement. Au bout d'un moment, je suis fatigué de la regarder et, bien que je n'aie absolument pas dormi cette nuit et que je sois absolument épuisé, j'ai rendez-vous pour déjeuner à une heure, à l'Odéon, avec

Jem Davies et Alana Burton. C'est un rendez-vous très important pour moi, et je réfléchis intensément pour savoir si je dois annuler ou non.

FACE AU PÉDÉ

L'automne. Un dimanche, vers quatre heures de l'après-midi. Je suis chez Barney, en train d'acheter des boutons de manchette. Vers deux heures et demie, après un brunch morose, tendu, face au cadavre de Christie, je me suis rendu au magasin et me suis précipité vers le comptoir central, disant à un vendeur: « Il me faut un fouet. Vraiment. » Outre les boutons de manchette, j'ai acheté une mallette de voyage en autruche doublée de vinyl avec double fermeture éclair, un pot à pilules ancien, en argent, crocodile et verre, un étui à brosse à dents ancien, une brosse à dents en blaireau et une brosse à ongles en imitation écaille de tortue. Où ai-je dîné hier soir ? Au Splash. Pas grand chose à en dire: bellini plein de flotte, salade de rucola, idem, serveuse maussade. Après quoi j'ai regardé la rediffusion d'un ancien *Patty Winters Show* retrouvé sur une cassette qui, je le croyais, contenait un reportage sur les sévices et le meurtre dont avaient été victimes deux prostituées au printemps dernier, *Patty Winters Show* dont le thème était "Votre Petit Compagnon à Quatre Pattes: Lui Aussi Peut Devenir une Star de Cinéma". Pour l'instant, je suis occupé à acheter une ceinture – pas pour moi – ainsi que trois cravates à quatre-vingt dix dollars, dix mouchoirs, un peignoir à quatre cents dollars et deux pyjamas Ralph Lauren. Je demande qu'on livre le tout chez moi, sauf les mouchoirs, sur lesquels je vais faire broder des initiales, avant de les faire envoyer chez P&P. J'ai déjà fait un demi-esclandre au rayon chaussures pour dames, dont j'ai été chassé, à ma grande gêne, par une vendeuse au désespoir. Ça n'est tout d'abord qu'un vague sentiment de malaise, que je ne peux identifier, puis qui se confirme, sans que je puisse être formel, l'impression que quelqu'un me suit, que l'on me file d'un rayon à l'autre.

Je suppose que Luis Carruthers se veut incognito. Il porte une espèce de veste de soirée en soie, à imprimé jaguar, des gants en peau de cerf, un chapeau de feutre, des lunettes noires d'aviateur et, dissimulé derrière une colonne, il feint d'examiner un étalage de cravates, l'air empoté, me jetant un bref regard en coin. Je me penche pour signer quelque chose, une facture, je crois et, à cause de sa présence, je me surprends à me dire l'espace d'un instant que, peut-être, après tout, une vie liée à cette ville, à Manhattan, à ce travail, n'est *pas* une bonne chose, et je visualise soudain Luis dans une soirée horrible, en train de boire un bon petit rosé bien sec, des pédales agglutinées autour d'un piano, un quart de queue, des airs de comédies musicales, et maintenant, il tient une fleur à la main, et maintenant il a un boa autour du cou, et le pianiste attaque un extrait des *Miz'*, ma chère.

– Patrick ? C'est toi ? s'enquiert une voix hésitante.

Comme dans un plan de coupe de film d'horreur – un zoom foudroyant – Luis Carruthers surgit brusquement, sans prévenir, de derrière sa colonne, à la fois furtif et bondissant, si c'est possible. Je souris à la vendeuse et m'éloigne, avec des gestes maladroits, me dirigeant vers un présentoir de bretelles, avec un besoin atroce de Xanax, de Valium, d'Halcion, de Frozfruit, de *n'importe quoi*.

Je ne le regarde pas, je ne *peux* pas le regarder, mais je le sens qui approche, ce que confirme le son de sa voix.

– Patrick… ? Bonjour…

Je ferme les yeux, porte la main à mon visage. « Ne me force pas à le dire, Luis », fais-je à mi-voix.

– Qu'est-ce que tu veux dire, Patrick ? demande-t-il, faussement innocent.

Un silence ignoble, puis il ajoute: Patrick... Pourquoi ne me regardes-tu pas ?

– Parce que je t'ignore, Luis, dis-je, vérifiant le prix d'un gilet Armani pour me calmer. Tu ne t'en rends pas compte ? Je t'ignore.

– Patrick, ne peut-on pas se parler, simplement ? demande-t-il, d'une voix geignarde. *Patrick...* Regarde-moi.

Je prends une brève inspiration, soupire, et déclare enfin: Nous n'avons *rien, rien* à...

– On ne peut pas continuer ainsi, coupe-t-il avec impatience. *Moi*, je ne peux pas continuer ainsi.

Je marmonne quelque chose. Je commence à m'éloigner. Il me suit et insiste.

– De toute façon, dit-il, une fois à l'autre bout du magasin, tandis que je feins d'examiner un étalage de cravates de soie, la vue brouillée, tu seras content d'apprendre que je suis muté... Dans un autre État.

Quelque chose s'éveille en moi, vaguement, et je parviens à demander « Où ? », toujours sans le regarder.

– Oh, dans une autre filiale, dit-il avec une remarquable décontraction, sans doute due au fait que j'ai voulu en savoir plus à propos de sa mutation. En Arizona.

– Ter-rible, fais-je à mi-voix.

– Tu veux savoir pourquoi ?

– Non, pas vraiment.

– À cause de *toi*.

– Ne dis pas cela.

– À cause de *toi*.

– Tu es *malade*.

–Si je suis malade, c'est à cause de *toi*, dit-il d'un ton trop négligent, examinant ses ongles. À cause de toi, je suis malade, et sans espoir de guérison.

– Ça devient vraiment excessif, cette espèce d'obsession, complètement, *complètement* excessif, dis-je me dirigeant vers un autre rayon.

– Mais je sais que tu ressens la même chose que moi,

dit Luis, m'emboitant le pas. Et je le sais parce que…
il hausse les épaules, et conclut à mi-voix: Ça n'est pas
parce que tu refuses d'admettre certains… sentiments, que
tu ne les ressens pas.

– Qu'est-ce que tu essaies de me dire ? fais-je d'une voix
sifflante.

– Je sais que tu ressens la même chose que moi. D'un
geste théâtral, il arrache ses lunettes de soleil, comme si
cela constituait un argument irréfutable.

– Tu en es arrivé à une… à une conclusion erronée, dis-
je, la voix étranglée. Tu es définitivement… malsain.

– Pourquoi ? Est-ce si mal de t'aimer, Patrick ?

– Oh… Mon Dieu…

– De te *vouloir* ? De vouloir être avec toi ? Est-ce si mal ?

Je le sens qui me dévore du regard, au bord de l'effondrement total. Je ne trouve aucune réponse, si ce n'est un
long silence. Enfin, je contre-attaque, d'une voix mauvaise:
Mais qu'est-ce que cela signifie, cette incapacité permanente à analyser rationnellement une situation ? Hein ?

Je lève les yeux des pull-overs, des cravates, je ne sais
pas, et lui jette un regard. Instantanément, il sourit, soulagé
que je lui aie accordé une seconde d'attention, mais bientôt
son sourire se brise, car dans les recoins obscurs de son âme
de pédale, quelque chose lui dit que ce n'est pas cela, et il se
met à pleurer. Très calme, je me dirige vers une colonne afin
de me cacher; il me suit et m'aggripe brutalement par
l'épaule, me retournant face à lui: Luis occulte la réalité.

Je lui demande de partir, tandis qu'il sanglote: « Oh,
mon Dieu, Patrick, pourquoi est-ce que tu ne m'aimes pas
un peu ? », sur quoi, de façon consternante, il tombe à
terre, à mes pieds.

– Relève-toi, dis-je entre mes dents, immobile. *Relève-
toi.*

– Pourquoi ne pouvons-nous pas être ensemble ? san-
glote-t-il, frappant le sol du poing.

– Parce que je… je ne – je parcours rapidemment le

magasin du regard, m'assurant de ce que personne n'écoute;
il s'accroche à mon genou, je balaye sa main – … Je ne te
trouve pas attirant… sexuellement », fais-je en chuchotant,
furieux, les yeux baissés vers lui. « Je n'arrive pas à croire
que c'est moi qui ai dit cela », conclus-je entre mes dents,
m'adressant à moi-même, à personne, secouant la tête
pour essayer de remettre de l'ordre dans mes pensées. Les
choses ont atteint un tel degré de confusion que je n'arrive
plus à suivre. « Laisse-moi, s'il te plait », dis-je à Luis, et
je commence à m'éloigner.

Incapable d'enregistrer cette demande, Luis s'accroche à
l'ourlet de mon trench-coat en soie Armani et s'écrie, gisant
toujours sur le sol: Je t'en prie, Patrick, *je t'en prie*, ne me
quitte pas.

– Écoute-moi, dis-je, m'agenouillant et essayant de le
relever. Mais il se met alors à crier quelque chose d'inintelligible, qui se transforme en une plainte déchirante qui
s'enfle peu à peu, allant crescendo, et finit par attirer l'attention d'un agent de sécurité de chez Barney, debout
devant la porte principale, lequel se dirige vers nous.

– Regarde ce que tu as fait, dis-je à voix basse, effondré.
Lève-toi. *Lève-toi.*

– Tout va bien ? demande l'agent de sécurité, un grand
Noir costaud, le regard baissé vers nous.

– Oui, merci, fais-je, jetant à Luis un regard furieux.
Tout va *très bien.*

– Nooooon, gémit Luis, ravagé de sanglots.

– Mais si, dis-je, levant les yeux vers le gardien.

– C'est bien sûr ? demande-t-il.

– Accordez-nous une minute, dis-je, avec un sourire professionnel. Nous avons besoin d'être seuls un instant. Je me
retourne vers Luis. « Allons, Luis. Relève-toi. Tu te laisses
aller. » Les yeux vers l'agent de sécurité, je lève une main,
hoche la tête: Une petite minute, s'il vous plaît.

Il me fait un signe de tête, sans conviction, et retourne à
son poste d'un pas hésitant.

Toujours à genoux, j'attrape Luis par ses épaules secouées de sanglots. « Écoute-moi, Luis, dis-je d'une voix sourde, comminatoire, comme si je menaçais un enfant d'une punition, si tu ne cesses pas de pleurer, espèce de pauvre putain de *pédale*, je t'ouvre la gorge comme une merde. Tu m'écoutes ? » Je le gifle légèrement, deux fois. « C'est clair, non ? »

– Oh, tue-moi », gémit-il, les yeux clos, hochant sans cesse la tête, de plus en plus incohérent. « Si je ne peux pas t'avoir, je ne veux pas vivre. Je veux *mourir* », ajoute-t-il, pleurant comme un veau.

Je sens que ma raison risque de basculer, là, chez Barney et, attrapant Luis par son col que je tords dans mon poing, j'attire son visage tout contre le mien et chuchote, d'une voix à peine audible: Écoute-moi, Luis. Est-ce que tu m'écoutes ? Généralement, je ne préviens pas les gens, Luis. Alors-estime-toi-heureux-que-je-te-prévienne.

Toute raison annihilée, émettant des sons gutturaux, la tête courbée par la honte, il me fait une réponse à peine intelligible. L'attrapant par les cheveux – ils sont cartonnés par la mousse, dont j'identifie le parfum; c'est Cactus, une nouvelle marque – je lui relève brutalement la tête et lui crache au visage, la voix grondante: Écoute, tu *veux mourir* ? Je m'en charge, Luis. J'ai déjà fait ça, et je vais *te viander*, t'ouvrir le bide comme un porc et te faire bouffer tes tripes pleines de merde jusqu'à ce que tu en *crèves*, espèce de tante à la con.

Il n'écoute pas. Toujours accroupi, je le regarde, incrédule.

– Je t'en prie Patrick, je t'en prie. Écoute-moi, j'ai tout prévu. Je quitte P&P, et toi aussi tu peux partir, et, et, nous irions nous installer en Arizona, et alors…

– Tais-toi, Luis. Je le secoue. « Oh, mais tais-toi, bon Dieu. » Je me relève prestement, brosse mon trench-coat d'un revers de main et, quand je crois que je vais enfin pouvoir m'en aller, Luis aggripe ma cheville droite et tente de s'accrocher, tandis que je me dirige vers la sortie en le traînant sur deux mètres avant de lui flanquer un coup de pied dans la figure, tout en lançant un sourire d'impuissance à un couple qui traîne au rayon chaussettes. Luis lève vers moi un regard implorant tandis qu'une petite entaille commence à apparaître sur sa joue gauche. Le couple s'éloigne.

– *Je t'aime*, vagit-il d'une voix déchirante. Je t'aime.

– J'en suis *convaincu*, Luis, fais-je en criant. Tu m'as *convaincu*. Maintenant, relève-toi.

Par chance, un vendeur intervient, effrayé par cette scène, et l'aide à se lever.

Quelques minutes plus tard, quand il est suffisamment calmé, nous nous retrouvons tous deux près de la porte principale de chez Barney. Il tient un mouchoir à la main, et serre les paupières. Un bleu apparaît peu à peu sous son œil gauche, qui enfle lentement.

– Eh bien, il faut que tu aies, disons, le cran d'affronter, euh, la réalité des choses, lui dis-je.

Au supplice, il observe d'un œil fixe la pluie tiède qui tombe, derrière la porte-tambour du magasin, puis, avec un soupir douloureux, se tourne vers moi. Je regarde les rangées de cravates, les rangées interminables, puis lève les yeux vers le plafond.

ENFANT, AU ZOO

Les jours passent. La nuit, je dors par périodes de vingt minutes. Je me sens désœuvré, tout me paraît sinistre, et mon besoin compulsif de meurtre, qui surgit, s'évanouit, resurgit, pour disparaître à nouveau, me laisse à peu près tranquille pendant ce paisible déjeuner au Alex Goes to

Camp, où je prends la salade de saucisses de mouton au homard et les haricots blancs arrosés de citron vert et de vinaigre de foie gras. Je porte un jean délavé, une veste Armani, et un T-shirt blanc Comme des Garçons à cent quarante dollars. J'appelle chez moi pour écouter mes messages. Je rapporte des cassettes-vidéo. Je fais halte à un distributeur de billets. Hier soir, Jeanette m'a demandé : « Patrick, pourquoi gardes-tu des lames de rasoir dans ton portefeuille ? » Au *Patty Winters Show* de ce matin, il était question d'un garçon qui était tombé amoureux d'un paquet de lessive.

Incapable de m'assurer une façade crédible aux yeux des gens, je me retrouve en train d'errer dans le zoo de Central Park, les nerfs en boule. Les dealers traînent devant les grilles, et l'odeur du crottin de cheval, à cause des fiacres qui passent constamment, flotte au-dessus de leur tête et envahit le zoo, et le sommet des gratte-ciels, des immeubles de la Cinquième Avenue, le Trump Plaza, le AT&T Building, qui encerclent le parc qui encercle le zoo, accusant ce qu'il a d'artificiel. Un gardien, un Noir, qui passe la serpillière dans les lavabos des hommes, me demande de tirer la chasse d'eau de l'urinoir après usage. « Fais-le toi-même, nègre », lui dis-je, et il fait un mouvement vers moi, puis recule en voyant briller une lame de couteau. Tous les kiosques de renseignements semblent fermés. Un aveugle mâchonne un bretzel. Il se nourrit. Deux ivrognes, des pédés, se consolent l'un l'autre sur un banc. Non loin de là, une mère donne le sein à son bébé, ce qui éveille quelque chose d'horrible en moi.

Le zoo paraît désert, privé de vie. L'ours polaire est souillé, il a l'air drogué. Un crocodile flotte, morose, dans une mare artificielle, visqueuse. Le regard des macareux est fixe, affligé, derrière la cage de verre. Les toucans ont un bec coupant comme une lame. Les phoques plongent bêtement des rochers dans l'eau noire qui tourbillonne, en barrissant de manière imbécile. Le gardien du zoo leur jette des poissons morts, et un attroupement se forme autour du bassin, essentiellement des adultes, certains accompagnés d'enfants. Sur le grillage, un panneau rappelle: L'ARGENT PEUT TUER. LES PIÈCES DE MONNAIE AVALÉES PEUVENT SE LOGER DANS L'ESTOMAC DE L'ANIMAL ET PROVOQUER DES ULCÈRES, DES INFECTIONS, ET LA MORT. NE PAS JETER DE MONNAIE DANS LE BASSIN. Donc, qu'est-ce que je fais ? Je jette une poignée de petite monnaie dans le bassin, pendant que les gardiens ont le dos tourné. Je n'ai rien contre les phoques – c'est la joie du public devant eux qui me dérange. La chouette blanche a exactement les mêmes yeux que moi, surtout quand elle les écarquille. Et comme je demeure là, immobile, la fixant du regard derrière mes lunettes de soleil baissées, un message tacite passe entre moi et l'oiseau – et je ressens une sensation bizarre, une sorte d'urgence très étrange qui génère ce qui va suivre, et qui débute, a lieu et finit très rapidement.

L'ombre fraîche de la maison des pingouins – « Au Bord de la Banquise », annonce le zoo, non sans prétention – contraste nettement avec la moiteur du dehors. Les pingouins se laissent glisser languissament dans l'eau, derrière les parois de verre contre lesquelles s'agglutinent les spectateurs. Ceux qui restent sur le rocher, sans nager, paraissent abrutis, harassés, morts d'ennui; ils se contentent de bâiller, s'étirent parfois. La sono diffuse de faux bruits de pingouins, des cassettes probablement, et on a augmenté le volume, car la salle est bondée. Ils sont mignons, les pingouins. J'en vois un qui ressemble à Craig McDermott.

Un enfant, cinq ans à peine. Il est en train de finir une friandise. Sa mère lui dit de jeter l'emballage, puis reprend sa conversation avec une autre femme, accompagnée d'un enfant à peu près du même âge. Tous trois plongent leur regard dans le bleu sale du bassin des pingouins. L'enfant se dirige vers la poubelle située dans un coin sombre, au fond de la salle, et derrière laquelle je suis à présent tapi. Il se dresse sur la pointe des pieds, et jette soigneusement le papier dans la poubelle. Je chuchote quelque chose. L'enfant m'aperçoit et demeure ainsi, immobile, à l'écart de la foule, légèrement effrayé, mais fasciné, et muet de stupeur. Je le fixe aussi.

– Veux-tu... un biscuit ? fais-je, plongeant la main dans ma poche.

Il hoche sa petite tête, lentement, en haut, en bas, mais avant qu'il n'ait eu le temps de répondre, une immense vague de fureur balaie ma conscience et, tirant le couteau de ma poche, je le poignarde prestement, au cou.

Ahuri, il recule dans la poubelle, gargouillant comme un nouveau-né, sans pouvoir crier ni pleurer, à cause du sang qui commence à gicler de sa blessure à la gorge. Certes, j'aimerais bien voir mourir cet enfant, mais je le pousse à terre derrière la poubelle, avant de me mêler à la foule, l'air de rien, et touche l'épaule d'une jolie fille, lui désignant en souriant un pingouin qui se prépare à plonger. Dans mon dos, un regard attentif verrait les pieds de l'enfant qui s'agitent derrière la poubelle. Je surveille d'un œil la mère qui, au bout d'un moment, s'apercevant de l'absence de son fils, commence à scruter la foule autour d'elle. De nouveau, je pose ma main sur l'épaule de la fille qui sourit et hausse les épaules d'un air d'excuse, je ne sais pas pourquoi.

Lorsque sa mère l'aperçoit enfin, elle ne crie pas car, ne voyant que ses pieds, elle s'imagine qu'il se cache pour jouer. Elle paraît tout d'abord soulagée de l'avoir retrouvé, et se dirige vers la poubelle en disant: « Tu joues à cache-cache, mon chéri ? » d'une voix attendrie. Mais de là où je me tiens, derrière la jolie fille, dont je viens de m'apercevoir que c'est une étrangère, une touriste, je vois le moment exact où la mère change de visage, effrayée soudain et, balançant son sac à main derrière son épaule, elle écarte la poubelle, découvrant son fils, le visage complètement recouvert de sang, ce pourquoi l'enfant a du mal à cligner des paupières, tandis qu'il se tient la gorge à deux mains, agitant les jambes, mais plus faiblement à présent. La mère émet un son que je ne pourrais pas décrire – un truc aigu, qui finit par un cri.

Quelques personnes se retournent tandis qu'elle se jette à terre à côté de son fils, et je m'entends crier, d'une voix bouleversée: « Je suis médecin, reculez, je suis médecin ! » et, m'agenouillant aux côtés de la mère, sous les regards intéressés d'un cercle de curieux, je la force à lâcher l'enfant qui gît à présent sur le dos, cherchant en vain à reprendre souffle, le sang jaillissant régulièrement de son cou, formant un arc rouge, faible, qui vient détremper sa chemise Polo. Tout en tenant la tête de l'enfant avec vénération, prenant garde à ne pas me tacher, je me rends vaguement compte que si quelqu'un demande du secours, et qu'un vrai docteur est dans le coin, l'enfant a de bonnes chances d'être sauvé. Mais rien ne se passe. Je continue de lui tenir la tête, imbécilement, tandis que sa mère – plutôt moche, le genre juif, grosse, faisant des efforts pathétiques pour être chic, avec un jean griffé et un vilain pull-over de laine noire à motif de feuilles – crie *faites quelque chose, faites quelque chose, faites quelque chose,* tous deux inconscients de la pagaille, des gens qui commencent à crier dans tous les sens, reportant toute notre attention sur l'enfant agonisant.

Tout d'abord assez content de moi, je me sens soudain secoué par une violente décharge de tristesse, d'accablement, en me rendant compte à quel point il est gratuit, et affreusement douloureux de prendre la vie d'un enfant. Cette chose devant moi, cette petite chose qui se tortille et qui saigne, n'a pas de vraie histoire, pas de passé digne de ce nom, rien n'est vraiment gâché. Il est tellement pire (et plus satisfaisant) de prendre la vie d'un être qui a atteint ses belles années, qui est déjà riche des prémisses d'un destin, avec une épouse, un cercle d'amis, une carrière, quelqu'un dont la mort affectera beaucoup plus de gens

– dont la capacité de souffrance est infinie – que ne le fera la mort d'un enfant, ruinera peut-être beaucoup plus de vies que la mort dérisoire, minable, de ce petit garçon. Dans l'instant, je ressens le désir presque incontrôlable de poignarder également la mère, qui est en pleine crise d'hystérie, mais je ne peux rien faire, que la gifler violemment, en lui criant de se calmer. Mon geste n'occasionne aucun regard de désapprobation. J'ai vaguement conscience d'une lumière dans la pièce, d'une porte ouverte quelque part, de la présence des responsables du zoo, d'un agent de sécurité; quelqu'un – un des touristes – prend une photo, le flash éclate, et les pingouins s'agitent comme des fous dans le bassin, derrière nous, se jetant contre la paroi de verre, pris de panique. Un flic m'écarte, bien que je lui aie dit que j'étais médecin. On traîne le petit garçon dehors, on l'allonge par terre, on lui ôte sa chemise. Un dernier hoquet, et il meurt. On est obligé de retenir la mère.

Je me sens vidé, à côté de moi-même, et même l'arrivée de la police ne me décide pas à m'en aller. Je reste avec la foule, devant le bâtiment des pingouins, comme des dizaines de gens, me mêlant à eux, avant de m'écarter, lentement, de m'éloigner. Enfin, je me retrouve sur le trottoir de la Cinquième Avenue, surpris de voir ma chemise si peu tachée de sang, et je fais halte dans une librairie, où j'achète un livre, puis à un distributeur au coin de la Cinquante-sixième Rue, où j'achète un Mars – à la noix de coco –, et j'imagine un trou, un trou qui va s'élargissant dans le soleil, et pour quelque mystérieuse raison, cela brise la tension que j'ai ressentie tout d'abord en voyant les yeux de la chouette blanche, et qui a réapparu après que le petit garçon eût été traîné hors de la maison des pingouins, tandis que je m'éloignais, les mains couvertes de sang, libre.

LES FILLES

Depuis un mois à peu près, mes apparitions au bureau ont été pour le moins sporadiques. Tout ce que je souhaite à présent, dirait-on, c'est m'entraîner au gymnase, avec les poids, essentiellement, et effectuer des réservations dans de nouveaux restaurants où je suis déjà allé, pour ensuite les annuler. Mon appartement pue les fruits pourris, mais en réalité, c'est l'odeur de ce que j'ai retiré de la tête de Christie pour le verser dans une coupe de verre Marco, que j'ai posée sur une console, dans l'entrée. La tête elle-même est restée sous le piano, dans un coin du salon, couverte de bouillie de cerveau. J'ai l'intention de l'utiliser comme citrouille, pour Halloween. À cause de la puanteur, j'ai décidé de prendre l'appartement de Paul Owen pour un rendez-vous galant, ce soir. J'ai fait examiner les lieux, pour déceler un éventuel système de surveillance; hélas il n'y en avait pas. Mon avocat m'a présenté quelqu'un qui m'a dit que Donald Kimball, le détective privé, a appris que Paul Owen était *effectivement* à Londres, qu'on l'avait aperçu deux fois dans le hall du Claridge, une fois chez un tailleur de Savile Row, et une fois dans un nouveau restaurant à la mode, à Chelsea. Kimball s'est envolé pour Londres il y a deux jours, ce qui signifie que personne ne surveille plus l'appartement, et les clés que j'ai volées à Owen sont toujours les bonnes, ce qui m'a permis d'y déposer mon matériel (une perceuse électrique, une bouteille d'acide, le pistolet à clous, des couteaux, un briquet Bic), après déjeuner. J'ai loué les services de deux escortes dans une agence de bonne réputation, encore qu'assez sordide, à laquelle je n'avais encore jamais fait appel, faisant passer la facture sur la carte American Express gold de Owen sur laquelle, je suppose, personne n'a fait opposition, puisqu'on le croit à Londres, bien qu'en revanche son AmEx platine soit surveillée. Ce matin, le thème du *Patty*

Winters Show était: "Les Trucs de Beauté de Lady Di", ce que j'ai trouvé assez ironique.

Minuit. Je fais la conversation à deux nanas, toutes deux très jeunes, blondes, gros nénés, des petits trésors, conversation brève car j'ai de sérieuses difficultés à me contenir, dans l'état de confusion où je suis.

– Vous vivez dans un palais, Monsieur, déclare l'une d'elles, Torri, d'une voix de bébé, impressionnée par l'appartement ridicule d'Owen. Un véritable palais.

Je lui jette un regard dur, contrarié. « Ça n'est pas *si* bien que ça. »

Tout en préparant des verres, devant le bar bien approvisionné, je leur annonce que je travaille à Wall Street, chez Pierce & Pierce. Aucune ne semble particulièrement intéressée. De nouveau, j'entends une voix – une des leurs – me demander si ce n'est pas un magasin de chaussures. Tiffany feuillette le *GQ* d'il y a trois mois, assise sur le canapé de cuir noir, sous le panneau de faux cuir de vache. Elle a l'air perplexe, comme si elle ne comprenait pas quelque chose, ni même quoi que ce soit. Fais ta prière, salope, me dis-je. Il me faut bien le reconnaître, c'est extrêmement excitant de pousser ces filles à s'avilir sous mes yeux, pour ce qui n'est guère pour moi que de l'argent de poche. Après leur avoir servi un autre verre, je leur signale également que je suis allé à Harvard, avant de demander après un silence: Vous en avez entendu parler ?

– J'ai eu une relation professionnelle qui était allée là-bas, répond Torri, ce qui me cause un choc. Elle hausse les épaules, niaisement.

– Un client ? fais-je, intrigué.

– Eh bien… commence-t-elle, mal à l'aise. Une relation d'affaires, disons.

– Un souteneur ? fais-je, et là, ça dégénère bizarrement.

– Eh bien… – elle cale de nouveau, avant de poursuivre – disons que c'était une relation d'affaires. Elle prend une gorgée. « Il *disait* qu'il était allé à Harvard, mais… je ne le croyais pas. » Elle jette un regard à Tiffany, puis à moi. Notre silence l'encourage à poursuivre, et elle reprend d'une voix hésitante: « Il avait un... enfin, un singe, quoi. Et je devais garder le singe... dans son appartement. » Elle s'interrompt, puis reprend d'une voix monocorde, avalant sa salive: « Mon idée, c'était de passer la journée devant la télé, parce qu'il n'y avait rien d'autre à faire, pendant que le type était absent... à part surveiller vaguement le singe. Mais il y avait... il y avait un problème avec le singe. » Elle s'interrompt de nouveau, prend une profonde inspiration. « Il ne voulait regarder que... » De nouveau, elle s'arrête, parcourt la pièce des yeux, le visage déformé par une grimace d'incertitude, ne sachant si elle doit nous raconter cette histoire, si nous, moi et l'autre salope, pouvons être mis au courant. Je croise les bras, prêt à entendre quelque chose de choquant, de significatif, de révélateur. « Il ne voulait regarder que... » Elle soupire, et lâche le morceau, d'une voix précipitée: « Le *Oprah Winfrey Show*, c'est la seule chose qu'il voulait regarder. Le type en avait des dizaines de cassettes, qu'il avait faites uniquement pour son singe, en enlevant les publicités. (Elle me regarde d'un air implorant, comme si elle était en train de devenir folle, ici même, à l'instant, dans l'appartement de Paul Owen, et voulait que je... quoi, que j'aille vérifier ?). Une fois, j'ai essayé de... de changer de chaîne, d'arrêter une des cassettes... pour voir si je ne préférais pas regarder un feuilleton, je ne sais pas, mais... » Elle finit son verre, et reprend courageusement, roulant des yeux, visiblement très secouée par cette histoire: « Le singe s'est mis à p-p-pousser des cris vers moi, et il ne s'est calmé que quand j'ai remis Oprah. » Elle avale sa salive, s'éclaircit la gorge, semble prête à fondre en larmes, mais non, en fait. « Et je vous jure, si vous essayiez de changer de chaîne, cette s-s-saleté de singe essayait de vous griffer », conclut-elle d'un ton âpre, serrant les bras autour d'elle, tremblante, tentant en vain de se réchauffer.

Le silence. Un silence arctique, glacial, indicible. Au-dessus de nos têtes, la lumière est froide, électrique. Immobile, je regarde Torri, puis l'autre, Tiffany, qui semble au bord de la nausée.

J'ouvre enfin la bouche et déclare, butant sur les mots: Ça m'est égal... si vous avez une vie... convenable... ou pas.

Enfin, le sexe – un montage de film porno. J'ai rasé le sexe de Torri, allongée sur le dos, sur le lit japonais de Paul, jambes écartées, et je la doigte, la suce, lui léchant le cul de temps à autre. Ensuite, Tiffany me suce – elle ne cesse de me donner sur le gland de petits coups de sa langue brûlante et mouillée, ce qui m'exaspère – tandis que je la traite de salope et de pute pourrie. Tout en en baisant une avec un préservatif, tandis que l'autre s'emploie à me sucer les couilles, les lappant comme un chien, je contemple la peinture sur soie d'Angelis accrochée au-dessus du lit, imaginant des flaques, des geysers de sang. La pièce est parfois très silencieuse, à part le bruit mouillé que fait ma queue en entrant et sortant du vagin d'une des filles. Tiffany et moi bouffons à tour de rôle le con glabre de Torri, et son trou du cul. Elles jouissent toutes deux, criant en même temps, en soixante-neuf. Une fois leurs cons assez trempés, je sors un godemiché et les laisse s'amuser avec. Torri écarte les jambes et se doigte le clito, tandis que Tiffany la baise avec le godemiché énorme et lubrifié, pressant Tiffany de la baiser plus fort, et jouit enfin, le souffle court.

De nouveau, je les fais se bouffer, mais cela commence à moins m'exciter – je ne peux penser à rien d'autre qu'au sang, à leur sang, imaginant de quoi il aura l'air et, bien que Torri soit certes experte, et sache comment bouffer de la chatte, cela ne suffit pas à m'apaiser et, l'écartant du con de Tiffany, je me mets à lécher et mordiller la chair rose, douce et mouillée de son vagin, tandis que Torri écarte le cul et s'asseoit sur le visage de Tiffany, tout en se doigtant le clito. Tiffany lèche avec avidité la chatte humide et luisante, et Torri se penche pour serrer dans ses mains les seins de Tiffany, lourds et fermes. Je mords à belles dents, je mâchonne le con de Tiffany qui commence à se raidir. « Détends-toi », dis-je d'une voix apaisante. Elle se met à piailler, essayant de me repousser, et finit par crier vraiment, tandis que mes dents lui déchirent la chair. Croyant qu'elle jouit, Torri presse son con plus fort contre la bouche de Tiffany, étouffant ses hurlements, mais quand je relève la tête vers elle, le visage couvert de sang, des morceaux de vagin et des poils collés aux lèvres, tandis que le sang gicle par saccades du con déchiré de Tiffany sur le coussin, je la sens soudain saisie d'horreur. J'attrape la bombe asphyxiante pour les aveugler momentanément, puis les assomme avec la crosse du pistolet à clous.

Torri se réveille attachée, cambrée sur le dos au bord du lit, et le visage couvert de sang – car je lui ai découpé les lèvres avec des ciseaux à ongles. Tiffany, elle, est attachée de l'autre côté du lit, à l'aide de six paires de bretelles appartenant à Paul, gémissant de peur, totalement paralysée par la monstruosité de ce qui lui arrive. Souhaitant qu'elle regarde ce que je vais faire à Torri, je l'ai installée de manière à ce qu'elle ne puisse éviter de le voir. Comme à l'habitude, et dans l'espoir de comprendre ce que sont ces filles, je filme leur mort. Pour Torri et Tiffany, j'utilise une caméra ultra-miniaturisée Minox LX à pellicule de 9,5 mm, lentille 15 mm f / 3.5, réglage d'exposition et filtre de densité incorporé, posée sur un trépied. J'ai mis un CD de Traveling Wilburys dans un lecteur de CD portable posé sur la tête de lit, afin d'étouffer des cris éventuels.

Je commence à dépiauter Torri, un petit peu, lui faisant des incisions avec un couteau à viande, découpant des morceaux de chair de son ventre et de ses jambes, tandis qu'elle crie vainement, me suppliant de l'épargner, d'une voix aiguë, fragile. J'espère qu'elle se rend bien compte que son châtiment se révèlera relativement bénin, comparé à celui que j'ai prévu pour l'autre. Je continue de l'arroser de gaz. Ensuite, j'essaie de lui découper les doigts à l'aide des ciseaux à ongles, et finit par verser de l'acide sur son ventre et son vagin, mais rien de tout cela ne semble l'achever le moins du monde, et je dois me résoudre à la poignarder à la gorge. La lame du couteau finit par se casser dans ce qui reste de son cou, fichée dans un os, et j'arrête. Sous le regard de Tiffany, je prends la scie et lui tronçonne entièrement la tête – un torrent de sang éclabousse les murs, et même le plafond – puis, élevant la tête, comme un trophée, je prends ma queue, rouge et congestionnée, et abaissant la tête de Torri jusqu'à mon bassin, je la fourre dans sa bouche ensanglantée et me mets à la baiser, jouissant bientôt, explosant à l'intérieur. Après quoi, je suis si raide encore que je me permets de défiler dans la chambre maculée de sang, la tête fichée sur ma queue, chaude et légère. Ceci m'amuse un certain temps, mais j'ai besoin de repos, et j'ôte la tête, la posant sur la commode en chêne et teck de Paul, et m'installe dans un fauteuil, nu et couvert de sang, pour regarder HBO sur la télé d'Owen tout en buvant une Corona, me demandant à haute voix, contrarié, pourquoi Owen n'est pas branché sur Cinemax.

Plus tard. « Je vais te détacher, Ccchhh… » dis-je à Tiffany, tout en caressant doucement son visage satiné de larmes et de gaz asphyxiant, et je m'embrase en la voyant lever vers moi un regard plein d'espoir, un instant, avant d'apercevoir l'allumette enflammée que je tiens à la main, et que j'ai détachée d'une pochette récupérée au Palio's, où je prenais un verre avec Robert Farrell et Robert Pretcher, vendredi dernier, allumette que j'abaisse vers ses yeux, qu'elle ferme instinctivement, pour lui flamber les cils et les sourcils, avant de prendre un briquet Bic que j'allume sous ses paupières que je maintiens ouvertes d'une main, me brûlant le pouce et le petit doigt au passage, jusqu'à ce que ses yeux explosent. Pendant qu'elle est encore consciente, je la retourne et, lui écartant les fesses, je lui plante dans le rectum un godemiché attaché à une planche, à l'aide du pistolet à clous. Puis, la retournant de nouveau, inerte de terreur, je coupe toute la chair autour de sa bouche et, saisissant la perceuse électrique, avec une mèche abrasive de gros calibre, j'agrandis le trou, tandis qu'elle gigote et proteste et, une fois satisfait de la dimension du trou pratiqué dans sa bouche largement ouverte, qui n'est plus qu'un tunnel rouge sombre de langue tordue et de dents arrachées, j'y plonge la main, profondément, jusqu'au poignet, me forçant un passage vers la gorge – durant tout ce temps, elle ne cesse de secouer furieusement la tête, mais ne peut me mordre, puisque la perceuse électrique lui a arraché les dents des gencives – et, saisissant les veines qui passent là comme des tubes, je les détache doucement avec mes doigts et, une fois la prise bien assurée, les arrache brutalement et les sors par sa bouche béante, tirant, tirant encore, jusqu'à ce que le cou lui même se rétracte et disparaisse, la peau tendue, déchirée. Cependant, il y a peu de sang. Presque tout l'intérieur de son cou, y compris la veine jugulaire, pend au-dehors par sa bouche ouverte. Tout son corps se met à se contracter par saccades, comme un cafard sur le dos, avec des mouvements convulsifs, ses yeux fondus dégoulinant sur ses joues, mêlés aux larmes et au gaz asphyxiant et, très vite, ne souhaitant pas perdre de temps, j'éteins les lumières et, dans le noir, avant qu'elle ne meure, lui ouvre le ventre, à mains nues. Je ne vois pas ce que je fais, mais j'entends des claquements humides, et mes mains sont brûlantes, couvertes de quelque chose.

Ensuite. Ni peur, ni trouble. Pas le temps de traîner, car j'ai des choses à faire aujourd'hui : rapporter des cassettes vidéo, m'entraîner au gymnase, emmener Jeanette voir une nouvelle comédie musicale anglaise à Broadway, comme je le lui ai promis, réserver pour dîner quelque part. Ce qui reste des deux corps est bientôt en état de *rigor mortis*. Un bout du corps de Tiffany – je crois, car j'ai de sérieuses difficultés à les distinguer l'une de l'autre – s'est affaissée, et les côtes pointent, la plupart cassées en deux, de ce qui reste de son estomac, perforant les seins. Il y a une tête clouée au mur, des doigts éparpillés, ou disposés plus ou moins en cercle autour du lecteur de CD. Un des corps, celui qui est par terre, est couvert d'excréments et de marques de dents, là où je l'ai mordu sauvagement. Je plonge une main dans le ventre d'un des cadavres et, d'un doigt ensanglanté, griffonne JE SUIS RENTRÉ, en lettres dégoulinantes, au-dessus du panneau de faux cuir de vache, dans le salon, ajoutant au-dessus un dessin effrayant qui ressemble à ceci:

LE RAT

À la mi-octobre, on me livre les articles suivants:

Un récepteur audio, le Pioneer VSX-9300S, comprenant le processeur Dolby Prologic Surround Sound intégré à programmation digitale, et une télécommande multi-fonctions à infra-rouges qui peut gérer jusqu'à 154 fonctions programmées sur tout autre appareil de la marque, et développant 125 watts sur le haut-parleur frontal, et 30 watts à l'arrière.

Un lecteur analogique de cassettes Akai, le GX-950B, avec polarisation manuelle, contrôle du niveau d'enregistrement Dolby, réglage de tonalité intégré et système de recherche et effacement qui permet de repérer le début et la fin d'un passage musical précis, qui peut alors être effacé d'une simple pression sur une touche. La triple tête de lecture est incluse dans un circuit cassette indépendant, ce qui réduit les parasites au minimum, et le système de réduction du bruit est assisté d'un Dolby HX-Pro, tandis que les commandes du panneau frontal sont gérées par une télécommande sans fil multi-fonctions.

Un lecteur CD multistandard Sony, le MDP-700, qui lit à la fois les disques audio et vidéo – tous formats, depuis le CD digital de 8 cm, jusqu'au CD vidéo de 30 cm. Il comprend un laser visuel / audio à cadre fixe multi-vitesse, à quadruple lecture et double entraînement qui permet d'assurer une rotation régulière du disque, tandis que le système de protection diminue les risques de gauchissement. Le système de détection automatique permet d'effectuer jusqu'à quatre-vingt-dix-neuf présélections musicales, et la recherche automatique de passages peut sélectionner jusqu'à soixante-dix-neuf extraits d'un disque vidéo. Il est livré avec une télécommande à dix touches comprenant un système d'aller et retour (ceci pour la recherche des images) et une touche mémoire. Il comprend également deux paires de prises jack en plaqué or, qui assurent une connection de qualité optimale.

Un lecteur de cassettes haute-performance, le DX-5000 NEC, qui associe les effets spéciaux digitaux à une excellente qualité de hi-fi, ainsi qu'un lecteur VHS-HQ à quadruple tête, doté d'un système de programmation de huit séquences sur vingt-et-un jours, un décodeur MTS et 140 canaux pré-équipés. De surcroît, la télécommande cinquante fonctions me permet d'éliminer les publicités télévisées.

Le camescope Sony CCD-V200 8 mm comprend un effaceur sept couleurs, un marqueur de lettres, une fonction édition autorisant également l'enregistrement image par image, ce qui me permet de filmer, disons, un cadavre en décomposition à intervalles de quinze secondes, ou les dernières convulsions d'un petit chien empoisonné. La partie audio est dotée d'un système digital intégré d'enregistrement / playback, tandis que le zoom a une luminosité minimum de quatre lux, et six vitesses d'obturation variables.

Un nouveau récepteur de télévision à écran de soixante-dix centimètres, le CX-2788 Toshiba, comprenant un décodeur MTS intégré, un filtre CCD, une recherche de chaîne programmable, une prise super-VHS, sept watts par canal de puissance, plus dix watts supplémentaires, destinés à alimenter un subwoofer, pour une meilleure sonorité des basses, et un système Carver Sonic Holographing qui génère un son 3-D absolument unique.

Le lecteur CD Pioneer LD-ST à télécommande et le lecteur multistandard Sony MDP-700 à effets digitaux et programmation universelle à télécommande (l'un pour ma chambre, l'autre pour le salon), qui lisent tous les formats de disques audio et vidéo – 8 cm et 30 cm laser, CD vidéo 12,75 cm et compacts 7, 65 cm et 12, 75 cm – grâce à deux lecteurs auto-rechargeables. Le LD-W1 de Pioneer lit deux disques de taille normale à la suite, avec un blanc de quelques secondes à peine à chaque changement de face, ce qui évite de changer ou de retourner le disque. Il possède également un son digital, une télécommande sans fil et une mémoire programmable. Le lecteur multistandard Yamaha CDV-1600 lit les disques de tous formats et possède une mémoire de lecture aléatoire de quinze plages, ainsi qu'une télécommande sans fil.

On me livre aussi une paire de baffles monobloc Threshold, dont le prix avoisine les 15.000 $. Et pour la chambre, arrive lundi un placard de chêne décapé destiné à ranger une des nouvelles télés. Un canapé sur mesure, recouvert de coton, encadré de bronzes italiens du dix-huitième siècle et de bustes de marbre sur des socles de bois peints par un artiste contemporain arrive mardi. Mardi aussi, une nouvelle tête de lit, en coton blanc clouté de cuivre clair. Une nouvelle gravure de Frank Stella, destinée à la salle de bains, arrive mercredi, ainsi qu'un nouveau fauteuil Superdeluxe en daim noir. Le Onica, que je vends, sera remplacé par un autre: le portrait, immense, d'un équalizer graphique, chrome et pastel.

Je suis en train de parler de télévision haute définition (laquelle n'est pas encore sur le marché) avec les livreurs de la Park Avenue Sound Shop, quand un des nouveaux téléphones sans fil noirs AT&T se met à sonner. Je leur donne un pourboire, et décroche. C'est Ronald, mon avocat. J'écoute, hochant la tête, tout en reconduisant les livreurs. « L'addition est de trois cents dollars, Ronald. Nous n'avons pris que du café », dis-je. Long silence durant lequel j'entends soudain une espèce de clapotement étrange, en provenance de la salle de bains. Je me dirige vers la porte avec précautions, le téléphone toujours à la main, disant à Ronald: « Mais oui... Attends... Mais je suis... Mais nous n'avons pris qu'un espresso. » Je jette un coup d'œil dans la salle de bains.

Je vois un gros rat mouillé, perché sur le siège des toilettes – dont il sort, je suppose. Il est assis sur le bord de la cuvette, et se secoue pour se sécher avant de sauter sur le sol, avec hésitation. C'est une belle bête. Il titube, puis se met à cavaler sur le carrelage, et s'enfuit par l'autre porte de la salle de bains qui donne dans la cuisine, où je le suis, en direction de l'emballage vide de pizza du Madri qui, pour je ne sais quelle raison, est resté par terre, sur le *New York Times* d'hier, à côté de la poubelle de chez Zona, et le rat, par l'odeur alléché, prend l'emballage dans sa gueule et se met à le secouer furieusement, comme un chien, essayant d'atteindre la pizza aux poireaux, fromage de chèvre et truffes, en poussant des piaillements de faim. J'ai pris pas mal d'Halcion, et la présence du rat ne me perturbe pas autant qu'elle le devrait, je suppose.

Pour attraper le rat, j'achète une tapette à souris géante, dans une quincaillerie d'Amsterdam Street. Je décide aussi de passer la nuit dans la suite familiale du Carlyle. Tout ce que j'ai comme fromage à la maison, c'est une part de brie, au réfrigérateur, et avant de partir, je l'installe délicatement, toute entière – c'est vraiment un gros rat, – ainsi qu'une tomate séchée au soleil assaisonnée de sel de céleri, sur le piège, que j'arme. Mais quand je reviens, le lendemain matin, le rat n'est pas mort, à cause de sa taille. Il est là, coincé, piaillant, fouettant l'air de sa queue, qui est affreuse, graisseuse, d'un rose translucide, aussi longue qu'un crayon et deux fois plus grosse, et fait un bruit mouillé à chaque fois qu'elle frappe le parquet de chêne clair. À l'aide d'une pelle à poussière – que je mets plus d'une *heure* à trouver, nom de Dieu –, je coince le rat blessé, à l'instant où il se libérait du piège, puis cueille l'animal qui, pris de panique, se met à piailler plus fort encore, me sifflant au visage, découvrant ses canines jaunes et acérées, ses canines de rat, et le laisse tomber dans un carton à chapeaux de chez Bergdorf Goodman. Mais la bête réussit à escalader la paroi, et je suis contraint de le poser dans l'évier, recouvert d'une planche chargée de livres de cuisine jamais ouverts, et même ainsi il manque de s'échapper tandis que, assis dans la cuisine, j'imagine les façons de torturer des filles avec lui (évidemment, il m'en vient des tas à l'esprit), dressant mentalement une liste qui comprend, outre la participation du rat, le découpage-vidage des seins, ainsi que le fil de fer barbelé bien serré autour de la tête.

UN AUTRE SOIR

Ce soir, McDermott et moi devons dîner au 1500. Il m'appelle vers six heures et demie, soit quarante minutes avant l'heure pour laquelle nous avons réservé (il n'y avait pas d'autre possibilité, à part six heures dix ou neuf heures, qui est l'heure de fermeture du restaurant – car on y sert de la cuisine californienne, et les horaires, par pur snobisme, sont eux aussi californiens) et bien que je sois en pleine séance de fil dentaire, j'ai pris soin de poser tous mes téléphones sans fil à côté du lavabo, et je décroche le bon à la deuxième sonnerie. Jusqu'à preuve du contraire, je porte un pantalon noir Armani, une chemise blanche Armani, et une cravate rouge et noire, Armani. McDermott m'apprend que Hamlin veut se joindre à nous. J'ai faim. Un silence au bout de la ligne.

– Et alors ? fais-je, resserrant ma cravate. Pas de problème.

– Et alors ? soupire McDermott. Hamlin ne veut pas aller au 1500.

– Pourquoi pas ? Je ferme le robinet du lavabo.

– Parce qu'il y est allé *hier*.

– Bien... Qu'est-ce que tu *essaies* de me dire, McDermott ?

– Que nous allons *ailleurs*.

– Où ? fais-je, circonspect.

– Hamlin a suggéré le Alex Goes to Camp, dit-il.

– Ne quitte pas. J'en suis au Plax. Après m'être longuement rincé la bouche avec la solution anti-plaque dentaire, tout en inspectant l'implantation de mes cheveux dans le miroir, je recrache le Plax. « Opposition, Votre Honneur. *Moi*, j'y suis allé hier soir. »

– Mais je *sais*. Moi aussi, dit McDermott. En plus, c'est minable. Alors, qu'est-ce qu'on fait ?

– Est-ce que Hamlin n'a pas ses entrées dans un putain de restaurant ? fais-je d'une voix grondante, contrarié.

– Euh, non.

– Rappelle-le, et qu'il en trouve un, dis-je en sortant de la salle de bains. J'ai l'impression que j'ai paumé mon Zagat.

– Tu restes en ligne, ou je te rappelle ?

– Tu me rappelles, Dugland. Nous raccrochons.

Quelques minutes. Le téléphone sonne. Inutile de filtrer, c'est McDermott, de nouveau.

– Alors.

– Alors Hamlin n'a d'entrées nulle part, et il veut inviter Luis Carruthers, et ce que j'aimerais bien savoir, c'est si cela signifie que Courtney vient aussi.

– Luis ne *peut* pas venir.

– Pourquoi pas ?

– Il ne *peut pas*, c'est tout. Pourquoi Luis veut-il venir ?

Un silence. « Ne quitte pas, dit McDermott. Je l'ai sur l'autre ligne, je vais le lui demander. »

– Qui ? (vague de panique) Luis ?

– Hamlin.

Le téléphone toujours à l'oreille, je vais dans la cuisine et prends une bouteille de Perrier dans le réfrigérateur. Je suis en train de chercher un verre quand j'entends un déclic dans l'écouteur.

– Écoute, dis-je quand McDermott est de nouveau en ligne, je ne veux voir *ni* Luis, *ni* Courtney, alors, tu vois, débrouille-toi pour les persuader de ne pas venir, trouve quelque chose. Utilise ton charme. Tu sais, ton charme.

– Hamlin doit dîner avec un client du Texas, et…

– Attends, cela n'a rien à voir avec Luis. Hamlin peut bien sortir son pédé de client tout seul.

– Il veut que Carruthers soit là, parce qu'il est censé s'occuper du dossier Panasonic, mais Carruthers en sait beaucoup plus que lui sur le sujet. Voilà pourquoi il veut qu'il vienne.

Je reste un instant silencieux, considérant la situation.

– Si Luis vient, je le tue, dis-je enfin. Je le jure devant Dieu, je le tue, je le massacre.

– Mince, Bateman, murmure McDermott, troublé. Quel amour de son prochain. Vraiment, tu es un sage.

– Nòn. Simplement… Je m'interromps, désarçonné, furieux. « Je suis juste… sensé. »

– Ce que je voudrais savoir, c'est si cela veut dire que Courtney vient aussi, répète-t-il.

– Dis à Hamlin d'inviter… Oh, merde, je n'en sais rien. Dis à Hamlin de dîner tout seul avec son mec du Texas. Je m'interromps, pensant soudain à quelque chose. « Une minute. Est-ce que cela signifie que Hamlin… *nous* invite ? Je veux dire, qu'il compte payer pour nous, puis que c'est un dîner d'affaires ? »

— Tu sais, quelquefois, je me dis que tu es drôlement malin, Bateman, déclare McDermott. D'autres fois, évidemment...

— Oh, merde, qu'est-ce que je raconte ? fais-je à voix haute, consterné. Nous pourrions très bien faire un dîner d'*affaires*, toi et moi. Bon Dieu. Je n'y vais pas. Voilà. Je n'y vais pas.

— Même si Luis ne vient *pas* ?

— Non. Négatif.

— Mais pourquoi ? gémit-il. Puisque nous avons *réservé* au 1500.

— Je... je dois... Il faut que je regarde le *Cosby Show*.

— Oh, *enregistre-le*, pour l'amour de Dieu, espèce de gland.

— Une seconde. (Je viens de penser à autre chose.) Crois-tu que Hamlin aura... un silence gêné... un peu de dope, peut-être... pour son Texan ?

— Et à quoi pense Bateman, exactement ? demande McDermott, le trou du cul patenté.

— Mmmmmm. Je pense. Je pense à ce que je t'ai dit.

— Ding-ding, votre temps est écoulé, fait McDermott d'une voix chantante, au bout d'un moment. Bon, on n'avance pas. *Évidemment*, Hamlin en aura.

— Appelle-le, passe-le en conversation à trois, fais-je en bredouillant, consultant ma Rolex. Magne. On peut peut-être le convaincre de venir au 1500.

— D'accord. Ne quitte pas.

J'entends quatre déclics, puis la voix de Hamlin :

— Bateman, est-ce qu'on peut porter des chaussettes à losanges avec un costume de ville ? – ce qui se veut une plaisanterie, mais ne m'amuse pas.

— Pas vraiment, Hamlin, réponds-je avec impatience, soupirant intérieurement, les paupières serrées. Trop sport. Ça jure avec un costume de ville. Tu peux en porter avec un costume sport. Du tweed, des trucs comme ça. Bien, alors ?

— Oui ? Merci, ajoute-t-il.

– Luis ne *peut pas* venir, dis-je. Et de rien, au fait.

– No 'blème. Le Texan ne vient pas non plus, de toute façon.

– Et pourquoi ?

– Eh, les *gars*, si on allait tous voir See Bee Jee Bees, hein, *paraît* que c'est genre New Wave. Tout un monde, ce type, explique Hamlin. On n'a pas encore l'aval financier, pour le Texan. Pas avant lundi. Il a fallu que je trouve rapidement un alibi, assez lourd, je dois dire, pour expliquer mon changement de programme. Un père malade. Un feu de forêt. Une excuse valable, quoi.

– Et *en quoi* cela nous débarrasse-t-il de Luis ? fais-je, soupçonneux.

– C'est *Luis* qui dîne avec le Texan, ce soir. Ça m'ôte une belle épine du pied. Et *moi*, je le vois lundi, chez Smith et Wollensky, dit Hamlin, très content de lui. Donc, tout baigne.

– Attends, fait McDermott d'une voix hésitante, est-ce que cela signifie que Courtney ne vient pas ?

– Nous allons manquer nos réservations au 1500, si ce n'est déjà fait, fais-je remarquer. En plus, tu y es allé hier soir, Hamlin, mmmm ?

– Ouais. Leur carpaccio est passable. Le roitelet est correct. Les sorbets, ça va. Mais allons plutôt ailleurs, et après, nous, euh, partirons à la chasse à la créature, hein ? Qu'en dites-vous, Messieurs ?

– Pas mal, dis-je, amusé de voir que, pour une fois, Hamlin a trouvé le bon plan. Mais que va en dire Cindy ?

– Cindy a une soirée de charité au Plaza, un truc comme ça…

– Au *Trump* Plaza, fais-je remarquer d'une voix absente, tout en ouvrant enfin la bouteille de Perrier.

– Ouais, au Trump Plaza. Une histoire d'arbres, à côté de la bibliothèque. De l'argent pour des arbres, ou des buissons quelconques, dit-il, incertain. Des plantes, peut-être. Ça me dépasse, ce genre de truc.

– Bon, on va où ? demande McDermott.

– Qui annule le 1500, déjà ? fais-je.

– Vas-y, dit McDermott.

– Non, toi, fais-le, dis-je d'une voix geignarde.

– Attendez, dit Hamlin. Il faut d'abord décider où l'on *va*.

– Objection retenue, fait McDermott d'un ton solennel.

– Il est absolument hors de question pour moi d'aller où que ce soit *ailleurs* que dans l'Upper West ou dans l'Upper East Side, dis-je.

– Au Bellini's ? suggère Hamlin.

– Négatif. On ne peut pas fumer le cigare, là-bas, répondons McDermott et moi, d'une même voix.

– Bon, on le raye, dit Hamlin. Au Gandango ?

– Ah, possible, possible, fais-je à mi-voix, réfléchissant. Trump y va.

– Au Zeus Bar ? fait l'un d'eux.

– Téléphone pour réserver, répond l'autre.

– Attendez, dis-je. Je réfléchis.

– Batemaaaaan… fait Hamlin, menaçant.

– Je pèse le pour et le contre, dis-je

– *Bateman*…

– Attends, laisse-moi peser une minute.

– Je suis vraiment trop énervé pour supporter ça maintenant, déclare McDermott.

– Et si on laissait tomber toutes ces conneries, si on se tapait tout simplement un Jap ? suggère Hamlin. Et *après*, on irait chasser la créature de rêve.

– Ça n'est pas une mauvaise idée, en fait, dis-je avec un haussement d'épaules. Plutôt bon plan.

– Qu'est-ce que tu veux faire, *toi, Bateman* ? s'enquiert McDermott.

– Je veux… dis-je, réfléchissant, à mille lieues de là.

– Oui… ? font-ils simultanément, attendant ma réponse.

– Je veux… réduire le visage d'une femme en bouillie, avec une grosse brique bien lourde.

– Mais *à part* ça ? demande Hamlin, gémissant d'impatience.

– Bon, très bien, dis-je, me reprenant. Au Zeus Bar.

– Tu en es sûr ? C'est bien vrai ? Le Zeus Bar ? fait Hamlin, plein d'espoir.

– Écoutez, les gars, je commence à n'en *plus* pouvoir, déclare McDermott. Bon, au Zeus Bar. Point à la ligne.

– Ne quittez pas, dit Hamlin. Je vais téléphoner pour réserver. Il coupe la communication. McDermott et moi restons en attente. Un long silence s'installe.

– Tu sais, dis-je enfin, ça risque fort d'être impossible de réserver là-bas.

– On devrait peut-être aller au M.K. Ça plairait sans doute au Texan.

– Mais McDermott, le Texan ne *vient pas*, fais-je remarquer.

– De toutes façons, je ne peux pas aller au M.K., dit-il sans écouter, et sans donner de raison.

– Ça te regarde, je ne veux pas savoir pourquoi.

Deux minutes encore s'écoulent. Nous attendons Hamlin.

– Mais qu'est-ce qu'il fout ? fais-je, juste comme résonne la tonalité d'attente de mon téléphone.

McDermott aussi l'a entendue. « Tu prends l'appel ? » demande-t-il.

Je réfléchis. De nouveau, la tonalité se fait entendre. Gémissant, je dis à McDermott de ne pas quitter. C'est Jeanette. Elle a l'air fatiguée, déprimée. Ne souhaitant pas reprendre l'autre ligne pour l'instant, je lui demande ce qu'elle a fait hier soir.

– Après que tu ne sois pas venu au rendez-vous ? demande-t-elle.

– Euh… Ouais.

– Nous avons fini au Palladium. Un désert. Ils laissaient entrer les gens gratuitement. (Un soupir.) On a vu peut-être trois, quatre personnes.

– Que vous connaissiez ? fais-je, plein d'espoir.

– Non. *Dans tout le club*, fait-elle avec amertume.

– Je suis navré, dis-je enfin. J'ai dû... J'avais des cassettes vidéo à rapporter... Tu sais, j'aurais *vraiment* aimé pouvoir te retrouver, dis-je, comme elle reste silencieuse.

– Je n'ai plus envie d'entendre parler de ça, fait-elle, me coupant la parole. Qu'est-ce que tu fais, ce soir ?

Je reste un instant silencieux, réfléchissant, avant d'avouer: « Je vais au Zeus Bar, à neuf heures. Avec Hamlin. » Puis, sans grande conviction: Tu veux nous retrouver là-bas ?

– Je ne sais pas, soupire-t-elle. Ça te dirait ? demande-t-elle d'une voix dure.

– Es-tu absolument obligée de prendre des airs de martyr ? fais-je.

Elle me raccroche au nez. Je reprends l'autre ligne.

– Bateman, Bateman, Bateman, fait sans cesse Hamlin, d'une voix monocorde.

– Je suis là. Tu peux la boucler.

– On continue à perdre du temps ? demande McDermott. Bon, on décide quelque chose.

– Moi, j'ai décidé que je ferais bien un petit golf, dis-je. Cela fait longtemps que je n'ai pas tenu une canne.

– Ta canne, tu te la mets quelque part, Bateman, dit Hamlin. Nous avons une réservation au Kaktus pour neuf heures...

– *Et* une autre à annuler au 1500 dans, mmmmm, voyons... il y a vingt minutes de cela, Bateman, dit McDermott.

– Oh, merde, Craig, *Vas-y,* annule-la, *tout de suite*, dis-je d'un ton las.

– Dieu, que je hais le golf, déclare Hamlin, frissonnant.

– *Toi*, annule-la, fait McDermott en riant.

– Elle est à quel nom ? m'enquiers-je, élevant le ton, sans plaisanter.

Une pause. « Carruthers », répond enfin McDermott d'une voix faible.

Hamlin et moi éclatons de rire.

– Vraiment ? fais-je.

– Il n'y avait pas de place au Zeus Bar, dit Hamlin. Alors, ce sera le Kaktus.

– Chouette, fais-je, abattu. Enfin, j'imagine.

– Allez, remets-toi, glousse Hamlin.

De nouveau, résonne ma tonalité d'attente, et avant même que je sache si je vais prendre l'appel ou non, Hamlin prend la décision à ma place, déclarant: Bon, écoutez, les gars, si vous ne voulez pas aller au Kaktus…

– Attendez, j'ai un appel, dis-je. Ne quittez pas.

C'est Jeanette, en larmes. « Tu es vraiment capable de tout, sanglote-t-elle. Dis-moi, y a-t-il une seule chose dont tu ne sois *pas* capable ? »

– Jeanette, mon bébé, fais-je d'une voix apaisante, écoute, je t'en prie. Nous serons au Zeus Bar à dix heures. D'accord ?

– Patrick, je t'en prie, fait-elle, implorante. Ça va. Je voudrais juste parler…

– On se voit à neuf heures, dix heures, quand tu voudras. Il faut que je te laisse. J'ai Hamlin et McDermott sur l'autre ligne.

– D'accord. Elle renifle, s'éclaircit la gorge, reprend contenance. « On se voit là-bas. Je suis vraiment déso… »

Je repasse sur l'autre ligne. Il n'y a plus que McDermott.

– Où est passé Hamlin ?

– Il a raccroché. Il nous retrouve à neuf heures.

– Super, fais-je entre mes dents. Content que ce soit résolu.

– Qui était-ce ?

– Jeanette.

Un léger déclic, puis un autre.

– C'est chez toi, ou chez moi ? demande McDermott.

– Chez toi, je crois.

– Ne quitte pas.

J'attends, arpentant la cuisine avec impatience. La voix de McDermott, de nouveau.

– C'est Van Patten, dit-il. Je le passe en conversation à trois. Clic-clic-clic-clic.

– Salut, Bateman, s'écrie Van Patten. Salut, *mon pote*.

– Ciel, Mr. Manhattan, fais-je. Je reconnais votre voix.

– Dis donc, comment porte-t-on une ceinture de smoking ?

– J'ai déjà répondu deux fois à cette question, aujourd'hui, fais-je, agressif.

Tous deux commencent à discuter pour savoir si Van Patten aura ou n'aura pas le temps d'être au Kaktus pour neuf heures et, cessant de prêter attention aux voix qui résonnent dans le téléphone sans fil, je commence à observer, avec un intérêt croissant, le rat que j'ai acheté – j'ai toujours le mutant qui a surgi de la cuvette des toilettes –, dans sa cage de verre toute neuve posée sur la table de la cuisine, coincé au milieu du circuit Habitrail, essayant de hisser son corps rongé par l'acide, pour atteindre le petit abreuvoir que j'ai rempli ce matin d'eau d'Évian empoisonnée. La scène est trop pitoyable, ou pas assez. J'ai du mal à savoir. La tonalité d'attente me tire de cette rêverie imbécile, et je dis à Van Patten et McDermott de ne pas quitter.

Je passe sur l'autre ligne, fais une pause, et annonce: Vous êtes bien au domicile de Patrick Bateman. Veuillez laisser un message après…

– Oh, pour l'amour de Dieu, Patrick, *grandis* un peu, gémit Evelyn. *Arrête* avec ce genre de truc. Pourquoi t'obstines-tu à faire ça ? Tu crois vraiment que ça mène quelque part ?

– Quelque part ? fais-je d'une voix innocente. À me protéger, peut-être ?

– À me torturer, oui, dit-elle, boudeuse.

– Ma chérie.

– Oui ? renifle-t-elle.

– Tu ne sais pas ce qu'est la torture. Tu ne sais pas de quoi tu parles. Vraiment, tu ne sais pas de quoi tu parles.

– Je n'ai pas envie de parler de ça. C'est fini. Bien, qu'est-ce que tu fais pour dîner, ce soir ? (Sa voix se fait plus douce.) Je me disais qu'on pourrait peut-être dîner au TDK, vers, oh, neuf heures, genre ?

— Ce soir, je dîne au Harvard Club, *seul*.

— Oh, ne sois pas idiot. Je sais bien que tu dînes au Kaktus avec Hamlin et McDermott.

— Et *comment* sais-tu cela ? fais-je, me moquant d'avoir été surpris en flagrant délit de mensonge. De toute façon, c'est au Zeus, pas au Kaktus.

— Je le sais parce que je viens de parler à Cindy.

— Je croyais que Cindy devait aller à cette soirée de charité pour des plantes ou des arbres.

— Non non non, fait Evelyn. C'est la semaine *prochaine*. Tu as envie d'y assister ?

— Ne quitte pas.

Je reviens en ligne avec Craig et Van Patten.

— Bateman ? fait Van Patten. Mais qu'est-ce que tu *fous* ?

— Comment Cindy sait-elle que nous dînons au Kaktus ? fais-je.

— C'est peut-être Hamlin qui le lui a dit ? suggère McDermott. Je ne sais pas. Pourquoi ?

— Parce que maintenant, *Evelyn* est au courant, dis-je.

— Mais quand ce putain de Wolfgang Puck va-t-il se décider à ouvrir un restaurant dans cette putain de ville ? nous demande Van Patten.

— Van Patten a attaqué son troisième pack de Foster's, ou il en est encore au premier ? fais-je à l'adresse de McDermott.

— En fait, la question, c'est de savoir si on accepte les femmes ou pas. C'est bien ça ? demande McDermott.

— Tout cela est en train de tourner en eau de boudin, à la vitesse grand V. C'est tout ce que j'ai à dire.

— Est-ce qu'on invite Evelyn ? demande McDermott. C'est ça que tu voudrais savoir ?

— Non, on n'invite *pas* Evelyn.

— Ah bon, parce que je voulais venir avec Elizabeth, dit Van Patten d'une voix timide (ou pseudo-timide).

— Non. Pas de bonnes femmes, dis-je.

– Quel est le problème, avec Elizabeth ? demande Van Patten.

– Ouais, quel est le problème ? fait McDermott en écho.

– Elle est idiote. Non, elle est intelligente. J'en sais rien. Ne l'invite pas.

Un silence, puis la voix de Van Patten: Je sens que ça devient très bizarre, tout cela.

– Bon, si on n'invite pas Elizabeth, pourquoi pas Sylvia Josephs ? suggère McDermott.

– Naaahhh, trop vieille, plus bonne à baiser, déclare Van Patten.

– Pfffff, mais elle a vingt-trois ans, dit McDermott.

– Vingt-*huit*, fais-je.

– Vraiment ? dit McDermott, troublé, après un silence.

– Oui, dis-je. *Vraiment*.

– Oh, fait McDermott. C'est tout ce qu'il lui reste à dire.

– Et merde, j'avais oublié, fais-je, me frappant le front. J'ai invité Jeanette.

– Ah, voilà le genre de créature que j'*inviterais* volontiers, moi aussi, déclare Van Patten d'une voix égrillarde.

– Mais qu'est-ce qu'une nana jeune, mignonne, comme Jeanette, fait avec un type comme toi ? demande McDermott. *Pourquoi* supporte-t-elle un type comme toi, Bateman ?

– Je la couvre de cashmere. Je ne lésine pas sur le cashmere, dis-je à mi-voix. Il faut que je la rappelle pour lui dire de ne pas venir.

– Tu n'oublies pas quelque chose ? demande McDermott.

– Quoi ? fais-je, perdu dans mes pensées.

– Genre, Evelyn sur l'autre ligne ?

– Oh, merde. Ne quittez pas.

– Je me demande pourquoi je perds mon temps avec tout ça, entends-je soupirer McDermott.

– Amène Evelyn ! me crie Van Patten. Après tout, c'est une nana. Dis-lui de nous retrouver au Zeus Bar à neuf heures et demie !

– D'accord, d'accord, fais-je, avant de passer sur l'autre ligne.

– Je n'apprécie pas du tout cela, Patrick, dit Evelyn.

– Bon, on se retrouve au Zeus Bar, à neuf heures et demie ?

– Je peux venir avec Stash et Vanden ? demande-t-elle ingénument.

– Vanden, c'est la fille avec un tatouage ? m'enquiers-je, tout aussi ingénument.

– Non, soupire-t-elle. Elle n'a pas de tatouage.

– À dégager, à dégager.

– Oh, *Patrick*, gémit-elle.

– Écoute, tu as déjà de la chance d'être invitée, alors ne vas pas… ma voix s'éteint.

Un silence, plutôt agréable.

– Allez, on se retrouve là-bas, dis-je. Je suis désolé.

– Ça va, ça va, dit-elle, résignée. À neuf heures et demie.

Je repasse sur l'autre ligne, interrompant Van Patten et McDermott, qui sont en train de débattre pour savoir s'il convient de porter un costume bleu de la même manière qu'un blazer bleu marine.

– Allo ? fais-je. Silence. Est-ce que tout le monde m'écoute, avec une totale attention ?

– Mais oui, mais oui, soupire Van Patten d'une voix lasse.

– J'appelle Cindy, pour qu'elle persuade Evelyn de ne pas venir dîner avec nous.

– Mais bon Dieu, pourquoi as-tu invité Evelyn, alors ? demande l'un d'eux.

– C'est vrai, on plaisantait, espèce d'*idiot*, renchérit l'autre.

– Euh, c'est une bonne question, fais-je, balbutiant. Euh, ne, ne quittez pas.

Je compose le numéro de Cindy, que j'ai trouvé dans mon Rolodex. Elle filtre l'appel, puis répond.

– Salut, Patrick.

– Dis-moi, Cindy, j'ai un service à te demander.

– Hamlin ne dîne pas avec vous, les enfants, dit-elle. Il a essayé de vous rappeler, mais toutes vos lignes étaient occupées. Vous n'avez pas de ligne d'attente, chez vous ?

– Évidemment, qu'on en a. Tu nous prends pour quoi, pour des sauvages ?

– Hamlin ne vient pas, répète-t-elle d'une voix brève.

– Qu'est-ce qu'il fait ? Il graisse ses Top Siders ?

– Il sort avec *moi*, cher Mr. Bateman.

– Mais ton… euh… ta vente de charité ?

– Hamlin a confondu les dates.

– Gourde, fais-je.

– Oui ?

– Espèce de gourde, tu sors avec un trou du cul, dis-je avec suavité.

– Merci, Patrick, c'est gentil à toi.

– Espèce de gourde, tu sors avec la plus belle tête de nœud de New York.

– Tu ne m'apprends rien que je ne sache, baille-t-elle.

– Pauvre gourde, tu sors avec une tête de nœud pourrie, pourrie.

– Sais-tu que Hamlin possède chez lui six postes de télé et sept magnétoscopes ?

– Est-ce qu'il se sert parfois de la machine à ramer que je lui ai donnée ? m'enquiers-je sérieusement.

– Elle est comme neuve, dit-elle. Jamais utilisée.

– Pauvre gourde, c'est une tête de nœud.

– Tu veux bien arrêter de me traiter de gourde ? fait-elle, agacée.

– Écoute, Cindy, si tu avais le choix entre lire *Women's Wear* ou… Je m'interromps, ne sachant pas trop ce que je voulais dire. « Dis-moi, il y a un plan quelconque, ce soir ? Un plan pas trop… usant ? »

– Qu'est-ce que tu veux, Patrick ? soupire-t-elle.

– Juste un peu de paix, d'amour, d'amitié, de compréhension, dis-je d'une voix morne.

– Qu'est-ce-que-tu-veux ?

– Pourquoi ne viendriez-vous pas tous les deux ?

– Nous avons d'autres projets.

– Mais c'est Hamlin qui a fait ces putains de réservations, fais-je, scandalisé.

– Eh bien, vous n'avez qu'à en profiter, *vous*.

– Pourquoi ne veux-tu pas venir ? fais-je d'une voix lascive. Tu n'as qu'à déposer l'autre tête de nœud chez Juanita, un truc comme ça.

– Je crois que je vais me passer de dîner, dit-elle. Tu m'excuseras auprès des autres.

– Mais nous allons au Kaktus, euh, je veux dire au Zeus… Non, au Kaktus, fais-je, perdu.

– Vraiment, c'est *là* que vous allez ? fait-elle.

– Pourquoi ?

– N'importe qui d'un peu sensé te dira que ce n'est plus du tout un endroit où l'on peut dîner.

– Mais c'est Hamlin qui a fait ces putains de réservations !

– *Là* ? fait-elle, stupéfaite.

– Il y a des heures de cela !

– Bon, écoute, je suis en train de m'habiller.

– Je n'aime pas du tout, du tout cela, dis-je.

– Ne t'en fais pas, dit-elle, et elle raccroche.

Je reviens sur l'autre ligne.

– Écoute, Bateman, je sais que ça semble impossible, mais les choses se compliquent sérieusement, dit McDermott.

– Je ne suis pas d'accord pour un Mexicain, déclare Van Patten.

– Attendez, il n'était pas question de Mexicain, n'est-ce pas ? fais-je. Ou bien je n'ai rien compris ? Nous n'allons pas au Zeus Bar ?

– Non, crétin, crache McDermott. Il n'y avait pas de place au Zeus. C'est au Kaktus que nous allons. Au Kaktus, à neuf heures.

– Mais je n'ai pas envie de manger mexicain, répète Van Patten.

– Mais Van Patten, c'est *toi-même* qui a fait les réservations, gueule McDermott.

– Moi non plus, je n'ai pas envie, dis-je soudain. Pourquoi un Mexicain ?

– Mais ça n'est pas un Mexicain *mexicain*, dit McDermott, exaspéré. On appelle ça la nouvelle cuisine mexicaine, à base de tapas, ou de choses comme ça, la cuisine du sud. Enfin, un truc dans ce genre. Ne quittez pas. J'ai un appel.

Il passe sur l'autre ligne, nous laissant seuls, Van Patten et moi.

– Bateman, soupire-t-il, je sens que mon euphorie est en train de retomber à toute vitesse.

– Qu'est-ce que tu veux dire ? fais-je, essayant de me rappeler où j'ai dit à Jeanette et à Evelyn de nous retrouver.

– Et si on réservait ailleurs ? suggère-t-il.

Je réfléchis. « Où ? » fais-je, soupçonneux.

– Au 1969, dit-il d'une voix tentatrice. Mmmmmm ? Au 1969 ?

– L'idée me plaît *bien*, dois-je admettre.

– Qu'est-ce qu'on fait ?

Je réfléchis. « Vas-y, réserve. Vite. »

– D'accord. Pour trois ? Cinq ? Combien ?

– Cinq ou six, je pense.

– Okay. Ne quitte pas.

À l'instant où il coupe, McDermott revient en ligne.

– Où est Van Patten ? s'enquiert-il.

– Il… Il est allé pisser.

– Pourquoi ne veux-tu pas aller au Kaktus ?

– Parce que je suis en pleine crise de panique existentielle, mens-je.

– Pour *toi*, c'est peut-être une raison valable, mais pas pour *moi*.

– Allo ? fait Van Patten, nous rejoignant. Bateman ?

– Alors ? fais-je. McDermott est revenu.

– Mmm-mmm. Zéro.

– Eh merde.

– Qu'est-ce qui se passe ? demande McDermott.

– Alors, les enfants, ça vous dit, un petit margarita ? demande Van Patten. Ou alors, pas de margarita ?

– Moi, un margarita, ça m'irait assez, dit McDermott.

– Bateman ?

– Je préférerais quelques bonnes bières, *non* mexicaines, si possible, dis-je.

– Oh, merde, encore un appel, dit McDermott. Ne quittez pas. Il disparaît.

Si je ne me trompe pas, il est à présent huit heures et demie.

Une heure plus tard. Nous sommes toujours en train de discuter. Nous avons annulé la réservation au Kaktus, mais peut-être l'un de nous l'a-t-il reconfirmée après. Perturbé, j'ai appelé le Zeus Bar pour annuler une réservation qui n'existait pas. Jeanette n'est plus chez elle, et je ne peux pas la joindre, car je n'ai pas la moindre idée du restaurant où elle est allée, pas plus que je ne me rappelle celui auquel j'ai dit à Evelyn de nous retrouver. Van Patten, qui entretemps a pris deux grands verres d'Absolut, me parle du détective Kimball, me demandant de quoi nous avons discuté, et tout ce dont je me souvienne, en fait, c'est d'une vague histoire de gens qui disparaissent dans des crevasses.

– Et *toi*, tu as parlé avec lui ? m'enquiers-je.

– Ouais, ouais.

– Qu'est-ce qu'il t'a dit, à propos de Owen ?

– Il m'a dit qu'il avait disparu, qu'il s'était volatilisé, pouf, comme ça. (Je l'entends ouvrir la porte d'un réfrigérateur.) Aucune trace, rien. Les autorités restent le bec dans l'eau.

– Ouais, dis-je. Cette histoire me perturbe terriblement.

– Ben oui, Owen était… Je ne sais pas, dit-il. (J'entends le bruit d'une bière qu'on ouvre.)

– Que lui as-tu dit d'autre, Van Patten ?

– Oh, les trucs habituels, soupire-t-il. Qu'il portait des cravates jaunes et rouge-marron. Qu'il déjeunait au '21. Qu'en fait, il n'était pas arbitragiste, comme le pensait Kimble, mais spécialiste en fusions. Enfin, rien de très particulier. (Je l'entends presque hausser les épaules.)

– Et quoi d'autre ?

– Voyons… Qu'il ne portait pas de bretelles. Qu'il était fidèle aux ceintures. Qu'il avait arrêté la coke et la bière mexicaine. Enfin, tu sais bien, Bateman…

– C'était un crétin, dis-je. Et maintenant, il est à Londres.

– Mon Dieu, murmure-t-il, l'honnête homme se fait *vraiment* rare, de nos jours.

Retour de McDermott. « Bien. *Où* va-t-on, à présent ? »

– Quelle heure est-il ? demande Van Patten.

– Neuf heures et demie, répondons-nous d'une même voix.

– Attends, on en est où, avec le 1969 ? fais-je, m'adressant à Van Patten.

– Comment cela, le 1969 ? fait McDermott, qui ne comprend rien.

– Je ne me souviens pas, dis-je.

– Fermé. Pas de réservation, me rappelle Van Patten.

– On ne peut pas se rabattre sur le 1500 ?

– Maintenant, le 1500 est *fermé*, crie McDermott. Les cuisines sont *fermées*. Le restaurant est *fermé*. Terminé. On est *obligés* d'aller au Kaktus.

Silence sur la ligne.

– Allo ? Allo ? Vous êtes là, les gars ? braille-t-il, perdant pied.

– Quelle énergie, quelle vitalité, déclare Van Patten.

Je ris.

– Si ça vous amuse… fait McDermott.

– Bon, d'accord. Et alors ? Qu'est-ce que tu comptes faire ? m'enquiers-je.

– Mes petits gars, j'avoue ressentir une certaine angoisse de l'échec, au niveau de la réservation d'une table avant, genre, minuit.

– Tu es sûr, pour le 1500 ?

– C'est une question *oiseuse* ! hurle McDermott. Pourquoi cela ? me diras-tu. Par-ce-qu'ils-sont-*fermés*. Et-parce-qu'ils-sont-fermés-ils-ne-*prennent-plus-de-réservations* ! Est-ce que tu me suis ?

– Hé, on se calme, ma puce, fait Van Patten, décontracté. Nous irons au Kaktus.

– Nous avons une table là-bas pour… il y a dix, non, quinze minutes, déclare McDermott.

– Mais je croyais l'avoir annulée, dis-je, reprenant un Xanax.

– J'ai reconfirmé, dit McDermott.

– Tu es irremplaçable, dis-je d'une voix monocorde.

– Moi, je peux y être pour dix heures, dit-il.

– Le temps que je passe au distributeur, je peux y être pour dix heures et quart, dit Van Patten, lentement, calculant le temps qu'il lui faudra.

– Est-ce que par hasard quelqu'un se rend compte que Jeanette et Evelyn doivent nous retrouver au Zeus Bar, alors que nous n'avons *pas* réservé ? Cela vous a-t-il traversé l'esprit une seconde ? fais-je, sans illusion.

– Mais le Zeus est fermé. Et de toute façon, nous avons téléphoné pour annuler une table que nous *n'avions même pas réservée*, dit McDermott, essayant de garder son calme.

– Mais je crois bien avoir dit à Jeanette et à Evelyn de nous retrouver là-bas, dis-je, les doigts sur les lèvres, horrifié.

Un silence. « Tu cherches les ennuis ? demande McDermott. Tu tiens absolument à te fourrer dans le pétrin, ou quoi ? »

– J'ai un appel, dis-je. Bon Dieu. Quelle heure est-il ? J'ai un appel.

– Ce doit être une des filles, déclare Van Patten avec allégresse.

– Ne quittez pas, dis-je, la voix rauque.

– Bonne chance, entends-je dire Van Patten, avant de couper.

– Bonjour, fais-je d'une petite voix, vous êtes bien au domi…

– C'est *moi*, crie Evelyn, presque inaudible dans le vacarme.

– Oh, salut, dis-je, l'air de rien. Qu'est-ce qui se passe ?

– Patrick, qu'est-ce que tu fais à la maison ?

– Mais *où* es-tu ? m'enquiers-je avec bonne humeur.

– Je-suis-au-Kaktus, siffle-t-elle.

– Mais *qu'est-ce* que tu fais là-bas ?

– Tu m'as dit qu'on s'y retrouvait, voilà ce que je fais là-bas. J'ai confirmé la réservation.

– Oh, mon Dieu, je suis navré. J'ai oublié de te dire.

– Oublié-de-me-dire-*quoi* ?

– De te dire que nous ne… (J'avale ma salive)… que nous n'allons pas là, finalement. Je ferme les yeux.

– Et-qui-est-cette-Jeanette ? siffle-t-elle, très calme.

– Enfin, vous ne vous amusez pas ? fais-je, ignorant la question.

– Non-on-ne-s'amuse-pas.

– Pourquoi ? Nous arrivons… bientôt.

– Pourquoi ? Parce que cette situation semble plutôt… je ne sais pas… *déplacée*, peut-être ? hurle-t-elle.

– Écoute, je te rappelle tout de suite, dis-je, prêt à faire semblant de noter le numéro.

– Tu ne pourras pas, dit Evelyn d'une voix basse, tendue.

– Pourquoi ? La grève du téléphone est terminée, dis-je, essayant de plaisanter.

– Parce-que-Jeanette-est-derrière-moi-et-va-s'en-servir.

Long, très long silence de ma part.

– Patrick ?

– Evelyn. Ne t'énerve pas. Je pars tout de suite. Nous serons tous là dans très peu de temps. C'est promis.

– Oh, mon Dieu…

Je repasse sur l'autre ligne.

– Les gars, quelqu'un a merdé. Moi, j'ai merdé. Ou vous.

Je ne sais pas, dis-je, en proie à la panique.

– Qu'est-ce qui ne va pas ? demande l'un d'eux.

– Jeanette et Evelyn sont au Kaktus.

– Ça n'est pas vrai... Van Patten hurle de rire.

– Vous savez, les gars, je suis parfaitement capable d'enfoncer à coups répétés un tuyau de plomb dans un vagin, leur dis-je, ajoutant, après un silence que je crois dû à une prise de conscience aiguë et soudaine de ma profonde cruauté: Mais je ne le ferais pas sans compassion.

– Nous savons tout de *ton* tuyau de plomb, Bateman, fait McDermott. Arrête de te vanter.

– Il est en train de nous expliquer qu'il a une grosse queue, ou quoi ? demande Van Patten à Craig.

– Bah, je ne sais pas trop, répond McDermott. C'est ce que tu essaies de nous dire, Bateman ?

J'hésite avant de répondre. « C'est... enfin, non, pas exactement. » J'entends résonner la tonalité d'attente de mon autre ligne.

– Parfait, je peux enfin être officiellement jaloux, fait McDermott, plein d'esprit. Bon, on va *où* ? La vache, quelle heure est-il ?

– Ça n'a pas grande importance. De toute façon, j'ai la tête complètement engourdie, dis-je, affamé, mangeant des céréales – son et avoine – à même la boîte. De nouveau, la tonalité d'attente.

– On peut peut-être trouver de la dope.

– Appelle Hamlin.

– Mais enfin, dans cette ville, on ne peut pas entrer dans un lavabo sans en sortir avec un gramme, alors pas de panique.

– Vous avez entendu parler du contrat Bell South ?

– Demain matin, il y a Spuds McKenzie, au *Patty Winters Show*.

UNE FILLE

Un vendredi soir. Autre fille, rencontrée au M.K., que je projette de torturer et de filmer. Celle-ci restera anonyme. Elle est assise sur le divan, dans mon salon. Une bouteille de champagne à moitié vide, du Cristal, est posée sur la table de verre. Je presse les touches du Wurlitzer, et il s'éclaire, des numéros s'allument. « Quelle est cette… cette odeur ? » demande-t-elle enfin, et je réponds: « Un rat… un rat crevé », avant d'ouvrir les fenêtres et la porte vitrée qui donne sur la terrasse, bien que la nuit soit fraîche (nous sommes à la mi-automne) et qu'elle soit vêtue trop légèrement. Elle prend un autre verre de Cristal, ce qui semble la réchauffer un peu, assez pour qu'elle parvienne à me demander comment je gagne ma vie. Je lui dis que je suis allé à Harvard, puis que j'ai commencé à travailler chez Pierce & Pierce, après avoir obtenu mon diplôme de Commerce et, quand elle demande, soit perplexe, soit pour plaisanter, « Pierce & Pierce ? », j'avale ma salive et, lui tournant le dos, redressant le nouveau Onica, trouve la force de répondre: « Un magasin de chaussures. » J'ai pris une ligne de coke, que j'ai trouvée dans mon armoire à pharmacie en rentrant, tout à l'heure, et le Cristal en atténue un peu l'effet, mais à peine. Ce matin, le *Patty Winters Show* était consacré à une machine qui permet de communiquer avec les morts. La fille porte un ensemble de laine, un chemisier en crêpe georgette, des boucles d'oreilles Stephen Dweck en agate et ivoire et un gilet de soie jacquard, le tout… mmmmm. Charivari, je pense.

Dans la chambre. Nue, le corps huilé, elle me suce la queue, tandis que je me tiens debout devant elle, puis je me mets à la gifler avec, la tenant par les cheveux et la traitant d'«ordure de pute», ce qui semble l'exciter plus encore, et tout en me suçant vaguement, elle commence à se doigter le clito, avant de me lécher les couilles, me demandant: « Tu aimes ça ? », ce à quoi je réponds « Ouais, ouais », haletant. Elle a les seins haut placés, épanouis, fermes, les mamelons bien raides, et tandis qu'elle s'étouffe sur ma queue, que je lui fourre brutalement dans la bouche, je me penche pour les presser dans mes mains puis, tout en la baisant, après lui avoir enfoncé dans le cul un godemiché que j'ai attaché avec une courroie, je commence à les lui griffer, et elle me demande d'arrêter. En début de soirée, j'étais avec Jeanette dans un nouveau restaurant piémontais extrêmement cher de l'Upper East Side, non loin de Central Park. En milieu de soirée, je portais un costume Edward Sexton, et pensais tristement à notre maison de famille de Newport. Au début de la nuit, après avoir déposé Jeanette, je m'arrêtais au M.K., où se tenait une soirée de souscription, plus ou moins liée à Dan Quayle, que même *moi* je n'aime pas. Au M.K., la fille que je suis en train de baiser m'a sauté dessus, carrément, sur un canapé du premier étage où j'attendais pour jouer au billard. « Oh, mon Dieu », dit-elle. Excité, je la gifle, puis lui donne un petit coup de poing sur la bouche, puis l'embrasse, lui mordant les lèvres. La peur l'envahit, la terreur, l'incompréhension. La courroie se casse et le godemiché s'échappe de son cul tandis qu'elle tente de me repousser. Je roule sur le lit, faisant semblant de la laisser filer puis, tandis qu'elle ramasse ses vêtements, en maugréant, me traitant de « pauvre cinglé », je bondis sur elle, tel un chacal, l'écume aux lèvres. Elle se met à pleurer, sanglotant des excuses, hystérique, me suppliant de ne pas lui faire de mal, ruisselante de larmes et couvrant ses seins d'une main pudique. Mais ses sanglots eux-mêmes ne parviennent pas à m'exciter. Je n'éprouve pas grand plaisir à l'asperger de gaz asphyxiant, et moins encore lorsque je l'assomme en lui frappant la tête contre le mur à cinq ou six reprises, y laissant une petite tache où quelques cheveux restent collés. Elle tombe à terre, inconsciente, et je me dirige vers la salle de bains pour prendre une nouvelle ligne de coke, celle que j'ai achetée l'autre soir au Nell's ou au Bar, et qui se révèle médiocre. J'entends un téléphone sonner, un répondeur qui se déclenche. Je me penche vers le miroir, ignorant le message, négligeant même de vérifier de qui il s'agit.

Plus tard. Comme il se doit, elle est au sol, nue, sur le dos, les mains et les pieds attachés à des piliers de fortune fixés sur des planches retenues par des poids. Ses mains sont criblées de clous, ses cuisses écartées au maximum. Son cul est appuyé sur un coussin, et elle a du fromage, du brie, beurré sur son vagin ouvert, et même à l'intérieur. Elle vient à peine de reprendre ses esprits et, en me voyant, debout au-dessus d'elle, virtuellement inhumain, j'imagine bien quel sentiment d'horreur inconcevable elle doit ressentir. J'ai installé le corps devant le nouveau récepteur de télé Toshiba, mis une vieille cassette dans le magnétoscope, et l'on voit sur l'écran le dernier film que j'aie tourné. Je porte un costume Joseph Abboud, une cravate Paul Stuart, des chaussures J. Crew, un gilet italien, je ne sais plus de qui, et je suis à genoux sur le sol à côté d'un cadavre, en train de manger goulûment le cerveau de la fille, étalant de la moutarde Grey-Poupon sur de gros morceaux de viande rose et charnue.

– Tu vois ? fais-je, chuchotant à l'oreille de la fille (pas celle qui est sur l'écran, l'autre). Tu vois ça ? Tu regardes bien ?

Je prends la perceuse électrique, essayant de la lui enfoncer dans la bouche, mais elle est encore trop consciente et trouve la force de serrer les dents, de bloquer les mâchoires et, bien que la mèche traverse rapidement ses dents, cela ne parvient pas à me captiver et, lui soutenant la tête, le sang ruisselant de sa bouche, je la force à regarder le reste de la cassette. Et tandis que, sur l'écran, la fille saigne par tous les trous imaginables, j'espère qu'elle se rend compte que cela devait lui arriver, de toutes façons. Qu'elle devait finir ici, allongée par terre, dans mon appartement, les mains clouées à des poteaux, le con rempli de fromage et de bouts de verre, la tête fracassée et couverte de sang, quelque autre choix eût-elle fait; que si elle était allée au Nell's, ou à l'Indochine, ou au Mars, ou au Bar, au lieu du M.K., si simplement elle n'avait pas pris ce taxi avec moi jusqu'à l'Upper West Side, tout ceci lui serait néanmoins arrivé. *Je l'aurais trouvée.* C'est ainsi que tourne le monde. Je décide de laisser tomber la caméra, pour ce soir.

J'essaye de lui fourrer dans le vagin un des tubes de plastique du circuit Habitrail, que j'ai démonté, écartant les lèvres de son sexe autour de l'embout et, bien que je l'aie généreusement enduit d'huile d'olive, j'ai des difficultés à l'assujettir correctement. Le juke-box diffuse *The Worst That Could Happen,* par Frankie Valli, et je fais claquer mes lèvres en mesure, avec un sourire sardonique, tout en enfonçant le tube transparent dans le con de cette salope. Je dois finalement me résoudre à lui verser un peu d'acide sur la chatte, de manière à ce que la chair laisse pénétrer l'embout lubrifié du tube, et bientôt il glisse à l'intérieur, sans difficulté. « J'espère que ça fait mal », dis-je.

Le rat se jette contre la cage de verre, tandis que je le transporte de la cuisine au salon. Il a refusé de manger ce qui restait de l'autre rat, celui que j'avais acheté la semaine dernière, pour jouer avec, et qui pourrit dans un coin de la cage. Depuis cinq jours, je l'affame, à dessein. Je dépose la cage de verre à côté de la fille et, à cause de l'odeur du fromage, peut-être, le rat semble soudain pris de folie, tournant en rond à toute vitesse, piaillant, avant de tenter de se hisser, affaibli par la faim, par-dessus le bord de la cage. Je n'ai guère besoin de l'aiguillonner, et le cintre que je comptais utiliser demeure posé à côté de moi. Animé d'une énergie nouvelle (la fille est toujours consciente), il se précipite dans le tube, son corps disparaissant à moitié et, au bout d'une minute – je vois son corps de rat agité de petites secousses, tandis qu'il mange – il disparaît complètement, à part la queue, et je retire brutalement le tube, piégeant l'animal. La fille émet des sons à peu près incompréhensibles.

Déjà, je sens que cette mort, une fois de plus, sera vaine, absurde, mais je suis habitué à l'horreur. L'horreur est comme distillée, même en cet instant, elle ne parvient pas à me bouleverser, à me troubler. Bon, je ne vais pas me lamenter et, afin de me le prouver, après avoir regardé pendant une minute ou deux le rat qui bouge sous le bas-ventre de la fille, et m'être assuré qu'elle était toujours consciente – elle secoue la tête de douleur, les yeux agrandis de terreur et d'incompréhension –, je prends une tronçonneuse et la coupe en deux, en quelques secondes. Les dents vrombissantes traversent la peau et les muscles et les tendons et les os, si vite qu'elle demeure vivante assez longtemps pour me voir lui séparer les jambes du corps – arrachant les cuisses de ce qui reste de son vagin mutilé – et les brandir devant moi, presque comme des trophées, crachant le sang. Ses yeux demeurent encore ouverts une minute, hagards, éperdus, puis se ferment et, avant qu'elle ne meure, je lui enfonce une lame de couteau dans le nez, gratuitement, jusqu'à ce qu'elle ressorte par le front, déchirant les chairs, puis lui coupe tout le menton. Il ne lui reste plus qu'une demi-bouche, que je baise une fois, deux fois, trois fois en tout. Me souciant peu de vérifier si elle respire encore ou non, je lui arrache les yeux, avec les doigts. La tête du rat émerge – il a réussi à se retourner à l'intérieur –, couverte de sang rouge sombre (je remarque aussi que la tronçonneuse lui a coupé la queue à peu près au milieu), et je lui redonne un peu de brie, avant de devoir enfin, je le sens, le tuer à coups de pieds, ce que je fais. Un peu plus tard, le fémur, ainsi que la mâchoire gauche de la fille, sont dans le four, en train de cuire. J'ai rempli un cendrier de cristal Steuben de touffes de poils pubiens et, lorsque j'y mets le feu, ils brûlent très rapidement.

AUTRE NOUVEAU RESTAURANT

Pendant une courte période, je parviens à demeurer sociable, de bonne humeur et, la première semaine de novembre, j'accepte l'invitation à dîner d'Evelyn dans un nouveau restaurant de nouvelle cuisine chinoise, hyper-chic, lequel propose aussi, assez curieusement, de la cuisine créole. Nous avons une bonne table (j'ai réservé au nom de Wintergreen – le plus modeste des triomphes) et je me sens très maître de moi, très calme, malgré Evelyn qui, assise en face, me tanne avec une histoire d'énorme œuf Fabergé qu'elle aurait vu rouler tout seul tout autour du hall du Pierre, ou un truc de ce genre. La semaine dernière, c'était la soirée de Halloween du bureau, au Royalton, soirée à laquelle je suis allé déguisé en tueur maniaque, avec même une pancarte accrochée dans le dos, sur laquelle on lisait MANIAQUE (et qui était décidément plus légère à porter que le déguisement d'homme-sandwich que j'avais préparé plus tôt dans la journée, et sur lequel on pouvait lire LE TUEUR À LA PERCEUSE), inscription sous laquelle j'avais ajouté *Eh oui, c'est bien moi* en lettres de sang, le costume lui même étant souillé de sang, en partie artificiel, mais surtout vrai. D'une main je serrais une poignée de cheveux appartenant à Victoria Bell et, à côté de ma boutonnière (une petite rose blanche), j'avais épinglé une phalange que j'avais fait bouillir pour bien nettoyer l'os. Aussi sophistiqué mon déguisement eût-il été, c'est Craig McDermott qui a gagné le premier prix. Il était arrivé costumé en Ivan Boesky, ce que j'ai trouvé déloyal, car beaucoup d'entre nous se souvenaient que j'étais apparu en Michael Milken, l'année précédente. Ce matin, le thème du *Patty Winters Show* était: "L'I.V.G. en Kit: Avortez à Domicile".

Les cinq premières minutes se passent merveilleusement. Puis arrive la boisson que j'ai commandée. D'un geste instinctif, je tends la main pour m'en saisir. Je commence à me sentir tendu, inquiet, à chaque fois qu'Evelyn ouvre la bouche. Je remarque que Saul Steinberg dîne là aussi, mais décide de ne pas le lui dire.

– On porte un toast ? fais-je.

– Ah bon ? Un toast à quoi ? murmure-t-elle avec indifférence, se tordant le cou pour inspecter la salle faiblement éclairée, très nue et très blanche.

– À la liberté ? fais-je d'une voix lasse.

Mais elle n'écoute pas, car une espèce d'Anglais, costume de laine pied de coq à trois boutons, gilet écossais, chemise en oxford à col ouvert, chaussures de daim et cravate de soie (Garrick Anderson), qu'Evelyn avait un jour, après une dispute au Bar, qualifié de "somptueux", tandis que je le traitais d'"avorton", se dirige vers notre table et se met à flirter ouvertement avec elle, et bien que je sois furieux à l'idée qu'elle puisse penser que je suis jaloux de ce type, c'est moi qui souris quand il lui demande si elle travaille toujours dans cette « galerie d'art de la Première Avenue », tandis qu'Evelyn, visiblement secouée, le visage défait, répond que non, lui faisant remarquer son erreur, après quoi ils échangent encore quelques paroles gênées, puis il file. Elle renifle, ouvre le menu, et enchaîne immédiatement sur autre chose, évitant mon regard.

– Qu'est-ce que c'est, tous ces T-shirts qu'on voit partout ? demande-t-elle. Il n'y a que ça, en ville. Tu vois ce que je veux dire ? La Silkience, c'est la Mort. Les gens ont des problèmes d'après-shampooing, ou quoi ? Il y a quelque chose que je ne sais pas ? De quoi s'agit-il ?

– Non, ça n'est pas cela du tout. C'est: la *Science*, c'est la Mort. Je soupire, ferme les yeux. « Mon Dieu, Evelyn, il n'y a que *toi* pour confondre la science avec un produit pour les cheveux », dis-je, conscient de raconter n'importe quoi, puis je fais un signe de tête à quelqu'un au bar, un homme plus âgé, au visage noyé d'ombre, un type que je ne connais que de vue, mais il lève sa coupe de champagne et me sourit en retour, ce qui me procure un vif soulagement.

– Qui est-ce ? entends-je Evelyn demander.

– Un ami à moi.

– Je ne le reconnais pas. De chez P&P ?

– Laisse tomber, dis-je dans un soupir.

– Mais *qui* est-ce, Patrick ? insiste-t-elle, plus intriguée en fait par ma répugnance à répondre que par l'identité du type.

– Pourquoi ?

– Qui est-ce ? Dis-le moi.

– Un ami à moi, fais-je, grinçant des dents.

– Mais qui, Patrick ? Il n'était pas à mon réveillon de Noël ? ajoute-t-elle, plissant les paupières.

– Non, il n'était pas à ton réveillon, dis-je, pianotant sur la table.

– Ce n'est pas… Michael J. Fox ? fait-elle, les yeux toujours plissés. Le comédien ?

– M'étonnerait, dis-je, avant d'ajouter, n'en pouvant plus: Oh, pour l'amour de Dieu, il s'appelle George Levanter et, non, il n'a pas joué dans *The Secret of My Success*.

– Très intéressant, dit Evelyn, de nouveau absorbée dans la lecture du menu. Bien, de quoi parlions-nous, déjà ?

– Des après-shampooing ? fais-je, essayant de me souvenir. Ou quelque chose de ce genre ? Je ne sais pas. Tu étais en train de parler avec l'avorton.

– Ian n'est *pas* un avorton, Patrick.

– Il est tout de même singulièrement *petit*, Evelyn. Es-tu certaine qu'il n'était pas à ton réveillon, *lui* ? Il ne servait pas les amuse-gueules ? fais-je à mi-voix.

– Tu n'as pas à parler de Ian comme d'un nain, déclare-t-elle, lissant sa serviette sur ses genoux. Et je n'ai pas l'intention de supporter cela, ajoute-t-elle d'une voix basse, sifflante, sans me regarder.

Je ne peux réprimer un léger hennissement.

— Ça n'est pas drôle, Patrick, dit-elle.

— C'est *toi* qui rend toute conversation impossible.

— Tu croyais que je trouverais ça flatteur ? crache-t-elle, agressive.

— Écoute, ma chérie, je fais en sorte que cette rencontre apparaisse aussi normale que possible, alors ne, euh… ne fous pas tout en l'air toute seule, tu vois ?

— Tais-toi, c'est tout, dit-elle sans me regarder. Oh, regarde, c'est Robert Farrell. Elle lui fait un signe de la main, puis me le désigne du doigt. Aucun doute, Bob Farrell, celui que tout le monde aime bien, est assis à une table près d'une fenêtre, du côté nord de la salle, ce qui me rend fou de rage, en secret. « Il est très séduisant », me dit Evelyn, admirative, sur le ton de la confidence, et cela parce qu'elle a vu que je matais la créature de vingt ans qui l'accompagne. « J'espère que tu n'es pas jaloux », ajoute-t-elle, espiègle, pour s'assurer que j'ai bien enregistré le message.

— Il est beau, dois-je avouer. Il a l'air con, mais il est beau.

— Ne sois pas méchant. Il est très beau. Pourquoi ne te coiffes-tu pas comme lui ?

Jusqu'alors, je n'étais guère qu'un automate, ne prêtant qu'une vague attention à ce que disait Evelyn, mais soudain la panique me saisit. « Qu'est-ce qui ne va pas, avec mes cheveux ? » fais-je. Je sens la rage décupler en moi, en l'espace d'une seconde. « Mais bon Dieu, qu'est-ce qui ne va pas avec mes cheveux ? » fais-je de nouveau, y portant la main.

— Rien, dit-elle, remarquant à quel point je suis soudain bouleversé. Ça n'était qu'une suggestion. Puis, s'apercevant que j'ai le sang au visage: « Tes cheveux sont vraiment… vraiment superbes. » Elle tente de sourire, mais ne parvient qu'à prendre un air inquiet.

Une gorgée — un demi-verre — de J&B me calme relativement. « En fait, je trouve sa bedaine terrifiante », dis-je, sans quitter Farrell des yeux.

Elle le regarde attentivement. « Mais il n'a *pas* de bedaine. »

— Et *ça*, ce n'est pas de la bedaine ? Regarde-moi ça.

— C'est à cause de la manière dont il est assis, dit-elle, exaspérée. Oh, tu es…

— C'est une *bedaine*, Evelyn.

— Oh, tu es cinglé. Elle fait un geste de mépris. « Complètement malade. »

— Mais Evelyn, ce type a *à peine* trente ans.

— Et alors ? Tout le monde n'est pas un intoxiqué de la "gonflette", comme toi, dit-elle, contrariée, reportant de nouveau son attention sur le menu.

— Je ne fais pas de "gonflette", dis-je en soupirant.

— Oh, écoute, vas-y, va lui flanquer ton poing sur le nez, espèce de brute épaisse, dit-elle avec un geste d'agacement. Je n'en ai rien à faire.

— Ne me tente pas », dis-je, menaçant. Je regarde de nouveau Farrell. « Quel rat ».

— Écoute, Patrick, tu n'as absolument aucun droit d'être aussi mauvais, déclare Evelyn avec colère, le regard toujours rivé sur le menu. Tu n'as aucune raison de le haïr. Vraiment, il doit y avoir quelque chose qui ne tourne pas rond, chez toi.

— Regarde son costume, fais-je, incapable de me retenir. Regarde ce qu'il porte.

— Oh, *et alors*, Patrick ? Elle tourne une page, s'aperçoit qu'il n'y a rien derrière, revient à celle qu'elle a déjà examinée.

— Il ne lui est pas venu à l'esprit que ce costume pouvait inspirer de la *répulsion* ?

— Patrick, tu te comportes comme un *dingue*, dit-elle, secouant la tête, parcourant à présent la carte des vins.

— Mais bon Dieu, Evelyn, qu'est-ce que ça veut dire, tu te *comportes* comme un dingue ? Mais je *suis* un dingue.

— Et tu te sens obligé de le faire savoir ? demande-t-elle.

— Je ne sais pas, dis-je, haussant les épaules.

— Quoi qu'il en soit, je voulais te raconter ce qui s'est

passé chez Melania et Taylor, et… Remarquant quelque chose, elle soupire et poursuit, sur le même ton: « … arrête de regarder ma poitrine, Patrick. Regarde-*moi*, *pas* ma poitrine. Bref, Taylor Grassgreen et Melania avaient… Melania, tu vois, celle qui est allée à Sweet Briar ? Dont le père possède toutes ces banques, à Dallas ? Taylor est allé à Cornell, lui. Bref, ils avaient rendez-vous au Cornell Club, et après, ils avaient réservé au Mondrian pour sept heures, et lui, il portait… » Elle s'interrompt, réfléchit. « Non. Au Cygne. Ils devaient aller au Cygne, et Taylor portait… » Elle s'interrompt de nouveau. « Oh, mince, non, c'était au Mondrian. Au Mondrian, à sept heures, et il portait un costume Piero Dimitri. Melania avait été faire du shopping chez Bergdorf, je crois, mais je ne pourrais pas te l'affirmer, mais quoi qu'il en soit… si… C'était *bien* chez Bergdorf, parce qu'elle portait l'écharpe au bureau, l'autre jour, et donc cela faisait quelque chose comme deux jours qu'elle n'avait pas été à son cours d'aérobic, et ils ont été agressés dans une des… »

— Garçon ? fais-je à quelqu'un qui passe. Un autre. Un J&B ? dis-je, désignant mon verre, furieux d'avoir formulé la commande comme une question, plus que comme un ordre.

— Tu ne veux pas savoir ce qui est arrivée ? demande Evelyn, contrariée.

— Si, je retiens mon souffle, dis-je dans un soupir, avec une totale absence d'intérêt. Je meurs d'impatience.

— Écoute, c'est absolument inénarrable, commence-t-elle…

J'enregistre ce que tu me dis, Evelyn. Je remarque la pâleur de son teint, et pour la première fois, je me sens tenté. Autrefois, c'est ce qui m'avait attiré chez elle. Et aujourd'hui, cette pâleur me trouble, m'apparaît comme funeste, me remplit d'un effroi sans nom. Lors de notre dernière séance – c'était hier, en fait –, le psychiatre que je consulte depuis deux mois m'a demandé quelle méthode contraceptive Evelyn et moi utilisions, et j'ai soupiré, fixant du regard un gratte-ciel derrière la fenêtre, puis une toile accrochée au-dessus de la table basse en verre de chez Turchin, une immense reproduction d'un équaliseur graphique, pas par Onica, par un autre, avant de répondre: « Son métier ». Lorsqu'il m'a demandé quelles étaient ses préférences en matière sexuelle, j'ai répondu: « La saisie d'hypothèque, » le plus sérieusement du monde. Vaguement conscient que, s'il n'y avait pas tous ces gens autour de nous, je prendrais les baguettes de jade posées sur la table pour les enfoncer profondément dans les yeux d'Evelyn, avant de les casser en deux. Je hoche la tête, feignant d'écouter, mais déjà je suis passé à autre chose, et je laisse tomber l'idée des baguettes. À la place, je commande une bouteille de chassagne-montrachet.

— C'est marrant, non ? fait Evelyn.

Je m'esclaffe de concert avec elle, et l'écho de mon rire est chargé de mépris. « Hilarant », dis-je brusquement, d'un ton froid. Mon regard détaille la rangée de femmes au bar. Y en a-t-il une que j'aimerais baiser ? Probablement. La créature aux longues jambes qui sirote un kir, sur le dernier tabouret ? Peut-être. Evelyn est au supplice, déchirée entre le pâté aux raisins secs accompagné de salade de gumbos et la betterave gratinée aux noisettes et aux petits pois nains accompagnée de salade d'endives, et je me sens soudain comme si l'on m'avait fait une injection magistrale de Clonopine, un antispasmodique aujourd'hui abandonné car il n'était guère efficace.

— Nom d'un chien, vingt dollars pour un putain de gâteau aux œufs ? fais-je en marmonnant, étudiant le menu.

— C'est de la crème moo shu, légèrement grillée, dit-elle.

— C'est un putain de gâteau aux œufs, oui, fais-je, m'insurgeant.

Ce à quoi Evelyn rétorque: Tu es *tellement* cultivé, Patrick.

— Non, fais-je, haussant les épaules. J'ai juste un peu de bon sens.

– Je meurs d'envie de manger du Beluga. Mmmmm ?

– Non.

– Pourquoi ? fait-elle, boudeuse.

– Parce que je ne veux rien qui vienne d'une boîte, et rien qui vienne d'Iran, dis-je en soupirant.

Elle renifle avec mépris, et revient au menu. « Le jambalaya moo foo est vraiment excellent », l'entends-je dire.

Les minutes s'égrènent. Nous passons la commande. Les plats arrivent. Assiettes typiques, massives, en porcelaine blanche; au milieu, deux morceaux de sériole du Cap en sashimi carbonisé au gingembre, entourés de minuscules ronds de wasabi, eux mêmes ceints d'une quantité infinitésimale de hijiki, sous le regard d'une crevette naine posée toute seule en haut de l'assiette; une autre crevette, encore plus petite, est lovée en bas, ce qui ne lasse pas de surprendre, car je pensais que c'était avant tout un restaurant chinois. Je reste un long moment le regard fixé sur l'assiette, puis demande de l'eau, sur quoi le serveur réapparaît avec un poivrier, et s'obstine à rôder autour de notre table, s'enquérant: « Un peu de poivre, peut-être ? », ou bien: « Encore un peu de poivre ? », à intervalles de cinq minutes et, une fois cet idiot parti vers un autre box dont les occupants, ainsi que je le vois du coin de l'œil, couvrent tous deux leur assiette de leurs mains, je fais signe au maître d'hôtel et lui demande: Pourriez-vous dire au serveur avec le poivrier de ne plus nous tourner autour ? Nous ne voulons pas de poivre. Avec ce que nous avons commandé, nous n'avons *pas besoin* de poivre. *Pas* de poivre. Dites-lui d'aller voir ailleurs.

– Bien sûr. Toutes mes excuses, dit le maître d'hôtel, se courbant avec humilité.

– Es-tu obligé d'être aussi *poli* ? me demande Evelyn, embarrassée.

Je pose ma fourchette, ferme les yeux: Es-tu obligée de constamment saper mon équilibre ?

Elle prend sa respiration. « Essayons d'avoir une conversation normale, pas un interrogatoire, d'accord ? »

– Et à propos de *quoi* ? fais-je, agressif.

– Écoute, dit-elle, les Jeunes Républicains donnent leur soirée au Pla… Elle s'arrête, réfléchit, continue: « Au *Trump* Plaza, jeudi prochain. » Il faut que je lui dise que je ne peux pas y aller, mon Dieu pourvu qu'elle ait d'autres projets, quand je pense qu'il y a deux semaines, bourré et défoncé, chez Mortimer ou au Bar, je l'ai *invitée*, juste ciel. « Nous y allons ? »

– Sûrement, dis-je, l'air sombre, au bout d'un moment.

Pour le dessert, j'ai prévu quelque chose de spécial. Ce matin, lors d'un petit déjeuner au Club 21, avec Craig McDermott, Alex Baxter et Charles Kennedy, j'ai volé le pain de désinfectant au fond d'un urinoir, dans les lavabos des hommes, pendant que l'employé avait le dos tourné. Une fois à la maison, je l'ai recouvert de mauvais sirop au chocolat, avant de le mettre au freezer, puis je l'ai placé dans une vieille boîte de chez Godiva, nouant une faveur de soie autour. À présent, m'excusant auprès d'Evelyn, je feins de me rendre aux lavabos, et me dirige vers les cuisines, m'arrêtant au vestiaire en passant, pour prendre le paquet, et demande à notre serveur de l'apporter à notre table, présenté dans sa boîte, en disant à la dame que Mr. Bateman a téléphoné en début d'après-midi afin de commander ceci, tout spécialement pour elle. Tout en ouvrant la boîte, je lui dis même de poser une fleur dessus, ce qu'il voudra, et lui tends un billet de cinquante. Au bout d'un laps de temps convenable, une fois nos assiettes débarrassées, il apporte le dessert, avec une solennité impressionnante; il a été jusqu'à poser un couvercle d'argent sur la boîte. Evelyn roucoule de plaisir quand il le soulève, annonçant « Voi-là », et tend la main vers la cuiller posée à côté de son verre d'eau (vide, je m'en suis assuré) avant de se tourner vers moi: « Patrick, c'est *complètement* adorable. » J'adresse un signe de tête au serveur, souriant, puis lui fais signe de s'en aller, alors qu'il s'apprête à poser également une cuiller de mon côté.

– Tu n'en prends pas ? demande Evelyn avec anxiété. Fébrile, elle tourne autour du pain de désinfectant enrobé de chocolat, la cuillère brandie. « *J'adore* le Godiva. »

– Je n'ai pas faim, dis-je. Le dîner m'a… rassasié.

Elle se penche, hûmant le pâté ovale et marron puis, reniflant quelque chose (une odeur de désinfectant, probablement) me demande, soudain désemparée: Tu… tu en es sûr ?

– Oui, ma chérie, dis-je. Je tiens à ce que tu le manges. Ça n'est pas énorme.

Elle prend la première bouchée, mâchant consciencieusement, avec un dégoût immédiat et évident, et l'avale. Elle frissonne, fait la grimace, tentant néanmoins de sourire, tout en mordant de nouveau dedans, du bout des dents.

– Comment est-ce ? Vas-y, mange. Il n'est pas empoisonné ni rien, fais-je, l'encourageant.

Elle parvient à pâlir encore, comme si elle allait vomir, le visage tordu par la contrariété.

– Quoi ? fais-je, un large sourire aux lèvres. Qu'est-ce qu'il y a ?

– C'est tellement… » Son visage n'est plus à présent qu'un masque grimaçant, supplicié. Elle frissonne, tousse. « … plein de menthe », conclut-elle, tentant néanmoins de sourire avec délectation, ce qui s'avère impossible. Elle tend la main vers mon verre d'eau, qu'elle vide d'un trait, essayant désespérément de chasser le goût. Puis, remarquant à quel point j'ai l'air déçu, elle tente de me sourire, d'un air d'excuse: Simplement, il y a… (elle frissonne de nouveau)… Il y a *beaucoup* de menthe.

À mes yeux, elle a l'air d'une énorme fourmi noire – une fourmi noire en Christian Lacroix – en train de dévorer un pain de désinfectant, et je manque d'éclater de rire, mais je tiens à la ménager. Il n'est pas question qu'elle renonce à finir son dessert. Mais elle n'arrive pas à en manger plus et, au bout de deux bouchées seulement, repousse son assiette souillée, prétendant n'avoir plus faim. À cet instant, je commence à me sentir bizarre. Bien que je me sois émerveillé de la voir manger ce truc, cela me rend triste, aussi, et il m'apparaît soudain que, quelle que soit la satisfaction que j'aie éprouvée en voyant Evelyn manger quelque chose sur quoi un nombre incalculable d'hommes avaient pissé, dont moi, finalement, c'est *moi* qui paye pour ce déplaisir que je lui ai causé – décevant, vain, et qui ne vaut pas les trois heures pendant lesquelles j'ai dû la supporter. Ma mâchoire commence à se contracter, à se détendre, à se contracter, à se détendre, malgré moi. Il y a de la musique, quelque part, mais je ne l'entends pas. Evelyn demande au serveur, la voix rauque, s'il ne peut pas aller lui chercher un paquet de bonbons, à l'épicerie coréenne, au coin de la rue.

Puis, très naturellement, le dîner atteint son point critique, lorsque Evelyn déclare: Je veux un engagement ferme.

L'ambiance de la soirée s'étant déjà considérablement détériorée, cette réflexion ne gâche rien, ne me désarme pas, mais l'absurdité de la situation me prend à la gorge.

Je repousse mon verre d'eau vers Evelyn, et demande au serveur d'emporter le pain de désinfectant à-demi mangé. À l'instant où disparaît le dessert, qui commence à couler, ma résistance s'effondre. Pour la première fois, je m'avise que, depuis deux ans, elle me regarde non pas avec adoration, mais avec quelque chose qui se rapprocherait plutôt de l'avidité. On finit par lui apporter un verre et une bouteille d'Évian que je ne l'ai pas entendue commander.

– Evelyn, je crois que... que nous avons perdu le contact.

– Pourquoi ? Qu'est-ce qui ne va pas ? Elle fait bonjour à un couple – Lawrence Montgomery et Geena Webster, je crois –, et, à l'autre bout de la salle, Geena (?) lève une main cerclée d'un bracelet. Evelyn hoche la tête d'un air approbateur.

– Mon... mon *besoin* de m'affirmer dans... dans une attitude criminelle, sur une grande échelle, ne pourra être, euh, corrigé, dis-je, pesant soigneusement mes mots. Mais je n'ai… aucun autre moyen d'exprimer mes besoins… refoulés. L'émotion que provoque cet aveu me prend de court. Je me sens faible. J'ai la tête vide. Comme d'habitude, Evelyn passe à côté de ce que je lui dis, et je me demande combien de temps il me faudra pour me débarrasser d'elle. « Il faut qu'on parle », dis-je calmement.

Elle repose son verre vide, me regarde attentivement.

– Patrick, si tu veux recommencer à me tanner pour que je me fasse faire des implants dans les seins, je *pars*.

Je réfléchis. « C'est fini, Evelyn. C'est terminé. »

– Dieu qu'il est susceptible, dit-elle, faisant signe au serveur de lui apporter encore de l'eau.

– Je parle sérieusement, dis-je d'une voix calme. C'est bel et bien fini. Nous. Je ne plaisante pas.

Elle me regarde de nouveau, et l'espace d'un instant, je me dis que, peut-être, *quelqu'un* comprend le message que je m'efforce de faire passer, mais elle dit: « Si on parlait d'autre chose, d'accord ? Je suis désolée, je n'ai rien dit. Bon, on prend un café, ou pas ? » De nouveau, elle fait signe au serveur.

– Je vais prendre un espresso, un déca, dit-elle. Et toi, Patrick ?

– Un porto, dis-je en soupirant. N'importe lequel.

– Voudriez-vous consulter la… commence le serveur.

– Donnez-moi le plus cher. Et, oh, une bière amère.

– Mon Dieu, mon Dieu, murmure Evelyn, une fois le serveur parti.

– Tu vois toujours ton toubib ?

– *Patrick*, fait-elle, menaçante, *qui* ?

– Désolé. Je soupire. Ton *psy*.

– Non. Elle ouvre son sac à main, cherche quelque chose.

– Pourquoi ? m'enquiers-je, troublé.

– Je t'ai dit, pourquoi, fait-elle d'un air las.

– Mais je ne m'en souviens plus, dis-je, l'imitant.

– À la fin d'une séance, il m'a demandé si je pouvais le

faire entrer au Nell's ce soir-là, avec trois personnes. Elle examine sa bouche, ses lèvres, dans le miroir du poudrier. « Pourquoi me poses-tu la question ? »

– Parce que je crois que tu devrais voir quelqu'un, dis-je avec sincérité, d'une voix hésitante. Je crois que tu souffres d'instabilité émotionnelle.

– C'est *toi*, qui as une affiche de Oliver North chez toi, qui prétends que *moi*, je suis instable ? fait-elle, cherchant autre chose dans son sac à main.

– Mais tu l'*es*, Evelyn.

– Tu exagères. Vraiment tu exagères, dit-elle, fourrageant dans son sac, sans me regarder.

Je soupire. « Je ne tiens pas à insister lourdement, mais… » fais-je avec gravité.

– Non, en effet ça n'est pas du tout ton genre, Patrick.

– Evelyn, il faut que ça finisse, dis-je, soupirant derechef, m'adressant à ma serviette. J'ai vingt-sept ans. Je ne tiens pas à me retrouver enchaîné par un engagement, comme par un boulet.

– Amour ? fait-elle.

– Ne m'appelle pas comme ça, dis-je sèchement.

– Comment ? Amour ?

– Oui.

– Comment veux-tu que je t'appelle ? » demande-t-elle, indignée, "cadre éxécutif supérieur" ? Elle étouffe un rire.

– Oh, mon Dieu…

– Non, réellement, Patrick. Comment veux-tu que je t'appelle ?

Mon Roi. Mon Roi, Evelyn. Je veux que tu m'appelles ton Roi. Voilà ce que je veux.

– Evelyn, je ne veux pas que tu m'appelles du tout. Je crois que nous devrions ne plus nous voir.

– Mais tes amis sont mes amis. Mes amis sont tes amis. Je ne crois pas que ça marcherait, dit-elle puis, les yeux fixés sur ma bouche: tu as une petite saleté au-dessus de la lèvre. Essuie-toi.

Je passe rapidement ma serviette sur ma bouche, d'un geste exaspéré. « Écoute, je sais que tes amis sont mes amis, et vice versa. J'y ai déjà réfléchi. Tu peux les garder », conclus-je, inspirant profondément.

Enfin, elle me regarde, désarçonnée: Tu es vraiment sérieux, n'est-ce pas ?

– Oui. Je suis sérieux.

– Mais… Et nous ? Et notre passé ? demande-t-elle d'une voix sans timbre.

– Le passé n'existe pas. Ça n'est qu'un rêve. Il ne faut pas parler du passé.

Elle plisse les yeux, soupçonneuse. « Tu m'en veux pour quelque chose, Patrick ? » Instantanément, son visage passe de la dureté à l'expectative, à l'espoir peut-être.

– Evelyn, fais-je en soupirant, je suis navré. Simplement, tu n'es pas… à ce point importante… pour moi.

– Mais *qui* l'est ? rétorque-t-elle immédiatement. À ton avis, *qui* est important pour toi ? Y a-t-il quelqu'un à qui tu *tiennes* ? Cher ? demande-t-elle après un silence lourd de colère.

– Cher ? fais-je, ne comprenant pas. *Cher* ? mais de quoi parles-tu ? Oh, laisse tomber. Je veux que ça cesse. J'ai besoin de faire l'amour régulièrement. J'ai besoin de récréations.

En l'espace de quelques secondes, la voilà folle, presque incapable de contrôler l'hystérie croissante qui s'empare d'elle. Cela ne me réjouit pas autant que je l'aurais cru. « Mais le passé ? *notre* passé ? » demande-t-elle de nouveau vainement.

– N'en parle pas, dis-je, me penchant vers elle.

– Et *pourquoi* ?

– Parce que nous n'avons pas vraiment de passé en commun, dis-je, me forçant à ne pas hausser le ton.

Elle se calme et, sans plus m'accorder d'attention, ouvre de nouveau son sac à main, murmurant: Pathologique. Ton comportement est pathologique.

– Qu'est-ce que ça veut dire, *ça* ? fais-je, froissé.

– C'est immonde. Tu es un malade. Elle trouve une boîte à pilules Laura Ashley, l'ouvre d'un coup d'ongle.

– Malade de *quoi* ? fais-je, essayant de sourire.

– Laisse tomber. Elle prend une pilule que je n'identifie pas, et l'avale avec une gorgée de mon eau.

– *Moi*, je suis un malade ? C'est *toi* qui prétend que *moi*, je suis un malade ?

– Nous avons des visions du monde différentes, Patrick, dit-elle, reniflant.

– Grâce au ciel, fais-je, non sans méchanceté.

– Tu es inhumain, dit-elle, essayant de ne pas pleurer, je crois.

– Je suis… Je m'interromps, cherchant une parade. « Je suis en contact avec… avec l'humain. »

– Non, non et non, fait-elle, secouant la tête.

– Je sais bien que mon comportement est parfois… incompréhensible, dis-je, cherchant mes mots.

Soudain, elle tend le bras, me prend la main, éperdue, l'attirant à elle. « Que veux-tu que je fasse ? Qu'est-ce que tu veux ? »

– Oh, Evelyn, fais-je en ronchonnant, choqué de l'avoir finalement fait craquer.

Elle pleure. « Que veux-tu que je fasse, Patrick ? Dis-le moi. Je t'en prie », fait-elle implorante.

– Tu devrais… oh, bon Dieu, je ne sais pas. Porter de la lingerie sexy, peut-être ? fais-je, tentant de lui suggérer quelque chose. Oh, écoute, Evelyn, je ne sais pas. Rien. Tu ne peux rien faire.

– Je t'en supplie, dis-moi ce que je peux faire, dit-elle, sanglotant calmement.

– Moins sourire, peut-être ? T'y connaître plus en voitures ? Ne plus prononcer mon nom toutes les quinze secondes ? C'est ça que tu veux entendre ? Ça ne changera rien. Tu ne bois même pas de bière, conclus-je en marmonnant.

– Mais toi non plus, tu ne bois pas de bière.

– Peu importe. D'ailleurs, je viens d'en commander une. Tu vois bien.

– Oh, Patrick.

– Si tu veux vraiment faire quelque chose pour moi, tu peux commencer par arrêter ce cinéma, dis-je, jetant des regards gênés autour de nous.

– Garçon, dit-elle, à peine le serveur a-t-il posé devant nous l'espresso décaféiné, la bière amère et le porto, je vais prendre une... Je vais prendre une... une quoi ? Elle me lance un regard noyé, désemparée, prise de panique. « Une Corona ? C'est ça que tu bois, Patrick ? De la Corona ? »

– Oh, mon Dieu... Laisse tomber. Veuillez l'excuser, je vous prie, dis-je au serveur, qui s'éloigne. Oui. C'est de la Corona. Mais nous sommes dans un putain de restau sino-cajun, et...

– Oh, mon Dieu, Patrick, sanglote-t-elle, se mouchant dans le mouchoir que je lui ai jeté. Que tu es donc sordide. Tu es... inhumain.

– Non, je suis... de nouveau, je cale.

– Tu... Tu n'es pas... Elle s'essuie le visage, incapable de finir sa phrase.

– Je ne suis pas quoi ? fais-je, intrigué.

– Tu n'es pas... Elle renifle, baisse les yeux, les épaules agitées de soubresauts... Tu n'es pas vraiment là. Tu... elle suffoque... tu n'existes pas.

– Si, j'existe, fais-je avec indignation. Bien sûr que j'existe.

– Tu es un charognard, sanglote-t-elle.

– Non, non, dis-je, pris de court, la regardant attentivement. C'est *toi* le charognard.

– Oh, mon Dieu, gémit-elle, et les regards de la table voisine se tournent vers nous, puis se détournent. C'est à n'y pas croire.

– Je pars, à présent, dis-je d'une voix apaisante. J'ai mis les choses au point, et je pars.

– Non, fait-elle, tentant d'aggriper ma main. Ne pars pas.

– Je pars, Evelyn.

– Où vas-tu ? demande-t-elle, étonnamment maîtresse d'elle même, soudain. Elle a pris soin de ne pas laisser les larmes (très rares, les larmes, je m'en aperçois à l'instant) ruiner son maquillage. « Dis-moi, Patrick, où vas-tu ? »

J'ai posé un cigare sur la table, mais elle est trop bouleversée pour faire même une réflexion. « Je m'en vais, c'est tout. »

– Mais *où* ? demande-t-elle, tandis que les larmes jaillissent de nouveau. Où vas-tu ?

Dans le restaurant, tous les gens placés dans un certain périmètre auditif semblent regarder de l'autre côté.

– Où vas-tu ? demande-t-elle de nouveau.

Je ne réagis pas, perdu dans le dédale de mes pensées, lesquelles concernent, entre autres choses: les garanties financières, les offres de valeurs, les ESOP, les LBO, les IPO, les financements, les refinancements, les obligations, les conversions de valeurs, les rapports de mandataires, les 8-K, les 10-Q, les bons non imposables, les PiK, les GNP, le FMI, les gadgets des PDG, les milliardaires, Kenkichi Nakajima, l'infini, l'Infini, la vitesse maximum à laquelle devrait rouler une voiture de luxe, les avals financiers, les actions dévaluées, le fait de savoir si je vais ou ne vais pas annuler mon abonnement à *The Economist,* ce réveillon de Noël, quand j'avais quatorze ans, au cours duquel j'avais violé une de nos employées de maison, l'Inclusivité, la possibilité d'envier la vie de quelqu'un d'autre, de survivre à une fracture du crâne, l'attente dans les aéroports, un cri qu'on étouffe, des cartes de crédit, et un passeport, et une pochette d'allumettes de La Côte Basque, couverte de sang, surface, surface, surface, *a Rolls is a Rolls is a Rolls.* Evelyn voit notre relation en jaune et bleu, mais pour moi, c'est un endroit gris, aux fenêtres murées, un lieu sinistré, et dans ma tête défilent les bobines du film, interminables grosplan sur des pierres, et la bande-son parle une langue totalement étrangère, qui vacille et disparaît sur de nouvelles images: distributeurs bancaires vomissant du sang, femmes accouchant par l'anus, fœtus congelés ou enchevêtrés (lequel est le vôtre ?), ogives nucléaires, milliards de dollars, destruction totale du monde, un homme se fait molester, un autre meurt, parfois sans effusion de sang, le plus souvent d'un coup de feu, assassinats, comas, la vie comme une reconstitution télévisée, comme une toile blanche qui se métamorphoserait en feuilleton imbécile. C'est un quartier d'isolement, qui ne sert qu'à mettre en évidence cette fracture, cette mutilation de ma capacité à ressentir. Je me tiens au centre, hors de saison, et personne ne me demande jamais qui je suis. Soudain, j'imagine le squelette d'Evelyn, tordu, effrité, et cette vision me remplit d'allégresse. Je mets longtemps à répondre à sa question – *où vas-tu ?* – mais, après une gorgée de porto, une autre de bière amère, je sors de ma torpeur et, tout en me demandant quelle différence cela ferait, en fait, si j'étais réellement un automate, je réponds enfin:

– En Libye. » Silence, lourd de sens. « À Pago Pago, dis-je. J'ai bien dit à Pago Pago. » Puis j'ajoute: Vu le scandale que tu as fait, je ne paie pas ce dîner.

OÙ L'ON TENTE DE FAIRE CUIRE UNE FILLE ET DE LA MANGER

L'aube. Novembre. Impossible de dormir. Je me tourne et me retourne sur mon lit japonais, encore habillé, avec l'impression d'un feu de joie allumé sur ma tête, dans ma tête, et une douleur fulgurante, incessante, qui me force à garder les yeux ouverts, et contre laquelle je ne peux rien. Aucune drogue, aucune nourriture, aucun alcool ne peut apaiser la voracité de cette douleur; tous mes muscles sont raidis, tous mes nerfs en feu, incendiés. Je prends un Sominex toutes les heures, car je n'ai plus de Dalmane, mais rien n'y fait, et la boîte de Sominex est bientôt vide. Des choses en vrac, dans un coin de ma chambre: une paire de chaussures de femme, Edward Susan Bennis Allen, une main à laquelle manquent le pouce et l'index, le dernier *Vanity Fair*, éclaboussé de sang, une ceinture de smoking trempée de sang. De la cuisine, parvient par bouffées le parfum frais du sang en train de cuire et, lorsque je quitte le lit pour tituber jusqu'au salon, les murs sont couverts de buée, et la puanteur de la décomposition rend l'air irrespirable. J'allume un cigare, espérant la masquer en partie.

Ses seins coupés paraissent bleus, aplatis, et les mamelons ont pris une nuance marron assez déconcertante. Entourés de sang caillé, noir, ils sont posés, non sans délicatesse, sur le Wurlitzer, dans une assiette de porcelaine que j'ai achetée à la Pottery Barn, bien que je ne me rappelle pas les avoir mis là. J'ai également dépouillé son visage, épluchant la peau et râclant la plus grande partie de la chair, de sorte qu'il évoque une tête de mort dotée d'une longue crinière de cheveux blonds, rattachée à un cadavre entier, froid; les yeux sont ouverts, et les lobes oculaires eux-mêmes pendent hors des orbites, accrochés par le nerf. L'essentiel de la poitrine demeure indiscernable du cou, lequel à l'aspect de la viande hachée. Quant à son estomac, on dirant le lasagne à l'aubergine et au fromage de Il Marlibro, ou une quelconque nourriture pour chien du même genre, les couleurs dominantes étant le rouge, le blanc et le marron. Un peu de ses intestins barbouille le mur, le reste étant roulé en boules ou étalé sur la table basse à dalle de verre, comme autant de longs serpents bleutés, de vers mutants. Les lambeaux de peau qui restent collés au corps sont d'une teinte gris-bleu, la couleur de l'étain. De son vagin, s'est échappé un liquide sirupeux, marronnasse, qui dégage une odeur d'animal malade, comme si on avait fourré un rat là-dedans, et qu'il avait été digéré, ou quelque chose comme ça.

Je passe les quinze minutes suivantes dans un état de semi-conscience, tirant sur un long morceau d'intestin bleuâtre encore solidaire du corps, et me le fourrant dans la bouche, jusqu'à l'étouffement. Il est humide contre mon palais, et rempli d'une espèce de pâte qui ne sent pas bon. Après une heure d'efforts, je parviens à détacher la moëlle épinière, que je décide d'expédier par Federal Express, sans la nettoyer, enveloppée dans des mouchoirs en papier, à Leona Helmsley, ceci sous un faux nom. Voulant boire le sang de cette fille comme si c'était du champagne, je plonge mon visage, profondément, dans ce qui reste de son estomac, et me mets à lapper, m'éraflant la joue contre une côte brisée. L'immense nouveau récepteur de télévision est allumé dans une des pièces, et l'on entends brailler le *Patty Winters Show* de ce matin, dont le thème était: Les Produits Laitiers Humains, puis un jeu télévisé, *Wheel of Fortune*, et les applaudissements du public semblent exactement les mêmes, à chaque fois que l'on retourne une nouvelle lettre. Je desserre ma cravate d'une main ensanglantée, prenant une profonde inspiration. Voilà ma réalité. En dehors de cela, tout m'apparaît comme un film que j'aurais vu autrefois.

Dans la cuisine, je tente de préparer un pâté avec la viande de la fille, mais cette tâche s'avère vite ingrate, et je passe l'après midi à l'étaler partout sur les murs, tout en mâchant des lambeaux de peau arrachés au corps, puis je me détends en regardant un enregistrement vidéo du nouveau sitcom de CBS, *Murphy Brown*, diffusé la semaine dernière. Après quoi, un grand verre de J&B, et retour à la cuisine. Dans le four à micro-ondes, la tête est maintenant complètement noire et chauve, et je la mets à bouillir dans une casserole, sur le fourneau, afin d'éliminer tout reste de chair que j'aurais pu oublier de gratter. Chargeant le reste du corps dans des sacs en plastique – mes muscles enduits de Ben Gay soulèvent facilement le poids-mort –, je décide d'utiliser les résidus pour confectionner une espèce de saucisse.

Un CD de Richard Marx dans la chaîne hi-fi, un sac de chez Zabar rempli de petits pains à l'oignon et d'épices posé sur la table de la cuisine, je broye les os, le gras et la chair, faisant de petits pâtés et, bien que, de temps à autre, me frappe l'idée que je suis en train de faire, en partie, quelque chose d'inadmissible, il me suffit de me rappeler que cette chose, cette fille, cette viande, n'est rien, rien que de la merde et, avec l'aide d'un Xanax (un chaque demi-heure, à présent), cette idée suffit à me calmer momentanément, et je chantonne, fredonnant le générique d'un feuilleton que je regardais souvent, quand j'étais enfant – *The Jetsons* ? *The Banana Splits* ? *Scooby Doo* ? *Sigmund and the Sea Monsters* ? Je me souviens de la chanson, de la mélodie, et même du ton dans lequel elle était chantée, mais pas du feuilleton. Était-ce *Lidsville* ? Était-ce *H. R. Pufnstuf* ? D'autres questions ponctuent ces questions, aussi variées que: « Ferai-je un jour de la taule ? » et « Cette fille avait-elle un cœur fidèle ? » L'odeur de la viande et du sang envahit l'appartement, à tel point que je ne la remarque plus. Plus tard. Mon allégresse macabre a fait place à l'amertume, et je pleure sur moi-même, sans parvenir à trouver la moindre consolation dans tout cela, je pleure, je sanglote « Je veux juste être aimé », maudissant la terre, et tout ce qu'on m'a enseigné: les principes, les différences, les choix, la morale, le compromis, le savoir, l'unité, la prière – tout cela était erroné, tout cela était vain. Tout cela se résumait à: adapte-toi, ou crève. J'imagine mon visage sans expression, la voix désincarnée qui sort de ma bouche: *Ces temps sont effrayants*. Déjà, les asticots se tortillent sur la saucisse humaine, et la bave qui s'écoule de ma bouche goutte sur eux; je ne sais pas si je prépare cela correctement, parce que je pleure trop fort, et que je n'ai jamais vraiment fait la cuisine auparavant.

J'EMPORTE UN UZI AU CLUB DE GYM

Une nuit sans lune, dans la nudité des vestiaires d'Xclusive. Je me suis entraîné pendant deux heures, je me sens en forme. Le fusil rangé dans mon casier est un Uzi, qui m'a coûté sept cents dollars et, bien que je transporte également un Ruger Mini (469 $) dans mon attaché-case Bottega Veneta, et que ce dernier soit l'arme préférée de la plupart des chasseurs, je n'aime pas son allure; le Uzi à quelque chose de plus viril, un côté dramatique qui m'exalte et, assis, le walkman aux oreilles, avec un collant de cycliste noir en Lycra à deux cents dollars, tandis que le Valium commence juste à faire son effet, je laisse mon regard se perdre dans la pénombre, en proie à la tentation. Le viol, suivi du meurtre, d'une étudiante de l'Université de New York, hier soir, derrière le Gristed de University Place, non loin de son foyer, a été extrêmement plaisant, malgré l'horaire incongru et la rapidité inaccoutumée de la chose et, bien que rien n'ait laisser présager un tel revirement, je me sens soudain d'humeur rêveuse, et range le fusil, qui pour moi est le symbole de l'ordre, dans le casier, pour une prochaine fois. Il faut que j'aille rapporter des cassettes vidéo, que je m'arrête à un distributeur pour tirer de l'argent, et j'ai une réservation au 150 Wooster, ce qui n'a pas été facile à obtenir.

POURSUITE DANS MANHATTAN

Mardi soir, au Bouley, dans No Man's Land, dîner fleuve, assez quelconque et, bien que je leur aie déclaré « Écoutez, les gars, ma vie est un enfer », ils s'obstinent à m'ignorer ostentiblement, tous (Richard Perry, Edward Lampert, John Constable, Craig McDermott, Jim Kramer, Lucas Tanner), pour continuer à discuter répartition des actifs, meilleurs placements pour la prochaine décennie, petites nanás, capitaux immobiliers, or, risques des placements à long terme, cols ouverts, portefeuilles, maniement efficace du pouvoir, nouvelles méthodes de gym, Stolichnaya Cristall, importance essentielle de l'impression que l'on fait sur les gens très importants, vigilance constante, meilleur de la vie, et là, au Bouley, j'ai le sentiment que je ne vais pas pouvoir me contrôler, là, dans cette salle qui renferme une masse de victimes, car depuis quelques temps, je ne peux m'empêcher de voir partout des victimes – dans les réunions d'affaires, dans les boîtes de nuit, les restaurants, dans les taxis qui passent et dans les ascenseurs, dans les queues devant les distributeurs automatiques et sur les cassettes porno, au David's Cookies et sur CNN, partout, et toutes ont une chose en commun: ce sont des *proies*, et durant ce déjeuner, je manque de déjanter, avec l'impression de tomber dans un gouffre, un vertige m'oblige à m'excuser avant le dessert, m'isolant dans les lavabos pour me faire une ligne de coke, après quoi je vais prendre au vestiaire mon pardessus de laine Armani qui contient, à peine dissimulé, le 357 magnum, et accroche l'étui sur moi, avant de ressortir, mais ce matin, le *Patty Winters Show* diffusait l'interview d'un homme qui avait mis le feu à sa propre fille pendant qu'elle accouchait, et nous avons tous pris du requin au dîner...

... il y a du brouillard à Tribeca, le ciel est chargé de pluie, les restaurants fermés, et après minuit, les rues sont désolées, irréelles, le seul signe de vie étant un joueur de saxophone au coin de Duane Street, sur le seuil de ce qui était autrefois le DuPlex, et qui est à présent un bistrot abandonné, fermé depuis un mois, un jeune type, barbu, béret blanc, qui joue un solo très beau, mais conventionnel, avec à ses pieds un parapluie ouvert contenant un billet de un dollar tout humide et de la petite monnaie, et malgré moi je me dirige vers lui, attentif à la musique, un truc tiré des *Misérables* et, s'apercevant de ma présence, il fait un petit signe de tête et ferme les yeux, levant son instrument, la tête renversée en arrière pour ce qui est dans son esprit, j'imagine, un passage particulièrement poignant et, en un seul geste adroit, je tire le 357 magnum de son étui et, peu soucieux d'ameuter le voisinage, visse un silencieux sur le canon, tandis que le vent froid de l'automne s'engouffre dans la rue et s'enroule autour de nous, et la victime ouvre les yeux, voit le revolver et s'arrête de jouer, l'anche du saxophone toujours coincée entre les lèvres, tout comme je demeure moi-même immobile, lui faisant enfin un petit signe de tête pour l'encourager à continuer, ce qu'il fait, hésitant, puis j'élève le canon vers son visage et presse sur la détente au beau milieu d'une note, mais le silencieux n'a pas fonctionné, et une terrible détonation m'assourdit, tandis qu'un immense halo rouge vif apparaît derrière sa tête et que, ahuri, les yeux encore vivants, il tombe à genoux, puis sur son saxophone, et je fais sauter la douille et la remplace par une balle neuve, mais voilà que ça tourne mal...

... parce qu'avec tout ça, je n'ai pas fait attention à la voiture de patrouille qui arrivait derrière moi – Dieu seul sait ce qu'ils font là, ils distribuent peut-être des contraventions – et tandis que l'écho de la déflagration résonne, puis s'éteint, la sirène de la voiture de patrouille déchire soudain la nuit, venue de nulle part et, le cœur battant, je commence à m'éloigner du corps qui tremble toujours, lentement tout d'abord, comme si de rien n'était, comme si je n'avais rien fait, puis me mettant soudain à courir à toutes jambes, tandis que les pneus de la voiture de police crissent derrière moi et qu'un flic hurle dans un haut-parleur, en vain, « arrêtez, arrêtez, baissez votre arme », mais je cours toujours, tourne à gauche sur Broadway, en direction du City Hall Park, puis plonge dans une ruelle où la voiture de police me suit, mais ils doivent s'arrêter à mi-chemin, car la ruelle se rétrécit, et les voilà coincés, une salve d'éclairs bleus éclate tandis que j'arrive au bout de l'allée, à toutes jambes, débouchant dans Church Street où je fais signe à un taxi, bondissant sur le siège avant, criant au chauffeur, un jeune Iranien, complètement pris de court, « sors de là en vitesse… non, conduis », en lui agitant le revolver sous le nez; mais il panique et s'écrie en mauvais anglais: « ne tirez pas, pitié, ne me tuez pas », levant les mains en l'air, et je murmure « merde », mais il est terrifié, « oh, ne tirez pas Monsieur ne tirez pas », et je murmure: « va te faire foutre », avec impatience et, élevant le canon de l'arme, presse sur la détente, et la balle lui fait éclater la tête qui s'ouvre en deux comme une pastèque rouge sombre et explose contre le pare-brise, après quoi je me penche pour ouvrir sa portière et pousse le cadavre dehors, claque la portière et prends le volant…

… haletant, l'adrénaline giclant dans tout mon corps, je n'arrive pas à voir grand chose, quelques maisons, en partie à cause de la panique, mais surtout à cause du sang et des morceaux de cervelle, des bouts d'os qui couvrent le pare-brise, et je manque de peu un autre taxi au coin de Franklin et Greenwich – je pense –, faisant une embardée brutale sur la droite, emboutissant le flanc d'une limousine garée, puis passe la marche arrière et recule tout au long de la rue, faisant crisser les pneus, et mets les essuie-glace en marche, me souvenant trop tard que le sang qui inonde la vitre est *à l'intérieur*, tentant de la nettoyer avec ma main gantée, avant de foncer aveuglément dans Greenwich, où je perds complètement le contrôle de la voiture qui slalome et finit sa course dans une épicerie coréenne, à côté d'un restaurant karakoe appelé Lotus Blossom, où je suis déjà allé avec des clients japonais, et le taxi écrase des étals de fruits, défonce un mur de verre, le corps d'un caissier heurte le capot avec un bruit sourd, et Patrick tente d'enclencher la marche arrière, mais rien ne se passe, alors il sort du taxi en titubant, s'appuie contre la voiture, murmurant, « Bravo, Bateman », dans un silence à vous briser les nerfs, puis sort du magasin en boîtillant, pendant que l'homme gémit et agonise sur le capot, et Patrick ne comprend pas d'où sort le flic qui se précipite vers lui de l'autre côté de la rue, criant dans son talkie-walkie, s'imaginant qu'il est assommé, mais avant qu'il ait eu le temps de dégaîner son arme, Patrick lui envoie un grand coup de poing qui l'étend sur le trottoir…

… où se tiennent à présent les gens sortis du Lotus Blossom, regardant la bagarre d'un œil bovin, personne ne faisant mine d'aider le flic qui, au-dessus de Patrick, la respiration sifflante, tente de lui arracher le magnum, mais Patrick se sent empoisonné, comme si c'était de l'essence qui courait dans ses veines, et non du sang, il sent le vent qui se lève, la température qui chute, la pluie qui commence à tomber, tandis qu'ils roulent doucement sur la rue, et Patrick se dit sans cesse qu'il devrait y avoir de la musique et, avec un coup d'œil démoniaque, le cœur battant, il parvient sans difficulté à élever l'arme, tenue par deux paires de mains, jusqu'au visage du flic, et lorsqu'il appuie sur la gâchette, la balle lui érafle le cuir chevelu, sans le tuer, alors il vise un peu plus bas, car les doigts du flic se sont un peu relâchés autour de l'arme, et lui tire en pleine figure, la balle faisant naître une espèce de vapeur rosée, tandis que des gens sur le trottoir se mettent à crier, sans intervenir, se cachent, rentrent en courant dans le restaurant, et que la voiture de police à laquelle Patrick pensait avoir échappé dans la ruelle arrive droit sur l'épicerie, coupant la route, le gyrophare rouge clignotant, et s'arrête dans un crissement de pneus à l'instant où Patrick trébuche sur le rebord du trottoir et s'effondre à terre, tout en réarmant le magnum, avant de se dissimuler dans un renfoncements, de nouveau envahi par une terreur qu'il pensait avoir vaincue, pensant « qu'est-ce que j'ai pu donc faire de particulier pour être pris maintenant, j'ai tué un saxopho-

niste ? Un *saxophoniste* ? Qui était sans doute *mime*, aussi ?
Et *voilà ce que ça me coûte* ? » et au loin il entend à présent
d'autres voitures qui arrivent, dans le dédale des rues, et
maintenant les policiers, ceux qui sont ici, ne se donnent
plus la peine de le semoncer, ils tirent, et il riposte, apercevant rapidement deux flics tapis derrière la portière ouverte
de la voiture de patrouille, des éclairs bleus qui éclatent
comme dans un film, ce qui lui fait prendre conscience
qu'il est impliqué dans une véritable bataille rangée,
essayant d'éviter les balles, que le rêve menace d'exploser,
que ce n'est plus un rêve, qu'il vise mal, n'importe comment, se contentant de répondre coup pour coup, allongé
sur le sol, lorsqu'une balle perdue, la sixième d'une nouvelle cartouche, atteint le réservoir de la voiture de police,
dont les phares pâlissent un instant avant qu'elle n'explose,
en une boule de feu qui monte vers les ténèbres, faisant
éclater l'ampoule du réverbère au-dessus, dans un jaillisse-
ment imprévu d'éclairs jaune-verts, tandis que les flammes
déferlent sur les policiers, les vivants et les morts et les
oreilles de Patrick résonnent...

... tandis qu'il court vers Wall Street, à Tribeca, toujours,
évitant les zones trop éclairées, les réverbères trop puis-
sants, remarquant au passage que tout le pâté d'immeubles
qu'il longe à présent a été réhabilité et, passant devant une
rangée de Porsche garées, il tente de les ouvrir toutes, et
déclenche une série d'alarmes, mais ce qu'il voudrait voler,
c'est une Range-Rover noir 4 x 4 à carosserie en aluminium
d'avion sur chassis d'acier embouti et moteur diesel V8 à
injection, mais il n'en trouve pas, et non seulement c'est
une déception, mais le tourbillon des choses le saoûle
aussi, la ville elle-même, la pluie qui tombe d'un ciel de
glace, mais tombe tiède sur la ville, sur le sol, et le
brouillard qui dérive entre les passages aériens des gratte-
ciels de Battery Park, de Wall Street, peu importe, car la
plupart ne sont plus que la vision brouillée d'un kaléïdo-
scope, et maintenant il saute un remblai, *culbute* par-des-

sus le remblai, et court comme un fou, court à mort, le cerveau tendu dans la force ultime de la panique, de la panique pure, de la fuite éperdue, et maintenant, il croit qu'une voiture le poursuit sur une autoroute déserte, et maintenant il sent que la nuit veut bien de lui, et l'on entend un coup de feu, quelque part, mais son cerveau ne l'enregistre pas vraiment, car il est court-circuité, il oublie d'être un cerveau, jusqu'à ce que, comme un mirage, apparaisse un immeuble de bureaux, Pierce & Pierce, où les lumières s'éteignent étage après étage, comme si l'obscurité l'envahissait par la base, encore cent mètres, encore deux cents mètres, il dévale des escaliers, il ne sait pas où, l'esprit engourdi par la terreur et l'effarement, pour la première fois et, abasourdi, s'engouffre dans le hall d'un immeuble, de son immeuble, croit-il, mais, non, quelque chose ne va pas, mais quoi, qu'est-ce que c'est, *tu as déménagé* (le déménagement en soi avait été un cauchemar, bien que Patrick jouisse d'un bureau plus agréable à présent, et que les boutiques Barney's et Godiva nouvellement installées dans le hall lui facilitent bien la vie), et il s'est trompé d'adresse, mais ce n'est qu'en arrivant aux portes...

... des ascenseurs, toutes deux fermées, qu'il aperçoit l'immense Julian Schnabel dans le hall et comprend qu'il s'est trompé de *putain d'immeuble*, et il fait aussitôt demi-tour et se rue comme un fou vers la porte-tambour, mais le veilleur de nuit qui avait déjà tenté d'attirer son attention lui fait signe d'approcher, à l'instant où il va sortir en trombe du hall, « Alors, Mr. Smith, on fait des heures sup' ? Vous avez oublié de signer » et, contrarié, Patrick lui tire dessus, tout en tournant une fois, deux fois dans la porte de verre, qui le rejette dans le hall de cet immeuble du diable, et la balle atteint le gardien à la gorge, le projetant en arrière, tandis qu'un jet de sang forme un arc suspendu, un instant, avant de retomber en pluie sur son visage tordu, convulsé, et que le concierge noir, que Patrick vient d'apercevoir dans un coin du hall, une serpillière à la main, un seau posé à ses pieds, et qui a assisté à toute la scène, laisse tomber sa serpillière et lève les mains, sur quoi Patrick lui tire droit entre les deux yeux, et un flot de sang noie son visage, l'arrière de sa tête explose, et la force de l'impact le projette contre le mur, la balle faisant une profonde entaille dans le marbre du hall, mais déjà Patrick traverse la rue en trombe, en direction de son nouveau bureau, où il entre…

… en adressant un signe de tête à Gus, *notre veilleur de nuit*, signe le registre et s'engouffre dans l'ascenseur qui monte, monte, vers la pénombre de son étage, et le calme finit par revenir, dans la sécurité de mon nouveau bureau, les mains tremblantes, parvenant cependant à décrocher le téléphone sans fil, parcourant mon Rodolex, épuisé, et mes yeux tombent sur le numéro de Harold Carnes que je compose lentement, respirant profondément, régulièrement, déterminé à rendre public ce qui était jusqu'à présent ma démence personnelle, mais Harold n'est pas là, un voyage d'affaires à Londres, et je laisse un message, avouant tout, ne cachant rien, trente, quarante, cent meurtres et, tandis que je suis au téléphone, parlant au répondeur de Harold, apparaît un hélicoptère muni d'un projecteur, volant bas au-dessus du fleuve, son clignotant déchirant le ciel en éclairs aigus derrière lui, qui se dirige vers l'immeuble que je viens de quitter, et s'apprête à se poser sur le toit de l'immeuble, juste en face du mien, déjà entouré de voitures de police et de deux ambulances, et une équipe de la SWAT saute de l'hélicoptère, une demi-douzaine d'hommes armés disparaissent dans les issues du toit où s'alignent, comme partout, les feux de signalisation, et je regarde tout cela, le téléphone à la main, accroupi près de mon bureau, sanglotant sans savoir pourquoi dans le répondeur de Harold, « je l'ai laissée dans un parking… près d'un Dunkin' Donuts… quelque part, du côté de Central Park South… » puis, au bout de dix minutes de ce régime, je conclus « ah, je suis bien malade », avant de raccrocher, mais je rappelle et, après un biiiip interminable, qui prouve que mon message a bien été enregistré, j'en laisse un autre: « Écoute, c'est encore Bateman, et si tu rentres demain, tu as des chances de me trouver au Da Umberto's ce soir, alors, bon, ouvre l'œil », tandis que le soleil, une planète incendiée, se lève peu à peu sur Manhattan, l'aube, une fois de plus, et bientôt la nuit se transforme en jour, si vite que l'on dirait une espèce d'illusion optique.

HUEY LEWIS AND THE NEWS

C'est au début de la décennie que Huey Lewis and the News, issus de San Francisco, ont fait irruption sur la scène musicale, ave l'album qui porte leur nom, produit par Chrysalis. Cependant, ils ne devaient trouver leur identité, commercialement et musicalement, qu'avec l'album *Sports*, leur grand hit de 1983. Bien que leurs racines musicales fussent claires (le blues, le soul de Memphis, la country) ils semblaient, avec *Huey Lewis and the News*, un peu trop désireux de miser sur la vogue New Wave de la fin 70 / début 80, et l'album, bien que demeurant une remarquable première réalisation, semble excessivement dur, trop punk. On peut en prendre pour exemple la batterie sur le premier titre, *Some of My Lies Are True (Sooner or Later)*, et les faux claquements de mains sur *Don't Make Me Do It*, ainsi que les effets d'orgue sur *Taking a Walk*. Même si cela paraît un peu forcé, les paroles à la fois romantiques et pleines d'allant, et l'énergie que Huey Lewis a insufflé dans toutes les chansons, demeurent pleines de fraîcheur. En outre, la présence d'un guitariste comme Chris Hayes (qui partage aussi les interventions vocales) ne peut rien ôter à l'affaire. Les solos de Hayes sont parfaitement originaux, d'une totale improvisation. Cependant, Sean Hopper, aux claviers, a tendance à utiliser l'orgue de façon un peu trop mécanique (même si, sur la seconde moitié de l'album, son jeu au piano se révèle supérieur), et la batterie de Bill Gibson, trop en arrière, manque d'impact. L'écriture des chansons ne devait aussi atteindre la maturité que beaucoup plus tard, bien que dans beaucoup d'entre elles, on puisse déjà percevoir l'écho de l'espoir et du regret, ou de la douleur (dans *Stop Trying*, pour ne citer que celle-ci).

Bien que le groupe, venant de San Francisco, ait quelques traits communs avec ses collègues de la Californie du Sud, les Beach Boys (somptuosité des harmonies, sophistication du vocal, beauté des mélodies – et la couverture de leur premier album les montre même avec une planche de surf), il apportait avec lui un peu de la morosité, du nihilisme alors en cours sur la scène "punkrock" de Los Angeles – aujourd'hui bien oubliés, Dieu merci. Écoutons le jeune homme en colère ! Écoutons Huey dans *Who Cares, Stop Trying, Don't Even Tell Me That You Love Me, Trouble in Paradise* – les titres sont révélateurs. Huey attaque les notes avec l'amertume d'un survivant, et du groupe émane une colère qui n'est pas sans rappeler the Clash, Billy Joel ou Blondie. On ne devrait pas oublier que c'est à Elvis Costello que nous devons la découverte de Huey, au départ. Huey jouait de l'harmonica sur le second disque de Costello, *My Aim Was You*, un album fade, sans consistance. Lewis a pris un peu de l'âpreté supposée de Costello, mais il y ajoute un humour plus amer, cynique. Sans doute Elvis estime-t-il que faire des jeux de mots intellectuels est aussi important que de s'amuser, et que le cynisme peut-être tempéré par l'esprit, mais je me demande ce qu'il pense en voyant Lewis vendre tellement plus d'albums que lui-même ?

Pour Huey et son groupe, les affaires prospéraient avec leur album de 1982, *Picture This*, qui contenait deux demihits, *Workin' for a Living*, et *Do You Believe in Love*. La naissance du vidéo-clip (il en fut réalisé un pour chacune des deux chansons) contribua certainement à accroître les ventes. Le son, bien qu'encore imprégné de certains clichés de la New Wave, paraissait plus *roots* que dans l'album précédent, ce qui n'est sans doute pas sans rapport avec la présence de Bob Clearmountain au mixage, et avec le fait que Huey Lewis and the News prenait à présent les rênes de la production. L'écriture devenait plus complexe, et le groupe ne craignait pas de tranquilles incursions dans de nouveaux genres – dont le reggae *(Tell Her a Little Lie)* et la ballade *(Hope You Love Me Like You Say, Is It Me ?)* Mais malgré l'énergie qui s'en dégage, le groupe et sa musique semblent heureusement moins agressifs, moins révoltés, sur cet album (bien que *Workin' for a Livin'*, avec son amertume prolétarienne, semble extrait du précédent album). Ils paraîssent se pencher davantage sur les relations personnelles – sur les dix chansons de l'album, quatre contiennent le mot "amour" dans leur titre – plutôt que de déployer une affectation de jeunes nihilistes, et l'atmosphère chaleureuse et décontractée de l'album se révèle une nouveauté surprenante, et attachante.

Le groupe est meilleur que dans l'album précédent, et les cuivres de Tower of Power apportent un son plus ouvert, plus chaud. Le clou de l'album est atteint avec deux chansons aux énergies opposées, *Workin' for a Living*, et *Do You Believe in Love*, la meilleure de l'album, où le chanteur demande à la fille qu'il a rencontré alors qu'il *cherchait à rencontrer quelqu'un* si elle *croit en l'amour*. Le fait que la question demeure sans réponse (car nous ne saurons jamais ce que dit la fille) ajoute une complexité inconnue sur le premier album du groupe. *Do You Believe in Love* bénéfice également d'un superbe solo de sax par Johnny Colla (qui en donne pour son argent à Clarence Clemons), lequel tout comme Chris Hayes à la guitare et Sean Hopper aux claviers, est devenu un atout inestimable du groupe (son solo de sax sur la ballade *Is It*

Me ? est plus fort encore). La voix de Huey paraît plus travaillée, moins râpeuse, et un peu plaintive cependant, particulièrement dans *The Only One*, une chanson touchante qui évoque ce qu'il advient de nos mentors, et comment ils finissent (la batterie de Bill Gibson se révèle essentielle, pour cette chanson particulièrement). Au lieu de se terminer sur un morceau puissant, l'album se clôt sur *Buzz Buzz Buzz*, un blues sans prétentions qui n'a guère de raison d'être, comparé à ce qui le précède mais qui n'est pas non plus sans charme, à sa manière plaisante, et dans lequel les cuivres de Tower of Power se révèlent au meilleur de leur forme.

Aucune erreur de ce genre, sur le troisième album du groupe, *Sports* (Chrysalis), un chef-d'œuvre total. Chaque chanson est un hit en puissance, et la plupart le furent effectivement. C'est le disque qui devrait faire du groupe une figure emblématique du rock'n'roll. Le côté "mauvais garçons" a complètement disparu, au profit d'une espèce de douceur un peu estudiantine (dans une chanson, ils vont jusqu'à occulter le mot "cul" avec un bip). L'album entier est précis, net, avec un chatoiement nouveau, celui du grand professionnalisme, qui insuffle aux chansons une énergie considérable. Quant aux clips délirants tournés pour promouvoir l'album *Heart and Soul, The Heart of Rock'n'Roll, If This Is It, Bad Is Bad, I Want a New Drug*), ils devaient en faire des superstars de la télévision.

Produit par le groupe, *Sports* débute avec ce qui deviendra probablement son indicatif, *The Heart of Rock'n'Roll*, un hymne d'amour au rock des États-Unis. Suit *Heart and Soul*, leur premier quarante-cinq tours important, une chanson typique de Lewis (bien que composée par Michael Chapman et Nicky Chinn, lesquels ne font pas partie de l'équipe) qui fera d'eux, de manière permanente et définitive, le premier groupe de rock américain des années 80. Si les paroles ne sont pas tout à fait à la hauteur de celles de certaines autres chansons, elles demeurent la plupart du temps plus que passables, et l'ensemble consiste en une dénonciation désinvolte des amours d'une nuit (un message que le Huey première manière, le voyou, n'aurait jamais fait passer). *Bad is Bad*, entièrement écrit par Lewis, est la chanson la plus bluesy jamais enregistrée par le groupe jusqu'alors et, malgré la brillante ligne de basse de Mario Cipollina, ce sont les solos d'harmonica de Huey qui lui donnent son impact. *I Want a New Drug*, avec son terrible riff de guitare (dû a Chris Hayes) est le centre vital de l'album – c'est non seulement la meilleure chanson anti-drogue jamais écrite, mais aussi une déclaration plus personnelle, montrant comment le groupe a évolué, se débarassant de son image "dure" pour devenir plus adulte. Hayes nous offre un solo incroyable, et la boîte à rythme, laquelle n'est pas mentionnée sur la pochette, donne non seulement à *I Want a New Drug*, mais aussi à presque tout l'album, une cohérence que ne possédaient aucun des précédents – même si la présence de Bill Gibson demeure la bienvenue.

Tout le disque défile ainsi, sans à-coup. La deuxième face débute par leur morceau le plus fulgurant jusqu'alors: *Walking on a Thin Line*, et personne, pas même Bruce Springsteen, n'a jamais dénoncé de façon aussi virulente la condition des anciens du Vietnam dans la société moderne. Cette chanson, bien qu'écrite par des étrangers à l'équipe, fait la preuve d'une nouvelle conscience sociale du groupe, prouvant ainsi à ceux qui en doutaient qu'il y a là un cœur, au-delà de l'aspect bluesy. Une fois de plus, dans *Finally Found a Home*, il fait montre d'une sophistication inédite, avec un hymne à la maturité. Et s'il s'agit de mettre au placard leur image de "rebelle", ils évoquent également la manière dont ils se sont "trouvés" dans la passion et l'énergie du rock' n' roll. En fait, la chanson comprend tant de niveaux de sens qu'elle en est presque trop complexe pour l'album, bien que le rythme demeure, ainsi que les interventions aux claviers de Sean Hopper, qui en font un morceau de danse. *If This Is It* est la seule ballade du disque, mais elle ne manque pas de rythme non plus. Un amoureux supplie sa partenaire de lui dire si elle veut poursuivre leur relation, et Huey, par sa manière de la chanter (sans doute le vocal le plus magnifique de l'album) lui insuffle la force de l'espoir. Une fois encore, dans cette chanson – comme dans tout le reste de l'album –, il ne s'agit pas de draguer les filles, ni de besoin d'amour, mais de la façon de gérer une relation. *Crack Me Up* est le seul exemple d'un vague retour vers sa période New Wave. C'est une chanson mineure, mais amusante, bien que son message anti-alcool, anti-drogue et pro-maturité ne le soit guère.

Pour conclure cet album somme toute remarquable, le groupe nous offre une version de *Honky Tonk Blues* (encore une chanson écrite par une personne extérieure à l'équipe, Hank Williams) et, bien que cette chanson soit très différente des autres, sa présence court dans tout le reste du disque car, par-delà l'éclat du professionnalisme, l'album garde l'intégrité du blues des origines. (En outre, Huey devait aussi enregistrer durant cette période deux chansons pour le film *Back to the Future*, qui toutes deux seraient classées numéro un au hit parade, *The Power of Love* et *Back in Time*, deux "à-côtés" de grande qualité, et non des laissés-pour-compte, dans ce qui est devenu une carrière de légende.) Que dire aux détracteurs de *Sports*, au bout du compte ? Neuf millions d'acheteurs ne peuvent se tromper.

Fore ! (Chrysalis, 1986) est essentiellement dans la continuité de *Sports*, mais avec encore plus de brillant, de professionnalisme. C'est un disque où le groupe n'a plus besoin de prouver qu'il a évolué et qu'il a accepté le rock' n' roll, car dans les trois ans qui séparent *Sports* et *Fore* !, il l'a effectivement intégré. (En fait, tous trois portent un costume, sur la couverture de l'album.) Il débute par l'éclat flamboyant de *Jacob's Ladder*, qui parle essentiellement de lutte et de refus des compromis, une bonne façon de ne pas oublier ce que Huey and the News représentent, et la meilleure chanson de l'album, à part *Hip to Be Square* (bien que n'ayant pas été écrite par un membre du groupe). Suit *Struck with You*, une ode sans prétention à l'amour et au mariage, sur un mode léger et amusant. En fait, la plupart des chansons d'amour de l'album parlent de relations suivies, au contraire des premiers albums, où le propos était la recherche vaine d'une fille ou les dégâts que la rencontre peut causer. Dans *Fore !* les chansons évoquent des hommes sûrs d'eux-même (ils ont trouvé la fille) qui doivent gérer une relation. Cette nouvelle dimension apporte aux News une énergie renouvelée, il y a là un certain bien-être, un contentement, et moins d'urgence, ce qui concourt à faire de cet album le plus agréable à ce jour. Mais pour chaque *Doing It All for My Baby* (une délicieuse apologie de la monogamie et des satisfactions qu'elle apporte), on trouvera un blues incendiaire, torride, tel *Whole Lotta Lovin'*. La première face (ou la chanson numéro cinq, sur le CD) se conclut sur un chef-d'œuvre, *Hip to Be Square* (laquelle, ironie du sort, fait l'objet du seul mauvais clip vidéo du groupe), la chanson-clé de *Fore !*, un hymne exubérant au conformisme, si entraînant que la plupart des gens négligent sans doute d'écouter les paroles, mais avec la guitare déchaînée de Chris Hayes, et le clavier au mieux de sa forme, quelle importance ? Cependant, il ne s'agit pas uniquement des joies du conformisme et de l'importance d'avoir des directions précises – le propos a aussi trait au groupe lui-même, même si je ne sais trop ce qu'il signifie.

Si la deuxième face de *Fore !* n'a pas l'intensité de la première, elle contient néanmoins quelques morceaux de choix, assez complexes en réalité. *I Know What I Like* est une chanson que Huey n'aurait jamais chantée six ans auparavant – une franche proclamation de son indépendance – tandis que le délicat *I Never Walk Alone*, qui lui fait suite, complète la chanson et l'explique en termes plus généraux (elle bénéficie également d'un superbe solo d'orgue, et du vocal le plus convaincant de Huey, si l'on exclue *Hip to Be Square*). *Forest for the Trees* est un morceau enlevé, ainsi qu'un manifeste contre le suicide, et si le titre peut avoir un côté "cliché", Huey et son groupe ont une manière bien à eux d'insuffler la vie dans les clichés pour en faire des inédits. *Naturally*, un thème charmant, interprété *a capella*, évoque le temps de l'innocence, et déploie les harmonies vocales du groupe (pour un peu, vous pourriez croire que ce sont les Beach Boys que vous entendez sur votre lecteur CD) et bien que ce dernier morceau soit sans grand intérêt, une sorte de "musique jetable", l'album se conclut magnifiquement avec *Simple as That*, une ballade à tendance sociale qui nous parle d'espoir, et non de résignation, et dont le message complexe (c'est une personne extérieure au groupe qui l'a écrite), un message de survie, ouvre la porte à leur album suivant, *Small World*, où ils traitent de problèmes plus généraux. Sans doute *Fore !* n'est-il pas le chef-d'œuvre qu'était *Sports* (comment renouveler cet exploit ?), mais c'est, dans son genre, un album satisfaisant, et le Huey 86, plus doux, plus gentil, est tout aussi remarquable.

Small World (Chrysalis, 1988) est le disque le plus ambitieux et le plus réussi réalisé à ce jour par Huey Lewis and the News. Le jeune homme en colère a définitivement fait place à un professionnel accompli et, bien que Huey n'ait réellement la pleine possession que d'un instrument (l'harmonica), le son magnifique, dylanesque, qu'il imprime à *Small World* en fait un album d'une qualité que peu d'artistes on su atteindre. C'est, de toute évidence, un disque de transition, et le premier où ils tentent de garder une unité de thème – en fait, Huey aborde un des sujets les plus essentiels: l'importance de la communication en général. Rien d'étonnant à ce que, sur les dix chansons de l'album, quatre comprennent le mot "monde" dans leur titre.

De même, pour la première fois, il n'y a pas un, mais *trois* instrumentaux.

Le CD part sur les chapeaux de roues, avec *Small World (Part One)*, co-écrit par Lewis et Hayes et qui, tout en faisant passer un message d'harmonie, contient en son milieu un solo foudroyant de Hayes. Dans *Old Antone's*, on perçoit les influences zydeco qui ont imprégné le groupe au cours de ses tournées dans tout le pays et qui donnent au morceau un parfum cajun absolument unique. Bruce Hornsby est merveilleux à l'accordéon, et les paroles reflètent le véritable esprit du bayou. Une fois de plus, sur *Perfect World*, un hit, on a fait appel aux cuivres de Tower of Power, qui produisent un effet extraordinaire. C'est également la meilleure plage de l'album (les paroles sont de Alex Call, un étranger au groupe), celle qui réunit tous les thèmes du disque – l'acceptation de l'imperfection, mais sans cesser d'apprendre à « *continuer de rêver d'un monde parfait* ». Malgré son rythme rapide, la chanson demeure émouvante dans son message, et le groupe joue magnifiquement. Curieusement, ceci est suivi de deux instrumentaux: *Bobo Tempo*, un morceau de danse d'influence africaine, vaguement surnaturelle, et la deuxième partie de *Small World*. Mais l'absence de paroles ne signifie aucunement que le sens général, le message de communication, est perdu, et ils ne sentent en rien le remplissage ou le délayage, grâce aux implications qu'apporte cette reprise des thèmes; ainsi, le groupe déploie aussi sa virtuosité d'improvisation.

La deuxième face s'ouvre sur un thème étonnant, *Walking with the Kid*, la première chanson où Huey fasse allusion aux responsabilités de la paternité. Sa voix semble plus mûre et, bien que nous ne sachions pas avant la dernière ligne que le "kid" dont il s'agit (et que nous pensions être un copain) est en réalité son fils, la maturité de sa voix pouvait nous le laisser deviner: il est difficile de croire que l'homme qui chantait autrefois *Heart and Soul* et *Some of My Lies Are True* chante à présent *ceci*. La grande ballade de l'album, *World to Me*, est une perle de délicatesse et de rêverie, et bien que le thème en soit la fidélité et l'attachement envers l'autre, elle fait aussi référence à la Chine, à l'Alaska et au Tennessee, développant le thème de l'album, *Small World*, et le groupe y est vraiment excellent. *Better Be True* est aussi plus ou moins une ballade, mais ça n'est pas une perle de délicatesse et de rêverie, le thème n'en est pas vraiment la fidélité et l'attachement envers l'autre, elle ne fait référence ni à la Chine ni à l'Alaska, et le groupe y est vraiment excellent.

Give Me the Keys (And I'll Drive You Crazy) est un bon vieux rock qui parle de balades en voiture (de quoi d'autre ?), et qui induit le thème de l'album avec plus de légèreté que les chansons précédentes, ce qui, bien qu'il puisse sembler indigent du point de vue lyrisme, est un signe que le Lewis "sérieux", nouvelle manière – que l'artiste Huey – n'a pas totalement perdu son vigoureux sens de l'humour. L'album se conclut sur *Slammin'*, qui n'a pas de paroles, juste un paquet de cuivres et, franchement, si vous le mettez un peu fort, ça peut vous donner un putain de mal de tête, voire même vous filer la nausée, encore que çà puisse être différent en disque et en cassette, mais ça je n'en sais rien. Quoi qu'il en soit, ça m'a détraqué pendant des jours. En plus, ça n'est pas très dansant.

Il a fallu le concours d'une centaine de personnes environ pour réaliser *Small World* (en comptant les musiciens de studio, les techniciens de la boîte à rythme, les comptables, les juristes – qui sont tous cités), mais en fait, cela ajoute quelque chose au thème de l'album, la communauté, et ne le sature en rien – au contraire l'expérience n'en est que plus heureuse. Avec ce CD, et les quatre qui l'ont précédé, Huey Lewis and the News nous prouve que si ce monde, en effet, est un *petit* monde, ce groupe demeure le *meilleur* groupe américain des années 80, sur ce continent comme sur les autres – grâce à Huey Lewis, un chanteur-compositeur-musicien littéralement insurpassable.

AU LIT AVEC COURTNEY

Je suis chez Courtney, dans son lit. Luis est à Atlanta. Courtney frissonne, se serre contre moi, se détend. Je m'écarte d'elle et roule sur le dos, atterrissant sur quelque chose de dur, recouvert de fourrure. Glissant la main sous mon corps, je trouve un chat noir empaillé, avec des pierres bleues à la place des yeux, un chat que je crois bien avoir remarqué chez F.A.O. Schwartz, comme je faisais mes premiers achats de Noël. Ne sachant que dire, je bredouille: « Les lampes Tiffany… font un come-back. » Je la distingue à peine dans la pénombre, mais j'entends un soupir bas, douloureux, et le son d'un flacon de pilules qu'on ouvre, tandis que son corps s'agite dans le lit. Laissant tomber le chat sur le sol, je me lève et vais prendre une douche. Ce matin, le thème du *Patty Winters Show* était: "Le Saphisme chez les Belles Adolescentes", ce qui était d'un érotisme tel que j'ai du rester à la maison — manquant ainsi un rendez-vous —, et me masturber deux fois. J'ai traîné chez Sotheby une grande partie de la journée, désœuvré, morose et abruti. Hier soir, dîner au Deck Chairs avec Jeanette. Elle avait l'air fatigué, et n'a quasiment rien mangé. Nous avons partagé une pizza à quatre-vingt dix dollars. Après m'être essuyé les cheveux avec une serviette, je passe un peignoir Ralph Lauren et retourne dans la chambre pour m'habiller. Courtney fume une cigarette devant *Late Night with David Letterman*, en sourdine.

— Tu m'appelles avant Thanksgiving ? demande-t-elle.

— Peut-être. » Je boutonne ma chemise, me demandant pourquoi je suis même jamais venu ici.

— Qu'est-ce que tu fais ? demande-t-elle d'une voix lente.

— J'ai un dîner au River Café. Après, au Bar, peut-être, dis-je, très calme, décontracté, comme il se doit.

— C'est bien, murmure-t-elle.

— Et toi et… Luis ?

– Nous devions dîner chez Tad et Maura, soupire-t-elle. Mais je ne crois pas que nous irons.

– Pourquoi ? fais-je, passant mon gilet Polo en cashmere noir, me disant: comme c'est intéressant.

– Oh, tu sais bien comment est Luis, avec ses histoires de Japonais, commence-t-elle, les yeux déjà vitreux.

Comme elle flanche, j'insiste, contrarié. « Je comprends bien. Vas-y, continue. »

– Dimanche dernier, Luis a refusé de jouer au Trivial Pursuit, chez Tad et Maura, parce qu'ils ont un Akita. » Elle tire sur sa cigarette.

– D'accord, je vois… Qu'est-ce que vous avez fait ?

– Nous sommes venus jouer chez moi.

– Je ne t'ai jamais vu fumer, dis-je.

Elle sourit tristement, mais non sans sottise. « Tu n'as jamais fait attention. »

– D'accord, je suis confus, je l'avoue, mais pas plus que ça… » Je me dirige vers le miroir Marlian accroché au-dessus d'un bureau Sottsass en teck, pour vérifier le nœud de ma cravate Armani imprimée cachemire.

– Écoute, Patrick, dit-elle avec effort, pouvons-nous parler un peu ?

– Tu es superbe », dis-je en soupirant, tournant la tête vers elle et l'embrassant de loin. « Il n'y a rien à dire. Tu épouses Luis la semaine prochaine, c'est tout.

– C'est extraordinaire, n'est-ce pas ? fait-elle d'un ton ironique, mais sans amertume.

– Courtney, écoute », dis-je, puis je me retourne vers le miroir, articulant silencieusement: Tu es superbe.

– Patrick ?

– Oui, Courtney ?

– Si je ne te vois pas avant Thanksgiving… Elle s'interrompt, embarrassée. « Je te souhaite une bonne fête ? »

Je la regarde un bon moment avant de répondre: « Toi aussi », d'une voix sans timbre.

Elle ramasse le chat empaillé, lui caresse la tête. Je sors de la chambre et traverse l'entrée, me dirigeant vers la cuisine.

— Patrick ? appelle-t-elle doucement depuis la chambre.

Je m'arrête, sans me retourner. « Oui ? »

— Rien.

SMITH & WOLLENSKY

Je suis au Harry's, dans Hanover Street, avec Craig McDermott. Il fume un cigare tout en buvant une vodka-champagne, et me demande quelles sont les règles en matière de pochette. Je lui réponds, tout en buvant la même chose. Nous attendons Harold Carnes qui est rentré de Londres mardi, et qui a une demi-heure de retard. Je me sens nerveux, tendu, et, comme je fais remarquer à McDermott que nous aurions du inviter Todd ou à la rigueur Hamlin, qui a toujours de la coke, il hausse les épaules et répond que nous retrouverons peut-être Carnes au Delmonico's. Mais il n'y a pas de Carnes au Delmonico's, aussi filons-nous chez Smith & Wollensky, au nord de Manhattan, où l'un de nous a réservé pour huit heures. McDermott porte un costume de laine croisé à six boutons, Cerruti 1881, une chemise en coton écossais, de chez Louis, à Boston, et une cravate de soie Dunhill. Je porte un costume de laine croisé à six boutons Ermenegildo Zegna, une chemise de coton à rayures, Luciano Barbera, une cravate de soie Armani, des chaussures de daim bicolore, Ralph Lauren, et des chaussettes E. G. Smith. Ce matin, le thème du *Patty Winters Show* était: "Les Hommes Violés par une Femme". Assis dans un box, chez Smith & Wollensky, qui est étrangement désert, je bois un verre de bon vin rouge pour accompagner le Valium, m'interrogeant vaguement sur ce cousin à moi, à

St. Alban, Washington, qui a récemment violé une fille, lui arrachant les lobes des oreilles à coups de dents puis, jouissant du plaisir malsain que j'éprouve à ne pas commander le hachis maison, je pense à mon frère, à l'époque nous faisions du cheval ensemble, jouions au tennis – souvenirs brûlants dans ma mémoire, que McDermott occulte soudain, s'apercevant que je n'ai pas commandé le hachis, lorsqu'arrivent les plats.

– Qu'est-ce que c'est que ça ? Tu ne peux pas dîner chez Smith & Wollensky sans prendre le hachis, s'insurge-t-il.

Évitant son regard, je touche le cigare que je garde en réserve dans la poche de ma veste.

– Bon Dieu, Bateman, tu es un maniaque délirant. Tu es chez P&P depuis trop lontemps, marmonne-t-il. Merde alors, pas de hachis…

Je ne dis rien. Comment expliquer à McDermott que je suis dans un moment particulièrement incohérent de ma vie, que je vois que les murs ont été repeints en un blanc cru, presque douloureux à regarder, et que, sous la lumière brutale des tubes fluorescents, ils semblent se mettre à palpiter, à rayonner. Quelque part Frank Sinatra, chante *Witchcraft*. Je garde les yeux fixés sur les murs, écoutant les paroles de la chanson, soudain assoiffé, mais notre serveur est en train de prendre la commande d'une immense tablée d'hommes d'affaires, tous japonais et, dans le box derrière, un type que je pense être soit George Mac Gowan, soit Taylor Preston, vêtu d'un truc Polo, me regarde avec suspicion, tandis que McDermott contemple mon steak, l'air abasourdi, et que l'un des hommes d'affaires japonais brandit un boulier pendant qu'un autre s'efforce de prononcer correctement le mot "teriyaki", et qu'un autre encore fredonne avec la musique, puis se met à chanter les paroles, et toute la table rit, c'est un son étrange, mais pas complètement étranger, il lève une paire de baguettes, secouant la tête avec assurance, imitant Sinatra. Il ouvre la bouche, voici ce qui en sort: « *that sry comebitle stale… that clazy witchclaft…* »

À LA TÉLÉVISION

Tout en m'habillant avant de retrouver Jeanette, que j'emmène voir une nouvelle comédie musicale anglaise qui a débuté à Broadway la semaine dernière, puis dîner au Progress, le nouveau restaurant de Malcolm Forbes, dans l'Upper East Side, je regarde l'enregistrement du *Patty Winters Show* de ce matin, qui était en deux parties. Le premier sujet est un portrait de Axl Rose, le chanteur du groupe de rock Guns n' Roses. Patty déclare qu'il aurait dit, au cours d'une interview: « Lorsque je suis stressé, je deviens violent, et je me retourne contre moi-même. Il m'est arrivé de me donner des coups de lame de rasoir, avant de me rendre compte qu'avoir des cicatrices est finalement plus préjudiciable que de ne pas avoir de chaîne stéréo... Je préférerais encore détruire ma chaîne à coups de pieds que de donner un coup de poing dans la figure de quelqu'un. Lorsque je suis furieux, ou bouleversé, ou sous le coup d'une émotion, parfois je vais au piano et je joue. » Dans la deuxième partie de l'émission, Patty lit les lettres que Ted Bundy, le maniaque, a écrit à sa fiancée au cours de l'un de ses nombreux procès. « Chère Carole », commence-t-elle, tandis qu'apparaît brièvement sur l'écran la photo d'un Ted Bundy bouffi, prise quelques semaines avant son exécution, et honteusement partiale, « ne t'asseois pas sur le même rang que Janet, à la Cour, je t'en prie. Lorsque je regarde vers toi, elle me fixe avec des yeux fous, comme une mouette psychopathe en arrêt devant une palourde... C'est comme si elle était déjà en train de me tartiner de sauce piquante... »

J'attends qu'il se passe quelque chose. Je reste assis dans ma chambre, pendant près d'une heure. Rien à faire. Je me lève et prends le peu de coke – trois fois rien – que j'ai gardé, dans mon placard, reliquat d'un samedi soir au M. K. ou au Bar, puis m'arrête à l'Orso pour prendre un verre avant de retrouver Jeanette qui, quand je l'ai appelée tout à l'heure pour lui dire que j'avais deux billets pour cette comédie musicale, n'a rien trouvé d'autre à dire que « je viens », et à qui j'ai donné rendez-vous à huit heures moins dix devant le théâtre, sur quoi elle a raccroché. Assis au bar de l'Orso, seul, je me dis que j'ai bien failli appeler un des numéros qui clignotait en bas de l'écran, mais je me suis aperçu à temps que je ne savais pas quoi dire. Je me souviens de quinze mots, dans ce qu'a lu Patty: « *C'est comme si elle était déjà en train de me barbouiller de sauce piquante.* » Je ne sais pourquoi, ces mots me reviennent de nouveau en mémoire, tandis que je suis installé au Progress avec Jeanette, après le show. Il est tard, le restaurant est bondé, nous commandons un truc appelé carpaccio d'aigle, du dauphin grillé aux prosopis, des endives au chèvre et aux amandes chocolatées, ce gaspacho bizarre avec du poulet cru, et de la bière amère. Pour l'instant, il n'y a vraiment rien de mangeable dans mon assiette. Au goût, on dirait du plâtre. Jeanette porte une veste de smoking en laine, un châle de mousseline de soie à une manche, un pantalon de smoking en laine, Armani, des boucles d'oreilles anciennes en or et diamants, des bas Givenchy et des chaussures plates en gros-grain. Elle ne cesse de soupirer, menace d'allumer une cigarette, bien que nous soyions dans la partie non-fumeurs. Son attitude me déstabilise sérieusement, et des idées noires commencent à naître, à se déployer dans ma tête. Elle a déjà bu des kir-champagne, trop de kir-champagne, et lorsqu'elle commande son sixième, je suggère que, peut-être, elle devrait arrêter. Levant les yeux vers moi, elle déclare: J'ai froid, j'ai soif et, putain, je commande ce que je veux.

– Alors prends de l'Évian, ou de la San Pellegrino, pour l'amour de Dieu, dis-je.

SANDSTONE

Ma mère et moi sommes assis dans sa chambre à Sandstone, où elle vit en permanence, à présent. Bourrée de sédatifs, elle a des lunettes de soleil, et ne cesse de porter la main à ses cheveux, tandis que je garde les yeux baissés sur mes mains, à peu près certain qu'elles tremblent. Elle essaie de sourire en me demandant ce que je souhaite pour Noël. Je relève la tête pour la regarder, ce qui me demande un effort considérable, comme je m'y attendais. Je porte un costume en gabardine de laine à deux boutons et revers échancrés de Gian Marco Venturi, des chaussures à lacets et bouts renforcés, Armani, une cravate Polo, et des chaussettes de je ne sais plus trop qui. Nous sommes presque à la mi-avril.

— Rien, dis-je avec un sourire apaisant.

Un silence, que je brise en demandant: « Et toi, qu'est-ce que tu veux ? »

Elle reste un long moment silencieuse, et je baisse de nouveau les yeux sur mes mains; il y a du sang séché sous l'ongle d'un pouce, provenant sans doute d'une fille appelée Suki. Ma mère se passe la langue sur les lèvres. « Je ne sais pas, fait-elle d'une voix lasse. Je veux simplement passer un bon Noël. »

Je ne dis rien. Je viens de passer une heure entière à examiner mes cheveux dans le miroir car j'ai exigé, auprès de l'hôpital qu'on lui en laisse un dans sa chambre.

— Tu as l'air malheureux, dit-elle brusquement.

— Mais non, dis-je avec un soupir bref.

— Tu as l'air malheureux, répète-t-elle, plus calmement cette fois. Elle touche de nouveaux ses cheveux d'un blanc cru, aveuglant.

— Eh bien, toi aussi, tu as l'air malheureux, dis-je lentement, espérant qu'elle se taira.

Elle se tait. Je suis assis sur une chaise près de la

fenêtre, et derrière les barreaux, la pelouse s'assombrit alors qu'un nuage passe devant le soleil. Mais bientôt la pelouse reverdit. Ma mère est assise sur son lit. Elle porte une chemise de nuit de chez Bergdorf et des chaussons Norma Kamali que je lui ai offerts à Noël dernier.

– Comment s'est passé la soirée ? demande-t-elle.

– Très bien, dis-je, essayant de deviner ce dont elle parle.

– Il y avait beaucoup de monde ?

– Une quarantaine de personnes. Ou peut-être cinq cents, dis-je avec un haussement d'épaules. Je ne sais pas trop.

De nouveau, elle passe sa langue sur ses lèvres, touche ses cheveux. « À quelle heure es-tu parti ? »

– Je ne m'en souviens pas, dis-je au bout d'un long moment.

– Une heure ? Deux heures ?

– Plutôt une heure, dis-je, la coupant presque.

– Oh. De nouveau elle s'arrête, rajuste ses lunettes de soleil, des Ray-Ban achetées chez Bloomingdale, que j'ai payées deux cents dollars.

– Ça n'était pas très bon, dis-je à tout hasard, lui jetant un coup d'œil.

– Pourquoi ? demande-t-elle avec curiosité.

– Ça n'était pas bon, c'est tout, dis-je, regardant de nouveau ma main, les traces de sang sous l'ongle du pouce, puis la photo de mon père jeune homme sur la table de chevet, à côté d'une photo de Sean et moi, adolescents, vêtus de smokings, le visage grave. Sur la photo, mon père porte une veste de sport noire croisée à six boutons, une chemise blanche en coton, col ouvert, une cravate, une pochette et des chaussures, Brooks Brothers. Il se tient à côté d'un des buissons taillés en forme d'animal, dans la propriété que possédait son père, dans le Connecticut, il y a longtemps de cela, et il semble avoir un problème aux yeux.

LA VILLE DES AFFAIRES

Et par un matin pluvieux, un mardi, après mon entraînement à Xclusive, je m'arrête à l'appartement de Paul Owen, dans l'Upper East Side. Cent soixante et un jours se sont écoulés depuis la nuit que j'ai passée là avec les deux escortes. Dans aucun des quatre journaux de la ville il n'a été question de cadavres découverts, ni dans les nouvelles locales; pas l'ombre d'une rumeur à ce sujet. J'ai été jusqu'à demander aux gens – les filles avec qui je sortais, des relations de travail –, au cours des dîners ou dans le hall de Pierce & Pierce, s'ils avaient par hasard entendu parler de deux prostituées mutilées retrouvées dans l'appartement de Paul Owen. Mais, comme dans un film, personne n'avait entendu parler de rien, personne ne voyait ce dont je voulais parler. Il y a certes d'autres sujets de préoccupation: la quantité scandaleuse de laxatif et de speed avec laquelle on coupe la cocaïne à Manhattan, à présent; l'Asie dans les années 90; la quasi impossibilité d'obtenir une réservation pour huit heures au PR, le nouveau restaurant de Tony Marcus sur Liberty Island; le crack. Ce que je veux dire, en somme, c'est qu'apparemment, on n'a pas trouvé de cadavre. Pour autant que je le sache, Kimball aussi est parti s'installer à Londres.

Comme je sors du taxi, l'immeuble m'apparaît différent, je ne sais pourquoi. Je possède toujours les clefs que j'ai volées à Owen la nuit où je l'ai tué, et je les sors pour ouvrir la porte du hall, mais elles n'entrent plus dans la serrure, et refusent de fonctionner. En revanche, arrive un portier en uniforme, qui n'était pas là il y a six mois. Il m'ouvre la porte, s'excusant d'avoir été si long. Je reste là, debout sous la pluie, perplexe, et il me prie d'entrer, me demandant d'une voix joviale, avec un fort accent irlandais: « Alors vous entrez ou vous restez dehors ? Vous allez vous faire tremper. » Je pénètre dans le hall, mon parapluie sous le bras, fourrant au fond de ma poche le masque de chirurgie que j'ai emporté pour parer à l'odeur. Le walkman à la main, je réfléchis, cherchant quoi dire, comment le formuler.

– Eh bien, que puis-je faire pour vous, Monsieur ? demande-t-il.

Je cale – silence gênant, interminable –, puis déclare: « Quatorze A », tout simplement.

Il me détaille soigneusement du regard, avant de consulter son registre puis, avec un large sourire, coche quelque chose. « Ah oui, bien sûr. Mrs. Wolfe est déjà là-haut. »

– Mrs…. Wolfe ? fais-je, souriant faiblement.

– Oui. C'est l'agent immobilier, dit-il, levant les yeux vers moi. Vous avez bien rendez-vous, n'est-ce pas ?

Tandis que monte l'ascenseur, le liftier – encore une nouveauté – garde les yeux rivés sur le sol. Je tente de me rappeler le trajet effectué cette nuit là, et durant toute la semaine, sachant pertinemment que je ne suis jamais retourné à l'appartement après le meurtre des deux filles. *Combien vaut l'appartement de Owen ?* Telle est la question qui taraude mon esprit, insistante, vibrante, et finit par s'y loger définitivement. Ce matin, le *Patty Winters Show* était consacré aux gens à qui on a ôté la moitié du cerveau. J'ai l'impression d'avoir de la glace dans la poitrine.

Les portes de l'ascenseur s'ouvrent. Je sors avec circonspection, me retourne pour les voir se refermer, puis me dirige vers l'appartement de Owen. J'entends des voix derrière la porte. Je m'appuie contre le mur et soupire, les clefs à la main, sachant déjà que les serrures ont été changées. Comme je reste là, me demandant quoi faire, tremblant, le regard baissé sur mes mocassins noirs et blancs, A. Testoni, la porte de l'appartement s'ouvre, me tirant d'un bref accès d'attendrissement sur moi-même. Un agent immobilier entre deux âges en sort, m'adresse un sourire, et demande, consultant son carnet: Êtes-vous mon rendez-vous de onze heures ?

– Non, dis-je.

– Excusez-moi, dit-elle, et elle s'éloigne sur le palier, se retournant une fois pour me regarder, avec une expression étrange, avant de disparaître. Je plonge le regard dans l'appartement. Un jeune couple, vingt-huit ou vingt-neuf ans, est en train de discuter au milieu du salon. Elle porte une veste de laine, un chemisier en soie et un pantalon de flanelle de laine, Armani, des boucles d'oreilles en vermeil, et tient une bouteille d'Évian dans sa main gantée. Il porte une veste sport en tweed, un gilet en cashmere, une chemise en chambray et une cravate, Paul Stuart, et tient au bras un trench-coat de coton Agnès B. Derrière eux, l'appartement semble immaculé. Nouveaux stores vénitiens. Le panneau en faux cuir de vache a disparu; cependant, le mobilier, le revêtement mural, la table basse en verre, les chaises Thonet, le canapé de cuir noir, tout semble intact; la télévision à écran large installée dans le salon et allumée, en sourdine, diffuse actuellement une publicité, dans laquelle on peut voir une tache sortir d'une veste et s'adresser à la caméra, mais cela ne me fait pas oublier les seins de Christie, la tête d'une des filles, le nez manquant et les oreilles arrachées à coups de dents, et ses dents qui apparaissaient là où j'avais déchiré la chair de ses machoires et de ses joues, le flot de sang qui inondait l'appartement, la puanteur de la mort, ma propre crainte d'avoir…

– Puis-je vous aider ? L'agent immobilier, Mrs. Wolfe, je présume, fait irruption. Elle a un visage fin, très anguleux, avec un gros nez, un nez consternant, affreusement *vrai*, une bouche lourdement soulignée de rouge, et des yeux d'un bleu laiteux. Elle porte une veste en bouclette de laine, un chemisier en soie lavée, des chaussures, des boucles d'oreilles, de… ? Je ne sais pas. Elle a peut-être moins de quarante ans.

Je suis toujours appuyé au mur, observant le couple qui s'éloigne vers la chambre, abandonnant le salon. Je viens de remarquer les bouquets dans des vases de verre, des bouquets par dizaines, dans tous les coins de l'appartement. Je sens leur parfum de là où je me tiens, sur le palier. Mrs. Wolfe jette un coup d'œil par-dessus son épaule, pour voir ce que je regarde ainsi, puis revient vers moi.

– Je cherche… Est-ce que Paul Owen n'habite pas ici ?

Elle demeure un long moment silencieuse. « Non. Il n'habite pas ici », dit-elle enfin.

Nouveau silence. « Vous en êtes… enfin, certaine ? faisje. Je ne… je ne comprends pas. »

Elle vient de remarquer quelque chose, et ses traits se contractent soudain. Ses yeux se rétrécissent, mais ne se ferment pas. Elle a vu le masque de chirurgien que je tiens serré d'une main moite. Elle inspire avec force, refusant de baisser les yeux. Décidément, tout cela me met très, très mal à l'aise. Á la télé, encore une publicité. On voit un homme qui brandit un morceau de toast en disant à son épouse : « Hé, tu as raison… Cette margarine est *réellement* meilleure que de la merde. » L'épouse sourit.

– Vous avez vu l'annonce dans le *Times* ? demande-telle.

– Non… enfin, si. Si, c'est cela. Dans le *Times*. Je m'interromps pour reprendre des forces. Le parfum des roses est étouffant, il masque une autre odeur, une odeur abominable. « Mais… est-ce que Paul Owen n'est plus… le *propriétaire* ? » fais-je, réunissant tout mon courage.

Elle reste silencieuse un long moment, avant d'avouer enfin : Il n'y avait pas d'annonce dans le *Times*.

Nous nous dévisageons, pendant une éternité. Elle sait que je vais dire quelque chose, j'en suis certain. J'ai déjà vu cette expression sur le visage de quelqu'un. Dans une boîte ? Sur celui d'une victime ? Sur un écran de cinéma, récemment ? Ou bien l'ai-je déjà vue dans le miroir ? Il me semble qu'une heure s'écoule avant que je puisse parler de nouveau. « Mais c'est… son… » Je m'arrête, mon cœur saute un battement, reprend son rythme, « … son mobilier. »

Je laisse tomber mon parapluie, et me penche aussitôt pour le ramasser.

– Je crois que vous devriez partir, dit-elle.

– Je pense que... Je voudrais savoir ce qui s'est passé. J'ai la nausée, ma poitrine et mon dos se couvrent de sueur, trempés en une seconde, dirait-on.

– Ne faites pas de difficultés, dit-elle.

Toutes les barrières, si jamais il en existait, semblent soudain amovibles, ôtées, et ce sentiment que ce sont les autres qui créent mon destin ne me quittera pas de la journée. Ceci... n'est... pas... un... jeu, voudrais-je crier, mais je ne parviens pas à reprendre souffle, bien qu'elle ne s'en aperçoive pas, à mon avis. Je détourne le visage. J'ai besoin de repos. Je ne sais quoi dire. Embarrassé, je feins de tendre la main, de toucher le bras de Mrs. Wolfe, puis suspends mon geste et porte ma main à ma propre poitrine, que je n'arrive pas à sentir, pas même quand je desserre ma cravate; ma main reste là, tremblant sans que je puisse l'en empêcher. Je rougis, demeure muet.

– Je pense que vous devriez partir, dit-elle.

Nous sommes sur le palier, face à face.

– Ne faites pas de difficultés, dit-elle de nouveau, calmement.

Je demeure immobile quelques secondes encore, avant de me décider à reculer, levant les mains en un geste d'apaisement.

– Ne revenez pas, dit-elle.

– Je ne reviendrai pas, dis-je. Ne vous inquiétez pas.

Le jeune couple apparaît sur le seuil de l'appartement. Mrs. Wolfe me suit des yeux jusqu'à la porte de l'ascenseur, me regarde appuyer sur le bouton. Dans l'ascenseur, le parfum des roses est accablant.

À L'ENTRAÎNEMENT

Les poids et l'appareil Nautilus m'aident à décompresser. De même, mon corps réagit à l'entraînement. Torse nu, je scrute mon reflet dans le miroir au-dessus des lavabos, dans le vestiaire de Xclusive. Les muscles de mes bras sont brûlants, mon ventre est aussi ferme que possible, ma poitrine est d'acier, mes pectoraux de granit, mes yeux d'un blanc de glace. Mon casier de vestiaire contient trois vagins récemment découpés sur le corps de différentes femmes attaquées la semaine dernière. Deux sont nettoyés, le troisième non. L'un d'entre eux est muni d'une barrette, et un ruban bleu de chez Hermès est noué autour de mon préféré.

FIN DES ANNÉES 80

L'odeur du sang s'infiltre dans mes rêves, des rêves effrayants pour la plupart: un transatlantique prend feu, éruptions volcaniques à Hawaï, mort violente de la plupart des agents de change de Salomon, James Robinson me cause du tort, retour au pensionnat, puis à Harvard, les morts se lèvent et marchent au milieu des vivants. Mes rêves, en un film interminable, une pellicule éternellement déroulée, accidents de voiture, désastres, chaises électriques et suicides horribles, seringues, pin-up mutilées, soucoupes volantes, jacuzzis de marbre, poivre rose. Je me réveille baigné de sueur froide, et suis contraint d'allumer la télévision à écran large pour masquer les bruits de chantier que l'on entend à longueur de journée, venant de nulle part. Anniversaire de la mort d'Elvis Presley, il y a un mois. Brefs extraits de matchs de football, le son coupé.

J'entends le répondeur se déclencher, en sourdine, puis cliqueter de nouveau. Tout l'été, Madonna nous a crié: « *Life is a mystery, everyone must stand alone...* »

Alors que je descends, Broadway pour retrouver Jean, ma secrétaire, avec qui je vais prendre un brunch, un étudiant m'aborde devant Tower Records, et me demande quelle est la chanson la plus triste que je connaisse. « *You can't always get what you want*, des Beatles », dis-je sans hésiter. Puis il me demande quelle est la chanson la plus gaie que je connaisse, et je réponds: « *Brilliant Disguise*, de Bruce Springsteen. » Il hoche la tête, prend note, et je m'éloigne, passant devant le Lincoln Center. Un accident. Il y a une ambulance garée le long du trottoir. Un tas d'intestins, en vrac, dans une mare de sang. Je m'arrête dans une épicerie coréenne et achète une pomme très dure, que je mange en allant retrouver Jean qui, à cet instant, m'attend devant l'entrée de Central Park, celle de la Soixante-septième Rue, en ce jour ensoleillé de septembre. Levant les yeux vers les nuages, elle voit une île, un petit chien, l'Alaska, une tulipe. Moi, je vois une pince à billets Gucci, une hache, une femme coupée en deux, une grande flaque blanche gonflée de sang, qui s'étend dans le ciel et dégoutte sur la ville, sur Manhattan, mais je ne le lui dis pas.

Nous faisons halte à un café avec terrasse, le Nowheres, dans l'Upper West Side, discutant pour savoir quel film nous allons voir, ou s'il y a une exposition intéressante dans un musée, à moins que nous n'allions simplement nous promener, au zoo, suggère-t-elle, et je hoche la tête, l'esprit ailleurs. Jean a bonne allure, on dirait qu'elle a fait un peu de gym. Elle porte une veste en lamé or et un short en velours, Matsuda. Je m'imagine à la télévision, dans une publicité pour un nouveau produit – un rafraîchisseur de bouteilles ? Une lotion auto-bronzante ? Un chewing-gum sans sucre ? –, et j'avance par saccades, marchant le long d'une plage, la pellicule est en noir et blanc, rayée à dessein, et l'on entend en fond sonore un air de

pop music du milieu des années soixante, légèrement surnaturel, comme l'écho d'un orgue à vapeur. À présent,
je regarde la caméra. À présent, je montre le produit – une
nouvelle mousse ? Des chaussures de tennis ? – et mes
cheveux volent au vent, puis il fait jour, puis nuit, puis jour
de nouveau, et enfin c'est la nuit.

– Je vais prendre un café au lait glacé, décaféiné, dit
Jean au serveur.

– Moi aussi, je vais prendre un décapité, dis-je d'une
voix absente, avant de me reprendre: « Je veux dire… un
décaféiné. » Je jette un coup d'œil inquiet à Jean, mais elle
me regarde avec un sourire vide. Le *Times* du dimanche
est posé sur la table, entre nous. Nous parlons de dîner
ensemble, ce soir, éventuellement. Un type qui ressemble à
Preston Taylor m'adresse un signe en passant. Je baisse
mes Ray-Ban, lui rends son bonjour. Je demande de l'eau à
un garçon. C'est un serveur qui se présente, après quoi
arrive une coupe contenant deux boules de sorbet, citron-
cilantro et vodka-citron vert, que je n'ai pas entendu Jean
commander.

– Vous en voulez un peu ? demande-t-elle.

– Je suis au régime. Merci, cela dit.

– Vous n'avez pas de poids à perdre, dit-elle, réellement
surprise. Vous plaisantez, n'est-ce pas ? Vous êtes superbe.
En pleine forme.

– On peut toujours être plus mince, dis-je en marmonnant, absorbé dans la circulation de la rue, la tête ailleurs,
où, je ne sais pas. « On peut toujours… être mieux. »

– Alors, on devrait peut-être renoncer à ce dîner, dit-elle
gravement. Je ne tiens pas à saboter votre… vos bonnes
résolutions.

– Non, pas de problème. De toutes façons, je ne suis
pas très fort pour… pour les respecter.

– Sérieusement, Patrick, je ferai ce que vous déciderez.
Si vous ne voulez pas dîner, nous ne dînons pas. Je veux
dire…

– Il n'y a pas de problème, dis-je de nouveau, insistant. Je sens quelque chose céder en moi. « Vous ne devriez pas être aussi servile.avec lui... avec *moi*, je veux dire. D'accord ? »

– Je veux simplement savoir ce que vous voulez faire, dit-elle.

– Vivre heureux pour le restant de mes jours, c'est bon ? fais-je, sarcastique. C'est *ça* que je veux. Je lui jette un regard dur, pendant trente secondes peut-être, avant de détourner les yeux. La voilà calmée. Au bout d'un moment, elle commande une bière. Il fait très chaud, dehors.

Quelques minutes s'écoulent. « Allez, souriez, dit-elle. Vous n'avez aucune raison d'être triste à ce point. »

– Je sais, dis-je, me détendant. Mais c'est... Ça n'est pas facile, de sourire, ces temps-ci. Enfin, *moi*, je trouve ça dur. Peut-être parce que je n'en ai pas l'habitude. Je ne sais pas.

– C'est... c'est pour ça que les gens ont besoin les uns des autres, dit-elle doucement, essayant de croiser mon regard, tout en prenant une cuillerée du sorbet, lequel n'est pas donné, entre parenthèses.

– Pas tous. Je m'éclaircis la gorge, avec une certaine gêne. « Ou bien, je ne sais pas, les gens compensent... Ils s'adaptent... » Je reste un long moment silencieux, puis conclus: « Les gens se font à tout, n'est-ce pas ? C'est une question d'habitude.

Long silence, de nouveau. « Je ne sais pas, fait-elle, ne sachant que dire. Je suppose... Mais il faut bien garder un... un pourcentage de bonnes choses supérieur au... à celui des mauvaises choses, en ce monde. Enfin, je veux dire, c'est vrai, non ? » Elle semble désarçonnée, comme surprise de sa propre déclaration. Un taxi passe, la radio à fond, Madonna encore: « *Life is a mystery, everyone must stand alone...* » Un rire me fait sursauter à la table voisine, et je tourne la tête, saisis une phrase: « Parfois, c'est ce que tu portes au bureau qui fait toute la différence ». Jean dit quelque chose, et je lui demande de répéter .

– N'avez-vous jamais eu le désir de rendre quelqu'un heureux ? demande-t-elle.

– Quoi ? fais-je, essayant de me concentrer sur ce qu'elle dit. « Oui, Jean ? »

– N'avez-vous jamais eu le désir de rendre quelqu'un heureux ? répète-t-elle d'une voix timide.

Je la regarde fixement, et une vague d'effroi me submerge, glacée, venue de loin, noyant quelque chose en moi. De nouveau je m'éclaicis la gorge et, d'une voix que j'essaie de rendre aussi déterminée que possible, déclare: « J'ai été au Sugar Reef, l'autre soir… Le restaurant antillais, dans le Lower East Side… Vous voyez lequel… »

– Avec qui ? coupe-t-elle.

Avec Jeanette. « Evan McGlinn. »

– Oh. Elle hoche la tête, soulagée, crédule.

– Quoi qu'il en soit… Je soupire, continue. « J'ai vu un type, dans les lavabos des hommes… complètement… typiquement Wall Street… avec un costume à un bouton en viscose, laine et nylon… Luciano Soprani… chemise en coton… Gitman Brothers… cravate en soie Ermenegildo Zegna, enfin, je veux dire, je l'ai reconnu, c'est un agent de change, un dénommé Elridge… Je l'ai déjà croisé au Harry's, au Bar, au DuPlex et au Alex Goes to Camp… partout, quoi, mais… je suis entré après lui, et je l'ai vu… en train d'écrire quelque chose… sur le mur, au-dessus de… de l'urinoir où il se tenait. » Je m'interromps, prends une gorgée de bière dans son verre. « En me voyant entrer… il a arrêté d'écrire… il a rangé son Mont Blanc… fermé sa braguette… il m'a dit « Salut, Anderson »… puis il a jeté un coup d'œil à ses cheveux dans le miroir, en toussotant… comme s'il était mal à l'aise… ou quelque chose comme ça et… il est sorti. » Nouvelle pause, nouvelle gorgée de bière. « Quoi qu'il en soit… je me suis dirigé vers… vers l'urinoir et… je me suis penché… pour lire ce qu'il… avait écrit. » Frissonnant, je m'essuie lentement le front à l'aide d'une serviette.

– Et qu'avait-il écrit ? demande Jean avec précautions

Je ferme les yeux. Quatre mots tombent de mes lèvres: Tuez… tous… les… yuppies.

Elle ne dit rien.

Souhaitant briser le silence gêné qui s'installe, je raconte n'importe quoi, la première chose qui me passe par la tête: « Saviez-vous que le premier chien de Ted Bundy était un colley, et qu'il l'avait appelé Lassie ? » Silence. « Vous en aviez entendu parler ? »

Jean baisse le regard sur mon assiette, comme s'il y avait là un mystère, puis lève les yeux vers moi. « Qui est… Ted Bundy ? »

– Laissez tomber, dis-je en soupirant.

– Écoutez, Patrick. Il faut qu'on parle de quelque chose. Ou bien, disons que *moi*, j'ai besoin de parler de quelque chose.

… où était la nature et la terre, l'eau et la vie, je vis un désert sans fin, semblable à quelque cratère, si dépourvu de raison, d'âme et de lumière que l'esprit ne pouvait le concevoir, à quelque niveau de conscience que ce fût et que, si l'on s'en approchait, l'esprit reculait, pris de vertige. C'était là une vision si claire, si réelle, si essentielle, qu'elle en était presque abstraite dans sa pureté. C'était là une chose que je comprenais, c'était ainsi que je menais ma vie, ce que je bâtissais avec mes moindres gestes, c'était ma façon d'aborder le tangible. C'était la géographie autour de laquelle gravitait ma réalité: il ne m'était jamais, *jamais* venu à l'esprit que les gens pussent être bons, ou qu'un homme pût changer, ou que le monde pût être meilleur au travers de ce plaisir que l'on prend à tel sentiment, telle apparence ou tel geste, à recevoir l'amour ou l'amitié de son prochain. Rien n'était affirmatif, le terme de "bonté d'âme" ne correspondait à rien, c'était un cliché vide de sens, une sorte de mauvaise plaisanterie. Le sexe, c'est la mathématique. L'individualité n'a plus lieu d'être. Que signifie l'intelligence ? Définissez ce qu'est la raison. Le désir… un non-sens. L'intellect n'est pas un remède. La justice, morte. La peur, le reproche, l'innocence, la compassion, le remords, le gaspillage, l'échec, le deuil, toutes choses, toutes émotions que plus personne ne ressent vraiment. La pensée est vaine, le monde dépourvu de sens. Dieu ne vit pas. On ne peut croire en l'amour. La surface, la surface, la surface, voilà ce dans quoi on trouve une signification… C'est ainsi que je vis la civilisation, un colosse déchiqueté…

– … et je ne sais plus à qui vous étiez en train de parler, peu importe. Mais ce dont je me souviens, c'est qu'il émanait de vous une grande force et aussi une… grande douceur et, mon Dieu, je crois que c'est à ce moment là que j'ai compris que… Elle repose sa cuiller, mais je ne la regarde pas. Je regarde les taxis qui remontent Broadway, mais les taxis ne peuvent interrompre le déroulement des choses, et Jean reprend: « On dirait que beaucoup de gens ont… » Elle s'interrompt, continue d'une voix hésitante: « … perdu contact avec la vie, et je ne veux pas faire partie de ceux-là. » Arrive le serveur, qui emporte son assiette. « Je ne veux pas être… meurtrie », conclut-elle.

Je hoche la tête, je crois.

– J'ai appris ce qu'est la solitude et… je crois que je suis amoureuse de vous, dit-elle très vite, d'une voix contrainte.

Je me tourne vers elle et prends une gorgée d'eau d'Évian, comme par superstition, avant de déclarer en souriant, presque malgré moi: J'aime quelqu'un d'autre.

Comme si le film était soudain accéléré, elle se met instantanément à rire, détourne rapidement le regard, baisse les yeux, gênée. « Eh bien, je suis désolée… mince. »

– Mais… il ne faut pas… avoir peur, dis-je, très calme.

Elle relève les yeux vers moi, gonflée d'espoir.

– On peut y faire quelque chose, dis-je. Puis, ne sachant pas pourquoi j'ai dit cela, je change de point de vue et ajoute immédiatement: Ou peut-être qu'on y peut rien. Je ne sais pas, j'ai passé pas mal de temps avec vous, ce qui signifie que je ne suis pas complètement indifférent.

Elle hoche la tête, sans mot dire.

– Il ne faut jamais confondre affection et… passion, dis-je d'un ton sévère. Ça ne… ça n'apporte rien de bon. Ça peut vous mettre dans… disons, dans une situation pénible.

Elle demeure muette, et soudain je sens sa tristesse, lisse et calme, comme un rêve éveillé. « Qu'essayez-vous de me dire ? » demande-t-elle d'une voix faible, rougissant.

– Rien. Simplement, je… tiens à vous faire comprendre que les apparences sont parfois… trompeuses.

Elle garde les yeux fixés sur le *Times*, plié en une liasse épaisse, sur la table. Quelques pages volètent sous la brise. « Pourquoi me dites-vous cela ? »

Je fais mine de lui toucher la main, puis suspends mon geste, par délicatesse. « Je veux juste vous éviter de futures erreurs de compréhension ». Une créature passe, que je détaille rapidement, avant de revenir sur Jean. « Oh, allons, ne faites pas cette tête-là. Il n'y a pas lieu d'avoir honte. »

– Je n'ai pas honte, dit-elle d'un ton faussement dégagé. Je voudrais juste savoir si je vous ai déçu, en avouant cela.

Comment pourrait-elle donc comprendre que rien ne pourrait jamais me décevoir, puisque je n'attends plus rien ?

– Vous ne savez pas grand chose de moi, n'est-ce pas ? fais-je, taquin.

– J'en sais assez, dit-elle instantanément, puis elle secoue la tête. « Oh, laissons tomber. Je me suis trompée. Je suis désolée. » Dans la seconde qui suit, elle change d'avis. « Je voudrais en savoir plus », dit-elle gravement.

Je réfléchis, avant de demander: En êtes-vous sûre ?

– Patrick, dit-elle, le souffle court, je sais que ma vie serait… beaucoup plus vide… sans vous.

Je réfléchis de nouveau, hoche la tête d'un air pensif.

– Et je ne peux pas… Elle s'interrompt, contrainte. « Je ne peux pas faire comme si mes sentiments n'existaient pas, n'est-ce pas ? »

– Cccchhhhttt…

… il existe une idée de Patrick Bateman, une espèce d'abstraction, mais il n'existe pas de moi réel, juste une entité, une chose illusoire et, bien que je puisse dissimuler mon regard glacé, mon regard fixe, bien que vous puissiez me serrer la main et sentir une chair qui étreint la vôtre, et peut-être même considérer que nous avons des styles de vie comparables, *je ne suis tout simplement pas là*. Signifier quelque chose: voilà ce qui est difficile pour moi, à quelque niveau que ce soit. Je suis un moi-même préfabriqué, je suis une aberration. Un être non-contingent. Ma personnalité est une ébauche informe, mon opiniâtre absence profonde de cœur. Il y a longtemps que la conscience, la pitié, l'espoir m'ont quitté (à Harvard, probablement), s'ils ont jamais existé. Je n'ai plus de barrière à sauter. Tout ce qui me relie à la folie, à l'incontrôlable, au vice, au mal, toutes les violences commises dans la plus totale indifférence, tout cela est à présent loin derrière moi. Il me reste une seule, une sombre vérité: personne n'est à l'abri de rien, et rien n'est racheté. Je suis innocent, pourtant. Chaque type d'être humain doit bien avoir une certaine valeur. Le mal, est-ce une chose que l'on *est*? Ou bien est-ce une chose que l'on fait? Ma douleur est constante, aiguë, je n'ai plus d'espoir en un monde meilleur. En réalité, je veux que ma douleur rejaillisse sur les autres. Je veux que personne n'y échappe. Mais une fois ceci avoué – ce que j'ai fait des milliers de fois, presque à chaque crime –, une fois face à face avec cette vérité, aucune rédemption pour moi. Aucune connaissance plus profonde de moi-même, aucune compréhension nouvelle à tirer de cet aveu. Je n'avais aucune raison de vous raconter tout cela. Cette confession ne veut *rien* dire…

– Il existe combien de gens comme moi, sur cette terre? fais-je.

Jean réfléchit, et répond avec circonspection: « Je crois que… aucun? » suggère-t-elle.

– Je vais reformuler la ques… attendez, comment sont mes cheveux ?

– Euh… parfaits.

– Bien. Je reformule ma question. (Je prends une nouvelle gorgée de sa bière). Très bien. *Pourquoi* m'aimez-vous ?

– *Pourquoi* ?

– Oui. Pourquoi ?

– Eh bien… Une goutte de bière est tombée sur ma chemise Polo. Elle me tend sa serviette, un geste pragmatique qui me touche. « Vous… vous vous intéressez aux autres, dit-elle avec hésitation. C'est une chose très rare dans un monde… disons, hédoniste. C'est… Patrick, vous m'embarrassez. » Elle secoue la tête, ferme les yeux.

– Allez-y, fais-je d'une voix insistante. Je vous en prie. J'aimerais savoir.

– Vous êtes gentil. (Elle lève les yeux vers le ciel.) La gentillesse, c'est une chose… attirante, sexy… je ne sais pas. Comme le… *mystère*… Et je trouve le mystère… Vous êtes mystérieux. Silence, suivi d'un soupir. « Et vous êtes… attentionné. » Elle me regarde soudain droit dans les yeux, délivrée de sa crainte. « Et je trouve que les hommes timides sont romantiques. »

– Combien de gens comme moi y a-t-il sur cette terre ? fais-je de nouveau. Vraiment, c'est l'impression que je donne ?

– Patrick, je ne mentirai pas, dit-elle.

– Non, bien sûr, mais je crois que… (Je soupire à mon tour, pensif). Je crois que… Vous savez bien, on dit qu'il n'y a pas deux flocons de neige semblables.

Elle hoche la tête.

– Eh bien, je crois que c'est faux, je crois qu'il existe beaucoup de flocons de neige semblables… Et je crois qu'il existe aussi beaucoup de gens semblables.

Elle hoche la tête de nouveau, bien que très perplexe, je le vois bien.

– Les apparences peuvent *réellement* être trompeuses, dis-je d'un ton posé.

– Non, fait-elle, secouant la tête, sûre d'elle pour la première fois. Je ne crois pas qu'elles soient trompeuses. Non.

– Parfois, Jean, la frontière entre les apparences – ce que vous voyez –, et la réalité – ce que vous ne voyez pas – devient, disons, floue.

– Ça n'est pas vrai, s'insurge-t-elle. Ça n'est absolument pas vrai.

– Vraiment ? fais-je avec un sourire.

– Je ne pensais pas ainsi, autrefois. Il y a peut-être dix ans, je n'aurais pas dit cela. Mais à présent, si.

– Que voulez-vous dire par « je ne *pensais* pas ainsi », fais-je, intrigué.

… flot de réalité. Sentiment étrange que c'est là un moment crucial de ma vie. Je demeure saisi par la soudaineté de ce qui, je suppose, pourrait s'appeler une révélation. Je n'ai rien de valable à lui offrir. Pour la première fois, je vois Jean comme un être libre; plus forte, moins facile à contrôler, et désireuse de m'entraîner dans un pays nouveau, inconnu – vers l'incertitude tant redoutée d'un univers totalement différent. Je sens qu'elle voudrait réorganiser ma vie, lui donner un sens – c'est ce que je lis dans ses yeux, et c'est la vérité que j'y vois, mais je sais également qu'un jour, très bientôt, elle aussi sera prise au piège de ma folie. Tout ce qu'il me reste à faire, c'est de la passer sous silence, de ne pas l'évoquer – et cependant elle sape mes forces, presque comme si c'était *elle* qui décidait qui je suis et, au-delà de mon obstination, de mon entêtement, je l'avoue, je ressens un vide à l'estomac, un serrement intérieur, et avant que j'aie pu me contrôler, me voilà ébloui, bouleversé de pouvoir accepter son amour, même si je ne le lui rends pas. Je me demande si elle peut voir, à cet instant, au Nowheres, se lever les nuages sombres derrière mon regard. Et si ce froid que j'ai toujours ressenti me quitte peu à peu, l'engourdissement, lui, demeure, et demeurera sans doute éternellement. Cette relation ne mènera probablement nulle part... Rien n'est changé. J'imagine qu'elle sent le propre, comme une odeur de thé...

– Patrick... parlez-moi... Ne soyez pas si bouleversé...

– Je crois que... qu'il est temps pour moi de... de regarder bien en face... ce que j'ai fait de ma vie, dis-je, suffoquant, les yeux pleins de larmes. Hier soir, je suis tombé sur... un demi-gramme de cocaïne... dans mon armoire. Je croise mes mains, les contracte en un seul poing énorme, aux jointures blanches.

– Et qu'avez-vous fait ?

Je pose une main sur la table. Elle la prend.

– Je l'ai jetée. Je l'ai jetée. Je voulais la *prendre*, mais je l'ai jetée, dis-je d'une voix saccadée.

Elle serre ma main dans la sienne, très fort. « Patrick ? » fait-elle, levant doucement sa main, serrant mon épaule à présent. Trouvant enfin la force de lever les yeux, de lui rendre son regard, je suis frappé de la voir si superflue, si ennuyeuse et si belle, et une question se met à flotter dans mon champ visuel: *pourquoi ne pas faire une fin avec elle ?* Réponse: elle a un plus beau corps que la plupart des filles que je connais. Autre réponse: elles sont toutes interchangeables, de toute façon. Encore une: ça n'a pas grande importance. Elle est assise en face de moi, renfrognée mais pleine d'espoir, nulle et non avenue, prête à fondre en larmes. Je serre brièvement sa main à mon tour, ému, non, touché par son ignorance du mal. Il lui reste un test à réussir.

– Avez-vous un porte-documents ? fais-je, avalant ma salive.

– Non. Je n'en ai pas.

– Evelyn a toujours un porte-documents à la main, fais-je remarquer.

– Ah bon... ?

– Et un Filofax ?

– J'en ai un petit, avoue-t-elle.

– Griffé ? fais-je, soupçonneux.

– Non.

Avec un soupir, je prends sa main, petite et dure, dans la mienne.

... et dans le désert, au sud du Soudan, la chaleur monte en vagues lourdes, et des milliers, des milliers d'hommes, de femmes et d'enfants errent dans la brousse aride, cherchant désespérément de quoi se nourrir. Ravagés, affamés, ils laissent un sillage de cadavres émaciés, et se nourrissent d'herbe sèche et de feuilles et de... nénuphars, titubant de village en village, mourant lentement, inexorablement; un matin gris dans la disgrâce du désert, le sable qui vole, un enfant au visage de lune noire gît sur la terre, les doigts accrochés à son cou, et la poussière s'élève en cônes qui balaient le pays comme des tourbillons, le soleil est invisible, l'enfant couvert de sable, presque mort, les yeux fixes, reconnaissant (imaginez un instant un monde ou quelqu'un puisse être reconnaissant de quelque chose) aux êtres hagards qui passent en colonne de ne pas se préoccuper de lui, de continuer, aveuglés, souffrant (non, il y en a *un* qui se retourne, qui voit l'enfant agoniser, et il sourit, comme s'il possédait un secret), et l'enfant ouvre et ferme silencieusement ses lèvres crevassées, craquelées, tandis qu'apparaît un car de ramassage scolaire, au loin, quelque part, et qu'ailleurs encore, au-dessus, dans l'espace, une porte s'ouvre, un esprit s'élève, qui demande « *Pourquoi ?* », offrant un logis pour les morts, l'infini, suspendu dans un vide, et le temps passe en boîtillant, tandis que l'amour et la tristesse inondent le corps de l'enfant...

– Très bien.

J'ai vaguement conscience d'une sonnerie de téléphone, quelque part. Des centaines, des milliers de gens peut-être, sont passés devant notre table durant mon silence, dans ce café de Columbus. « Patrick », dit Jean. Une personne avec une voiture d'enfant s'arrête au coin et achète un Mars au distributeur. Le bébé nous regarde fixement. Nous le regardons fixement. C'est vraiment étrange, cette sensation soudaine qui me traverse, cette impression d'avancer vers quelque chose, tout en m'en éloignant. Tout est possible.

ASPEN

Quatre jours avant Noël. Il est deux heures de l'aprèsmidi. Assis au fond d'une limousine d'un noir d'encre garée devant une maison donnant sur la Cinquième Avenue, j'essaie de lire un article sur Donald Trump, dans le dernier *Fame*. Jeanette voulait que j'entre avec elle, mais j'ai dit « Pas question ». Elle a un œil au beurre noir: hier soir, au cours du dîner au Marlibro, j'ai dû la contraindre à simplement envisager cela; après quoi, a suivi une discussion encore plus serrée, chez moi, et elle a finalement cédé. Le problème Jeanette échappe à ma conception de la culpabilité, et je lui ai avoué très franchement, durant le dîner, qu'il m'était très difficile de lui témoigner une sollicitude que je ne ressentais pas. Elle n'a cessé de sangloter durant tout le trajet de chez moi à l'Upper East Side. La seule émotion claire et définissable qu'elle puisse manifester, c'est le désespoir et, peut-être, l'attente. Bien qu'ayant réussi à ne pas lui accorder la moindre attention durant tout le trajet, j'ai finalement été contraint de lui dire: « Écoute, j'ai déjà pris deux Xanax ce matin, alors, euh, inutile d'essayer de m'impressionner, tu vois. » À présent, elle sort en titubant de la limousine, prenant pied sur la chaussée verglacée, et je grommelle: « C'est pour ton bien », ajoutant: « Ne prends pas ça tellement au tragique », en guise de consolation. Le chauffeur, dont j'ai oublié le nom, l'accompagne jusque dans la maison, et elle se retourne, me lance un dernier regard lourd de regret. Je soupire et lui fais signe de dégager. Elle porte toujours sa tenue d'hier soir: pardessus de coton balmacaan imprimé léopard doublé de laine, sur une robe-chasuble en crêpe de laine, Bill Blass. Ce matin, le *Patty Winters Show* présentait une interview de Bigfoot que j'ai trouvé, à ma grande surprise, étonnamment charmant, et clair dans ses propos. Le verre dans lequel je bois mon Absolut est un verre finlandais. Je suis très bronzé, comparé à Jeanette.

Le chauffeur sort de la maison, levant le pouce pour me faire signe que tout est okay, puis démarre prudemment et prend la route de Kennedy Airport, d'où décolle dans une heure et demie mon avion pour Aspen. Lorsque je reviendrai, en janvier, Jeanette aura quitté le pays. Je rallume un cigare, cherche un cendrier. Une église, au coin de la rue. Et alors ? C'est, je crois, mon cinquième avortement, et le troisième que je n'effectue pas moi-même (j'avoue que mes statistiques sont peu représentatives). Au dehors, le vent est vif, froid, la pluie frappe les vitres fumées en vagues régulières, comme pour parodier les vagissements de Jeanette qui, dans la salle de travail, étourdie par l'anesthésie, revoit sans doute des images de son passé, de cette époque où le monde était parfait. Je réprime un rire saccadé, hystérique.

À l'aéroport, je dis au chauffeur de faire halte chez F.A.O. Schwartz avant de passer reprendre Jeanette, et d'acheter les articles suivants: une poupée, un hochet, un anneau de dentition, un ours polaire en peluche, blanc, et de les poser, tout emballés, sur la banquette arrière. Jeanette devrait s'en remettre – elle a toute la vie devant elle – enfin, si elle ne tombe pas sur moi. En outre, son film préféré est *Pretty in Pink*, et elle trouve Sting sympa, ce qui fait que, somme toute, ce qui lui arrive n'est pas totalement immérité, et qu'il n'y a aucune raison de la plaindre. Cette époque n'est pas faite pour les innocents.

LA SAINT VALENTIN

Mardi matin. Je me tiens près de mon bureau, au téléphone avec mon avocat, surveillant alternativement le *Patty Winters Show* à la télévision, et la bonne qui cire le parquet, puis nettoie les murs maculés, avant de jeter à la poubelle des feuilles de journaux détrempées de sang, sans un mot. L'idée me frappe vaguement qu'elle aussi est plongée dans un univers de merde, qu'elle s'y noie complètement, ce qui, par je ne sais quel raccroc, me fait me souvenir que l'accordeur de piano passe dans l'après-midi, et que je dois déposer un mot chez le gardien pour qu'il le laisse entrer. Non pas que le Yamaha ait jamais servi; simplement, une des filles est tombée dedans, et quelques cordes (dont j'ai trouvé l'usage par la suite) ont sauté, ou se sont cassées, je ne sais pas. « Il faut me trouver davantage de dégrèvements fiscaux », dis-je dans le téléphone. Sur l'écran, on voit Patty Winters qui demande à un enfant de huit ou neuf ans: « Mais n'est-ce pas une autre manière d'appeler ça une orgie ? » Le minuteur du four à micro-ondes se déclenche. Je fais réchauffer un soufflé.

À quoi bon le nier: la semaine a été mauvaise. Je me suis mis à boire ma propre urine. Je ris pour rien, tout d'un coup. Parfois, je dors sous le lit japonais. Je me déchaîne sur le fil dentaire, jusqu'à en avoir mal aux gencives, et un goût de sang dans la bouche. Hier soir, avant de dîner au 1500 avec Reed Goodrich et Jason Rust, j'ai bien failli me faire prendre, à l'agence Federal Express de Times Square, en essayant d'expédier ce qui pourrait bien être un cœur, brun et desséché, à la mère d'une des filles que j'ai tuées la semaine dernière. En revanche, j'ai bel et bien expédié à Evelyn, du bureau, et toujours par Federal Express, une petite boîte remplie de mouches, accompagnée d'un mot tapé par Jean lui disant que je ne veux plus jamais *jamais* revoir sa gueule, et qu'elle ferait mieux de suivre un régime – bien qu'elle n'en ait pas vraiment besoin, en fait. Mais j'ai également fait des choses que la plupart des gens considéreraient comme gentilles, pour les fêtes. Pour Jean, j'ai acheté des serviettes en coton Castellini chez Bendel, une chaise en osier chez Jenny B. Goode, un jeté de table en taffetas chez Barney, un sac ancien en maille de métal et un nécessaire de coiffeuse ancien en argent chez Macy, une étagère en pin blanc chez Conran, un bracelet edwardien en or neuf carats chez Bergdorf, et des centaines de roses roses et blanches. Je lui ait fait livrer le tout ce matin.

Au bureau. Les paroles des chansons de Madonna ne cessent de tourner dans ma tête, envahissant mon esprit sans vergogne, avec une familiarité usante, et je demeure les yeux dans le vague, à peine vivants, essayant d'oublier la journée floue qui s'étend devant moi, mais quelques mots entrecoupent sans cesse les chansons de Madonna, quelques mots qui me remplissent d'un effroi mortel: *Une ferme isolée*. Ils reviennent, encore et encore. Quelqu'un que j'évite depuis un an, une cloche du magazine *Fortune*, qui veut écrire un article sur moi, a encore appelé ce matin, et je finis par le rappeler pour convenir d'une interview. Craig McDermott, victime d'une espèce de crise de faxomanie, refuse obstinément de répondre au téléphone et ne communique plus que par fax. Le *Post* de ce matin annonce que les restes de trois personnes disparues sur un yacht en mars dernier ont été retrouvés dans l'East River, tailladés, boursouflés et congelés; un maniaque parcourt la ville, empoisonnant les bouteilles d'un litre d'eau d'Évian, déjà dix-sept morts; discours de zombi, air du temps, prépondérance de l'aléatoire, gouffre de malentendus.

Et, pour la forme, Tim Price refait surface, enfin, je crois. Comme, assis à mon bureau, je coche les jours déjà écoulés sur mon calendrier, tout en lisant un nouveau best-seller consacré à la gestion d'entreprise et intitulé *Soyez idiot: Ça paie*, Jean sonne et m'annonce que Tim Price souhaiterait me voir. « Faites-le… entrer », dis-je, effrayé. Price pénètre dans mon bureau, l'air dégagé. Il porte un costume de laine Canali Milano, une chemise de coton Ike Behar, une cravate de soie Bill Blass, et des chaussures à lacets et bouts renforcés, Brooks Brothers. Je fais semblant d'être au téléphone. Il s'asseoit en face de moi, de l'autre côté du bureau Palazetti à plateau de verre. Il a une tache sur le front, ou du moins est-ce une tache que je crois apercevoir. Ceci excepté, il a l'air particulièrement en forme. Notre conversation ressemblera sans doute à quelque chose de ce genre, mais en plus court:

Moi, lui serrant la main: Price. Où étais-tu passé ?

Price: « Oh, je me suis baladé à droite à gauche. Mais, hé, attention, je suis revenu. » Il sourit.

Moi, haussant les épaules, embarassé: Fabuleux. Et… comment était-ce ?

Price: C'était… surprenant. » Il hausse les épaules, lui aussi. « C'était… déprimant. »

Moi, murmurant: Je croyais t'avoir vu à Aspen.

Price: Alors, dis-moi, comment ça va, Bateman ?

Moi, avalant ma salive: Ça va bien. Je… je vis, quoi.

Price: Et Evelyn ? Comment va-t-elle ?

Moi souriant: Eh bien, on a rompu, tu sais.

Price: « C'est dommage. » Il accuse le coup, pense soudain à quelque chose. « Et Courtney ? »

Moi: Elle a épousé Luis.

Price: Grassgreen ?

Moi: Non. Carruthers.

Price: « Tu as son numéro ? » De nouveau, il accuse le coup.

Tout en lui notant le numéro, je m'enquiers: « Mais dis-moi, tu es parti pendant une éternité, Tim. Qu'est-ce qui s'est passé ? » De nouveau, je remarque la tache sur son front, avec le sentiment, cependant, que si je demandais à quelqu'un d'autre s'il y a effectivement une tache, il (ou elle) me répondrait non.

Il prend la carte, immobile. « Je suis déjà revenu entretemps. On a du se manquer. Tu as perdu ma trace. À cause de mon changement de boîte. » Il fait une pause, pour m'agacer. « Je suis chez Robinson, à présent. Je suis son… bras droit, tu vois ? »

– Tu veux une amande ? fais-je, lui tendant une amande, vaine tentative pour dissimuler ma consternation devant une telle suffisance.

Il me gratifie d'une petite tape dans le dos. « Tu es un dingue, Bateman. Un énergumène. Un véritable énergumène. »

– Je ne peux pas dire le contraire, fais-je avec un rire contraint, tout en le raccompagnant à la porte. Tandis qu'il s'éloigne, je me demande de quoi est fait l'univers de Tim Price, sans me le demander, car c'est l'univers où vit la plupart d'entre nous: grandes idées, sois un homme, affronte le monde, saisis-le.

UN CLOCHARD, CINQUIÈME AVENUE

Il est à peu près quatre heures de l'après-midi, et je rentre de Central Park où, non loin du zoo des enfants, là où j'ai tué le petit McCaffrey, j'ai jeté aux chiens qui passaient des morceaux de la cervelle d'Ursula. Tout le monde semble abattu, dans la Cinquième Avenue, tout respire la déchéance. Des corps gisent sur le trottoir glacé, alignés sur des kilomètres. Certains bougent, la plupart sont inertes. L'Histoire est en train de sombrer, et seuls quelques rares individus semblent vaguement conscients de la sale tournure que prennent les choses. Des avions volent bas sur la ville, passant devant le soleil. Des coups de vent balaient la Cinquième Avenue, s'engouffrent dans la Cinquante-septième Rue. Des nuées de pigeons s'élèvent au ralenti, puis explosent contre le ciel. L'odeur des châtaignes que l'on grille soi-même au monoxyde de carbone.

Je remarque que la ligne des gratte-ciels a changé depuis peu, et lève un regard admiratif sur la Trump Tower, immense, miroitant avec orgueil dans la lumière de cette fin d'après-midi. Devant, deux petits nègres, des adolescents sans vergogne, arnaquent les touristes au bonneteau, et je suis obligé de me retenir pour ne pas les faire dégager.

Un clochard auquel j'ai crevé les yeux, certain printemps, est assis en tailleur sur une couverture pouilleuse, au coin de la Cinquante-cinquième. M'approchant, je distingue son visage couvert de cicatrices, puis le panneau, et sur lequel on peut lire: ANCIEN DU VIETNAM. PERDU MES YEUX AU FRONT. AIDEZ-MOI SVP. NOUS AVONS FAIM. Nous ? Alors je remarque le chien, qui déjà me regarde d'un œil soupçonneux et qui, comme je m'approche de son maître, se lève en grondant. Je me penche sur le clochard, et il se met à aboyer, agitant la queue avec frénésie. Je m'agenouille et lève vers lui une main menaçante. Le chien recule en biais, piétine craintivement.

J'ai sorti mon portefeuille, pour faire semblant de laisser tomber un dollar dans le pot de café vide, mais je me dis soudain: pourquoi se donner cette peine ? De toutes façons, personne ne regarde, et surtout pas *lui*. Je retire le dollar, me penche en avant. Sentant ma présence, il cesse de secouer sa boîte. Ses lunettes de soleil tentent de manière dérisoire de dissimuler les blessures que je lui ai infligées. Son nez est dans un tel état que je n'imagine guère que l'on puisse respirer au travers.

— Vous n'êtes jamais allé au Vietnam, fais-je à son oreille, dans un souffle.

Après un long silence, durant lequel il pisse dans son pantalon, tandis que le chien pousse de petits gémissements, il articule d'une voix rauque: Je vous en prie... Ne me faites pas de mal.

— Pourquoi perdrais-je mon temps ? fais-je entre mes dents, dégoûté.

Je m'éloigne du clochard, reportant mon attention sur

une petite fille qui mendie de la monnaie devant la Trump Tower, une cigarette aux lèvres. « Allez, file de là », fais-je. « File de là toi-même », répond-elle. Ce matin, l'invité du *Patty Winters Show*, était un biscuit de céréales, un Cheerio, installé dans une petite chaise. L'interview a duré près d'une heure. Plus tard, dans l'après-midi, une femme vêtue d'un manteau de vison et renard argenté s'est fait lacérer le visage par un forcené de la défense des animaux à fourrure. À présent, le regard toujours fixé sur le clochard aveugle, de l'autre côté de la rue, j'achète un Mars à la noix de coco, dans lequel je trouve un bout d'os.

UNE NOUVELLE BOÎTE

Jeudi soir, je tombe sur Harold Carnes, au cours de la soirée d'ouverture d'une nouvelle boîte appelée le World's End, là où se trouvait le Petty's, dans l'Upper East Side. Assis dans un box, avec Nina Goodrich et Jean, j'aperçois Harold au bar, buvant du champagne. Suffisamment ivre, je décide de lui parler enfin du message que j'ai laissé sur son répondeur. M'excusant auprès des filles, je me dirige vers l'autre extrémité du bar, car j'ai bien besoin d'un verre pour me donner du cœur, avant d'aborder le sujet (la semaine a été *très* instable; lundi, je me suis retrouvé en sanglots devant un épisode de *Alf.*) Je m'approche, nerveux. Harold porte un costume de laine Gieves & Hawk, une cravate en serge de soie, une chemise de coton, des chaussures Paul Stuart; il est plus massif que je ne me le rappelais. « Il faut voir les choses en face, dit-il à Truman Drake, d'ici la fin des années 90, les Japonais possèderont la moitié de ce pays. »

Soulagé de voir que Harold continue, comme à son habitude, à dispenser autour de lui des informations inestimables et *inédites*, avec en plus une légère pointe, mais néanmoins immanquable, d'accent anglais, Dieu me pardonne, je me paie de culot et l'interromps : « Tais-toi, Carnes, c'est *faux*. » Je vide mon verre de Stoli, tandis que Carnes, pris de court, éberlué, se retourne vers moi. Sa tête bouffie se fend d'un vague sourire. « Mais regarde ce qui est arrivé à Gekko… » dit quelqu'un derrière nous.

Truman Drake donne une petite tape sur le dos de Harold, et me demande : « Y a-t-il une largeur de bretelles qui, disons, convienne mieux qu'une autre ? » Irrité, je le repousse dans la foule, où il disparaît.

– Alors, Harold, as-tu eu mon message ?

Carnes paraît tout d'abord ne pas comprendre, puis il se met enfin à rire, tout en allumant une cigarette. « Ah oui, Davis. Oui. C'était à *hurler* de rire. C'était toi, hein ? »

– Oui, évidemment. Je cligne des yeux en marmonnant, chassant la fumée de cigarette de mon visage.

– Bateman, le tueur d'Owen et des filles, fait-il, étouffant de nouveau un rire. Oh, c'est à se les mordre. Vraiment fumant, comme on dit au Groucho Club. Vraiment fumant. Puis il ajoute, effaré : Il était plutôt long, ce message, non ?

– Que veux-tu dire par-là, exactement, Harold ? fais-je avec un sourire idiot, pensant en moi-même que cette grosse enflure ne peut en aucune manière avoir ses entrées au Groucho Club et que, même si c'est le cas, la manière dont il en parle suffit à annuler complètement le fait qu'on l'accepte là-bas.

– Eh bien, le message que tu m'as laissé. Déjà Carnes parcourt la boîte des yeux, faisant signe à divers personnages et à quelques nanas. « À propos, Davis, comment va Cynthia ? » Il consent à prendre le verre de champagne que lui offre un serveur. « Tu la vois toujours, n'est-ce pas ? »

– Attends, Harold. Qu'est-ce-que-tu-veux-dire ? fais-je de nouveau, insistant.

Déjà, il en a marre. Il n'écoute plus, ça ne l'intéresse

pas. « Rien, dit-il, s'excusant. Ça m'a fait plaisir de te voir. Tiens, tiens, ça n'est pas Edward Towers, là-bas ? »

Je jette un coup d'œil par-dessus mon épaule, puis reviens sur Carnes. « Non, dis-je. Carnes ? *Attends.* »

— Davis, soupire-t-il, comme s'il essayait patiemment d'expliquer quelque chose à un enfant, je ne suis pas du genre à raconter des salades: ta plaisanterie était *très* drôle. Mais tu vois, mon vieux, tu as commis une erreur de base: c'est que Bateman est un tel peigne-cul, un tel cafard, une telle mijaurée, que je n'ai pas pu vraiment l'apprécier à sa juste valeur. À part ça, c'était drôle. Bon, maintenant, si on allait déjeuner, ou dîner, au 150 Wooster ou un truc comme ça, avec McDermott ou Preston ? Un fou furieux, celui-là. Il fait mine de s'éloigner.

— Un fou furieux ? Tu as dit un *fou furieux* ? Je demeure bouche-bée, les yeux écarquillés. J'ai l'impression d'être défoncé, bien que je n'aie rien pris. « Mais de quoi parles-tu ? Tu dis que Bateman est *quoi* ? »

— Oh, bon Dieu, écoute, pourquoi à ton avis Evelyn Richards l'a-t-elle plaqué ? Enfin, tu sais bien. Il peut à peine *lever* une nana, alors pour le reste… Qu'est-ce que tu as dit qu'il lui avait fait ? » Harold continue de parcourir la boîte des yeux, l'air distrait, et lève son verre de champagne en direction d'un couple. « Ah oui, qu'il l'a coupée en petits morceaux. » De nouveau, il se met à rire, d'un rire de politesse, cette fois. « Bien, excuse-moi à présent, il faut vraiment que j'y… »

— Attends ! Arrête ! Je crie, regardant Carnes bien en face, le forçant à m'écouter. « Tu n'as pas l'air de comprendre. En fait, tu n'as pas vraiment saisi l'histoire. C'est *moi* qui l'ai tué. *Moi*, Carnes. C'est *moi* qui lui ai fait sauter sa tête de con. C'est *moi* qui ai torturé des dizaines de filles. Le message que j'ai laissé sur ton répondeur était *vrai*, de bout en bout. » Je me sens vidé de mes forces, j'ai renoncé à paraître calme. Je me demande pourquoi tout cela ne me procure aucun apaisement.

– Excuse-moi, dit-il, feignant d'ignorer mon éclat. Il faut *vraiment* que j'y aille.

– Non ! Écoute, Carnes, Écoute-moi. Écoute très, très attentivement. J'ai-tué-Paul-Owen-et-ça-m'a-plu. Je ne peux pourtant pas être plus clair. Je suis dans un tel état de nerfs que j'en balbutie, le souffle court.

– Mais ça n'est pas possible, tout simplement, dit-il avec un geste de dénégation. Et je ne trouve plus ça amusant.

– Ça n'a jamais été censé être amusant ! fais-je en hurlant. Et pourquoi n'est-ce pas possible ?

– Parce que ça ne l'est pas, dit-il, me jetant un regard inquiet.

– Et pourquoi ? fais-je de nouveau, criant pour dominer la musique, bien que cela ne soit pas nécessaire. « Pauvre cloche, pauvre abruti. »

Il me regarde fixement, sans mot dire, comme si nous étions tous deux sous l'eau, et déclare enfin d'une voix claire, criant par dessus le vacarme de la boîte: Parce que… j'ai dîné… deux fois… avec Paul Owen… à Londres… *il y a dix jours de cela.*

Nous demeurons ainsi, à nous dévisager, durant une minute peut-être, puis je trouve enfin la force de répondre, mais ma voix manque totalement d'assurance, et je ne suis pas sûr de me croire moi même: « Non, ça n'est… pas vrai. » La phrase sonne comme une question, non comme une affirmation.

– Bien, Donaldson, si tu veux bien m'excuser, dit Carnes, ôtant ma main de son bras.

– Oh, tu es tout excusé, fais-je, sarcastique, avant de retourner vers notre box, où John Edmonton et Peter Beavers sont maintenant installés. Je m'assomme avec un Halcion, avant de rentrer chez moi avec Jean. Jean porte un truc d'Oscar de la Renta. Nina Goodrich portait une robe pailletée Matsuda, et a refusé de me donner son numéro de téléphone, bien que Jean fût alors aux lavabos, au sous-sol.

LE CHAUFFEUR DE TAXI

Mercredi, nouvelle scène tronquée de ce qui passe pour être ma vie. Apparemment, quelqu'un aurait commis une erreur, mais qui, je ne sais pas trop. Je suis dans un taxi bloqué dans les embouteillages, en route pour Wall Street, après un petit déjeuner au Regency avec Peter Russell, qui était mon dealer avant de trouver un vrai boulot, et Eddie Lambert. Russell portait une veste sport à deux boutons, Redaelli, une chemise de coton Hackert, une cravate de soie Richel, un pantalon à pinces en laine, Krizia Uomo, et des chaussures de cuir, Cole-Haan. Ce matin, le *Patty Winters Show* était consacré aux filles de quatorze ans qui vendent leur corps pour du crack, et j'ai failli annuler le petit déjeuner pour le regarder. Russell a passé la commande pour moi, tandis que j'étais au téléphone, dans le hall. Hélas, son menu était une orgie de sodium et de lipides, et, avant d'avoir pu comprendre quoi que ce soit, je voyais arriver à table des gaufres aux fines herbes avec du jambon sauce Madère, des saucisses grillées et du gâteau à la crème aigre, et j'ai dû demander au serveur qu'il m'apporte un pot de thé décaféiné, une assiette de mangue en tranches aux myrtilles, et une bouteille d'Évian. Dans la lumière du matin qui nous inondait par les fenêtres du Regency, je regardais le serveur peler délicatement les truffes noires au-dessus des œufs fumants, sur l'assiette de Lambert. À bout de résistance, j'ai demandé que l'on me pèle de la truffe noire au-dessus de mes tranches de mangue, à moi aussi. Le petit déjeuner a été sans histoires. Je me suis absenté pour passer un autre coup de fil et, en revenant, me suis aperçu qu'il me manquait une tranche de mangue, mais je n'ai accusé personne. J'avais d'autres choses en tête: comment aider les écoles américaines, le déficit des fonds collectifs de placement, les accessoires de bureau, le début d'une nouvelle période d'expansion et ce que je peux en tirer, les billets pour aller voir Sting dans *L'Opera de Quat' Sous*, qui vient de commencer à Broadway, comment appréhender plus tout en retenant moins...

Je porte un pardessus croisé laine et cashmere Studio 000.1 de chez Ferré, un costume de laine avec pantalon à pinces, De Rigueur, de chez Schoenemen, une cravate de soie Givenchy Gentleman, des chaussettes Interwoven, des chaussures Armani, et lis le *Wall Street Journal* derrière mes Ray-Ban noires, tout en écoutant au walkman une cassette de Bix Beiderbecke. Je pose le *Journal* et prends le *Post*, juste pour jeter un coup d'œil à Page Six. Au feu de la Septième et de la Trente-quatrième, je vois Kevin Gladwin, je crois, assis dans un autre taxi, à côté du mien. Il porte un costume Ralph Lauren. J'abaisse mes lunettes de soleil. Kevin lève les yeux du dernier numéro de *Money*, et m'aperçoit qui le regarde d'un air intrigué, puis son taxi démarre et se perd dans la circulation. Se libérant soudain des embouteillages, le mien tourne à droite dans la Vingt-septième pour emprunter la West Side Highway en direction de Wall Street. Je repose le journal, attentif à la musique, au temps qu'il fait, un temps absurdement frais pour la saison, et m'aperçois soudain que le chauffeur me regarde d'un air bizarre, dans le rétroviseur intérieur. Une expression de soupçon, d'avidité, déforme les traits de son visage – masse compacte de pores obstrués et de durs poils de barbe. Je soupire, guère surpris, et l'ignore. Ouvrez le capot d'une voiture, et vous serez renseigné sur les gens qui l'ont dessinée: c'est là une des nombreuses phrases qui ne cessent de me torturer.

Mais voilà que le chauffeur frappe sur la vitre de séparation, et me fait un signe. Ôtant le walkman de mes oreilles, je remarque qu'il verrouille toutes les portières – je vois les loquets s'enfoncer, entends le déclic assourdi des serrures, à l'instant où je coupe la musique. Le taxi roule plus vite qu'il ne le devrait, sur la file la plus à droite.

« Oui ? fais-je, contrarié. Qu'est-ce qu'il y a ? »

– Dites, est-ce que je ne vous connais pas ? demande-t-il avec un accent à couper au couteau, difficile à identifier; ce pourrait aussi bien être celui du New-Jersey qu'un accent méditerranéen.

– Non. Je fais mine de recoiffer le walkman.

– Je connais votre tête, dit-il. Comment vous appelez-vous ?

– Non. Et moi non plus, je ne vous connais pas. Chris Hagen, dis-je, tout compte fait.

– Allons, fait-il avec un rictus. Je sais qui vous êtes.

– Vous m'avez vu dans un film. Je suis acteur. Mannequin.

– Naaaannn, c'est pas ça, dit-il d'une voix dure.

– Eh bien – je me penche en avant, jetant un coup d'œil sur la plaque d'identité –, dites-moi, Abdullah, avez-vous une carte de membre du M.K. ?

Il ne répond pas. J'ouvre de nouveau le *Post*, tombant sur une photo du maire déguisé en ananas, puis le referme et rembobine la cassette du walkman. Je me mets à compter – un, deux, trois, quatre –, les yeux rivés sur le compteur. Pourquoi n'ai-je pas emporté de revolver, ce matin ? Parce que je ne pensais pas en avoir besoin. La seule arme que j'aie sur moi est un couteau que j'ai utilisé la nuit dernière.

– Non, reprend-il. J'ai déjà vu votre tête quelque part.

– Ah bon ? *Vraiment* ? fais-je d'un ton négligent, exaspéré. C'est très intéressant. Regardez plutôt la route, Abdullah.

Un long silence, effrayant, pendant lequel il continue de me dévisager dans le miroir. Le rictus s'efface. Son visage se fige. « Je sais. Mon vieux, je sais qui vous êtes. » Il hoche la tête, les lèvres serrées. Il éteint la radio qui diffusait les nouvelles.

Les buildings défilent dans un flou gris-rouge, le taxi dépasse d'autres taxis, le ciel passe du bleu au violet, du noir au bleu. À un carrefour – il a déjà grillé un feu –, un nouveau D'Agostino s'est installé de l'autre côté de la West Side Highway, là où était jadis Mars, et j'en ai presque les larmes aux yeux, car c'est là un endroit que je reconnais, et l'absence du supermarché éveille en moi une nostalgie familière – bien que jamais je ne fasse mes courses là-bas –, et je manque de dire au chauffeur de s'arrêter, de me laisser descendre, en lui laissant la monnaie sur un billet de dix – non, de vingt –, mais c'est impossible, il roule trop vite, et quelque chose arrive, une chose impensable, grotesque. « C'est vous qui avez tué Solly », dit-il. Il a le visage figé, déformé par une grimace. Comme toujours, la suite se déroule très rapidement, même si j'ai, moi, l'impression de subir un test d'endurance.

Avalant ma salive, je baisse mes lunettes de soleil et lui dis de ralentir, avant de demander: Qui est Sally, si je puis me permettre ?

– Mon vieux, votre portrait est affiché dans Manhattan, dit-il sans s'émouvoir.

– Je crois que je vais descendre ici, parviens-je à articuler d'une voix rauque.

– C'est bien vous, hein ? Il me regarde comme si j'étais une espèce de vipère.

Un autre taxi, vide celui-là, nous dépasse, roulant au moins à cent-vingt. Je ne dis rien. Je me contente de secouer la tête. « Je vais noter – j'avale ma salive, tremblant, ouvre mon calepin et prends un Mont Blanc dans ma serviette Bottega Veneta – votre numéro de licence… »

– Vous avez tué Solly, répète-t-il, me reconnaissant à coup sûr, je ne sais d'où, et coupe court à toute nouvelle protestation en grondant: Espèce d'enfoiré.

Arrivé non loin des docks, il quitte l'autoroute, se dirigeant à toute vitesse vers le fond d'un parking désert et, comme il défonce puis roule sur une palissade d'aluminium rongée par la rouille, filant droit vers l'eau, je comprends en un instant ce qui me reste à faire, là, ici, maintenant: allumer le walkman pour ne plus rien entendre. Mais mes mains sont bloquées, paralysées, je ne peux desserrer mes poings, prisonnier du taxi lancé vers une destination que seul connaît le chauffeur, lequel est, de toute évidence, un malade mental. Les glaces sont à moitié baissées, et je sens l'air frais du matin assécher la mousse sur mon cuir chevelu. J'ai un goût de métal dans la bouche, puis un goût pire encore. Ce que je vois: une route en hiver. Il me reste néanmoins cette pensée réconfortante: je suis riche – et des millions de gens ne le sont pas.

– Vous vous êtes, disons, trompé de personne, dis-je.

Il arrête le taxi, se retourne vers le siège arrière. Il tient une arme à la main, dont je n'identifie pas la marque. Je le regarde fixement. Je sais que j'ai changé de tête.

– La montre. La Rolex, dit-il simplement.

Je reste silencieux, me tortillant vaguement sur la banquette.

– La *montre*, répète-t-il.

– C'est une blague, ou quoi ? fais-je.

– Sors de là, crache-t-il. Tire ton cul de la voiture.

Je regarde, derrière lui, au travers du pare-brise, les mouettes qui rasent l'eau sombre et houleuse puis, ouvrant la portière, je sors du taxi, prudemment, sans geste brusque. La journée est froide. Mon haleine fait un panache qui tourbillonne dans le vent.

– La montre, espèce d'enfoiré, dit-il, se penchant par la vitre, l'arme pointée vers ma tête.

– Écoutez, je ne sais pas ce que vous pensez faire, ni exactement ce que vous essayez de faire, ni même ce que vous *imaginez* pouvoir faire. Mes empreintes digitales n'ont jamais été fichées, j'ai des alibis, et…

– Tais-toi, fait Abdullah d'une voix grondante. Ferme ta sale gueule, c'est tout.

– Je suis innocent ! fais-je, éperdu, criant ma bonne foi.

– La montre. Il arme le revolver.

Je détache la Rolex, puis la fais glisser de mon poignet et la lui tends.

— Portefeuille, fait-il, désignant ma poitrine de son arme. Uniquement le liquide.

Impuissant, je tire mon nouveau portefeuille en peau de gazelle et, les doigts engourdis de froid, je lui tends l'argent que j'ai sur moi, soit trois cents dollars seulement, car je n'ai pas eu le temps de passer au distributeur avant le petit déjeuner. Solly doit être le chauffeur de taxi que j'ai tué lors de la poursuite dans Manhattan, cet automne, encore que ce dernier eût été arménien. J'imagine que j'ai pu en tuer un autre, et que cet incident m'est sorti de l'esprit.

— Qu'avez-vous l'intention de faire ? m'enquiers-je. Il n'y a pas une récompense, un truc comme ça ?

— Non. Pas de récompense, marmonne-t-il, fourrant les billets dans sa poche, l'arme toujours pointée vers moi.

— Qu'est-ce qui vous fait croire que je ne vais pas vous faire convoquer et vous faire retirer votre licence ? fais-je, tendant vers lui un couteau que je viens de retrouver dans ma poche et qui semble avoir été plongé dans un bol de sang et de cheveux.

— Non, parce que tu es coupable. Éloigne ça de moi, dit-il, désignant le couteau d'un geste de son arme.

— Vous en *savez*, des choses, fais-je irrité.

— Les lunettes de soleil. De nouveau, il lève son arme.

— Et comment savez-vous que je suis coupable ? fais-je avec une patience qui me stupéfie.

— T'occupe, fais plutôt attention à ce que tu fais, trou du cul. Lunettes.

— Mais elles sont chères, fais-je, m'insurgeant, puis je me reprends et soupire, m'apercevant de mon erreur. Je veux dire, pas chères. Elles ne valent rien. Enfin… l'argent ne vous suffit pas ?

— Les lunettes. Tu les donnes, grogne-t-il.

J'ôte les Wayfarer et les lui tends. En fait j'ai peut-être effectivement tué un Solly, quoique, je peux l'affirmer, aucun des chauffeurs de taxi que j'ai tué dernièrement n'était américain. Enfin, je l'ai probablement tué. Et il y a sans doute, effectivement, un portrait de moi au… enfin, je ne sais pas, là où tous les taxis se retrouvent. Comment appelle-t-on cet endroit ? Le chauffeur essaie les lunettes de soleil, se regarde dans le rétroviseur intérieur, puis les ôte, avant de les replier pour les ranger dans la poche de sa veste.

– Vous êtes un homme mort, dis-je avec un sourire cruel.

– Et toi, tu es un enfoiré de yuppie.

– Vous êtes un homme mort, Abdullah, fais-je de nouveau, sans plaisanter. Vous pouvez y compter.

– Ah ouais ? Et toi, tu es un enfoiré de yuppie. Qu'est-ce qui est pire ?

Il lance le moteur, et le taxi s'éloigne.

Retournant vers l'autoroute, je m'arrête de marcher, étouffe un sanglot. Ma gorge se serre. « Je veux juste… » fais-je en murmurant, d'une voix de bébé, le regard fixé sur la silhouette des immeubles. « Je veux juste continuer à jouer. » Tandis que je demeure ainsi, figé, une vieille femme surgit de derrière un arrêt de bus désert, où s'étale une affiche de *L'Opéra de Quat' Sous*, une vieille mendiante, une sans-logis, boîtillant, le visage couvert d'ulcères semblables à des punaises, tendant une main rouge et tremblotante. « Oh, éloignez-vous, vous voulez bien ? » fais-je en soupirant. Elle me dit que je ferais mieux d'aller chez le coiffeur.

AU HARRY'S

Un vendredi soir. Certains d'entre nous ont quitté le bureau plus tôt, et nous nous retrouvons au Harry's. Il y a là Tim Price, Craig McDermott, moi-même, Preston

Goodrich, qui sort actuellement avec une créature d'enfer appelée Plum, je crois – pas d'autre nom, simplement Plum – un mannequin/actrice que nous trouvons tous assez classe, j'en ai bien l'impression. Nous sommes en train de discuter de l'endroit où réserver pour dîner: au Flamingo East, à l'Oyster Bar, au 220, au Counterlife, au Michael's, au SpagoEast, au Cirque. Robert Farrell est là, lui aussi, avec, posé devant lui, le Lotus Quotrek, un terminal de cotations portable dont il presse les boutons, tandis que défilent sur l'écran les derniers cours des matières premières. Que portent les gens ici présents ? McDermott a mis une veste de sport en cashmere, un pantalon de laine, et une cravate de soie Hermès. Farrell porte un gilet de cashmere, des chaussures de cuir, un pantalon en serge de laine, Garrick Anderson. Pour moi, costume de laine Armani, chaussures Allen-Edmonds, pochette Brooks Brothers. Quelqu'un porte un costume dessiné par Anderson & Sheppard. Un type qui ressemble à Todd Lauder, et qui pourrait bien être Todd Lauder, nous fait signe de l'autre côté de la salle, etc, etc.

Comme d'habitude, des questions me sont régulièrement adressées, parmi lesquelles: la règle en matière de pochette s'applique-t-elle aussi aux vestes de soirée ? Existe-t-il une quelconque différence entre les chaussures de bateau et les Top-Siders ? Mon lit japonais est déjà avachi, et c'est très inconfortable – que puis-je faire ? Comment juge-t-on de la qualité d'un disque compact avant de l'acheter ? Comment préserver l'élasticité d'un pull-over ? Où trouver un pardessus en laine de première tonte ? Bien sûr, je pense à autre chose, et me pose mes propres questions: Suis-je un obsédé de la forme ? L'Homme est-il l'ennemi du conformisme ? Pourrais-je obtenir un rendez-vous avec Cindy Crawford ? Est-ce qu'être du signe de la Balance signifie quelque chose, et si oui, comment le prouver ? Toute la journée, j'ai été obsédé par l'idée d'envoyer par fax, à son bureau de la Chase

Manhattan, service des O.P.A., le sang que j'ai tiré du vagin de Sarah, et ce matin je ne me suis pas entraîné car, m'étant confectionné un collier avec les vertèbres d'une fille, j'ai préféré rester à la maison, le collier autour du cou, à me masturber dans la baignoire de marbre blanc avec des gémissements et des grognements quasi animaux, après quoi j'ai regardé un film avec cinq lesbiennes et dix vibromasseurs. Mon groupe préféré: les Talking Heads; Boisson: J&B ou Absolut on the rocks. Émission de télé: *Late Night with David Letterman*. Soda: Diet Pepsi. Eau: Évian. Sport: Baseball.

La conversation suit sa pente naturelle – ni structure proprement dite, ni sujet précis, ni logique interne, ni sentiment; à part, bien sûr, ce sentiment de dissimulation et de complot inhérent à toute conversation. Des mots, c'est tout, mais des mots qui se chevauchent pour la plupart, comme dans une bande-son mal montée. J'ai relativement du mal à faire attention à ce qui se dit, car mon distributeur de billets s'est mis à me *parler*, inscrivant parfois d'étranges messages sur l'écran, en lettres vertes, des choses comme « Fais un Scandale Terrible chez Sotheby », ou « Tue le Président », ou encore « Donne-Moi un Chat de Gouttière à Manger ». De même, j'ai eu une peur terrible quand un banc du parc m'a suivi pendant un bon kilomètre, lundi dernier. Lui aussi me parlait. C'est la désintégration – et je m'y adapte sans difficulté. Cependant, la première question cohérente que je trouve à introduire dans la conversation est la suivante: « Je ne vais nulle part si nous n'avons pas de réservation quelque part, alors est-ce qu'on a une réservation quelque part ou pas ? » Je note que nous buvons tous de la bière. Suis-je le seul à l'avoir remarqué ? Je porte aussi des lunettes à monture en imitation écaille de tortue, et verres neutres.

Á la télé, au Harry's, passe le *Patty Winters Show* qui est à présent programmé l'après-midi, pour concurrencer Geraldo Rivera, Phil Donahue et Oprah Winfrey.

Aujourd'hui, le thème en est: "La Réussite Financière Est-Elle Un Gage De Bonheur ?" La réponse, au Harry's, cet après-midi, n'est qu'un rugissement, « Évidemment ! », suivi de huées et de sifflements divers, tout le monde s'esclaffant à grand bruit, de manière fort sympathique. À présent, on voit sur l'écran des extraits de l'investiture du président Bush, au début de l'année, suivi d'un discours de son prédécesseur, le président Reagan, accompagné d'un commentaire de Patty, presque inaudible. Bientôt s'instaure un débat ennuyeux pour savoir s'il ment ou non, mais nous n'entendons rien à ce qui se dit. Le premier à s'insurger vraiment est Price qui, bien que contrarié par autre chose, à mon avis, utilise cette occasion pour déverser sa mauvaise humeur et, avec un air de stupéfaction hors de propos, s'écrie: « Comment peut-on mentir ainsi ? Comment peut-il nous raconter de telles *conneries* ? »

– Oh, bon Dieu, fais-je en gémissant, *quelles* conneries ? Bon, est-ce qu'on a réservé quelque part ? Je veux dire, ça n'est pas que j'aie vraiment faim, mais j'aimerais bien qu'on ait une réservation quelque part. Pourquoi pas au 220 ? McDermott, comment est-il noté, dans le nouveau Zagat ? fais-je après une pause.

– Pas question, intervient Farrell, avant que Craig n'ait pu répondre. La dernière fois que j'ai pris de la coke là-bas, elle était tellement coupée avec du laxatif que j'ai été obligé d'aller chier au M. K.

– Ouais, d'accord, tu t'emmerdes à vivre, et puis tu meurs.

– Une soirée gâchée, marmonne Farrell entre ses dents.

– Est-ce que tu n'étais pas avec Kyria, ce soir-là ? s'enquiert Goodrich. Ça n'est pas *ça* qui t'a gâché la soirée ?

– Elle m'a chopé sur la ligne d'attente, qu'est-ce que je pouvais faire ? dit Farrell, haussant les épaules. Navré, hein.

– Elle l'a chopé sur sa ligne d'attente, répète McDermott, me donnant un coup de coude.

– Tais-toi, McDermott, dit Farell, faisant claquer les bretelles de Craig. Tu n'as qu'à sortir avec un mendiant.

– Tu oublies quelque chose, Farrell, intervient Preston. McDermott *est* un mendiant.

– Comment va Courtney ? demande Farrell à Craig, avec un regard fielleux.

– Répondez simplement que c'est non, dit quelqu'un. Rires.

Price détourne les yeux de la télévision, regarde Craig, puis tente de cacher sa contrariété en s'adressant à moi, faisant un geste de mépris vers l'appareil: Je n'arrive pas à le croire. Il a l'air tellement… *normal*. Il semble tellement… en dehors du coup. Tellement… *inoffensif.*

– Nana en vue, dit quelqu'un. Banco. Perdu…

– Mais il *est* totalement inoffensif, pauvre allumé. Enfin, il *était* totalement inoffensif, Comme *toi*. Mais *lui*, il a créé toute cette merde, alors que *toi*, tu n'as même pas pu nous faire entrer au 150, alors, hein, qu'est-ce que tu veux que je te dise ? déclare McDermott avec un haussement d'épaules.

– Je ne conçois pas comment *qui que ce soit* peut avoir cette allure-là, tout en étant impliqué dans un caca aussi noir, dit Price, sans relever la réflexion, détournant son regard de Farrell. Il tire un cigare, l'examine d'un œil morose. Quant à moi, j'ai toujours l'impression que Price a une tache sur le front.

– Peut-être que Nancy était derrière lui ? suggère Farrell, levant les yeux de son Quotrek. C'est peut-être Nancy qui a tout fait ?

– Mais comment pouvez-vous rester aussi, je ne sais pas, aussi *décontractés*, face à une chose pareille ? demande Price, profondément perplexe. Visiblement, il lui est arrivé quelque chose de peu naturel. Le bruit court qu'il était en désintox.

– Il y a des types qui sont nés comme ça, décontractés, j'imagine, dit Farrell, haussant les épaules.

Je me mets à rire, car Farrell est lui-même le type le plus *crispé* qu'on puisse imaginer, et Price me fusille du regard: Et *toi*, Bateman – qu'est-ce qui t'éclate comme ça ?

Je hausse les épaules. « Moi, je prends les chose comme elles viennent, c'est tout. Rock' n' roll, conclus-je, me souvenant de mon frère, *citant* mon frère.

– *Sois* ce que tu *es*, renchérit quelqu'un.

– Oh, mes pauvres enfants… Price ne lâche pas le morceau: « Regardez, dit-il, essayant de juger la situation d'un œil froid. Il se présente comme un vieux bonhomme inoffensif. Mais à l'intérieur… » Il s'interrompt. Mon intérêt s'éveille, palpite un instant. « Mais à l'intérieur… » Price n'arrive pas à finir sa phrase, à ajouter les trois mots qui manquent: *on s'en fout.* Je suis tout à la fois déçu et soulagé pour lui.

– À l'intérieur ? Quoi, à l'intérieur ? demande Craig d'un ton las. Crois-le ou non, mais nous t'écoutons attentivement. Continue.

– Bateman, dit Price, légèrement plus détendu, allez, dis-nous ce que tu en penses.

Je lève les yeux, souris sans rien dire. On entend l'hymne national, quelque part, sans doute dans la télé. Pourquoi, je n'en sais rien. Pour annoncer les pubs, peut-être. Demain, le thème du *Patty Winters Show* sera: "Les Portiers du Nell's: Où Sont-Ils Aujourd'hui ?" Je soupire, hausse les épaules, peu importe.

– Ça, c'est, euh, une réponse intéressante, dit Price. Tu es vraiment à la masse.

– Voilà l'information la plus précieuse qu'il m'ait été donné d'entendre depuis… je consulte ma nouvelle Rolex en or, payée par l'assurance. « C'est McDermott qui a suggéré que nous prenions tous des bières. Mais bon Dieu, moi, je veux un scotch. »

McDermott lève les yeux. « Bud. Long col. Magnifique. » roucoule-t-il, avec un sourire affecté.

– Très civilisé, approuve Goodrich, hochant la tête.

Nigel Morrison, le super-Anglais super-classe, s'arrête à notre table. Il porte une fleur au revers de sa veste Paul Smith. Mais il ne peut s'attarder, car il a rendez-vous au Delmonico's avec *d'autres* amis anglais, Ian et Lucy. Tandis qu'il s'éloigne, j'entends quelqu'un ricaner: Ce Nigel. Quel fêtâââârd.

Quelqu'un d'autre: Saviez-vous que les hommes des cavernes avaient plus de muscles que nous ?

– On s'en branle. À propos, qu'est-ce qui se passe avec l'histoire Shepard ? Le portefeuille Shepard ?

– … Ça n'est pas David Monrowe, là-bas ? Une vraie épave.

– … Oh, mes enfants…

– … Pour l'amour de Dieu…

– … Et qu'est-ce que ça m'apporte ? …

– … La *pièce* de Shepard, ou le portefeuille Shepard ?

– … Les gens riches avec une chaîne stéréo de pauvre…

– … Non, les filles qui *savent* tenir l'alcool…

– … Tiens pas le choc…

– … Tu veux du feu ? Jolies, tes allumettes…

– … Et qu'est-ce que ça m'apporte ? …

– … Pia pia pia pia pia pia…

– …J'ai des cassettes vidéo à rapporter. Je crois que c'est moi qui ai dit cela.

Quelqu'un a déjà sorti un téléphone cellulaire Minolta pour appeler un taxi et, alors que je n'écoute pas vraiment, observant un type en train de régler une addition, qui ressemble singulièrement à Marcus Halberstam, quelqu'un me demande « Pourquoi ? », comme ça, sans aucun lien avec quoi que ce soit et, très fier de mon sang-froid, de ma capacité à me contrôler et à faire ce que l'on attend de moi, j'attrape la question au vol, l'induit immédiatement, *pourquoi* ?, et y réponds aussitôt, sans préparation, comme ça, j'ouvre la bouche, et des mots en sortent, un résumé simplifié à l'usage des imbéciles: « En fait, bien que je sache pertinemment que j'aurais du faire *cela* au lieu de ne pas le faire, j'ai vingt-sept ans, bon Dieu, et c'est ainsi que, euh, que les choses se présentent dans un bar ou dans une boîte, à New York, et *partout*, peut-être, en cette fin de siècle, et c'est ainsi que les gens, tu vois, les gens comme *moi*, se comportent, et voilà ce que signifie pour moi être *Patrick*, enfin, c'est ce que je pense, et donc, voilà, hein, euh... » Suit un soupir, un léger haussement d'épaules, un autre soupir. Et au-dessus d'une des portes, masquées par des tentures de velours rouge, il y a un panneau, et sur ce panneau, en lettres assorties à la couleur des tentures, est écrit: SANS ISSUE.

IMPRIMERIE B.C.A. À SAINT-AMAND (CHER)
DÉPÔT LÉGAL MAI 1993. Nº 19098 (93/277)